Aen Hanghmoeg Cienmonz Bued Cienz Okbanj Gij Sawcih Minzcuz
民族文字出版专项资金资助项目

Aen Cangsaw Gvangjsih Saujsu Minzcuz Feihvuzciz Vwnzva Yizcanj
广西少数民族非物质文化遗产书库

SAWHEIQCUENGH CIENZDOENGJ CUNGGUEK GYOEBBAENZ
中国壮剧传统剧作集成

Gienj Sanglinz
上林卷

(Cek Gyang)
(中 册)

Cawjbien: Cwnghez Sanglinz Yen Veijyenzvei
主编：政协上林县委员会

Gvangjsih Minzcuz Cuzbanjse
广西民族出版社

Benhveij Mingzdanh
编 委 名 单

Cawjbien：Cwnghez Sanglinz Yen Veijyenzvei
主编： 政协上林县委员会

Caephengz Cawjbien：Gvanh Swgingh
执行主编： 关仕京

Cingjleix Fanhoiz：Gvanh Swgingh Lij Soujhan Vwnh Siujbei
整理翻译： 关仕京 李守汉 温小贝

Saemjdingh：Gvanh Swgingh
审定： 关仕京

Vahbaihnaj

Sanglinz Yen youq Gvangjsih Bouxcuengh Swcigih giz cungnamz, dinbya Byacwx baihdoeng, seix gwnz bwzveizgveihsen aen caw ronghriri ndeu. Yienhsingz liz ndaw singz Nanzningz Si 92 goengleix, dieg gvangq 1890 bingzfueng goengleix. Guenj 7 aen cin 4 aen yangh, miz Bouxcuengh、Bouxgun、Yauzcuz、Myauzcuz daengj 12 aen minzcuz, cienzbouh yinzgouj 49 fanh, ndaw de 80% doxhwnj seix Bouxcuengh, seix aen yienh aeu Vahcuengh guh vahmeh cix miz lai aen minzcuz comzyouq ndeu. Daengx yienh nungzyez swhyenz、gvangq swhyenz、raemx swhyenz、lijyouz swhyenz gig lai. Sanglinz gij haeux caetliengh ndei、batgak daihhoengz、caz Byacwx daengj nungzcanjbinj miz daegsaek, youq ndaw gih rog gih cungj mizmingz. Ndaw dieg Sanglinz funggingj gyaeundei, dienheiq hab vunz youq, "Samleix seiqhenz miz goengqbya, cungqgyang caenh seix ndoi, dienheiq huzswnh, dan youq gizneix miz; diegnamh biz ndei, doenghgo cangqcwt hoenghhwd, dieg wnq beij mbouj ndaej", gij vah neix seix boux Mingzdaih canghdilijyoz okmingz Ciz Yazgwz miuzsij gij swhyienz gingjsaek rangh dieg Sanglinz Samleix • Yiengzdoh, ndaej haenh guh aen "suenva baihlaeng" Nanzningz、"giz deihfueng Ciz Yazgwz ceiq louzlienh", 2012 nienz ndaej aen cwnghauh "giz diegmbanj souhyienz Cungguek".

Sanglinz gij minzsug lai cungj lai yiengh neix, seix aen goqdaez yinx haujlai minzsug cien'gya daeuj damqra yenzgiu. Cietdadnoh、Cietlungzmeh、Cietfanhsouh、Cietdohhozgoeng、Moegsan Miuhhoih …… Doengh gij vwnzva ndawbiengz Sanglinz neix, lumjbaenz gij funggingj gyaeundei nei, moix yiengh cungj yienh ok gyoengqde gag miz hamzeiq gig laeg youh mbouj bingzciengz. Doengh gij minzsug vwnzva goek laeg rag raez neix, caeuq gij fungsug sibgvenq sienhsoh hawj vunz sim raeuj neix, sawj gij vwnzva ndawbiengz ndaej daih dem daih doxcienz roengzdaeuj, seix vwnzva yienhsiengq daegbied Sanglinz gij baengzgawq seizneix lij miz haenx. Youq baihlaeng gyoengqde, seix gij lizsij gojsaeh caensaed, seix vunz Sanglinz gag roxyiuj gij vwnzva cienzdoengj bonjfaenh. Gyoengqde caeuq gij Cicwngzbeih、Luzhozgenhgudacwzsung Beih、Ciz Yazgwz vwnzva ndaej daengz guekgya itgaep baujhoh neix itheij, cauxbaenz gij vwnzva yenzsu daegbied gwnz dieg vahaeux mbin rang neix, sawj aen Sanglinz youq dinbya Byacwx baihdoeng neix, sanqfat ok gij vwnzva meiliz hawj vunz gig mizyinx.

Sanglinz minzsug gij daegdiemj ceiq daih de, couh seix gyaez eu fwen caeuq yienjciengq Heiqcuengh, caen seix "Mbanjcuengh bouxboux gyaez eu fwen, Daj iq ciengq daengz heuj ndi youq; Coenz fwen lumjbaenz fwnz caeuq haeux, Ngoenz ndeu mbouj eu nanz doh gvaq". Gaengawq gij saw Sanglinz yenci geiqsij, daj Cingciuz Ganghhih doengh bi haenx, Sanglinz couh miz gij Heiqcuengh ndawbiengz. Bouxcuengh Sanglinz daj ciuhgeq couh miz gij sibgvenq eu fwen、dingq fwen caeuq ganj hawfwen. Daegbied seix cieng cibngux、nyih nyied miuhhoih、sam nyied cosam、ngux nyied co'ngux、bat nyied cibngux、cib nyied ciengq fungsou doengh ngoenzciet neix, gyoengq beixnuengx Bouxcuengh Caemzbaiz、Samleix、Giuzyenq、Moegsan、Daemzhoengz、Saeyenq daengj yanghcin, cungj miz gij sibgvenq ganj hawfwen, caiqlij miz gyoengq fwenyoux Yinhcwngz、Laizbinh、Binhyangz daengj yienh caemh daeuj camgya. Seizneix Samleix caeuq Giuzyenq, baez daengz ngoenzhaw cungj miz haujlai giz daizeufwen, gyoengq canghfwen gagfat dangciengz bienfwen doiqfwen, nauhyied dangqmaz. Gij hingzsik fwen cujyau miz "seiq roek lienz" caeuq "cibbet gawq fwen laeggiek", ndaej gangj seix gaiq bauj ndaw fwen Sanglinz. Gij ciengqfap de miz it sing bouh、nyeih sing bouh、sam sing bouh, youq dieg Bouxcuengh gvangqlangh cig daengz daengx guek、daengx seiqgyaiq cungj mbouj caiq miz.

Gij Heiqcuengh Sanglinz seix cungj heiq Bouxcuengh aeu Vahcuengh Sanglinz daeuj yienjciengq ndeu. De seix youq gwnz giekdaej Bouxcuengh vwnzyoz ndawbiengz、yinhyoz、diuqfoux caeuq gangjciengq yisuz miz gig lai neix fazcanj hwnjdaeuj, miz gij daegsaek Mbanjcuengh lailai, youq ndaw biujyienj miz eu fwen gig lai, sing'yaem gig ndeidingq, biujyienj caenciet gamjdoengh vunz. Gaengawq gij geiqsij ndaw saw yenci Sanglinz, daj Cingciuz Gvanghsi doengh bi haenx, Sanglinz couh miz Heiqcuengh biujyienj. Boux biensij Heiqcuengh miz canghheiq laux、boux gyaez fwen caeuq Heiqcuengh daengj. Cunghvaz Yinzminz Gunghozgoz laebbaenz gaxgonq, couh miz dawz Heiqgun gaijbien baenz heiqfwen Bouxcuengh daeuj yienj, lumjbaenz《Gij Ien Dou'ngoz》《Dah Mung Ra Gvan》《Geiq Sihsiengh》《Liengz Sanbwk Caeuq Cuk Ingdaiz》daengj. 20 sigij 50 nienzdaih cogeiz, gag bien gag yienj gvaq《Daeggud》《Sinhngeiz》《Doengj Vingx》《Mauz Hungz》《Haij Lwed Caeuz Laeg》《Fwj Mok Sanq • Daengngoenz Hoengz》《Diegdeih Ma Ranz》, gaijbien heiqfwen Bouxcuengh《Louz Samcej》daengj. Gaenh geij bi daeuj, gij Heiqcuengh gag bien gag yienj miz《Muengh Cingzlangz》《Sim Mingzbeg Lwgda Raeh》《Gwnz Roen Angqhoh Denjlij》《Ciep Maex》《Genj Lwgguiz》《Loengh Gyaj Baenz Caen》daengj bak lai cit heiq. Gij Heiqcuengh Sanglinz youq daengx yienh cib'it aen yanghcin cungj miz yienjciengq. Itbuen cungj seix bouxguhnaz gag bien gag yienj, dingzlai youq ngoenzciet Bouxcuengh caeuq ngoenzciet guekgya yienjciengq. Doengh cit heiq neix, neiyungz fungfouq, swhsiengjsing giengz. Miz mbangj fanjyingj swyouz vwnhyinh、gyaepgouz caen gyaez; miz mbangj fanjyingj gingq laux gyaez iq、angq bangcoh vunz; miz mbangj fanjyingj lunzlij daudwz、haenh gij caen sienh ndei, gungcieng gij yienghsiengq gyaj yak rwix gwnzbiengz; lij miz mbangj yienj gij saenzvah cienzgangj Bouxcuengh …… Yawj doengh cit heiq neix, hawj vunz caenciet gamjsouh lwgminz Bouxcuengh gij coengmingz dungxcaiz caeuq gij binjgwz gaenxguh mbeilaux haenx, caensaed caiqyienh lwgminz Bouxcuengh gij cingsaenz gyaepgouz doxgiet baenaj、vih saedceij vuenyungz cix buekguh mbouj dingz neix，doengzseiz caemh ndaej rox daengz gij fungcingz mbanjcuengh Sanglinz gag miz daegsaek.

Dou cujciz cingjleix、fanhoiz《Sawheiqcuengh Cienzdoengj Cungguek Gyoebbaenz • Gienj Sanglinz》dauq saw neix，muzdiz miz laj neix sam aen fuengmienh：

It seix cungfaen fazveih vwnzsij swhliu gij goengnaengz "rom lizsij swhliu、bang ceihleix saeh guek、doxgiet、son vunz" neix. Aeu faenzsaw hoih baengzyoux，hawj gyoengq vunz lai rox Sanglinz gij lizsij vwnzva naekna de，youq caengz engq laeg bae gyagiengz rengzcohsim caeuq rengzcomzgiet.

Nyih seix yienj ndei daiz heiq "vwnzva lijyouz" Sanglinz. Sanglinz cingqcaih cienzlig dajcauh Gvangjsih aen yienh daegsaek lijyouz mizmingz，dou caenhrengz guh ndei "vwnzva daegsaek" bien faenzcieng neix，hawj boux daeuj youz doenggvaq doengh cit heiq neix，roxyiuj gij yinzvwnz lizsij Sanglinz，gamjsouh lwgminz Sanglinz gaenxguh、lauxsaed、sienhsoh、daihhek ndei doengh gij binjdwz ndei cienzdoengj neix.

Sam seix ra aeu、swnjcienz、baujhoh Heiqcuengh Sanglinz gij vwnzva yicanj mbouj seix vuzciz neix. Mboujduenh haengqrengz fazyangz vwnzva cienzdoengj ndei Bouxcuengh，caiqlij coisawj Heiqcuengh Sanglinz byaij hwnj aen daizheiq daengx swcigih、daengx guek cig daengz daengx seiqgyaiq.

《Sawheiqcuengh Cienzdoengj Cungguek Gyoebbaenz • Gienj Sanglinz》faenbaenz cek gwnz、cek gyang、cek laj. Bonjfwngzcau sawheiq cungj seix yungh sawndip Bouxcuengh daeuj sij baenz. Baez cingjleix fanhoiz neix yungh seiq hangz doiqciuq fuengsik：Daih'it hangz seix gawq vah yienzlaiz bonjfwngzcau，daihngeih hangz seix Sawcuengh gyoebyaem fanhoiz，daihsam hangz seix Sawgun doiqwngq cigsoh fanhoiz，daihseiq hangz seix Sawgun ciuq eiqsei fanhoiz，baenzneix daeuj muenxcuk gij iugouz boux doegsaw mbouj doxdoengz haenx. Dou youq mwh cujciz bienhoiz，ndaej daengz yenveij、yen cwngfuj cibfaen yawjnaek，coengz rengzvunz、doxgaiq、cienzngaenz fuengmienh hawj cungfaen baujcang；Cunghgoz Minzcuz Yijvwnz Fanhyizgiz Gvanh Swginh yizsinj、gyausou cingsim cijdauj；gyoengq canghheiq Heiqcuengh Sanglinz gaenxmaenx camgya；boux cingjleix fanhoiz ok rengz gaenxguh；sevei gak gyaiq vunz daihlig bangcoh gij vwnzsij gunghcoz Cwnghez Sanglinz Yen Veijyenzvei；Gvangjsih Minzcuz Cuzbanjse fouzsei bangcoh，cij sawj hangh hong neix ndaej swnhleih guhbaenz. Yungh aen geihoih neix，dou caensim docih sojmiz gyoengq baengzyoux baihgwnz gvansim gij Heiqcuengh Sanglinz、gvansim Sanglinz minzcuz vwnzva！

Couh sij daengz neix.

Cwnghez Sanglinz Yen Veijyenzvei cujsiz　Cinz Cinhveih

2014 nienz 6 nyied

序

上林县位于广西壮族自治区中南部，大明山东麓，是北回归线上一颗璀璨的明珠。县城距南宁市区92公里，总面积1890平方公里。辖7个镇4个乡，有壮、汉、瑶、苗等12个民族，总人口49万，其中80%以上为壮族，是一个以壮话为母语的多民族聚居县。全县农业资源、矿产资源、水力资源、旅游资源等极为丰富。上林优质米、大红八角、大明山茶等特色农产品闻名区内外。境内风景优美，气候宜人，“三里周围石峰，中当土山尽处，风气含和，独盛于此；土膏腴懿，生物茁茂，非他处可及”，这是明代著名地理学家徐霞客对上林三里·洋渡一带自然风光的描写，被誉为首府南宁“后花园”“徐霞客最眷恋的地方”，2012年荣获“中国长寿之乡”称号。

上林丰富多彩的民俗，是一个吸引众多民俗专家和学者深入探究的课题。达努节、龙母节、万寿节、渡河公节、木山庙会……这一道道上林民间文化的靓丽风景，无一不显示着它们各自不同寻常的深厚内涵。这些源远流长的民俗文化和温馨质朴的风土人情，是代代相传的民间文化的载体，是上林特有文化现象活的见证。它们的背后，是纯粹而真实的历史故事，是上林人对自己文化传统的认知。它们与受国家一级保护的智城碑、六合坚固大宅颂碑和徐霞客文化一起，构成了这块稻花飘香土地上独特的文化元素，使幽处大明山东麓的上林，散发出诱人的文化魅力。

上林民俗最大的特点就是喜欢唱山歌和演唱壮剧，真是“壮家人人爱唱歌，从小唱到牙齿落；山歌好比柴和米，一天不唱难生活”。据上林县志记载，自清康熙年间，上林就有民间壮剧。上林壮族人自古就有唱山歌、听山歌和赶歌圩的习惯。特别是正月十五、二月庙会、三月三、五月五、八月十五、十月唱丰收等节日，覃排、三里、乔贤、木山、塘红、西燕等乡镇壮族同胞，均有赶歌圩习俗，并牵及忻城、来宾、宾阳等县的歌友也赶来参加。如今三里和乔贤，每逢圩日街上都有好多处对歌台，歌手们自发即兴对唱，好不热闹。其壮歌形式主要有“四六联”和“十八句勒脚歌”，可谓上林壮歌中的瑰宝。其唱法有一声部、二声部、三声部，在广大壮族地区乃至全国、全世界都是独一无二的。

上林壮剧是用上林本土壮话演唱的一种壮族剧种。它是在丰富的壮族民间文学、音乐、舞蹈和说唱艺术的基础上发展起来的，具有浓郁的壮乡特色，表演过程有大量歌唱，声音优美动听，表演真切动人。据上林县志记载，自清光绪年间上林就有演壮剧活动。编剧者有农村老艺人、山歌及壮剧爱好者等。中华人民共和国成立之前，就有民间艺人把汉剧改编成壮族山歌剧演出，比如《窦娥冤》《孟女寻夫》《西厢记》《梁山伯与祝英台》等。20世纪50年代初，曾自编自演壮剧《特掘》《舜儿》《董永》《毛鸿》《血海深仇》《云雾散·太阳红》《土地回老家》，改编壮歌剧《刘三姐》等。近年来自编自演的壮剧有《盼情郎》《心明眼亮》《庆典路上》《接妻》《挑选女婿》《弄假成真》等一百多个剧目。上林壮剧遍及全县11个乡镇。一般都是农民自编自演，多在壮族节日和国家节日演唱。这些剧目，内容丰富，思想性强。有的反映自由婚姻、追求真挚爱情；有的反映尊老爱幼、助人为乐；有的反映伦理道德、颂扬真善美，抨击社会假恶丑现象；还有的演绎壮族神话传说……观赏这些剧目，让人真切感受到壮族人民的聪明智慧和勤劳勇敢的品格，真实再现壮族人民团结向上、为幸福生活而不懈奋斗的精神追求，同时也领略到别具特色的上林壮乡风情。

我们组织整理、翻译《中国壮剧传统剧作集成·上林卷》这套书，目的有以下三个方面：

一是充分发挥文史资料“存史、资政、团结、育人”的功能。以文会友，增强人们对厚重的上林历史文化的认知，在更深层次上加强向心力和凝聚力。

二是演好上林“文化旅游”这台戏。上林正在全力打造广西特色旅游名县，我们力求做好“文化特色”这篇文章，让游人透过这些剧目，了解上林的人文历史，感受上林人民勤劳、纯朴、善良、好客的传统美德。

三是挖掘、传承、保护上林壮剧这个非物质文化遗产。不断弘扬壮族优秀的文化传统，并促使上林壮剧走上全区、全国乃至世界舞台。

《中国壮剧传统剧作集成·上林卷》分上、中、下三册。剧本手抄本皆用壮族土俗字书写。这次整理翻译采用四行对照式：第一行为手抄本原句，第二行为拼音壮文翻译，第三行为汉文对译，第四行为汉文意译，以满足不同读者的需求。我们在组织编译过程中，得到上林县委、县政府的高度重视，从人力、物力、财力上给予充分保障；中国民族语文翻译局关仕京译审、教授的精心指导；上林壮剧艺人的积极参与；整理翻译工作者付出辛勤的劳动；社会各界人士大力支持、帮助政协上林县委员会的文史工作；广西民族出版社的无私帮助，才使这项工作得以顺利完成。借此机会，我们向以上所有关心上林壮剧、关注上林民族文化的朋友们表示衷心感谢！

此序。

政协上林县委员会主席　覃祯威

2014 年 6 月

Moegloeg
目录

Bouh Daihhaj Mauz Hoengz
第五部 毛鸿

（土俗字）七 场 戏壮
（壮 文）**Caet Ciengz Heiqcuengh**
（直 译）七 场 壮剧
（意 译）七场壮剧

Gaengawq Goj Ndawbiengz Bouxcuengh Gaijbien.
根据壮族民间故事改编。

Genjdanh Gyangj Heiqcingz
剧情简介

Ciuhgonq，Bouxcuengh miz boux ndeu heuhguh Cieng yuenzvaih，boux ndeu heuhguh Mauz Hanlinz. Song de miz cienz miz seiq，hoeng yaek rim 50 bi lo，lij caengz miz saek boux lwg. Vihliux cienz coeng sinj ciuz，song boux doengzcaez bei gouzva baiqbaed，nda ham gwncai，caiqlij doiq mbwn mieng：Song boux cungj seng lwgsai roxnaeuz lwgmbwk，couh gietbaenz cindoengzbi. Danghnaeuz boux ndeu seng lwgsai，boux ndeu seng lwgmbwk，cix gietbaenz cin'gya.

Doeklaeng，ranz Mauz seng lwgsai，mingzcoh heuhguh Mauz Hoengz；ranz Cieng seng lwgmbwk，mingzcoh heuhguh Cieng Nyawhyim. Song de seix mbwnseng doiq ndeu，lij iq doxrox，itheij guhcaemz. Mauz Cieng song ranz couh genj ngoenzndei hawj song de dinghcin.

Mbwn miz rumz fwj liuh mbouj daengz，caihux gyangq daengz ranz Mauz daeuj. Mauz Hanlinz binghdai，mbouj geij nanz yah de caemh gvaqseiq lo. Daj neix hwnj，ranz Mauz doekbaih gig vaiq，gyacaiz baih liux. Mauz Hoengz baenz lwggyax，deng bei guh gaeujvaq. Canghyw laux Leix Sienh seix boux sienhsoh ndeu，nyinh Mauz Hoengz guh lwggeiq. Hoeng Cieng yuenzvaih cix yiem gungz eiq fouq，ceksanq yuenyieng，bik Mauz Hoengz doiqcin，nyengh dawz Cieng Nyawhyim boiq hawj daeglwg Siu caijsieng——Siu daiqsui. Cieng Nyawhyim mbouj fug，daengz ngoenz beihaq haenx，yawq ndaw giuhva aeu faggiemq gvej hoz dai lo. Ranz Siu fannaj mbouj nyinh vunz，gij siusik vunz dai neix cienz daengz Mauz Hoengz gizdi le，Mauz Hoengz raemxda gwenxcancan buet daengz ranz Siu，umj Cieng Nyawhyim ma ranz，bang de swiqndang ruegbuh cang roengz faex，dawz bei haem. Haemh de，Leix Sienh goenglaux aenvih simsienh，bei hawj aen moh Cieng Nyawhyim buenz doem, sawqmwh dingqnyi ndaw moh miz sing gyangz, couh vat haeuj ndaw moh bei, raen Cieng Nyawhyim lij miz gaemz heiq ndeu, couh aemq de ma ranz ciengjgyuq, Cieng Nyawhyim dauq ndaej lix lo, couh nyinh Leix Sienh guh boh.

Mauz Hoengz ndaej daengz Leix Sienh bangcoengh, de gaenx doegsaw, bei gingsingz camgya gaujsi, cungq cienghyienz lo, ndaej dang hakhung, baenz fouqgviq dauq ranzmbanj, caeuq Cieng Nyawhyim doxcomz. Sienh yak gak miz bauqwngq, sienh ndei cienzyiengz cien bi, yakrwix haeu louz fanh daih.

古时候，壮族有个叫张员外，有个叫毛翰林。他们俩有钱有势，但年近花甲，都未生一男半女。为了承宗接代，两人同去求花拜佛，设神堂做斋戒，并对天发誓：两人都生男孩或都生女孩，则合为同庚亲。如果一个生男孩，一个生女孩，则合姻亲。

结果毛家生男孩，名叫毛鸿；张家生女儿，名叫张玉音。他俩是天生一对，青梅竹马，两小无猜。毛张两家便择吉日良辰为儿女订下婚约。

天有不测风云，一场横祸降临毛家。毛翰林病故，不久毛妻也相继辞世。自此，毛家一落千丈，家产一扫而光。毛鸿变成孤儿，以乞讨为生。老药医李善为人慈善，认毛鸿为义子。而张员外却嫌贫爱富，棒打鸳鸯，逼毛鸿退婚约，硬把张玉音配许肖宰相之子——肖太岁。张玉音不服，于出嫁当天在花轿里用剑割颈殉情。肖家翻脸不认人，此噩耗传到毛鸿那后，毛鸿含泪跑到肖家，把张玉音抱回家里，洗身换衣入殓，送去埋葬。当晚，李善老人出于善心，去给张玉音墓培土，忽听墓中有呻吟声，便挖开墓穴。见张玉音尚存一息，便背她回家抢救。张玉音死里还生，认李善为父。

毛鸿在李善的帮助下，勤奋攻读，上京殿试，中了状元，当上巡官，衣锦还乡，与张玉音团聚。善恶自有报应，善美传扬千古，丑恶遗臭万年。

Cegvah：Veiz Gwzcenz　Lij Soujhan　Vangz Soucaiz　Couh Cunggvei
策划：　　　韦克全　　　李守汉　　　黄寿才　　　　周仲贵

Bouxsij bonj sawheiq Sawndip：Lij Soujhan
古壮字剧本执笔：　　　　　　　　李守汉

Bouxsij bonj sawheiq Sawgun：Vangz Soucaiz
汉文剧本执笔：　　　　　　　　　黄寿才

Canghheiq
剧中人物

Mauz Hoengz 毛鸿	sai 男	siujseng 小生
Cieng Nyawhyim 张玉音	mbwk 女	siujdanq 小旦
Cieng yuenzvaih 张员外	sai 男	lauxseng 老生
Siu daisui 肖太岁	sai 男	siujseng 小生
Mauz ceiyuenh 毛知县	sai 男	lauxseng 老生
Vuengz bazmuiz 王媒婆	mbwk 女	lauxdanq 老旦
Cinmoih 春妹	mbwk 女	vadanq 花旦
Coumoih 秋妹	mbwk 女	vadanq 花旦

vunzcai、gyading (gij boux)
差役、家丁（数人）

（土俗字）场　大一　结情
（壮　文）**Ciengz Daih'it Gietcingz**
（直　译）场　第一　结情
（意　译）第一场　结情

【Seizcin ndwen sam, bya heu raemx saw. Yawq laj Byacwx, henz Giuzgujgyangh, gyaeujgiuz meiz golimz ndeu, gvaq gwnz giuz meiz loh doeng bei gizgyae, henz loh vavengj hai ndaej hoenghfwdfwd.】

【阳春三月，山清水秀。大明山下，鼓江桥畔，桥头有一棵相思树，过桥有路通向远方，路旁金樱花盛开。】

【Fwen haidaeuz】
【序歌】
（土俗字）幼　忐　堆　大明　眉　途龙　笼介
（壮　文）Yawq gwnz ndoi Daihmingz, Meiz duzlungz roengzgyaiq;
（直　译）在　上　山　大明　有　龙　下界
（意　译）住在大明山，有龙藏山上；

（土俗字）古　卯　鸿　记载　留　后代　传扬
（壮　文）Goj Mauz Hoengz geiqcaiq, Louz haeuhdaih cienzyiengz.
（直　译）故事 毛　鸿　记载　留　后代　传扬
（意　译）毛鸿故事载，留后代传扬。

【**Hai muq**: Cingq seix moix bi aen minzcuz hoihhung cuiq vaiqvued —— Fwenhaw, gyoengq daegmbauq dahsau daenj buhhoengz vaqou, baenzdoiq baenzgyoengq byaij gvaq ciengz.】
【**幕启**：正值一年中最快活的民族盛会 —— 歌圩，红男绿女，成群结对过场。】

【Cungqvunz guh fwen】
【众唱】
（土俗字）川　三　气候　温　途六　哏　劳乱
（壮　文）Ndwen sam heiqhaeuh vaen, Duzroeg haen lauzluenh;
（直　译）月　三　气候　温暖　鸟儿　啼　纷纷
（意　译）三月气候好，鸟儿纷纷啼；

（土俗字）特哥　奏　姐往　齐　批　赶　欢圩
（壮　文）Daeggo caeuq dahnuengx，Caez bei ganj fwenhaw.
（直　译）阿哥　和　阿妹　同　去　赶　歌圩
（意　译）阿哥和阿妹，同去赶歌圩。

【Mbwk guh fwen】
【女唱】
（土俗字）川　三　腾　清明　凤　自　宾　卦　介
（壮　文）Ndwen sam daengz cingmingz，Fungh cix mbin gvaq gyaiq;
（直　译）月　三　到　清明　凤　就　飞　过　界
（意　译）三月清明节，凤飞过界来；

【Sai sinj guh fwen】
【男接唱】
（土俗字）艮内　实在　快　奏　往　对　声　欢
（壮　文）Ngoenzneix sidcaih gvaiq，Caeuq nuengx doiq sing fwen.
（直　译）今天　实在　快乐　和　妹　对　声　歌
（意　译）今天真快乐，同妹摆歌台。

【Sai yinx fwen】
【男领唱】
（土俗字）父壮　意　唱欢　三三　欢　最　烘
（壮　文）Bouxcuengh eiq ciengqfwen，Samsam fwen cuiq hoengh;
（直　译）壮人　爱　唱歌　三月三　歌　最　热闹
（意　译）壮人爱唱歌，三月歌最多；

【Cungqvunz sinj guh fwen】
【众接唱】
（土俗字）唱　礼　堆　总　动　唱　礼　凤　很　宾
（壮　文）Ciengq ndaej ndoi cungj doengh，Ciengq ndaej fungh hwnj mbwn.
（直　译）唱　得　山　都　动　唱　得　凤　上　天
（意　译）唱得青山动，唱凤飞出窝。

【Siu daisui caeuq nyih boux gyading hwnj daiz. Swngz fwenhaw ra va mbaet loux，ngonz yaep he couh deuz.】

【肖太岁与二家丁上。趁歌圩之机寻花问柳，巡视一阵就下。】

【Mbwk yinx fwen】
【女领唱】
(土俗字) 忐 堆 眉 鸡金 凤 宾 批 齐 乐
(壮 文) Gwnz ndoi meiz gaeqgim, Fungh mbin bei caez lag;
(直 译) 上 山 有 金鸡 凤 飞 去 同 乐
(意 译) 山上有金鸡，凤去同欢喜；

【Sai sinj guh fwen】
【男接唱】
(土俗字) 往 唱 皮 自 答 甜 当 剥 坩 糖
(壮 文) Nuengx ciengq beix cix dap, Diemz daengq bak gamz dangz.
(直 译) 妹 唱 哥 就 答 甜 像 口 含 糖
(意 译) 妹唱哥就答，如糖甜心里。

【Sai yinx fwen】
【男领唱】
(土俗字) 欧 欢 斗 传 情 何 只 松 文 快
(壮 文) Aeu fwen daeuj cuenz cingz, Hoz cix mboeng baenz faiq;
(直 译) 要 歌 来 传 情 心 就 轻松 如 棉
(意 译) 用歌来传情，心如棉絮轻；

【Cungqvunz sinj guh fwen】
【众接唱】
(土俗字) 眉 情 千 里 会 齐 合 对 鸳鸯
(壮 文) Meiz cingz cien leix hoih, Caez gap doiq yuenyieng.
(直 译) 有 情 千 里 会 同 合 对 鸳鸯
(意 译) 有缘千里会，同结鸳鸯情。

【Sing nyihyienz yiengj seiz, dah sau ndeu daj laj faexlimz okdaeuj, daeg mbauq ndeu daj gyaeujgiuz hwnjdaeuj. Sau bau lwgdomq hawj mbauq, mbauq ciep. Guh fwen.】

【二胡过门中，一女从相思树下出，一男从桥头上。女给男抛绣球，男接。歌起。】

【Mbwk yinx fwen】
【女领唱】
(土俗字) 绣球 抡 诸 逢 送 哼 盟 留念
(壮 文) Lwgdomq gaem ndaw fwngz, Soengq haengj mwngz louzniemh;
(直 译) 绣球 拿 里 手 送 给 你 留念
(意 译) 绣球拿手里，送留念切记；

【Cungqvunz sinj guh fwen】
【众接唱】
(土俗字) 往 奏 哥 途恋 齐 结 连理 枝
(壮 文) Nuengx caeuq go doxlienh, Caez giet lienzleix cei.
(直 译) 妹 和 哥 相恋 同 结 连理 枝
(意 译) 妹和哥相恋，一同结连理。

【Yawq yinhyoz yiengj seiz, Cinmoih、Coumoih ruj giuq, foux hwnj daiz.】
【乐声中，春妹、秋妹提篮，舞上。】
Cinmoih、Coumoih【guh fwen】
春妹、秋妹【唱】
(土俗字) 桡 授 厚能黔
(壮 文) Giuq coux haeuxnaengjndaem,
(直 译) 篮 装 黑糯饭
(意 译) 篮装黑糯饭，

(土俗字) 批 扫 坟
(壮 文) Bei sauq faenz,
(直 译) 去 扫 坟
(意 译) 去拜山，

(土俗字) 齐 徒斤 会 派
(壮 文) Caez doxgaen hoih byaij;
(直 译) 同 相跟 慢 走
(意 译) 慢走来做伴；

(土俗字) 当 途巴 屋 籁
(壮 文) Dangq duzbya ok raiq,
(直 译) 像 鱼 出 滩
(意 译) 像鱼跃出滩，

(土俗字) 实在 快
(壮 文) Sidcaih gvaiq,
(直 译) 实在 快乐
(意 译) 实欢畅，

(土俗字) 由 笼 海 浪 旗
(壮 文) Youz roengz haij langh geiz.
(直 译) 游 下 海 展开 鳍
(意 译) 下海去游览。

Cinmoih【gyangj】
春妹【白】
（土俗字）秋妹　盟　玩　春斗　百花开
（壮　文）Coumoih mwngz ngonz，cin daeuj bek va hai，
（直　译）秋妹　你　看　春来　百花开
（意　译）秋妹你看，春来百花开，

（土俗字）品巴　满　堆　武　真衣　存　哈
（壮　文）Mbungqmbaj muenx ndoi foux，cin ndei ngonz ha！
（直　译）蝴蝶　满　山　舞　真好　看　呀
（意　译）蝴蝶满山舞，真好看呀！

Coumoih【gyangj】
秋妹【白】
（土俗字）呃　偻　批及　对　品巴　麻哼　小姐　吧
（壮　文）W，raeuz bei gaeb doiq mbungqmbaj ma haengj siujcej ba.
（直　译）呃，我们　去捉　一对　蝴蝶　回给　小姐　吧
（意　译）呃，我们去捉一对蝴蝶给小姐吧。

Cinmoih【gyangj】
春妹【白】
（土俗字）衣
（壮　文）Ndei！
（直　译）好
（意　译）好！

【Song vunz gaeb mbaj. Cieng Nyawhyim fwngz gang liengjva hwnj daiz. Cinmoih、Coumoih daj baihlaeng dawz boux duj vamoq cap hwnj gwnz byoemgyaeuj Nyawhyim bei.】

【两人捉蝶。张玉音手撑花伞上。春妹、秋妹从背后各拿一朵鲜花插上玉音云鬓。】

Cinmoih【guh fwen】
春妹【唱】
（土俗字）姐　当　朵　花桃　那　尽　皓　红味
（壮　文）Cej daengq duj vadauz，Naj cinx hau hoengzmaeq；
（直　译）姐　像　朵　桃花　脸　全　白　粉红
（意　译）姐像朵桃花，脸白里透红；

Coumoih【sinj guh fwen】
秋妹【接唱】
(土俗字)细 存 细 伶俐 凳 娅系 屋台
(壮 文)Saeq ngonz saeq lingzleih, Daengq yahheiq ok daiz.
(直 译)细 看 细 伶俐 像 戏女 出台
(意 译)越看越伶俐，花旦舞台中。

Cieng Nyawhyim【guh fwen】
张玉音【唱】
(土俗字)每 芘 三 月 腾
(壮 文)Moix bi sam nyued daengz,
(直 译)每 年 三 月 到
(意 译)每年三月里，

(土俗字)奏 毛 鸿
(壮 文)Caeuq Mauz Hoengz,
(直 译)和 毛 鸿
(意 译)和毛鸿，

(土俗字)苟纠 仝 相会
(壮 文)Gyaeujgiuz doengz sienghoih;
(直 译)桥头 同 相会
(意 译)桥头来相聚；

(土俗字)往 奏 皮 估兑
(壮 文)Nuengx caeuq beix guhdoih,
(直 译)妹 和 哥 做伴
(意 译)哥妹在一起，

(土俗字)枯 欢 对
(壮 文)Guh fwen doiq,
(直 译)唱 对 歌
(意 译)唱对歌，

(土俗字)甜 当 桧 衣 唐
(壮 文)Diemz daengq oij ndij dangz.
(直 译)甜 像 蔗 和 糖
(意 译)心甜糖不比。

Cinmoih【gyangj】
春妹【白】
(土俗字) 小姐 盟 想 计尔
(壮 文) Siujcej mwngz siengj gaejrawz?
(直 译) 小姐 你 想 什么
(意 译) 小姐你想什么?

Cieng Nyawhyim【gyangj】
张玉音【白】
(土俗字) 勾
(壮 文) Gou……
(直 译) 我
(意 译) 我……

Cinmoih、Coumoih【doxyaep lwgda, gyangj】
春妹、秋妹【互使眼色，白】
(土俗字) 哼 盟 佂 慷 都 以 猜 争 八 九 分
(壮 文) W, mwngz ndi gyangj dou hix cai deng bet gyuj faen.
(直 译) 哼 你 不 讲 我们 也 猜 对 八 九 分
(意 译) 哼，你不讲我们猜对八九分。

Cieng Nyawhyim【gyangj】
张玉音【白】
(土俗字) 衣 哼 收 斋 吧
(壮 文) Ndei, haengj sou cai ba!
(直 译) 好 给 你们 猜 吧
(意 译) 好，让你们猜吧!

Cinmoih、Coumoih【lumj meiz caen saeh dwk, gyangj】
春妹、秋妹【煞有介意地，白】
(土俗字) 子 丑 寅 卯 哦 原来 吱内 少
(壮 文) Ceij couj yinz maux…… O, yuenzlaiz deineix siuj
(直 译) 子 丑 寅 卯 哦 原来 这里 少
(意 译) 子丑寅卯……哦，原来这里少

(土俗字) 父 毛 公子 刁
(壮 文) boux Mauz goengceij ndeu.
(直 译) 个 毛 公子 一
(意 译) 一位毛公子。

Cinmoih、Coumoih【guh fwen】
春妹、秋妹【唱】
（土俗字）公子　　层　　伦 斗
（壮　文）Goengceij caengz rin daeuj，
（直　译）公子　　未　　见 来
（意　译）未见公子来，

（土俗字）小姐　偻　　心　非
（壮　文）Siujcej raeuz sim fei；
（直　译）我们　小姐　心　非
（意　译）小姐心不安；

（土俗字）伦　那　侄　　想　　离
（壮　文）Rin naj mbouj siengj liz，
（直　译）见　面　不　　想　　离
（意　译）见面不想离，

（土俗字）粘　　当　　迟　厚汁
（壮　文）Nem daengq ceiz haeuxcid.
（直　译）黏　　像　　馍　糯米
（意　译）黏像馍相粘。

Cieng Nyawhyim【deng gyangj byoengq simsaeh，gyajlaih hozndat，gyangj】
张玉音【被道破心事，佯嗔，白】
（土俗字）勾　锡 剥　收　削　批
（壮　文）Gou sik bak sou byag bei！
（直　译）我　撕　嘴巴　你们　烂　　去
（意　译）我撕烂你们的嘴巴！
【Sam vunz doxgyaep roengz daiz，Mauz Hoengz ruj giuq sauqmoh dauqma.】
【三人追逐下，毛鸿提篮扫坟归来。】

Mauz Hoengz【eu fwen】
毛鸿【唱】
（土俗字）三三　　批　扫坟
（壮　文）Samsam bei sauqfaenz，
（直　译）三月三　去　扫墓
（意　译）三月三拜山，

（土俗字）勾　卯　鸿
（壮　文）Gou Mauz Hoengz,
（直　译）我　毛　鸿
（意　译）我毛鸿,

（土俗字）各　单身　独　马
（壮　文）Gag dansaen doeg max;
（直　译）自　单身　独　马
（意　译）自个独孤单;

（土俗字）六楼　幼　对那
（壮　文）Roegraeu yawq doiqnaj,
（直　译）斑鸠　在　对面
（意　译）斑鸠对面站,

（土俗字）哏要要
（壮　文）Haensasa,
（直　译）啼咕咕
（意　译）声声喊,

（土俗字）当　夭　差　玉音
（壮　文）Daengq eu caj Nyawhyim.
（直　译）像　叫　等　玉音
（意　译）叫玉音做伴。

【Gyangj】
【白】
（土俗字）勾　奏　妲　玉音　打　细　就　途跟　途悻
（壮　文）Gou caeuq dah Nyawhyim, daj nyaeq couh doxgaen doxrengh,
（直　译）我　和　姑娘　玉音　从　小　就　相跟　相连
（意　译）我和玉音,青梅竹马,

（土俗字）途呀　途衣　当　伝　刁　内
（壮　文）doxgyaez doxndei, daengq vunz ndeu neix,
（直　译）相爱　相好　像　人　一　这
（意　译）两小无猜,好像一个人一样,

(土俗字) 时内 年纪 渐 宏 啦 家教 极 严
(壮 文) seizneix nienzgeij ciemh hung la, gya'gyauq gig yiemz,
(直 译) 如今 年纪 渐 大 啦 家教 很 严
(意 译) 如今年纪渐大了,家教很严,

(土俗字) 平时 布 敢 伦那 只 幼
(壮 文) biengzseiz mbouj gamj rinnaj, cij yawq
(直 译) 平时 不 敢 见面 只 在
(意 译) 平时不敢见面,只能在

(土俗字) 俾 腾 节 清明 借 扫墓 恩 机会 内
(壮 文) bi daengz ciet cingmingz, ciq sauqmoh aen geihoih neix,
(直 译) 每年 到 清 明节 借 扫墓 个 机会 这
(意 译) 每年清明节,趁扫墓这个机会,

(土俗字) 幼 狗纠 途伦
(壮 文) yawq gyaeujgiuz doxrin.
(直 译) 在 桥头 相见
(意 译) 在桥头上相会。

(土俗字) 艮内 玉音 哏 层 伦 斗
(壮 文) Ngoenzneix Nyawhyim haenx caengz rin daeuj.
(直 译) 今天 玉音 还 未 见 来
(意 译) 今天玉音还没见来,

(土俗字) 勾 能 幼 其内 差 爹 泣 乜
(壮 文) Gou naengh yawq gizneix, caj di yaep he.
(直 译) 我 坐 在 这里 等 她 一 下
(意 译) 我坐在这里,等她一下。

【Rin lajfaex meiz duhhoengz, rin gingj seng cingz, nam】
【见树下有红豆,触景生情,念】
(土俗字) 红豆 生 南国 春 斗 哆 几 桠
(壮 文) Duhhoengz seng namzguek, Cin daeuj dok geij ngeiq;
(直 译) 红豆 生 南国 春 来 发 几 枝
(意 译) 红豆生南国,春来发几枝;

（土俗字）忙　　　昆　来七　　吱　几内　　最　途想
（壮　文）Muengh gun lai mbaet dei，Gijneix cuiq doxsiengj.
（直　译）愿　　　君　多采　　些　此物　　最　相思
（意　译）愿君多采撷，此物最相思。

【Mauz Hoengz ngaem ndang gip duhhoengz. Cieng Nyawhyim hwnj，Cinmoih ngonzrin Mauz Hoengz.】
【毛鸿俯身拾红豆。张玉音上，春妹发现毛鸿。】

Cinmoih【gyangj】
春妹【白】
（土俗字）毛　　公子　　　盟　　　存　　　父尔　　　斗　　了
（壮　文）Mauz goengceij，mwngz ngonz，bouxrawz daeuj la?
（直　译）毛　　公子　　　你　　　看　　　哪个　　　来　　了
（意　译）毛公子，你看，谁来了？

【Cinmoih、Coumoih nyoengx Mauz Hoengz caeuq Cieng Nyawhyim yawq itheij.】
【春妹、秋妹把毛鸿和张玉音推在一起。】

Mauz Hoengz【gyangj】
毛鸿【白】
（土俗字）玉音　　　往　　　盟　　　斗　　啦
（壮　文）Nyawhyim nuengx，mwngz daeuj la!
（直　译）玉音　　　妹　　　你　　　来　　啦
（意　译）玉音妹，你来了！
【Cieng Nyawhyim boizlaex.】
【张玉音还礼。】

Cinmoih【gyangj】
春妹【白】
（土俗字）毛　　公子　　　勾　颂　　小姐　送　　　样　　　东西
（壮　文）Mauz goengceij，gou coengh siujcej soengq yiengh doengsae
（直　译）毛　　公子　　　我　代　　小姐　送　　　一样　　东西
（意　译）毛公子，我代小姐送一件东西

（土俗字）哼　　　盟
（壮　文）haengj mwngz.
（直　译）给　　　你
（意　译）给你。

Mauz Hoengz【gyangj】
毛鸿【白】
（土俗字）哦
（壮 文）O!
（直 译）哦
（意 译）哦！

Cinmoih、Coumoih【gag dawz mbungqmbaj baij okdaeuj，gyangj】
春妹、秋妹【各示蝴蝶，白】
（土俗字）盟 存
（壮 文）Mwngz ngonz!
（直 译）你 看
（意 译）你看！

Mauz Hoengz【ciep dawz mbungqmbaj，gyangj】
毛鸿【接蝶，白】
（土俗字）啊 真 衣 存
（壮 文）A，caen ndei ngonz!
（直 译）啊 真 好 看
（意 译）啊，真美丽！

【Mauz Hoengz caeuq Cieng Nyawhyim song vunz caez cuengq mbungqmbaj deuz.】
【毛鸿和张玉音把蝴蝶放飞。】

Cinmoih、Coumoih【yaek lanz mbouj gib，gyangj】
春妹、秋妹【欲阻止却来不及，白】
（土俗字）哎 收
（壮 文）Ai，sou……
（直 译）哎 你们
（意 译）哎，你们……

Mauz Hoengz【guh fwen】
毛鸿【唱】
（土俗字）品巴 文 双对 浪 羽 会 度跟
（壮 文）Mbungqmbaj baenz songdoiq，Langh fwed hoih doxgaen；
（直 译）蝴蝶 成 双对 展 翅 慢 相随
（意 译）蝴蝶成双对，展翅慢相随；

(土俗字) 拆散 无 良心 哼 途 宾 估队
(壮 文) Ceksanq fouz liengzsim, Haengj duz mbin guhdoih.
(直 译) 拆散 无 良心 给 它 飞 做伴
(意 译) 拆散没良心,让它一起飞。

Cinmoih【gyangj】
春妹【白】
(土俗字) 哟 毛 公子 屋 剥 文 欢 真 利害 哈
(壮 文) Yo, Mauz goengceij ok bak baenz fwen, caen leihhaih ha!
(直 译) 哟 毛 公子 出 口 成 歌 真 厉害 呀
(意 译) 哟,毛公子出口成章,真厉害呀!

(土俗字) 勾 奏 妲秋 奏 盟 对 首 欢 刁
(壮 文) Gou caeuq Dahcou caeuq mwngz doiq souj fwen ndeu,
(直 译) 我 和 秋妹 和 你 对 首 山歌 一
(意 译) 我和秋妹同你对一首山歌,

(土俗字) 盟 计 嘹 都 哈
(壮 文) mwngz gaej riu dou ha!
(直 译) 你 莫 笑 我们 啊
(意 译) 你莫笑我们啊!

Cinmoih【eu fwen】
春妹【唱】
(土俗字) 姐 示 度咪 开 羽 宾
(壮 文) Cej seix duzmeh hai fwed mbin,
(直 译) 姐 是 母的 展 翅 飞
(意 译) 姐是雌蝶展翅飞,

(土俗字) 哥 示 度父 井 斤 愣
(壮 文) Go seix duzboux cingq gaen laeng;
(直 译) 哥 是 公的 正 跟 后
(意 译) 哥是雄蝶紧相随;

Dahcou【sinj guh fwen】
秋妹【接唱】
(土俗字) 花 开 四季 总 布 纯
(壮 文) Va hai seiqgeiq cungj mbouj caenh,
(直 译) 花 开 四季 都 不 尽
(意 译) 四季花开总不尽,

（土俗字）品巴　　　　文对　　　齐　度斤
（壮　文）Mbungqmbaj baenzdoiq caez doxgaen.
（直　译）蝴蝶　　　　成双　　　同　相随
（意　译）蝴蝶恋花成双对。

【Cinmoih Coumoih gag rox sim'eiq gyoengqdi，riunyumnyum byaij haeuj nyumqva bei. Mauz Hoengz caeuq Cieng Nyawhyim doxyawj cix launyaenq，caez yaep lwgda，yaek gyangj mbouj gyangj. Gizgyae cienz daeuj gij sing roegvek.】

【春妹秋妹会意地笑入花丛去。毛鸿和张玉音含羞对视，互送秋波，欲语不语。远处传来鹧鸪啼鸣。】

Mauz Hoengz【gyangj】
毛鸿【白】
（土俗字）往　　　姐音　　盟　　　叮
（壮　文）Nuengx Dahyim，mwngz dingq……
（直　译）妹　　　阿音　　你　　　听
（意　译）阿音妹，你听……

【Guh fwen】
【唱】
（土俗字）六格　　幼　　闲　　利　　痕　　地　　为　催　情
（壮　文）Roegvek yawq henz reih，Haen deih vih coi cingz；
（直　译）鹧鸪　　在　　边　　畲地　啼　　密　　为　催　情
（意　译）鹧鸪畲边啼，声声传情意；

（土俗字）偻　　估　六　侵　　东　　　欧　仲　　仍　　布　　汕
（壮　文）Raeuz guh roeg caemh ndoeng，Aeu cungq nyingz mbouj sanq.
（直　译）咱　　做　鸟　共　　山林　　要　枪　　打　　不　　散
（意　译）咱做同林鸟，枪打不分离。

Cieng Nyawhyim【eu fwen】
张玉音【唱】
（土俗字）诸　　达　眉　　途龙　　　途凤　　　宾　　批　配
（壮　文）Ndaw dah meiz duzlungz，Duzfungh mbin bei boiq；
（直　译）里　　河　有　　蛟龙　　　凤凰　　　飞　　去　配
（意　译）河里有蛟龙，天上来飞凤；

（土俗字）往　　　奏　　皮　　估队　　　芙蓉　　　配　牡丹
（壮　文）Muengx caeuq beix guhdoih，Fuzyungz boiq mauxdan.
（直　译）妹　　　同　　哥　　做伴　　　芙蓉　　　配　牡丹
（意　译）妹同哥做伴，牡丹配芙蓉。

【Song vunz byaij hwnj gwnz giuz，yawj raemx lu laj giuz.】
【二人走上桥面，观看桥下流水。】

Cieng Nyawhyim【eu fwen】
张玉音【唱】
(土俗字) 拎 肩 很 桥伦 影 双 伝 估队
(壮 文) Gaem gen hwnj giuzrin，Ingj song vunz guhdoih；
(直 译) 拉 手 上 石桥 影 两 人 做伴
(意 译) 携手上石桥，两人影成双；

(土俗字) 艮 尔 哥 奏 妹 织女 配 牛郎
(壮 文) Ngoenz lawz go caeuq moih，Ciknawx boiq Niuzlangz.
(直 译) 天 哪 哥 和 妹 织女 配 牛郎
(意 译) 何日哥和妹，织女配牛郎。

Mauz Hoengz【eu fwen】
毛鸿【唱】
(土俗字) 架 桥伦 卦 海 偻 齐 派 长匀
(壮 文) Gyaq giuzrin gvaq haij，Raeuz caez byaij ciengzyinz；
(直 译) 架 石桥 过 海 咱 同 走 经常
(意 译) 架桥过大海，咱要常往来；

Cieng Nyawhyim【sinj guh fwen】
张玉音【接唱】
(土俗字) 哥 往 齐 条 心 胎 口 阴 布 埂
(壮 文) Go nuengx caez diuz sim，Dai haeuj yim mbouj gveng.
(直 译) 哥 妹 同 条 心 死 进 阴间 不 丢
(意 译) 哥妹一条心，入阴情还在。

Mauz Hoengz【eu fwen】
毛鸿【唱】
(土俗字) 除春 其其 花 楂 比 楂 更 墓
(壮 文) Cawzcin gizgiz va，Gyaz beij gyaz engq moq；
(直 译) 春天 处处 花 丛 比 丛 更 新
(意 译) 春天处处花，丛比丛鲜艳；

(土俗字) 途螺 宾 滚窝 批 朝 朵 花红
(壮 文) Duzrwi mbin gunjoj，Bei ciuz duj vahoengz.
(直 译) 蜜蜂 飞 翻滚 去 朝 朵 红花
(意 译) 蜜蜂齐飞舞，朝红花迷恋。

Cieng Nyawhyim【guh fwen】
张玉音【唱】
(土俗字) 抖 双 杞 花累 蛟 达 缌 滕 拉
(壮 文) Gaem song ngeiq valeiz, Gyau daz sei daengz laj;
(直 译) 拿 两 枝 梨花 蜘蛛 拉 丝 到 下
(意 译) 捧两枝梨花，蜘蛛把丝拉；

(土俗字) 花 开 幼 剥那 望 品巴 斗 朝
(壮 文) Va hai yawq baknaj, Muengh mbungqmbaj daeuj ciuz.
(直 译) 花 开 在 面前 望 蝴蝶 来 朝
(意 译) 花开在面前，盼望蜂蝶爬。

Mauz Hoengz【guh fwen】
毛鸿【唱】
(土俗字) 往 当 朵 花察 开 旁 达 枯楼
(壮 文) Nuengx daengq duj va'nat, Hai bangx dat goraeu;
(直 译) 妹 像 朵 山花 开 边 山崖 古楼
(意 译) 妹像朵山花，开在高山崖；

(土俗字) 想 乙 逢 批 欧 又 劳 构 栏 路
(壮 文) Siengj iet fwngz bei aeu, Youh lau gaeu lanz loh.
(直 译) 想 伸 手 去 要 又 怕 藤 拦 路
(意 译) 想伸手去采，怕藤拦难拿。

Cieng Nyawhyim【guh fwen】
张玉音【唱】
(土俗字) 巴 查 双 斤 四 得 什二 两 杠
(壮 文) Baj cax song gaen seiq, Dwk cibnyih liengx gang;
(直 译) 把 刀 两 斤 四 放入 十二 两 钢
(意 译) 把刀两斤四，放十二两钢；

(土俗字) 其骡 眉 苟 栏 逢 抖 贪 就 活
(壮 文) Gizlawz meiz gaeu lanz, Fwngz gaem dam couh fwet.
(直 译) 哪里 有 藤 拦 手 拿 柄 就 割
(意 译) 哪里藤拦路，手拿刀就砍。

Mauz Hoengz【guh fwen】
毛鸿【唱】

（土俗字）忐迗 眉 白雪 笼斗 洫 花累
（壮 文）Gwnzmbwn meiz begsuet，Roengzdaeuj rwed valeiz；
（直 译）天上 有 白雪 下来 淋 梨花
（意 译）天上白雪下，下来淋梨花；

（土俗字）途蛟 想 挞 缌 劳 侱 眉 棹 凭
（壮 文）Nengzgyau siengj daz sei，Lau ndi meiz dueg baengh.
（直 译）蜘蛛 想 织 网 怕 没 有 处 依托
（意 译）蜘蛛想织网，又怕没处爬。

Cieng Nyawhyim【guh fwen】
张玉音【唱】
（土俗字）往 当 垛 花累 管 挞 缌 笼 斗
（壮 文）Nuengx daengq duj valeiz，Guenj daz sei roengz daeuj；
（直 译）妹 像 朵 梨花 尽管 拉 丝 下 来
（意 译）妹像梨花样，尽管拉丝纺；

（土俗字）礼 奏 皮 侵 狗 甜 当 厚 搅 唐
（壮 文）Ndaej caeuq beix caemh gyaeuj，Diemz daengq haeux gyaux dangz.
（直 译）得 和 哥 共 头 甜 像 饭 拌 糖
（意 译）能同哥共枕，甜像饭拌糖。

【Gizgyae cienz daeuj sing hauh gaeuvaiz goksasa，Cinmoih、Coumoih ndaejnyi le，daj ndaw cazva okdaeuj.】
【远处传来洪亮的牛角号声，春妹、秋妹闻声，从花丛中出来。】
Cinmoih【gyangj】
春妹【白】
（土俗字）小姐 号勾怀 响 啦 时间 布 受 啦
（壮 文）Siujcej，hauhgaeuvaiz yiengj la，seizgyan mbouj caeux la，
（直 译）小姐 牛角号 响 了 时间 不 早 了
（意 译）小姐，牛角号响了，时间不早了，

（土俗字）偻 批麻 吧
（壮 文）raeuz beima ba!
（直 译）我们 回去 吧
（意 译）我们回去吧！
【Cieng Nyawhyim、Cinmoih、Coumoih beima.】
【张玉音、春妹、秋妹入内。】

Mauz Hoengz【gyangj】
毛鸿【白】
(土俗字) 妲音 往
(壮 文) Dahyim nuengx……
(直 译) 阿音 妹
(意 译) 阿音妹……

Cieng Nyawhyim【mbouj sij ndaej, gyangj】
张玉音【依依不舍，白】
(土俗字) 哥 卯 鸿 真 迪 估昂 欠 时 吨
(壮 文) Go Mauz Hoengz, cin dwg "guh'angq yiem seiz dinj,
(直 译) 哥 毛 鸿 真 是 玩乐 嫌 时 短
(意 译) 毛鸿哥，真是"欢娱嫌日短，

(土俗字) 幼静 恨 时 黎 哈
(壮 文) youqcingx haenh seiz raez" ha!
(直 译) 寂寞 恨 更 长 啊
(意 译) 寂寞恨更长"啊!

Cieng Nyawhyim【guh fwen】
张玉音【唱】
(土俗字) 驳 了 艮 自 黎 度吖 时 自 吨
(壮 文) Biek liux ngoenz cix raez, Doxgyaez seiz cix dinj;
(直 译) 别 了 日 就 长 相爱 时 就 短
(意 译) 分别恨日长，相爱恨时短；

(土俗字) 驳 散 心 难 忍 齐 斗 定 中情
(壮 文) Biek sanq sim nanz sinx, Caez daeuj dingh cungcingz.
(直 译) 别 散 心 难 忍 同 来 定 衷情
(意 译) 分别心难受，咱定情结缘。

【Sinj guh fwen】
【续唱】
(土俗字) 偻 齐 拜 天地 斗 表示 决心
(壮 文) Raeuz caez baiq diendeih, Daeuj biujseix gietsim;
(直 译) 咱 同 拜 天地 来 表示 决心
(意 译) 咱同拜天地，来盟誓决心；

（土俗字）棵林　常　眉　阴　胎 恩 心 布　片
（壮　文）Golimz ciengz meiz yim，Dai aen sim mbouj bienq.
（直　译）相思树 常　有　荫　死 个 心 不　变
（意　译）相思树荫蔽，死了不变心。
【Song vunz sij mbouj ndaej biek，faen song mbuengj roengz daiz.】
【两人依依惜别，分两头下。】

【Yawq gyonglaz goksasa seiz，gyading ranz Siu ruj giuqhaeux hwnjdaeuj. Siu daisui gaen hwnj.】
【锣鼓声中，肖家家丁甲乙提饭篮上。肖太岁随上。】
Siu daisui【guh fwen】
肖太岁【唱】
（土俗字）迗暅　勾 夭 林　迗泵　勾 选 匪
（壮　文）Mbwnhengx gou guh rumz，Mbwnbumz gou guh fwj；
（直　译）晴天　我 叫 风　阴天　我 喊 云
（意　译）晴天我呼风，阴天我唤云；

（土俗字）勾 当　剖 派 路 阎罗　垛 条 鸡
（壮　文）Gou daengq baeu byaij loh，Nyiemzloz ndoj deuz gyae.
（直　译）我 像　螃蟹 走 路 阎罗　躲 走 远
（意　译）我像蟹走路，阎罗都逃循。

【Sinj guh fwen】
【续唱】
（土俗字）啃 噌 缕 奏 努 斗 拉 垛 帽单
（壮　文）Gwn raeng laeuj caeuq noh，Daeuj ra duj mauxdan；
（直　译）吃 胀 酒 和 肉 来 找 朵 牡丹
（意　译）吃饱酒和肉，来找牡丹花；

（土俗字）幼 垂 心 尽 番 拉 往环　斗 品
（壮　文）Yawq ndui sim cinx fanz，Ra nuengxvan daeuj byaenj.
（直　译）在 闲 心 全 烦 找 靓妹　来 耍
（意　译）闲着心烦乱，找靓妹来耍。

Siu daisui【gyangj】
肖太岁【白】
（土俗字）勾 想 棚 三 月 三 欢於 恩 基会 内
（壮　文）Gou siengj baengh sam nyued sam fwenhaw aen geihoih neix，
（直　译）我 想 凭 三 月 三 歌圩 个 机会 这
（意　译）我想借三月三歌圩这个机会，

(土俗字) 拉 父 妲哨 衣 刁 空 存 卦 批 总
(壮 文) ra boux dahsau ndei ndeu, hoeng ngonz gvaq bei cungj
(直 译) 找 个 姑娘 好 一 但 看 过 去 都
(意 译) 找个好姑娘，但看过去都

(土俗字) 侄 眉 合意 家丁
(壮 文) ndi meiz hab'eiq. Gyading!
(直 译) 没 有 合意 家丁
(意 译) 没有中意的。家丁！

Gyading【gyangj】
家丁【白】
(土俗字) 嗳
(壮 文) Ai!
(直 译) 唉
(意 译) 唉！

Siu daisui【gyangj】
肖太岁【白】
(土俗字) 收 双 伝 四其 批 存存 只 欧 眉 吱
(壮 文) Sou song vunz seiqgiz bei ngonzngonz, cij aeu meiz dei
(直 译) 你们 两 人 四处 去 看看 只 要 有 点
(意 译) 你们两个四处去看看，但凡有几分

(土俗字) 齐行 计 仂哨 总 哼 勾 擒 除麻
(壮 文) caezhangz gaej lwgsau, cungj haengj gou gaemh dawzmaz!
(直 译) 在行 的 姑娘 都 给 我 抓 回来
(意 译) 姿色的女子，统统给我抓来！

Gyading【gyangj】
家丁【白】
(土俗字) 迪
(壮 文) Dwg!
(直 译) 是
(意 译) 是！
【Gyading roengz daiz.】
【家丁下。】

Siu daisui【gyangj】
肖太岁【白】
(土俗字) 勾 示 堂堂 知府 公子 棚 坡 勾
(壮 文) Gou seix dangzdangz ceifouj goengceij，baengh boh gou
(直 译) 我 是 堂堂 知府 公子 凭 父亲 我
(意 译) 我是堂堂知府公子，凭我父亲

(土俗字) 壳 宏 势 恶 勾 文艮 估沉 估昂
(壮 文) hak hung seiq ak，gou baenzngoenz guhcaemz guh'angq，
(直 译) 官 大 势 大 我 终日 寻欢 作乐
(意 译) 官大势大，我终日寻欢作乐，

(土俗字) 只 欧 洋 争 仂哨 衣， 侄 擒 腾 逢
(壮 文) cij aeu nyangz deng lwgsau ndei，ndi gaemh daengz fwngz，
(直 译) 只 要 遇 到 姑娘 好 不 抓 到 手
(意 译) 只要遇到好姑娘，不抓到手，

(土俗字) 勾 侄 壮 卦
(壮 文) gou ndi cuengq gvaq!
(直 译) 我 不 放 过
(意 译) 我不罢休！

【Gyading rag Cieng Nyawhyim hwnj，Cinmoih、Coumoih hix gyaep hwnj.】
【家丁拽张玉音上，春妹、秋妹追上。】
Gyading gyap【gyangj】
家丁甲【白】
(土俗字) 少爷 盟 存
(壮 文) Siuji，mwngz ngonz!
(直 译) 少爷 你 看
(意 译) 少爷，你看！

Siu daisui【gag angq raixcaix，fwngz dawz huzlaeuj，mezmez—sezsez，gyangj】
肖太岁【喜出望外，手拿酒壶，酩酊，白】
(土俗字) 呀 真 齐杭 呀 小姐 请参
(壮 文) A，cin caezhangz ya! Siujcej cingjcam……
(直 译) 呀 真 漂亮 啊 小姐 请问
(意 译) 呀，真漂亮啊！小姐请问……

Cinmoih【singsaeq doiq Cieng Nyawhyim，gyangj】
春妹【小声对张玉音，白】
（土俗字）小姐 爹就 示 肖 太岁 肖 衙内 父
（壮 文）Siujcej，di couh seix Siu daisui—— Siu nyaxnoih，boux
（直 译）小姐 他就 是 肖 太岁 肖 衙内 个
（意 译）小姐，他就是肖太岁——肖衙内，一个

（土俗字）花花 公子 乱作 有名 刁 偻 批麻 吧
（壮 文）vava goengceij luenhguh meizmingz ndeu. Raeuz beima ba.
（直 译）花花 公子 乱作 有名 一 我们 回去 吧
（意 译）有名的胡作非为的花花公子。咱回去吧。

【Siu daisui caeuq song boux gyading laengz dwk.】
【肖太岁与两个家丁拦住。】

Siu daisui【gyangj】
肖太岁【白】
（土俗字）小姐 请 停 丁
（壮 文）Siujcej cingj dingz din!
（直 译）小姐 请 停 足
（意 译）小姐请留步！
【Coemj coh Cieng Nyawhyim.】
【扑向张玉音。】

Cinmoih【gyangj】
春妹【白】
（土俗字）肖 公子 布 礼 孚礼 兰 勾 小姐 以
（壮 文）Siu goengceij mbouj ndaej fouzlaex，ranz gou siujcej hix
（直 译）肖 公子 不 得 无礼 家 我 小姐 也
（意 译）肖公子不得无礼，我家小姐也

（土俗字）示 伪哨 兰宏 盟 敢 乱 斗
（壮 文）seix lwgsau ranzhung，mwngz gamj luenh daeuj?
（直 译）是 姑娘 大家 你 敢 乱 来
（意 译）是大家闺秀，你敢乱来？

Siu daisui【gyangj】
肖太岁【白】

（土俗字）哈 哈 小姐 示 仂逼 兰宏 勾 示 堂堂
（壮 文）Ha ha…… siujcej seix lwgmbwk ranzhung，gou seix dangzdangz
（直 译）哈 哈 小姐 是 闺秀 大家 我 是 堂堂
（意 译）哈哈……小姐是大家闺秀，我是堂堂

（土俗字）知府 公子 真 示 筛才 逼帽
（壮 文）ceifouj goengceij，cin seix saicaiz mbwkmauh，
（直 译）知府 公子 真 是 郎才 女貌
（意 译）知府公子，真是郎才女貌，

（土俗字）剥都 途对 呀 小姐
（壮 文）bakdou doxdoiq ya！Siujcej……
（直 译）门当 户对 呀 小姐
（意 译）门当户对呀！小姐……
【Coemj coh Cieng Nyawhyim.】
【扑向张玉音。】

Cieng Nyawhyim【baez fak rwz Siu daisui，gyangj】
张玉音【扇肖太岁一耳光，白】
（土俗字）足生 盟 幼 江艮 大咣 盟 想 估 计尔
（壮 文）Cukseng mwngz，yawq gyangngoenz daihndongq mwngz siengj guh gaejrawz?
（直 译）畜生 你 在 光天 化日 你 想 干 什么
（意 译）你这畜牲，光天化日之下你想干什么？

Siu daisui【naj mbouj rox nyaenq dwk，gyangj】
肖太岁【恬不知耻地，白】
（土俗字）小姐
（壮 文）Siujcej……
（直 译）小姐
（意 译）小姐……

【Eu fwen】
【唱】
（土俗字）勾 想 拎 花桃 引 途蛟 挞 网
（壮 文）Gou siengj gaem vadauz，Yinx duzgyau daz muengx；
（直 译）我 想 拿 桃花 引 蜘蛛 拉 网
（意 译）我想拿桃花，引蜘蛛织网；

(土俗字) 勾 想 奏 盟 往 齐 估伴 结亲
(壮 文) Gou siengj caeuq mwngz nuengx, Caez guhbuenx gietcin.
(直 译) 我 想 和 你 妹 同 做伴 结亲
(意 译) 我想和妹你,结亲共一堂。

Cieng Nyawhyim【guh fwen】
张玉音【唱】
(土俗字) 花 衣 扎 屎怀
(壮 文) Va ndei cap haexvaiz,
(直 译) 花 好 插 牛粪
(意 译) 好花插牛粪,

(土俗字) 衣 嘹 来
(壮 文) Ndei riu lai,
(直 译) 好 笑 多
(意 译) 笑死人,

(土俗字) 盟 认来 无路
(壮 文) Mwngz nyinzlai fouzloh;
(直 译) 你 这么 无聊
(意 译) 你无聊可恨;

(土俗字) 公收 样 嗟奴
(壮 文) Goengqsou yiengh nyaxnyox,
(直 译) 蛤蟆 样 难看
(意 译) 癞蛤蟆拙笨,

(土俗字) 幼 壮度
(壮 文) Yawq coenghdoh,
(直 译) 在 暗沟
(意 译) 暗沟蹲,

(土俗字) 想 啃 努 汉洋
(壮 文) Siengj gwn noh hanqyiengz.
(直 译) 想 吃 肉 天鹅
(意 译) 想吃天鹅人。

Siu daisui【ndatheiq，gyangj】
肖太岁【恼怒，白】
（土俗字）盟 剥 恶 哈 勾 三 仂逢 接 巴绨
（壮 文）Mwngz bak ak ha！Gou sam lwgfwngz nep byalae，
（直 译）你 嘴 恶 啊 我 三 手指 夹 黄鳝
（意 译）你嘴真利害呀！我三只手指钳黄鳝，

（土俗字）存 盟 哏 跋
（壮 文）ngonz mwngz haenx buet！
（直 译）看 你 还 跑
（意 译）看你还跑！
【Hwnjbei ciengj Cieng Nyawhyim.】
【上前抢张玉音。】

Cinmoih、Coumoih【suenj】
春妹、秋妹【喊】
（土俗字）斗 哈 救 命 哈 毛 公子
（壮 文）Daeuj ha！Gyuq mingh ha！Mauz goengceij……
（直 译）来 呀 救 命 呀 毛 公子
（意 译）来人呀！救命呀！毛公子……

【Mauz Hoengz ndaejnyi gip hwnj，nyoengx Siu daisui deuz，Siu daisui gip rin yaek moeb Mauz Hoengz.】
【毛鸿闻声急上，把肖太岁推开。肖太岁拾石欲砸毛鸿。】
Mauz Hoengz【cingqheiq dwk，gyangj】
毛鸿【正气凛然地，白】
（土俗字）盟 敢
（壮 文）Mwngz gamj！
（直 译）你 敢
（意 译）你敢！

Siu daisui【simvueng fwngz baez soeng，rin doek roengz gwnz din bei，gyangj】
肖太岁【心慌手一松，石头落在脚背上，白】
（土俗字）哎哟 原本 示 盟 呀 卯 鸿 盟
（壮 文）Aiyo…… Nyuenzlaiz seix mwngz ha. Mauz Hoengz mwngz
（直 译）哎哟 原来 是 你 呀 毛 鸿 你
（意 译）哎哟……原来是你呀。毛鸿你

（土俗字）敢　奏　勾　打顶　勾
（壮　文）gamj caeuq gou dajdingj，gou……
（直　译）敢　跟　我　对顶　我
（意　译）敢跟我作对，我……

Mauz Hoengz【gyangj】
毛鸿【白】
（土俗字）江良　太咣　强　抢　民女　该当　麻　罪
（壮　文）Gyangngoenz daihndongq giengz ciengj minznawx，gai dang maz coih?
（直　译）光天　化日　强　抢　民女　该当　何　罪
（意　译）光天化日之下强抢民女，该当何罪？

【Cungqvunz guh fwen】
【众唱】
（土俗字）样　盟　促　当　麻　眉　计麻　本事
（壮　文）Yiengh mwngz huk daengq ma，Meiz gijmaz bonjsaeh；
（直　译）样　你　笨　如　狗　有　什么　本事
（意　译）你愚笨如狗，有什么巧计；

（土俗字）六鸦　相　啃　计　劳　盟　意　驳　能
（壮　文）Roega siengj gwn gaeq，Lau mwngz eiq boek naeng.
（直　译）乌鸦　想　吃　鸡　怕　你　爱　剥　皮
（意　译）鸦想吃鸡肉，怕你爱剥皮。
【Cungqvunz roengz.】
【众下。】

Siu daisui【deng heifouh，ndatheiq，gyangj】
肖太岁【受奚落，大怒，白】
（土俗字）盟　盟
（壮　文）Mwngz …… mwngz……
（直　译）你　你
（意　译）你……你……

Gyading gyap【gyangj】
家丁甲【白】
（土俗字）少爷　少爷　何葛　啃　不　得　淋嚓　只欧　批麻
（壮　文）Siuji siuji，hozhat gwn mbouj ndaej raemxndat. Cijaeu beima
（直　译）少爷　少爷　口渴　喝　不　得　热水　只要　回去
（意　译）少爷少爷，口渴喝不了烫水。只要回去

（土俗字）除　样　事　内　奏　佬爷　慷
（壮　文）dawz yiengh seih neix caeuq lauxi gyangj……
（直　译）把　件　事　这　跟　老爷　讲
（意　译）把这件事跟老爷讲……

Gyading iet【gyangj】
家丁乙【白】
（土俗字）争　腾　时哏　姐　哨衣　内　哏　布
（壮　文）Deng! Daengz seizhaenx，dah saundei neix haenx mbouj
（直　译）对　到　那时　个　美女　这　还　不
（意　译）对！到那时候，这个美女还不

（土俗字）示　迟厚汁　尤　盟　捻　噜　哈　哈　哈
（壮　文）seix ceizhaeuxcid，youz mwngz nyaenj lu. Ha ha ha……
（直　译）是　糯糍粑　由　你　捏　噜　哈　哈　哈
（意　译）是糯米糍粑，由你捏啦。哈哈哈……

Siu daisui【gyangj】
肖太岁【白】
（土俗字）衣　衣　批麻
（壮　文）Ndei …… ndei …… beima!
（直　译）好　好　回去
（意　译）好……好……走！
【Roengz.】
【下。】

【Daeng amq，roengzmuq.】
【灯暗，幕下。】

（土俗字）场 大二 定亲
（壮 文）Ciengz Daihnyih Dinghcin
（直 译）场 第二 定亲
（意 译）第二场 定亲

【Ciengz gonq geij ngoenz laeng. Ranz Mauz gyangding. Mauz Hoengz gaem bit sij cih，Mauz ceiyuenh yawq henz son di.】

【前场数日后。毛家厅堂。毛鸿挥毫习字，毛知县在一旁指点。】

【Baihrog fan muq daihnyih，Cieng yuenzvaih daenj buhsei vaqcouz，fwngz ruj sinzcingz，angqyuepyuep dwk hwnj daiz.】

【第二张幕外面，穿着丝衣绸裤的张员外，手提礼品，乐滋滋地上。】

Cieng yuenzvaih【eu fwen】
张员外【唱】
（土俗字）垂 马 当 其磷
（壮 文）Guih max daengq geizlinz，
（直 译）骑 马 像 麒麟
（意 译）骑马像麒麟，

（土俗字）途 鲁 宾
（壮 文）Duz rox mbin，
（直 译）它 会 飞
（意 译）它飞行，

（土俗字）很 忐坤 欧 弗
（壮 文）Hwnj gwnzmbwn aeu fwj；
（直 译）上 天上 要 云
（意 译）到天上要云；

（土俗字）除 麻 屯 估 怖
（壮 文）Dawz ma daenj guh buh，
（直 译）拿 回 穿 作 衣
（意 译）拿当衣妆新，

（土俗字）派　对　赂
（壮　文）Byaij doiq loh,
（直　译）走　对　路
（意　译）行对运，

（土俗字）呷　壳　估　亲家
（壮　文）Gap hak guh cin'gya.
（直　译）合　官　做　亲家
（意　译）同县官合亲。

Cieng yuenzvaih【gyangj】
张员外【白】

【Ha ha …… Gou Cieng moux vunz heuhguh Cieng yuenzvaih、Cieng bekfanh, cwk meiz fanh guenq gyacaiz, gaenjcij seizvunh caengz daengz, guenciengz mbouj meiz faenh. Seizneix dah Nyawhyim gou gaenq ndaej cibbet bi, daj saeq caeuq boux goengceij Mauz ceiyuenh doxgaen doxrengh, daengq mbwn seng it doiq, deih baenz it sueng. Gou mboujfuengz gag guhmoiz, concim ragmae, ra aen cincik mingzmuenz ndeu, maeuz ndaej swng'vih dangguen. Ngoenzneix gou daegdaengq daeuj ranz Mauz gyangjcin, danhnyuenh muenz cinseih neix ndaej baenz.】

【哈哈……我张某人称张员外、张百万，积有万贯家财，只是时运未转，官场无缘。而今我女儿玉音年已十八，跟毛知县的公子青梅竹马，天生一对，地设一双。我不妨自作红娘，穿针引线，攀个名门高亲，图个飞黄腾达。今日我特意到毛府说亲，但愿能成全这门亲事。】

Cieng yuenzvaih【sinj guh fwen】
张员外【续唱】
（土俗字）除　妲仂　估　马
（壮　文）Dawz dahlwg guh max,
（直　译）拿　女儿　作　马
（意　译）把女儿当马，

（土俗字）垂　挂　拉
（壮　文）Guih gvaq laj,
（直　译）骑　过　下
（意　译）骑在下，

（土俗字）哏　讲价　挂　忐
（壮　文）Haenx gyangjgyaq gvaq gwnz;
（直　译）还　讲价　过　上
（意　译）还讲要高价；

（土俗字）除　估　川　诸　逢
（壮　文）Dawz guh cuen ndaw fwngz，
（直　译）拿　做　砖头 手　里
（意　译）当砖手里拿，

（土俗字）拍　门神
（壮　文）Bek muenzsinz，
（直　译）敲　门神
（意　译）敲门神，

（土俗字）便　很　忐　当　壳
（壮　文）Benz hwnj gwnz dang hak.
（直　译）爬　向　上　当　官
（意　译）当官往上爬。

【Daihnyih caengz muq hai，gyangding Ranzmauz. Mauz ceiyuenh son Mauz Hoengz sij doiq.】

【第二道幕开，毛家厅堂。毛知县指点毛鸿写对联。】

Mauz ceiyuenh【gyangj】

毛知县【白】

（土俗字）仂　勾　呀　盟　打　细　咪　盟　就　胎　喽
（壮　文）Lwg gou ya，mwngz daj saeq meh mwngz couh dai lo，
（直　译）我　儿　呀　你　自　幼　妈　你　就　死　了
（意　译）我儿呀，幼时你妈就过世了，

（土俗字）伊坡　盟　估　坡　又　估　咪　养　盟
（壮　文）aeboh mwngz guh boh youh guh meh，ciengx mwngz
（直　译）阿爸　你　当　爹　又　当　娘　养　你
（意　译）你爸当爹又当妈，把你养

（土俗字）宏　文伝　熟话　慷　哮　宏　当　媪
（壮　文）hung baenzvunz，sugvah gyangj “mbauq hung dang voen，
（直　译）大　成人　俗话　讲　男　大　当　婚
（意　译）大成人，俗话说“男大当婚，

（土俗字）哨　宏　当　吓　盟　奏　玉音　途　合心
（壮　文）sau hung dang haq”，mwngz caeuq Nyawhyim dox habsim
（直　译）女　大　当　嫁　你　和　玉音　相互　合心
（意　译）女大当嫁”，你和玉音情投

（土俗字）合意　勾　相　哼　收　办　衣　门
（壮　文）hab'eiq，gou siengj haengj sou banh ndei muenz
（直　译）合意　我　想　给　你们　办　好　这门
（意　译）意合，我想给你们成全这门

（土俗字）亲仕　内　布　鲁　盟　心意　鱼样
（壮　文）cinseih neix，mbouj rox mwngz sim'eiq nyawzyiengh?
（直　译）亲事　这　不　知　你　心意　怎样
（意　译）亲事，不知你意下如何？

Mauz Hoengz【gyangj】
毛鸿【白】
（土俗字）伊坡　心意　汝　敢　侄　从　只示　三　三
（壮　文）Aeboh sim'eiq bawz gaemj ndi coengz，cijseix sam sam
（直　译）阿爸　心意　谁　敢　不　从　只是　三　三
（意　译）父亲之意敢不从命，只是三月三

（土俗字）批　扫墓　为　救　玉音　勾　顶　肖　太岁
（壮　文）bei sauqmoh，vih gyuq Nyawhyim gou dingj Siu daisui，
（直　译）去　扫墓　为　救　玉音　我　顶　肖　太岁
（意　译）去扫墓，为救玉音我顶撞了肖太岁，

（土俗字）只　劳　兰　肖　侄　哼　壮　卦
（壮　文）cij lau ranz Siu ndi haengj cuengq gvaq.
（直　译）就　怕　家　肖　不　肯　放　过
（意　译）只怕肖家不肯善罢甘休。

Mauz ceiyuenh【gyangj】
毛知县【白】
（土俗字）则　仕　内　伊坡　勾　以　鲁　元尤　仂　勾
（壮　文）Ndaek seih neix aeboh gou hix rox yuenzyouz，lwg gou
（直　译）件　事　这　阿爸　我　已　知　原由　儿　我
（意　译）此事为父已知原由，我儿

（土俗字）估　礼　争　坤　森　地　弼
（壮　文）guh ndaej deng，mbwn laemq deih baed，
（直　译）做　得　对　天　崩　地　陷
（意　译）做得对，天崩地陷，

（土俗字）眉　伊坡　斗　谭
（壮　文）meiz aeboh daeuj daemx!
（直　译）有　阿爸　来　顶
（意　译）自有为父来承当!

【Laeng muq suenj】
【幕后喊】
（土俗字）张　伝宏　滕
（壮　文）Cieng vunzhung daengz!
（直　译）张　大人　到
（意　译）张大人到!

Mauz ceiyuenh【okdaeuj ciep，gyangj】
毛知县【出来迎接，白】
（土俗字）张　元外　井
（壮　文）Cieng yuenzvaih，cingj……
（直　译）张　员外　请
（意　译）张员外，请……

Cieng yuenzvaih【meizlaex dwk，gyangj】
张员外【彬彬有礼地，白】
（土俗字）县尊　伝宏　幼　忐　受　拜　皮　刁
（壮　文）Yuenhcaen vunzhung yawq gwnz，soux baiq baez ndeu!
（直　译）县尊　大人　在　上　请　受　一　拜
（意　译）县尊大人在上，请受一拜!

Mauz ceiyuenh【gyangj】
毛知县【白】
（土俗字）侄　礼　批　接　井
（壮　文）Ndi ndaej bei ciep，cingj!
（直　译）不　得　出　迎　请
（意　译）有失远迎，请!

Cieng yuenzvaih【gyangj】
张员外【白】
（土俗字）井
（壮　文）Cingj!
（直　译）请
（意　译）请!

Mauz ceiyuenh【gyangj】
毛知县【白】
（土俗字）毛　鸿　　眼　侄　斗　伦　张　伝宏
（壮　文）Mauz Hoengz，haenx ndi daeuj rin Cieng vunzhung.
（直　译）毛　鸿　　还　不　来　见　张　大人
（意　译）毛鸿，还不来见张大人。

Mauz Hoengz【meizlaex dwk，gyangj】
毛鸿【彬彬有礼地，白】
（土俗字）张　伝宏
（壮　文）Cieng vunzhung!
（直　译）张　大人
（意　译）张大人!
【Mauz Hoengz hengz laex.】
【毛鸿施礼。】

Cieng yuenzvaih【gyangj】
张员外【白】
（土俗字）免礼　免礼　哈　哈　仂哮　盟　年荟
（壮　文）Mienxlaex mienxlaex! Ha ha，lwgmbauq mwngz nienzoiq，
（直　译）免礼　免礼　哈　哈　儿子　你　年少
（意　译）免礼免礼! 哈哈，令郎年少，

（土俗字）文哮　申气　卦愣　败那　咣嗦嗦
（壮　文）baenzmbauq caenzheiq，gvaqlaeng baihnaj ronghsagsag!
（直　译）英俊　神气　日后　前程　光明
（意　译）一表人才，日后前程无限!

Cieng yuenzvaih【eu fwen】
张员外【唱】
（土俗字）毛　鸿　八字　开　佯　乖　当　巴里
（壮　文）Mauz Hoengz betcih hai，Yiengh gvai daengq byaleix;
（直　译）毛　鸿　八字　开　样　乖　像　鲤鱼
（意　译）毛鸿八字开，样像鲤鱼乖;

（土俗字）宗名　又　零利　昨　古　礼　汤　宏
（壮　文）Coengmingz youh lingzleih，Cog goj ndaej dang hung，
（直　译）聪明　又　伶俐　将来　可　得　当　大官
（意　译）聪明又伶俐，当大官将来。

Mauz ceiyuenh【gyangj】
毛知县【白】
（土俗字）张　皮　帼　卦帽　啰
（壮　文）Cieng beix haenh gvaqmauh lo.
（直　译）张　兄　夸　过大　了
（意　译）张兄过奖了，

（土俗字）伪　勾 快　哼　张　伝宏　淶查
（壮　文）Lwg go vaiq haengj Cieng vunzhung raixcaz.
（直　译）儿　我 快　给　张　大人　倒茶
（意　译）我儿快给张大人端茶。

【Mauz Hoengz haengj Cieng yuenzvaih raixcaz，roengzbei.】
【毛鸿给张员外端茶，下。】

Cieng yuenzvaih【gyangj】
张员外【白】
（土俗字）毛　皮　偻　双　伝　什　卑　仝学　呈　当　丁逄
（壮　文）Mauz beix，raeuz song vunz cib bi doengzhag，cingz daengq dinfwngz.
（直　译）毛　兄　我们 两　人　十　年 同学　情　如　手足
（意　译）毛兄，我俩十年同窗，亲如手足。

（土俗字）偻　浸　卑 生　兑　哮乇　哨乇
（壮　文）Raeuz caemh bi seng doiq mbauqdog saudog，
（直　译）我们　同　年 生　对　独男　独女
（意　译）我们同年生下这对独男独女，

（土俗字）相　仝皮　偻　层经　眉　卦　心愿
（壮　文）siengj doenghbaez raeuz caengzging meiz gvaq simnyuenh，
（直　译）想　已往　我们 曾经　有　过　心愿
（意　译）想已往，我们曾有过心愿，

（土俗字）差 爹　宏　文伝　乜 偻　就　呷亲
（壮　文）caj di hung baenzvunz le，raeuz couh gapcin.
（直　译）等 他们 长大 成人　了 我们 就　合亲
（意　译）待他俩成人后，我们两家就合亲。

(土俗字) 相 布 腾 爹 以 途 合心 合意
(壮 文) Siengj mbouj daengz di hix dox habsim hab'eiq,
(直 译) 想 不 到 他们 也 相互 合心 合意
(意 译) 想不到他们也情投意合,

(土俗字) 珍 示 坤 生 乙 对 呀
(壮 文) cin seix mbwn seng it doiq ya!
(直 译) 真 是 天 生 一 对 呀
(意 译) 真是天生一对呀!

Mauz ceiyuenh【gyangj】
毛知县【白】
(土俗字) 正 示 文内
(壮 文) Cingq seix baenzneix!
(直 译) 正 是 这样
(意 译) 正是如此!

Cieng yuenzvaih【gyangj】
张员外【白】
(土俗字) 张 某 眉 乙 句 布 鲁 礼 慷 布 礼 慷
(壮 文) Cieng moux meiz it caenz, mbouj rox ndaej gyangj mbouj ndaej gyangj.
(直 译) 张 某 有 一 句 不 知 得 讲 不 得 讲
(意 译) 张某有一句,不知当讲不当讲。

Mauz ceiyuenh【gyangj】
毛知县【白】
(土俗字) 偻 布 迪 途呷 艮 刁 噜
(壮 文) Raeuz mbouj dwg doxgap ngoenz ndeu lo,
(直 译) 我们 不 是 相交 天 一 喽
(意 译) 你我非一日之交,

(土俗字) 眉 讹 绶 慷 布 劳
(壮 文) meiz vah couh gyangj mbouj lau!
(直 译) 有 话 就 讲 不 怕
(意 译) 有话但说无妨!

Cieng yuenzvaih【gyangj】
张员外【白】

（土俗字）张 某 眉意 相 便 很 桑 浪 盟
（壮 文）Cieng moux meizeiq siengj benz hwnj sang，langh mwngz
（直 译）张 某 有意 想 攀爬 上 高 若 你
（意 译）张某有意想高攀，若你

（土俗字）侄 欠 意 勾 布鲁数 颂 姐仂 估媒
（壮 文）ndi yiem eiq，gou mboujroxsoq coengh dahlwg guhmoiz，
（直 译）不 嫌 意 我 冒昧 代 女儿 作媒
（意 译）不嫌弃，我冒昧代女儿作媒，

（土俗字）除 妲 玉音 背 哼 仂哮 盟 张 毛
（壮 文）dawz dah Nyawhyim boiq haengj lwgmbauq mwngz. Cieng Mauz
（直 译）把 小女 玉音 配 给 儿子 你 张 毛
（意 译）把小女玉音配给令郎。张毛

（土俗字）双 兰 长乱 决 秦晋 之衣
（壮 文）sueng ranz ciengzlwenx giet caenzcinq cei'ndei，
（直 译）两 家 永 结 秦晋 之好
（意 译）两家永结秦晋之好，

（土俗字）布 鲁 毛 皮 心意 鱼样
（壮 文）mbouj rox Mauz beix sim'eiq nyawzyiengh?
（直 译）不 知 毛 兄 心意 怎样
（意 译）不知仁兄尊意如何？

Mauz ceiyuenh【angq dwk dapwngq，gyangj】
毛知县【欣然应允，白】
（土俗字）衣 哈 勾 以 受 眉 色 心愿 内
（壮 文）Ndei ha! Gou hix caeux meiz saek simnyuenh neix，
（直 译）好 哇 我 也 早 有 此 心愿 这
（意 译）好哇！我也早有此愿，

（土俗字）珍 迪 侄 噌 自 途仝 哈
（壮 文）cin dwg ndi nyaeng cix doxdoengz ha!
（直 译）真 是 不 商量 而 相同 啊
（意 译）真是不谋而合啊！

Cieng yuenzvaih【yaep hohfwngz suenq，gyangj】
张员外【掐手指节推算，白】
（土俗字）艮内　正　示　艮衣　偻　就　哼　爹
（壮　文）Ngoenzneix cingq seix ngoenzndei，raeuz couh haengj di
（直　译）今天　正　是　吉日　我们 就　给　他们
（意　译）今日刚好是黄道吉日，我们就给他们

（土俗字）开　八字　当那　定亲
（壮　文）hai betcih dangqnaj dinghcin.
（直　译）开　八字　当面　定亲
（意　译）开八字当面定亲。

Mauz ceiyuenh【coh baihndaw，gyangj】
毛知县【向内，白】
（土俗字）家院　除　纸红　笔墨　斗
（壮　文）Gyayuenh dawz ceijhoengz bitmaeg daeuj.
（直　译）家院　拿　红纸　笔墨　来
（意　译）家院拿红纸笔墨来。

【Gyayuenh dawz ceij bit maeg hwnj daiz，Cieng yuenzvaih caeuq Mauz ceiyuenh gag hai betcih，sij yuenz doxvuenh.】

【家院拿纸张笔墨上，张员外和毛知县各开八字，写毕交换。】

Cieng yuenzvaih【yaep lwgfwngz suenq，eu fwen】
张员外【屈指推算，唱】
（土俗字）毛　鸿　奏　玉音　呷　双　伝　八字
（壮　文）Mauz Hoengz caeuq Nyawhyim，Gap song vunz betcih；
（直　译）毛　鸿　和　玉音　合　两　人　八字
（意　译）毛鸿和玉音，八字和一起；

（土俗字）正迪　木　奏　水　合　富贵　夫妻
（壮　文）Cingqdwg moeg caeuq sij，Hab fouqgviq foucae.
（直　译）正是　木　和　水　合　富贵　夫妻
（意　译）正是木和水，合富贵夫妻。

Mauz ceiyuenh【guh fwen】
毛知县【唱】

(土俗字) 毛 张 姻元 合 当 白学 逢 春
(壮 文) Mauz Cieng nyienyuenz hab，Daengq beghag fungz cin；
(直 译) 毛 张 姻缘 合 像 白鹤 逢 春
(意 译) 毛张姻缘合，白鹤逢春到；

(土俗字) 望 伪 呷 咬 亲 计 估 林 卦 俭
(壮 文) Muengh lwg gap baenz cin，Gaej guh rumz gvaq gemh.
(直 译) 望 儿 合 成 亲 莫 做 风 过 坳
(意 译) 盼儿合成亲，莫做风过坳。

Cieng yuenzvaih【gyangj】
张员外【白】
(土俗字) 毛 皮 慷 眉 理
(壮 文) Mauz beix gyangj meiz leix!
(直 译) 毛 兄 讲 有 理
(意 译) 仁兄言之有理!

【Cieng yuenzvaih gyau hawj “betcih”，guh fwen】
【张员外交上“八字”，唱】
(土俗字) 途巴 意 淋 墓
(壮 文) Duzbya eiq raemx mboq，
(直 译) 鱼儿 爱 水 泉
(意 译) 鱼爱新水来，

(土俗字) 跳 屋 渡
(壮 文) Diuq ok doh，
(直 译) 跳 出 洞口
(意 译) 跃洞外，

(土俗字) 由 批 祖 达宏
(壮 文) Youz bei coh dahhung；
(直 译) 游 去 向 大河
(意 译) 游去大河海；

(土俗字) 名 估 壳 汤 宏
(壮 文) Mwngz guh hak dang hung，
(直 译) 你 做 官 当 大
(意 译) 你做官气派，

（土俗字）勾　眉　银
（壮　文）Gou meiz ngaenz，
（直　译）我　有　钱
（意　译）我多财，

（土俗字）齐　呷　亲　最　合
（壮　文）Caez gap cin cuiq hab.
（直　译）同　合　亲　最　好
（意　译）结亲最应该。

Mauz ceiyuenh【guh fwen】
毛知县【唱】
（土俗字）呷　只　呷　腾　狗
（壮　文）Gap cix gap daengz gyaeuj，
（直　译）合　就　合　到　头
（意　译）合就合到终，

（土俗字）偻　双　父
（壮　文）Raeuz song boux，
（直　译）咱　两　个
（意　译）我俩公，

（土俗字）计　估　厚　卦　林
（壮　文）Gaej guh haeux gvaq rumz；
（直　译）莫　做　稻　过　风
（意　译）莫做稻倒风；

（土俗字）呷　只　呷　长匀
（壮　文）Gap cix gap ciengzyinz，
（直　译）合　就　合　长久
（意　译）合就合久永，

（土俗字）乙　条　心
（壮　文）It diuz sim，
（直　译）一　条　心
（意　译）心相通，

(土俗字) 计 估 君 卦 路
(壮 文) Gaej guh gun gvaq loh.
(直 译) 莫 做 君 过 路
(意 译) 莫做过路翁。

Cieng yuenzvaih【guh fwen】
张员外【唱】
(土俗字) 分明 迭 忐 寅 计 哼 丁 页 喃
(壮 文) Faenmingz dieb gwnz rin, Gaej haengj din nem namh;
(直 译) 分明 踏 上 石 不 给 脚 粘 土
(意 译) 分明踏石墩，脚不让泥粘；

(土俗字) 分明 齐 呷 岩 林浪 布 翻 心
(壮 文) Faenmingz caez gap ngamj, Rumzlangh mbouj fanj sim.
(直 译) 分明 同 合 适合 风浪 不 反 心
(意 译) 结亲最适合，风浪心不变。

Mauz ceiyuenh【gyangj】
毛知县【白】
(土俗字) 妲细 盟 才貌 双 全 礼 欧 麻 估 泊
(壮 文) Dahnyaeq mwngz caizmauh sueng cienz, ndaej aeu ma guh bawx,
(直 译) 小女 你 才貌 双 全 得 娶 回 做 儿媳
(意 译) 令爱才貌双全，能娶为儿媳，

(土俗字) 勾 以 壮心 了
(壮 文) gou hix cuengqsim liux!
(直 译) 我 也 放心 了
(意 译) 我也放心了！

Cieng yuenzvaih【gyangj】
张员外【白】
(土俗字) 特伪 盟 父伝 孝顺 年悔 志桑
(壮 文) Daeglwg mwngz bouxvunz hauqsinh, nienzoiq ceiqsang,
(直 译) 儿子 你 个人 孝顺 年幼 志高
(意 译) 令郎为人孝顺，年少志高，

(土俗字) 礼 欧 估 伪垂 勾 以 心意 门促 啦
(壮 文) ndaej aeu guh lwgguiz, gou hix sim'eiq muenxcuk la.
(直 译) 得 要 做 女婿 我 也 心意 满足 了
(意 译) 得当作女婿，我也心满意足了。

【Mauz Hoengz hwnj daiz，haengj song boux laux gingqcaz.】
【毛鸿上，给二老敬茶。】

Mauz ceiyuenh【gyangj】
毛知县【白】
(土俗字) 毛 鸿 快 斗 拜 坡他 伝宏
(壮 文) Mauz Hoengz，vaiq daeuj baiq bohda vunzhung!
(直 译) 毛 鸿 快 来 拜见 岳父 大人
(意 译) 毛鸿，快来拜见岳丈大人!

Mauz Hoengz【gyangj】
毛鸿【白】
(土俗字) 老泰山 幼 忐 井 受 仂垂足 乙 礼
(壮 文) Lauxdaiqsan yawq gwnz，cingj souh lwgguizhuk it laex!
(直 译) 老泰山 在 上 请 受 愚婿 一 礼
(意 译) 老泰山在上，请受愚婿一礼!

Cieng yuenzvaih【gyangj】
张员外【白】
(土俗字) 免礼
(壮 文) Mienxlaex!
(直 译) 免礼
(意 译) 免礼!

【Doiq Mauz ceiyuenh，gyangj】
【对毛知县，白】
(土俗字) 偻 双 兰 打 时内 呷文 亲家 眉 福
(壮 文) Raeuz song ranz daj seizneix gapbaenz cin'gya，meiz fuk
(直 译) 我们 两 家 从 这时 结成 亲家 有 福
(意 译) 我们两家从此结成亲家，有福

(土俗字) 仝 享 眉 难 仝 汤 顺 恩 良衣
(壮 文) doengz yiengj，meiz nanh doengz dang. Swnh aen ngoenzndei
(直 译) 同 享 有 难 同 当 趁 个 吉日
(意 译) 同享，有难同当。趁这个吉日

(土俗字) 时利 内 偻 就 哼 爹 双 仂 交
(壮 文) seizleih neix，raeuz couh haengj di song lwg gyau
(直 译) 时利 这 我们 就 给 他们 两 儿 交
(意 译) 良时，我们就给儿女们交

(土俗字) 定情物 吧
(壮 文) dinghcingzfaed ba!
(直 译) 定情物 吧
(意 译) 定情物吧!

Mauz ceiyuenh【gyangj】
毛知县【白】
(土俗字) 衣 卯 鸿 快 批 除 全家宝 斗
(壮 文) Ndei, Mauz Hoengz vaiq bei dawz cuenzgyabauj daeuj.
(直 译) 好 毛 鸿 快 去 拿 传家宝 来
(意 译) 好,毛鸿快去拿传家宝来。

Mauz Hoengz【gyangj】
毛鸿【白】
(土俗字) 衣
(壮 文) Ndei!
(直 译) 好
(意 译) 好!
【Haeuj ndaw dawz doiq giemqyuenyieng ndeu okdaeuj.】
【入内取出一对鸳鸯剑。】

Mauz ceiyuenh【gyangj】
毛知县【白】
(土俗字) 对 剑鸳鸯 内 法 刁 送 哼 姐细
(壮 文) Doiq giemqyuenyieng neix, fag ndeu soengq haengj dahnyaeq
(直 译) 对 鸳鸯剑 这 把 一 送 给 爱女
(意 译) 这对鸳鸯剑,一把送给令爱

(土俗字) 玉音 盟 法 刁 留 幼 忐躺 卯 鸿
(壮 文) Nyawhyim mwngz, fag ndeu louz yawq gwnzndang Mauz Hoengz.
(直 译) 玉音 你 把 一 留 在 身上 毛 鸿
(意 译) 玉音,一把就留在特鸿身上。

【Cieng yuenzvaih ciep giemq le, mbon song mbaw man soujbaq ok daeuj.】
【张员外接剑后,取出两方壮锦手帕。】
Cieng yuenzvaih【gyangj】
张员外【白】

（土俗字）双 笆 蛮 手坝 内 笆 刁 送 哼
（壮 文）Song mbaw man soujbaq neix，mbaw ndeu soengq haengj
（直 译）两 张 壮锦 手帕 这 张 一 送 给
（意 译）这两张壮锦手帕，一张送给

（土俗字）伖垂 笆 刁 留 哼 妲细 玉音
（壮 文）lwgguiz，mbaw ndeu louz haengj dahnyaeq Nyawhyim.
（直 译）女婿 张 一 留 给 小女 玉音
（意 译）贤婿，一张留给小女玉音。
【Mauz Hoengz ciep soujbaq.】
【毛鸿接手帕。】

Cieng yuenzvaih、Mauz ceiyuenh【gaem fwngz goengheij，gyangj】
张员外、毛知县【交手道贺，白】
（土俗字）公唏 公唏 哈 哈
（壮 文）Goengheij goengheij！Ha ha……
（直 译）恭喜 恭喜 哈 哈
（意 译）恭喜恭喜！哈哈……

Cieng yuenzvaih【gyangj】
张员外【白】
（土俗字）士宏 以 文 勾 介 批麻 啦
（壮 文）Daihseih hix baenz，gou wnggai beima la.
（直 译）大事 已 成 我 该 回去 啦
（意 译）大事已经成，我该告辞了。

Mauz ceiyuenh【gyangj】
毛知县【白】
（土俗字）勾 以 侄 留 盟 了 卯 鸿 宋 坡他 伝老 盟
（壮 文）Gou hix ndi louz mwngz lo，Mauz Hoengz soengq bohda vunzlaux mwngz！
（直 译）我 也 不 留 你 了 毛 鸿 送 岳丈 大人 你
（意 译）我也不相留了，毛鸿送你的岳丈大人！
【Mauz Hoengz soengq Cieng yuenzvaih roengzbei. Gyading gip hwnj.】
【毛鸿送张员外下，家丁急上。】

Gyading【gyangj】
家丁【白】

(土俗字) 秉报　老爷　知府　壳差　布　经　传报
(壮　文) Bingjbauq lauxi, ceifouj hakcai mbouj ging cuenzbauq,
(直　译) 禀报　老爷　知府　官差　不　经　传报
(意　译) 禀报老爷，知府官差不经传报，

(土俗字) 各　稳　口　府　斗　幼　公堂　呛
(壮　文) gag ndonj haeuj fouj daeuj, yawq goengdangz rongx,
(直　译) 自　闯　进　府　来　在　公堂　咆哮
(意　译) 自闯入府，咆哮公堂，

(土俗字) 旬旬　声声　欧　伦　老爷
(壮　文) coenzcoenz singsing aeu rin lauxi.
(直　译) 句句　声声　要　见　老爷
(意　译) 口口声声要见老爷。

Mauz ceiyuenh【doeksaenz, gyangj】
毛知县【惊讶，白】
(土俗字) 爹　眉　计尔　工干
(壮　文) Di meiz gaejrawz goengganq?
(直　译) 他们 有　什么　公干
(意　译) 他们有何公干？

Gyading【gyangj】
家丁【白】
(土俗字) 伝细　布　坩　参
(壮　文) Vunzsaeq mbouj gamj cam.
(直　译) 小人　不　敢　问
(意　译) 小人不敢过问。

Mauz Hoengz【gyangj】
毛鸿【白】
(土俗字) 伊坡　单劳　斗　计　布　衣
(壮　文) Aeboh, danlau daeuj gaej mbouj ndei……
(直　译) 阿爸　恐怕　来　别　不　善
(意　译) 阿爸，恐怕来者不善……

Mauz ceiyuenh【naemj yaep he, byoengqbyat dwk, gyangj】
毛知县【沉思片刻，断然地，白】

（土俗字）井
（壮　文）Cingj!
（直　译）请
（意　译）请!

Gyading【yiengq rog，suenj】
家丁【向外，喊】
（土俗字）伝宏　　眉　井
（壮　文）Vunzhung meiz cingj!
（直　译）大人　　有　请
（意　译）大人有请!
【Gyading roengz.】
【家丁下。】

【Siufouj hakcai song vunz cung haeujdaeuj.】
【肖府官差带二差役闯入。】

Mauz ceiyuenh【mbouj ndaengndiengq hix dwglau dwk，gyangj】
毛知县【不卑不亢地，白】
（土俗字）壳差　腾　兰　眉　麻　存教　啊
（壮　文）Hakcai daengz ranz，meiz maz son'gyauq ha?
（直　译）官差　到　家　有　何　见教　啊
（意　译）官差登门，有何见教呀?

Hakcai【gyangj】
官差【白】
（土俗字）盟　示　毛　知县
（壮　文）Mwngz seix Mauz ceiyuenh?
（直　译）你　是　毛　知县
（意　译）你是毛知县?

Mauz ceiyuenh【gyangj】
毛知县【白】
（土俗字）示　壳细
（壮　文）Seix haksaeq!
（直　译）是　下官
（意　译）下官就是!

Hakcai【gyangj】
官差【白】
(土俗字) 知府 老爷 写书 谋 茶 六寨 毛 知县 犯
(壮 文) Ceifouj lauxi sijsaw naeuz, caz Loegsaih Mauz ceiyuenh famh
(直 译) 知府 老爷 写字 说 查 六寨 毛 知县 犯
(意 译) 知府老爷手谕，查六寨毛知县犯

(土俗字) 忐 乱估 纵 仂 行凶 经 程报
(壮 文) gwnz guhluenh, coengh lwg hengzyung, ging cingzbauq
(直 译) 上 作乱 帮助 子 行凶 经 呈报
(意 译) 上作乱，纵子行凶，经呈报

(土俗字) 刑部 准命 除 毛犯 剥尺 中军 立尺 介 府
(壮 文) hingzbouh cinjmingh, dawz Mauzfamh bakcik cunggun, libcik gyaiq fouj!
(直 译) 刑部 准命 将 毛犯 剥职 充军 立即 解 府
(意 译) 刑部准命，将毛犯剥职充军，立即解府！

Mauz Hoengz【heiqgaek dwk, gyangj】
毛鸿【怒不可遏地，白】
(土俗字) 计内 示 黔皓 倒顶 价 祸 哼 伝
(壮 文) Gaejneix seix ndaemhau dauqdingq, gyaq hux haengj vunz!
(直 译) 这种 是 黑白 颠倒 架 祸 给 人
(意 译) 这是颠倒黑白，嫁祸于人！

Mauz ceiyuenh【gyangj】
毛知县【白】
(土俗字) 奸臣 当道 民 苦 将 死 想 加 哼 罪
(壮 文) Gyancaenz dangdauh, minz hoj cak dai, siengj gya haengj coih,
(直 译) 奸臣 当道 民 苦 挣扎 死 欲 加 给 罪
(意 译) 奸臣当道，民不聊生，欲加之罪，

(土俗字) 渠 劳 布 眉 话 壳差 败那 太路
(壮 文) gyawz lau mbouj meiz vah! Hakcai baihnaj daiqloh!
(直 译) 何 患 没 有 话 官差 前面 带路
(意 译) 何患无辞！官差前面带路！

Hakcai【gyangj】
官差【白】

（土俗字）差丁
（壮　文）Caiding!
（直　译）差丁
（意　译）差丁!

Song boux caiding【gyangj】
二差丁【白】
（土俗字）眉
（壮　文）Meiz!
（直　译）有
（意　译）有!

Hakcai【gyangj】
官差【白】
（土俗字）除　毛犯　怖毛　脱　笼斗　逐　解　麻　府
（壮　文）Dawz Mauzfamh buhmauh duet roengzdaeuj，cug gyaiq ma fouj!
（直　译）把　毛犯　衣帽　脱　下来　绑　解　回　府
（意　译）将毛犯衣冠剥下，绑解回府!

【Song boux caiding duet roengz buhmauh Mauz ceiyuenh，gyaq hwnj aen gaz.】
【二差丁役剥去毛知县衣冠，戴上木枷。】

Mauz Hoengz【siengsim yaek dai，gyangj】
毛鸿【悲愤欲绝，白】
（土俗字）伊坡
（壮　文）Aeboh!
（直　译）阿爸
（意　译）阿爸!

【Eu fwen】
【唱】
（土俗字）偻　生　离　胎　别
（壮　文）Raeuz seng liz dai bied，
（直　译）咱　生　离　死　别
（意　译）生死咱别难，

（土俗字）极　凄切
（壮　文）Gig caeciet，
（直　译）极　凄切
（意　译）真凄惨，

（土俗字）肩部　活　淋他
（壮　文）Genbuh uet raemxda；
（直　译）衣袖　抹　眼泪
（意　译）抹眼泪不干；

（土俗字）种　示　为　肖家
（壮　文）Cungj seix vih Siugya，
（直　译）都　是　因为 肖家
（意　译）都是肖家干，

（土俗字）行　心麻
（壮　文）Hengz simma，
（直　译）行　狗心
（意　译）狗心肝，

（土俗字）除　全　家　册　散
（壮　文）Dawz cienz gya cek sanq.
（直　译）把　全　家　拆　散
（意　译）把全家拆散。

Mauz ceiyuenh【eu fwen】
毛知县【唱】
（土俗字）伝恶　贯　行　凶
（壮　文）Vunzak gvenq hengz yung，
（直　译）恶人　惯　行　凶
（意　译）恶人行凶急，

（土俗字）伆　亥 盟
（壮　文）Lwg ha mwngz，
（直　译）儿　呀 你
（意　译）儿呀你，

（土俗字）作　逐　逢　斗　记
（壮　文）Cag cug fwngz daeuj geij；
（直　译）绳　绑　手　来　记
（意　译）绳绑手来记；

（土俗字）患一 勾 侄 俚
（壮 文）Fanh'it gou mbouj leix,
（直 译）万一 我 不 活
（意 译）万一我永离，

（土俗字）古 胎 批
（壮 文）Goj dai bei,
（直 译）可 死 去
（意 译）真死去，

（土俗字）盟 欧 记 报仇
（壮 文）Mwngz aeu geiq bauqsaeuz.
（直 译）你 要 记 报仇
（意 译）报仇你要记。

Hakcai【baez nyoengx Mauz ceiyuenh, gyangj】
官差【猛推毛知县，白】
（土俗字）快吱 批
（壮 文）Vaiqdei bei!
（直 译）快点 走
（意 译）快走!

Mauz Hoengz【gyaep hwnjbei, deng dik laemx, suenj】
毛鸿【追上，被踢倒，喊】
（土俗字）伊坡
（壮 文）Aeboh!
（直 译）阿爸
（意 译）阿爸!

【Daeng ndaep muq roengz.】
【灯暗幕落。】

（土俗字）场　大三　突变
（壮　文）Ciengz Daihsam Fwtbienq
（直　译）场　第三　突变
（意　译）第三场　突变

【Ciengzgonq geij ngoenz laeng.】
【前场数日后。】

【Baihnaj fan muq daihnyih：Mauz Hoengz aemq aen baufug vaih ndeu hwnj daiz.】
【二道幕前：毛鸿背一破包袱上】

Mauz Hoengz【guh fwen】
毛鸿【唱】
（土俗字）兰　露　争　温　笼
（壮　文）Ranz roh deng fwn roengz，
（直　译）屋　漏　遭　雨　落
（意　译）屋漏遭大雨，

（土俗字）又　很　林
（壮　文）Youh hwnj rumz，
（直　译）又　起　风
（意　译）风又起，

（土俗字）当　淋　中　枯藕
（壮　文）Daengq raemx cung go'ngaeux；
（直　译）像　水　冲　莲藕
（意　译）像水冲藕急；

（土俗字）坡　争　缯　以后
（壮　文）Boh deng gyaeng hixhaeuh，
（直　译）爸　被　关　以后
（意　译）爸被关进去，

(土俗字) 计　琴秀
(壮　文) Gaej gimzsouq,
(直　译) 其　禽兽
(意　译) 禽兽逼,

(土俗字) 哏　欧　斗　抄家
(壮　文) Haenx aeu daeuj caugya.
(直　译) 还　要　来　抄家
(意　译) 还来抄家里。

【Sinj guh fwen】
【接唱】
(土俗字) 尽　各　议　各　亏
(壮　文) Cinx gag ngeix gag vei,
(直　译) 全　自　想　自　亏
(意　译) 自想亏到底,

(土俗字) 计　东西
(壮　文) Gaej doengsae,
(直　译) 那些 东西
(意　译) 那东西,

(土俗字) 总　劫　批　少刹
(壮　文) Cungj gvet bei seuqsat;
(直　译) 都　劫　去　清光
(意　译) 全都被劫去;

(土俗字) 佂　而　眉　条杂
(壮　文) Ndi lw meiz diuzcag,
(直　译) 不　余　有　绳子
(意　译) 没有点剩余,

(土俗字) 布　办法
(壮　文) Mbouj banhfap,
(直　译) 没　办法
(意　译) 没办法,

(土俗字) 勾 流落 街头
(壮 文) Gou luzlag gaidaeuz.
(直 译) 我 流浪 街头
(意 译) 我流浪讨乞。

【Sinj guh fwen】
【接唱】
(土俗字) 越 想 越 愁谋
(壮 文) Yied siengj yied saeuzmaeuz,
(直 译) 越 想 越 忧愁
(意 译) 越想越忧心，

(土俗字) 艮内 勾
(壮 文) Ngoenzneix gou,
(直 译) 今天 我
(意 译) 我如今，

(土俗字) 当 漂 无 江达
(壮 文) Daengq biu youz gyangdah;
(直 译) 像 萍 浮 江河
(意 译) 像江河浮萍；

(土俗字) 伊坡 亥 伊坡
(壮 文) Aeboh ha Aeboh,
(直 译) 阿爸 啊 阿爸
(意 译) 父亲啊父亲，

(土俗字) 估 仂甲
(壮 文) Guh lwggyax,
(直 译) 当 孤儿
(意 译) 孤伶仃，

(土俗字) 样鱼 卦 兆伝
(壮 文) Yienghnyawz gvaq ciuhvunz.
(直 译) 怎样 过 一世
(意 译) 一生怎经营。

【Sinj guh fwen】
【接唱】
(土俗字)很　坤　侄眉　赂
(壮　文)Hwnj mbwn ndi meiz loh,
(直　译)上　天　没有　路
(意　译)上天无门路,

(土俗字)仂　辛苦
(壮　文)Lwg sinhoj,
(直　译)儿　辛苦
(意　译)儿辛苦,

(土俗字)拉　伊坡　布　腾
(壮　文)Ra aeboh mbouj daengz;
(直　译)找　阿爸　不　到
(意　译)找不回老父;

(土俗字)望　双　他尽　红
(壮　文)Muengh song da cinx hoengz,
(直　译)望　两　眼都　红
(意　译)望两眼红突,

(土俗字)坡　咳　盟
(壮　文)Boh hai mwngz,
(直　译)父　呀　你
(意　译)我亲父,

(土俗字)几时　能　再　到
(壮　文)Gijseiz naengz caiq dauq.
(直　译)几时　能　再　回
(意　译)何时回故土。

Leix Sienh【gipmuengz hwnj, rin Mauz Hoengz, gyangj】
李善【匆忙上,见毛鸿,白】
(土俗字)盟　布　示　毛　公子　吗
(壮　文)Mwngz mbouj seix Mauz goengceij ma?
(直　译)你　不　是　毛　公子　吗
(意　译)你不是毛公子吗?

（土俗字）勾 拉 盟 皮来 耐 了
（壮 文）Gou ra mwngz baezlai naih liux.
（直 译）我 找 你 好多 久 了
（意 译）我找你好久了。

Mauz Hoengz【gyangj】
毛鸿【白】
（土俗字）往细 正示 毛 鸿 素来 布 鲁那
（壮 文）Nuengxnyaeq cingqseix Mauz Hoengz，soqlaiz mbouj roxnaj，
（直 译）小生 正是 毛 鸿 素来 不 相识
（意 译）小生正是毛鸿，素不相识，

（土俗字）爷大 尊姓 大名
（壮 文）idaih caensingq daihmingz?
（直 译）大伯 尊姓 大名
（意 译）大伯尊姓大名？

Leix Sienh【gyangj】
李善【白】
（土俗字）勾 姓 李 名 善 卡贯 曾经 奏
（壮 文）Gou singq Leix mingz Sienh，gaxgonq caengzging caeuq
（直 译）我 姓 李 名 善 以前 曾经 与
（意 译）我姓李名善，当年曾经与

（土俗字）坡 盟 估仕 考来 卑 督愣 幼
（壮 文）boh mwngz gunghseih haujlai bi，doeklaeng yawq
（直 译）爸 你 共事 好多 年 后来 在
（意 译）你爸共事多年，后来在

（土俗字）知府 牙门 当差 因为 布满 兰 肖
（壮 文）ceifouj yaxmwnz dangcai. Aenvih mboujmuenx ranz Siu
（直 译）知府 衙门 当差 因为 不满 家 肖
（意 译）知府衙门当差。因为不满肖家

（土俗字）行横 诸乡 皮 气刻 就 迟尺
（壮 文）hengzvang ndawyangh，baez heiqgaek couh ceizcik
（直 译）横行 乡里 一 怒气 就 辞职
（意 译）横行乡里，一气之下就辞职

(土俗字) 麻兰 哆幼 时内 幼 拉 岜册 拉 芾
(壮 文) maranz ndojyawq. Seizneix yawq laj Byacwx ra yw,
(直 译) 回家 隐居 现在 在 下 大明山 找 药
(意 译) 回家隐居。如今在大明山下采药,

(土俗字) 医 病 卦艮
(壮 文) ei bingh gvaqngoenz.
(直 译) 医治 病 度日
(意 译) 行医为生。

Mauz Hoengz【gyangj】
毛鸿【白】
(土俗字) 失敬 失敬 请参 爷大 眉 麻 见教
(壮 文) Saetgingq, saetgingq! Cingjcam idaih meiz maz gienqgyauq?
(直 译) 失敬 失敬 请问 大伯 有 何 见教
(意 译) 失敬!失敬!请问大伯有何见教?

Leix Sienh【gyangj】
李善【白】
(土俗字) 毛 鸿 啊
(壮 文) Mauz Hoengz ha!
(直 译) 毛 鸿 啊
(意 译) 毛鸿啊!

【Guh fwen】
【唱】
(土俗字) 兰 肖 行 心毒
(壮 文) Ranz Siu guh simdoeg,
(直 译) 家 肖 行 毒心
(意 译) 肖家毒心狼,

(土俗字) 幼 途中
(壮 文) Yawq dozcung,
(直 译) 在 途中
(意 译) 在路上,

(土俗字) 除 坡 盟 批 卡
(壮 文) Dawz boh mwngz bei gaj;
(直 译) 拿 爸 你 去 杀
(意 译) 杀你父身亡;

（土俗字）胎 幼 诸 堆 拉
（壮 文）Dai yawq ndaw ndoi laj，
（直 译）死 在 山 谷 下
（意 译）冤死在山冈，

（土俗字）惨 来 哈
（壮 文）Camj lai ha，
（直 译）惨 多 啊
（意 译）多凄惨，

（土俗字）连 怖化 脱 完
（壮 文）Lienz buhvaq duet yuenz.
（直 译）连 衣裤 剥 光
（意 译）衣裤被剥光。
【Mauz Hoengz dingq le，maez gvaqbei lo.】
【毛鸿听后，昏厥过去了。】

Leix Sienh【gyangj】
李善【白】
（土俗字）毛 鸿 毛 鸿
（壮 文）Mauz Hoengz Mauz Hoengz!
（直 译）毛 鸿 毛 鸿
（意 译）毛鸿毛鸿!

Mauz Hoengz【singj daeuj siengsim yaek dai，gyangj】
毛鸿【醒来伤心不已，白】
（土俗字）坡 啊 坡 啊
（壮 文）Boh ha，boh ha!
（直 译）爸 啊 爸 啊
（意 译）阿爸啊，阿爸啊!

【Guh fwen】
【唱】
（土俗字）淋力 压 淮 淮 自 落
（壮 文）Raemxlig at vai vai cix lak，
（直 译）洪水 冲 坝 坝 就 崩
（意 译）洪水冲坝坝就崩，

（土俗字）家兰　败落　只变　穹
（壮　文）Gyaranz baihlag cix bienq gungz;
（直　译）家庭　败落　就变　穷
（意　译）家庭败落变贫民；

（土俗字）家破　伝亡　受　欺压
（壮　文）Gyabuq vunzmuengz souh heiat,
（直　译）家破　人亡　受　欺压
（意　译）家破人亡受欺压，

（土俗字）勾　争　查　割　美　又　洫
（壮　文）Gou deng cax gvej meiq youh rwed.
（直　译）我　被　刀　割　醋　又　淋
（意　译）我被刀割醋又淋。

【Sinj guh fwen】
【续唱】
（土俗字）坡咪　胎　完　鱼　估　伝
（壮　文）Bohmeh dai yuenz yawz guh vunz,
（直　译）父母　死　完　怎　做　人
（意　译）父母都死怎做人，

（土俗字）坤　咳　坤　坤　咳　坤
（壮　文）Mbwn ha mbwn, mbwn ha mbwn;
（直　译）天　呀　天　天　呀　天
（意　译）天呀天，天呀天；

（土俗字）参　盟　为麻　他　布　咙
（壮　文）Cam mwngz vihmaz da mbouj rongh,
（直　译）问　你　为何　眼　不　明
（意　译）问你为何眼不明，

（土俗字）请　盟　开他　斗　存　伝
（壮　文）Cingj mwngz haida daeuj ngonz vunz;
（直　译）请　你　睁眼　来　看　人
（意　译）请你老天睁开眼；

（土俗字）为麻　伝恶　盟　侄　发
（壮　文）Vihmaz vunzyak mwngz ndi fad,
（直　译）为何　坏人　你　不　罚
（意　译）为何坏人你不惩，

（土俗字）父穷　父苦　怨　怜怜
（壮　文）Bouxgungz bouxhoj yuenq lienzlienz.
（直　译）穷人　苦人　怨　连连
（意　译）穷苦百姓怨连连。

Leix Sienh【gyangj】
李善【白】
（土俗字）卯　鸿　时你　勾　存　盟　各　父　伝　乇
（壮　文）Mauz Hoengz, seizneix gou ngonz mwngz gag boux vunz dog,
（直　译）毛　鸿　现在　我　看　你　自　个　人　独
（意　译）毛鸿，现在我看你孤苦伶仃，

（土俗字）布　依　布　梏　浪谋　盟　布
（壮　文）mbouj ei mbouj gauq, langhnaeuz mwngz mbouj
（直　译）无　依　无　靠　倘若　你　不
（意　译）无依无靠，如果你不

（土俗字）欠　勾　卦塄　偻　估　坡伪　途认
（壮　文）yiem gou, gvaqlaeng raeuz guh bohlwg doxnyinh,
（直　译）嫌弃　我　以后　我们　做　父子　相认
（意　译）嫌弃我，以后我们以父子相认，

（土俗字）途堋　途告　卦　兆
（壮　文）doxbaengh doxgauq gvaq ciuh.
（直　译）相依　相靠　过　一世
（意　译）相依为命过一生。

Mauz Hoengz【gvihbaiq, gyangj】
毛鸿【跪拜，白】
（土俗字）路绝　逢生　恩呈　宏　内　难　报　卯　鸿
（壮　文）Lohcued fungzseng, aencingz hung neix nanz bauq, Mauz Hoengz
（直　译）绝路　逢生　恩情　大　这　难　报　毛　鸿
（意　译）绝路逢生，这大恩难报，毛鸿

（土俗字）奏　坡认　途堋　途告　卦　川艮
（壮　文）caeuq bohnyinh doxbaengh doxgauq gvaq ndwenngoenz，
（直　译）与　义父　相依　相靠　过　日子
（意　译）与义父相依为命过日子，

（土俗字）艮愣　论兆　报答
（壮　文）ngoenzlaeng lonhciuh bauqdap！
（直　译）日后　终生　报答
（意　译）日后终生报答！

Leix Sienh【gyangj】
李善【白】
（土俗字）伤　勾　井　很斗　偻　快　批　除
（壮　文）Lwg gou cingj hwnqdaeuj，raeuz vaiq bei dawz
（直　译）儿　我　请　起来　我们　快　去　把
（意　译）我儿请起，我们快去把

（土俗字）坡　盟　计　私孩　深　吧
（壮　文）boh mwngz gaej seihaiz haem ba.
（直　译）父　你　那　尸骸　埋　吧
（意　译）你生父的遗体埋葬吧。
【Song boux caez roengzbei.】
【两人同下。】

【Daihnyih fan muq hai，gyangding ranz Cieng.】
【二道幕开，张家厅堂。】

Cieng yuenzvaih【gyangj】
张员外【白】
（土俗字）心烦　心夹　呻能　布稳
（壮　文）Simfanz simnyap，ndinnaengh mhoujan.
（直　译）心烦　心杂　坐立　不安
（意　译）心情烦躁，坐立不安。

【Guh fwen】
【唱】
（土俗字）促　转　狗　又　因　痕　总　盹　布　得
（壮　文）Uk cuenq gyaeuj youh in，Hwnz cungj ninz mbouj ndaek；
（直　译）脑　转　头　又　疼　夜　都　睡　不　着
（意　译）脑转头疼多，夜都睡不着；

(土俗字) 厢　双 他 侄 泣　布　鲁 曲尔　衣
(壮　文) Siengj song da ndi yaep, Mbouj rox yienghrawz ndei.
(直　译) 想　两　眼 不 眨　不　知 哪样　好
(意　译) 想两眼不眨，不知怎样做。

【Sinj guh fwen】
【续唱】
(土俗字) 促 转　狗　又　因
(壮　文) Uk cuenq gyaeuj youh in,
(直　译) 脑 转　头　又　痛
(意　译) 脑转痛无比，

(土俗字) 则　厚宾
(壮　文) Caek haeuxbin,
(直　译) 筒　碎米
(意　译) 筒碎米，

(土俗字) 倒　侄 腾　诸　客
(壮　文) Dauj ndi deng ndaw rek;
(直　译) 倒　不 对　里　锅
(意　译) 倒不对锅里；

(土俗字) 尽　眉　妲　伤乇
(壮　文) Caenh meiz dah lwgdog,
(直　译) 只　有　个　独女
(意　译) 只有个独女，

(土俗字) 嫁　屋 鹿
(壮　文) Haq ok rog,
(直　译) 嫁　出 外
(意　译) 嫁出去，

(土俗字) 批 争　迪　兰穹
(壮　文) Bei deng dwg ranzgungz.
(直　译) 嫁 对　是　家穷
(意　译) 嫁对穷女婿。

【Gyangj】
【白】
(土俗字) 哎 勾 张 某 厢 估 苟 绕 枇 把决
(壮 文) Ae, gou Cieng moux siengj guh gaeu heux faex, bagiet
(直 译) 哎 我 张 某 想 做 藤 缠 树 巴结
(意 译) 哎！我张某想做藤缠树，巴结

(土俗字) 壳佬 谋欧 乙 官 半 尺 哼 祖宗
(壮 文) haklaux, maeuzaeu it guen buenq cik, hawj cojcoeng
(直 译) 大官 谋取 一 官 半 职 给 祖宗
(意 译) 大官，谋取一官半职，光宗

(土俗字) 争那 除 妲伪 佩 哼 卯 鸿 汝 料 到
(壮 文) cengnaj, dawz dahlwg boiq haengj Mauz Hoengz. Bawz ngeix daengz,
(直 译) 争脸 把 女儿 配 给 毛 鸿 谁 料 到
(意 译) 耀祖，把女儿许配毛鸿。谁料到，

(土俗字) 枇 栎 吨 争 拉枇 嗖良 伝 时内
(壮 文) faex raek daenz deng lajfaex sauxliengz vunz. Seizneix
(直 译) 树 倒 压 对 树下 乘凉 人 如今
(意 译) 树倒压对树下乘凉人。如今

(土俗字) 兰 毛 败落 兰坏 伝胎 卯 鸿 当 途
(壮 文) ranz Mauz baihlak, ranzvaih vunzdai, Mauz Hoengz daengq duz
(直 译) 家 毛 败落 家破 人亡 毛 鸿 像 只
(意 译) 毛家败落，家破人亡，毛鸿像只

(土俗字) 鸡架 哎 厢批 厢到 门 珍仕 内
(壮 文) gaeqgyax. Ai! Ngeixbae ngeixdauq, muenz cinseih neix
(直 译) 孤鸡 哎 想来 想去 门 亲事 这
(意 译) 孤鸡。哎！想来想去，这门亲事

(土俗字) 布 鲁 鱼 估 只 衣
(壮 文) mbouj rox nyawz guh cij ndei?
(直 译) 不 知 怎么 做 才 好
(意 译) 不知如何是好？
【Ninz yawq gwnz congz gag naemj.】
【躺在床上寻思。】

【Vuengz bazmuiz hwnj daiz.】
【王媒婆上。】
Vuengz bazmuiz【guh fwen】
王媒婆【唱】
(土俗字)剥 姑 喽利 又 森
(壮 文)Bak gou raeuzraeh youh lem,
(直 译)嘴 我 油滑 又 巧言
(意 译)我嘴油滑善变,

(土俗字)估媒 闷卦 活 父先
(壮 文)Guhmoiz maenhgvaq hued bouxsien;
(直 译)做媒 赛过 活 神仙
(意 译)做媒胜过活神仙;

(土俗字)又 礼 啃 又 礼 钱
(壮 文)Youh ndaej gwn youh ndaej cienz,
(直 译)又 得 吃 又 得 钱
(意 译)又得吃又得钱,

(土俗字)诸 袋 哏 眉 风流钱
(壮 文)Ndaw daeh haenx meiz funglouzcienz;
(直 译)里 袋 还 有 风流钱
(意 译)口袋还有风流钱;

(土俗字)但 礼 钱银 侹管 收
(壮 文)Danh ndaej cienzngaenz ndiguenj sou,
(直 译)但 得 钱财 不管 你们
(意 译)但得钱任你癫,

(土俗字)途蛤 嫁 争 途公修
(壮 文)Duzgoep haq deng duzgoengqsou
(直 译)青蛙 配 对 癞蛤蟆
(意 译)青蛙配同蛤蟆眠。

【Gyangj】
【白】
(土俗字)哼 布 劳 棚 勾 奏 肖 佬爷 计
(壮 文)Hw, mbouj lau, baengh gou caeuq Siu lauxi gaej
(直 译)哼 不 怕 凭 我 和 肖 老爷 那
(意 译)哼,不怕!凭我和肖老爷那

（土俗字）交呈　训爽　佥用　谅　爹兰　张　以
（壮　文）gyaucingz，unqndongj gyaebyungh，liengh di ranz cieng hix
（直　译）交情　软硬　兼施　量　他家　张　也
（意　译）交情，软硬兼施，量他张家也

（土俗字）布　敢　慷　潘　字不　哈
（壮　文）mbouj gamj gyangj buenq cih "bwt" ha！
（直　译）不　敢　讲　半　字不　啊
（意　译）不敢讲半个"不"字啊！

【Bek benjdou，gyangj】
【拍门板，白】
（土俗字）张　佬爷幼　兰　哩
（壮　文）Cieng lauxi yawq ranz li？
（直　译）张　老爷在　家　吗
（意　译）张老爷在家吗？

Cieng yuenzvaih【yathwnj，gyangj】
张员外【惊起，白】
（土俗字）父尔　哈
（壮　文）Bouxlawz ha？
（直　译）哪个　呀
（意　译）哪个呀？

Vuengz bazmuiz【gyangj】
王媒婆【白】
（土俗字）勾　迪　王　嫂大　咯
（壮　文）Gou dwg Vuengz saujdaih go！
（直　译）我　是　王　大嫂　咯
（意　译）我是王大嫂呀！

Cieng yuenzvaih【gyangj】
张员外【白】
（土俗字）盟　布　示　王　婆媒　嘛
（壮　文）Mwngz mbouj seix Vuengz bazmuiz ma？
（直　译）你　不　是　王　媒婆　吗
（意　译）你不是王媒婆吗？

Vuengz bazmuiz【gyangj】
王媒婆【白】
(土俗字) 袖示 袖示
(壮 文) Couhseix couhseix!
(直 译) 就是 就是
(意 译) 就是就是!

Cieng yuenzvaih【hai dou, gyangj】
张员外【开门，白】
(土俗字) 哎哟 兰 勾 布 吓 布 授
(壮 文) Aiyo, ranz gou mbouj haq mbouj coux,
(直 译) 哎哟 家 我 不 嫁 不 娶
(意 译) 哎哟，我家不娶不嫁，

(土俗字) 盟 斗 眉 麻 愧干 哈
(壮 文) mwngz daeuj meiz maz gviqganq ha?
(直 译) 你 来 有 何 贵干 呀
(意 译) 你来有何贵干呀?

Vuengz bazmuiz【gyangj】
王媒婆【白】
(土俗字) 张 佬爷 勾 斗 公嘻 盟 啦
(壮 文) Cieng lauxi, gou daeuj goengheij mwngz la!
(直 译) 张 老爷 我 来 恭喜 你 啦
(意 译) 张老爷，我来恭喜你啦!

Cieng yuenzvaih【gyangj】
张员外【白】
(土俗字) 唉 嘻 打 渠 斗 罗
(壮 文) Ai, heij daj gyawz daeuj lo?
(直 译) 唉 喜 从 哪里 来 啰
(意 译) 唉，喜从何来啰?

Vuengz bazmuiz【gyangj】
王媒婆【白】
(土俗字) 张 佬爷 盟 示 伝 幼 兰 礼 福
(壮 文) Cieng lauxi, mwngz seix vunz yawq ranz ndaej fuk,
(直 译) 张 老爷 你 是 人 在 家 得 福
(意 译) 张老爷，你是人在家中得福，

(土俗字) 打 坤 督 斗 啦
(壮 文) daj mbwn doek daeuj la!
(直 译) 从 天 掉 来 啦
(意 译) 从天上来呀!

Cieng yuenzvaih【awangq, gyangj】
张员外【茫然，白】
(土俗字) 仝内 盟 快吱 慷
(壮 文) Doengzneix mwngz vaiqdi gyangj!
(直 译) 这样 你 快点 讲
(意 译) 那你讲快点!

Vuengz bazmuiz【gyajcieng, gyangj】
王媒婆【卖关子，白】
(土俗字) 张 佬爷 勾 口斗 茶 哏 层 礼
(壮 文) Cieng lauxi, gou haeujdaeuj caz haenx caengz ndaej
(直 译) 张 老爷 我 进来 茶 还 未 得
(意 译) 张老爷，我进来茶还没得

(土俗字) 啃 则 含 盟 袖
(壮 文) gwn caek gaemz, mwngz couh……
(直 译) 吃 一 口 你 就
(意 译) 喝一口，你就……

Cieng yuenzvaih【gyangj】
张员外【白】
(土俗字) 哦 争 争 争
(壮 文) O, deng deng deng!
(直 译) 哦 对 对 对
(意 译) 哦，对对对!

【Yiengq baihndaw, suenj】
【向内，喊】
(土俗字) 除 茶 斗
(壮 文) Dawz caz daeuj!
(直 译) 拿 茶 来
(意 译) 上茶!

【Cinmoih、Coumoih dawz caz hwnjdaeuj，faenbied yienq caz haengj song vunz，ndin yawq sueng mbuengj.】

【春妹、秋妹捧茶上，分别向二人献茶，站立于旁。】

Vuengz bazmuiz【gyangj】
王媒婆【白】
（土俗字）哎 样鱼 侄 伦 小姐 呀
（壮 文）Ai，yienghnyawz ndi rin siujcej ha?
（直 译）哎 怎么 不 见 小姐 呀
（意 译）哎，怎么不见小姐呀?

Cieng yuenzvaih【gyangj】
张员外【白】
（土俗字）清明 抵 堆 扫墓 麻 躺 侄 衣
（壮 文）Cingmingz bei ndoi sauqmoh，ma ndang ndi ndei，
（直 译）清明 上 山 扫墓 回 身体 不 好
（意 译）清明上山扫墓，归来身体不适，

（土俗字）幼 愣萱 乙乃
（壮 文）yawq laengsuen yietnaiq.
（直 译）在 后园 歇息
（意 译）在后园歇息。

Vuengz bazmuiz【gyangj】
王媒婆【白】
（土俗字）张 佬爷
（壮 文）Cieng lauxi!
（直 译）张 老爷
（意 译）张老爷!

【Guh fwen】
【唱】
（土俗字）妲仂 年纪 宏
（壮 文）Dahlwg nienzgeij hung，
（直 译）女儿 年纪 大
（意 译）女儿年纪大，

（土俗字）发　福　腾
（壮　文）Fat fuk daengz，
（直　译）发　福　到
（意　译）福气达，

（土俗字）当　　花红　　忐月
（壮　文）Daengq vahoengz gwnznyoed；
（直　译）像　　红花　　枝头
（意　译）像枝头红花；

（土俗字）望　　途螺　斗　脱
（壮　文）Muengh duzrwi daeuj doet，
（直　译）望　　蜜蜂　来　采
（意　译）望蜂来采它，

（土俗字）浪　　侄　脱
（壮　文）Langh ndi doet，
（直　译）若　　不　采
（意　译）若不爬，

（土俗字）春　卦　绝　丕垂
（壮　文）Cin gvaq raeg beindwi！
（直　译）春　过　绝　白费
（意　译）过春萎谢啦！

Cieng yuenzvaih【guh fwen】
张员外【唱】
（土俗字）勾　卷　父　女史
（壮　文）Gou genj boux nawxsaeq，
（直　译）我　选　个　女婿
（意　译）我挑选女婿，

（土俗字）眉　钱　势
（壮　文）Meiz cienz seiq，
（直　译）有　钱　势
（意　译）有势力，

(土俗字) 正取 礼 合心
(壮 文) Cingqcoj ndaej habsim;
(直 译) 真正 得 称心
(意 译) 才称心合意;

(土俗字) 礼 哀 枯枇 宏
(壮 文) Ndaej ai gofaex hung,
(直 译) 得 靠 树木 大
(意 译) 身靠大树底,

(土俗字) 衣 乙荫
(壮 文) Ndei yietyim,
(直 译) 好 歇阴
(意 译) 好歇息,

(土俗字) 响 召伝 悻复
(壮 文) Yiengj ciuhvunz henghfuk.
(直 译) 享 一辈 幸福
(意 译) 享一生福气。

Vuengz bazmuiz【guh fwen】
王媒婆【唱】
(土俗字) 伊壳 枯枇 宏
(壮 文) Aehak gofaex hung,
(直 译) 大官 树木 大
(意 译) 大官树木大,

(土俗字) 齐 呷珍
(壮 文) Caez gapcin,
(直 译) 同 合亲
(意 译) 合亲家,

(土俗字) 衣 乙荫 乙乃
(壮 文) Ndei yietyim yietnaiq;
(直 译) 好 歇阴 休息
(意 译) 好乘凉树下;

（土俗字）勾 抱 价 乔 赖
（壮 文）Gou bau gyaq giuz raih,
（直 译）我 包 架 桥 攀缘
（意 译）我包把桥架，

（土俗字）哼 收 派
（壮 文）Haengj sou byaij,
（直 译）给 你们 走
（意 译）你们跨，

（土俗字）复气 代 腾 坤
（壮 文）Fukheiq daih daengz mbwn.
（直 译）福气 大 到 天
（意 译）福气如天大。

Cieng yuenzvaih【gyangj】
张员外【白】
（土俗字）计 弄 嘹 啦 计 仕衣 内
（壮 文）Gaej loengh riu la, gaej seihndei neix,
（直 译）莫 要 玩笑 啦 种 好事 这
（意 译）别开玩笑了，这种好事，

（土俗字）劳 示 皮 露 刁 哩
（壮 文）lau seix baez loq ndeu li.
（直 译）恐怕 是 场 梦 一 哩
（意 译）恐怕是一场梦了。

Vuengz bazmuiz【gyangj】
王媒婆【白】
（土俗字）张 佬爷 盟 哏 谷 幼 诸 江 呢
（壮 文）Cieng lauxi, mwngz haenx moek yawq ndaw gyong ne!
（直 译）张 老爷 你 还 蒙 在 里面 鼓 呢
（意 译）张老爷，你还蒙在鼓里呢！

（土俗字）双 良 贯 兰肖 特 仂细 哏 洋
（壮 文）Song ngoenz gonq, Ranzsiu daeg lwgnyaeq haenx, nyangz
（直 译）两 天 前 肖家 个 少儿 那 遇
（意 译）前两天，肖府那个少爷，遇

(土俗字)伦 妲细 心 痕 什什 心 厢 哜 妲
(壮 文)rin dahnyaeq, sim haenz nyuebnyueb, sim siengj gyaez dah,
(直 译)见 小姐 心 痒 得很 心 想 爱 女
(意 译)见到小姐，花心蒙动，顿生爱慕之心，

(土俗字)艮内 特定 夭 勾 很都 斗
(壮 文)ngoenzneix daegdingq eu gou hwnjdou daeuj
(直 译)今天 特意 叫 我 登门 来
(意 译)今天特意叫我登门

(土俗字)估霉 慷珍
(壮 文)guhmuiz gyangjcin.
(直 译)做媒 说亲
(意 译)做媒说亲。

Cieng yuenzvaih【angq ndawsim, guh fwen】
张员外【暗喜，唱】
(土俗字)埂 寅 淋 合 浪
(壮 文)Gvengq rin raemx hap langh,
(直 译)丢 石 水 起 浪
(意 译)丢石水起浪，

(土俗字)叮 霉 慷
(壮 文)Dingq muiz gyangj,
(直 译)听 媒 讲
(意 译)听媒讲，

(土俗字)当 温 斩 心头
(壮 文)Daengq oen camx simdaeuz;
(直 译)如 棘 扎 心头
(意 译)如刺扎心上；

(土俗字)相 吝 妲细 勾
(壮 文)Siengj lwnh dahnyaeq gou,
(直 译)想 告诉 小女 我
(意 译)想对小女讲，

(土俗字)劳 争 谋
(壮 文)Lau deng naeuz,
(直 译)怕 挨 说
(意 译)怕不当,

(土俗字)心 当 由 战 蜜
(壮 文)Sim daengq youz cienq maed.
(直 译)心 像 油 煎 蚁
(意 译)如蚁被油烫。

【Cinmoih、Coumoih guqeiq haetcui,myaiz sinz haeuj naj bazmuiz bei.】
【春妹、秋妹故意打喷嚏,唾沫喷了媒婆一脸。】

Cieng yuenzvaih【gyangj】
张员外【白】
(土俗字)腓宏 布 忐 布 忑 文 麻 底桶
(壮 文)Mbeihung! Mbouj gwnz mbouj laj,baenz maz daejdoengj!
(直 译)大胆 不 上 不 下 成 何 体统
(意 译)大胆!没大没小,成何体统!

Vuengz bazmuiz【gyangj】
王媒婆【白】
(土俗字)蒜 啦 蒜 啦 伝宏 布 寄 伝细 故
(壮 文)Suenq la suenq la,vunzhung mbouj geiq vunznyaeq go.
(直 译)算 了 算 了 大人 不 记 小人 过
(意 译)算了算了,大人不记小人过。

(土俗字)张 佬爷 门 珍仕 内 盟 存
(壮 文)Cieng lauxi,muenz cinseih neix,mwngz ngonz……
(直 译)张 老爷 门 亲事 这 你 看
(意 译)张老爷,这门亲事,你看……

Cieng yuenzvaih【danqheiq,gyangj】
张员外【叹气,白】
(土俗字)嗨 旬 讹 刁 难 慷 礼 尽 哈
(壮 文)Hai,caenz vah ndeu nanz gyangj ndaej cinx ha!
(直 译)嗨 句 话 一 难 讲 得 尽 呀
(意 译)嗨,一言难尽呀!

Vuengz bazmuiz【gyangj】
王媒婆【白】
(土俗字) 肖 公子 示 百 伝 诸爹 拈 父 刁 的 捶
(壮 文) Siu goengceij, seix bek vunz ndawdi genj boux ndeu dih guih
(直 译) 肖 公子 是 百 人 里面 挑 个 一 的 乘
(意 译) 肖公子，是百里挑一的乘

(土俗字) 龙 伪垂 呀 仕 文 乜 佬爷 盟 示 知府 珍加
(壮 文) lungz lwgguiz ha! Seih baenz le, lauxi mwngz seix ceifouj cin'gya,
(直 译) 龙 女婿 呀 事 成 了 老爷 你 是 知府 亲家
(意 译) 龙快婿呀！事成之后，老爷您是知府亲家，

(土俗字) 渠 优 卦愣 侄 礼 屋名 擒狗
(壮 文) gyawz you gvaqlaeng ndi ndaej okmingz gaemhgyaeuj,
(直 译) 哪里 愁 过后 不 得 出名 领头
(意 译) 哪里还用愁日后不能出人头地，

(土俗字) 则 内 示 千 卑 难 洋 计 基汇 哈
(壮 文) ndaek neix seix cien bi nanz nyangz gaej geihoih ha!
(直 译) 个 这 是 千 年 难 逢 那 机会 啊
(意 译) 这个可是千载难逢的机会啊！

Cieng yuenzvaih【yawq vaengq gyangj】
张员外【旁白】
(土俗字) 逼 慷 以 古 眉 道理 哩
(壮 文) Mbwk gyangj hix goj meiz dauhleix li!
(直 译) 她 讲 也 可 有 道理 哩
(意 译) 她讲也是有道理的！

【Guh fwen】
【唱】
(土俗字) 笼 达 埂 贡 尽 欧 巴
(壮 文) Roengz dah gvengq gungq cinx aeu bya,
(直 译) 下 河 丢 虾 只 要 鱼
(意 译) 下河抓鱼不抓虾，

(土俗字) 侄 急 伪苄 饮 伪瓜
(壮 文) Ndi gip lwgraz umj lwggva;
(直 译) 不 捡 芝麻 抱 瓜儿
(意 译) 不捡芝麻捡南瓜；

（土俗字）伆逼　当文　枇敖钱
（壮　文）Lwgmbwk daengqbaenz faexngauzcienz，
（直　译）女儿　好比　摇钱树
（意　译）女儿好比摇钱树，

（土俗字）勾　欧　枇老　再　开花
（壮　文）Gou aeu faexgeq caiq haiva.
（直　译）我　要　老树　再　开花
（意　译）我要老树再开花。

【Gyangj】
【白】
（土俗字）虽然　慷　妲音　以　佩　卯　鸿　旦
（壮　文）Sawsienz gyangj Dahyim hix boiq Mauz Hoengz，danh
（直　译）虽然　讲　玉音　已　配　毛　鸿　但
（意　译）虽然玉音已配毛鸿，但

（土俗字）兰　毛　时内　败乐　腾　恩　地部　内
（壮　文）ranz Mauz seizneix baihlak daengz aen deihbouh neix，
（直　译）家　毛　如今　败落　到　个　地步　这
（意　译）毛家如今败落到这种地步，

（土俗字）不如　盛基　改除　媪约　哼　妲伆　令
（壮　文）bwtsawz swngzgei gaijcawz voeniek，haengj dahlwg lingh
（直　译）不如　趁机　解除　婚约　给　女儿　另
（意　译）不如趁机解除婚约，给女儿另

（土俗字）选　枇桑　改　佩　名门　文内　哼
（壮　文）suenj faexsang，gaij boiq mingzmuenz，baenzneix haengj
（直　译）选　高树　改　配　名门　这样　给
（意　译）选高枝，改配名门，这样给

（土俗字）妲伆　享　布　了　计　荣华　富贵
（壮　文）dahlwg yiengj mbouj liux gaej yungzvaz fouqgviq.
（直　译）女儿　享　不　完　那　荣华　富贵
（意　译）女儿享不尽荣华富贵。

（土俗字）二　来　勾　可以　文认　衣　鱼　布
（壮　文）Nyih laiz gou hojhix…… baenznyinx ndei，nyawz mbouj
（直　译）二　来　我　可以　这样　好　怎　不
（意　译）二来我可以……妙哉，何乐而不

（土俗字）估　布卦　等贯　计　定呈物　鱼
（壮　文）guh，mboujgvaq daengjgonq gaej dinghcingzfaed nyawz
（直　译）为　不过　原先　那　定情物　怎
（意　译）为，不过原先的定情物怎

（土俗字）到　礼　麻　对媪书　又　鱼　弄　腾　逢
（壮　文）dauq ndaej ma，doiqvoensaw youh nyawz loengh daengz fwngz?
（直　译）再　得　回　退婚书　又　怎　弄　到　手
（意　译）再取回，退婚书又怎弄到手？

【Ginjcieng dwk naemj yaep ndeu，geiq hwnj sim daeuj，doiq bazmuiz，gyangj】
【紧张地思索片刻，计上心来，对媒婆，白】
（土俗字）衣　就　样内　估
（壮　文）Ndei，couh yienghneix guh！
（直　译）好　就　这么　做
（意　译）好，就这么办！

Vuengz bazmuiz【gyangj】
王媒婆【白】
（土俗字）张　佬爷　勾　批麻　哼　兰　肖　回话　喽
（壮　文）Cieng lauxi，gou beima haengj ranz Siu hoizvah lu.
（直　译）张　老爷　我　回去　给　家　肖　回话　噜
（意　译）张老爷，我回去给肖府回话噜。

Cieng yuenzvaih【gyangj】
张员外【白】
（土俗字）层贯　先　叮　勾　慷
（壮　文）Caengzgonq，sien dingq gou gyangj.
（直　译）慢着　先　听　我　讲
（意　译）慢着，先听我说。

【Guh fwen】
【唱】

（土俗字）兰　肖　盖　那宏
（壮　文）Ranz Siu gaiq nazhung,
（直　译）家　肖　块　大田
（意　译）肖家大田块；

（土俗字）淋　口　匀
（壮　文）Raemx haeuj yinz,
（直　译）水　流入　匀
（意　译）水常来，

（土俗字）取　礼　黑　枯假
（壮　文）Coj ndaej ndaem go'gyaj;
（直　译）才　得　种　秧苗
（意　译）才得把秧栽；

（土俗字）谬　眉　丘　取　耍
（壮　文）Miuh meiz you coj sax,
（直　译）庙　有　菩萨　才　拜
（意　译）有菩萨才拜，

（土俗字）愧　腾　忑
（壮　文）Gvih daengz laj,
（直　译）跪　到　下
（意　译）跪下来，

（土俗字）除　仂　嗄　哼　爹
（壮　文）Dawz lwg haq haengj di.
（直　译）把　儿　嫁　给　他
（意　译）给他娶女孩。

Vuengz bazmuiz【guh fwen】
王媒婆【唱】
（土俗字）佬爷　怪　又　骨　欧　仂逼　估　梨
（壮　文）Lauxi gvai youh gvoet, Aeu lwgmbwk guh lei;
（直　译）老爷　乖　又　巧　要　女儿　作　梯
（意　译）老爷巧又乖，把女当梯踩；

（土俗字）便　很　忐桑　批　响　白　卑　付桂
（壮　文）Benz hwnj gwnzsang bei, Yiengj bek bi fouqgviq.
（直　译）爬　上　高处　去　享　百　年　富贵
（意　译）往高处爬去，百年富贵来。

Cieng yuenzvaih【guh fwen】
张员外【唱】
(土俗字) 六 宾 告 活 黎 途马 脾 告 芋
(壮 文) Roeg mbin gauq fwed raez, Duzmax biz gauq nywj,
(直 译) 鸟 飞 靠 翅 长 马匹 肥壮 靠 草
(意 译) 鸟飞靠翅长，马肥靠草养；

(土俗字) 巴犁 告 很 沸 计佣 估 慷林
(壮 文) Byajraez gauq hwnj fwj, Gaejyungh guh gyangjrumz.
(直 译) 雷鸣 靠 起 云 莫用 做 空谈
(意 译) 打雷靠云涌，莫把空话讲。

Vuengz bazmuiz【guh fwen】
王媒婆【唱】
(土俗字) 勾 划 隆 鲁 欠 划 马 便 其轮
(壮 文) Gou veh lungz rox hemq, Veh max bienq geizlinz;
(直 译) 我 画 龙 会 叫 画 马 变 麒麟
(意 译) 我画龙会吟，画马变麒麟；

(土俗字) 押 片 袖 笼 丁 井 壮心 计 气
(壮 文) Gap benj couh roengz ding, Cingj cuengqsim gaej heiq.
(直 译) 合 板 就 下 钉 请 放心 莫 愁
(意 译) 合板要钉牢，请莫愁放心。

Cieng yuenzvaih【gyangj】
张员外【白】
(土俗字) 衣 旬 话 刁 估 顶
(壮 文) Ndei, caenz vah ndeu guh dingh!
(直 译) 好 句 话 一 做 定
(意 译) 好，一言为定！

Vuengz bazmuiz【gyangj】
王媒婆【白】
(土俗字) 张 佬爷 盟 绥 净 差 消息 衣 吧
(壮 文) Cieng lauxi, mwngz couh cingx caj siusik ndei ba!
(直 译) 张 老爷 你 就 静 等 消息 好 吧
(意 译) 张老爷，你就静候佳音吧！
【Vuengz bazmuiz roengzbei.】
【王媒婆下。】

Cieng yuenzvaih【angqyoepyoep，foux fwngz foux din dwk，gyangj】
张员外【欣喜若狂，手舞足蹈地，白】
（土俗字）春妹　除　竣　斗
（壮　文）Cinmoih，dawz laeuj daeuj!
（直　译）春妹　拿　酒　来
（意　译）春妹，拿酒来!

Cinmoih【dawz laeuj hwnjdaeuj，gyangj】
春妹【拿酒上，白】
（土俗字）佬爷　井　啃竣
（壮　文）Lauxi，cingj gwnlaeuj.
（直　译）老爷　请　喝酒
（意　译）老爷，请用酒。

Cieng yuenzvaih【gyangj】
张员外【白】
（土俗字）六纠　勾　呢　哼　勾　除　斗　歪　吱
（壮　文）Roeggeuq gou ne? Haengj gou dawz daeuj vaiq dei!
（直　译）八哥　我　呢　给　我　拿　来　快　点
（意　译）我的八哥呢？快给我拿来!
【Cinmoih roengzbei，dawz rongzroeg daeuj. Cieng yuenzvaih mienh gwnlaeuj，mienh daeuq roeg.】
【春妹下，拿鸟笼上。张员外边喝酒，边逗鸟。】

Cieng yuenzvaih【gyangj】
张员外【白】
（土俗字）六纠　六纠　双吱　慷　哼　佬爷　心昂
（壮　文）Roeggeuq roeggeuq，vaiqdei gyangj，haengj lauxi sim'angq.
（直　译）八哥　八哥　快点　讲　让　老爷　欢心
（意　译）八哥八哥，快点讲，让老爷欢心。
【Roeggeuq hag gyangj：Lauxi swngguen，lauxi swngguen!】
【八哥学舌：老爷升官，老爷升官!】

Cieng yuenzvaih【gaejrawz cungj lumz liux，riu】
张员外【忘乎所以地，笑】
（土俗字）哈　哈
（壮　文）Ha ha……
（直　译）哈　哈
（意　译）哈哈……

【Cinmoih yakheiq dwk ngonz Cieng yuenzvaih. Laengmuq meiz singfwen.】
【春妹厌恶地怒视张员外。幕后歌起。】
(土俗字) 比文　六　诸　崆
(壮　文) Beijbaenz roeg ndaw rongz,
(直　译) 比如　鸟　内　笼
(意　译) 好比笼中鸟,

(土俗字) 侄　礼　宾
(壮　文) Ndi ndaej mbin,
(直　译) 不　得　飞
(意　译) 飞不了,

(土俗字) 途　嗨　惺　尽　选
(壮　文) Duz hai sing cinx suenj;
(直　译) 它　开　声　尽　喊
(意　译) 它张嘴喊叫;

(土俗字) 佬爷　心　昂管
(壮　文) Lauxi sim angquenj,
(直　译) 老爷　心　乐坏
(意　译) 老爷开怀笑,

(土俗字) 丹　妲往
(壮　文) Dan dahnuengx,
(直　译) 只　阿妹
(意　译) 只妹妞,

(土俗字) 淋他　寸　布　仃
(壮　文) Raemxda conh mbouj dingz.
(直　译) 眼泪　流　不　停
(意　译) 眼泪不停掉。

【Daeng ndaep, muqroengz.】
【灯暗,幕落。】

（土俗字）场　大四　册　昏
（壮　文）**Ciengz Daihseiq Cek Voen**
（直　译）场　第四　拆　婚
（意　译）第四场　拆婚

【Ranz Cieng gyangding】
【张家厅堂】

Cieng yuenzvaih【singhaen najhaen dwk，gyangj】
张员外【声色俱厉地，白】
（土俗字）春妹　佬爷 计　讹　盟　林　了　啦
（壮　文）Cinmoih，lauxi gaej vah mwngz lumz liux la?
（直　译）春妹　老爷 那　话　你　忘　了　吗
（意　译）春妹，老爷的话你忘了吗？

Cinmoih【gyangj】
春妹【白】
（土俗字）荟挪　侹 感　林
（壮　文）Hoiqnoz ndi gamj lumz.
（直　译）奴婢　不 敢　忘
（意　译）奴婢不敢忘。

Cieng yuenzvaih【gyangj】
张员外【白】
（土俗字）挡那　菜　慷　皮　刁
（壮　文）Dangnaj caiq gyangj baez ndeu!
（直　译）当面　再　讲　次　一
（意　译）当面重述一遍！

Cinmoih【gyangj】
春妹【白】
（土俗字）侹　衬　兑　小姐　慷　奏　兰　肖　计　媪仕
（壮　文）Ndi cinj doiq siujcej gyangj caeuq ranz Siu gaej voenseih.
（直　译）不　准　对　小姐　讲　同　家　肖　那　婚事
（意　译）不许对小姐提到和肖家的婚事。

Cieng yuenzvaih【gyangj】
张员外【白】
(土俗字)哏　　眉　呢
(壮　文)Haenx meiz ne?
(直　译)还　　有　呢
(意　译)还有呢?

Cinmoih【gyangj】
春妹【白】
(土俗字)慷　　嵝　　呢　争　家法　发
(壮　文)Gyangj laeuh ne，deng gyafap fad.
(直　译)说　　漏　　呢　被　家法　罚
(意　译)若有泄密者，被家法处罚。

Cieng yuenzvaih【gyangj】
张员外【白】
(土俗字)衣　　季得　　　笼批　　　　夭 小姐　斗
(壮　文)Ndei，geiqdwk! Roengzbei eu siujcej daeuj.
(直　译)好　　记住　　　下去　　　　叫 小姐　来
(意　译)好，记住！下去把小姐叫来。

Cinmoih【han】
春妹【应】
(土俗字)示
(壮　文)Seix!
(直　译)是
(意　译)是!
【Cinmoih roengzbei.】
【春妹下。】

Cieng yuenzvaih【daekeiq dwk，riu】
张员外【得意地，笑】
(土俗字)哈　哈　哈
(壮　文)Ha ha ha!
(直　译)哈　哈　哈
(意　译)哈哈哈!

【Guh fwen】
【唱】
（土俗字）坤咣 露 防痕 伦 途龙 笼斗
（壮　文）Mbwnrongh loq fangzhwnz，Rin duzlungz roengzdaeuj；
（直　译）天光 梦 夜鬼 见 天龙 下来
（意　译）白天作夜梦，蛟龙从天降；

（土俗字）胴 勾 嚓 含缕 夭 妲 斗 常 存
（壮　文）Dungx gou aemq haemzlaeuj，Eu dah daeuj siengz ngonz.
（直　译）肚 我 酿 苦酒 叫 她 来 尝 看
（意　译）我肚酿苦酒，叫她来品尝。

【Gyangj】
【白】
（土俗字）艮鸾 奏 王 仆霉 顶 了 悻
（壮　文）Ngoenzlwenz caeuq Vuengz bazmuiz dingh liux rengh
（直　译）昨天 和 王 媒婆 定 了 跟
（意　译）昨天和王媒婆商定了跟

（土俗字）兰 肖 计 媪仕 陷 刁 诸爹 心 总
（壮　文）Ranz Siu gaej voenseih，haemh ndeu ndawdi sim cungj
（直　译）家 肖 那 婚事 晚 一 里面 心 全
（意　译）肖家的婚事，一夜之间心全

（土俗字）宋 了 尽单 姐仂 心 厢 卯 鸿
（壮　文）soeng liux. Cinxdan dahlwg sim siengj Mauz Hoengz，
（直　译）松 完了 只是 女儿 心 想 毛 鸿
（意　译）轻松。只是女儿心想毛鸿，

（土俗字）单劳 侄 哼 自 外约 返 外 太仕 级
（壮　文）danlau ndi haengj cix vaih'iek，fanj vaih daihseih. Giep
（直　译）恐怕 不 肯 而 毁约 反 坏 大事 急
（意　译）恐怕不肯而毁约，反坏大事。急

（土俗字）檄 布儒 会 屈 鲜 除 等贯 计 订呈勿
（壮　文）euj mboujsawz hoih ut，sien dawz daengjgonq gaej dinghcingzfaed
（直　译）折 不如 慢 弯 先 把 先前 那 定情物
（意　译）折不如慢弯，先把先前那定情物

（土俗字）拢　腾　逢　采　慷　哈 哈 哈
（壮　文）loengh daengz fwngz caiq gyangj. Ha ha ha……
（直　译）弄　到　手　再　讲　哈 哈 哈
（意　译）弄到手再说。哈哈哈……

【Cieng Nyawhyim rengh Cinmoih hwnjdaeuj.】
【张玉音随春妹上】

Cieng Nyawhyim【gyangj】
张玉音【白】
（土俗字）妲仂　响　伊爸 井按
（壮　文）Dahlwg yiengq aebaj cingjan!
（直　译）女儿　向　父亲 请安
（意　译）女儿向父亲请安！

Cieng yuenzvaih【gyangj】
张员外【白】
（土俗字）衣　衣　妲仂　免礼　能　伊坡　艮内　传
（壮　文）Ndei ndei，dahlwg mienxlaex，naengh. Aeboh ngoenzneix cuenz
（直　译）好　好　女儿　免礼　坐　阿爸　今日　传
（意　译）好好，女儿免礼，坐。为父今日传

（土俗字）毛　鸿　除　途收　计　订呈勿　齐　放　幼
（壮　文）Mauz Hoengz dawz doxsou gaej dinghcingzfaed caez cuengq yawq
（直　译）毛　鸿　把　你们　那　定情物　同　放　在
（意　译）毛鸿把你们的定情物，同放在

（土俗字）台盲　剥那　掬尖　扑挂　只 衣　圆媪
（壮　文）daizmangh baknaj，gyoekciem boekgvaq cix ndei yuenzvoen.
（直　译）龛台　前面　抽签　卜卦　以 好　完婚
（意　译）龛台前，抽签问卦，以便完婚。

（土俗字）仂　勾　心意　鱼样
（壮　文）Lwg gou sim'eiq nyawzyiengh?
（直　译）儿　我　心意　如何
（意　译）我儿意下如何？

Cieng Nyawhyim【gyangj】
张玉音【白】
(土俗字) 单 棚 伊坡 估 主 子示 毛 公子 兰 争
(壮 文) Dan baengh aeboh guh cawj, ceijseix Mauz goengceij ranz deng
(直 译) 但 凭 父亲 做 主 只是 毛 公子 家 遭
(意 译) 但凭父亲做主，只是毛公子家遭

(土俗字) 背时 布 眉 依棚 度内 爹 约欧 很 京
(壮 文) buihseiz, mbouj meiz eibaengh. Dohneix di yaekaeu hwnj ging
(直 译) 不幸 没 有 依靠 如今 他 将要 上 京
(意 译) 不幸，无依无靠。如今他将要进京

(土俗字) 干考 空 诸兰 穹纽 布 眉 则 文
(壮 文) ganjhauj, hoeng ndawranz gungzndouj, mbouj meiz caek maenz……
(直 译) 赶考 但 家里 贫穷 没 有 一 文
(意 译) 赶考，但家徒四壁，身无分文……

Cieng yuenzvaih【gyangj】
张员外【白】
(土俗字) 则内 眉 计尔 难 艮内 爹 斗
(壮 文) Ndaekneix meiz gaejrawz nanz, ngoenzneix di daeuj,
(直 译) 这个 有 什么 难 今天 他 来
(意 译) 这有何难，今日他来，

(土俗字) 勾 各 眉 很来 钱 哼 爹
(壮 文) gou gag meiz baenzlai cienz haengj di.
(直 译) 我 自 有 很多 钱 给 他
(意 译) 我自有厚资助他。

【Coumoih ndi rox caensiengq, gag angqvauvau. Cinmoih najsaep, yaek daej.】
【秋妹不知内情，欣喜。春妹愁容，欲哭。】

Cieng Nyawhyim【gyangj】
张玉音【白】
(土俗字) 劳心 伊爸 了
(壮 文) Lauzsim aebaj liux.
(直 译) 劳心 阿爸 了
(意 译) 父亲费心了。

Cieng yuenzvaih【gyangj】
张员外【白】
（土俗字）盟 除 剑订呈 壮 笼斗 只批辱 巴
（壮 文）Mwngz dawz giemqdinghcingz cuengq roengzdaeuj，cix bei rug ba.
（直 译）你 把 定情剑 放 下来 就去房间吧
（意 译）你把定情剑放下，就回房吧。

【Cieng Nyawhyim dawz giemq cuengq yawq baihnaj daizmangh，caeuq Cinmoih Coumoih byaij ok rogding.】
【张玉音将剑放于龛台前，与春妹秋妹走出厅堂。】

Cieng yuenzvaih【dawz giemq yawq henz，guh fwen】
张员外【持剑在旁，唱】
（土俗字）勾 诸心 各 意 除 软计 顶 衣
（壮 文）Gou ndawsim gag eiq，Dawz nyuenxgaeq dingh ndei；
（直 译）我 心里 自 欢 把 软计 定 好
（意 译）我心乐陶陶，把软计定好；

（土俗字）欧 厚汁 估 迟 勾 逐 吱 会 捻
（壮 文）Aeu haeuxcid guh ceiz，Gou cug dei hoih nyaenj.
（直 译）要 糯米 做 馍 我 逐 点 慢 捏
（意 译）要糯米做馍，我慢捏慢包。

Cieng Nyawhyim【yawq henz，eu fwen】
张玉音【在旁，唱】
（土俗字）伝 幼 东 幼 西
（壮 文）Vunz yawq doeng yawq sae，
（直 译）人 在 东 在 西
（意 译）人各在东西，

（土俗字）心 尽 儿
（壮 文）Sim cinx ngaez，
（直 译）心 全 灰
（意 译）灰心意，

（土俗字）当 六鸡 格 漉
（壮 文）Daengq roeggae gek lueg；
（直 译）像 金鸡 隔 山谷
（意 译）如隔山金鸡；

（土俗字）皮　内　礼　及　棹
（壮　文）Baez neix ndaej gyaeb dueg，
（直　译）次　这　得　合　处
（意　译）这回合一起，

（土俗字）珍　快活
（壮　文）Cin gvaiqhued，
（直　译）真　快活
（意　译）真欢喜，

（土俗字）勾　百　羽　批　斤
（壮　文）Gou bek fued bei gaen.
（直　译）我　拍　翅　去　跟
（意　译）我展翅跟去。

Cinmoih【yawq henz，eu fwen】
春妹【在旁，唱】
（土俗字）败东　屋咭　败西　阴
（壮　文）Baihdoeng okndit baihsae yim，
（直　译）东方　日照　西方　阴
（意　译）西边阴来东边晴，

（土俗字）小姐　哏示　露　防哏
（壮　文）Siujcej haenxseix loq fangzhwnz；
（直　译）小姐　还是　做　夜梦
（意　译）小姐做梦还未醒；

（土俗字）假呈　假义　妲　层鲁
（壮　文）Gyajcingz gyajngih dah caengzrox，
（直　译）假情　假义　女　未知
（意　译）假情假义她不懂，

（土俗字）厢　吝　又　劳　争　笼　形
（壮　文）Siengj laenh youh lau deng roengz hingz.
（直　译）想　告诉　又　怕　被　下　刑
（意　译）告知又怕挨重刑。

Cieng yuenzvaih【gyangj】
张员外【白】
(土俗字)仂 哈 批麻 吧
(壮 文)Lwg ha beima ba!
(直 译)儿 呀 回去 吧
(意 译)我儿回房间去吧!

【Cieng Nyawhyim sim'angq dwk rag Cinmoih、Coumoih roengzbei. Cieng yuenzvaih yiengq baihndaw vadfwngz, gyading hwnjdaeuj. 】
【张玉音欣喜地拉春妹、秋妹下。张员外向内招手，家丁上。】

Gyading【gyangj】
家丁【白】
(土俗字)佬爷 总 准备 衣 了
(壮 文)Lauxi, cungj cinjbeih ndei liux.
(直 译)老爷 都 准备 好 了
(意 译)老爷，一切准备停当了。

Cieng yuenzvaih【gyangj】
张员外【白】
(土俗字)衣 照 计 批 估 马上 带 卯 鸿 斗
(壮 文)Ndei, ciuq gaeq bei guh, maxsiengh daiq Mauz Hoengz daeuj
(直 译)好 照 计 去 做 马上 带 毛 鸿 来
(意 译)好，依计行事，马上引毛鸿来

(土俗字)伦 勾 计 用 哼 小姐 鲁
(壮 文)rin gou, gaej yungh haengj siujcej rox.
(直 译)见 我 不 要 给 小姐 懂
(意 译)见我，不要惊动小姐。

Gyading【gyangj】
家丁【白】
(土俗字)示
(壮 文)Seix!
(直 译)是
(意 译)是!

【Gyading roengzbei, yaep ndeu, Mauz Hoengz ndang daenj buhhauq, riengz gyading hwnjdaeuj.】

【家丁下，顷刻，毛鸿身披孝服，随家丁上。】

Mauz Hoengz【gyangj】
毛鸿【白】
(土俗字) 仂垂促 哼 关岳 伝老 井安
(壮 文) Lwgguizhuk haengj gvannyag vunzlaux cingjan!
(直 译) 愚婿 给 岳丈 大人 请安
(意 译) 愚婿给岳丈大人请安!

Cieng yuenzvaih【gyangj】
张员外【白】
(土俗字) 计 用 行礼 艮内 夭 盟 斗
(壮 文) Gaej yungh hengzlaex, ngoenzneix eu mwngz daeuj
(直 译) 不 用 行礼 今天 叫 你 来
(意 译) 不必多礼，今天叫你来

(土俗字) 眉 仕侧 相良
(壮 文) meiz seihnaek siengliengz.
(直 译) 有 要紧事 商量
(意 译) 有要事商量。

Mauz Hoengz【gyangj】
毛鸿【白】
(土俗字) 坡他 眉 麻 教哙 仂垂促 哽 而 叮
(壮 文) Bohda meiz maz gyauqhoij, lwgguizhuk ngeng rwz dingq.
(直 译) 岳丈 有 何 教诲 愚婿 侧 耳 听
(意 译) 岳丈有何教诲，愚婿侧耳恭听。

Cieng yuenzvaih【gyangj】
张员外【白】
(土俗字) 层 紧 层 紧 啃埃 贯 会 慷
(壮 文) Caengz gaenj caengz gaenj, gwnngaiz gonq hoih gyangj.
(直 译) 不 忙 不 忙 吃饭 先 慢 讲
(意 译) 不忙不忙，用饭后慢慢说。

Mauz Hoengz【gyangj】
毛鸿【白】

(土俗字) 哆字 太仁 意衣 仂垂促 靠罪 了 珍坡 无箍
(壮 文) Docih daihsinz eiqndei, lwgguizhuk gauqcoih liux. Cinboh fouzgu
(直 译) 多谢 大人 好意 愚婿 告罪 了 亲父 无辜
(意 译) 多谢大人美意，愚婿告罪了。生父无辜

(土俗字) 争难 骼努 层 咭 毛 鸿 躺 里 带孝
(壮 文) dengnanh, ndoknoh caengz gyoet, Mauz Hoengz ndang leix daiqhauq,
(直 译) 遇难 骨肉 未 寒 毛 鸿 身 还 带孝
(意 译) 遇难，尸骨未寒，毛鸿戴孝在身，

(土俗字) 孚心 缕努
(壮 文) fouzsim laeujnoh.
(直 译) 无心 酒肉
(意 译) 无心酒肉。

【Siengsim dwk, guh fwen】
【悲伤地，唱】
(土俗字) 坡 勾 争 陷害 恩 四介 布 工
(壮 文) Boh gou deng hamhhaih, Aen seiqgyaiq mbouj goeng;
(直 译) 父 我 被 陷害 这个 世界 不 公
(意 译) 生父被陷害，这世界不公；

(土俗字) 开 剥 淋他 笼 杀 议 腾 又 啼
(壮 文) Hai bak raemxda roengz, Sat ngeix daengz youh daej.
(直 译) 开 口 眼泪 流 一 想 到 又 哭
(意 译) 开口眼泪落，一想哭悲恸。

Cieng yuenzvaih【gyangj】
张员外【白】
(土俗字) 咳 坤 眉 侄 则 林 沸 伝 眉 乞陷 祸复
(壮 文) Ai, mbwn meiz ndi caek rumz fwj, vunz meiz haethaemh huxfuk.
(直 译) 咳 天 有 不 测 风 云 人 有 早晚 祸福
(意 译) 咳，天有不测风云，人有旦夕祸福。

(土俗字) 则内 示 坤意 盟 以 计 用 带卦 伤心
(壮 文) ndaekneix seix mbwn'eiq, mwngz hix gaej yungh daiqgvaq siengsim,
(直 译) 这个 是 天意 你 也 不 用 太过 悲伤
(意 译) 这个是天意，你也不用太过悲伤，

（土俗字）艮内　　侄仝　　平时　　勾　存　　哏示　　啨　吧
（壮　文）ngoenzneix ndidoengz bingzseiz，gou ngonz haenxseix gwn ba！
（直　译）今日　　不同　　平常　　我　看　　还是　　吃　吧
（意　译）今日不同一般，我看还是吃吧！

Mauz Hoengz【gyangj】
毛鸿【白】
（土俗字）估伝　　欧　鹿诸　　乙样　　剥　欧　仝　　心
（壮　文）Guhvunz aeu rogndaw ityiengh，bak aeu doengz sim.
（直　译）做人　　要　表里　　一样　　口　要　同　　心
（意　译）做人要表里如一，口心相同。

（土俗字）端　　缕努　　内　　勾　断然　　侄　礼　　受用
（壮　文）Donq laeujnoh neix，gou doenqsienz ndi ndaej souxyungh.
（直　译）餐　　酒肉　　这　　我　断然　　不　能　　受用
（意　译）这酒肉，我断然不能受用.

（土俗字）恨井　　太人　　见量
（壮　文）Haenjcingj daihsinz gienqliengh！
（直　译）恳请　　大人　　见谅
（意　译）恳请大人见谅！

Cieng yuenzvaih【gyangj】
张员外【白】
（土俗字）文内　　袖　侄　栎　盟　　啦
（壮　文）Baenzneix，couh ndi rag mwngz la！
（直　译）这样　　就　不　拉　你　　啦
（意　译）既然这样，就不勉强了！
【Eu gyading dawz byaek laeuj deuz.】
【令家丁把菜酒拿走。】

【Gyangj】
【白】
（土俗字）衣　　盟　　叮
（壮　文）Ndei，mwngz dingq！
（直　译）好　　你　　听
（意　译）好，你听着！

【Guh fwen】
【唱】
（土俗字）很 沸 坤 自 阴 雁 宾 惺 哏 幼
（壮 文）Hwnj fwj mbwn cix yim，Nyanh mbin sing haenx yawq；
（直 译）起 云 天 就 阴 雁 飞 声 还 在
（意 译）云聚天就阴，雁飞声还在；

（土俗字）勾 参 盟 据 谋 呈勿 幼 鲁 唾
（壮 文）Gou cam mwngz gawq naeuz，Cingzfaed yawq rox ndwi?
（直 译）我 问 你 句 说 情物 在 或 不
（意 译）我问你两句，情物是否藏？

Mauz Hoengz【guh fwen】
毛鸿【唱】
（土俗字）眉 情 寄 礼 青 毛 鸿 心 布 便
（壮 文）Meiz cingz geiq ndaej cing，Mauz Hoengz sim mbouj bienq；
（直 译）有 情 记 得 清 毛 鸿 心 不 变
（意 译）有情记得清，毛鸿不变心；

（土俗字）守罢 剑鸳鸯 勾 样样 抽 衣
（壮 文）Soujbaq giemqyuenyieng，Gou yienghyiengh caeu ndei.
（直 译）手帕 鸳鸯剑 我 件件 藏 好
（意 译）手帕鸳鸯剑，我珍藏严紧。

Cieng yuenzvaih【guh fwen】
张员外【唱】
（土俗字）呈勿 幼 鲁 布 盟 除斗 存 皮
（壮 文）Cingzfaed yawq rox mbouj，Mwngz dawzdaeuj ngonz baez.
（直 译）情物 在 或 不 你 拿来 看 回
（意 译）情物在不在，你快拿出来。

Mauz Hoengz【sinj guh fwen】
毛鸿【接唱】
（土俗字）勾 时克 抽 衣 总 当 吓 小姐
（壮 文）Gou seizgaek caeu ndei，Cungj daengq gyaez siujcej.
（直 译）我 时刻 藏 好 总 像 爱 小姐
（意 译）我时刻藏好，像对小姐爱。

【Mauz Hoengz dawz dinghcingz soujbaq okdaeuj, deng Cieng yuenzvaih ciengj dawz bei.】

【毛鸿把定情手帕拿出来，被张员外抢到手。】

Cieng yuenzvaih【gyangj】

张员外【白】

(土俗字) 哈 哈 盟 套体 哏 侄 林 情够 哈

(壮 文) Ha ha, mwngz dauqdaej haenx ndi lumz cingzgaeuq ha!

(直 译) 哈 哈 你 到底 还 不 忘 旧情 啊

(意 译) 哈哈，你到底还不忘旧情啊!

(土俗字) 布过

(壮 文) Mboujgvaq……

(直 译) 不过

(意 译) 不过……

【Guh fwen】

【唱】

(土俗字) 鸦则 意 顶枇 巴里 意 顶坍

(壮 文) Acak eiq dingjfaex, Byaleix eiq dingjdan;

(直 译) 喜鹊 爱 树顶 鲤鱼 爱 顶滩

(意 译) 喜鹊爱树顶，鲤鱼爱顶滩;

(土俗字) 汝 布 厢 便 桑 批 能唐 擒印

(壮 文) Bawz mbouj siengj benz sang, Bei naenghdangz gaemyinq.

(直 译) 谁 不 想 爬 高 去 坐堂 掌印

(意 译) 谁不想高升，当官把印撑。

【Sinj guh fwen】

【接唱】

(土俗字) 伪 勾 存 侄 准 幼 诸整 存 坤

(壮 文) Vih gou ngonz ndi cinj, Yawq ndawcingj ngonz mbwn;

(直 译) 因为 我 看 不 准 在 井底 看 天

(意 译) 因我看错眼，井底望高天;

(土俗字) 六 佩 仂 哼 盟 亥 勾 盹 布 则

(壮 文) Loek boiq lwg haengj mwngz, Haih gou naenz mbouj ndaek.

(直 译) 错 配 女儿 给 你 害 我 睡 不 着

(意 译) 女儿错配你，害我难成眠。

【Sinj guh fwen】
【接唱】
（土俗字）欧 屎怀 扦 花 实在 虾 布 文
（壮 文）Aeu haexvaiz cap va，Sidcaih ha mbouj baenz；
（直 译）要 牛粪 插 花 实在 配 不 成
（意 译）牛粪插香花，实在是不搭；

（土俗字）荒茄 虾 砣称 样鱼 邓 礼 仝
（壮 文）Ronggya ha dozcaengh，Yienghnyawz daengh ndaej doengz.
（直 译）竹壳 配 秤砣 怎样 配 得 同
（意 译）竹壳配秤砣，怎配得恁差。

【Sinj guh fwen】
【接唱】
（土俗字）厢 欧 凤 配 龙 为 命 盟 布 桂
（壮 文）Siengj aeu fungh boiq lungz，Vih mingh mwngz mbouj gviq；
（直 译）想 要 凤 配 龙 因为 命 你 不 贵
（意 译）想要凤配龙，你命没显达；

（土俗字）艮内 断 呈宜 各 伝 自 名 刨
（壮 文）Ngoenzneix duenh cingzngih，Gag vunz cix gag mbuengj.
（直 译）今天 断 情义 各 人 则 各 边
（意 译）今天断情义，各人在天涯。

Mauz Hoengz【doeksaenz，gyangj】
毛鸿【吃惊，白】
（土俗字）啊 则内
（壮 文）A？Ndaekneix……
（直 译）啊 这个
（意 译）啊？这……

Cieng yuenzvaih【caeu ndei soujbaq，gyangj】
张员外【收好手帕，白】
（土俗字）则内 示 等贯 哼 盟 计 订呈勿
（壮 文）Ndaekneix seix daengjgonq haengj mwngz gaej dinghcingzfaed，
（直 译）这个 是 当初 给 你 那 定情物
（意 译）这是当初给你的定情物，

(土俗字)度内　　收麻　规　元主　　　啦　嘿　嘿
(壮　文)dohneix souma gvi yuenzcawj la，he he……
(直　译)现在　　收回　归　原主　　　了　嘿　嘿
(意　译)如今收归原主了，嘿嘿……

Mauz Hoengz【gyangj】
毛鸿【白】
(土俗字)盟　　　　　盟
(壮　文)Mwngz …… mwngz……
(直　译)你　　　　　你
(意　译)你……你……
【Mauz Hoengz siengj ciengj dauq，Cieng yuenzvaih hix caeu ndei.】
【毛鸿欲去抢回，张员外已藏好。】

Cieng yuenzvaih【hemq】
张员外【喊】
(土俗字)家丁　　快　除　　文房　　　　四宝　　斗
(壮　文)Gyading，vaiq dawz faenzfuengz seiqbauj daeuj!
(直　译)家丁　　快　拿　　文房　　　　四宝　　来
(意　译)家丁，快拿文房四宝来!

Gading【gyangj】
家丁【白】
(土俗字)佬爷　受　　以　备　衣　了
(壮　文)Lauxi，caeux hix bwh ndei liux.
(直　译)老爷　早　　已　准备　好　了
(意　译)老爷，早已准备好了。
【Gyading dawz bit maeg ceij daeuj.】
【家丁拿来笔墨纸。】

Cieng yuenzvaih【gyangj】
张员外【白】
(土俗字)特鸿　　　　仕　腾　　度内　　盟　　袖　写　须
(壮　文)Daeghoengz，seih daengz dohneix，mwngz couh sij mbaw
(直　译)特鸿　　　　事　到　　如今　　你　　就　写　张
(意　译)毛鸿，事到如今，你就写张

(土俗字) 仃媪书　　斗　吧
(壮　文) youvoensaw daeuj ba!
(直　译) 休婚书　　来　吧
(意　译) 休婚书来吧!

Mauz Hoengz【gyangj】
毛鸿【白】
(土俗字) 布　　勾　布　　能　　写
(壮　文) Mbouj! Gou mbouj naengz sij!
(直　译) 不　　我　不　　能　　写
(意　译) 不! 我不能写!

Cieng yuenzvaih【gyangj】
张员外【白】
(土俗字) 为　计尔　　侄　写
(壮　文) Vih gaejrawz ndi sij?
(直　译) 为　什么　　不　写
(意　译) 为何不写?

Mauz Hoengz【gyangj】
毛鸿【白】
(土俗字) 则　　媪仕　　内　示　盟　　奏　　坡　勾　打　都
(壮　文) Ndaek voenseih neix, seix mwngz caeuq boh gou daj dou
(直　译) 个　　婚事　　这　是　你　　和　　父　我　从　我俩
(意　译) 这个婚事,是你和我父亲从我俩

(土俗字) 岩　　生　　屋斗　　袖　　订　　衣　　了　　仝时
(壮　文) ngamq seng okdaeuj couh dingh ndei liux. Doengzseiz,
(直　译) 刚　　生　　出来　　就　　定　　好　　了　　同时
(意　译) 刚生出来就订好了。同时,

(土俗字) 勾　奏　　妲音　　打　细　　袖　　途衣　　途�
(壮　文) gou caeuq Dahyim daj nyaeq couh doxndei doxgyaez,
(直　译) 我　和　　玉音　　从　小　　就　　相亲　　相爱
(意　译) 我和玉音从小就相亲相爱,

(土俗字) 途跟　　途幸　　鱼　　礼　　随便　　丘媪
(壮　文) Doxgaen doxrengh, nyawz ndaej seizbienh youvoen?
(直　译) 形影　　相随　　怎　　得　　随便　　休婚
(意　译) 青梅竹马,怎能随意休婚?

Cieng yuenzvaih【gyangj】
张员外【白】
（土俗字）哈 哈 盟 厢 六 了 妲音 勾 以 奏
（壮 文）Ha ha，mwngz siengj loek liux，Dahyim gou hix caeuq
（直 译）哈 哈 你 想 错 了 玉音 我 已 同
（意 译）哈哈，你想错了，我玉音已同

（土俗字）盟 叭 喳 棍 双 了 存 内 示 妲
（壮 文）mwngz mbat dax goenq song liux. Ngonz，neix seix dah
（直 译）你 一 刀 断 两 了 看 这 是 她
（意 译）你一刀两断了。看，这是她

（土俗字）退 哼 盟 的 剑订呈 侄 丘 以 争 丘
（壮 文）doiq haengj mwngz dih giemqdinghcingz，ndi you hix deng you！
（直 译）退 给 你 的 定情剑 不 休 也 挨 休
（意 译）退给你的定情剑，不休也得休！
【Gveng giemq haengj Mauz Hoengz.】
【丢剑给毛鸿。】

【Gyangj】
【白】
（土俗字）除 条 吧
（壮 文）Dawz deuz ba！
（直 译）拿 走 吧
（意 译）拿走吧！

Mauz Hoengz【gyangj】
毛鸿【白】
（土俗字）侄 妲音 布 示 样内
（壮 文）Ndi！Dahyim mbouj seix yienghneix……
（直 译）不 玉音 不 是 这样
（意 译）不！玉音不是这样的……

Cieng yuenzvaih【gyangj】
张员外【白】
（土俗字）盟 哈
（壮 文）Mwngz ha！
（直 译）你 呀
（意 译）你呀！

【Guh fwen】
【唱】
(土俗字) 途而 厢 啃 丈
(壮 文) Duzngwz siengj gwn ciengh,
(直 译) 蛇儿 想 吃 象
(意 译) 蛇吞象不能,

(土俗字) 盟 哄厢
(壮 文) Mwngz hoengqsiengj,
(直 译) 你 空想
(意 译) 你空等,

(土俗字) 厢 卦 俭 啃 林
(壮 文) Siengj gvaq gemh gwn rumz;
(直 译) 想 过 坳 吃 风
(意 译) 欲过坳喝风;

(土俗字) 妲音 以 嗄 伝
(壮 文) Dahyim hix haq vunz,
(直 译) 玉音 已 嫁 人
(意 译) 玉音已嫁人,

(土俗字) 勾 吝 盟
(壮 文) Gou laenh mwngz,
(直 译) 我 告诉 你
(意 译) 说一声,

(土俗字) 胎 吊 心 自吧
(壮 文) Dai diuz sim cixbah.
(直 译) 死 条 心 罢了
(意 译) 死心别再梦。

Cieng yuenzvaih【heiqgaek dwk, gyangj】
张员外【怒气地,白】
(土俗字) 快吱 写 退媪书 写 呀
(壮 文) Vaiqdei sij doiqvoensaw, sij ha!
(直 译) 快点 写 退婚书 写 呀
(意 译) 快点写退婚书,写呀!

Mauz Hoengz【fatheiq, gyangj】
毛鸿【生气，白】
（土俗字）勾 侄 写
（壮 文）Gou ndi sij!
（直 译）我 不 写
（意 译）我不写!

Cieng yuenzvaih【ndatheiq, gyangj】
张员外【怒气，白】
（土俗字）缕竞 侄 啃 啃 缕乏
（壮 文）Laeujgingq ndi gwn gwn laeujfad!
（直 译）敬酒 不 吃 吃 罚酒
（意 译）敬酒不吃吃罚酒!

【Hemq gyading】
【喊家丁】
（土俗字）家丁 除 嗦 除 喳 斗
（壮 文）Gyading, dawz cag dawz cax daeuj!
（直 译）家丁 拿 绳 拿 刀 来
（意 译）家丁，拿绳子和刀来!

【Gyading gyangj】
【家丁白】
（土俗字）示
（壮 文）Seix!
（直 译）是
（意 译）是!
【Gyading dawz cag dawz cax daeuj.】
【家丁把绳子和刀拿来。】

Cieng yuenzvaih【ndatheiq dwk, gyangj】
张员外【怒气冲冠，白】
（土俗字）盟 写 侄 写 盟 侄 写 袖 胎
（壮 文）Mwngz sij ndi sij? Mwngz ndi sij couh dai!
（直 译）你 写 不 写 你 不 写 就 死
（意 译）你写不写？你不写就死!

【Hangz yaek cug gaj Mauz Hoengz. Mauz Hoengz ngonz dingj mbouj gvaq, gamz raemxda gaem bit sij doiqvoensaw.】

【将要逼绑杀毛鸿。毛鸿看势不妙，含泪执笔写退婚书。】

【Laeng muq meiz fwen】

【后幕歌声】

(土俗字) 逢 擒 毕 坩恨 使 尽 棍 文 森

(壮　文) Fwngz gaem bit hamzhaenh，Saej cinx goenq baenz saem；

(直　译) 手 拿 笔 含恨 肠 全 断 成 寸

(意　译) 手拿笔含恨，肠子断成寸；

(土俗字) 麻弄 斤 败愣 除 缴丁 斗 合

(壮　文) Malungh gaen baihlaeng，Dawz giujdin daeuj haeb.

(直　译) 癫狗 跟 后面 拿 脚跟 来 咬

(意　译) 癫狗跟在后，追来咬脚跟。

Cieng yuenzvaih【yung'ak dwk，gyangj】

张员外【凶恨地，白】

(土俗字) 写

(壮　文) Sij!

(直　译) 写

(意　译) 写!

Mauz Hoengz【naeuqheiq dwk，gyangj】

毛鸿【怒气地，白】

(土俗字) 衣 勾 写

(壮　文) Ndei，gou sij!

(直　译) 好 我 写

(意　译) 好，我写!

【Guh fwen】

【唱】

(土俗字) 逢 擒 之 毕

(壮　文) Fwngz gaem cei bit，

(直　译) 手 握 支 笔

(意　译) 握笔在手，

（土俗字）当文　　　喳密　森　　心
（壮　文）Daengqbaenz caxmid ndaemq sim;
（直　译）好像　　　匕首　穿　　心
（意　译）好像刀刺心口；

（土俗字）夭 勾 短　　呈
（壮　文）Eu gou duenh cingz,
（直　译）叫 我 断　　情
（意　译）叫我断情，

（土俗字）当　　格 千 曾　　录勒
（壮　文）Daengq gek cien caengz lueglaeg;
（直　译）像　　隔 千 层　　深谷
（意　译）像隔千层深沟；

（土俗字）淋他　　尽 督
（壮　文）Raemxda cinx doek,
（直　译）眼泪　　尽 落
（意　译）眼泪尽流，

（土俗字）欧 斗　摸墨　　写 书
（壮　文）Aeu daeuj muzmaeg sij saw;
（直　译）用 来　磨墨　　写 书
（意　译）用来磨墨记愁；

（土俗字）艮内　　　壁 勾
（壮　文）Ngoenzneix bik gou,
（直　译）今天　　　逼 我
（意　译）今天逼我，

（土俗字）写 笼　千　仇　万　恨
（壮　文）Sij roengz cien caeuz fanh haemz;
（直　译）写 下　千　仇　万　恨
（意　译）写下千万深仇；

（土俗字）议　使 尽 棍
（壮　文）Ngeix saej cinx goenq,
（直　译）想　肠 全 断
（意　译）思肠全断，

(土俗字) 实 难 写 尽 冤呈
(壮 文) Sid nanz sij cinx yuencingz;
(直 译) 实 难 写 尽 冤情
(意 译) 冤情难写到头;

(土俗字) 四道 布 平
(壮 文) Seiqdauh mbouj bingz,
(直 译) 世道 不 平
(意 译) 世道不平,

(土俗字) 尽 示 啃 伝 幸俚
(壮 文) Cinx seix gwn vunz renghleix;
(直 译) 全 是 吃 人 活生
(意 译) 全吃活人恶丑;

(土俗字) 盟 丈 妲 内
(壮 文) Mwngz ciengx dah neix,
(直 译) 你 养 女 这
(意 译) 你养这女,

(土俗字) 乙 心 示 为 厢 钱
(壮 文) It sim seix vih siengj cienz;
(直 译) 一 心 是 为 想 钱
(意 译) 一心想钱入兜;

(土俗字) 除 仂 估 川
(壮 文) Dawz lwg guh cuen,
(直 译) 拿 儿 做 砖
(意 译) 把儿当砖,

(土俗字) 除 批 捅门 当壳
(壮 文) Dawz bei mbungjmuenz danghak;
(直 译) 拿 去 敲门 当官
(意 译) 敲门当官坏透;

(土俗字) 盟 心 带 作
(壮 文) Mwngz sim daiq yak,
(直 译) 你 心 太 恶
(意 译) 你心太毒;

(土俗字)眉 艮 巴 剥 局 除
(壮 文)Meiz ngoenz byaj bag guk dawz;
(直 译)有 日 雷 劈 虎 抓
(意 译)雷劈被虎抓走;

(土俗字)心麻 心某
(壮 文)Simma simmou,
(直 译)狗心 猪心
(意 译)猪狗心头,

(土俗字)欧 寅 屯 勾 笼 征
(壮 文)Aeu rin daenz gou roengz cingj;
(直 译)要 石 压 我 下 井
(意 译)落井下石毒谋;

(土俗字)凉心 倘 尽
(壮 文)Liengzsim sang cinx,
(直 译)良心 丧 尽
(意 译)良心丧尽,

(土俗字)昨 布 乙顶 胎衣
(壮 文)Cog mbouj itdingh daindei;
(直 译)将来 不 一定 好死
(意 译)他日死后难收;

(土俗字)托 骼 托 丝
(壮 文)Dak ndok dak sei,
(直 译)晒 骨 晒 尸
(意 译)尸骨曝晒,

(土俗字)喉 礼 仟 卑 万 代
(壮 文)Haeu ndaej cien bi fanh daih.
(直 译)臭 得 千 年 万 代
(意 译)千年万代遗臭。

【Mauz Hoengz sij yuenz couh deng maez lo. Cieng yuenzvaih ciengj aeu doiqvoensaw，eu gyading rag Mauz Hoengz ok rog dou bae.】

【毛鸿写完昏厥。张员外抢过退婚书，命家丁把毛鸿拖出门外。】

【Daeng ndaep，muq roengz.】

【灯暗，幕落。】

（土俗字）场　大哈　断　剑
（壮　文）**Ciengz Daihhaj Duenh Giemq**
（直　译）场　第五　断　剑
（意　译）第五场　断剑

【Ranz Leix Sienh，muq hai，Mauz Hoengz rap raemx rued va.】
【李善家，幕启，毛鸿挑水淋花.】

Mauz Hoengz【guh fwen】
毛鸿【唱】
（土俗字）各　啼　又　各　尤
（壮　文）Gag daej youh gag you，
（直　译）自　哭　又　自　忧
（意　译）自忧自哭啼，

（土俗字）良内　勾
（壮　文）Ngoenzneix gou，
（直　译）今天　我
（意　译）我今日，

（土俗字）当　笔　流　江达
（壮　文）Daengq bit louz gyangdah；
（直　译）像　鸭　留　河中
（意　译）像河鸭游离；

（土俗字）咪　胎　坡　又　卦
（壮　文）Meh dai boh youh gvaq，
（直　译）妈　死　父　也　过世
（意　译）父母全死去，

（土俗字）估　伆呷
（壮　文）Guh lwggyax，
（直　译）做　孤儿
（意　译）孤儿寂，

（土俗字）督　文　咔　淋他
（壮　文）Doek baenz gaq raemxda.
（直　译）落　成　瓮　眼泪
（意　译）泪水流成溪。

【Sinj guh fwen】
【接唱】
（土俗字）淋他　督　笼　胴
（壮　文）Raemxda doek roengz dungx，
（直　译）眼泪　落　下　肚
（意　译）眼泪落下肚，

（土俗字）含　奏　婶
（壮　文）Haemz caeuq saemj，
（直　译）苦　和　酸
（意　译）酸和苦，

（土俗字）总　争　呻　笼批
（壮　文）Cungj deng ndinj roengzbei；
（直　译）总　挨　吞　下去
（意　译）总吞下挺住；

（土俗字）伝恶　啃　伝衣
（壮　文）Vunzyak gwn vunzndei，
（直　译）恶人　吃　好人
（意　译）恶者吃人骨，

（土俗字）任　鱼　希
（壮　文）Nyimh nyawz hei，
（直　译）任　怎　欺负
（意　译）任人负，

（土俗字）勾　布　眉　吟狗
（壮　文）Gou mbouj meiz ngaemgyaeuj.
（直　译）我　不　有　低头
（意　译）我不低头颅。

【Sinj fwen】
【续唱】
（土俗字）勾 当 郎 拉喃
（壮　文）Gou daengq rangz lajnamh，
（直　译）我 像 笋 地下
（意　译）我像地下笋，

（土俗字）计 会 状 很忐
（壮　文）Gaeq hoih cengj hwnjgwnz；
（直　译）它 慢 撑 向上
（意　译）它慢慢上撑；

（土俗字）勾 当 枇 诸岽
（壮　文）Gou daengq faex ndawndoeng，
（直　译）我 像 树 山中
（意　译）我像高山树，

（土俗字）任 梅 笼 布 览
（壮　文）Nyimh mui roengz mbouj ramq.
（直　译）任由 冰霜 下 不 枯萎
（意　译）傲冰霜蓬生。

【Gyangj】
【白】
（土俗字）相 腾 勾 毛 鸿 兰 争 劫难
（壮　文）Siengj daengz gou Mauz Hoengz，ranz deng giepnanh.
（直　译）想 起 我 毛 鸿 家 被 劫难
（意　译）想起我毛鸿，家被劫难。

（土俗字）则赖 礼 腾 李 善 关婆佬 除 勾 麻 丈
（壮　文）Caeklaiq ndaej daengz Leix Sienh gvanbuzlaux dawz gou ma ciengx，
（直　译）幸亏 得 到 李 善 老人 带 我 回来 养
（意　译）幸亏得到李善老人带我回家抚养，

（土俗字）认 勾 估 仂记 勾 度艮 拉 芋 侬病
（壮　文）nyinh gou guh lwggeiq. Gou doxngoenz ra yw eibingh，
（直　译）认 我 做 义子 我 白天 找 药 医病
（意　译）认我做义子。我白天找药医病，

（土俗字）度陷　点灯　读书　迎接　殿试
（壮　文）doxhaemh diemjdaeng doegsaw couxciep dienhseiq.
（直　译）晚上　点灯　读书　迎接　殿试
（意　译）晚上点灯攻书，迎接殿试。

（土俗字）但愿　腾昨　眉　名　很榜　为　民
（壮　文）Danhnyuenh daengzcog meiz mingz gwnzbuengj，vih minz
（直　译）但愿　日后　有　名　榜上　为　民
（意　译）但愿日后金榜题名，为民

（土俗字）井命　铲除　伝奸　承　坡　志气　振
（壮　文）cingjmingh，canjcawz vunzgyan，swngz boh ceiqheiq，cinq
（直　译）请命　铲除　奸佞　承　父　志气　振
（意　译）请命，铲除奸佞，承父志，振

（土俗字）家风　败那　艮考　约　腾　层　眉
（壮　文）gyafung. Baihnaj ngoenzhauj yaek daengz，caengz meiz
（直　译）家风　前面　考期　将　到　未　有
（意　译）家风。眼下考期将至，尚未有

（土俗字）钱　很路　坡记　为　勾　四处　拉　钱
（壮　文）cienz hwnjloh. Bohgeiq vih gou seiqcawq ra cienz，
（直　译）钱　上路　义父　为　我　四处　找　钱
（意　译）路费。义父为我四处奔波挣钱，

（土俗字）啃含　啃苦　勾　应　帝　坡记　分尤
（壮　文）gwnhaemz gwnhoj，gou ing daeq bohgeiq faenyou.
（直　译）吃苦　耐劳　我　应　替　义父　分忧
（意　译）含辛茹苦，我应为义父分忧。

Mauz Hoengz【fwt rin fag giemqyuenyieng，heiqgaek，guh fwen】
毛鸿【突然看见鸳鸯剑，顿生火气，唱】
（土俗字）旺狗　伦　把　剑　当　油　战　心头
（壮　文）Nguengxgyaeuj rin fag giemq，Daengq youz cienq simdaeuz；
（直　译）抬头　见　把　剑　像　油　煎　心头
（意　译）抬头见情剑，心头如油煎；

（土俗字）情　断　当　淋　浮 布　再　浮 度到
（壮　文）Cingz duenh daengq raemx lu，Mbouj caiq lu doxdauq.
（直　译）情　断　如　水　流 不　再　流 返回
（意　译）情断如流水，不再往回转。

【Cieng Nyawhyim caeuq Cinmoih、Coumoih hwnj.】
【张玉音同春妹、秋妹上。】

Coumoih【gyangj】
秋妹【白】
（土俗字）小姐　吱内　就　示　兰　李　爷大　盟　存
（壮　文）Siujcej，deineix couh seix ranz Leix idaih，mwngz ngonz，
（直　译）小姐　这里　就　是　家　李　大伯　你　看
（意　译）小姐，这就是李大伯家，你看，

（土俗字）毛　公子　正　押淋　洫　花 呢
（壮　文）Mauz goengceij cingq rapraemx rued va ne!
（直　译）毛　公子　正　挑水　淋　花 呢
（意　译）毛公子正在挑水淋花呢！

Cieng Nyawhyim【gyangj】
张玉音【白】
（土俗字）啊 到底　拉 争　啦
（壮　文）A，dauqdaej ra deng la.
（直　译）啊 到底　找 对　了
（意　译）啊，到底找见了。

Coumoih【gyangj】
秋妹【白】
（土俗字）公子　叮慷　盟　就　压　很　京　干考
（壮　文）Goengceij，dingqgyangj mwngz couh yaek hwnj ging ganjgauj，
（直　译）公子　听说　你　就　要　上　京　赶考
（意　译）公子，听说你就要进京赶考，

（土俗字）小姐　特顶　斗　存　盟
（壮　文）siujcej daegdingh daeuj ngonz mwngz.
（直　译）小姐　特定　来　看　你
（意　译）小姐特意来看你。

Cieng Nyawhyim【gyangj】
张玉音【白】
（土俗字）官人 盟 哼 勾 拉 礼 毒行 来 啊
（壮 文）Guensinz，mwngz haengj gou ra ndaej doeghengz lai ha！
（直 译）官人 你 给 我 找 得 辛苦 多 啊
（意 译）官人，你让我找得好苦啊！

Mauz Hoengz【caengzmyaumyau，gyangj】
毛鸿【怒目，白】
（土俗字）示 盟 哈 唔
（壮 文）Seix mwngz ha，w！
（直 译）是 你 呀 唔
（意 译）是你呀，唔！

Cieng Nyawhyim【angq byaij gvaqbei lawh rap，gyangj】
张玉音【高兴地过去接担，白】
（土俗字）官人 哼 勾 斗 虑 盟 押 坝 刁 吧
（壮 文）Guensinz，haengj gou daeuj lawh mwngz rap mbaq ndeu ba！
（直 译）官人 给 我 来 替 你 挑 肩 一 吧
（意 译）官人，让我替你挑一担吧！

Mauz Hoengz【baetfwngz deuz，gyangj】
毛鸿【摔手走开，白】
（土俗字）多谢 啦 毛 鸿 虽然 丁逢 本
（壮 文）Docih la！Mauz Hoengz sawsienz dinfwngz bwnh，
（直 译）多谢 了 毛 鸿 虽然 手脚 笨拙
（意 译）多谢了！毛鸿虽然手脚笨拙，

（土俗字）以 侄 敢 毒行 盟 千金 小姐 哈
（壮 文）hix ndi gamj doeghengz mwngz ciengim siujcej ha！
（直 译）也 不 敢 辛苦 你 千金 小姐 呀
（意 译）也不敢劳驾你千金小姐呀！

Cieng Nyawhyim【doeksaenz dwk，gyangj】
张玉音【震惊地，白】
（土俗字）官人 慷话 眉 蕴 示 计尔 意思 啊
（壮 文）Guensinz gyangjvah meiz oen，seix gaejrawz eiqsei ha？
（直 译）官人 讲话 有 刺 是 什么 意思 呀
（意 译）官人话里带刺，是什么意思呀？

【Coumoih yawq henz uet raemxda.】
【秋妹于旁抹眼泪。】

Mauz Hoengz【guh fwen】
毛鸿【唱】
（土俗字）欧 纸 疾 凤 布 鲁 宾
（壮 文）Aeu ceij raed fungh mbouj rox mbin,
（直 译）要 纸 剪 凤 不 会 飞
（意 译）纸剪凤凰不会飞，

（土俗字）任 铜 鱼 显 布 比 金
（壮 文）Nyimh doengz nyawz yenj mbouj beij gim;
（直 译）任 铜 怎 黄 不 比 金
（意 译）黄铜再黄不比金；

（土俗字）了 盟 欧 淋 斗 估 缕
（壮 文）Liux mwngz aeu raemx daeuj guh laeuj,
（直 译）了 你 要 水 来 当 酒
（意 译）你拿清水来当酒，

（土俗字）除 豆生 佑 斗 诱 伝
（壮 文）Dawz duhseng byouq daeuj yaeuh vunz?
（直 译）拿 花生 壳 来 骗 人
（意 译）花生空壳骗谁信？

Cieng Nyawhyim【guh fwen】
张玉音【唱】
（土俗字）盟 慷 真 奇异 勾 叮 礼 心良
（壮 文）Mwngz gyangj cin geizheih, Gou dingq ndaej simliengz;
（直 译）你 讲 真 奇异 我 听 得 心凉
（意 译）你讲真奇怪，我听凉心扉；

（土俗字）当 踩 笼 拥房 拉 狗 双 布 对
（壮 文）Daengq caij roengz boengjfuengz, Ra gyaeuj rueng mbouj doiq.
（直 译）像 踩 下 稻草堆 找 头 尾 不 对
（意 译）像踩乱草上，找不到头尾。

Mauz Hoengz【guh fwen】
毛鸿【唱】
(土俗字)厢 伦狗 奏 双 勾难帮盟 啦
(壮 文)Siengj rin gyaeuj caeuq rueng, Gou nanz bang mwngz ra;
(直 译)想 见头 和 尾 我难 帮 你 找
(意 译)想见头和尾，帮你找太累；

(土俗字)盟 剥油 剥哈 胴 撑叉 眉 宾
(壮 文)Mwngz bakyouz bakhaj, Dungx caengjnga meiz bwn.
(直 译)你 油嘴 滑舌 肚 开叉 有 毛
(意 译)你油嘴滑舌，肚长毛心黑。

Cieng Nyawhyim【guh fwen】
张玉音【唱】
(土俗字)勾 露 防哏 佲 伦 麻 合 猫
(壮 文)Gou loq fangzhwnz ndi rin ma haeb meuz,
(直 译)我 做 夜梦 不 见 狗 咬 猫
(意 译)我做夜梦不见狗咬猫，

(土俗字)吃内 屋都 以 层 琳 则 跤
(壮 文)Haetneix okdou hix caengz laemx caek geu;
(直 译)今早 出门 也 未 摔 一 跤
(意 译)今早出门也未曾摔跤；

(土俗字)布 鲁 样尔 六 争 盟
(壮 文)Mbouj rox yienghrawz loek deng mwngz,
(直 译)不 知 哪样 错 对 你
(意 译)不知哪样错对你，

(土俗字)官人 为麻 尽 发气 厚标
(壮 文)Guensinz vihmaz cinx fatheiq haeuxbeu?
(直 译)官人 为何 全 生气 煲饭
(意 译)官人为何怄气发牢骚？

【Sinj guh fwen】
【接唱】
(土俗字)转愣 参 达秋 计 原由 鱼样
(壮 文)Cuenqlaeng cam Coumoih, Gaej nyuenzyouz nyawzyiengh;
(直 译)转身 问 秋妹 那 缘由 怎样
(意 译)转身问秋妹，有什么原因；

（土俗字）官人　以　布　讲　当　蕴　斩　心头
（壮　文）Guensinz hix mbouj gyangj，Daengq oen camx simdaeuz.
（直　译）官人　也　不　讲　像　刺　扎　心头
（意　译）官人也不讲，如刺扎进心。

Mauz Hoengz【cuengq doengjraemx roengzdaeuj，ndatheiq dwk，guh fwen】
毛鸿【放下水桶，怒气地，唱】
（土俗字）假装　估　剥油　盟　糊涂　耍赖
（壮　文）Gyajcieng guh bakyouz，Mwngz hozdoz sajlaih；
（直　译）假装　做　油嘴　你　糊涂　耍赖
（意　译）假装作嘴甜，你耍赖胡骗；

（土俗字）除　媪约　批　改　实在　太　孚呈
（壮　文）Dawz voeniek bei gaij，Sidcaih daiq fouzcingz.
（直　译）拿　婚约　去　改　实在　太　无情
（意　译）自把婚约毁，实在无情面。

Cieng Nyawhyim【doeksaenz，mbouj rox gaejrawz yienzaen，gyangj】
张玉音【惊诧，莫明其因，白】
（土俗字）呵　则　话　内　打　渠　讲　哈
（壮　文）A，ndaek vah neix daj nyawz gyangj ha?
（直　译）啊　种　话　这　从　何　说　呀
（意　译）啊，这话从何说起呀？

Mauz Hoengz【guh fwen】
毛鸿【唱】
（土俗字）艮鸾　诱　勾　批　兰　盟
（壮　文）Ngoenzluenz yaeuh gou bei ranz mwngz，
（直　译）昨天　骗　我　去　家　你
（意　译）昨天骗我到你家，

（土俗字）盟　又　挖井　又　含蕴
（壮　文）Mwngz youh vatcingj youh haem'oen；
（直　译）你　又　挖井　又　埋刺
（意　译）挖井埋刺把我扎；

（土俗字）退赔　打祖　订呈勿
（壮　文）Doiqboiz dajcoj dinghcingzfaed，
（直　译）退还　原先　定情物
（意　译）逼退先前定情物，

(土俗字) 仂而 开花 躺 眉 宾
(壮 文) Lwggwz haiva ndang meiz bwn;
(直 译) 茄子 开花 身 有 毛
(意 译) 茄子毛身开毒花;

(土俗字) 讲谋 姻缘 配 侄 合
(壮 文) Gyangjnaeuz nyiennyuenz buiq ndi hab,
(直 译) 说道 姻缘 配 不 合
(意 译) 说啥姻缘不匹配,

(土俗字) 勾 示 途贡 盟 示 龙
(壮 文) Gou seix duzgungq mwngz seix lungz;
(直 译) 我 是 虾子 你 是 龙
(意 译) 你是蛟龙我是虾;

(土俗字) 盟 示 途风 呻 忐 枇
(壮 文) Mwngz seix duzfungh ndin gwnz faex,
(直 译) 你 是 凤凰 站 上面 树
(意 译) 你是凤凰高枝站,

(土俗字) 勾 示 巴怒 稳 拉 堋
(壮 文) Gou seix byanouq ndonj laj boengz.
(直 译) 我 是 泥鳅 窜 下 泥巴
(意 译) 我是泥鳅泥中爬。

Cieng Nyawhyim【guh fwen】
张玉音【唱】
(土俗字) 不 三 不 四 乱 讲 来
(壮 文) Bwt sam bwt seiq luenh gyangj lai,
(直 译) 不 三 不 四 乱 讲 多
(意 译) 不三不四尽乱讲,

(土俗字) 侄 眉 厚 鱼 煮 厚埃
(壮 文) Ndi meiz haeux nyawz cawj haeuxngaiz;
(直 译) 没 有 米 怎 煮 午饭
(意 译) 没有大米怎煮饭;

(土俗字) 口 庙 消香 争 防 弄
(壮 文) Haeuj miuh siuyieng deng fangz loengh,
(直 译) 进 庙 烧香 挨 鬼 弄
(意 译) 进庙烧香挨鬼弄,

(土俗字) 剥 坩 棵机 佂 礼 孩
(壮 文) Bak gamz gogei ndi ndaej haiz.
(直 译) 嘴 含 断肠草 不 得 吐
(意 译) 含断肠草吞下难。

Mauz Hoengz【guh fwen】
毛鸿【唱】
(土俗字) 全 讲 话 诱 伝
(壮 文) Cuenz gyangj vah yaeuh vunz,
(直 译) 全 讲 话 骗 人
(意 译) 全讲话诈骗,

(土俗字) 盟 恩 心
(壮 文) Mwngz ndaen sim,
(直 译) 你 个 心
(意 译) 你那心,

(土俗字) 当 密森 一样
(壮 文) Daengq midsaem ityiengh;
(直 译) 像 尖匕 一样
(意 译) 像匕首样尖;

(土俗字) 盟 存 剑鸳鸯
(壮 文) Mwngz ngonz giemqyuenyieng,
(直 译) 你 看 鸳鸯剑
(意 译) 你看鸳鸯剑,

(土俗字) 签 贫贱
(壮 文) Yiem binzcienh,
(直 译) 嫌 贫贱
(意 译) 嫌贫贱,

(土俗字) 要 花样 估尔
(壮 文) Saj vayiengh guhrawz.
(直 译) 要 花样 干啥
(意 译) 要花样作奸。
【Dawz fag giemq vangh yawq baknaj Cieng Nyawhyim.】
【将剑晃在张玉音面前。】

Cieng Nyawhyim【fwt meiz ngeiz, gyangj】
张玉音【顿生疑团，白】
(土俗字) 哎 法 剑 内 布 示 途勾 吗
(壮 文) Ai, fag giemq neix mbouj seix duzgou ma?
(直 译) 哎 把 剑 这 不 是 我的 吗
(意 译) 哎，这把剑不是我的吗?

(土俗字) 鱼 又 口 逢 盟 批 了
(壮 文) Nyawz youh haeuj fwngz mwngz bei liux?
(直 译) 怎样 又 进 你 手 去 了
(意 译) 怎样又到你手里了?

Mauz Hoengz【guh fwen】
毛鸿【唱】
(土俗字) 难亏 盟 眉 那 另 解 嫁 兰 肖
(壮 文) Nanzvi mwngz meiz naj, Lingh gaij haq ranz Siu;
(直 译) 难亏 你 有 脸 再 改 嫁 家 肖
(意 译) 亏你还有脸，再嫁去肖家;

(土俗字) 旧情 林 车 条 相思桥 已 棍
(壮 文) Guhcingz rumz ci deuz, Siengseigiuz hix goenq.
(直 译) 旧情 风 吹 走 相思桥 已 断
(意 译) 旧情风吹走，相思桥已塌。

【Yamqyamq bik gyawj Cieng Nyawhyim, gyangj】
【步步逼近张玉音，白】
(土俗字) 盟 盟 盟
(壮 文) Mwngz mwngz mwngz……
(直 译) 你 你 你
(意 译) 你你你……

Cieng Nyawhyim【guh fwen】
张玉音【唱】
（土俗字）盟 时尔 礼 剑 勾 总 厢 布 名
（壮 文）Mwngz seizrawz ndaej giemq，Gou cungj siengj mbouj mingz；
（直 译）你 何时 得 剑 我 都 想 不 明
（意 译）你何时得剑，我想不明了；

（土俗字）往 几时 亏 盟 查 剥 心 哼 袅
（壮 文）Nuengx gijseiz vi mwngz，Cax bag sim haengj neuh.
（直 译）妹 何时 亏待 你 刀 劈 心 给 看
（意 译）妹何时亏你，剖心给你瞧。

Mauz Hoengz【guh fwen】
毛鸿【唱】
（土俗字）剥 劳 又 剥 由 当 漂 浮 忐 淋
（壮 文）Bak lauz youh bak youz，Daengq biuz fouz gwnz raemx；
（直 译）嘴 油 又 嘴 油 像 浮萍 浮 上 水
（意 译）油嘴又滑舌，像浮萍飘浮；

（土俗字）讲 比 唱 衣 叮 勾 怨恨 当初
（壮 文）Gyangj beij ciengq ndei dingq，Gou yuenqhaenq dangco.
（直 译）讲 比 唱 好 听 我 怨恨 当初
（意 译）讲比唱好听，我怨恨当初。

【Mauz Hoengz heiqgaek dawz giemq euj raek，gveng yawq baknaj Cieng Nyawhyim. Cieng Nyawhyim yaek lanz mbouj gib，couh utheiq daej lo.】
【毛鸿一气之下把剑折断，丢在张玉音面前。张玉音欲拦不及，委屈哭了。】

Coumoih【siengj hwnjbei gienq，youh mbouj rox nyawz guh，gyangj】
秋妹【欲上前劝导，又不知所措，白】
（土俗字）小姐 盟
（壮 文）Siujcej mwngz……
（直 译）小姐 你
（意 译）小姐你……

Cieng Nyawhyim【guh fwen】
张玉音【唱】
（土俗字）坤晾 巴 剥 伝
（壮 文）Mbwnrengx byaj bag vunz，
（直 译）晴天 雷 劈 人
（意 译）晴天被雷劈，

（土俗字）又 很 林
（壮 文）Youh hwnj rumz，
（直 译）又 起 风
（意 译）风又起，

（土俗字）勾 布 名 倒里
（壮 文）Gou mbouj mingz dauhleix；
（直 译）我 不 明 道理
（意 译）我不明道理；

（土俗字）盟 断 剑 良内
（壮 文）Mwngz duenh giemq ngoenzneix，
（直 译）你 断 剑 今天
（意 译）你今断剑去，

（土俗字）毛 公子
（壮 文）Mauz goengceij，
（直 译）毛 公子
（意 译）毛公子，

（土俗字）布 鲁 为 件尔
（壮 文）Mbouj rox vih gienhrawz？
（直 译）不 知 为 哪样
（意 译）不知为何意？

【Leix Sienh hwnjdaeuj.】
【李善上。】

Mauz Hoengz【gyangj】
毛红【白】
（土俗字）伊爸 盟 麻 拉
（壮 文）Aebaj，mwngz ma la！
（直 译）阿爸 你 回 啦
（意 译）阿爸，你回来啦！

Leix Sienh【gig gyaez dwk haengj Mauz Hoengz uet hanh，gyangj】
李善【疼爱地给毛鸿擦汗，白】

(土俗字) 麻 拉 伪 勾 也 该 歇乃 拉
(壮 文) Ma la, lwg gou yex gai yietnaiq la.
(直 译) 回 了 儿 我 也 该 歇息 了
(意 译) 回来了，我儿也该歇歇了。

【Ngonzrin Cieng Nyawhyim, gyangj】
【见到张玉音，白】
(土俗字) 哎 内 布 示 玉音 小姐 吗 盟 鱼
(壮 文) Ai, neix mbouj seix Nyawhyim siujcej ma? Mwngz nyawz……
(直 译) 哎 这 不 是 玉音 小姐 吗 你 怎
(意 译) 哎，这不是玉音小姐吗？你怎么……

Cieng Nyawhyim【hwnjbei hengzlaex, gyangj】
张玉音【上前施礼，白】
(土俗字) 拜伦 坡记
(壮 文) Baiqrin bohgeiq!
(直 译) 拜见 义父
(意 译) 拜见义父！

Leix Sienh【gyangj】
李善【白】
(土俗字) 侄 敢 当 侄 敢 当 既然 盟 已经
(壮 文) Ndi gamj dang, ndi gamj dang! Gawqsienz mwngz hixging
(直 译) 不 敢 当 不 敢 当 既然 盟 已经
(意 译) 不敢当，不敢当！既然你已经

(土俗字) 解除 媪约 另 嫁 兰 肖 恩尽 义绝
(直 译) gejcawz voeniek, lingh haq ranz Siu, aencinx nyihcued,
(直 译) 解除 婚约 改 嫁 家 肖 恩尽 义绝
(意 译) 解除婚约，改嫁肖家，恩尽义绝，

(土俗字) 为 麻 又 斗 拉 毛 鸿 哈
(壮 文) vih maz youh daeuj ra Mauz Hoengz ha?
(直 译) 为 何 又 来 找 毛 鸿 呀
(意 译) 为何又来找毛鸿呀？

【Doiq Mauz Hoengz gyangj】
【对毛鸿，白】

(土俗字)估伝 幼 世 欧 光明 磊落
(壮 文)Guhvunz yawq seiq, aeu guengmingz leixlag,
(直 译)做人 在 世 要 光明 磊落
(意 译)为人处世，要光明磊落，

(土俗字)仂 勾 欧 记 幼 诸 心 诸 布
(壮 文)lwg gou aeu geiq yawq ndaw sim ndaw bwt!
(直 译)儿 我 要 记 在 里 心 里 肺
(意 译)我儿要记在肺腑!

Mauz Hoengz【gyangj】
毛鸿【白】
(土俗字)伊爸 壮心 毛 鸿 示 堂堂 仂衰
(壮 文)Aebaj cuengqsim, Mauz Hoengz seix dangzdangz lwgsai,
(直 译)阿爸 放心 毛 鸿 是 堂堂 男子
(意 译)阿爸放心，毛鸿是堂堂男子汉，

(土俗字)顶天 立地 布 示 色爹 翻沸 笼温 计 伝
(壮 文)dingjdien libdeih, mbouj seix saekdi fanfwj roengzvun gaej vunz.
(直 译)顶天 立地 不 是 些 翻云 覆雨 那 人
(意 译)顶天立地，不是那种翻云覆雨之人。

Leix Sienh【gaem gen Mauz Hoengz, gyangj】
李善【拉毛鸿手，白】
(土俗字)偻 口 兰 麻 吧
(壮 文)Raeuz haeuj ranz ma ba.
(直 译)我们 进 屋 来 吧
(意 译)我们进屋去吧。
【Mauz Hoengz、Leix Sienh roengzbei.】
【毛鸿、李善下。】

【Cieng Nyawhyim siengsim daej lo. Cinmoih gipmuengz buet hwnjdaeuj.】
【张玉音伤心地哭了。春妹急忙跑上。】
Cinmoih【gyangj】
春妹【白】
(土俗字)小姐 佬爷 夭 盟 赶紧 麻 府
(壮 文)Siujcej lauxi eu mwngz ganjginj ma fouj.
(直 译)小姐 老爷 叫 你 赶紧 回 府
(意 译)小姐，老爷叫你火速回府。

Cieng Nyawhyim【nguengxgyaeuj hwnj mbwn danqheiq, gip geh giemq gwnz namh haenx, siengsim dwk, gyangj】

玉音【仰天长叹，捡起落在地上的半截断剑，悲切地，白】

（土俗字）官人　哈 官人　总　眉　艮　刁

（壮　文）Guensinz ha guensinz, cungj meiz ngoenz ndeu,

（直　译）官人　呀 官人　总　有　天　一

（意　译）官人呀官人，总有一天，

（土俗字）盟　会　存　屋 心意　途勾

（壮　文）mwngz hoih ngonz ok sim'eiq duzgou!

（直　译）你　会　看　出 心意　我的

（意　译）你会看出我的心意!

【Gaen Cinmoih、Coumoih roengzbei.】

【随春妹、秋妹下。】

【Daeng ndaep, muq roengz.】

【灯黑，幕落。】

（土俗字）场　大六　断　情
（壮　文）Ciengz Daihroek Duenh cingz
（直　译）场　第六　断　情
（意　译）第六场　断情

【Leix Sienh soengq Mauz Hoengz hwnj ging haujseiq.】
【李善送毛鸿上京考试。】

Mauz Hoengz【guh fwen】
毛鸿【唱】
（土俗字）艮　八　月　十五　勾　驳　爸　很　京
（壮　文）Ngoenz bet nyued cibhaj，Gou byuek baj hwnj ging；
（直　译）天　八　月　十五　我　别　爸　上　京
（意　译）八月十五日，我别父上京；

（土俗字）腾昨　礼　成名　为　仂民　除　害
（壮　文）Daengzcog ndaej singzmingz，Vih lwgminz cawz haih.
（直　译）将来　得　成名　为　人民　除　害
（意　译）他日功名成，除害为百姓。

Leix Sienh【guh fwen】
李善【唱】
（土俗字）堆　桑　路　又　鸡　小心　吱　取　礼
（壮　文）Ndoi sang loh youh gyae，Siujsim dei coj ndaej；
（直　译）山　高　路　又　远　小心　点　才　行
（意　译）山高路途远，小心是应当；

（土俗字）朔　几　恩　尚　内　留　盟　丕　估　盈
（壮　文）Suek geij aen faengx neix，Louz mwngz bei guh ringz.
（直　译）包　几　个　粽　这　留　你　去　当　午饭
（意　译）包这几个粽，留当作午饭。

Mauz Hoengz【ciep faengx，gyangj】
毛鸿【接过粽子，白】

(土俗字) 伊爸 估伪 记礼 了 盟 幼 兰 欧 来 遮 躺
(壮 文) Aebaj, guhlwg geiqndaej liux, mwngz yawq ranz aeu lai re ndang.
(直 译) 阿爸 为儿 记住 了 你 在 家 要 多 注意 身体
(意 译) 阿爸，为儿记住了，你在家要多保重。

Leix Sienh【gyangj】
李善【白】
(土俗字) 伪 勾 布 用 挂念
(壮 文) Lwg gou mbouj yungh gvaqniemh.
(直 译) 儿 我 不 用 挂念
(意 译) 我儿不必挂念。

Mauz Hoengz【gyangj】
毛鸿【白】
(土俗字) 送 君 千 里 总欧 驳散
(壮 文) Soengq gun cien leix, cungjaeu byueksanq.
(直 译) 送 君 千 里 总要 分别
(意 译) 送君千里，终有一别。

(土俗字) 伊爸 布 用 送 了
(壮 文) Aebaj, mbouj yungh soengq liux.
(直 译) 阿爸 不 用 送 了
(意 译) 阿爸，不必远送了。

Leix Sienh【gyangj】
李善【白】
(土俗字) 布 再 送 伪 勾 一 程
(壮 文) Mbouj, caiq soengq lwg gou it cingz.
(直 译) 不 再 送 儿 我 一 程
(意 译) 不，再送我儿一程。

【Bohlwg gvaq giuz, roengz daiz.】
【父子过桥，下。】
Cinmoih【gyaep hwnj, suenj】
春妹【追上，喊】
(土俗字) 毛 公子
(壮 文) Mauz goengceij……
(直 译) 毛 公子
(意 译) 毛公子……

Cinmoih【guh fwen】
春妹【唱】

（土俗字）花轿 袖 斗腾 急 当文 肥阵
（壮 文）Vagiuh couh daeujdaengz，Gip daengqbaenz feizcaemh；
（直 译）花轿 就 来到 急 好像 火烧
（意 译）花轿就来到，急火烧心中；

（土俗字）小姐 写 封 信 欠 紧 送 毛 鸿
（壮 文）Siujcej sij fung sinq，Hemq ginj soengq Mauz Hoengz.
（直 译）小姐 写 封 信 叫 紧 送 毛 鸿
（意 译）小姐写封信，赶紧送毛鸿。

【Sinj guh fwen】
【接唱】
（土俗字）赶批 滕 兰 李 毛 鸿 以 很 京
（壮 文）Ganjbei daengz Ranz Leix，Mauz Hoengz hix hwnj ging；
（直 译）赶去 到 家 李 毛 鸿 已 上 京
（意 译）赶快到李家，毛鸿已进京；

（土俗字）勾 急 跋 批斤 汗 沉 当 温嗄
（壮 文）Gou gip buet beigaen，Hanh dumz daengq vunraq.
（直 译）我 急 跑 去跟 汗 湿 像 大雨
（意 译）我急跑追赶，汗湿如雨淋。
【Cinmoih mienh suenj mienh roengzma.】
【春妹边喊边下。】

【Dojdi gyonglaz yiengjsasa，ranz Siu aeu bawx ram giuh hwnjdaeuj. Vuengz bazmuiz yinxloh，Siu daisui guih max，Cieng yuenzvaih daenj caetbyimj buhhak hwnj.】

【唢呐锣鼓响喧天，肖家迎亲花轿上。王媒婆引路，肖太岁骑马，张员外穿七品官服上。】

Vuengz bazmuiz【guh fwen】
王媒婆【唱】
（土俗字）估媒 靠 片 剥 样鱼 鸭 总 文
（壮 文）Guhmuiz gauq benq bak，Yienghnyawz ap cungj baenz；
（直 译）做媒 凭 张 嘴 怎样 押 都 成
（意 译）做媒凭张嘴，什么都会说；

（土俗字）礼 啃 又 礼 银 布管 伝 胎俚
（壮 文）Ndaej gwn youh ndaej ngaenz，Mboujguenj vunz daileix.
（直 译）得 吃 又 得 钱 不管 人 死活
（意 译）得吃又得钱，不管人死活。

Siu daisui【guh fwen】
肖太岁【唱】
（土俗字）勾 诸心 尽 意 七 礼 季 花银
（壮 文）Gou ndawsim cinx eiq，Mbaet ndaej ngeiq va'nyaenz；
（直 译）我 心里 尽 乐 采 得 枝 银花
（意 译）我心里满意，采得银花来；

（土俗字）除麻 伴 齐 盹 享 召伝 快活
（壮 文）Dawzma buenq caez naenz，Yiengj ciuhvunz gvaiqhued.
（直 译）拿回 伴 同 睡 享 一世 快活
（意 译）娶回同睡眠，一辈乐开怀。

Cieng yuenzvaih【guh fwen】
张员外【唱】
（土俗字）估壳 靠 妲音 礼 高升 则老
（壮 文）Guhhak gauq Dahyim，Ndaej gauswng ndaeklaux；
（直 译）做官 靠 玉音 得 高升 老子
（意 译）当官靠玉音，老子得升高；

（土俗字）躺 屯 怖 龙袍 忐狗 帽四而
（壮 文）Ndang daenj buh lungzbaux，Gwnzgyaeuj mauhseiqrwz.
（直 译）身 穿 衣 龙袍 头顶 四耳帽
（意 译）身穿龙袍服，头戴四耳帽。

Siu daisui【gyangj】
肖太岁【白】
（土俗字）收 捭 狗 捭 双 会 派 几时 取 除
（壮 文）Sou bi gyaeuj bi rueng hoih byaij，gijseiz coj dawz
（直 译）你们 摇 头 摆 尾 慢 走 何时 才 把
（意 译）你们摇头摆尾地慢走，何时才把

（土俗字）泊墓 送 腾 忐府 批 快吱
（壮 文）bawxmoq soengq daengz gwnzfouj，bei gvaiqdei！
（直 译）新娘 送 到 府上 去 快点
（意 译）新娘送到府上，快点走！

Giuhfou gyap【gyangj】
轿夫甲【白】

(土俗字) 少爷 照内 硬乐 泊墓 很 轿
(壮 文) Siuji, ciuqneix nyenghrag bawxmoq hwnj giuh,
(直 译) 少爷 刚才 强拉 新娘 上 轿
(意 译) 少爷，刚才强拉新娘上轿，

(土俗字) 依路 敖 夸 敖 随 都 总 哽 胎 鲁
(壮 文) eiloh ngauz gvaz ngauz swix, dou cungj ngaengh dai lo.
(直 译) 沿途 摇 右 摇 左 我们 都 累 死 鲁
(意 译) 沿途东摇西晃，我等都累死啦。

Siu daisui【gyangj】
肖太岁【白】
(土俗字) 少 废话 快 批
(壮 文) Siuj feiqvah, gvaiq bei!
(直 译) 少 废话 快 走
(意 译) 少废话，快走！

【Ndaek giuh baez bi, boux gang giuh baihlaeng haenx baez laemx, Siu daisui heiqndatsamciengh, roengz max dik giuhfou】
【轿一晃，后面轿夫跌倒，肖太岁火冒三丈，下马踢轿夫。】

Siu daisui【gyangj】
肖太岁【白】
(土俗字) 麻悔 盟 争 泊墓 凛胎 勾 欧 命 盟
(壮 文) Mahoiq! Mwngz deng bawxmoq laemxdai, gou aeu mingh mwngz!
(直 译) 狗奴 你 挨 新娘 摔死 我 要 命 你
(意 译) 狗奴才！你把新娘摔死，我要你的命！

【Cieng yuenzvaih siengj deuz, rin ndaek yienghneix, youh dauqma yienq.】
【张员外欲走，见状，又转回劝导。】

Cieng yuenzvaih【gyangj】
张员外【白】
(土俗字) 艮内 示 艮衣 仂垂 计 发气
(壮 文) Ngoenzneix seix ngoenzndei, lwgguiz gaej fatheiq.
(直 译) 今天 是 良辰 女婿 别 生气
(意 译) 今天是吉日，龙婿莫生气。

Siu daisui【gyangj】
肖太岁【白】
（土俗字）达秋　盟　批　存存　泊墓　督申　哩
（壮　文）Coumoih，mwngz bei ngonzngonz bawxmoq doeksaenz li.
（直　译）秋妹　你　去　看看　新娘　受惊　哩
（意　译）秋妹，你过去看看新娘受惊了没有。

Coumoih【byuengj yiemz giuh，doeksaenz suenj】
秋妹【掀开轿帘，惊叫】
（土俗字）哎呀　布　衣　啦
（壮　文）Aeya，mbouj ndei la!
（直　译）哎呀　不　好　了
（意　译）哎呀，不好了！

Siu daisui【heiq gip baihvaih dwk，gyangj】
肖太岁【气急败坏地，白】
（土俗字）悔奴　该　捅　艮内　示　艮衣
（壮　文）Hoiqnoz，gai mboengj! Ngoenzneix seix ngoenzndei，
（直　译）奴才　该　打　今天　是　好日子
（意　译）奴才，该打！今日乃大喜之日，

（土俗字）鱼　讲　侄　吉利　计　话　再　批　存存
（壮　文）nyawz gyangj ndi gitleih gaej vah，caiq bei ngonzngonz!
（直　译）怎　讲　不　利　些　话　再　去　看看
（意　译）怎讲不祥之言，再去看看！

Coumoih【caiq cengqmbei bei byuengj yiemz giuh，haida baez ngonz，hoenz mbin mbei dek，gyangj】
秋妹【再次壮胆揭开轿帘，定睛一看，魂飞魄散，白】
（土俗字）坤　哈
（壮　文）Mbwn ha!
（直　译）天　啊
（意　译）天啊！

Cungqvunz【gyangj】
众人【白】
（土俗字）计麻　仕　文内　督申
（壮　文）Gaejmaz seih，baenzneix doeksaenz?
（直　译）什么　事　这样　惊慌
（意　译）什么事，如此惊慌？

Coumoih【gyangj】
秋妹【白】
（土俗字）小姐 妲 妲
（壮 文）Siujcej dah…… dah……
（直 译）小姐 她 她
（意 译）小姐她……她……

Siu daisui、Cieng yuenzvaih【caez gyangj】
肖太岁、张员外【同白】
（土俗字）妲 样鱼 啦
（壮 文）Dah yienghnyawz la?
（直 译）她 怎么样 了
（意 译）她怎么了？

Coumoih【gyangj】
秋妹【白】
（土俗字）妲 妲 欧 剑 鬼 何 了 全 躺 示 洫
（直 译）Dah…… dah aeu giemq gvej hoz liux，cienz ndang seix lwed！
（直 译）她 她 要 剑 割 颈 了 全 身 是 血
（意 译）她……她用剑割颈了，全身是血！

Cungqvunz【doeksaenz，gyangj】
众人【惊慌，白】
（土俗字）呵
（壮 文）A！
（直 译）啊
（意 译）啊！

Vuengz bazmuiz【ndi sinq，haeuj giuh ngonz，doeksaenz，gyangj】
王媒婆【不信，进轿看，惊慌，白】
（土俗字）哎 呀 呀 则内 示 计麻 仕
（壮 文）Ae ya ya，ndaekneix seix gaejmaz seih?
（直 译）哎 呀 呀 这个 是 什么 事
（意 译）哎呀呀，这是怎么回事？

Siu daisui【byuengj yiemz giuh rin ndaekyiengh haenx，gaeb ndaeng deuz，gyangj】
肖太岁【掀轿帘见状，捂鼻走，白】

(土俗字)呸 呸 太 背时 厢 欧 父 逼 衣 刁
(壮 文)Bui bui! Daih boihseiz! Siengj aeu boux mbwk ndei ndeu,
(直 译)呸 呸 太 背时 想 要 个 媳妇 好 一
(意 译)呸呸!大倒霉!想娶个美娇娥,

(土俗字)只 礼 则 伝胎 刁 王 婆媒
(壮 文)cix ndaej ndaek vunzdai ndeu. Vuengz bazmuiz,
(直 译)却 得 个 死人 一 王 媒婆
(意 译)就得一具死尸。王媒婆,

(土俗字)盟 除 伝胎 领 批麻 勾 侄 欧 了
(壮 文)mwngz dawz vunzdai lingx beima, gou ndi aeu liux.
(直 译)你 把 死人 领 回去 我 不 要 了
(意 译)你把死尸领回去,我不要了。

Vuengz bazmuiz【gyangj】
王媒婆【白】
(土俗字)布 示 途勾 伪逼 布 示 途勾 伪泊
(壮 文)Mbouj seix duzgou lwgmbwk, mbouj seix duzgou lwgbawx,
(直 译)不 是 我的 女儿 不 是 我的 儿媳
(意 译)不是我的女儿,不是我的儿媳,

(土俗字)夭 勾 领 伝胎 井 盟 慷 屋 倒里 斗
(壮 文)eu gou lingx vunzdai, cingj mwngz gyangj ok dauhleix daeuj.
(直 译)叫 我 领 死人 请 你 讲 出 道理 来
(意 译)叫我领尸体,请你讲出道理来。

Siu daisui【doiq Cieng yuenzvaih, gyangj】
肖太岁【对张员外,白】
(土俗字)那 妲 示 伪 盟 交 赔 盟 吧
(壮 文)Nah dah seix lwg mwngz, gyau boiz mwngz ba!
(直 译)那 她 是 女儿 你 交 还 你 吧
(意 译)那她是你女儿,交还你吧!

【Eu gyading】
【喊家丁】
(土俗字)麻兰
(壮 文)Maranz!
(直 译)回家
(意 译)回府!

【Gyading daj ndaw giuh do dah Cieng Nyawhyim okdaeuj，gyoengqdi cingq siengj deuz.】
【家丁从轿内把玉音尸体拖出，那帮人正要溜走。】

Vuengz bazmuiz【lanz dwk，gyangj】
王媒婆【拦住，白】
（土俗字）肖 少爷 俗话 慷 礼 衣 估 媒 的 只
（壮 文）Siu siuji，sugvah gyangj ndaej ndei，guh muiz dih cij
（直 译）肖 少爷 俗话 讲 得 好 做 媒 的 只
（意 译）肖少爷，俗话讲得好：做媒的只

（土俗字）包 盟 口 轿 侄 包 盟 卦 召 伝
（壮 文）bau mwngz haeuj giuh，ndi bau mwngz gvaq ciuh. Vunz
（直 译）包 你 进 轿 不 包 你 过 辈 人
（意 译）包你进轿，不包你过一世。人

（土俗字）胎 示 胎 了 钱媒 盟 哏示 争 哼 啵
（壮 文）dai seix dai liux，cienzmuiz mwngz haenxseix deng haengj bo!
（直 译）死 是 死 了 媒钱 你 还是 挨 给 啵
（意 译）死是死了，媒钱你还得给啵！

Siu daisui【gyanriu，gyangj】
肖太岁【奸笑，白】
（土俗字）钱媒 伊爸 勾 受 幼 狗床 这 差 盟 了
（壮 文）Cienzmuiz，aebaj gou caeux yawq gyaeujcongz gyeq caj mwngz liux.
（直 译）媒钱 爸 我 早 在 床头 数 等 你 了
（意 译）媒钱，我爸早在床头数等你了。

（土俗字）嘻 嘻 老 交情 了 批 吧
（壮 文）Hi hi，laux gyaucingz liux，bei ba.
（直 译）嘻 嘻 老 交情 了 去 吧
（意 译）嘻嘻，老交情了，去吧。
【Yaek roengzbei.】
【欲下。】

Vuengz bazmuiz【daej riu mbouj ndaej，gag riu cihgeij】
王媒婆【啼笑皆非，自我嘲讽】

（土俗字）嘿 嘿　　嘿 嘿
（壮　文）He he …… he he
（直　译）嘿 嘿　　嘿 嘿
（意　译）嘿嘿 …… 嘿嘿 ……

Cieng yuenzvaih【gyangj】
张员外【白】
（土俗字）仂垂龙　　仂垂龙　　盟　叮　勾　慷
（壮　文）Lwgguizlungz lwgguizlungz，mwngz dingq gou gyangj：
（直　译）龙女婿　　龙女婿　　你　听　我　讲
（意　译）龙婿龙婿，你听我说：

（土俗字）妲细　那红　命邦　　侄 眉　福宏
（壮　文）Dahnyaeq saundei minghmbang，ndi meiz fukhung，
（直　译）小女　红颜　薄命　　没 有　洪福
（意　译）小女红颜薄命，没有洪福，

（土俗字）空　俚 示　兰肖　伝　胎 示　兰　肖 防　计　后仕
（壮　文）hoeng leix seix Ranzsiu vunz，dai seix ranz Siu fangz. Gaej haeuhseih?
（直　译）但　生 是　肖家　人　死 是　家　肖 鬼　这　后事
（意　译）但生是肖家人，死是肖家鬼。这后事？

Siu daisui【gyanriu，gyangj】
肖太岁【奸笑，白】
（土俗字）后仕　勾 哏　层　拉 盟　算帐　呢
（壮　文）Haeuhseih? Gou haenx caengz ra mwngz suenqciengq ne!
（直　译）后事　我 还　未　找 你　算账　呢
（意　译）后事？我还没找你算账呢！

（土俗字）只 劳 盟　岩　屯　很　忐狗　的 七品
（壮　文）Cix lau mwngz ngamq daenj hwnj gwnzgyaeuj di caetbyimj
（直　译）只 怕 你　刚　戴　上　头顶　的 七品
（意　译）只怕你刚戴上头顶的七品

（土俗字）县令　乌沙帽　争　督　笼斗　哩
（壮　文）yuenhlingh usamauh，deng doek roengzdaeuj li!
（直　译）县令　乌纱帽　挨　落　下来　哩
（意　译）县令乌纱帽，挨掉下来哩！

Cieng yuenzvaih【najmau，daengq fatdien yiengh，gyangj】
张员外【面失色，发疯似的，白】
(土俗字) 完 啦 完 啦 姐 伝贱 内 盟 鱼 侹
(壮　文) Yuenz la yuenz la，dah vunzcienh neix，mwngz nyawz ndi
(直　译) 完 了 完 了 女 贱人 这 你 怎 不
(意　译) 完了完了，这贱女儿，你怎不

(土俗字) 哼 伊坡 添 介 专 捅 都 呀
(壮　文) haengj aeboh dem gaiq cuen mboengj dou ya!
(直　译) 给 父亲 添 块 砖 敲 门 呀
(意　译) 给为父添块敲门砖呀！

Coumoih【rin sawlwed caeuq geh giemh raek ndeu，gyangj】
秋妹【发现血书及半截断剑，白】
(土俗字) 老爷 吱内 示 小姐 留 笼斗 的 书洫
(壮　文) Lauxi，deineix seix siujcej louz roengzdaeuj dih sawlwed
(直　译) 老爷 这些 是 小姐 留 下来 的 血书
(意　译) 老爷，这是小姐留下的血书

(土俗字) 奏 剑 侧
(壮　文) caeuq giemq raek.
(直　译) 和 剑 断
(意　译) 和断剑。

Cieng yuenzvaih【ciep sawlwed，nam】
张员外【接过血书，念】
(土俗字) 虽 估 藕 诸 潭 屋 淋 布 眉 坭
(壮　文) Saw guh ngaeux ndaw daemz，Ok raemx mbouj meiz naez;
(直　译) 虽 作 藕 中 塘 出 水 没 有 泥
(意　译) 虽作藕塘里，出水无污泥；

(土俗字) 躺 勾 少雪 批 送 内 情伝 购
(壮　文) Ndang gou seuqsaet bei，Soengq neix cingzvunz gaeuq.
(直　译) 身 我 洁净 去 赠 这 情人 旧
(意　译) 吾身自洁净，旧情人赠你。

Cieng yuenzvaih【rin geh giemq raek，gyangj】
张员外【见到半截断剑，白】

(土俗字) 呵 遮 剑 侧 内 布 示 勾 交倍 毛 鸿
(壮 文) O! Geh giemq raek neix, mbouj seix gou gyauboiz Mauz Hoengz
(直 译) 啊 截 剑 断 这 不 是 我 交还 毛 鸿
(意 译) 啊! 这半截断剑, 不是我交还毛鸿

(土俗字) 的 吗 衣 元来 妲伪 贱 内 奏 毛 鸿
(壮 文) dih ma? Ndei! Nyuenzlaiz dahlwg cienh neix caeuq Mauz Hoengz
(直 译) 的 吗 好 原来 女儿 贱 这 和 毛 鸿
(意 译) 的吗? 好! 原来这贱女和毛鸿

(土俗字) 明 棍 暗 连 害 礼 勾 露衣 侄 腾 狗
(壮 文) mingz goenq amq lienz, haih ndaej gou loqndei ndi daengz gyaeuj!
(直 译) 明 断 暗 连 害 得 我 好梦 不 到 头
(意 译) 明断暗连, 害得我好梦不到头!

(土俗字) 既然 全内 勾 袖 哼 收
(壮 文) Geiqsienz doengzneix, gou couh haengj sou,
(直 译) 既然 这样 我 就 给 你们
(意 译) 既然如此, 我就成全你们,

(土俗字) 合心 合意 吧 达秋 盟 哏 侄 快吱
(壮 文) habsim hab'eiq ba! Coumoih, mwngz haenx ndi gvaiqdei
(直 译) 称心 如意 吧 秋妹 你 还 不 快点
(意 译) 称心如意吧! 秋妹, 你还不快点

(土俗字) 批 夭 毛 鸿 斗 收尸
(壮 文) bei eu Mauz Hoengz daeuj sousei!
(直 译) 去 叫 毛 鸿 来 收尸
(意 译) 去叫毛鸿来收尸!

Siu daisui【angq dwk, gyangj】
肖太岁【高兴地, 白】
(土俗字) 衣 哈 勾 难 拉 礼 家 防 替胎 刁
(壮 文) Ndei ha, gou nanz ra ndaej gya fangz daeqdai ndeu.
(直 译) 好 哇 我 难 找 得 家 鬼 替死 一
(意 译) 好哇, 我好不容易找得个替死鬼。

（土俗字）家丁　　插　　马　麻　府
（壮　文）Gyading，mboengj max ma fouj!
（直　译）家丁　　打　　马　回　府
（意　译）家丁，赶马回府!
【Siu daisui、gyading、bazmuiz roengzbei.】
【肖太岁、家丁、媒婆下。】

Cieng yuenzvaih【gveng giemq、sawlwed，gyaep roengzbei，gyangj】
张员外【丢剑、血书，追下，白】
（土俗字）肖　少爷　盟　　乐　勾　皮　刁　吧
（壮　文）Siu siuji，mwngz rag gou baez ndeu ba!
（直　译）肖　少爷　你　　拉　我　次　一　吧
（意　译）肖少爷，你拉我一把!

Giuhfou gyap【gyangj】
轿夫甲【白】
（土俗字）唉　仝内　　无情　　计　坡　少伦　少伦
（壮　文）Ei，doengzneix fouzcingz gaej boh，siujrin siujrin，
（直　译）唉　这样　　无情　　之　父　少见　少见
（意　译）唉，这样无情之父，少见少见，

（土俗字）真　示　伪付　　布衣　　哈
（壮　文）cin seix vihfouq bwtsinz ha!
（直　译）真　是　为富　　不仁　　呀
（意　译）真是为富不仁呀!

Giuhfou iet【gyangj】
轿夫乙【白】
（土俗字）则内　　示　计麻　　世道　　示　计尔　　心使
（壮　文）Ndaekneix seix gaejmaz seiqdauh，seix gaejrawz simsaej?
（直　译）这个　　是　什么　　世道　　是　什么　　心肠
（意　译）这是什么世道，什么心肠?

（土俗字）伝俚　　凳　　宝贝　　伝胎　　汝　　总　　布　　欧　了
（壮　文）Vunzleix daengq baujbuiq，vunzdai bawz cungj mbouj aeu liux.
（直　译）活人　　当　　宝贝　　死人　　谁　　都　　不　　要　了
（意　译）活人当宝贝，死人谁都不要了。

【Coumoih cingq mbouj rox nyawz guh, Mauz Hoengz caeuq Leix Sienh hwnj daiz.】
【秋妹不知所措，毛鸿和李善上。】
Coumoih【gyangj】
秋妹【白】
(土俗字）毛　公子　小姐　妲
(壮　文）Mauz goengceij, siujcej dah……
(直　译）毛　公子　小姐　她
(意　译）毛公子，小姐她……
【Daejnga'nga.】
【痛哭。】

Cinmoih【baemq gwnz seihaiz, daej】
春妹【伏在尸体上，哭】
(土俗字）小姐
(壮　文）Siujcej……
(直　译）小姐
(意　译）小姐……

Leix Sienh【ngonzrin gaej caecamj neix, heiqgaek yaek dai, gyangj】
李善【目睹惨状，怒不可遏，白】
(土俗字）该 伪 求 荣　布比　足生　毒害　腾　坤
(壮　文）Gai lwg gyuz vingz, mboujbeij cukseng, doeghaih daengz mbwn!
(直　译）卖 女 求 荣　不如　畜生　毒害　到　天
(意　译）卖女求荣，禽兽不如，丧尽天良！

Mauz Hoengz【lumh gaej lwed nem giemq daej, eu fwen】
毛鸿【抚摸沾血的剑哭，唱】
(土俗字）四　丁坤　尽　泣　林　反　北　更　凉
(壮　文）Seiq dinmbwn cinx laep, Rumz fanj baek engq liengz;
(直　译）四　天边　全　黑　风　反　北　更　凉
(意　译）四边天黑漆，冷北风又起；

(土俗字）枇　罚 对　鸳鸯　除　文双　册汕
(壮　文）Faex fad doiq yuenyieng, Dawz baenzsueng ceksanq.
(直　译）木　打 一对 鸳鸯　把　成双　拆散
(意　译）棒打双鸳鸯，拆成双分离。

Mauz Hoengz【mienh uet lwed mienh daej, eu fwen】
毛鸿【边擦血边哭，唱】

(土俗字) 逢 今 洫书 淋他 尽 浮 望望
(壮 文) Fwngz gaem sawlwed, Raemxda cinx lu muengmueng;
(直 译) 手 拿 血书 眼泪 全 流 汪汪
(意 译) 手捧血书，眼泪潺潺流出；

(土俗字) 参 盟 妲往 为麻 决件 布 黎
(壮 文) Cam mwngz dahnuengx, Vihmaz gietbuenx mbouj raez;
(直 译) 问 你 阿妹 为何 结伴 不 长
(意 译) 问你阿妹，为何结半途；

(土俗字) 胎 口 阴司 册 勾 幼 吱内 啼
(壮 文) Dai haeuj yimsei, Ndek gou yawq deineix daej;
(直 译) 死 进 阴司 丢 我 在 这里 哭
(意 译) 入阴司土，丢我阳间自哭；

(土俗字) 须 手坝 内 计洫 染 礼 尽 红
(壮 文) Mbaw soujbaq neix, Gaejlwed nyiemx ndaej cinx hoengz;
(直 译) 张 手帕 这 鲜血 染 得 全 红
(意 译) 这张手帕，鲜血染红全部；

(土俗字) 妲音 孩 盟 胎 批 浸臣 册 皮
(壮 文) Dahyim hai mwngz, Dai bei caemdinz ndek beix;
(直 译) 玉音 啊 你 死 去 寂静 丢 哥
(意 译) 玉音你呀，死去丢哥孤独；

(土俗字) 放声 斗 啼 盟 示 布 示 存伦
(壮 文) Cuengqsing daeuj daej, Mwngz seix mbouj seix ngonzrin;
(直 译) 放声 来 哭 你 是 不 是 看见
(意 译) 放声大哭，你是否看清楚；

(土俗字) 恶世 害 伝 盟 胎 恩心 布 灭
(壮 文) Akseiq haih vunz, Mwngz dai aensim mbouj mied;
(直 译) 恶世 害 人 你 死 心 不 灭
(意 译) 恶世害人，你死无法瞑目；

(土俗字) 姻缘 断绝 世愣 再 合 夫妻
(壮 文) Nyiennyuenz duenhcued, Seiqlaeng caiq hab foucae;
(直 译) 姻缘 断绝 后世 再 合 夫妻
(意 译) 姻缘断绝，后世再结夫妇；

（土俗字）勾 愿 胎 丕 齐 口 阴司 估队
（壮 文）Gou nyuenh dai bei，Caez haeuj yimsei guhdoih.
（直 译）我 愿 死 去 同 进 阴司 做伴
（意 译）我愿死去，做伴同进坟墓。

【Fwen laengmuq】
【幕后歌】
（土俗字）洫 浮 文 淋他 凳 花 浮 笼 达
（壮 文）Lwed lu baenz raemxda，Daengq va lu roengz dah；
（直 译）血 流 成 眼泪 像 花 流 下 河
（意 译）血流如眼泪，如花下河海；

（土俗字）白白 车 批那 难 拉 礼 再 麻
（壮 文）Begbeg ci beinaj，Nanz ra ndaej caiq ma.
（直 译）白白 滚 前去 难 找 得 再 回
（意 译）白流向前去，难找得回来。

【Mauz Hoengz siengsim yaek dai，yaek laemx yaek mbouj，Cinmoih rex dwk.】
【毛鸿悲痛欲绝，欲倒不倒，春妹扶着。】

Leix Sienh【gyangj】
李善【白】
（土俗字）仂 勾 哈 伝 胎 布 礼 到 俚
（壮 文）Lwg gou ha，vunz dai mbouj ndaej dauq leix，
（直 译）儿 我 呀 人 死 不 能 复 生
（意 译）我儿呀，人死不能复生，

（土俗字）哏示 打理 后仕 要紧
（壮 文）haenxseix dajleix haeuhseih yiuqginj.
（直 译）还是 打理 后事 要紧
（意 译）还是料理后事要紧。

Mauz Hoengz【gyangj】
毛鸿【白】
（土俗字）小姐 打 细 奏 勾 途衣 途吖 情 勒 凳 海
（壮 文）Siujcej daj nyaeq caeuq gou doxndei doxgyaez，cingz laeg daengq haij，
（直 译）小姐 从 小 和 我 相好 相爱 情 深 似 海
（意 译）小姐从小和我相好相爱，情深似海，

(土俗字) 义 则 文 堆 卑卑 幼 内 途伦
(壮 文) ngih naek baenz ndoi, bibi yawq neix doxrin,
(直 译) 义 重 如 山 年年 在 此 相见
(意 译) 义重如山，年年在此相会，

(土俗字) 胎俚 总 示 伝 勾
(壮 文) daileix cungj seix vunz gou.
(直 译) 死活 都 是 人 我
(意 译) 死活都是我的人。

(土俗字) 勾 欧 亲逢 除 姐 批麻 装躺 口枇 安葬
(壮 文) Gou aeu cinfwngz dawz dah beima ciengndang haeujfaex anciengq.
(直 译) 我 要 亲手 把 她 拿回 整容 入殓 安葬
(意 译) 我要亲手送她回去，整容入棺安葬。

Leix Sienh【gyangj】
李善【白】
(土俗字) 衣 后仕 眉 勾 斗 打理 盟 袖
(壮 文) Ndei, haeuhseih meiz gou daeuj dajleix, mwngz couh
(直 译) 好 后事 有 我 来 打理 你 就
(意 译) 好，后事由我来料理，你就

(土俗字) 壮心 很 京 批 吧 布呢 一隔 袖 示 三 卑 呀
(壮 文) cuengqsim hwnj ging bei ba, ndine itgek couh seix sam bi ya!
(直 译) 放心 上 京 去 吧 否则 一隔 就 是 三 年 呀
(意 译) 放心进京去吧，否则，一隔就是三年呀！

Cungqvunz【gyangj】
众人【白】
(土俗字) 穹 帮 穹 苦 帮 苦 偻 齐众 打 理 后仕
(壮 文) Gungz bang gungz, hoj bang hoj, raeuz caezcungq daj leix haeuhseih.
(直 译) 穷 帮 穷 苦 帮 苦 我们 一起 打 理 后事
(意 译) 穷帮穷，苦帮苦，我们一起打理后事。

Mauz Hoengz【gyangj】
毛鸿【白】
(土俗字) 土字 众 乡亲
(壮 文) Docih cungq yiengcin!
(直 译) 多谢 众 乡亲
(意 译) 多谢众乡亲！

【Yiengq cungqvunz cihlaex.】
【向众人谢礼。】

【Roengzmuq.】
【幕下。】

（土俗字）场 大七 麻乡
（壮 文）Ciengz Daihcaet Mayieng
（直 译）场 第七 还乡
（意 译）第七场 还乡

【Gvaq geij ndwen.】
【数月后。】

Cieng yuenzvaih【yawq baihrog daihnyih caengz muq，gyangj】
张员外【在二道幕外，白】
（土俗字）唉 珍 示 福 侄 双 斗 祸 侄 单 行
（壮 文）Ai，cin seix fuk ndi sueng daeuj，hux ndi dan hengz.
（直 译）唉 真 是 福 无 双 至 祸 不 单 行
（意 译）唉，真是福无双至，祸不单行。

（土俗字）等贯 勾 为了 巴决 肖府 谋 欧 一
（壮 文）Daengjgonq gou vihliux bagiet Siufouj，maeuz aeu it
（直 译）当初 我 为了 巴结 肖府 谋 要 一
（意 译）当初我为了巴结肖府，谋个一

（土俗字）官 半 职 壁 姐仂 解嫁 汝 鲁 姐仂
（壮 文）guen buenq cik，bik dahlwg gaijhaq，bawz rox dahlwg
（直 译）官 半 职 逼 女儿 改嫁 谁 知 女儿
（意 译）官半职，逼女儿改嫁，谁知女儿

（土俗字）为 呈 胎 了 兰 肖 察气 除 勾 剥尺
（壮 文）vih cingz dai liux. Ranz Siu heiqndat dawz gou bakcik
（直 译）为 情 死 了 家 肖 怒气 把 我 罢职
（意 译）殉情。肖家动怒，把我革职

（土俗字）抄兰 度内 伝 财 双 怖 真 衰 哈
（壮 文）cauranz，dohneix vunz caiz sueng mbouq，cin soi ha!
（直 译）抄家 现在 人 财 两 空 真 衰 啊
（意 译）抄家，如今人财两空，真背时啊！

（土俗字）唉 受 鲁 良内 渠 估 等贯
（壮 文）Ai，caeux rox ngoenzneix，gyawz guh daengjgonq……
（直 译）唉 早 知 今日 怎 做 以前
（意 译）唉，早知今日，何必当初……

【Dawz ok mbaw soujbaq bik Mauz Hoengz doiqvoen seiz ciengj ma haenx，eu fwen】
【拿出逼毛鸿退婚时抢回的那张手帕，唱】
（土俗字）珍 示 背时 实在 差
（壮 文）Cin seix boihseiz sidcaih ca，
（直 译）真 是 背时 实在 差
（意 译）真够背时实在差，

（土俗字）怨 勾 凳 佲 眉 仂他
（壮 文）Yuenq gou daengq ndi meiz lwgda；
（直 译）怨 我 像 没 有 眼睛
（意 译）怨我好像没眼睛；

（土俗字）黄金 除 估 铜咪 更
（壮 文）Vuengzgim dawz guh doengzmyaex gvengq，
（直 译）黄金 拿 作 锈铜 丢
（意 译）黄金当作锈铜丢，

（土俗字）途凤 存文 途 六丫
（壮 文）Duzfungh ngonzbaenz duz roega.
（直 译）凤凰 看成 只 乌鸦
（意 译）凤凰看成乌鸦精。

【Sinj guh fwen】
【接唱】
（土俗字）逢 今 须 手巾 劳 旧情 古 认
（壮 文）Fwngz gaem mbaw soujgin，Lau guhcingz goj nyinh；
（直 译）手 拿 张 手帕 恐怕 旧情 还 认
（意 译）手拿张手帕，恐还念旧情；

（土俗字）那 哪 佲 劳 银 屯 斗 等 存 皮
（壮 文）Naj na ndi lau nyaenq，Daenh daeuj daengj ngonz baez.
（直 译）脸皮 厚 不 怕 羞 但 来 等 看 回
（意 译）脸厚不害羞，但等看究竟。

Boux vunz cai ndeu【roq laz hwnjdaeuj，suenj】
一个差役【敲锣上，喊】

(土俗字) 乡亲 井 叮 本 板 新科 状元
(壮 文) Yiengcin cingj dingq, bonj mbanj sinhu sanghnyuenz,
(直 译) 乡亲 请 听 本 村 新科 状元
(意 译) 乡亲请听，本村新科状元，

(土俗字) 艮内 荣麻 棹够 大驾 即刻 袖 腾
(壮 文) ngoenzneix yungzma dueggaeuq, daihgyaq cikgaek couh daengz,
(直 译) 今天 荣归 故里 大驾 立刻 就 到
(意 译) 今天天荣归故里，大驾立刻就到，

(土俗字) 所眉 伝员 乙律 躲条
(壮 文) sojmeiz vunzyuenz itlwd ndojdeuz!
(直 译) 所有 人员 一律 回避
(意 译) 所有人员一律回避!

Vunzcai【yaek roengzbei, rin Cieng yuenzvaih mbouj ndojdeuz, lienz sing hat】
差役【欲下，见张员外没有回避之意，连声呵斥】
(土俗字) 条 条 条 鸡 批
(壮 文) Deuz deuz, deuz gyae bei!
(直 译) 走 走 走 远 去
(意 译) 走走，走远点!

Cieng yuenzvaih【saenzgyoggyog dwk, gyangj】
张员外【战战兢兢地，白】
(土俗字) 袖 条 袖 条 井 参 大人 新科 状元
(壮 文) Couh deuz couh deuz, cingj cam daihsinz, sinhu sanghnyuenz
(直 译) 就 走 就 走 请 问 大人 新科 状元
(意 译) 就走就走，请问大人，新科状元

(土俗字) 示 布 示 姓 毛 名 鸿
(壮 文) seix mbouj seix singq Mauz mingz Hoengz,
(直 译) 是 不 是 姓 毛 名 鸿
(意 译) 是不是姓毛名鸿，

(土俗字) 示 陆寨 伝 呀
(壮 文) seix Loegsaih vunz ya?
(直 译) 是 六寨 人 呀
(意 译) 是六寨人氏呀?

Vunzcai【gyangj】
差役【白】
(土俗字) 那 还 眉 假 的 盟 示 计尔 伝
(壮 文) Nah hanz meiz gyaj di? Mwngz seix gaejrawz vunz?
(直 译) 那 还 有 假 的 你 是 哪里 人
(意 译) 那还有假的?你是哪里人?

(土俗字) 鱼 腓 宏 认 来 敢 夭 状元 大名
(壮 文) Nyawz mbei hung nyinh lai, gamj eu sanghnyuenz daihmingz!
(直 译) 怎 胆 大 那么 多 敢 叫 状元 大名
(意 译) 怎如此大胆,敢直呼状元大名!

Cieng yuenzvaih【gyangj】
张员外【白】
(土俗字) 布 瞒 大人
(壮 文) Mbouj muenz daihsinz,
(直 译) 不 瞒 大人
(意 译) 不瞒大人,

(土俗字) 勾 示 新科 状元 计 丈 丈
(壮 文) gou seix sinhu sanghnyuenz gaej ciengx …… ciengx……
(直 译) 我 是 新科 状元 的 丈 丈
(意 译) 我是新科状元的丈 …… 丈 ……

Vunzcai【gyangj】
差役【白】
(土俗字) 计尔 盟 示 新科 状元 计 丈夫
(壮 文) Gaejrawz, mwngz seix sinhu sanghnyuenz gaej ciengxfou?
(直 译) 什么 你 是 新科 状元 的 丈夫
(意 译) 什么,你是新科状元的丈夫?

(土俗字) 文 布 衣嘹 皇上 招 伊 估 付马
(壮 文) Baenz mbouj ndeiriu? Vuengzsiengh ciu ae guh fouqmax,
(直 译) 怎么 不 好笑 皇上 招 他 做 驸马
(意 译) 这不成笑话?皇上招他做驸马,

(土俗字) 伊 哏 侄 愿 呢
(壮 文) ae haenx ndi nyuenh ne!
(直 译) 他 还 不 愿 呢
(意 译) 他还不愿意呢!

Cieng yuenzvaih【gyangj】
张员外【白】
(土俗字) 布 布 勾 示 途爹 计 丈 丈大人
(壮 文) Mbouj mbouj，gou seix duzdi gaej ciengx…… ciengxdaihsinz……
(直 译) 不 不 我 是 他的 那 丈 丈大人
(意 译) 不不，我是他的丈……丈大人……

Vunzcai【gyangj】
差役【白】
(土俗字) 呵 盟 竞敢 冒 认 仂垂龙 状元
(壮 文) O，mwngz gingqgamj mauh nyinh lwgguizlungz sanghnyuenz!
(直 译) 呵 你 竟敢 冒 认 龙婿 状元
(意 译) 呵，你竟敢冒认状元龙婿!

(土俗字) 岩 封 七 省 巡按 皇上 亲 受 御剑
(壮 文) Ngamq fung caet sengj cunzanq，vuengzsiengh cin soux hawhgiemq，
(直 译) 刚 封 七 省 巡按 皇上 亲 受 御剑
(意 译) 刚封七省巡按，皇上亲受御剑，

(土俗字) 佢 除 盟 色 挑民 内 卡狗 才 怪 呢
(壮 文) ndi dawz mwngz saek diuminz neix gajgyaeuj caiz gvaiq ne!
(直 译) 不 把 你 这 刁民 这 杀头 才 怪 呢
(意 译) 不把你这刁民杀头才怪呢!

【Gyonglaz yiengj.】
【锣鼓响。】
Vunzcai【gyangj】
差役【白】
(土俗字) 叮 状元 大驾 袖 麻腾
(壮 文) Dingq，sanghnyuenz daihgyaq couh madaengz，
(直 译) 听 状元 大驾 就 来到
(意 译) 听，状元大驾就来到，

(土俗字) 盟 哏 佢 条 条 双 吱
(壮 文) mwngz haenx ndi deuz? Deuz，byueng dei!
(直 译) 你 还 不 走 走 快 点
(意 译) 你还不走? 走，快滚!
【Caenh Cieng yuenzvaih deuz，boux roq laz roengzbei.】
【赶张员外走，鸣锣人下。】

【Daihnyih caengz muq hai.】
【第二道幕开。】

Cieng yuenzvaih【gaep hwnj, nguengxgyaeuj muengh, gyangj】
张员外【急上，翘首望，白】
(土俗字)斗 拉 斗 拉 等真 示 狗 屯 花翎帽
(壮　文)Daeuj la daeuj la, daengqcin seix gyaeuj daenj valingzmauh,
(直　译)来 了 来 了 果真 是 头 戴 花翎帽
(意　译)来了来了，果真是头戴花翎帽，

(土俗字)躺 屯 锦袍 活 集 带玉
(壮　文)ndang daenj gimjbauz, huet caeb daiqnyawh,
(直　译)身 穿 锦袍 腰 系 玉带
(意　译)身穿锦袍，腰系玉带，

(土俗字)那 夭 愣 拥 几来 威风
(壮　文)naj eu laeng ungj, gijlai vifung!
(直　译)前 呼 后 拥 多么 威风
(意　译)前呼后拥，好不威风！

【Baez naemj, sim you lailai, gyangj】
【一转念，忧心忡忡，白】
(土俗字)万一 岁 反那 侄 认 勾 则内 布
(壮　文)Fanh'it ndoiq fannaj ndi nyinh gou, ndaekneix mbouj
(直　译)万一 他 翻脸 不 认 我 这 不
(意　译)万一他翻脸不认我，那不

(土俗字)示 各 拉 苦 啃 哈 哏示 幼 内 暂 躲 皮 刁
(壮　文)seix gag ra hoj gwn ha? Haenxseix yawq neix camh ndoj baez ndeu,
(直　译)是 自 讨 苦 吃 吗 还是 在 此 暂 躲 回 一
(意　译)是自讨苦吃吗？还是在此暂躲一躲，

(土俗字)厢 恩 计 衣 刁 只 批 伦那 求情
(壮　文)siengj aen geiq ndei ndeu, cij bei rinnaj gyuzcingz.
(直　译)想 个 计 好 一 才 去 见面 求情
(意　译)想个万全之计，再去见面求情。

【Siu daisui caeuq gyading hwnj.】
【肖太岁和家丁上。】

Siu daisui【guh fwen】
肖太岁【唱】
(土俗字)欧 三 逼 四 逼
(壮 文)Aeu sam mbwk seiq mbwk,
(直 译)要 三 女 四 妾
(意 译)娶四妾三妻,

(土俗字)层 满足
(壮 文)Caengz muenxcuk,
(直 译)未 满足
(意 译)未满意,

(土俗字)哏 厢 急 几 伝
(壮 文)Haenx siengj gip gij vunz;
(直 译)还 想 捡 几 人
(意 译)还想娶好女;

(土俗字)伦 途 巴里 宏
(壮 文)Rin duz byaleix hung,
(直 译)见 个 鲤鱼 大
(意 译)见条大鲤鱼,

(土俗字)毫 又 红
(壮 文)Hau youh hoengz,
(直 译)白 又 红
(意 译)白红皮,

(土俗字)袖 今 缯 批 得
(壮 文)Couh gaem saeng bei dwk.
(直 译)就 拿 罾 去 打
(意 译)拿网打鱼去。

【Cawj hoiq guengzriu, gyonglaz yid yiengj yid gyawj.】
【主仆狂笑,鼓乐声越来越近。】

Siu daisui【gyangj】
肖太岁【白】

（土俗字）哦 江罗 响 腾 坤 示 布 示 眉 伝 欧 泊
（壮　文）O，gyonglaz yiengj daengz mbwn，seix mbouj seix meiz vunz aeu bawx，
（直　译）哦 锣鼓 响 到 天 是 不 是 有 人 娶 媳
（意　译）哦，锣鼓喧天，莫非有人迎亲，

（土俗字）家丁 卦 批 存存
（壮　文）gyading gvaq bei ngonzngonz.
（直　译）家丁 过 去 看看
（意　译）家丁过去看看。

Gyading【gyangj】
家丁【白】
（土俗字）示
（壮　文）Seix!
（直　译）是
（意　译）是!

【Gip roengzbei. Yaep he dauq hwnj，gyangj】
【急下。片刻复上，白】
（土俗字）少爷 布 衣 拉 示 毛 鸿 中 了 状元
（壮　文）Siuji，mbouj ndei la! Seix Mauz Hoengz cungq liux sanghnyuenz，
（直　译）少爷 不 好 了 是 毛 鸿 中 了 状元
（意　译）少爷，不好了，是毛鸿中了状元，

（土俗字）封 了 七 省 巡按 艮内 屯 㧊壳 麻 板
（壮　文）fung liux caet sengj cunzanq，ngoenzneix daenj buhhak ma mbanj.
（直　译）封 了 七 省 巡按 今天 穿 官服 回 村
（意　译）封了七省巡按，今日衣锦还乡。

Siu daisui【gyangj】
肖太岁【白】
（土俗字）计尔 计尔 示 毛 鸿 中 状元
（壮　文）Gaeqrawz gaeqrawz? Seix Mauz Hoengz cungq sanghnyuenz，
（直　译）什么 什么 是 毛 鸿 中 状元
（意　译）什么什么？是毛鸿中状元，

（土俗字）当 很 巡按
（壮　文）dang hwnj cunzanq?
（直　译）当 上 巡按
（意　译）当上巡按？

Gyading【gyangj】
家丁【白】
（土俗字）一 吱 布 六
（壮 文）It dei mbouj loek.
（直 译）一 点 不 错
（意 译）一点不错。

Siu daisui【gagj】
肖太岁【白】
（土俗字）珍 示 冤家 路 及 偻 条
（壮 文）Cin seix yuen'gya loh gaeb，raeuz deuz!
（直 译）真 是 冤家 路 窄 我们 走
（意 译）真是冤家路窄，我们走！

【Yaek roengzbei，youh rin doiqnaj vunzcai roq laz hwnj. Gyading vueng ndi ra loh buet roengzbei. Siu daisui dinfwngz loeklangq，benz gvaq giuzlanz diuq roengz laj giuz bei.】

【欲下，又见对面鸣锣的差役上。家丁慌不择路跑下。肖太岁手足无措，攀桥栏跳下桥底。】

【Cungq vunzcai yaengx hwnj gep baiz "sanghnyuenz gibdaex" "caemrwg" "bienqdeuz". Mauz Hoengz daenj itbyimj buhciuz，guih maxndei，huet raek hawhgiemq hwnj.】

【众差役举着"状元及第""肃静""回避"牌匾上，毛鸿身衣一品朝服，骑着骏马，腰佩御剑上。】

Mauz Hoengz【guh fwen】
毛鸿【唱】
（土俗字）勾 考中 状元
（壮 文）Gou haujcungq sanghnyuenz，
（直 译）我 考中 状元
（意 译）我考中状元，

（土俗字）当 巡官
（壮 文）Dang cunzguen，
（直 译）当 巡官
（意 译）当巡官，

（土俗字）到 麻 乡 艮内
（壮 文）Dauq ma yieng ngoenzneix;
（直 译）再 回 乡 今日
（意 译）今日回乡转；

（土俗字）计 仂民 尽 意
（壮 文）Gaej lwgminz cinx eiq,
（直 译）那 人民 全 乐
（意 译）人民都心欢，

（土俗字）勾 决意
（壮 文）Gou gieteiq,
（直 译）我 决心
（意 译）决心管，

（土俗字）除 冤仕 斗 平
（壮 文）Dawz yuenseih daeuj bingz.
（直 译）把 冤事 来 平
（意 译）誓为民平冤。

【Laengmuq eu yuen: "Yuenuengj ha yuenuengj……" Baz buzlaux ndeu hwnj.】
【后幕喊冤："冤枉啊冤枉……"一老妇上。】

Vunzcai【gyangj】
差役【白】
（土俗字）禀 大人 眉 伝 拦 路 选 冤
（壮 文）Bingj daihsinz, meiz vunz lanz loh suenj yuen.
（直 译）报 大人 有 人 拦 路 喊 冤
（意 译）报大人，有人拦路喊冤。

Mauz Hoengz【gyangj】
毛鸿【白】
（土俗字）带 很斗
（壮 文）Daiq hwnjdaeuj!
（直 译）带 上来
（意 译）带上来！

Vunzcai【gyangj】
差役【白】

（土俗字）示
（壮　文）Seix!
（直　译）是
（意　译）是!
【Roengzbei. Daiq mbwklaux hwnjdaeuj.】
【下去。带老妇上。】

Cungq vunzcai【hat】
众差役【吆喝】
（土俗字）笼跪
（壮　文）Roengzgvih!
（直　译）跪下
（意　译）跪下!
【Mbwklaux saenzdwddwd，siengj buetdeuz，Mauz Hoengz gaenjgip bei fuz baz hwnjdaeuj.】
【老妇战战兢兢，欲跑，毛鸿忙去扶起。】

Mauz Hoengz【gyangj】
毛鸿【白】
（土俗字）盟　婆老　计　用　劳　盟　拦路　欠冤
（壮　文）Mwngz buzlaux gaej yungh lau，mwngz lanzloh hemqyuen，
（直　译）你　老人　不　用　怕　你　拦路　叫冤
（意　译）你老人家不用怕，你拦路叫冤，

（土俗字）欧　数　麻　事
（壮　文）aeu soq maz seih?
（直　译）要　诉　何　事
（意　译）要诉何事?

Bazlaux【gyangj】
老妇【白】
（土俗字）大人　冤枉　哈
（壮　文）Daihsinz yuenuengj ha……
（直　译）大人　冤枉　呀
（意　译）大人冤枉呀……

【Daej.】
【哭。】

Mauz Hoengz【gyangj】
毛鸿【白】
（土俗字）侄 劳 会会 慷 斗
（壮 文）Ndi lau，hoihhoih gyangj daeuj.
（直 译）不 怕 慢慢 讲 来
（意 译）别怕，慢慢道来。

Bazlaux【gyangj】
老妇【白】
（土俗字）躺 勾 半召 伊 只 胎 拉丁 尽眉 妲 仂乇
（壮 文）Ndang gou buenqciuh ae cix dai，lajdin cixmeiz dah lwgdog，
（直 译）身 我 半世 丈夫 就 死 脚下 只有 女 独儿
（意 译）老身中年丧夫，膝下只有一独女，

（土俗字）岩 礼 十八 卑 咪仂 途棚 途靠
（壮 文）ngamq ndaej cibbet bi，mehlwg doxbaengh doxgauq，
（直 译）刚 得 十八 岁 母女 相依 相靠
（意 译）年方十八，母女相依为命，

（土俗字）安分 守已 布料 祸 打 坤 督
（壮 文）anfaenh soujgeij. Mboujliuh hux daj mbwn doek，
（直 译）安分 守已 不料 祸 从 天 降
（意 译）安分守已。不料祸从天降，

（土俗字）本地 知府 的 公子 肖 太岁
（壮 文）bonjdueg ceifouj di goengceij Siu daisui，
（直 译）本地 知府 的 公子 肖 太岁
（意 译）本地知府的公子肖太岁，

（土俗字）伦 妲仂 幼 边达 色怖 岁 很批 逗弄
（壮 文）rin dahlwg yawq biendah saegbuh，ndoiq hwnjbei daeuqloengh，
（直 译）见 女儿 在 河边 洗衣 他 上去 调戏
（意 译）见女儿在河边洗衣，他上前调戏，

（土俗字）哏 欠 伝悔 抢 麻 肖府 强占 估 夏悔
（壮 文）haenx hemq vunzhoiq ciengj ma Siufouj，giengzciemq guh yah'oiq.
（直 译）还 叫 仆人 抢 回 肖府 强占 为 妾
（意 译）还叫仆人抢回肖府，强占为妾。

（土俗字）妲仂 争 坏躺 布 眉 那 伦 伝
（壮 文）Dahlwg deng vaihndang，mbouj meiz naj rin vunz，
（直 译）女儿 被 坏身 没 有 脸 见 人
（意 译）女儿被侮辱，没脸见人，

（土俗字）跳 笼 井 批 胎 忐坤 大 老爷
（壮 文）diuq roengz cingj bei dai. Gwnzmbwn daih lauxi，
（直 译）跳 下 井 去 死 上天 大 老爷
（意 译）跳井而亡。青天大老爷，

（土俗字）盟 欧 哼 勾 估主 哈
（壮 文）mwngz aeu haengj gou guhcawj ha!
（直 译）您 要 给 我 作主 啊
（意 译）您要给我作主啊！

Mauz Hoengz【heiq ndat yaek dai，gyangj】
毛鸿【怒不可遏，白】
（土俗字）棚 恶 欺 弱 行慌 诸乡 色 恶棍 侄 除
（壮 文）Baengh ak hei nyieg，hengzvang ndawyieng，saek akgoenq ndi cawz，
（直 译）持 强 欺 弱 横行 乡里 个 恶棍 不 除
（意 译）恃强欺弱，横行乡里，这种恶棍不除，

（土俗字）仂民 难 俚 左右
（壮 文）lwgminz nanz leix. Caqyouh!
（直 译）人民 难 活 左右
（意 译）民不聊生。左右！

Cungq vunzcai【gyangj】
众差役【白】
（土俗字）幼
（壮 文）Yawq!
（直 译）在
（意 译）在！

Mauz Hoengz【gyangj】
毛鸿【白】
（土俗字）开 路 批 知府 牙门 勾 欧 很 都 拜陈
（壮 文）Hai loh bei ceifouj nyaxmuenz，gou aeu hwnj dou baiqcinz!
（直 译）开 路 去 知府 衙门 我 要 登 门 拜访
（意 译）开路去知府衙门，我要登门拜访！

Bouxcai gyap【gyangj】
差役甲【白】
（土俗字）很驾
（壮 文）Hwnjgyaq!
（直 译）起驾
（意 译）起驾！

【Laj giuz，Siu daisui simvueng mbeimboek，hwnjdin buetdeuz，deng boux vunzcai ndeu rin.】
【桥下，肖太岁胆战心惊，拔腿逃跑，被一差役发现。】

Bouxcai iet【gyangj】
差役乙【白】
（土俗字）拉 乔 眉 伝
（壮 文）Laj giuz meiz vunz!
（直 译）桥 下 有 人
（意 译）桥底有人！

【Cieng yuenzvaih saenz lai，ndoj gvaq lingh giz.】
【张员外大惊，躲到别处。】

【Cungqvunz ngonzrin Siu daisui.】
【众人发现肖太岁。】

Bazlaux【gyangj】
老妇【白】
（土俗字）大老爷 爹 袖 示 估 坏 估 孬 的 肖 太岁
（壮 文）Daihlauxi，di couh seix guh vaih guh rwix di Siu daisui.
（直 译）大老爷 他 就 是 做 坏 作 恶 的 肖 太岁
（意 译）大老爷，他就是为非作歹的肖太岁。

Mauz Hoengz【viyiemz dwk，gyangj】
毛鸿【威严地，白】
（土俗字）伦　腾　　正衣　　左右　　族　很斗
（壮　文）Rin daengz cingqndei. Caqyouh，cug hwnjdaeuj!
（直　译）见　到　　正好　　左右　　绑　上来
（意　译）见到正好。左右，绑上来！
【Gyoengq vunzcai dawz Siu daisui geujcug hwnjdaeuj，Siu daisui nyaenqnyat dwiqduet mbouj baenzvunz.】
【众差役把肖太岁五花大绑，肖太岁狼狈不堪。】

Mauz Hoengz【gyangj】
毛鸿【白】
（土俗字）肖　太岁
（壮　文）Siu daisui!
（直　译）肖　太岁
（意　译）肖太岁！

【Guh fwen】
【唱】
（土俗字）盟　　棚　　权势　　大　　到处　　害　仂民
（壮　文）Mwngz baengh gienzseiq daih，Dauqcawq haih lwgminz;
（直　译）你　　凭　　权势　　大　　到处　　害　人民
（意　译）你凭权力大，到处害人民；

（土俗字）罪恶　宏　腾　坤　布　饶　盟　艮内
（壮　文）Coih'ak hung daengz mbwn，Mbouj nyiuz mwngz ngoenzneix.
（直　译）罪恶　大　到　天　不　饶　你　今天
（意　译）你罪恶滔天，不饶你罪行。

Mauz Hoengz【gvuengz hat】
毛鸿【猛喝】
（土俗字）宋　　伝差
（壮　文）Gyoengq vunzcai!
（直　译）众　　差役
（意　译）众差役！

Goengq vunzcai【han】
众差役【应】
(土俗字) 腾
(壮　文) Daengz!
(直　译) 到
(意　译) 到!

Mauz Hoengz【gyangj】
毛鸿【白】
(土俗字) 皇上 亲 受 尚方 宝剑 先 卡 后 斉
(壮　文) Vuengzsiengh cin souq sangxfueng baujgiemq, sien gaj haeuh laenh,
(直　译) 皇上 亲 授 尚方 宝剑 先 斩 后 奏
(意　译) 皇上亲授尚方宝剑，先斩后奏，

(土俗字) 除 肖 太岁 压 笼批
(壮　文) dawz Siu daisui at roengzbei!
(直　译) 把 肖 太岁 押 下去
(意　译) 把肖太岁押下去!

Vunzcai gyap【gyangj】
差役甲【白】
(土俗字) 从命
(壮　文) Coengzmingh!
(直　译) 遵命
(意　译) 遵命!

Siu daisui【suenj】
肖太岁【喊】
(土俗字) 大人 尧命
(壮　文) Daihsinz …… nyiuzmingh ……
(直　译) 大人 饶命
(意　译) 大人……饶命……

【Lajgiuz, Cieng yuenzvaih saenzgywggywg.】
【桥底，张员外胆战心惊。】

Bazlaux【gyangj】
老妇【白】

(土俗字) 坤晓　大老爷　勾　哼　盟　克狗　拉
(壮　文) Mbwnheu daihlauxi, gou haengj mwngz ngaekgyaeuj la!
(直　译) 青天　大老爷　我　给　你　叩头　啦
(意　译) 青天大老爷，我给你叩头啦!

【Roengzgvih, baiq.】
【跪下，拜。】

Mauz Hoengz【gvaqbei rex buzlaux hwnq, gyangj】
毛鸿【走过去把老妇扶起，白】
(土俗字) 婆老　井　很斗　下官　念　盟　伝乇　毒行
(壮　文) Buzlaux cingj hwnjdaeuj. Yaxguen niemh mwngz vunzdog doeghengz,
(直　译) 老人　请　起来　下官　念　你　孤独　辛苦
(意　译) 老人请起。下官念你孤苦零丁，

(土俗字) 布　眉　棹棚　送　盟　银毫　百　两
(壮　文) mbouj meiz doegbaengh, soengq mwngz nyaenzhau bek liengx,
(直　译) 没　有　依靠　送　你　白银　百　两
(意　译) 无依无靠，送给你白银百两，

(土俗字) 留　卦　年老
(壮　文) louz gvaq nienzlaux.
(直　译) 留　过　晚年
(意　译) 度过晚年。

【Soengq nyaenzfung, buzlaux ciep, sam gvih gyuj baiq.】
【送银封，老妇接，三跪九拜。】

Buzlaux【gyangj】
老妇【白】
(土俗字) 多谢　大老爷
(壮　文) Docih daihlauxi!
(直　译) 多谢　大老爷
(意　译) 多谢大老爷!

Mauz Hoengz【gyangj】
毛鸿【白】
(土俗字) 左右　收　送　爬老　批麻
(壮　文) Caqyouh, sou soengq buzlaux beima.
(直　译) 左右　你们　送　老妇　回去
(意　译) 左右，你们护送老人家回去。

【Cungqvunz roengzbei. Mauz Hoengz gag byaij gyawj mohmoq buizcaeq.】
【众人下。毛鸿独自走近新坟祭奠。】
Mauz Hoengz【guh fwen】
毛鸿【唱】
(土俗字) 勾　当很　巡官　欧　申冤　艮内
(壮　文) Gou danghwnj cunzguen, Aeu sinyuen ngoenzneix;
(直　译) 我　当上　巡官　要　申冤　今天
(意　译) 我当上巡官，今天把冤申；

(土俗字) 腾　剥墓　斗　啼　动　天地　开恩
(壮　文) Daengz bakmoh daeuj daej, Doengq diendeih haiaen.
(直　译) 到　墓前　来　哭　动　天地　开恩
(意　译) 到墓前来哭，动天地开恩。

【Sinj guh fwen】
【接唱】
(土俗字) 姐音　哈 姐音　勾　真　腾　剥那
(壮　文) Dahyim ha Dahyim, Gou cimh daengz baknaj;
(直　译) 玉音　啊 玉音　我　寻　到　面前
(意　译) 玉音啊玉音，我寻到墓前；

(土俗字) 坩　淋他　慷话　盟　伦那　鲁　随
(壮　文) Gamz raemxda gyangjvah, Mwngz rin naj rox ndui?
(直　译) 含　眼泪　讲话　你　见面　或　不
(意　译) 含眼泪讲话，你是否听见？

【Sinj guh fwen】
【接唱】
(土俗字) 皇帝　招　驸马　勾　当那　爹 谋
(壮　文) Vuengzdaeq ciu fouqmax, Gou dangqnaj di naeuz;
(直　译) 皇帝　招　驸马　我　当面　他 说
(意　译) 皇帝招驸马，我当面说话；

(土俗字) 大二　逼　布　欧　愿　估　苟　绕枇
(壮　文) Daihnyih mbwk mbouj aeu, Nyuenh guh gaeu yeuxfaex.
(直　译) 第二　女　不　要　愿　作　藤　缠树
(意　译) 绝不再纳妾，作藤缠树爬。

【Sinj gyangj】
【接白】
（土俗字）玉音 夏
（壮 文）Nyawhyim yah，
（直 译）玉音 娘子
（意 译）玉音娘子，

（土俗字）廂 很 盟 愁 勾 常 斗 吱内 估沉
（壮 文）siengj hwnj mwngz caeuq gou siengz daeuj deineix guhcaemz，
（直 译）想 起 你 和 我 常 来 这里 玩耍
（意 译）想起你我常此处踏青，

（土俗字）齐 慷 话 诸心 时内 到由 棹购
（壮 文）caez gyangj vah ndawsim，seizneix dauqyouz dueggyaeuq，
（直 译）一起 讲 话 心里 如今 重游 旧地
（意 译）互诉衷情，如今重游旧地，

（土俗字）景物 依旧 盟 愁 勾 倒反 俚 离 胎 驳
（壮 文）gingjfaed eigyuh，mwngz caeuq gou dauqfanj leix liz dai byuek，
（直 译）景物 依旧 你 和 我 却 生 离 死 别
（意 译）景物依旧，你我却生离死别，

（土俗字）艮内 勾 欧 哼 盟 献
（壮 文）ngoenzneix gou aeu haengj mwngz yienq
（直 译）今天 我 要 给 你 献
（意 译）今天我要给你献

（土俗字）朵 花省 像征 父壮 少雪 豪索 刁
（壮 文）duj vavengj siengqcing Bouxcuengh seuqset hausak ndeu，
（直 译）一朵 金樱花 象征 壮族 纯净 洁白 一
（意 译）一朵象征壮族纯净洁白的金樱花，

（土俗字）斗 表 寸心
（壮 文）daeuj biuj conqsim.
（直 译）来 表 寸心
（意 译）以表寸心。
【Mauz Hoengz haeuj ndaw cazva bei mbaet va，Cieng Nyawhyim ra yw ma.】
【毛鸿入花丛中采花，张玉音采药回。】

Cieng Nyawhyim【guh fwen】
张玉音【唱】
（土俗字）大地 到 回春 品巴 宾 热闹
（壮 文）Daihdeih dauq hoizcin，Mbungqmbaj mbin nyiednauh；
（直 译）大地 再 回春 蝴蝶 飞 热闹
（意 译）大地再回春，蝴蝶乐飞奔；

（土俗字）勾 凳 棵枇 老 温 血 到 标 芽
（壮 文）Gou daengq gofaex laux，Vun rwed dauq biu nyaz.
（直 译）我 像 树木 老 雨 淋 再 生 芽
（意 译）我像棵老树，雨淋芽再生。

【Sinj guh fwen】
【接唱】
（土俗字）关 坡记 衣 来 救 勾 胎 到 俚
（壮 文）Gvan bohgeiq ndei lai，Gyuq gou dai dauq leix；
（直 译）个 义父 好 多 救 我 死 再 活
（意 译）义父真是好，救医我还阳；

（土俗字）度艮 估 药士 腾陷 记 毛 鸿
（壮 文）Doxngoenz guh yiegseih，Daengzhaemh geiq Mauz Hoengz.
（直 译）白天 当 药士 晚上 记 毛 鸿
（意 译）白天当药士，晚上惦毛郎。

【Sinj guh fwen】
【接唱】
（土俗字）勾 露伦 毛 鸿 爹 恩名 很榜
（壮 文）Gou loqrin Mauz Hoengz，Di aenmingz hwnjbuengj；
（直 译）我 梦见 毛 鸿 他 名字 上榜
（意 译）我梦见毛鸿，他大名上榜；

（土俗字）睡 马 麻 腾 县 欠 伝 选 勾 批
（壮 文）Guih max ma daengz yuenh，Hemq vunz suenj gou bei.
（直 译）骑 马 回 到 县 叫 人 喊 我 去
（意 译）骑马回县里，叫我去一趟。

【Cinmoih、Coumoih caeuq Leix Sienh hwnj.】
【春妹、秋妹和李善上。】
Cinmoih【gyangj】
春妹【白】
(土俗字) 姐 玉音 盟 存 防风 独活 杜仲
(壮 文) Cej Nyawhyim mwngz ngonz，fuengzfung、doeghud、duhcungh，
(直 译) 姐 玉音 你 看 防风 独活 杜仲
(意 译) 玉音姐你看，防风、独活、杜仲，

(土俗字) 总 装 侄 笼 了
(壮 文) cungj cang ndi roengz liux.
(直 译) 都 装 不 下 了
(意 译) 都装不下了。

Cieng Nyawhyim【gyangj】
张玉音【白】
(土俗字) 伊爸 盟 哽 了 吧
(壮 文) Aebaj，mwngz ngaengh liux ba.
(直 译) 阿爸 你 累 了 吧
(意 译) 阿爸，你累了吧。

Leix Sienh【gyangj】
李善【白】
(土俗字) 伊爸 伝 老 骼 健 哩 哈 哈 哈
(壮 文) Aebaj vunz laux ndok genq li，ha ha ha……
(直 译) 阿爸 人 老 骨头 硬 哩 哈 哈 哈
(意 译) 阿爸年老骨头硬哩，哈哈哈……

【Mauz Hoengz fwngz gaem nyungq vavengj hwnj，rin Cieng Nyawhyim，doeksaenz.】
【毛鸿手捧一束金樱花上，看见张玉音，大惊。】
Mauz Hoengz【gyangj】
毛鸿【白】
(土俗字) 哎 呀 呀 父 伝 爹 示 汝 极 口 玉音 夏
(壮 文) Ae ya ya，boux vunz di seix bawz? Gig haeuj Nyawhyim yah.
(直 译) 哎 呀 呀 个 人 她 是 谁 很 像 玉音 妻
(意 译) 哎呀呀，那人是谁，很像玉音妻。

(土俗字) 爹　　爹 到底　　示　伝　　哏迪
(壮　文) Di …… di dauqdaej seix vunz, haenxdwg……
(直　译) 她　　她 到底　　是　人　　还是
(意　译) 她……她到底是人，还是……
【Ndoj haeuj ndaw gyazva bei cazngonz.】
【躲进花丛去观察。】

Cinmoih【gyangj】
春妹【白】
(土俗字) 伊爸　打笨　叮　慷　毛　公子　中　了　状元
(壮　文) Aebaj, dajbaenh dingq gyangj Mauz goengceij cungq liux sanghnyuenz,
(直　译) 阿爸　刚才　听　讲　毛　公子　中　了　状元
(意　译) 阿爸，刚才听说毛公子中了状元，

(土俗字) 艮内　屯　怖壳　麻　板　呢
(壮　文) ngoenzneix daenj buhhak ma mbanj ne!
(直　译) 今天　穿　官服　回　乡　呢
(意　译) 今天衣锦还乡呢!

Leix Sienh【gyangj】
李善【白】
(土俗字) 示　哈　倭　礼　全　兰　途管　噜　玉音　哈
(壮　文) Seix ha, raeuz ndaej cienz ranz doxgyonj lo. Nyawhyim ha,
(直　译) 是　啊　我们　得　全　家　团聚　噜　玉音　啊
(意　译) 是啊，我们得全家团聚啦。玉音啊，

(土俗字) 毛　鸿　麻　存　盟　拉
(壮　文) Mauz Hoengz ma ngonz mwngz la,
(直　译) 毛　鸿　回　看　你　啦
(意　译) 毛鸿看你来了，

(土俗字) 布　鲁　昂　礼　文尔　样　咯
(壮　文) mbouj rox angq ndaej baenzrawz yiengh lo!
(直　译) 不　知　乐　得　怎么　样　了
(意　译) 不知高兴得怎么样了!

Cieng Nyawhyim【gyangj】
张玉音【白】

(土俗字)伊爸
(壮　文)Aebaj……
(直　译)阿爸
(意　译)阿爸……

Mauz Hoengz【dingq ndaej cingcuj, saetsing, suenj】
毛鸿【听得清楚,失声,喊】
(土俗字)玉音
(壮　文)Nyawhyim……
(直　译)玉音
(意　译)玉音……
【Cungqvunz ndaejnyi ngeuxgyaeuj.】
【众人听闻回首。】

【Leix Sienh gyangj, Mauz Hoengz lwg!】
【李善白,毛鸿儿!】

Cieng Nyawhyim【gyangj】
张玉音【白】
(土俗字)官人
(壮　文)Guensinz!
(直　译)官人
(意　译)官人!

【Cinmoih、Coumoih gyangj, Go'i!】
【春妹、秋妹白,姑爷!】

Mauz Hoengz【ngonz Cieng Nyawhyim, gyangj】
毛鸿【看张玉音,白】
(土俗字)盟　盟　布　示
(壮　文)Mwngz……mwngz mbouj seix……
(直　译)你　你　不　是
(意　译)你……你不是……

【Yiengq Leix Sienh, gyangj】
【向李善,白】
(土俗字)伊爸　则内　示　计尔　仕　哈
(壮　文)Aebaj, ndaekneix seix gaejrawz seih ha?
(直　译)阿爸　这个　是　什么　事　啊
(意　译)阿爸,这是怎么回事啊?

【Cieng Nyawhyim gikdoengh dwk，Cinmoih rex di.】
【张玉音激动着，被春妹扶着。】

Leix Sienh【gyangj】
李善【白】
（土俗字）哈 哈 伪 勾 呀 盟 厢 侹 腾 吧
（壮 文）Ha ha，lwg gou ya，mwngz siengj ndi daengz ba!
（直 译）哈 哈 儿 我 呀 你 想 不 到 吧
（意 译）哈哈，我儿呀，你想不到吧！

【Guh fwen】
【唱】
（土俗字）忐坤 开 伪他 宋 妲 麻 到俚
（壮 文）Gwnzmbwn hai lwgda，Soengq dah ma dauqleix;
（直 译）上天 开 眼睛 送 她 回 复活
（意 译）上天开眼睛，送她回故里；

（土俗字）井 盟 计 用 气 妲 袖示 逼 盟
（壮 文）Cingj mwngz gaej yungh heiq，Dah couhseix mbwk mwngz.
（直 译）请 你 莫 用 愁 她 就是 妻 你
（意 译）请你莫忧愁，她就是你妻。

【Gyangj】
【白】
（土俗字）艮爹 除 妲 批 堪 腾陷 勾 去 木 喃
（壮 文）Ngoenzdi dawz dah bei haem，daengzhaemh gou bei moek namh，
（直 译）那天 拿 她 去 埋 晚上 我 去 培 土
（意 译）那天送她去埋，晚上我去培土，

（土俗字）叮议 诸 墓 眉 声 藏 勾 袖 剥 墓 开
（壮 文）dingqnyi ndaw moh meiz sing ciengz，gou couh bag moh hai，
（直 译）听闻 里 墓 有 声 呻吟 我 就 挖 墓 开
（意 译）听闻墓里有呻吟声，我就挖开墓，

（土俗字）存伦 妲 玉音 双 他 里 泣
（壮 文）ngonzrin dah Nyawhyim sueng da leix yaep，
（直 译）看见 女 玉音 双 眼 还 眨
（意 译）看见玉音双眼还眨，

(土俗字) 噔 哏 眉 气 勾 袖 除 妲 荫 麻 抢救
(壮 文) ndaeng haenx meiz heiq, gou couh dawz dah aemq ma ciengjgyuq,
(直 译) 鼻 还 有 气 我 就 把 她 背 回 抢救
(意 译) 鼻孔还有气，我就把她背回抢救，

(土俗字) 又 夭 达春 奏 达秋 斗 护理
(壮 文) youh eu Cinmoih caeuq Coumoih daeuj hohleix,
(直 译) 又 叫 春妹 和 秋妹 来 护理
(意 译) 又叫春妹和秋妹来护理，

(土俗字) 玉音 到礼 胎 到 俚
(壮 文) Nyawhyim dauqdaej dai dauq leix.
(直 译) 玉音 终于 死 再 活
(意 译) 玉音终于起死回生。

Mauz Hoengz【ngonz moh, gyangj】
毛鸿【看墓，白】
(土俗字) 呵 元来 示 样内
(壮 文) O, nyuenzlaiz seix yienghneix!
(直 译) 呵 原来 是 这样
(意 译) 呵，原来如此！

Cieng Nyawhyim【gyangj】
张玉音【白】
(土俗字) 官人 哈
(壮 文) Guensinz ha!
(直 译) 官人 呀
(意 译) 官人呀！

【Guh fwen】
【唱】
(土俗字) 那 横忙 淋 够 查 扎 藕 丝 连
(壮 文) Naz vaengqmueng raemx gaeuq, Cax cab ngaeux sei lienz;
(直 译) 田 沟边 水 足 刀 切 藕 丝 连
(意 译) 沟边田水足，刀切藕丝连；

(土俗字) 镜 坏 礼 到 团 闷 登 砖 打底
(壮 文) Gingq vaih ndaej dauq duenz, Maenh daengq cuen dajdaej.
(直 译) 破 镜 得 重 圆 稳 如 砖 打底
(意 译) 破镜重圆日，稳如基底砖。

Mauz Hoengz【dawz ok giemq caeuq soujbaq, guh fwen】
毛鸿【拿出剑和手帕，唱】
(土俗字) 肥 阵 针 布 胎 盟 尸孩 到 俚
(壮 文) Feiz caemh rum mbouj dai, Mwngz seihaiz dauq leix;
(直 译) 火 烧 草 不 死 你 尸骸 再 活
(意 译) 野火烧不死，你再活人间；

(土俗字) 再 宋 巴 剑 内 偻 情意 更 甜
(壮 文) Caiq soengq baj giemq neix, Raeuz cingzeiq engq diemz.
(直 译) 再 送 把 剑 这 我们 情意 更 甜
(意 译) 鸳鸯剑送还，咱情意更甜。
【Song vunz dox haengj dauq giemq、soujbaq.】
【两人互送归还剑、手帕。】

Leix Sienh【gyangj】
李善【白】
(土俗字) 艮内 示 艮衣 伊坡 袖 哼 收 园媪 吧
(壮 文) Ngoenzneix seix ngoenzndei, aeboh couh haengj sou yuenzvoen ba!
(直 译) 今天 是 好日子 阿爸 就 给 你们 完婚 吧
(意 译) 今天是吉日，为父就给你们完婚吧！

Mauz Hoengz、Cieng Nyawhyim【caez gyangj】
毛鸿、张玉音【同白】
(土俗字) 由 伊坡 估主
(壮 文) Youz aeboh guhcawj.
(直 译) 由 阿爸 做主
(意 译) 由父亲做主。

【Gyoengq vunzcai hwnj.】
【众差役上。】
Vunzcai gyap【gyangj】
差役甲【白】
(土俗字) 报 大人 勾队 以 除 爬老 宋 腾 兰
(壮 文) Bauq daihsinz, goudoih hix dawz bazlaux soengq daengz ranz.
(直 译) 报 大人 我等 已 把 老妇 送 到 家
(意 译) 禀报大人，我等已把老妇送到家。

Mauz Hoengz【gyangj】

毛鸿【白】
（土俗字）衣 传 途勾 令 备 衣 北衣 缕衣
（壮 文）Ndei，cuenz duzgou lingh，beih ndei byaekndei laeujndei，
（直 译）好 传 我的 令 备 好 好菜 好酒
（意 译）好，传我之命，备好佳肴美酒，

（土俗字）挽 灯 决 采 井 乡亲 坡老 齐 斗
（壮 文）baij daeng giet caij，cingj yiengcin bohlaux caez daeuj……
（直 译）张 灯 结 彩 请 乡亲 父老 一起 来
（意 译）张灯结彩，请乡亲父老一起来……

Cungqvunz【ciep gyangj】
众人【接白】
（土俗字）庆贺 大人 完婚 团圆
（壮 文）Hingqhoh daihsinz yuenzvoen duenzyuenz!
（直 译）庆贺 大人 完婚 团圆
（意 译）庆贺大人完婚团圆！
【Gyoengq vunzcai roengzbei. Gyonglaz bojbeq caez yiengj.】
【众差役下。锣鼓唢呐齐响。】

Cungqvunz【guh fwen】
众人【唱】
（土俗字）欢 齐 唱 取 快 路 齐 派 长匀
（壮 文）Fwen caez ciengq coj gvaiq，Loh caez byaij ciengzyinz；
（直 译）欢 同 唱 才 快乐 路 同 行 长久
（意 译）歌同唱才欢，路永久同行；

（土俗字）偻 估 六 齐 宾 布 劳 温 斗 拍
（壮 文）Raeuz guh roeg caez mbin，Mbouj lau vun daeuj bek.
（直 译）咱 做 鸟 齐 飞 不 怕 雨 来 打
（意 译）咱做同飞鸟，不怕雨来淋。

Cieng yuenzvaih【ndin yawq lajgiuz，suenj mbwn hemq deih dwk，gyangj】
张员外【站在桥下，呼天抢地，白】
（土俗字）坤 啊 勾 趋炎 附势
（壮 文）Mbwn ha，gou sawyienz fouqseiq，
（直 译）天 啊 我 趋炎 附势
（意 译）天啊，我趋炎附势，

（土俗字）官迷　　心巧　　害　仂　　胎
（壮　文）guenmaez simgiuq，haih lwg dai！
（直　译）官迷　　心巧　　害　女儿　死
（意　译）官迷心巧，害亲生女！

（土俗字）艮内　　　妲仂　胎　到俚
（壮　文）Ngoenzneix dahlwg dai dauqleix，
（直　译）今天　　　女儿　死　生还
（意　译）今天女儿死里还生，

（土俗字）勾　　　勾　眉　则　　那　尔　　伦　伝　　呵
（壮　文）gou…… gou meiz ndaek naj rawz rin vunz ha！
（直　译）我　　　我　有　个　　面　何　　见　人　　呵
（意　译）我……我有何脸面见人呵！
【Saenx bwngxbangx，daj gwnz giuz doekroengz lajgiuz bei，dai lo.】
【踉踉跄跄，从桥上跌下桥底，死了。】

【Laengmuq guh fwen】
【幕后歌】
（土俗字）花　开　花　又　　纽　　腾　　　春　又　　晃鲜
（壮　文）Va ha va youh nouj，Daengz cin youh ronghsien；
（直　译）花　开　花　又　　谢　　到　　　春　又　　鲜艳
（意　译）花开花又谢，春到香扑扑；

（土俗字）心恶　　后　　万年　　　　心衣　　传　　千古
（壮　文）Simyak haeu fanhnienz，Simndei cuenz ciengoj.
（直　译）心毒　　臭　　万年　　　　好心　　传　　千古
（意　译）心毒臭万年，好心传千古。

【Heiq sat】
【剧终】

Bouh Daihroek Louz Samcej
第六部 刘三姐

（土俗字）六　场　戏壮
（壮　文）**Roek Ciengz Heiqcuengh**
（直　译）六　场　壮剧
（意　译）六场壮剧

Gij Vah Bouxbien

Fwenheiq Bouxcuengh《Louz Samcej》youq Guengjsae yingjyangj gig daih, gyoengq beksingq cungj gig gyaez di, daegbied dwg gij fwen di ndeidingq raixcaix, gikdoengh simvunz. 20 sigij 50 niezdaih satbyai, Guengjsae sai mbwk laux nyez bouxboux cungj rox ciengq、gyaez ciengq gij fwen Louz Samcej, cigdaengz seizneix vunzlai lij maij ciengq dangqmaz. Vihliux hab'wngq seizdaih aeumeiz, muenxcuk gij iugouz gyoengq beksingq, Sanglinz Yen yenveij lingjdauj cijsi dawz heiqfwen《Louz Samcej》gaijbaenz aeu Vahcuengh Sanglinz daeuj yienj, caiqlij youq 1960 nienz 2 nyied guh gaijbien, ngamq yungh buenq ndwen seizgan, couh gaijbien baenz lo. Sikhaek couh baizlienh yienjheiq, camgya Nanzningz Conhgih "Louz Samcej" vwnzyi comzyienj, ndaej youhsiu cezmuz ciengj caeuq yinhyoz ciengj.

Heiqfwen Vahcuengh《Louz Samcej》, meiz gij senzliz gig gyaeundei fwen Bouxcuengh, hix meiz cwngcising caeuq gaihgizsing sienmingz, di ndaej daejyienh gij conzdungj ndei Bouxcuengh lwgminz vwnzva yisuz Sanglinz Yen, gyoengq beksingq ngonzgvaq le, ndaej daengz yiengjsouh ndei caeuq son gvai. Dou nyinhnaeuz, di dwg Sanglinz Yen daj meiz lizsij doxdaeuj gij heiqfwen Vahcuengh cuiq ndei ndawde bouh ndeu.

Seizneix, gij singfwen《Louz Samcej》dauqcawq goksasa, doenghgij daizheiq singz mbanj Sanglinz Yen gizgiz yienjciengq, mboujlwnh laux nyez, cungj roxnyinh heiqfwen Vahcuengh《Louz Samcej》ngonz bak baez cungj mbouj mbwq.

Hoeng aenvih seizgan gaenjgip caeuq suijbingz dou mbouj sang, gij loengloek ndaw sawheiq cix mienx mbouj ndaej, muengh bouxngonzsaw lai daez ok yigen coihgaij, sawj heiqfwen Vahcuengh《Louz Samcej》bienq ndaej engq ndei caezcienz.

1960 nienz 3 nyued

编者的话

壮族歌剧《刘三姐》在广西影响极大，深受广大群众喜爱，特别是其优美动听的歌曲，激人肺腑。20 世纪 50 年代末，广西男女老少几乎人人会唱、爱唱刘三姐的山歌，至今仍盛唱不衰。为了适应时代的需要，满足广大群众的要求，上林县委领导指示将歌剧《刘三姐》改编为上林壮语山歌剧，并于 1960 年 2 月进行改编工作，仅用半个月时间，便完成了改编工作。随即进行排练，参加南宁专区“刘三姐”文艺会演，荣获优秀节目奖和音乐奖。

壮语山歌剧《刘三姐》富有优美的壮族山歌旋律和鲜明的政治性和阶段性，她能体现上林县壮族人民文化艺术的优良传统，使人民群众看后，得到美的享受和思想熏陶。我们认为她是上林县有史以来最好的壮语歌剧之一。

现在，《刘三姐》的歌声到处飞扬，上林县城镇乡村的舞台到处演唱，无论童叟，都觉得《刘三姐》壮语歌剧百看不厌。

但由于时间仓促和编者水平有限，剧本中的缺点与错误在所难免，望读者多提出宝贵的修改意见，使《刘三姐》壮语山歌剧变得更加完美。

1960 年 3 月

Genjdanh Gyangj Heiqcingz
剧情简介

Dieg Bouxcuengh meiz aen mbanj ndeu gingjsaek gyaeundei lumj fuk veh nei, vunz Bouxcuengh Louz Nyih、Louz Samcej beixnuengx, caeuq Goengdwkbya、A'nyouz、Lanzfaen youq itheij, caen dangq ranz vunz ndeu, bouxboux gaenxhong, saedceij vuenyungz. Louz Samcej caeuq gyoengq lwgsau haengj youq gwnz ndoi mienh guhhong mienh guhfwen. Dicuj Mueg Vaizsinz ciemq aeu gij ndoi ndaem caz, gimq beksingq bae mbaet caz, hoeng gyoengq beixnuengx ranzmbanj meiz Louz Samcej gikcoi, ciemz gaiq baiz gimq mbaet caz bae. Mueg Vaizsinz ndatheiq dengdeng, youh yaek gimq beksingq guhfwen. Louz Samcej caeuq Mueg Vaizsinz doxdoj, caenh'aeu di youq seiz doiqfwen ndaej hingz, couh ndaej gimq fwen. Mueg Vaizsinz cingj siucaiz daeuj caeuq Louz Samcej doiqfwen. Gyoengq beksingq faenfaen daeuj ngonz. Louz Samcej coengmingz gvaq vunz, guh fwen dwkbaih le doiqfueng, Mueg Vaizsinz diuqgah deuzradrad. Hoeng di mbouj gamsim saetbaih, youh ok geiqdoeg, ciengj Louz Samcej ma ranz, baez doek baez haephangz, Louz Samcej baenzbaenz mbouj utfug. A'nyouz mbeilaux roemx haeuj ranz Mueg bae gyuq Louz Samcej okdaeuj. Mueg Vaizsinz daiq gyoengq mageq di vaij ruz bae gyaep, beksingq bangcoh Louz Samcej deuz bei lo. Louz Samcej caeuq A'nyouz guh fwen gyangj ok gij sim'eiq doxgyaez ndaw sim.

Funghgen guenfouj roengzlingh gimq fwen, Louz Samcej daiqlingx gyoengq beixnuengx ranzmbanj doenggvaq guhfwen bae fanjgang, gatsat ngaiz funghgen seiqlig apbik, Louz Samcej deng bik lizhai ranzmbanj. Di youq dieg moq, lij laebdaeb guh fwen daeuj gikcoi gyoengq beksingq, hemq gyoengq beksingq hwnjdaeuj caeuq funghgen seiqlig guh giengiet doucwngh.

壮族地区一风景如画的山村，壮族人刘二、刘三姐兄妹，与老渔夫、阿牛、兰芬住在一起，亲如一家，人人勤劳，生活幸福。刘三姐和姑娘们喜欢在山上边劳作边唱山歌。地主莫怀仁霸占茶山，禁止百姓采茶，但乡亲们在刘三姐的鼓舞下，拔掉了禁止采茶的牌子。莫怀仁气急败坏，又想禁止百姓唱歌。刘三姐与莫怀仁打赌，只要他在对歌中获胜，便可禁歌。莫怀仁请来秀才与刘三姐对歌，百姓纷纷前来观看。刘三姐机敏过人，用山歌战胜了对手，莫怀仁狼狈逃走。但他不甘失败，又施毒计，把刘三姐抢到家中百般威胁，刘三姐坚贞不屈。阿牛勇敢闯进莫家将刘三姐救出。莫怀仁带领狗腿子乘船追赶，百姓帮助刘三姐逃走了。刘三姐和阿牛用山歌表达了彼此相爱的心意。

封建官府下令禁歌，刘三姐带领乡亲们用歌声进行反抗，最终在封建黑暗势力的压迫下，刘三姐被迫离开家乡。刘三姐在新的地方，继续用自己的歌声鼓舞民众，唤起民众与封建势力做坚决斗争。

Canghheiq
剧中人物

Louz Samcej 刘三姐	mbwk 女	siujdanq 小旦
A'nyouz 阿牛	sai 男	siujseng 小生
Louz Nyih 刘二	sai 男	siujseng 小生
Dienfuk 天福	sai 男	siujseng 小生
Lanzfaen 兰芬	mbwk 女	siujdanq 小旦
Amoeg 亚木	sai 男	siujseng 小生
Aciengz 亚祥	sai 男	siujseng 小生
Doengmoih 冬妹	mbwk 女	siujdanq 小旦
Goengdwkbya 老渔翁	sai 男	lauxseng 老生
Doengseng 冬生	sai 男	siujseng 小生
Mueg Vaizsinz 莫怀仁	sai 男	lauxseng 老生

Mueg Cincaiz 莫进财	sai 男	siujseng 小生
Vuengz bazmuiz 王媒婆	mbwk 女	lauxdanq 老旦
Dauz souqcaiz 陶秀才	sai 男	siujseng 小生
Leix souqcaiz 李秀才	sai 男	siujseng 小生
Laz souqcaiz 罗秀才	sai 男	siujseng 小生
caidaeuz 差头	sai 男	siujseng 小生
bouxcai（gyap、iet） 差役（甲、乙）	sai 男	

bouxbing（gyap、iet、bingj、ding） 官兵（甲、乙、丙、丁）	sai 男
fwenbuenxsai（gyap、iet、bingj、ding） 男歌伴（甲、乙、丙、丁）	sai 男
fwenbuenxsau（gyap、iet、bingj、ding） 女歌伴（甲、乙、丙、丁）	mbwk 女

（土俗字）场　大乙　催　债
（壮　文）Ciengz Daih'it Coi Caiq
（直　译）场　第一　追　债
（意　译）第一场　追债

Seizgan：Ciuhgeq，moux bi cousou le haet ndeu.
时间：古代，某年秋收后的一天早上。

Diegdiemj：Gvangjsih moux aen mbanj henz di.
地点：广西某村的村边。

Ciengzgingj：Gyaeujmbanj meiz gorungz hung ndeu，bakmbanj meiz diuz mieng iq ndeu，doiqmienh mieng iq seix ndoengfaex，meiz diuz giuzrin iq ndeu doenggvaq. Baihlaeng mbanj meiz goengq bya ndeu，henz mbanj meiz ciengz humx caeuq baenz benq go'gyoij，meiz moeggva、go'ndoek，ndit romh seiq sid. Dang fan muq menhmenh hai seiz，ndaw ndoengfaex cienz daeuj gij singfwen goksasa boux guhhong.

场景：村头有棵大榕树，村前是一条小溪，小溪对面是树林，有一座小石桥通过。村后有座石山，村旁有围墙和一片芭蕉树，有木瓜、翠竹，晨光四射。当幕徐徐开启时，山林里传来劳动人民嘹亮的歌声。

【Laeng muq gyoengqvunz guh fwen】
【后幕众人唱】
（土俗字）林秋　车　凉九　花桂　又　更　琅
（壮　文）Rumzcou ci liengzyouj，Va'gviq youh gengq rang;
（直　译）秋风　吹　凉爽　桂花　又　更　香
（意　译）秋风吹凉爽，桂花更芳香；

（土俗字）伝穷　估荒　莽　很　堆　桑　斫焚
（壮　文）Vunzgungz guhhong mang，Hwnj ndoi sang raemjfwnz.
（直　译）穷人　做工　猛　上　山　高　砍柴
（意　译）穷人勤做工，上山砍柴忙。

【Sinj guh fwen】
【接唱】
（土俗字）于　堆　焚　文棒　面　斫　面　估欢
（壮　文）Ndaw ndoi fwnz baenzboengj，Mienh raemj mienh guhfwen;
（直　译）里　山　柴　成堆　边　砍　边　唱歌
（意　译）山里有柴多，边砍边唱歌；

（土俗字）伝 穷 志气 坚 焚 来欢 更 烘
（壮 文）Vunz gungz ceiqheiq gien，Fwnz lai fwen gengq hoengh.
（直 译）人 穷 志气 坚 柴 多歌 更 旺
（意 译）人穷志气坚，柴多歌更多。

A'nyouz【seizhaenx fwngz gaem bienvaiz，riengz sing lwgdig okdaeuj，guh fwen】
阿牛【此时手执牛鞭，随着悠扬的竹笛声上，唱】
（土俗字）林秋 吹 凉九 桂花 又 更 琅
（壮 文）Rumzcou ci liengzyouj，Gviqva youh gengq rang；
（直 译）秋风 吹 凉爽 桂花 又 更 香
（意 译）秋风吹凉爽，桂花又更香；

（土俗字）江吃 衣 风光 等 环 羊 批 饷
（壮 文）Gyanghaet ndei funggvueng，Daengj vaiz yiengz bei ciengx.
（直 译）早晨 好 风光 赶 牛 羊 去 养
（意 译）早晨好风景，赶牛羊去养。

【Sinj guh fwen】
【接唱】
（土俗字）途 六学 选 狠 淋 映 恩 堆 桑
（壮 文）Duz roeghag suenj haenq，Raemx ingj aen ndoi sang；
（直 译）鸟 白鹤 叫 猛 水 映 座 山 高
（意 译）白鹤猛叫喊，水倒影高山；

（土俗字）阿牛 意 欢昂 拉 曾 洋 对象
（壮 文）A'nyouz eiq fwenangq，Ra caengz nyangz doiqciengh.
（直 译）阿牛 爱 欢歌 找 未 遇 对象
（意 译）阿牛爱唱歌，未找到同伴。

【A'nyouz hwnj gwnz ndoi bei，Louz Samcej dingqnyi singfwen，fwngz dawz cimsienq giuj，daengz laj gorungz caem va.】
【阿牛上山岗去，刘三姐听到歌声，手拿针线竹篮，到榕树下绣花。】

Louz Samcej【guh fwen】
刘三姐【唱】
（土俗字）唱 欢 衣
（壮 文）Ciengq fwen ndei，
（直 译）唱 歌 好
（意 译）唱歌好，

（土俗字）唱　礼　父父　心 尽　儿
（壮　文）Ciengq ndaej bouxboux sim cinx ngaez;
（直　译）唱　得　人人　心 发　呆
（意　译）唱得人人陶醉听；

（土俗字）计　欢　凳　文　棵 松柏
（壮　文）Gaej fwen daengq baenz go coengzbek,
（直　译）那　歌　像　成　棵 松柏
（意　译）山歌好比松柏树，

（土俗字）敢　顶　林北　夭　万卑
（壮　文）Gamj dingj rumzbaek heu fanhbi.
（直　译）敢　顶　风北　青　万年
（意　译）敢顶北风万年青。

【Sinj guh fwen】
【接唱】
（土俗字）痕艮　忙
（壮　文）Hwnzngoenz muengz,
（直　译）日夜　忙
（意　译）日夜忙，

（土俗字）逢　擒　针线　剥 估　欢
（壮　文）Fwngz dawz cimsienq bak guh fwen;
（直　译）手　拿　针线　口 唱　歌
（意　译）手拿针线把歌唱；

（土俗字）途凤　礼蚁　岑苟　听
（壮　文）Duzfungh ndaejnyi ngaemgyaeuj dingq,
（直　译）凤凰　听见　低头　听
（意　译）凤凰侧耳来倾听，

（土俗字）针线　沉　屋 六　鸳鸯
（壮　文）Cimsienq caem ok roeg yuenyieng.
（直　译）针线　绣　出 鸟　鸳鸯
（意　译）针线绣出双鸳鸯。

A'nyouz【daj ndaw ndoi okdaeuj, guh fwen】
阿牛【从山林里出来，唱】

(土俗字)听 往 估 欢 心 昂 来
(壮 文)Dingq nuengx guh fwen sim angq lai,
(直 译)听 妹 唱 歌 心 乐 多
(意 译)听妹唱歌乐心头,

(土俗字)除春 斗腾 百 花 开
(壮 文)Cawzcin daeujdaengz bek va hai;
(直 译)春天 来到 百 花 开
(意 译)春天来到百花秀;

(土俗字)花 开 诱 途 品巴 斗
(壮 文)Va hai yaeuq duz mbungqmbaj daeuj,
(直 译)花 开 诱 只 蝴蝶 来
(意 译)花开引得蝴蝶来,

(土俗字)哼 勾 阿牛 林 存 怀
(壮 文)Haengj gou A'nyouz lumz ngonz vaiz.
(直 译)给 我 阿牛 忘 看 牛
(意 译)使我阿牛忘看牛。

Louz Samcej【guh fwen】
刘三姐【唱】
(土俗字)既然 品巴 斗 朝 花
(壮 文)Geiqsienz mbungqmbaj daeuj ciuz va,
(直 译)既然 蝴蝶 来 恋 花
(意 译)既然蝴蝶来恋花,

(土俗字)为 嘛 尽 宾 侄 笼 麻
(壮 文)Vih maz cinx mbin ndi roengz ma;
(直 译)为 何 只 飞 不 下 来
(意 译)为何只飞不落下;

(土俗字)除春 挂批 花 袖 纽
(壮 文)Cawzcin gvaqbei va couh couj,
(直 译)春天 过去 花 就 枯
(意 译)春天过后花凋谢,

(土俗字)再 宾 羽 省 以 难 拉
(壮 文)Caiq mbin fwed sengx hix nanz ra.
(直 译)再 飞 翅 稀 也 难 找
(意 译)再飞翅秃难找它。

A'nyouz【guh fwen】
阿牛【唱】
(土俗字) 往 欧 缸 墓 麻 黑 藕
(壮 文) Nuengx aeu gang moq ma ndaem ngaeux,
(直 译) 妹 要 缸 新 来 种 藕
(意 译) 妹要新缸种莲藕,

(土俗字) 棵藕 花 开 朵朵 衣
(壮 文) Go'ngaeux va hai dujduj ndei;
(直 译) 莲藕 花 开 朵朵 好
(意 译) 莲藕花开好美丽;

(土俗字) 密显 幼 哏 边冈 转
(壮 文) Maedhenj yawq haenx henzgang cuenh,
(直 译) 黄蚁 在 那 缸边 转
(意 译) 黄蚁只在缸边转,

(土俗字) 隔 淋 鱼 礼 赖 挂 批
(壮 文) Gek raemx nyawz ndaej raih gvaq bei.
(直 译) 隔 水 怎么 得 爬 过 去
(意 译) 隔水怎么爬过去。

Louz Samcej【guh fwen】
刘三姐【唱】
(土俗字) 眉 途 六格 幼 傍 利
(壮 文) Meiz duz roegfek yawq bangx reih,
(直 译) 有 只 鹧鸪 在 边 畲
(意 译) 有只鹧鸪畲边逛,

(土俗字) 仂他 又 相 奔 又 黎
(壮 文) Lwgda youh siengq bwn youh raez;
(直 译) 眼睛 又 美 毛 又 长
(意 译) 眼睛又美羽毛长;

(土俗字) 浪古 眉 意 批 拉 队
(壮 文) Langhgoj meiz eiq bei ra doih,
(直 译) 如果 有 意 去 找 同伴
(意 译) 如果有意找同伴,

(土俗字) 渠　劳 堆 岭 路 又 鸡
(壮　文) Gyawz lau ndoi lingq loh youh gyae.
(直　译) 哪里 怕 山 陡 路 又 远
(意　译) 岂怕山高路又长。

A'nyouz【eu fwen】
阿牛【唱】
(土俗字) 忐 堆 黑 厚 望 温笼
(壮　文) Gwnz ndoi ndaem haeux muengh vunroengz,
(直　译) 上 山 种 稻谷 盼望 下雨
(意　译) 山上种田盼雨来，

(土俗字) 咭 托 仂罗 望 剥 开
(壮　文) Ndit dak lwgraz muengh bak hai;
(直　译) 阳光 晒 芝麻 望 嘴 开
(意　译) 日晒芝麻盼壳开；

(土俗字) 浪谋 仂罗 侄 开 剥
(壮　文) Langhnaeuz lwgraz ndi hai bak,
(直　译) 如果 芝麻 不 开 口
(意　译) 若是芝麻不开壳，

(土俗字) 空 屋 江艮 以 汪 晒
(壮　文) Hoengq ok gyangngoenz hix uengj saiq.
(直　译) 空 出 太阳 也 枉 晒
(意　译) 太阳也是枉来晒。

Louz Samcej【guh fwen】
刘三姐【唱】
(土俗字) 忐 堆 只 眉 苟 绕 枇
(壮　文) Gwnz ndoi cix meiz gaeu heux faex,
(直　译) 上 山 只 有 藤 缠 树
(意　译) 山中只有藤缠树，

(土俗字) 拉奔 渠 眉 枇 绕 苟
(壮　文) Lajmbwn gyawz meiz faex heux gaeu;
(直　译) 天下 哪 有 树 缠 藤
(意　译) 世上哪见树缠藤；

（土俗字）浪谋 棵苟 侄 绕 枇
（壮 文）Langhnaeuz gogaeu ndi heux faex，
（直 译）如果 藤子 不 绕 树
（意 译）如果藤子不绕树，

（土俗字）空 挂 一 秋 又 一 秋
（壮 文）Hoengq gvaq it cou youh it cou.
（直 译）空 过 一 秋 又 一 秋
（意 译）枉过春秋度一生。

A'nyouz【cienz rox le gij simseih Louz Samcej，mbeilaux dwk guh fwen】
阿牛【完全洞悉了刘三姐的内心，勇敢地唱】
（土俗字）八 月 十伍 咣川 衣
（壮 文）Bet nyued cibngux ronghndwen ndei，
（直 译）八 月 十五 月亮 好
（意 译）八月十五月亮圆，

（土俗字）打 细 呀 往 心 尽 迷
（壮 文）Daj saeq gyaez nuengx sim cinx maez；
（直 译）从 小 爱 妹 心 尽 迷
（意 译）自小对妹心就迷；

（土俗字）受 袖 眉 心 对 往 讲
（壮 文）Caeux couh meiz sim doiq nuengx gyangj，
（直 译）早 就 有 心 对 妹 讲
（意 译）早就有心对妹说，

（土俗字）只 为 剥促 侄 敢 提
（壮 文）Cij vih bakhuk ndi gamj daez.
（直 译）只 为 嘴笨 不 敢 提
（意 译）只因嘴笨不敢提。

Louz Samcej【guh fwen】
刘三姐【唱】
（土俗字）棵谷 当 收 盟 布 收
（壮 文）Go'ndoek dang sou mwngz mbouj sou，
（直 译）竹子 当 收 你 不 收
（意 译）竹子当收你不收，

(土俗字)棵狼　当　留　盟　布　留
(壮　文)Gorangz dang louz mwngz mbouj louz;
(直　译)竹笋　当　留　你　不　留
(意　译)竹笋当留你不留;

(土俗字)受　眉　心意　盟　布　讲
(壮　文)Caeux meiz sim'eiq mwngz mbouj gyangj,
(直　译)早　有　心意　你　不　讲
(意　译)早有心意你不说,

(土俗字)鱼　尽　岑　苟　幼　偶偶
(壮　文)Nyawz cinx ngaem gyaeuj yawq ngaeungaeu.
(直　译)怎　总是　低　头　在　悠悠
(意　译)怎总低头在发愁。

【Gyoengq sai mbwk bouxcoz diuqbeiz dwk hwnjdaeuj, dox yaepda.】
【众男女青年调皮的拥上,互相示意。】

A'nyouz【guh fwen】
阿牛【唱】
(土俗字)姐　鲁　耕　织　鲁　估　欢
(壮　文)Cej rox geng cik rox guh fwen,
(直　译)姐　会　耕　织　会　唱　歌
(意　译)姐会耕织会歌唱,

Louz Samcej【sinj guh fwen】
刘三姐【接唱】
(土俗字)特哥　肯荒　本领　强
(壮　文)Daeggo gaenxhong bonjlingx giengz;
(直　译)阿哥　勤劳　本领　强
(意　译)阿哥勤劳本领强;

Song vunz【hab guhfwen】
两人【合唱】
(土俗字)楼队　双　伝　齐　驼哜
(壮　文)Raeuzdoih song vunz caez doxgyaez,
(直　译)我们　两　人　一起　相爱
(意　译)我俩相亲又相爱,

（土俗字）齐众　　永　结　百　年　长
（壮　文）Caezcungq vingx giet bek nienz ciengz.
（直　译）一起　　永　结　百　年　长
（意　译）一起永结百年长。

Gyoengq bouxcoz【hab guhfwen】
众青年【合唱】
（土俗字）织女　到古　乖　姐　哏　来 伶俐
（壮　文）Ciknawx dauqgoj gvai，Cej haenx lai lingzleih;
（直　译）织女　虽然　乖　（三）姐 还　多 伶俐
（意　译）织女虽乖巧，三姐更在行；

（土俗字）阿牛　父　伝　内　以　赛　礼　牛郎
（壮　文）A'nyouz boux vunz neix，Hix saiq ndaej Nyouzlangz.
（直　译）阿牛　个　人　这　也　赛　得过　牛郎
（意　译）阿牛这个人，也赛过牛郎。

【Sinj guhfwen】
【接唱】
（土俗字）阿牛　奏　三姐　总　凳　掖　凤凰
（壮　文）A'nyouz caeuq Samcej，Cungj daengq veh funghvuengz;
（直　译）阿牛　和　三姐　总　像　画　凤凰
（意　译）阿牛和三姐，好比是凤凰；

（土俗字）齐　对答　佔　欢　唱　百年　曾　了
（壮　文）Caez doiqdap guh fwen，Fwen beknienz caengz liux.
（直　译）一起 对答　唱　山歌　唱　百年　未　完
（意　译）一起来对歌，百年还要唱。

Lanzfaen【suenj】
兰芬【喊】
（土俗字）姐三　姐三
（壮　文）Cejsam! Cejsam!
（直　译）三姐　三姐
（意　译）三姐！三姐！
【Sai mbwk bouxcoz doxcaenx hwnj.】
【男女青年拥上。】

Vunzlai【cam】
众人【问】
（土俗字）计尔 仕 兰芬
（壮 文）Gaejrawz seih，Lanzfaen?
（直 译）什么 事 兰芬
（意 译）什么事，兰芬？

Lanzfaen【han】
兰芬【应】
（土俗字）莫 怀仁 则 管家 哏 莫 进财 带 家丁 腾
（壮 文）Mueg Vaizsinz ndaek guenjgya haenx Mueg Cincaiz，daiq gyading daengz
（直 译）莫 怀仁 个 管家 那 莫 进财 带 家丁 到
（意 译）莫怀仁的管家莫进财，带家丁到

（土俗字）兰 勾 催 债 逼 天福 哥 勾 写 限期 欧 赔
（壮 文）ranz gou coi caiq，bik Dienfuk go gou sij hanhgeiz aeu boiz，
（直 译）家 我 追 债 逼 天福 哥 我 写 限期 要 还
（意 译）我家追债，逼我天福哥写限期要还，

（土俗字）浪谋 侹 赔 呢 欧 勾 批 估 丫头 顶 债
（壮 文）langhnaeuz ndi boiz ne，aeu gou bei guh adaeuz dingj caiq.
（直 译）如果 不 赔 呢 要 我 去 做 丫头 顶 债
（意 译）如果还不起，就要我去做丫头顶债。

Aciengz【gyangj】
亚祥【白】
（土俗字）催 帐 兰 盟 卑挂 计 那租 布 示 交 齐 了
（壮 文）Coi ciengq? Ranz mwngz bi'gvaq gaej nazco mbouj seix gyau caez la，
（直 译）追 账 家 你 去年 那 田租 不 是 交 齐 啦
（意 译）追债？你家去年的田租不是交齐啦，

（土俗字）还 催 计尔 帐
（壮 文）hanz coi gaejrawz ciengq?
（直 译）还 追 什么 账
（意 译）还追什么债？

Lanzfaen【gyangj】
兰芬【白】
（土俗字）宋爹 谋 示 计尔 银棺材
（壮 文）Gyoengqdi naeuz seix gaejrawz nyaenzguencaiz.
（直 译）他们 讲 是 什么 棺材钱
（意 译）他们讲的什么棺材钱。

【Dienfuk buet hwnj，Mueg Cincaiz gaenlaeng rumj hwnj.】
【天福跑上，莫进财跟后追上。】
Mueg Cincaiz【gyangj】
莫进财【白】
(土俗字) 盟 佂 赔 袖 欧 兰芬 斗 顶
(壮 文) Mwngz ndi boiz? Couh aeu Lanzfaen daeuj dingj!
(直 译) 你 不 还 就 要 兰芬 来 顶
(意 译) 你不还？就要兰芬来顶替！

Gyoengqvunz【nyoengxhwnj，gyangj】
众人【拥上，白】
(土俗字) 莫 进财 盟 佂 讲 道理 了 吗
(壮 文) Mueg Cincaiz，mwngz ndi gyangj dauhleix liux ma?
(直 译) 莫 进财 你 不 讲 道理 了 吗
(意 译) 莫进财，你不讲道理吗？

Mueg Cincaiz【gyangj】
莫进财【白】
(土俗字) 仆 爹 胎 礼 三 卑 噜 匹 银棺材 哏
(壮 文) Boh di dai ndaej sam bi lo，bit nyaenzguancaiz haenx
(直 译) 父亲 他 死 得 三 年 了 笔 棺材钱 那
(意 译) 他父亲已死了三年，那笔棺材钱

(土俗字) 里 层 赔
(壮 文) lij caengz boiz ……
(直 译) 还 未 偿还
(意 译) 尚未偿还 ……

Dienfuk【gyangj】
天福【白】
(土俗字) 莫 管家 布 示 勾 布 想 赔 只 怪 勾
(壮 文) Mueg guenjgya，mbouj seix gou mbouj siengj boiz，cik gvaiq gou
(直 译) 莫 管家 不 是 我 不 想 还 只是 怪 我
(意 译) 莫管家！不是我不想还，只怪我

(土俗字) 几 卑 内 运气 布 衣 求 管家 来 哼 勾 几 艮
(壮 文) gij bi neix vwnhheiq mbouj ndei. Gyuz guenjgya lai haengj gou gij ngoenz，
(直 译) 几 年 这 运气 不 好 求 管家 多 给 我 几 天
(意 译) 运气不好。求管家宽限我几天，

(土俗字) 素 了 晚造 即刻 亲自 送 腾 兰 盟
(壮 文) sou liux manxcaux, cikgaek cincih soengq daengz ranz mwngz.
(直 译) 收 了 晚糙 即刻 亲自 送 到 家 你
(意 译) 收了晚稻，即刻亲自送到府上。

Mueg Cincaiz【gyangj】
莫进财【白】
(土俗字) 晚造 晚造 素 了 以 布 够 交 那租 哈
(壮 文) Manxcaux manxcaux, sou liux hix mbouj gaeuq gyau nazco ha!
(直 译) 晚稻 晚稻 收 了 也 不 够 交 田租 啊
(意 译) 晚稻晚稻，收了也不够交田租呀!

(土俗字) 再 讲 莫 老爷 幼 兰 等差 欧 银 呢
(壮 文) Caiq gyangj, Mueg lauxi yawq ranz daengjcaj aeu nyaenz ne!
(直 译) 再 说 莫 老爷 在 家 等着 要 银子 呢
(意 译) 再说，莫老爷在家等着要银子呢!

(土俗字) 盟 夭 勾 空逢 批麻 鱼 衣 回 话 呢
(壮 文) Mwngz heuh gou hoengqfwngz beima, rawz ndei hoiz vah ne?
(直 译) 你 叫 我 空手 回去 怎么 好 回 话 呢
(意 译) 你叫我空手回去，怎么好回话呢?

Aciengz【gyangj】
亚祥【白】
(土俗字) 爹 时内 侹 眉 银 以 侹 眉 办法 呀
(壮 文) Di seizneix ndi meiz nyaenz, hix ndi meiz banhfap ya!
(直 译) 他 现在 没 有 银子 也 没 有 办法 呀
(意 译) 他现在没有银子，也没有办法呀!

Mueg Cincaiz【gyangj】
莫进财【白】
(土俗字) 布 眉 办法 勾 布 示 谋 除 妲往
(壮 文) Mbouj meiz banhfap? Gou mbouj seix naeuz dawz dahnuengx
(直 译) 没 有 办法 我 不 是 讲 把 妹子
(意 译) 没有办法? 我不是说把他妹子

(土俗字) 兰芬 爹 送 腾 兰 莫 老爷 批 估 丫头
(壮 文) Lanzfaen di soengq daengz ranz Mueg lauxi bei guh adaeuz
(直 译) 兰芬 他，送 到 家 莫 老爷 去 做 丫鬟
(意 译) 兰芬送到莫老爷家去做丫鬟

（土俗字）顶　债　袖　礼　了　吗
（壮　文）dingj caiq，couh ndaej liux ma?
（直　译）顶　债　就　得　了　吗
（意　译）顶债，就得了吗？

Dienfuk【gyangj】
天福【白】
（土俗字）唉呀　莫　管家　啊
（壮　文）Aeya，Mueg guenjgya ha!
（直　译）哎呀　莫　管家　呀
（意　译）哎呀，莫管家呀！

【Guh fwen】
【唱】
（土俗字）为　借　钱　口　枇
（壮　文）Vih ciq cienz haeuj faex，
（直　译）为　借　钱　入　殓
（意　译）借钱卖棺材，

（土俗字）赔　曾　礼
（壮　文）Boiz caengz ndaej，
（直　译）赔　未　得
（意　译）未还债，

（土俗字）盟　仝内　行凶
（壮　文）Mwngz doengzneix hengzyung；
（直　译）你　这样　行凶
（意　译）你这样作歹；

（土俗字）想　抢　欧　兰芬
（壮　文）Siengj ciengj aeu Lanzfaen，
（直　译）想　抢　要　兰芬
（意　译）抢兰芬妹仔，

（土俗字）万　布　能
（壮　文）Fanh mbouj naengz，
（直　译）万(万) 不　能
（意　译）真不该，

（土俗字）奔 崩 总 侄 礼
（壮 文）Mbwn laemq cungj ndi ndaej.
（直 译）天 塌 都 不 得
（意 译）就算天塌来。

Mueg Cincaiz【riunyaen，gyangj】
莫进财【奸笑，白】
（土俗字）嘿 布 礼 衣 大路 广望 盟 侄 派
（壮 文）Hei…… mbouj ndaej，ndei！Daihloh gvangqmuengh mwngz ndi byaij，
（直 译）嘿 不 得 好 大路 宽广 你 不 走
（意 译）嘿……不得，好！阳关大道你不走，

（土俗字）边边 欧 派 桥枇乇 盟 袖 计 怪 勾
（壮 文）bienbien aeu byaij giuzfaexdog，mwngz couh gaej gvaiq gou
（直 译）偏偏 要 走 独木桥， 你 就 别 怪 我
（意 译）偏偏要走独木桥，你就不怪我

（土俗字）莫 进财 无情 了 斗 啊 落 爹 批 伦 老爷
（壮 文）Mueg Cincaiz fouzcingz la. Daeuj ha，rag di bei rin lauxi！
（直 译）莫 进财 无情 了 来 呀 拉 他 去 见 老爷
（意 译）莫进财无情了。来呀，把他拉去见老爷！
【Dajsouj rag Dienfuk，Lanzfaen daj ndaw vunzlai caenx okdaeuj.】
【打手拉天福，兰芬从众人中挤出。】

Lanzfaen【caemj haeuj Dienfuk，gyangj】
兰芬【扑向天福，白】
（土俗字）特哥
（壮 文）Daeggo……
（直 译）阿哥
（意 译）哥哥……

Mueg Cincaiz【gyangj】
莫进财【白】
（土俗字）哦 兰芬 以 跋 腾 其内 斗 啦 衣 落 姐 批
（壮 文）O，Lanzfaen hix buet daengz gizneix daeuj la，ndei，rag dah bei.
（直 译）哦 兰芬 也 跑 到 这里 来 了 好 拉 她 走
（意 译）哦，兰芬也跑到这里来了，好，把她拉走。
【Dajsouj cuengq Dienfuk，bei rag Lanzfaen.】
【打手放天福，去拉兰芬。】

Amoeg、A'nyouz【cung hwnjbei，gyangj】
亚木、阿牛【冲上，白】
（土俗字）放缝
（壮　文）Cuengqfwngz!
（直　译）放手
（意　译）住手!
【Yaengx fwngz gingjgau.】
【打手势警告。】

Amoeg【gyangj】
亚木【白】
（土俗字）盟　为 计嘛　欧 落 伝
（壮　文）Mwngz vih gaejmaz aeu rag vunz?
（直　译）你　为 什么　要 拉 人
（意　译）你为什么要抓人?

Mueg Cincaiz【gyangj】
莫进财【白】
（土俗字）为 计嘛　欠债　布　赔 袖 落 伝
（壮　文）Vih gaejmaz? Yiemqcaiq mbouj boiz couh rag vunz?
（直　译）为 什么　欠债　不　还 就 拉 人
（意　译）为什么？欠债不还就抓人!

A'nyouz【gyangj】
阿牛【白】
（土俗字）欠债　赔 钱　文尔　无理　抢　伝
（壮　文）Yiemqcaiq boiz cienz，baenzlawz fouzleix ciengj vunz?
（直　译）欠债　还 钱　怎么　无理　抢　人
（意　译）欠债还钱，怎么无理抢人?

Mueg Cincaiz【yung'ak dwk，gyangj】
莫进财【狠恶地，白】
（土俗字）哼　勾 劝 盟　最衣　少 管 计 闲仕　内
（壮　文）Hwng! Gou yienq mwngz cuiqndei siuj guenj gaej hanzseih neix.
（直　译）哼　我 劝 你　最好　少 管 些 闲事　这
（意　译）哼！我劝你最好少管这些闲事。

Louz Samcej【guh fwen】
刘三姐【唱】
(土俗字) 请　各　位　皮往　齐众　判　存　皮
(壮　文) Cingj gag vih beixnuengx, Caezcungq buenq ngonz baez;
(直　译) 请　各　位　兄弟　大家　评判　看　一次
(意　译) 请各位兄弟，大家评评理；

(土俗字) 除　兰芬　抢　批　眉　布　眉　道理
(壮　文) Dawz Lanzfaen ciengj bei, Meiz mbouj meiz dauhleix.
(直　译) 把　兰芬　抢　去　有　没　有　道理
(意　译) 把兰芬抢去，有没有道理。

Vunzlai【gyangj】
众人【白】
(土俗字) 无　道理　徐　兰芬　抢　批　带　布　眉　道理　了
(壮　文) Fouz dauhleix, dawz Lanzfaen ciengj bei, daih mbouj meiz dauhleix la.
(直　译) 无　道理　把　兰芬　抢　去　太　没　有　道理　了
(意　译) 无道理，把兰芬抢去，太没有道理了。
【Doq gyangj doq cung hwnjbei.】
【一面说一面冲上去。】

Mueg Cincaiz【lau doiqlaeng, doiq vunzlai sax, gyangj】
莫进财【畏退，对众人作揖，白】
(土俗字) 哎
(壮　文) Ae ……
(直　译) 哎
(意　译) 哎……

(土俗字) 各　父　皮往　老爷 都　幼　三　卑 贯　伦 爹 双
(壮　文) Gak boux beixnuengx, lauxi dou yawq sam bi gonq rin di song
(直　译) 各　位　兄弟　老爷 我们 在　三　年 前　见 他 俩
(意　译) 各位兄弟，我们老爷前三年见他们

(土俗字) 皮往　估呷　含可　实在　可连　大　发　心训
(壮　文) beixnuengx guhgyax haemzhoj, sidcaih hojcoh, daih fat sim'unq,
(直　译) 兄妹　孤苦　伶仃　实在　可怜　大　发　慈悲
(意　译) 兄妹孤苦伶仃，实在可怜，大发慈悲，

(土俗字) 借 钱 哼 爹 安葬 仆 爹 匹 银 内 三 卑
(壮 文) ciq cienz haengj di ancangq boh di, bit nyaenz neix sam bi
(直 译) 借 钱 给 他们 安葬 父亲 他们 笔 银子 这 三 年
(意 译) 借钱给他们安葬父亲，这笔银子三年

(土俗字) 哏 曾 赔 了 艮内 勾 斗 收 匹 帐 内
(壮 文) haenx caengz boiz liux, ngoenzneix gou daeuj sou bit ciengq neix,
(直 译) 还 未 还 清 如今 我 来 收 笔 账 这
(意 译) 尚未还清，如今我来收这笔账，

(土俗字) 大家 计 欧 为 吱 仕 细 内 得罪 莫 老爷
(壮 文) daihgya gaej aeu vih dei seih saeq neix, daekcoih Mueg lauxi.
(直 译) 大家 不 要 为 一点 事 小 这 得罪 莫 老爷
(意 译) 大家不要为这点小事，得罪莫老爷。

Lanzfaen【gyangj】
兰芬【白】
(土俗字) 赔 钱 三 卑 内 斗 布 示 赔 了 十二 两 吗
(壮 文) Boiz cienz, sam bi neix daeuj mbouj seix boiz liux cibnyih liengx ma,
(直 译) 还 钱 三 年 这 来 不 是 还 了 十二 两 吗
(意 译) 还钱，三年来不是还了十二两吗，

(土俗字) 盟 旰 欧 赔
(壮 文) mwngz hanz aeu boiz?
(直 译) 你 还 要 赔偿
(意 译) 你还要赔偿？

Louz Samcej【guh fwen】
刘三姐【唱】
(土俗字) 途猫 啼 途啁 淋他 浮 示 假
(壮 文) Duzmeuz daej duznu, Raemxda lu seix gyaj;
(直 译) 猫儿 哭 老鼠 眼泪 流 是 假
(意 译) 猫儿哭老鼠，流眼泪是假；

(土俗字) 莫 怀仁 凳 雷公 债 利 卡 伝 胎
(壮 文) Mueg Vaizsinz daengq byaj, Caiq leih gaj vunz dai.
(直 译) 莫 怀仁 像 雷公 债 利 杀 人 死
(意 译) 莫怀仁像雷，债利把人杀。

Mueg Cincaiz【gyangj】
莫进财【白】

（土俗字）嘿 收 啃 心 途梅 腓 途豹 连 莫 老爷 计 仕
（壮 文）Hei，sou gwn sim duzmui mbei duzbauq，lienz Mueg lauxi gaej seih，
（直 译）嘿 你们 吃 心 熊 胆 豹子 连 莫 老爷 那 事
（意 译）嘿，你们吃了熊心豹子胆，连莫老爷的事，

（土俗字）收 总 敢 管 很斗 啦
（壮 文）sou cungj gamj guenj hwnjdaeuj la.
（直 译）你们 都 敢 管 起来 了
（意 译）你们都敢管起来了。

Louz Samcej【guh fwen】
刘三姐【唱】
（土俗字）眉 枇 伐 礼 而 眉 馀 之 那 创
（壮 文）Meiz faex fad ndaej ngwz，Meiz cwz cei naz ndongj；
（直 译）有 棍 打 得 蛇 有 黄牛 犁 田 硬
（意 译）有棍能打蛇，有牛犁硬田；

（土俗字）眉 理 袖 敢 讲 也 布 管 老爷
（壮 文）Meiz leix couh gamj gyangj，Hix mbouj guenj lauxi.
（直 译）有 理 就 敢 讲 也 不 管 老爷
（意 译）有理就敢讲，不管老爷言。
【Gyoengqvunz yuq riu hwnjdaeuj.】
【众人哗笑起来。】

Mueg Cincaiz【rog ak ndaw ro，gyangj】
莫进财【外强中干，白】
（土俗字）嘿 刘 三姐 三 皮 双 发 盟 敢 奏 莫 老爷 估对
（壮 文）Hei，Louz Samcej sam fan song mbat，mwngz gamj caeuq Mueg lauxi guhdoiq，
（直 译）嘿 刘 三姐 三 番 两 次 你 敢 与 莫 老爷 作对
（意 译）嘿，刘三姐三番两次，你敢与莫老爷作对，

（土俗字）兰 盟 计 债 哏 曾 赔 了 衣 盟 等差
（壮 文）ranz mwngz gaej caiq haenx caengz boiz liux. Ndei，mwngz daengjcaj……
（壮 文）家 你 些 债务 还 未 赔 完 好 你 等着
（意 译）你家的债务也未还清。好，你等着……

（土俗字）盟 等差 差 勾 批麻 夭 老爷 斗
（壮 文）Mwngz daengjcaj，caj gou beima heuh lauxi daeuj.
（直 译）你 等着 待 我 回去 叫 老爷 来
（意 译）你等着，待我回去叫老爷来。

【Doq naeuz doq ndatheiq dwk roengz.】
【边说边恼火地下。】

Louz Nyih【gyangj】
刘二【白】
(土俗字)妲三 盟 嗨 示非 只 因 多 开剥 杂足 只 为
(壮 文)Dahsam…… mwngz…… hai，“seixfei cik yin lai haibak，nyapnyuk cik vih
(直 译)三妹 你 哎 是非 只 因 多 开口 烦恼 只 为
(意 译)三妹……你……唉，“是非只因多开口，烦恼只为

(土俗字)强 出头 盟 何必 惹 示 招 非
(壮 文)giengz okgyaeuj”. Mwngz hozbiet rwx seix ciu fei.
(直 译)强 出头 你 何必 惹 是 招 非
(意 译)强出头”。你何必惹是生非。

A'nyouz【gyangj】
阿牛【白】
(土俗字)劳 计麻 舍 礼 胎 敢 除 皇帝 落 笼 马
(壮 文)Lau gaejmaz，sij ndaej dai，gamj dawz vuengzdaeq rag roengz max!
(直 译)怕 什么 舍 得 死 敢 把 皇帝 拉 下 马
(意 译)怕什么，舍得死，敢把皇帝拉下马！

(土俗字)对付 爹 总 嘛悔 哏 袖迪 欧 文内
(壮 文)doiqfouq di cungj mahoiq haenx，couhdwg aeu baenzneix.
(直 译)对付 他 这种 狗奴 那 就是 要 这样
(意 译)对付他那种狗奴才，就是要这样。

Amoeg【gyangj】
亚木【白】
(土俗字)争 伝 劳 伤心 枇 劳 剥能 宋爹 敢
(壮 文)Deng，“vunz lau siengsim，faex lau boknaeng”. Gyoengqdi gamj
(直 译)对 人 怕 伤心 树 怕 剥皮. 他们 敢
(意 译)对，“人怕伤心，树怕剥皮”。他们敢

(土俗字)争 兰芬 条 奔桃 刁 老子 奏 爹 拼 啦
(壮 文)deng Lanzfaen diuz bwndauz ndeu，lauxceij caeuq di bingq la……
(直 译)动 兰芬 根 汗毛 一 老子 和 他 拼 啦
(意 译)动兰芬一根毫毛，老子就和他拼了……

Lanzfaen【gikdoengh dwk，gyangj】
兰芬【激动地，白】

(土俗字) 亚木　姐三　命　倭　真　苦　啊
(壮　文) Amoeg, Cejsam, mingh raeuz caen hoj a!
(直　译) 亚木　三姐　命　我们 真　苦　啊
(意　译) 阿木，三姐，我们的命好苦呀！
【Daej dwk caemj haeuj ndaw rungj Louz Samcej.】
【哭着扑向刘三姐怀里。】

Louz Samcej【guh fwen】
刘三姐【唱】
(土俗字) 布　示　命
(壮　文) Mbouj seix mingh,
(直　译) 不　是　命
(意　译) 不是命，

(土俗字) 布　示　生　斗　命　袖　穷
(壮　文) Mbouj seix seng daeuj mingh couh gungz;
(直　译) 不　是　生　来　命　就　穷
(意　译) 不是生来命穷丑；

(土俗字) 兰　莫　眉　恩　算盘　铁
(壮　文) Ranz Mueg meiz ndaen suenqbuenz diet,
(直　译) 家　莫　有　个　算盘　铁
(意　译) 莫家有个铁算盘，

(土俗字) 哏艮　打算　布　离 逢
(壮　文) Hwnzngoenz dajsuenq mbouj liz fwngz,
(直　译) 日夜　打算　不　离 手
(意　译) 日夜打算不离手。
【Daihgya simcingz riengz singfwen caem roengzdaeuj.】
【大家的心情随着歌声平静下来。】

Gyoengqvunz【guh fwen】
众人【唱】
(土俗字) 铁　算盘
(壮　文) Diet suenqbuenz,
(直　译) 铁　算盘
(意　译) 铁算盘，

（土俗字）兰　莫　除　斗　啃　父穷
（壮　文）Ranz Mueg dawz daeuj gwn bouxgungz；
（直　译）家　莫　拿　来　吃　穷人
（意　译）莫家是吃穷人精；

（土俗字）借　欧　斗　刁　赔　五　斗
（壮　文）Ciq aeu daeuj ndeu boiz haj daeuj，
（直　译）借　要　斗　一　赔　五　斗
（意　译）借要一斗赔五斗，

（土俗字）伝穷　淋他　浮　文艮
（壮　文）Vunzgungz raemxda lu baenzngoenz.
（直　译）穷人　眼泪　流　整天
（意　译）穷人眼泪流不停。

A'nyouz【guh fwen】
阿牛【唱】
（土俗字）伝穷　眉　主意　欧　查　利　斫　焚
（壮　文）Vunzgungz meiz cawjeiq，Aeu cax raeh raemj fwnz；
（直　译）穷人　有　主意　要　刀　利　砍　柴
（意　译）穷人有主意，要利刀砍柴；

（土俗字）踏　焚　桑　潭　奔　鱼　批　神　财主
（壮　文）Daeb fwnz sang daemx mbwn，Nyawz bei saenz caizcawj.
（意　译）垒　柴　高　到　天　哪　去　怕　财主
（意　译）垒柴比天高，岂怕他老财。

Louz Samcej、A'nyouz【hab guh fwen】
刘三姐、阿牛【合唱】
（土俗字）途　而夭　最　毒　痕　布　及　怀仁
（壮　文）Duz ngwzyeu cuiq doeg，Hanz mbouj gib Vaizsinz；
（直　译）那　青蛇　最　毒　还　不　及　怀仁
（意　译）青蛇最毒狠，比不上怀仁；

（土俗字）伝坏　侄　除　清　拉奔　定　布　稳
（壮　文）Vunzvaih ndi cawz cing，Lajmbwn dingh mbouj onj.
（直　译）坏人　不　除　清　天下　定　不　安稳
（意　译）坏人不清除，世上不安稳。

Louz Samcej【gyangj】

刘三姐【白】
（土俗字）衣 吧 偻 批 估荒 吧
（壮 文）Ndei ba，raeuz bei guhhong ba!
（直 译）好 吧 我们 去 做工 吧
（意 译）好吧，我们去做工吧！
【Gyoengqvunz ndaw sim angqyangz dwk roengz.】
【众人满怀喜悦的心情下。】

【Mueg Vaizsinz、Mueg Cincaiz daiq gyading hwnj.】
【莫怀仁、莫进财带家丁上。】
Mueg Vaizsinz【guh fwen】
莫怀仁【唱】
（土俗字）讲 勾 莫 怀仁 眉 威风 眉 势
（壮 文）Gyangj gou Mueg Vaizsinz，Meiz vifung meiz seiq;
（直 译）讲 我 莫 怀仁 有 威风 有 势
（意 译）讲我莫怀仁，有权有势力；

（土俗字）百 万 亩 那 利 欧 逼 四 逼 三
（壮 文）Bak fanh moux naz reih，Aeu mbwk seiq mbwk sam.
（直 译）百 万 亩 田 地 要 妻 四 妾 三
（意 译）百万亩良田，娶三妾四妻。

【Sinj guh fwen】
【接唱】
（土俗字）近粼 几 百 里 汝 总 示 鲁 勾
（壮 文）Ginxlinz geij bek leix，Byawz cungj seix rox gou;
（直 译）邻近 几 百 里 谁 都 是 知 我
（意 译）邻近几百里，谁人不知我；

（土俗字）兰 很 几 层 楼 雇 丫头 文 宋
（壮 文）Ranz hwnj geij caengz laeuz，Goq adaeuz baenz gyoengq.
（直 译）家 起 几 层 楼 雇 丫头 成 群
（意 译）家起几层楼，雇丫头众多。

【Cap gyangj】
【插白】
（土俗字）真 杂促 边边 眉 妲 刘 三姐 斗 奏 勾 对顶
（壮 文）Caen nyapnyuk，bienbien meiz dah Louz Samcej daeuj caeuq gou doiqdingj，
（直 译）真 苦恼 偏偏 有 她 刘 三姐 来 和 我 作对
（意 译）真苦恼，偏偏有这个刘三姐来和我作对。

（土俗字）卑挂 秋收 收 厚租 时 估 欢 唡怨 帮 防穷 哏
（壮 文）Bi'gvaq cousou sou haeuxco seiz，guh fwen yoekyon bang fangzgungz haenx，
（直 译）去年 秋收 收 谷租 时 唱 山歌 唆使 帮 穷鬼 那
（意 译）去年秋收收谷租时，唱山歌唆使那些穷鬼，

（土俗字）木 坏 途勾 巴 称 水银 哏 示 刘 三姐
（壮 文）maeb vaih duzgou baj caengh sijnyaenz haenx，seix Louz Samcej？
（直 译）打 烂 我的 把 秤 水银 那 是 刘 三姐
（意 译）打烂我那把水银秤的，是刘三姐？

Mueg Cincaiz【gyangj】
莫进财【白】
（土俗字）示 示 刘 三姐
（壮 文）seix…… seix…… Louz Samcej.
（直 译）是 是 刘 三姐
（意 译）是……是……刘三姐。

Mueg Vaizsinz【gyangj】
莫怀仁【白】
（土俗字）卑挂 除夏 估 欢 唡怨 帮 防穷 哏 笼 汏
（壮 文）Bi'gvaq cawzhah guh fwen yoekyon bang fangzgungz haenx，roengz dah
（直 译）去年 夏天 唱 山歌 唆使 帮 穷鬼 那 下 河
（意 译）去年夏天唱山歌唆使那些穷鬼，下河

（土俗字）批 得鲃 布 交 鲃租 爹 以 示 刘 三姐
（壮 文）bei dwkbya mbouj gyau byaco di，hix seix Louz Samcej？
（直 译）去 打鱼 不 交 鱼租 的 也 是 刘 三姐
（意 译）去打鱼不交鱼租的，也是刘三姐？

Mueg Cincaiz【gyangj】
莫进财【白】
（土俗字）以 示 刘 三 姐
（壮 文）Hix seix Louz Samcej.
（直 译）也 是 刘 三姐
（意 译）也是刘三姐。

Mueg Vaizsinz【gyangj】
莫怀仁【白】
（土俗字）帮 防穷 哏 估欢 咒 勾 以 示 刘 三姐 促孙
（壮 文）Bang fangzgungz haenx guhfwen couq gou，hix seix Louz Samcej yoekyon？
（直 译）帮 穷鬼 那 唱山歌 咒骂 我 也 是 刘 三姐 唆使
（意 译）那帮穷鬼唱山歌咒骂我，也是刘三姐唆使的？

Mueg Cincaiz【gyangj】
莫进财【白】
（土俗字）示　以　示　刘　三姐　促孙
（壮　文）Seix，hix seix Louz Samcej yoekyon.
（直　译）是　也　是　刘　三姐　唆使
（意　译）是，也是刘三姐教的。

Mueg Vaizsinz【gyangj】
莫怀仁【白】
（土俗字）刘　三姐　刘　三姐　刘　三姐　挂　尔　批　了
（壮　文）Louz Samcej，Louz Samcej，Louz Samcej gvaq gyawz bei liux?
（直　译）刘　三姐　刘　三姐　刘　三姐　过　哪里　去　了
（意　译）刘三姐，刘三姐，刘三姐哪里去了？

Mueg Cincaiz【seiq mbiengj ngonz mbouj rin vunz，gyangj】
莫进财【四面看不见人，白】
（土俗字）宋爹　总　条　了
（壮　文）Gyoengqdi cungj deuz lo.
（直　译）他们　都　走　了
（意　译）他们都走了。

Mueg Vaizsinz【yakriri dwk gag gyangj】
莫怀仁【狠狠地自语】
（土俗字）哼　刘　三姐　侄除　挂愣　总　示　斩　心头　勾
（壮　文）Hwng，Louz Samcej ndi cawz，gvaqlaeng cungj seix camx simdaeuz gou.
（直　译）哼　刘　三姐　不除　过后　总　是　扎　心头　我
（意　译）哼，刘三姐不除掉，终是我的心腹大患。

Mueg Cincaiz【gyangj】
莫进财【白】
（土俗字）老爷想　刘　三姐　妲内　文内　恶不如　除　妲剥　查刁
（壮　文）Lauxi siengj，Louz Samcej dah neix baenzneix ak，bwtsawz dawz dah mbat cax ndeu……
（直　译）老爷想　妲　三姐　她这　如此　恶不如　将　她次　刀一
（意　译）老爷想，刘三姐这个丫头如此可恶，不如将她一刀……

Mueg Vaizsinz【gyangj】
莫怀仁【白】
（土俗字）除　妲　八　查　刁
（壮　文）Dawz dah mbat cax ndeu……
（直　译）将　她　次　刀　一
（意　译）将她一刀……

【Naemj yaep ndeu，gag gyangj】
【沉吟片刻，自语】
（土俗字）勾 想 刘 三 姐 鸡 举 眉名 浪 勾 文内
（壮 文）Gou siengj，Louz Samcej gyae gyawj meizmingz，langh gou baenzneix
（直 译）我 想 刘 三姐 远 近 闻名 若 我 这样
（意 译）我想刘三姐远近闻名，我若这样

（土俗字）卡 妲 了 帮 防穷 哏 鱼 存有
（壮 文）gaj dah liux，bang fangzgungz haenx rawz ngonzndui.
（直 译）杀 她 了 帮 穷鬼 那 怎么 白看
（意 译）杀了她，那帮穷鬼会不肯罢休的。

【Siengj liux siengj，gyangj】
【想了想，白】
（土俗字）唔 唔 进财
（壮 文）U…… u…… Cincaiz……
（直 译）唔 语 进财
（意 译）唔……唔……进财……
【Doq rwz gyangj.】
【耳语。】

Mueg Cincaiz【gyangj】
莫进财【白】
（土俗字）老 爷 想 计 办法 内 真 秒 呀
（壮 文）Lauxi siengj gaej banhfap neix caen miux ya!
（直 译）老爷 想 些 办法 这 真 妙 呀
（意 译）老爷想的这些办法真妙呀！

Mueg Vaizsinz【gyangj】
莫怀仁【白】
（土俗字）文内 斗 欧 妲 麻 兰 布 示 估 一 礼 双
（壮 文）Baenzneix daeuj，aeu dah ma ranz，mbouj seix guh it ndaej song?
（直 译）这样 一来 娶 她 回 家 不 是 做 一 得 双
（意 译）这样一来，娶她回家，不是一举两得？

（土俗字）一 斗 擒 贼 先 擒 头 二 斗 吗
（壮 文）It daeuj gaemh caeg sien gaemh daeuz，nyih daeuj ma，
（直 译）一 来 擒 贼 先 擒 头 二 来 嘛
（意 译）一来擒贼先擒王，二来嘛，

(土俗字)礼 封 闷 剥 姐 丫头 内 免 礼 姐 再 估 欢
(壮 文)ndaej fung maenh bak dah adaeuz neix, mienx ndaej dah caiq guh fwen,
(直 译)可以 封 住 嘴 她 丫头 这 免 得 她 再 唱 山歌
(意 译)可以封住这个丫头的嘴，免得使她再唱山歌，

(土俗字)造谣 生 仕 唡怨 帮 防穷 哏
(壮 文)cauxyiuz seng seih, yoekyon bang fangzgungz haenx,
(直 译)造谣 生 事 唆使 帮 穷鬼 那
(意 译)造谣生事，唆使那些穷鬼，

(土俗字)斗 奏 勾 估对 刘 三 姐 啊 叭内 盟 就 凳
(壮 文)daeuj caeuq gou guhdoiq. Louz Samcej ha, mbatneix mwngz couh daengq
(直 译)来 与 我 作对 刘 三姐 呀 这次 你 就 像
(意 译)来与我作对。刘三姐呀，这次你就像

(土俗字)迟厚糍 忐 缝 内 勾 欧 盟 团 袖 团
(壮 文)ceizhaeuxcid gwnz fwngz nei, gou aeu mwngz duenz couh duenz,
(直 译)糯糍粑 上 手 一样 我 要 你 圆 就 圆
(意 译)手上的糍粑一样，我要你圆就圆，

(土俗字)欧 盟 扁 袖 扁 袖迪 恩 主意 内 斗 啊 进财
(壮 文)aeu mwngz benj couh benj, couhdwg ndaen cawjeiq neix. Daeuj a, Cincaiz!
(直 译)要 你 扁 就 扁 就是 个 主意 这 来 呀 进财
(意 译)要你扁就扁，就是这个主意。来呀，进财!

Mueg Cincaiz【gyangj】
莫进财【白】
(土俗字)老爷
(壮 文)Lauxi ……
(直 译)老爷
(意 译)老爷 ……

Mueg Vaizsinz【gyangj】
莫怀仁【白】
(土俗字)批麻 传 话 勾 夭 王 婆媒 腾 兰 刘 三姐 批 讲亲
(壮 文)Beima cuenz vah gou, eu Vuengz bazmuiz daengz ranz Louz Samcej bei gyangjcin.
(直 译)回去 传 话 我 叫 王 媒婆 到 家 刘 三姐 去 说亲
(意 译)回去传我的话，叫王媒婆到刘三姐家去说亲。

Mueg Cincaiz【gyangj】
莫进财【白】
(土俗字)示　　示　　示
(壮　文)Seix，seix，seix!
(直　译)是　　是　　是
(意　译)是，是，是!

Mueg Vaizsinz【nam】
莫怀仁【念】
(土俗字)安排　恩　　笼　　眉　主意
(壮　文)Anbaiz ndaen roengq meiz cawjeiq，
(直　译)安排　个　　笼子　有　主意
(意　译)安排笼子有主意，

(土俗字)一心 欧 除　温 签　条
(壮　文)itsim aeu dawz oen ciemz deuz.
(直　译)一心 要 把　刺 拔　走
(意　译)一心要把刺拔掉。

【Muq gip roengz.】
【幕急下。】

（土俗字）场 大二 逼婚
（壮 文）Ciengz Daihnyih Bikvoen
（直 译）场 第二 逼婚
（意 译）第二场 逼婚

Seizgan：Gvaq geij ngoenz le.
时间：数天后

Diegyouq：Ndaw ranz Louz Samcej.
地点：刘三姐家中

【Daihnyih fan muq baknaj，Vuengz bazmuiz hwnj.】
【第二道幕前，王媒婆上。】

Vuengz bazmuiz【guh fwen】
王媒婆【唱】
（土俗字）吝 侄 眉 骼 捞 屋 油
（壮 文）Linx ndi meiz ndok ndau ok youz，
（直 译）舌 没 有 骨头 摆动 出 油
（意 译）舌没骨头转出油，

（土俗字）欧 泊 批 嫁 斗 参 勾
（壮 文）Aeu bawx bei haq daeuj cam gou；
（直 译）要 媳妇 出 嫁 来 问 我
（意 译）娶媳嫁女找我帮；

（土俗字）诱 途 银嘛 专 郡郡
（壮 文）Yaeuq duz nyaenma cuenh gingin，
（直 译）诱 只 狐狸 转 悠悠
（意 译）骗得狐狸转悠悠，

（土俗字）诱 礼 途凤 配 耀苟
（壮 文）Yaeuq ndaej duzfungh boiq yiuhgaeu.
（直 译）诱 得 凤凰 配 老鹰
（意 译）骗得鹰犬配凤凰。

【Gyangj】
【白】
（土俗字）勾 爬老 一 布 黑那 二 布 估利
（壮 文）Gou bazlaux it mbouj ndaemnaz，nyih mbouj guhreih，
（直 译）我 老娘 一 不 种田 二 不 种地
（意 译）老娘我一不耕田，二不种地，

（土俗字）川 告 估媒 啃 父父 总 选 勾 估
（壮 文）cuen gauq guhmuiz gwn，bouxboux cungj suenj gou guh
（直 译）专 靠 做媒 吃 个个 都 叫 我 做
（意 译）专靠做媒为生，个个都叫我做

（土俗字）王 婆媒 艮鸾 又 示 莫 老爷 夭 勾
（壮 文）Vuengz bazmuiz. Ngoenzlwenz youh seix Mueg lauxi hemq gou，
（直 译）王 媒婆 昨天 又 是 莫 老爷 叫 我
（意 译）王媒婆。昨天我又奉莫老爷之命，

（土俗字）腾 兰 妲 刘 三姐 批 讲亲 想 腾 妲
（壮 文）daengz ranz dah Louz Samcej bei gyangjcin. Siengj daengz dah
（直 译）到 家 她 刘 三姐 去 说亲 想 到 她
（意 译）到刘三姐家中说亲。想到那

（土俗字）刘 三姐 聪明 能干 剥 喽 鲁 讲 估 欢 衣 听
（壮 文）Louz Samcej，coengmingz naengzganq，bak raeuz rox gyangj，guh fwen ndei dingq.
（直 译）刘 三姐 聪明 能干 口齿 伶俐 会 说 唱 山歌 好 听
（意 译）刘三姐，聪明能干，口齿伶俐，唱得一口好山歌。

（土俗字）常时 奏 于 板 李 阿牛 途衣 妲 渠 批 吁
（壮 文）Ciengzseiz caeuq ndaw mbanj Leix A'nyouz doxndei，dah gyawz bei han.
（直 译）时常 和 里 村 李 阿牛 相好 她 哪里 去 答应
（意 译）平时和本村李阿牛相爱，她哪里肯答应。

（土俗字）仕情 本来 袖 难 办 空 一 斗 存 幼 双
（壮 文）Seihcingz bonjlaiz couh nanz banh，hoeng it daeuj ngonz yawq song
（直 译）事情 本来 就 难 办 但 一 来 看 在 两
（意 译）事情本来难办，但是一来看在那两

（土俗字）文 银 哏 二 斗 棚 勾 爬老 片 剥油 剥哈 内
（壮 文）maenz nyaenz haenx，nyih daeuj baengz gou bazlaux benq bakyouz bakhaj neix，
（直 译）文 钱 那 二 来 凭 我 老娘 张 油嘴 滑舌 这
（意 译）个钱，二来凭我老娘这张利嘴，

（土俗字）以 欧 批 试 妲 皮 刁
（壮 文）hix aeu bei sawq dah baez ndeu.
（直 译）也 要 去 试 她 次 一
（意 译）也要去试她一试。

【Guh fwen】
【唱】
（土俗字）银毫 照 口 仂他 黑
（壮 文）Nyaenzhau ciuq haeuj lwgda ndaem，
（直 译）白银 照 入 眼睛 黑
（意 译）白银照入黑眼珠，

（土俗字）只 认 银毫 侄 认 伝
（壮 文）Cik nyinh nyaenzhau ndi nyinh vunz；
（直 译）只 认 白银 不 认 人
（意 译）不认谁人只认银；

（土俗字）只欧 银毫 得 笼 袋
（壮 文）Cikaeu nyaenzhau dwk roengz daeh，
（直 译）只要 白银 得 下 袋
（意 译）只要白银进口袋，

（土俗字）渠 管 天理 奏 人心
（壮 文）Gyawz guenj dienleix caeuq sinzsim.
（直 译）哪 管 天理 和 人心
（意 译）哪管天理和人心。

【Vuengz bazmuiz roengz. Daihnyih fan muq hai，Louz Samcej yawq ranz caem souqgyuz.】
【王媒婆下。二道幕开，刘三姐在家绣绣球。】

Louz Samcej【guh fwen】
刘三姐【唱】
（土俗字）绣球 红
（壮 文）Souqgyuz hoengz，
（直 译）绣球 红
（意 译）绣球红，

（土俗字）一 恩 绣球 一 恩 心
（壮 文）It ndaen souqgyuz it ndaen sim；
（直 译）一 个 绣球 一 颗 心
（意 译）一个绣球一颗心；

（土俗字）艮昨　歌圩　鸾所所
（壮　文）Ngoenzcog gohaw ruenzsoso，
（直　译）明天　歌圩　闹嚷嚷
（意　译）明天歌圩很热闹，

（土俗字）喊　声　哥　呀　送　哼　盟
（壮　文）Suenj sing go ae soengq haengj mwngz.
（直　译）喊　声　哥　呀　送　给　你
（意　译）喊声哥呀送给您。

【Baihrog meiz sing yiengj，Louz Samcej launyaenq dwk gip dawz souqgyuz cuengq roengz ndaw giuq，couh cik caeusa.】

【外有声响，刘三姐害羞地急将绣球放入篮里，随即纺纱。】

【Guh fwen】

【唱】

（土俗字）姐　屯　绷
（壮　文）Cej daemj baengz，
（直　译）姐　织　布
（意　译）姐织布，

（土俗字）黑那　屯绷　布　空寒
（壮　文）Ndaemnaz daengjbaengz mbouj hoengqhanz；
（直　译）种田　织布　没　空闲
（意　译）种田织布大忙人；

（土俗字）各　乙　各　屯　又　各　染
（壮　文）Gag iet gag daemj youh gag nyimx，
（直　译）自　摆　自　织　又　自　染
（意　译）自摆自织又自染，

（土俗字）各　裁　各　入　最　合躺
（壮　文）Gag caiz gag nyib cuiq habndang.
（直　译）自　裁　自　缝　最　合身
（意　译）自裁自缝最合身。

【Sinjguh fwen】

【接唱】

（土俗字）条快　越　乙　袖　越　黎
（壮　文）Diuzvaiq yied iet couh yied raez，
（直　译）棉花　越　纺　就　越　长
（意　译）棉花越纺就越长

（土俗字）书欢　越　唱　袖　越　衣
（壮　文）Sawfwen yied fwen couh yied ndei.
（直　译）山歌　越　唱　就　越　好
（意　译）山歌越唱越甜香。

Louz Nyih【gaem gvuek hwnj，rin Louz Samcej guhfwen，simfanz dwk muengh dah baez ndeu，gyangj】
刘二【拿锄头上，见刘三姐唱歌，心烦地望了她一眼，白】
（土俗字）哎呀　妲三　估荒　盟　以　欢　计尔
（壮　文）Aeya，Dahsam，guhhong mwngz hix fwen gaejrawz?
（直　译）哎呀　三妹　做工　你　也　唱　什么
（意　译）哎呀，三妹，做工你也唱什么？

Louz Samcej【sinj guh fwen】
刘三姐【接唱】
（土俗字）明明　妲往　示　讲话
（壮　文）Mingzmingz dahnuengx seix gyangjvah，
（直　译）明明　妹妹　是　讲话
（意　译）明明阿妹是在讲，

（土俗字）又　怪　妲往　示　估　欢
（壮　文）Youh gvaiq dahnuengx seix guh fwen.
（直　译）又　怪　阿妹　是　唱　山歌
（意　译）又怪阿妹把歌唱。

【Sinj guh fwen】
【接唱】
（土俗字）特哥　讲话　理　不　通
（壮　文）Daeggo gyangjvah leix mbouj doeng，
（直　译）阿哥　讲话　理　不　通
（意　译）阿哥讲话理不通，

（土俗字）渠　眉　估　欢　兰　鲁　穷
（壮　文）Gyawz meiz guh fwen ranz rox gungz;
（直　译）哪　有　唱　山歌　家　会　穷
（意　译）哪有唱歌家就穷；

（土俗字）于　兰　越　穷　越　欧　唱
（壮　文）Ndaw ranz yied gungz yied aeu fwen，
（直　译）里　家　越　穷　越　要　唱
（意　译）家里越穷越要唱，

（土俗字）但　眉　主意　布　劳　穷
（壮　文）Danh meiz cawjeiq mbouj lau gungz.
（意　译）但　有　主意　不　怕　穷
（意　译）但有主意不怕穷。

Louz Nyih【gyangj】
刘二【白】
（土俗字）妲三
（壮　文）Dahsam……
（直　译）三妹
（意　译）三妹……

【Guh fwen】
【唱】
（土俗字）往　啊　盟　年细　曾　鲁　理　几来
（壮　文）Nuengx a mwngz nienzsaeq，Caengz rox leix geijlai；
（直　译）妹　呀　你　年幼　还不太　懂　理　多少
（意　译）妹你小年纪，还不太懂理；

（土俗字）打　偻　仆咩　胎　受　几来　含苦
（壮　文）Daj raeuz bohmeh dai，Soux geijlai haemzhoj.
（直　译）从　咱　父母　死　受过　多少　苦难
（意　译）从父母过世，受多少苦凄。

【Sinj guh fwen】
【接唱】
（土俗字）偻　离开　罗城　佑　途伝　那利
（壮　文）Raeuz lizhai Lazsingz，Guh duzvunz nazreih；
（直　译）我们　离开　罗城　种　别人的　田地
（意　译）咱离开罗城，种别人田地；

（土俗字）浮　汗　几来　袋　取　饷　礼　盟　宏
（壮　文）Lu hanh geijlai daeh，Coj ciengx ndaej mwngz hung.
（直　译）流　汗　几多　袋　才　养　得　你　大
（意　译）流多少袋汗，才能养大你。

【Sinj guh fwen】
【接唱】
（土俗字）望　饷　盟　礼　宏　来　通　吱　道理
（壮　文）Muengh ciengx mwngz ndaej hung，Lai doeng dei dauhleix；
（直　译）盼望　养　你　得　大　多　通　点　道理
（意　译）盼望你长大，多懂点道理；

(土俗字) 汝 鲁 盟 良内 管 寒仕 认来
(壮 文) Byawz rox mwngz ngoenzneix, Guenj hanzseih nyinxlai.
(直 译) 谁 知 你 今日 管 闲事 这么多
(意 译) 谁知你今日，爱管闲事去。

【Sinj guh fwen】
【接唱】
(土俗字) 总 布 听 勾 讲 艮 尽 唱 挂 艮
(壮 文) Cungj mbouj dingq gou gyangj, Ngangx cinx fwen gvaq ngoenz;
(直 译) 都 不 听 我 讲 硬要 只 唱 过 天
(意 译) 都不听我讲，从早唱到晚；

(土俗字) 故 欢 得罪 伝 屋仕 文鱼 估
(壮 文) Guh fwen daekcoih vunz, Okseih baenzrawz guh.
(直 译) 唱 山歌 得罪 人 出事 怎么 办
(意 译) 唱歌得罪人，出事怎么办。

Louz Samcej【guh fwen】
刘三姐【唱】
(土俗字) 哥 提 腾 仝皮 勾 痕 眉 含恨
(壮 文) Go daez daengz doenghbaez, Gou hanz meiz haemzhaenh;
(直 译) 哥 提 到 以前 我 还 有 苦恨
(意 译) 哥提到以前，我还很气愤；

(土俗字) 仆 咪 曾 归阴 守 本分 估 伝
(壮 文) Boh meh caengz gviyaem, Souj bonjfaenh guh vunz.
(直 译) 父 母 未 归阴 守 本分 做 人
(意 译) 父母还在世，做人守本分。

【Sinj guh fwen】
【接唱】
(土俗字) 欢 佞 唱 则 句 以 布 曾 造 祸
(壮 文) Fwen ndi fwen saek caenz, Hix mbouj caengz caux hux;
(直 译) 歌 没 唱 一 句 也 不 曾 惹 祸
(意 译) 歌不唱一句，也不曾惹祸；

(土俗字) 财主 为麻 路 害 偻 仆咪 胎
(壮 文) Caizcawj vihmaz loh, Haih raeuz bohmeh dai.
(直 译) 财主 为何 理由 害 我们 父母 死
(意 译) 财主为什么，害死父母我。

【Sinj guh fwen】
【接唱】
(土俗字)哥 老实 估 伝 幼 罗城 布 礼
(壮　文)Go lauxsaed guh vunz, Yawq Lazsingz mbouj ndaej;
(直　译)哥 老实 做 人 在 罗城 不 得
(意　译)哥老实做人，罗城待不下；

(土俗字)斗 宜州 度内 了 又 为 色尔
(壮　文)Daeuj Ngeizcou dohneix, Liux youh vih ndaekrawz?
(直　译)来 宜州 现在 那 又 为 什么
(意　译)现在来宜州，那又为了啥?

Louz Nyih【gyangj】
刘二【白】
(土俗字)妲三 盟 唉
(壮　文)Dahsam …… mwngz …… ae!
(直　译)三妹 你 唉
(意　译)三妹……你……唉!
【Nanzgvaq dwk yaek gyangj youh dingz.】
【难过地欲言又止。】

【Bazmuiz hwnj, haeuj ranz】
【媒人上，进屋】
Vuengz bazmuiz【gyangj】
王媒婆【白】
(土俗字)哎哟 收 双 皮往 眉 商 眉 量 真 和气 啊
(壮　文)Aeyo, sou song beixnuengx meiz sieng meiz liengz, caen huzheiq ha!
(直　译)哎哟 你们 俩 兄妹 有 商 有 量 真 和气 啊
(意　译)哎哟，你们俩兄妹有商有量，真是和气啊!

Louz Nyih【gyangj】
刘二【白】
(土俗字)王 逼咪 斗 腾 兰 勾 眉 计尔 仕情 啊
(壮　文)Vuengz mbwkmeh daeuj daengz ranz gou, meiz gaejrawz seihcingz ha?
(直　译)王 妈妈 来 到 家 我 有 什么 事情 啊
(意　译)王妈妈来到我家，有什么事情呀?

Vuengz bazmuiz【gyangj】
王媒婆【白】
(土俗字)哦 话 婆老 讲 无 仕 布 登 三 宝 殿 眉 仕
(壮 文)O, vah bouxlaux naeuz “fouz seih mbouj daeng sam bauj dienh”, meiz seih……
(直 译)哦 话 老人 道 无 事 不 登 三 宝 殿 有 事
(意 译)哦，常言道“无事不登三宝殿”，有事……

【Sezda ngonz Louz Samcej baez ndeu，gyangj】
【斜眼看了刘三姐一下，白】
(土俗字)勾 岩 腾 兰 盟 啵
(壮 文)Gou ngamq daengz ranz mwngz bo.
(直 译)我 才 到 家 你 啵
(意 译)我才到你家啵。

Louz Nyih【gyangj】
刘二【白】
(土俗字)王 逼咪 请 能 妲三 涞 茶 斗
(壮 文)Vuengz mbwkmeh cingj naengh，Dahsam raix caz daeuj.
(直 译)王 妈妈 请 坐 三妹 倒 茶 来
(意 译)王妈妈请坐，三妹上茶。

【Louz Samcej mbouj leix，Louz Nyih caiq hemq，Louz Samcej yawjsiuj dwk caengz le bazmuiz baez ndeu.】
【刘三姐不理，刘二再叫，刘三姐鄙视地瞧了媒婆一眼。】

Vuengz bazmuiz【gyangj】
王媒婆【白】
(土俗字)唉 布 用 客气
(壮 文)Ae，mbouj yungh hekheiq!
(直 译)唉 不 用 客气
(意 译)唉，不用客气!

Louz Nyih【gyangj】
刘二【白】
(土俗字)请 参 王 逼咪 眉 计尔 仕 呀
(壮 文)Cingj cam Vuengz mbwkmeh meiz gaejrawz seih ha?
(直 译)请 问 王 妈妈 有 什么 事 呀
(意 译)请问王妈妈有什么事呀?

Vuengz bazmuiz【gyangj】
王媒婆【白】
(土俗字) 哎呀 勾 特地 斗 向 盟 报喜 啦
(壮　文) Aeya, gou daegdeih daeuj yiengq mwngz bauqheij la……
(直　译) 哎呀 我 特地 来 向 你 道喜 啦
(意　译) 哎呀，我特地来向你道喜的哟……

Louz Nyih【gyangj】
刘二【白】
(土俗字) 报喜
(壮　文) Bauqheij?
(直　译) 道喜
(意　译) 道喜?

Vuengz bazmuiz【guh fwen】
王媒婆【唱】
(土俗字) 于 板 财主 莫 老爷
(壮　文) Ndaw mbanj caizcawj Mueg lauxi,
(直　译) 里 村 财主 莫 老爷
(意　译) 村里财主莫老爷，

(土俗字) 眉 钱 眉 势 批 渠 拉
(壮　文) Meiz cienz meiz seiq bei gyawz ra;
(直　译) 有 钱 有 势 去 哪 找
(意　译) 有钱有势谁比他；

(土俗字) 度内 存伦 妲往 盟
(壮　文) Dohneix ngonzrin dahnuengx mwngz,
(直　译) 现在 看见 妹妹 你
(意　译) 现在看上你妹妹，

(土俗字) 想 斗 奏 盟 合 亲家
(壮　文) Siengj daeuj caeuq mwngz gap cin'gya.
(直　译) 想 来 和 你 结 亲家
(意　译) 想来和你结亲家。

Louz Nyih【gyangj】
刘二【白】
(土俗字) 计尔 盟 示 讲 莫 老爷
(壮　文) Gaejrawz, mwngz seix gyangj Mueg lauxi?
(直　译) 什么 你 是 说 莫 老爷
(意　译) 什么，你说的是莫老爷?

Vuengz bazmuiz【gyangj】
王媒婆【白】
(土俗字) 迪 哈 哥二 则内 示 途收 计 运气 斗腾 鲁
(壮 文) Dwg ha, go'nyih, ndaekneix seix duzsou gaej vwnhheiq daeujdaengz lo.
(直 译) 是 呀 二哥 这些 是 你们的 些 运气 来到 了
(意 译) 是呀二哥，这是你们的运气来了。

(土俗字) 莫 老爷 存 很 姐往 盟 啦 则内 示 途收
(壮 文) Mueg lauxi ngonz hwnj dahnuengx mwngz la, ndaekneix seix duzsou
(直 译) 莫 老爷 看 上 妹子 你 了 这些 是 你们
(意 译) 莫老爷看上你妹子了，这是你们

(土俗字) 求 以 求 布 礼 计 事 呀 腾咋 达三 嫁
(壮 文) gyuz hix gyuz mbouj ndaej gaej seih ya! Daengzcog Samcej haq
(直 译) 求 也 求 不 得 些 事 呀 将来 三姐 嫁
(意 译) 求之不得的事呀！将来三姐嫁

(土俗字) 挂批 就 礼 估 途爹 夏会 鲁 腾 时哏
(壮 文) gvaqbei, couh naengz guh duzde yah'oiq lo. Daengz seizhaenx,
(直 译) 过去 就 能 做 他的 姨太太 了 到 那时
(意 译) 过去，就能做他的姨太太了。到那时，

(土俗字) 眉 啃 布 了 计 山珍 海味 吨 布 了 计
(壮 文) meiz gwn mbouj liux gaej sancin haijmeih, daenj mbouj liux gaej
(直 译) 有 吃 不 尽 些 山珍 海味 穿 不 完 些
(意 译) 有吃不尽的山珍海味，穿不完的

(土俗字) 绫罗 绸缎 打 时内 很 盟 以 布 用 再 受 苦 啦
(壮 文) lingzloz couzduenh. Daj seizneix hwnj, mwngz hix mbouj yungh caiq souh hoj la.
(直 译) 绫罗 绸缎 从 现在 起 你 也 不 用 再 受 苦 了
(意 译) 绫罗绸缎。从现在起，你也不用再受苦了。

Louz Nyih【vahndei docih, doi gyangj】
刘二【婉言谢绝，白】
(土俗字) 唉 偻 命 苦 兰 穷 布 眉 文内 宏 福气
(壮 文) Ae! Raeuz mingh hoj ranz gungz, mbouj meiz baenzneix hung fukheiq.
(直 译) 唉 我们 命 苦 家 穷 没 有 如此 大 福气
(意 译) 唉！我们命苦家穷，没有如此大的福气。

（土俗字）多谢 盟 计 衣心 请 伊另 啦都桑 吧
（壮 文）Docih mwngz gaej ndeisim，cingj ae lingh ra dousang ba!
（直 译）多谢 你 些 好心 请 他另 选高门 吧
（意 译）谢谢你的好意，请他别选高门吧！

【Louz Samcej ruj caz hwnj，caegdingq.】
【刘三姐提茶上，偷听。】

Vuengz bazmuiz【haepha，gyangj】
王媒婆【威胁，白】
（土俗字）哼 刘 二 盟 计用 眉 福 布 享 反 招 祸害 哈
（壮 文）Hwng，Louz Nyih mwngz gaejyungh meiz fuk mbouj yiengj，fanj ciu huxhaih ha!
（直 译）哼 刘 二 你 不要 有 福 不 享 反 招 祸害 啊
（意 译）哼，刘二你不要有福不享，反招祸害呀！

Louz Nyih【gyangj】
刘二【白】
（土俗字）反 招 祸害
（壮 文）Fanj ciu huxhaih?
（直 译）反 招 祸害
（意 译）反招祸害？

Vuengz bazmuiz【gyangj】
王媒婆【白】
（土俗字）示 哈 盟 黑 计 那 兰 父尔
（壮 文）Seix ha，mwngz ndaem gaej naz ranz bouxrawz?
（直 译）是 呀 你 种 些 田 家 谁
（意 译）是呀，你种的是谁家的田？

（土俗字）浪谋 莫 老爷 反那 很斗 呀 哼
（壮 文）langhnaeuz Mueg lauxi fannaj hwnjdaeuj ya …… hw ……
（直 译）若是 莫 老爷 翻脸 起来 呀 哼
（意 译）若是莫老爷翻起脸来呀 …… 哼 ……

Louz Samcej【gyangj】
刘三姐【白】
（土俗字）王 爬媒
（壮 文）Vuengz bazmuiz ——
（直 译）王 媒婆
（意 译）王媒婆 ——

【Nam】
【念】
（土俗字）于 逢 擒 恩 杯 淋浇
（壮 文）Ndaw fwngz gaem ndaen boi raemxheu，
（直 译）里 手 拿 个 杯 清水
（意 译）手里拿来杯清水，

（土俗字）盟 啃 完 了 即刻 条
（壮 文）Mwngz gwn yuenz liux cikgaek deuz.
（直 译）你 喝 完 了 立刻 走
（意 译）你喝完了立刻走。

Vuengz bazmuiz【gyangj】
王媒婆【白】
（土俗字）逢 勾 痕曾 乙 批 授
（壮 文）Fwngz gou hanzcaengz iet bei coux，
（直 译）手 我 还未 伸 去 接
（意 译）我手还未伸过去，

（土俗字）难倒 妲 内 袖 认 夭
（壮 文）Nanzdauh dah neix couh nyinx iu!
（直 译）难道 妹 这 就 这么 嚣张
（意 译）这妹嚣张令人气!

【Louz Nyih mbouj muenx dwk roengz.】
【刘二不满地下。】

Vuengz bazmuiz【gyangj】
王媒婆【白】
（土俗字）勾 巴了 以 布 示 衣 割 呀
（壮 文）Gou bazlaux hix mbouj seix ndei ngad ya!
（直 译）我 老娘 也 不 是 好 惹 呀
（意 译）老娘我也不是好惹的呀!

【Ndaet caz naemjnaemj，nam】
【吃茶想想，念】
（土俗字）中 杯 淋浇 斗 参 剥
（壮 文）Cung boi raemxheu daeuj cam bak，
（直 译）冲 杯 清水 来 问 嘴
（意 译）冲杯清水来问你，

（土俗字）亲仕 布 文 勾 布 条
（壮 文）Cinseih mbouj baenz gou mbouj deuz;
（直 译）亲事 不 成 我 不 走
（意 译）亲事不成我不去。

Louz Samcej【sinj nam】
刘三姐【接念】
（土俗字）于 堆 局老 勾 伦 挂
（壮 文）Ndaw ndoi guklaux gou rin gvaq,
（直 译）里 山 老虎 我 见 过
（意 译）山里老虎我见过，

（土俗字）难道 盟 咪麻 内 勾 痕 劳
（壮 文）Nanzdauh mwngz mehma neix gou hanz lau.
（直 译）难道 你 母狗 这 我 还 怕
（意 译）难道我还怕你这只母狗。

Vuengz bazmuiz【gyangj】
王媒婆【白】
（土俗字）哎呀 妲 丫头 内 可真 厉害 爬了 以 欧
（壮 文）Aeya, dah adaeuz neix gojcaen leihhaih, bazlaux hix aeu
（直 译）哎呀 她 丫头 这 果真 厉害 老娘 也 要
（意 译）哎呀，这个黄毛丫头果然厉害，老娘也要

（土俗字）哼 妲 恩 伪漫 顶奔 刁 尝尝 贯
（壮 文）haengj dah ndaen lwgmanh dingjmbwn ndeu siengzsiengz gonq.
（直 译）给 她 只 辣椒 顶天 一 尝尝 先
（意 译）一个指天辣椒尝一尝。

【Naemjnaemj, gyangj】
【想想，白】
（土俗字）唔 曾贯 浪谋 奏 妲 闹 反那 媒 估 布 文
（壮 文）U, caengzgonq, langhnaeuz caeuq dah nauh fannaj, muiz guh mbouj baenz,
（直 译）唔 慢点 若是 和 她 闹 翻脸 媒 做 不 成
（意 译）唔，慢点，若是和她闹翻脸，媒做不成，

（土俗字）爬了 布 示 干 派 垂 嘛 管 妲
（壮 文）bazlaux mbouj seix gan byaij ndwi ma, guenj dah!
（直 译）老娘 不 是 岂 走 白 吗 管 她
（意 译）老娘岂不是白走一场吗，管她！

（土俗字）存 幼 银子 分 勾 痕示 仁气 泣刁
（壮 文）Ngonz yawq nyaenzceij faenh，gou hanzseix sinxnaih yaepndeu.
（直 译）看 在 银子 份上 我 还是 忍耐 一时
（意 译）看在银子的份上，我还是忍耐一时。

【Nam】
【念】
（土俗字）尺欧 银毫 礼 口 逢
（壮 文）Cikaeu nyaenzhau ndaej haeuj fwngz，
（直 译）只要 白银 得 进 手
（意 译）只要白银能到手，

（土俗字）勾 布管 爹 示 嘛黑 鲁 嘛毫
（壮 文）gou mboujguenj di seix ma'ndaem rox mahau.
（直 译）我 不管 它 是 黑狗 还是 白狗
（意 译）我不管它黑狗还是白狗。

【Muenxnaj cang riu，suenj Louz Nyih】
【满面装笑，喊刘二】
（土俗字）哥二 哥二 哈 哥二
（壮 文）Go'nyih go'nyih ha，go'nyih！
（直 译）二哥 二哥 呀 二哥
（意 译）二哥二哥呀，二哥！
【Louz Nyih hwnj.】
【刘二上。】

【Vuengz bazmuiz sinj gangj】
【王媒婆接白】
（土俗字）勾 存 门 亲仕 内 盟 痕示 罕 吧
（壮 文）Gou ngonz monz cinseih neix，mwngz hanzseix han ba！
（直 译）我 看 门 亲事 这 你 还是 答应 吧
（意 译）我看这门亲事，你还是答应吧！

【Louz Samcej hwnj，naengh yawq henz congzrok.】
【刘三姐上，坐在织布机旁。】
Louz Nyih【gyangj】
刘二【白】
（土俗字）王 逼咪 姐往 勾 计 婚事 勾 估 布 礼 主
（壮 文）Vuengz mbwkmeh，dahnuengx gou gaej voenseih，gou guh mbouj ndaej cawj，
（直 译）王 妈妈 妹妹 我 这 婚事 我 做 不 得 主
（意 译）王妈妈，我妹的婚事，我做不了主，

（土俗字）盟　各　批　衣衣　参　吧
（壮　文）mwngz gag bei ndeindei cam ba!
（直　译）你　自己　去　好好　问　吧
（意　译）你自己去好好问吧！
【Louz Nyih gip roengz.】
【刘二急下。】

Vuengz bazmuiz【lieb hwnjdaeuj，suenj】
王媒婆【追上，喊】
（土俗字）刘　二　呀　刘　二
（壮　文）Louz Nyih ha Louz Nyih!
（直　译）刘　二　呀　刘　二
（意　译）刘二呀刘二！
【Danhseix Louz Nyih mbouj leix di，roengzbei lo.】
【但刘二不理她，下去了。】

Vuengz bazmuiz【gyajsinz gyajnyih gyangj vahdiemz，gyangj】
王媒婆【假仁假义讲甜言蜜语，白】
（土俗字）哎呀　姐三　呀　姐三　逼咪　艮内　眉　句　话　刁　讲
（壮　文）Aeya，Cejsam ha Cejsam，mbwkmeh ngoenzneix meiz caenz vah ndeu gyangj，
（直　译）哎呀　三姐　呀　三姐　妈妈　今天　有　句　话　一　讲
（意　译）哎呀，三姐呀三姐，妈妈今天有一句话讲，

（土俗字）布　鲁　盟　意　听　布　意　听
（壮　文）mbouj rox mwngz eiq dingq mbouj eiq dingq?
（直　译）不　知　你　爱　听　不　爱　听
（意　译）不知你爱听不爱听？

Louz Samcej【nam】
刘三姐【念】
（土俗字）十　父　估媒　九　父　恶
（壮　文）Cib boux guhmuiz gyuj boux yak，
（直　译）十　个　做媒　九　个　坏
（意　译）十个做媒九个坏，

（土俗字）乱　造　示非　盟　袖　计　开　剥
（壮　文）luenh caux seixfei mwngz couh gaej hai bak.
（直　译）乱　造　是非　你　就　别　开　口
（意　译）乱造是非你就别开口。

Vuengz bazmuiz【Siengj fatheiq youh sinx dwk，gyangj】
王媒婆【想生气又忍住，白】

(土俗字) 姐三 呀 盟 计 气滚 逼咪 示 眉 伝 叫 斗
(壮 文) Dahsam ha, mwngz gaej heiqgunj, mbwkmeh seix meiz vunz hemq daeuj,
(直 译) 达三 呀 你 莫 生气 妈妈 是 有 人 叫 来
(意 译) 三妹呀，你不必生气，妈妈是受人所托，

(土俗字) 布 礼 布 斗 罕 布 罕 示 盟 各 估主
(壮 文) mbouj ndaej mbouj daeuj, han mbouj han, seix mwngz gag guhcawj,
(直 译) 不 得 不 来 应 不 应 是 你 自己 做主
(意 译) 不得不来，同意不同意，还是你自己做主，

(土俗字) 逼咪 渠 敢 强迫 盟
(壮 文) mbwkmeh gyawz gamj giengzbik mwngz!
(直 译) 妈妈 哪 敢 强迫 你
(意 译) 妈妈哪敢强迫你！
【Mueg Vaizsinz caeuq Mueg Cincaiz hwnj, song di youq henz dou caeg dingq.】
【莫怀仁和莫进财上，他俩在门边偷听。】

Vuengz bazmuiz【gyangj】
王媒婆【白】
(土俗字) 想 伊 莫 老爷 恩 家财 万 贯 那利 千 顷
(壮 文) Siengj ae Mueg lauxi ndaen gyacaiz fanh guenq, nazreih cien gingj,
(直 译) 想 他 莫 老爷 个 家财 万 贯 田地 千 顷
(意 译) 想那莫老爷家财万贯，良田千顷，

(土俗字) 伊 存 很 妲 伪逼 偻
(壮 文) ae ngonz hwnj dah lwgmbwk raeuz……
(直 译) 他 看 上 她 女儿 我们
(意 译) 他看上我们的女儿……

Louz Samcej【gyangj】
刘三姐【白】
(土俗字) 嘿 计 仕情 途勾 盟 又 布 示 布 鲁
(壮 文) Hei, gaej seihcingz duzgou mwngz youh mbouj seix mbouj rox!
(直 译) 嘿 这 事情 我的 你 又 不 是 不 知道
(意 译) 嘿，我的事情你又不是不知道！

【Guh fwen】
【唱】
(土俗字) 几来 家产 勾 布 嗄
(壮 文) Gijlai gyacanj gou mbouj hgah,
(直 译) 多少 家产 我 不 贪
(意 译) 多少家产我不贪，

（土俗字）咪尔　他察　跋　斗　腾
（壮　文）Mehrawz damengz buet daeuj daengz;
（直　译）哪个　眼睛　跑　来　到
（意　译）哪个眼睛到这块（里）；

（土俗字）洞　卷　苏存　除　批　沐
（壮　文）Dungh gienj so gonz dawz bei moek,
（直　译）竹垫　捆　锹扛　拿　去　埋
（意　译）席卷锹扛上山去，

（土俗字）掘　三　块　击　倒叮　含
（壮　文）Gug sam gaiq gik daujdingq haem.
（直　译）挖　三　块　土　颠倒　埋
（意　译）挖三块土颠倒埋。

Vuengz bazmuiz【gyangj】
王媒婆【白】
（土俗字）伪　哈　盟　计　气滚　听　逼咪　斗　讲
（壮　文）Lwg ha, mwngz gaej heiqgunj, dingq mbwkmeh daeuj gyangj.
（直　译）女儿　呀　你　不要　生气　听　妈妈　来　讲
（意　译）女儿呀，你不要生气，听妈妈讲。

Vuengz bazmuiz【guh fwen】
王媒婆【唱】
（土俗字）盟　布　听从　布　要紧
（壮　文）Mwngz mbouj dingqcoengz mbouj yiuqginj,
（直　译）你　不　听从　不　要紧
（意　译）你不听从不要紧，

（土俗字）老爷　反那　盟　袖　伦
（壮　文）Lauxi fannaj mwngz couh rin;
（直　译）老爷　翻脸　你　就　见
（意　译）老爷翻脸你倒霉；

（土俗字）侄　哼　估那　又　追债
（壮　文）Ndi haengj guhnaz youh cicaiq,
（直　译）不　给　种田　又　追债
（意　译）不给种田又追债，

(土俗字) 袅 收 挂 渠 批 拉 啃
(壮 文) Neuh sou gvaq gyawz bei ra gwn.
(直 译) 看 你们 过 哪里 去 找 吃
(意 译) 你们到哪活都累。

Louz Samcej【guh fwen】
刘三姐【唱】
(土俗字) 侄 哼 估那 勾 布 嗄
(壮 文) Ndi haengj guhnaz gou mbouj hah,
(直 译) 不 给 种田 我 不 挽回
(意 译) 不给种田不在乎,

(土俗字) 姐三 阁 胎 勾 布 求
(壮 文) Cejsam gaeg dai gou mbouj gyuz;
(直 译) 三姐 饿 死 我 不 求
(意 译) 三姐饿死也不求;

(土俗字) 几来 伝穷 侄 眉 棹
(壮 文) Gijlai vunzgungz ndi meiz dueg,
(直 译) 多少 穷人 没 有 地
(意 译) 多少穷人没田地,

(土俗字) 斫焚 一样 挂 春秋
(壮 文) Raemjfwnz ityiengh gvaq cincou.
(直 译) 砍柴 一样 过 春秋
(意 译) 砍柴一样过春秋。

【Louz Samcej roengzbei.】
【刘三姐下。】

【Mueg Vaizsinz hujdengdeng dwk haeuj ranz, nyangz bazmuiz cingq yaek ok dou.】
【莫怀仁气冲冲进屋,碰着正欲出门的媒婆。】

Vuengz bazmuiz【gyangj】
王媒婆【白】
(土俗字) 呵 莫 老爷 盟 以 斗
(壮 文) O, Mueg lauxi mwngz hix daeuj……
(直 译) 呵 莫 老爷 你 也 来
(意 译) 呵,莫老爷你也来……

Mueg Vaizsinz【gyangj】
莫怀仁【白】

（土俗字）嗯
（壮　文）Wn……
（直　译）嗯
（意　译）嗯……

Vuengz bazmuiz【gyangj】
王媒婆【白】
（土俗字）哦 伦 挂 爹 了 莫 老爷
（壮　文）O，rin gvaq di liux，Mueg lauxi……
（直　译）哦 见 过 她 了 莫 老爷
（意　译）哦，见过她了，莫老爷……

Mueg Vaizsinz【gyangj】
莫怀仁【白】
（土俗字）礼 啦
（壮　文）Ndaej la！
（直　译）得 了
（意　译）罢了！

【Mueg Vaizsinz doiq Mueg Cincaiz yaep da.】
【莫怀仁对进财使眼色。】

Mueg Cincaiz【gyangj】
莫进财【白】
（土俗字）唉 刘 二 刘 二 老爷 斗 存 盟 啦
（壮　文）Ae，Louz Nyih Louz Nyih，lauxi daeuj ngonz mwngz la.
（直　译）唉 刘 二 刘 二 老爷 来 看 你 了
（意　译）唉，刘二刘二，老爷来看你了。

Louz Nyih【hwnj，gyangj】
刘二【上，白】
（土俗字）伦 挂 老爷
（壮　文）Rin gvaq lauxi！
（直　译）见 过 老爷
（意　译）见过老爷！

Mueg Vaizsinz【guh fwen】
莫怀仁【唱】
（土俗字）妲往 盟 婚仕 到底 示 鱼衣
（壮　文）Dahnuengx mwngz voenseih，Dauqdaej seix nyawzndei；
（直　译）妹妹 你 婚事 到底 是 怎好
（意　译）你妹的婚事，到底怎么样；

(土俗字) 布 礼 再 迟疑 艮内 欧 青祖
(壮 文) Mbouj ndaej caiq ceizngeiz, Ngoenzneix aeu cingcoj.
(直 译) 不 能 再 迟疑 今天 要 清楚
(意 译) 不能再犹豫，今天要定上。

Louz Nyih【gyangj】
刘二【白】
(土俗字) 老爷
(壮 文) Lauxi!
(直 译) 老爷
(意 译) 老爷!

【Guh fwen】
【唱】
(土俗字) 妲往 勾 度内 妲 年纪 曾 宏
(壮 文) Dahnuengx gou dohneix, Dah nienzgeij caengz hung;
(直 译) 妹妹 我 现在 她 年纪 未 大
(意 译) 现在我妹妹，她还小年纪；

(土俗字) 讲 嫁 批 哼 盟 妲 种 曾 鲁 理
(壮 文) Gyangj haq bei haenj mwngz, Dah cungj caengz rox leix.
(直 译) 讲 嫁 去 给 你 她 都 未 懂 理
(意 译) 讲和你结婚，还不懂道理。

Mueg Vaizsinz【gyangj】
莫怀仁【白】
(土俗字) 管 妲 鲁 理 布 鲁 理 欧 盟 罕 袖 礼
(壮 文) Guenj dah rox leix mbouj rox leix, aeu mwngz han couh ndaej.
(直 译) 管 她 懂 理 不 懂 理 要 你 答应 就 得
(意 译) 管她懂理不懂理，只要你答应就行。

Louz Nyih【gyangj】
刘二【白】
(土俗字) 勾 勾 布 敢 估主
(壮 文) Gou …… gou mbouj gamj guhcawj.
(直 译) 我 我 不 敢 做主
(意 译) 我 …… 我不敢做主。

Mueg Vaizsinz【gyangj】
莫怀仁【白】

（土俗字）盟　　　　衣
（壮　文）Mwngz…… ndei!
（直　译）你　　　　好
（意　译）你……好！

【Guh fwen】
【唱】
（土俗字）浪　盟　侄　鲁　想　债　马上　赔　清
（壮　文）Langh mwngz ndi rox siengj，Caiq maxsiengh boiz cing；
（直　译）如　你　不　会　想　债　马上　赔　清
（意　译）如你不理会，债马上还清；

（土俗字）那　也　侄　分　黑　盟　袖　伦　胎　约
（壮　文）Naz hix ndi faen ndaem，Mwngz couh rin dai iek.
（直　译）田　也　不　分　种　你　就　见　死　饿
（意　译）田也不给种，你要饿死命。

Louz Nyih【sim'in dwk gyuz，gyangj】
刘二【哀求，白】
（土俗字）老　　　　老爷
（壮　文）Laux …… lauxi ……
（直　译）老　　　　老爷
（意　译）老……老爷……

Mueg Vaizsinz【gyangj】
莫怀仁【白】
（土俗字）答应　婚仕　勾　袖　布　收　那利　麻　欠　计　银
（壮　文）Dapyingq voenseih，gou couh mbouj sou nazreih ma，yiemq gaej nyaenz
（直　译）答应　婚事　我　就　不　收　田地　回　欠　那些　银子
（意　译）答应婚事，我就不收回田地，欠的银子

（土俗字）以　布　夭　盟　赔　浪　侄　罕　呢　布　用　讲　来
（壮　文）hix mbouj hemq mwngz boiz. Langh ndi han ne，mbouj yungh gyangj lai.
（直　译）也　不　叫　你　还　若　不　答应　呢　不　用　讲　多
（意　译）也不要你还。若不答应，不用再多说。

Louz Nyih【gyangj】
刘二【白】
（土俗字）鱼
（壮　文）Nyawz……
（直　译）怎么
（意　译）怎么……

Mueg Cincaiz【gyangj】
莫进财【白】
(土俗字) 布 罕 马上 收 那利 麻
(壮 文) Mbouj han, maxsiengh sou nazreih ma!
(直 译) 不 答应 马上 收 田地 回
(意 译) 不答应,马上收回田地!

Louz Nyih【youh gip, youh nyaek, youh lau, gyangj】
刘二【又急,又恨,又怕,白】
(土俗字) 衣
(壮 文) Ndei……
(直 译) 好
(意 译) 好……

Mueg Cincaiz【angq dwk gyangj】
莫进财【高兴地白】
(土俗字) 老爷 刘 二 爹 罕 了
(壮 文) Lauxi, Louz Nyih di han liux.
(直 译) 老爷 刘 二 他 答应 了
(意 译) 老爷,刘二他答应了。

Louz Nyih【gyangj】
刘二【白】
(土俗字) 欧 收 那利 收 袖 收 吧
(壮 文) Aeu sou nazreih, sou couh sou ba!
(直 译) 要 收 田地 收 就 收 吧
(意 译) 要收回田地,你们就收吧!

Mueg Vaizsinz【doeksaenz, gyangj】
莫怀仁【大惊,白】
(土俗字) 啊
(壮 文) A……
(直 译) 啊
(意 译) 啊……

Vuengz bazmuiz【gyajcingz gyajeiq dwk gyangj】
王媒婆【假仁假义地白】

(土俗字)哥二 哥二 盟 欧 衣衣 念念 欧 衣衣 念念 哈
(壮 文)Go'nyih go'nyih, mwngz aeu ndeindei naemjnaemj, aeu ndeindei naemjnaemj ha!
(直 译)二哥 二哥 你 要 好好 想想 要 好好 想想 呀
(意 译)二哥二哥，你要好好想想，要好好想想呀!

Louz Nyih【sim'in dwk, diemheiq mbouj gvaqdaeuj, gyangj】
刘二【沉痛地，喘不过气来，白】
(土俗字)勾 布 能 哼 姐往 勾 受 苦
(壮 文)Gou mbouj naengz haengj dahnuengx gou soux hoj!
(直 译)我 不 能 给 妹子 我 受 苦
(意 译)我不能让我妹子受苦!
【Louz Nyih siengj roengzbei.】
【刘二欲下。】

Mueg Vaizsinz【gyangj】
莫怀仁【白】
(土俗字)挂 渠 批 除 银 斗
(壮 文)Gvaq gyawz bei, dawz nyaenz daeuj!
(直 译)过 哪里 去 拿 银子 来
(意 译)要去哪，拿银子来!

Mueg Cincaiz【gyangj】
莫进财【白】
(土俗字)除 斗 易吱
(壮 文)Dawz daeuj heihdei……
(直 译)拿 来 快点
(意 译)快拿来……

Louz Nyih【gamz raemxda nyaenxheiq dwk gyangj】
刘二【含泪忍气地白】
(土俗字)银 银 挂 双 艮 赔 盟
(壮 文)Nyaenz …… nyaenz gvaq song ngoenz boiz mwngz.
(直 译)银子 银子 过 两 天 还 你
(意 译)银子……银子过两天还你。

Mueg Vaizsinz【gyangj】
莫怀仁【白】
(土俗字)布 礼 布 眉 银 哼 勾 除 腾 官府 批 治罪
(壮 文)Mbouj ndaej, mbouj meiz nyaenz, haengj gou dawz daengz guenfouj bei cihcoih!
(直 译)不 行 没 有 银子 给 我 拿 到 官府 去 治罪
(意 译)不行，没有银子，给我拿到官府去治罪!

Mueg Cincaiz【rag Louz Nyih，gyangj】
莫进财【拉刘二，白】
（土俗字）批
（壮 文）Bei!
（直 译）走
（意 译）走！

Louz Samcej【gip hwnj，gyangj】
刘三姐【急上，白】
（土俗字）曾吧 莫 怀仁 盟 欧 勾 罕 婚仕
（壮 文）Caengzbah，Mueg Vaizsinz mwngz aeu gou han voenseih，
（直 译）慢着 莫 怀仁 你 要 我 答应 婚事
（意 译）慢着，莫怀仁你要我答应婚事，

（土俗字）则内 以 布 难
（壮 文）ndaekneix hix mbouj nanz.
（直 译）这个 也 不 难
（意 译）这也不难。

【Louz Nyih gip laengz Louz Samcej.】
【刘二急阻刘三姐。】

Mueg Vaizsinz【gag angq，gyangj】
莫怀仁【自喜，白】
（土俗字）呵 哈 哈 姐三 到底 盟 罕 了
（壮 文）O…… ha…… ha…… Cejsam，dauqdaej mwngz han la.
（直 译）呵 哈 哈 三姐 到底 你 答应 了
（意 译）呵……哈……哈……三姐，到底你答应了。

Louz Samcej【gyangj】
刘三姐【白】
（土俗字）痕 曾
（壮 文）Hanx caengz!
（直 译）还 未
（意 译）还没有！

Mueg Vaizsinz【gyangj】
莫怀仁【白】

（土俗字）只欧　姐三　罕　婚仕　特哥　盟　黑　途勾　计　那
（壮　文）Cikaeu Cejsam han voenseih，daeggo mwngz ndaem duzgou gaej naz，
（直　译）只要　三姐　答应　婚事　哥哥　你　种　我的　那些　田
（意　译）只要三姐答应婚事，你哥哥种我的田，

（土俗字）三　卑　布　收　初　欠　计　银　布但　布　赔
（壮　文）Sam bi mbouj sou co，yiemq gaej nyaenz mboujdanh mbouj boiz，
（直　译）三　年　不　收　租　欠　那些　银子　不但　不　还
（意　译）三年不收租，欠的银子不但不要还，

（土俗字）勾　里　另　眉　赠送
（壮　文）gou leix lingh meiz caenghsoengq.
（直　译）我　还　另　有　赠送
（意　译）我还另有赠送。

Louz Samcej【gyangj】
刘三姐【白】
（土俗字）浪　欧　罕　婚仕　盟　袖　争　从　勾　三　件　大仕
（壮　文）Langh aeu han voenseih，mwngz couh deng coengz gou sam gienh daihseih.
（直　译）若　要　答应　婚事　你　就　得　从　我　三　件　大事
（意　译）若要答应婚事，你就得依从我三件大事。

Mueg Vaizsinz【gyangj】
莫怀仁【白】
（土俗字）哈　哈　计　讲　三　件　袖　示　三十　件
（壮　文）Ha …… ha …… gaej gyangj sam gienh，couh seix samcib gienh，
（直　译）哈　哈　别　说　三　件　就　是　三十　件
（意　译）哈……哈……别说三件，就是三十件，

（土俗字）三　百　件　勾　总　示　依　井　参　姐三　头　一　件
（壮　文）sam bek gienh，gou cungj seix ei. Cingj cam Cejsam daeuz it gienh?
（直　译）三　百　件　我　也　是　依　请　问　三姐　头　一　件
（意　译）三百件，我也依得。请问三姐头一件？

Louz Samcej【gyangj】
刘三姐【白】
（土俗字）婚姻　大仕　由　勾　估主　不　准　再　追　参　特哥　勾
（壮　文）Voennyien daihseih youz gou guhcawj，bwt cinj caiq coi cam daeggo gou.
（直　译）婚姻　大事　由　我　做主　不　准　再　追　问　哥哥　我
（意　译）婚姻大事由我做主，不准再追问我哥哥。

Mueg Vaizsinz【gyangj】
莫怀仁【白】
(土俗字)哈 哈 哈 勾 布 参 爹 袖示 请 讲 件 第二
(壮 文)Ha ha ha, gou mbouj cam di couhseix. Cingj gyangj gienh daihnyih?
(直 译)哈 哈 哈 我 不 问 他 就是 请 讲 件 第二
(意 译)哈哈哈，我不问他就是。请讲第二件?

Louz Samcej【gyangj】
刘三姐【白】
(土俗字)讲话 算 话 布 礼 反悔
(壮 文)Gyangjvah suenq vah, mbouj ndaej fanjhoij.
(直 译)说话 算 话 不 得 反悔
(意 译)说话算数，不得反悔。

Mueg Vaizsinz【gyangj】
莫怀仁【白】
(土俗字)嘿 堂堂 则 大 老爷刁 讲话 渠 眉 反悔 计 理
(壮 文)Hei, dangzdangz ndaek daih lauxi ndeu, gyangjvah gyawz meiz fanjhoij gaej leix.
(直 译)嘿 堂堂 个 大 老爷一 说话 哪 有 反悔 些 理
(意 译)嘿，堂堂一个大老爷，说话哪有反悔之理。

(土俗字)件 第三 呢
(壮 文)Gienh daihsam ne?
(直 译)件 第三 呢
(意 译)第三件呢?

Louz Samcej【riunyimj, gyangj】
刘三姐【微笑，白】
(土俗字)三姐 打 生 斗 意 估 欢 盟 欢 礼 赢 勾
(壮 文)Cejsam daj seng daeuj eiq guh fwen, mwngz fwen ndaej hingz gou,
(直 译)三姐 从 生 来 爱 唱 山歌 你 唱 得 赢 我
(意 译)三姐生来爱唱山歌，你能唱得赢我，

(土俗字)勾 袖 罕 盟 计 婚仕
(壮 文)gou couh han mwngz gaej voenseih.
(直 译)我 就 答应 你 这 婚事
(意 译)我就答应你婚事。

Mueg Vaizsinz【gyangj】
莫怀仁【白】

（土俗字）则内 哈
（壮 文）Ndaekneix ha……
（直 译）这个 呀
（意 译）这个呀……

Mueg Cincaiz【gyangj】
莫进财【白】
（土俗字）老爷 则内 罕 布 礼 呀
（壮 文）Lauxi，ndaekneix han mbouj ndaej ya！
（直 译）老爷 这个 答应 不 得 呀
（意 译）老爷，这个答应不得呀！

Mueg Vaizsinz【gyangj】
莫怀仁【白】
（土俗字）唔 哈 姐三
（壮 文）O…… ha…… Cejsam……
（直 译）唔 哈 三姐
（意 译）唔…… 哈 …… 三姐 ……
【Mueg Cincaiz rag Mueg Vaizsinz，deng baet deuz.】
【莫进财拉莫怀仁，被甩开。】

Mueg Vaizsinz【gyangj】
莫怀仁【白】
（土俗字）勾 浪 眉 伝 欢 礼 赢 盟 盟 袖 嫁 哼 勾
（壮 文）Gou langh meiz vunz fwen ndaej hingz mwngz，mwngz couh haq haengj gou.
（直 译）我 若 有 人 唱 得 赢 你 你 就 嫁 给 我
（意 译）我若有人唱得过你，你就嫁给我。

【Louz Nyih rag Louz Samcej，Louz Samcej yaep da naeuz mbouj lau.】
【刘二拉住刘三姐，刘三姐示意不怕。】

Louz Samcej【gyangj】
刘三姐【白】
（土俗字）眉 伝 （念念） 唱 布 赢 勾 呢
（壮 文）Meiz vunz？（naemjnaemj） ciengq mbouj hingz gou ne？
（直 译）有 人 （想想） 唱 不 赢 我 呢
（意 译）有人？（想想）唱不过我呢？

Mueg Vaizsinz【gyangj】
莫怀仁【白】

（土俗字）途勾 计 伝 浪 唱 侄挂 盟 那利 布 收 麻
（壮 文）Duzgou gaej vunz langh ciengq ndi gvaq mwngz，nazreih mbouj sou ma，
（直 译）我的 些 人 若 唱 不过 你 田地 不 收 回
（意 译）我的人若唱不过你，田地不收回，

（土俗字）银 以 布 欧 盟 赔 了
（壮 文）nyaenz hix mbouj aeu mwngz boiz la.
（直 译）银子 也 不 要 你 还 了
（意 译）银子也不要你还了。

Louz Samcej【gyangj】
刘三姐【白】
（土俗字）布 准 再 提 婚仕 打 时内 很 布 礼 再 腾 兰 勾
（壮 文）Mbouj cinj caiq daez voenseih，daj seizneix hwnj，mbouj ndaej caiq daeuj ranz gou.
（直 译）不 准 再 提 婚事 从 现在 起 不 得 再 到 家 我
（意 译）不准再提婚事，从现在起，不准再来我家。

Mueg Vaizsinz【gyangj】
莫怀仁【白】
（土俗字）衣
（壮 文）Ndei!
（直 译）好
（意 译）好!

【Mueg Cincaiz、Vuengz bazmuiz simgip lo，youh daeuj rag Mueg Vaizsinz，deng baet deuz.】
【莫进财、王媒婆着急，又来拉莫怀仁，被甩开。】

Mueg Cincaiz【gyangj】
莫进才【白】
（土俗字）一 旬 估 定 盟 谋 时尔 对 欢 呢
（壮 文）It caenz guh dingh，mwngz naeuz seizrawz doiq fwen ne?
（直 译）一 言 为 定 你 说 什么时候 对 歌 呢
（意 译）一言为定，你说该在什么时候对歌呢?

Louz Samcej【gyangj】
刘三姐【白】
（土俗字）布 礼 反悔 艮昨 示 中秋节 歌圩
（壮 文）Mbouj ndaej fanjhoij，ngoenzcog seix cungcouciet gohaw，
（直 译）不 得 反悔 明天 是 中秋节 歌圩
（意 译）不得反悔明天是中秋歌圩节，

（土俗字）袖 定 幼 艮昨 对歌 吧
（壮　文）couh dingh yawq ngoenzcog doiqfwen ba.
（直　译）就 定 在 明天 对歌 吧
（意　译）就定在明天对吧。

Mueg Vaizsinz【gyangj】
莫怀仁【白】
（土俗字）衣 进财
（壮　文）Ndei，Cincaiz!
（直　译）好 进财
（意　译）好，进财!
【Okdou，Vuengz bazmuiz gaen okdaeuj.】
【出门，王媒婆跟出来。】

【Louz Samcej、Louz Nyih roengz. Nyih fan muq hai.】
【刘三姐、刘二下。二道幕开。】

Mueg Cincaiz【simgip dwk gyangj】
莫进财【着急地白】
（土俗字）老爷 老爷 勾 存 盟 艮内 发癫 啦 偻 渠 鲁 欢 哈
（壮　文）Lauxi lauxi，gou ngonz mwngz ngoenzneix fatdien la，raeuz gyawz rox fwen ha.
（直　译）老爷 老爷 我 看 你 今天 发癫 了 我们 哪里 会 山歌 呀
（意　译）老爷老爷，我看你今天发癫了，我们哪里会唱山歌呀。

Vuengz bazmuiz【gyangj】
王媒婆【白】
（土俗字）示 哈 偻 渠 鲁 欢
（壮　文）Seix ha，raeuz gyawz rox fwen……
（直　译）是 呀 我们 哪 会 唱
（意　译）是呀，我们哪会唱歌……

Mueg Vaizsinz【gyangj】
莫怀仁【白】
（土俗字）伝促 盟 鲁 则尔 进财 等贯 腾 兰 勾 斗
（壮　文）Vunzhuk，mwngz rox ndaekrawz. Cincaiz，daengjgonq daengz ranz gou daeuj
（直　译）蠢才 你 懂 什么 进财 以前 到 家 我 来
（意　译）蠢才，你懂什么。进财，以前到我家来

（土俗字）教书 三 部 秀才 哏 布 示 文章 林 胴 吗
（壮 文）sonsaw sam boux souqcaiz haenx，mbouj seix faenzcieng rim dungx ma?
（直 译）教书 三 位 秀才 那 不 是 文章 满 腹 吗
（意 译）教书的那三位秀才，不是满腹文章吗？

（土俗字）宋爹 痕 鲁 写 诗 估 对 批 请 宋爹 斗
（壮 文）Gyoengqdi hanz rox sij sei guh doiq，bei cingj gyoengqdi daeuj
（直 译）他们 很 会 吟 诗 作 对 去 请 他们 来
（意 译）他们顶会吟诗作对的，去请他们来

（土俗字）帮帮 布 示 紬 礼 了 吗
（壮 文）bangbang，mbouj seix couh ndaej liux ma?
（直 译）帮帮 不 是 就 得 了 吗
（意 译）帮帮，不是就得了吗？

Mueg Cincaiz【gyangj】
莫进财【白】
（土俗字）对 对 对 浪 痕 欢 布 挂 呢
（壮 文）Doiq doiq doiq! Langh hanz fwen mbouj gvaq ne?
（直 译）对 对 对 若 还 唱 不 过 呢
（意 译）对对对！若还唱不过呢？

Mueg Vaizsinz【gyangj】
莫怀仁【白】
（土俗字）欢 布 挂 嘿 批 陷内 连哏 赶 批 请
（壮 文）Fwen mbouj gvaq? Hei，bei，haemhneix lienzhwnz ganj bei cingj
（直 译）唱 不 过 嘿 走 今晚 连夜 赶 去 请
（意 译）唱不过？嘿，走，今晚连夜赶去请

（土俗字）三 则 秀才 哏 斗
（壮 文）sam ndaek souqcaiz haenx daeuj……
（直 译）三 个 秀才 那 来
（意 译）那三个秀才来……

Mueg Cincaiz【gyangj】
莫进财【白】
（土俗字）哦
（壮 文）O……
（直 译）哦
（意 译）哦……

Vuengz bazmuiz【rag dawz Mueg Vaizsinz gyangj】
王媒婆【拉住怀仁，白】
(土俗字) 老爷 银媒 勾 呢
(壮 文) Lauxi，nyaenzmuiz gou ne?
(直 译) 老爷 媒婆钱 我 呢
(意 译) 老爷，我的媒婆钱呢?

Mueg Vaizsinz【gyangj】
莫怀仁【白】
(土俗字) 盟 则 布 种 用 计 东西 估媒 布 文
(壮 文) Mwngz ndaek mbouj cung yungh gaej doengsae，guhmuiz mbouj baenz，
(直 译) 你 这个 不 中 用 那 东西 做媒 不 成
(意 译) 你这个不中用的东西，媒做不成，

(土俗字) 痕 想 欧 银 滚开
(壮 文) hanz siengj aeu nyaenz，goenjhai?
(直 译) 还 想 要 钱 滚开
(意 译) 还想要钱，滚开!

【Din dik Vuengz bazmuiz laemx yawq gwnz namh，roengz】
【将王媒婆一脚踢倒地上，下】

Vuengz bazmuiz【gip ruenz hwnjdaeuj，gyangj】
王媒婆【急爬上，白】
(土俗字) 唉 媒 估 布 文 连 钱 总 布 礼
(壮 文) Ae，muiz guh mbouj baenz，lienz nyaenz cungj mbouj ndaej，
(直 译) 唉 媒 做 不 成 连 钱 都 不 得
(意 译) 唉! 媒做不成，连钱都不得，

(土俗字) 真 背时 三 代 拉
(壮 文) caen boihseiz sam daih la……
(直 译) 真 背时 三 代 啦
(意 译) 真倒霉三代啦……
【Lieb roengz.】
【追下。】

【Muq gip roengz.】
【幕急下。】

（土俗字）场　大仨　煎　欢
（壮　文）Ciengz Daihsam Cienq Fwen
（直　译）场　第三　斗　歌
（意　译）第三场　斗歌

Seizgan：Bat nyued cibngux cietgohaw.
时间：八月十五日歌圩节。

Diegdiemj：Doengz ciengz daih'it.
地点：同第一场。

【Yawq baihnaj daihnyih fan muq.】
【第二道幕前。】

【Goengdwkbya cengj ruz hwnj，seizhaenx Mueg Cincaiz cingj daeuj Dauz、Leix、Laz sam ndaek souqcaiz，yawq gwnz ruz haenx daekeiq fwngfwng.】
【老渔翁撑船上，此时莫进财请来的陶、李、罗三位秀才，在船上得意洋洋。】

Dauz souqcaiz【fwngz rub betcih mumh，nyeux gyaeuj ngauz uk，cang siengq cakseiq dwk，guh fwen】
陶秀才【手捏八字须摇头晃脑，装腔作势地，唱】
（土俗字）花桃　开放　三　月　天
（壮　文）Vadauz haicuengq sam nyued dien，
（直　译）桃花　开放　三　月　天
（意　译）桃花开放三月天，

Mueg Cincaiz【gyangj】
莫进财【白】
（土俗字）嘻　句　衣
（壮　文）Hi！Gawq ndei……
（直　译）嘻　句　佳
（意　译）嘻！佳句……

Leix souqcaiz【sinj guh fwen】
李秀才【接唱】

(土俗字)花李 文片 豪连连
(壮 文)Valeix baenzbenq haulienzlienz;
(直 译)李花 遍地 白连连
(意 译)李花遍地白连连;

Mueg Cincaiz【gyangj】
莫进财【白】
(土俗字)呀 旬 衣
(壮 文)Ya! Caenz ndei……
(直 译)呀 好 句
(意 译)呀!好句……

Laz souqcaiz【sinj guh fwen】
罗秀才【接唱】
(土俗字)花 落 满 枝 随 浮淋
(壮 文)Va lag muenx ngeiq coi luraemx,
(直 译)花 落 满 枝 随 流水
(意 译)花落满枝随流水,

Mueg Cincaiz【gyangj】
莫进财【白】
(土俗字)嘻 秒句
(壮 文)Hi! Miuxgawq……
(直 译)嘻 妙句
(意 译)嘻!妙句……

Goengdwkbya【sinj guh fwen】
老渔翁【接唱】
(土俗字)七嘛 布 通 喉 腾 天
(壮 文)Raetma mbouj doeng haeu daengz mbwn.
(直 译)狗屁 不 通 臭 到 天
(意 译)狗屁不通臭上天。

Mueg Cincaiz【gyangj】
莫进财【白】
(土俗字)则尔 盟 谋 计麻
(壮 文)Ndaekrawz,mwngz naeuz gaejmaz?
(直 译)什么 你 说 什么
(意 译)什么,你说什么?

Goengdwkbya【gyangj】
老渔翁【白】
(土俗字) 侄 眉 勾 示 谋 奔 连 淋 斗 淋 连 奔
(壮 文) Ndi meiz, gou seix naeuz “mbwn lienz raemx daeuj raemx lienz mbwn”.
(直 译) 没 有 我 是 说 天 连 水 来 水 连 天
(意 译) 没有，我是说“天连水来水连天”。

Dauz souqcaiz【gyangj】
陶秀才【白】
(土俗字) 哈 哈 条 达 细细 鱼 谋 礼 很 奔 连 淋
(壮 文) Ha ha, diuz dah saeqset, nyawz naeuz ndaej hwnj “ mbwn lienz raemx,
(直 译) 哈 哈 条 河 小小 怎 说 得 上 天 连 水
(意 译) 哈哈，小小一条河，怎说得上“天连水，

(土俗字) 淋 连 奔 布 通 哈
(壮 文) raemx lienz mbwn”, mbouj doeng ha.
(直 译) 水 连 天 不 通 呀
(意 译) 水连天”，不通也。

Goengdwkbya【gyangj】
老渔翁【白】
(土俗字) 陶 先生 计 怪 勾 伝志和 廖 盟 盟 连
(壮 文) Dauz sienseng gaej gvaiq gou vunzgwnzruz riu mwngz, mwngz lienz
(直 译) 陶 先生 莫 怪 我 船家 笑 你 你 连
(意 译) 陶先生莫怪我船家笑你，你连

(土俗字) 句 欢 内 总 听 布 屋斗 内 示 除 收 计
(壮 文) gawq fwen neix cungj dingq mbouj okdaeuj, neix seix dawz sou gaej
(直 译) 句 诗 这 都 听 不 出来 这 是 把 你们 那
(意 译) 这句诗都听不出来，这是把你们的

(土俗字) 欢 连 很斗 计 秒句 咧
(壮 文) fwen lienz hwnjdaeuj gaej miuxgawq le.
(直 译) 诗 连 起来 些 妙句 咧
(意 译) 诗连在一起的妙句咧。

Dauz souqcaiz【gyangj】
陶秀才【白】
(土俗字) 鱼 讲 呢
(壮 文) Nyawz gyangj ne?
(直 译) 怎么 说 呢
(意 译) 何以解之?

Leix souqcaiz、Laz souqcaiz【gyangj】
李秀才、罗秀才【白】
(土俗字) 请 讲 细 吱
(壮 文) Cingj gyangj saeq dei.
(直 译) 请 讲 仔细 点
(意 译) 请详细道来。

Goengdwkbya【nyaengnyaeng dwk gyangj】
老渔翁【慢慢地白】
(土俗字) 陶 先生 盟 讲 桃花 开放 三 月 天
(壮 文) Dauz sienseng，mwngz gyangj "Vadauz haicuengq sam nyued dien"，
(直 译) 陶 先生 你 讲 桃花 开放 三 月 天
(意 译) 陶先生，你讲"桃花开放三月天"，

(土俗字) 败愣 布 示 字 天 了 吗
(壮 文) baihlaeng mbouj seix cih "dien" ndeu ma?
(直 译) 后尾 不 是 字 天 一 吗
(意 译) 结尾不是一个"天"字吗?

Dauz souqcaiz【gyangj】
陶秀才【白】
(土俗字) 呵 呵 正 示 呢
(壮 文) O，o，Cingq seix ne!
(直 译) 呵 呵 正 是 也
(意 译) 呵，呵，正是也!

Mueg Cincaiz【gyangj】
莫进财【白】
(土俗字) 哦
(壮 文) O……
(直 译) 哦
(意 译) 哦……

Goengdwkbya【gyangj】
老渔翁【白】
(土俗字) 李 先生 盟 讲 李花 文片 豪连连
(壮 文) Leix sienseng，mwngz gyangj "valeix baenzbenq haulienzlienz"，
(直 译) 李 先生 你 讲 李花 遍地 白连连
(意 译) 李先生，你讲"李花遍地白连连"，

（土俗字）败愣　　布　　示　字　连　　刁　　吗
（壮　文）baihlaeng mbouj seix cih "lienz" ndeu ma?
（直　译）末尾　　不　　是　字　连　　一　　吗
（意　译）末尾不是一个"连"字吗？

Leix souqcaiz【gyangj】
李秀才【白】
（土俗字）对　哈　对　哈
（壮　文）Doiq ha，doiq ha!
（直　译）对　呀　对　呀
（意　译）对呀，对呀！

Goengdwkbya【gyangj】
老渔翁【白】
（土俗字）罗　先生　　盟　　讲　　花　落　满　　枝　　随　浮淋
（壮　文）Laz sienseng，mwngz gyangj "va lag muenx ngeiq coi luraemx"，
（直　译）罗　先生　　你　　讲　　落　花　满　　枝　　随　流水
（意　译）罗先生，你讲"落花满枝随流水"，

（土俗字）败愣　　布　　示　眉　字　淋　　刁　　吗
（壮　文）baihlaeng mbouj seix meiz cih "raemx" ndeu ma?
（直　译）后尾　　不　　是　有　字　水　　一　　吗
（意　译）后尾不是有一个"水"字吗？

Laz souqcaiz【gyangj】
罗秀才【白】
（土俗字）布　　六　　布　　六
（壮　文）Mbouj loek，mbouj loek!
（直　译）不　　错　　不　　错
（意　译）不错，不错！

Mueg Cincaiz【gyangj】
莫进财【白】
（土俗字）唔
（壮　文）U……
（直　译）唔
（意　译）唔……

Goengdwkbya【gyangj】
老渔翁【白】
(土俗字) 勾 除 收 三 吱 良 内 文内 集 很斗
(壮　文) Gou dawz sou sam dei rueng neix, baenzneix nyaep hwnjdaeuj,
(直　译) 我 把 你们 三 个 尾巴 这 这样 抓 起来
(意　译) 我把你们这三个的尾巴，就这样一抓，

(土俗字) 布 示 文 了 奔 连 淋 斗 淋 连 奔 吗
(壮　文) mbouj seix baenz liux “mbwn lienz raemx daeuj raemx lienz mbwn” ma?
(直　译) 不 是 成 了 天 连 水 来 水 连 天 吗
(意　译) 不是成了“天连水来水连天”吗？

Dauz souqcaiz【gyangj】
陶秀才【白】
(土俗字) 奔 连 淋 斗 淋 连 奔 嘻 秒 衣句 衣句
(壮　文) “Mbwn lienz raemx daeuj raemx lienz mbwn”, hei, miux, ndeigawq, ndeigawq!
(直　译) 天 连 水 来 水 连 天 嘿 妙 佳句 佳句
(意　译) “天连水来水连天”，嘿，妙哉，佳句，佳句也！
【Leix souqcaiz、Laz souqcaiz doengzseiz fouqnaeuz.】
【李秀才、罗秀才同时附和。】

Dauz souqcaiz【gyangj】
陶秀才【白】
(土俗字) 双 父 仁兄 叭 内 礼腾 莫 老爷 存很 侄彦 银
(壮　文) Song boux sinzving, mbat neix ndaejdaengz Mueg lauxi ngonzhwnj, ndi'nyen nyaenz,
(直　译) 二 位 仁兄 这 次 得到 莫 老爷 器重 不惜 重金
(意　译) 二位仁兄，这次蒙莫老爷器重，不惜重金，

(土俗字) 打 鸡降 请 偻 三 伝 斗 奏 刘 三姐 对欢
(壮　文) daj gyae'gyangq cingj raeuz sam vunz daeuj caeuq Louz Samcej doiqfwen.
(直　译) 从 老远 请 我们 三 人 来 与 刘 三姐 对歌
(意　译) 不远千里，请我等三人来与刘三姐对歌。

(土俗字) 听谋 刘 三姐 示 父 欢王 土民 偻 对欢 时
(壮　文) Dingqnaeuz Louz Samcej seix boux fwenvuengz dojminz, raeuz doiqfwen seiz,
(直　译) 听说 刘 三姐 是 个 歌王 土民 我们 对歌 时
(意　译) 听说刘三姐是本地的歌王，我们对歌时，

(土俗字) 千其 欧 来 议 来 念 计 开 剥 袖 唱 祖 衣
(壮　文) ciengeiz aeu lai ngeix lai naemj, gaej hai bak couh fwen coj ndei.
(直　译) 千万 要 多 思 多 想 不 开 口 就 唱 才 好
(意　译) 千万要深思熟虑，不能信口开河。

Mueg Cincaiz【gyangj】
莫进财【白】
(土俗字) 迪 哦 浪示 对 赢 刘 三姐 老爷 勾 眉 礼 侧 哦
(壮 文) Dwg o, langhseix doiq hingz Louz Samcej, lauxi gou meiz laex naek ho.
(直 译) 是 呵 若是 对 赢 刘 三姐 老爷 我 有 礼 重 哦
(意 译) 是呵，若是对赢刘三姐，我家老爷重重有赏。

Laz souqcaiz、Dauz souqcaiz【gyangj】
罗秀才、陶秀才【白】
(土俗字) 李兄 小弟 才疏 学浅 叭 内 布 眉 嘛 欧 猫 顶
(壮 文) Leixving, siujdaex caizso hagcienj, mbat neix mbouj meiz ma aeu meuz dingj,
(直 译) 李兄 小弟 才疏 学浅 此 次 没 有 狗 要 猫 顶
(意 译) 李兄，小弟才疏学浅，此番滥竽充数，

(土俗字) 溏吨 很 欢场 万一 客 捅底 袖 布 眉 那 喽
(壮 文) daemxdaenx hwnj fwenciengz, fanh'it hek byoengjdaej, couh mbouj meiz naj lo!
(直 译) 冒昧 上 歌场 万一 砂锅 破底 就 没 有 脸 喽
(意 译) 冒昧上歌场，万一砂锅破底，则无地自容矣！

Leix souqcaiz【gyangj】
李秀才【白】
(土俗字) 罗 先生 盟 鱼 长 途伝 计 志气 灭 自己 威风
(壮 文) Laz sienseng, mwngz nyawz ciengj duzvunz gaej ceiqheiq, mied cihgeij vifung.
(直 译) 罗 先生 你 怎 长 他人 的 志气 灭 自己 威风
(意 译) 罗先生，你怎么长他人之志气，灭自己之威风。

(土俗字) 偻 示 鲁 书 计 伝 袖 棚 和 书 内
(壮 文) Raeuz seix rox saw gaej vunz, couh baengz ruz saw neix,
(直 译) 我们 是 会 书 的 人 就 凭 船 书 这
(意 译) 我等尽皆饱学之士，就凭这船书，

(土俗字) 鱼 忧 对 侄 赢 妲 刘 三姐 内
(壮 文) nyawz you doiq ndi hingz dah Louz Samcej neix!
(直 译) 怎 愁 对 不 赢 她 刘 三姐 这
(意 译) 何愁对不赢区区一个刘三姐乎！

Mueg Cincaiz【gyangj】
莫进财【白】
(土俗字) 示 喽 计 谦虚 啦
(壮 文) Seix lo, gaej giemhaw la.
(直 译) 是 呵 不要 谦虚 了
(意 译) 是呵，不要谦虚了。

Dauz souqcaiz、Laz souqcaiz、Leix souqcaiz【gyangj】
陶秀才、罗秀才、李秀才【白】
（土俗字）哈 哈 哈 哈 叭 内 对欢 必 赢 布 疑 啦
（壮 文）Ha ha ha ha，mbat neix doiqfwen，biet hingz fouz ngeiz la!
（直 译）哈 哈 哈 哈 次 这 对歌 必 胜 无 疑 矣
（意 译）哈哈哈哈，这次对歌，稳操胜券矣！
【Cengj ruz roengz，daihnyih fan muq hai.】
【撑船下，第二道幕开。】

【Gyoengq lwgmbauq lwgsau cingq nauh gohaw.】
【众青年男女正在闹歌圩。】
Gyoengq lwgsau【gap guh fwen】
姑娘们【合唱】
（土俗字）中秋 歌节 声欢 栾
（壮 文）Cungcou gociet singfwen rwenz，
（直 译）中秋 歌节 歌声 悦耳
（意 译）中秋歌节唱山歌，

（土俗字）满 堆 满 利 闹 銮呈
（壮 文）Muenx ndoi muenx reih nauh ronzcingz；
（直 译）漫 山 遍 地 绕 歌声
（意 译）漫山遍野歌声扬；

（土俗字）堆巴 礼义 以 寥枕
（壮 文）Ndoibya ndaejnyi hix riunyimj，
（直 译）大山 听见 也 笑开颜
（意 译）大山听见笑开颜，

（土俗字）唱 礼 咙川 映 灯艮
（壮 文）Fwen ndaej ronghndwen ingj daengngoenz.
（直 译）唱 得 月亮 映 太阳
（意 译）唱得月亮变太阳。

【Sinj guh fwen】
【接唱】
（土俗字）中秋 歌节 伝伝 宽
（壮 文）Cungcou gociet vunzvunz vuen，
（直 译）中秋 歌节 人人 欢
（意 译）中秋歌节人人欢，

(土俗字) 伝筛　伝逼　斗　估欢
(壮　文) Vunzsai vunzmbwk daeuj guhfwen;
(直　译) 男孩　女孩　来　对歌
(意　译) 男孩女孩来对唱;

(土俗字) 眉　心　眉　意　心事　传
(壮　文) Meiz sim meiz eiq simseih cuenz,
(直　译) 有　心　有　意　心事　传
(意　译) 有心有意传心事,

(土俗字) 文　双　文　对　凳　鸳鸯
(壮　文) Baenz sueng baenz doiq daengq yuenyieng.
(直　译) 成　双　成　对　像　鸳鸯
(意　译) 成双成对像鸳鸯。

Lanzfaen【guh fwen】
兰芬【唱】
(土俗字) 迷　于　心　迷　于　心
(壮　文) Maez ndaw sim maez ndaw sim,
(直　译) 迷　在　心　迷　在　心
(意　译) 迷在心迷在心,

(土俗字) 想　奏　特哥　浸　手巾
(壮　文) Siengj caeuq daeggo caemh soujgin;
(直　译) 想　跟　哥哥　共　手巾
(意　译) 想跟哥哥共手巾;

(土俗字) 一 卑 三 百 六 十 陷
(壮　文) It bi sam bek loeg cib haemh,
(直　译) 一 年 三 百 六 十 夜
(意　译) 一年三百六十夜,

(土俗字) 陷陷　想　哥 布　文　盹
(壮　文) Haemhhaemh siengj go mbouj baenz ninz.
(直　译) 夜夜　想　哥 不　成　眠
(意　译) 夜夜想哥忧殷殷。

【Amoeg ci lwgdig hwnj, menhmenh byaj gvaqbei, Lanzfaen guqeiq menhmenh byaij deuz.】

【亚木吹着笛子上，轻轻走过去，兰芬故意慢慢走开。】

Amoeg【guh fwen】
亚木【唱】
(土俗字) 往 心 迷 往 心 迷
(壮　文) Nuengx sim maez nuengx sim maez,
(直　译) 妹 心 迷 妹 心 迷
(意　译) 妹心迷妹心迷,

(土俗字) 往 讲 往 想 哥 更 迷
(壮　文) Nuengx gyangj nuengx siengj go gengq ngaex;
(直　译) 妹 讲 妹 想 哥 更 想
(意　译) 妹讲想哥哥想你;

(土俗字) 逢 擒 杯茶 侄 鲁 嚓
(壮　文) Fwngz gaem boicaz ndi rox ndat,
(直　译) 手 拿 茶杯 不 懂 热
(意　译) 手拿茶杯不觉热,

(土俗字) 双 卡 派 路 侄 鲁 批
(壮　文) Song ga byaij loh ndi rox bei.
(直　译) 双 脚 走 路 不 会 去
(意　译) 双脚走路迈不起。

Lanzfaen【guh fwen】
兰芬【唱】
(土俗字) 忐 枇相思 霞眉 选
(壮　文) Gwnz faexsiengsei vameiz suenj,
(直　译) 上 相思树 画眉 叫
(意　译) 树上相思画眉叫,

(土俗字) 等 哥 侄 腾 往 心酸
(壮　文) Daengj go ndi daengz nuengx simsuen,
(直　译) 等 哥 不 到 妹 心酸
(意　译) 等哥不来妹心烦;

(土俗字) 相思 淋他 督卜卜
(壮　文) Siengsei raemxda doekbyoegbyoeg,
(直　译) 相思 眼泪 扑扑掉
(意　译) 相思眼泪扑扑掉,

(土俗字) 几 条 手巾 察 坏 完
(壮 文) Gij diuz soujgin uet vaih yuenz.
(直 译) 几 条 手帕 擦 坏 完
(意 译) 几条手帕擦不干。

【Seizhaenx gyoengqvunz rin Amoeg、Lanzfaen cinmid dwk doiqfwen, Aciengz banq gvijnaj, hemq gyoengq bouxcoz caegcaeg gaen baihlaeng song vunz.】
【此时众人见亚木、兰芬亲密地对歌，亚祥扮着鬼脸，唤众青年稍稍跟在二人身后。】

Lanzfaen【guh fwen】
兰芬【唱】
(土俗字) 棵兰 开花 幼 堆桑
(壮 文) Golanz haiva yawq ndoisang,
(直 译) 兰花 开花 在 高山
(意 译) 兰花开在山顶上，

(土俗字) 江痕 想 往 江痕 腾
(壮 文) Gyanghwnz siengj nuengx gyanghwnz daengz;
(直 译) 半夜 想 妹 半夜 到
(意 译) 半夜想妹半夜走；

(土俗字) 踩争 而宏 凳 孩草
(壮 文) Caijdeng ngwzhung daengq haizcauj,
(直 译) 踩对 大蛇 像 草鞋
(意 译) 踩着大蛇像草鞋，

(土俗字) 局宏 派 贯 勾 派 愣
(壮 文) Gukhung byaij gonq gou byaij laeng.
(直 译) 老虎 走 先 我 走 后
(意 译) 老虎先走我跟后。

Gyoengq bouxcoz【gyangj】
众青年【白】
(土俗字) 唔尾 笑
(壮 文) Yuvei…… (riu)
(直 译) 唔尾 笑
(意 译) 唔尾…… (笑)

【Lanzfaen najmong dwk gip ndoj deuz.】
【兰芬害羞地急躲开。】

Aciengz【doiq vunzlai gyangj】
亚祥【对大家白】
(土俗字) 喂 布 妙 斗 斗 斗
(壮 文) Vei, mbouj miux, daeuj daeuj daeuj!
(直 译) 喂 不 妙 来 来 来
(意 译) 喂，不妙，来来来!

Gyoengqvunz【gyangj】
众人【白】
(土俗字) 亚祥 哥 估 则尔
(壮 文) Aciengz go, guh ndaekrawz?
(直 译) 亚祥 哥 做 什么
(意 译) 亚祥哥，干什么?

Aciengz【gyangj】
亚祥【白】
(土俗字) 批 批 歌节 偻 总 欢 布 挂 妲 刘 三 姐
(壮 文) Bi bi gociet raeuz cungj fwen mbouj gvaq dah Louz Samcej,
(直 译) 年 年 歌节 我们 都 唱 不 过 她 刘 三姐
(意 译) 年年歌节我们都唱不过刘三姐，

(土俗字) 艮内 偻 呷 很斗 齐 欢 硬 欧 欢 赢 妲
(壮 文) Ngoenzneix raeuz gap hwnjdaeuj caez fwen, nyengh aeu fwen hingz dah,
(直 译) 今天 我们 合 起来 一起 唱 硬 要 唱 赢 她
(意 译) 今天我们合在一起唱，硬要唱赢她，

(土俗字) 收 谋 衣 布 衣
(壮 文) sou naeuz ndei mbouj ndei?
(直 译) 你们 讲 好 不 好
(意 译) 你们讲好不好?

Doengmoih【gyangj】
冬妹【白】
(土俗字) 亚祥 哥 伊伝 三姐 开 剥 袖 文 欢 伦 麻 唱 麻
(壮 文) Aciengz go, aevunz Samcej hai bak couh baenz fwen, rin maz ciengq maz.
(直 译) 亚祥 哥 人家 三姐 开 口 就 成 山歌 见 什么 唱 什么
(意 译) 亚祥哥，人家三姐开口就成歌，见啥就唱啥。

(土俗字) 偻 呷 很斗 以 布 示 途妲 计 对手
(壮 文) Raeuz gap hwnjdaeuj, hix mbouj seix duzdah gaej doiqsouj.
(直 译) 我们 合 起来 也 不 是 她 的 对手
(意 译) 我们合起来，也不是她的对手。

Amoeg【gyangj】
亚木【白】
（土俗字）劳　计尔　　　偻　伝　来 刻　旷　　　何况　　　偻　又　示
（壮　文）Lau gaejrawz，raeuz vunz lai aek gvangq，hozgvangq raeuz youh seix
（直　译）怕　什么　　　我们 人　多 胸　广　　　何况　　　我们 又　是
（意　译）怕什么，我们人多志广，何况我们又是

（土俗字）皮往　　　唱　输　了　眉　计尔　　要紧
（壮　文）beixnuengx，fwen saw liux meiz gaejrawz yiuqginj.
（直　译）兄妹　　　唱　输　了　有　什么　　要紧
（意　译）兄妹，唱输了也不要紧。

Gyoengqvunz【gyangj】
众人【白】
（土俗字）对
（壮　文）Doiq……
（直　译）对
（意　译）对……

Louz Samcej【daj ndaw okdaeuj，guh fwen】
刘三姐【从里面出来，唱】
（土俗字）欢　欢　衣
（壮　文）Fwen fwen ndei，
（直　译）唱　歌　好
（意　译）唱歌好，

（土俗字）唱　礼　父父　　心　迷麦
（壮　文）Fwen ndaej bouxboux sim maezmek；
（直　译）唱　得　人人　　心　迷醉
（意　译）唱歌人人爱倾听；

（土俗字）存　欢　凳文　　　须　棵柏
（壮　文）Caenz fwen daengqbaenz mbaw gobek，
（直　译）句　山歌 好像　　　叶　柏树
（意　译）山歌就像松柏叶，

（土俗字）敢　顶　林北　　四季　青
（壮　文）Gamj dingj rumzbaek seiqgeiq heu.
（直　译）敢　顶　北风　　四季　青
（意　译）敢顶北风四季青。

Aciengz【gyangj】
亚祥【白】
（土俗字）存　　姐三　斗　喽
（壮　文）Ngonz，Cejsam daeuj lo.
（直　译）看　　三姐　来　了
（意　译）看，三姐来了。

Cyoengqvunz【gyangj】
众人【白】
（土俗字）唔尾　姐三　良内　　偻　呷　很斗　　奏　盟　　对欢　　吧
（壮　文）Yuvei，Cejsam，ngoenzneix raeuz gap hwnjdaeuj caeuq mwngz doiqfwen ba?
（直　译）唔喂　三姐　今天　　我们　合　起来　　和　你　　对歌　　吧
（意　译）唔喂，三姐，今天我们合起来和你对歌吧？

Louz Samcej【muengh daihgya riu，gyangj】
刘三姐【望着大家笑，白】
（土俗字）衣
（壮　文）Ndei!
（直　译）好
（意　译）好!

Louz Samcej【guh fwen】
刘三姐【唱】
（土俗字）讲　　怒　　估欢　　袖　估　欢
（壮　文）Gyangj naeuz guhfwen couh guh fwen，
（直　译）说　　到　　唱歌　　就　唱　山歌
（意　译）说到唱歌就唱歌，

（土俗字）想　　批　由　达　袖　能　　船
（壮　文）Siengj bei youz dah couh naengh suenz；
（直　译）想　　去　游　河　就　坐　　船
（意　译）想去游河就乘船；

（土俗字）盟　　擒　　枇　将　勾　顶　滑
（壮　文）Mwngz gaem faex cengj gou dingj vad，
（直　译）你　　拿　　棍　挣　我　来　划
（意　译）你拿木桨我来划，

（土俗字）任　　盟　　鱼　　批　达　尔　转
（壮　文）Nyimh mwngz nyawz bei dah rawz cuenh.
（直　译）任　　你　　怎么　去　河　哪　转
（意　译）任你去到哪河转。

Gyoengqvunz【guh fwen】
众人【唱】
(土俗字) 计尔　　忐淋　　　翻　等忌
(壮　文) Gaejrawz gwnzraemx fan daengjgeix?
(直　译) 什么　　水面　　　翻　跟斗
(意　译) 什么水面翻跟斗?

(土俗字) 计尔　　忐淋　　　起　楼桑
(壮　文) Gaejrawz gwnzraemx heij laeuzsang?
(直　译) 什么　　水面　　　起　高楼
(意　译) 什么水面起高楼?

(土俗字) 计尔　　忐淋　　　文　亮　扛
(壮　文) Gaejrawz gwnzraemx baenz luengj gang?
(直　译) 什么　　水面　　　成　伞　撑
(意　译) 什么水面扛成伞?

A'nyouz【sinj guh fwen】
阿牛接【唱】
(土俗字) 计尔　　忐淋　　　当　文　对
(壮　文) Gaejrawz gwnzraemx dang baenz song?
(直　译) 什么　　水面　　　当　成　对
(意　译) 什么水面成双偶?

Louz Samcej【guh fwen】
刘三姐【唱】
(土俗字) 途笔　忐淋　　　翻　等忌
(壮　文) Duzbit gwnzraemx fan daengjgeix,
(直　译) 鸭子　水面　　　翻　跟斗
(意　译) 鸭子水面翻跟斗,

(土俗字) 和宏　　忐淋　　　起　楼桑
(壮　文) Ruzhung gwnzraemx heij laeuzsang;
(直　译) 大船　　水面　　　起　高楼
(意　译) 大船水面起高楼;

(土俗字) 须藕　　　　忐淋　　　文　亮　扛
(壮　文) Mbawngaeux gwnzraemx baenz luengj gang,
(直　译) 莲叶　　　　水面　　　成　伞　撑
(意　译) 莲叶水面扛成伞

(土俗字) 鸳鸯 忐淋 当 文 对
(壮 文) Yuenyieng gwnzraemx dang baenz song.
(直 译) 鸳鸯 水面 当 成 对
(意 译) 鸳鸯水面成佳偶。

Gyoengqvunz【guh fwen】
众人【唱】
(土俗字) 计尔 屋伩 桑 又 桑
(壮 文) Gaejrawz oklwg sang youh sang?
(直 译) 什么 结果 高 又 高
(意 译) 什么结果高又高?

(土俗字) 计尔 屋伩 正江 批
(壮 文) Gaejrawz oklwg cingjgyang bei?
(直 译) 什么 结果 中间 去
(意 译) 什么结果在中间?

(土俗字) 计尔 屋伩 文 双 衣
(壮 文) Gaejrawz oklwg baenz song ndei?
(直 译) 什么 结果 成 双 好
(意 译) 什么结果成双对?

(土俗字) 计尔 屋伩 细 又 团
(壮 文) Gaejrawz oklwg saeq youh duenz?
(直 译) 什么 结果 小 又 圆
(意 译) 什么结果细又圆?

Louz Samcej【guh fwen】
刘三姐【唱】
(土俗字) 麦马 屋伩 桑 又 桑
(壮 文) Megmax oklwg sang youh sang,
(直 译) 高粱 结子 高 又 高
(意 译) 高粱结子高又高,

(土俗字) 厚洋 屋伩 正江 批
(壮 文) Haeuxyangz oklwg cingjgyang bei;
(直 译) 玉米 结子 中间 去
(意 译) 玉米结子在中间

(土俗字) 豆四 屋仂 文 双 衣
(壮 文) Duhraez oklwg baenz song ndei,
(直 译) 长豆 结子 成 双 好
(意 译) 长豆结子成双对

(土俗字) 厚荒 屋仂 细 又 团
(壮 文) Haeuxvuengj oklwg saeq youh duenz.
(直 译) 小米 结子 细 又 圆
(意 译) 小米结子细又圆。

Gyoengqvunz【guh fwen】
众人【唱】
(土俗字) 计尔 啃 嘞 侄 啃 落
(壮 文) Gaejrawz gwn nywj ndi gwn rag?
(直 译) 什么 吃 草 不 吃 根
(意 译) 什么吃草不吃根?

(土俗字) 计尔 啃 嘞 连 落 吞
(壮 文) Gaejrawz gwn nywj lienz rag daen;
(直 译) 什么 吃 草 连 跟 吞
(意 译) 什么吃草连根吞?

(土俗字) 计尔 彭 只 转鲁鲁
(壮 文) Gaejrawz beng cix cuenhlulu?
(直 译) 什么 拉 就 转噜噜
(意 译) 什么拉它转噜噜?

(土俗字) 计尔 彩 只 唷 工呈
(壮 文) Gaejrawz caij cix yu goengjcingz?
(直 译) 什么 踩 就 响 嘭嘭
(意 译) 什么脚踩响嘭嘭?

Louz Samcej【guh fwen】
刘三姐【唱】
(土俗字) 巴镰 啃 嘞 侄 啃 落
(壮 文) Bajliemz gwn nywj ndi gwn rag,
(直 译) 镰刀 吃 草 不 吃 根
(意 译) 镰刀吃草不吃根,

（土俗字）巴国 啨 嘞 连 落 吞
（壮 文）Bajguek gwn nywj lienz rag daen；
（直 译）锄头 吃 草 连 根 吞
（意 译）锄头吃草连根吞；

（土俗字）恩磨 彭 只 转噜噜
（壮 文）Ndaenmuh beng cix cuenhlulu，
（直 译）石磨 拉 就 转噜噜
（意 译）石磨拉就转噜噜，

（土俗字）恩兑 踩 只 喑 工呈
（壮 文）Ndaendoiq caij cix yu goengzcingz.
（直 译）石碓 踩 就 响 嘭嘭
（意 译）石碓踩它响嘭嘭。

Louz Samcej【sinj guh fwen】
刘三姐【接唱】
（土俗字）计尔 眉 卡 侄 派赂
（壮 文）Gaejrawz meiz ga ndi byaijloh?
（直 译）什么 有 腿 不 走路
（意 译）什么有腿不走路？

（土俗字）计尔 派赂 侄 眉 卡
（壮 文）Gaejrawz byaijloh ndi meiz ga?
（直 译）什么 走路 没 有 腿
（意 译）什么无腿走天下？

（土俗字）计尔 眉 剥 侄 讲话
（壮 文）Gaejrawz meiz bak ndi gyangjvah?
（直 译）什么 有 嘴 不 说话
（意 译）什么有嘴不言语？

（土俗字）计尔 讲话 侄 有 剥
（壮 文）Gaejrawz gyangjvah ndi meiz bak?
（直 译）什么 讲话 没 有 嘴
（意 译）什么无嘴闹喳喳？

Gyoengqvunz【guh fwen】
众人【唱】

(土俗字) 管凳 眉 卡 侄 派路
(壮 文) Gonjdaengq meiz ga ndi byaijloh,
(直 译) 凳子 有 腿 不 走路
(意 译) 凳子有腿不走路,

(土俗字) 恩和 派路 侄 眉 卡
(壮 文) Ndaenruz byaijloh ndi meiz ga;
(直 译) 船只 走路 没 有 腿
(意 译) 船只无腿走天下;

(土俗字) 菩萨 眉 剥 侄 讲话
(壮 文) Buzsat meiz bak ndi gyangjvah,
(直 译) 菩萨 有 嘴 不 讲话
(意 译) 菩萨有嘴不言语,

(土俗字) 恩锣 无 剥 闹叉叉
(壮 文) Ndaenlaz fouz bak nauhcaca.
(直 译) 锣鼓 无 嘴 闹喳喳
(意 译) 锣鼓无嘴闹喳喳。

Louz Samcej【guh fwen】
刘三姐【唱】
(土俗字) 计尔 屋仂 割 文 宋
(壮 文) Gaejrawz oklwg got baenz gyoengq?
(直 译) 什么 结子 围 成 群
(意 译) 什么结果围成群?

(土俗字) 计尔 屋仂 同 条 心
(壮 文) Gaejrawz oklwg doengz diuz sim?
(直 译) 什么 结子 同 条 心
(意 译) 什么结果共条心?

(土俗字) 计尔 屋仂 急巴 身
(壮 文) Gaejrawz oklwg gipbya sin?
(直 译) 什么 结子 鱼鳞 身
(意 译) 什么结果鱼鳞身?

(土俗字) 计尔 屋仂 林 文 堆
(壮 文) Ndaekrawz oklwg rim baenz ndoi?
(直 译) 什么 结子 满 成 山
(意 译) 什么结果堆成岭?

Gyoengqvunz【guh fwen】
众人【唱】
（土俗字）木瓜 屋仂 割 文 宋
（壮 文）Moeggva oklwg got baenz gyoengq,
（直 译）木瓜 结果 围 颈 群
（意 译）木瓜结果围成群，

（土俗字）棵最 屋仂 同 条 心
（壮 文）Go'gyoij oklwg doengz diuz sim;
（壮 文）芭蕉 结果 同 条 心
（意 译）芭蕉结果共条心；

（土俗字）菠萝 屋仂 急巴 身
（壮 文）Boloz oklwg gipbya sin,
（直 译）菠萝 结果 鱼鳞 身
（意 译）菠萝结果鱼鳞身，

（土俗字）仂闷 屋仂 满 文 堆
（壮 文）Lwgmaenz oklwg rim baenz ndoi.
（直 译）红薯 结果 满 成 山
（意 译）红薯结果堆成岭。

Louz Samcej【guh fwen】
刘三姐【唱】
（土俗字）父尔 屋鹿 佢 估 欢
（壮 文）Bouxrawz okrog ndi guh fwen?
（直 译）哪个 出门 不 唱 山歌
（意 译）哪个出门不唱歌？

（土俗字）父尔 唱戏 佢 撸 锣
（壮 文）Bouxrawz fwenheiq ndi roq laz?
（直 译）哪位 唱戏 不 敲 锣
（意 译）哪位唱戏不敲锣？

（土俗字）堆 尔 途六 佢 选 喳
（壮 文）Ndoi rawz duzroeg ndi suenj ya?
（直 译）山 哪 鸟儿 不 叫 喳
（意 译）哪山鸟不叫喳喳？

(土俗字) 达 尔 途巴 侄 游 淋
(壮 文) Dah rawz duzbya ndi youz raemx?
(直 译) 河 哪 鱼儿 不 游 水
(意 译) 哪河鱼儿不逐波?

Gyoengqvunz【guh fwen】
众人【唱】
(土俗字) 侄 示 屋鹿 侄 估 欢
(壮 文) Ndi seix okrog ndi guh fwen,
(直 译) 不 是 出门 不 唱 山歌
(意 译) 不是出门不唱歌,

(土俗字) 姐三 欢 比 神仙 呃
(壮 文) Samcej fwen beij sinzsien ak;
(直 译) 三姐 唱歌 比 神仙 厉害
(意 译) 三姐唱歌赛神仙;

(土俗字) 唱 礼 途六 喑 合 剥
(壮 文) Fwen ndaej duzroeg ngaemx haep bak,
(直 译) 唱 得 鸟儿 哑 合 嘴
(意 译) 唱得鸟儿变哑巴,

(土俗字) 尽 各 琴苟 侄 敢 存
(壮 文) Cinx gag ngaemgyaeuj ndi gamj ngonz,
(直 译) 只 独自 低头 不 敢 看
(意 译) 独自低头不敢见。
【Louz Samcej、A'nyouz doxriengz roengz.】
【刘三姐、阿牛相随下。】

Gyoengqvunz【gap guh fwen】
众人【合唱】
(土俗字) 中秋 歌节 估 欢 声
(壮 文) Cungcou gociet guh fwen sing,
(直 译) 中秋 歌节 唱 山歌 声
(意 译) 中秋歌节唱歌声,

(土俗字) 满 堆 满 利 闹 批 旷
(壮 文) Muenx ndoi muenx reih mbin bei gvangq;
(直 译) 漫 山 遍 地 飞 去 广
(意 译) 漫山遍野在飞扬;

（土俗字）堆巴　礼义　以　寥昂
（壮　文）Ndoibya ndaejnyi hix riuangq，
（直　译）山岭　听见　也　欢笑
（意　译）山岭听见也欢笑，

（土俗字）唱　礼　咙川　当　灯艮
（壮　文）Fwen ndaej ronghndwen dangq daengngoenz.
（直　译）唱　得　月亮　像　太阳
（意　译）唱得月亮变太阳。
【Vunzlai yaengyaeng haeuj ndaw ndoeng bei.】
【众人慢步进入山林里。】

【Mueg Cincaiz caeuq sam boux souqcaiz daekeiq dwk hwnj.】
【莫进财和三位秀才得意地上。】
Dauz souqcaiz【guh fwen】
陶秀才【唱】
（土俗字）八　月　桂花　香奥奥
（壮　文）Bet nyued gviqva rangngaungau，
（直　译）八　月　桂花　香喷喷
（意　译）八月桂花阵阵香，

Leix souqcaiz【sinj guh fwen】
李秀才【接唱】
（土俗字）荫　很　书包　歌场　赢
（壮　文）Aemq hwnj sawbau gociengz yingz；
（直　译）背　起　书包　歌场　赢
（意　译）背起书包上歌场；

Laz souqcaiz【sinj guh fwen】
罗秀才【接唱】
（土俗字）老爷　存侧　千　金　请
（壮　文）Lauxi ngonznaek cien gim cingj，
（直　译）老爷　器重　千　金　请
（意　译）老爷器重千金请，

Sam vunz【gap guh fwen】
三人【合唱】
（土俗字）秀才　开　剥　净　文章
（壮　文）Souqcaiz hai bak cingh faenzcieng.
（直　译）秀才　开　口　尽是　文章
（意　译）秀才开口是文章。

【Mueg Vaizsinz daj vaengq hwnj.】
【莫怀仁从旁上。】

【Vunzlai hwnj，nyaemq dujrwz.】
【群众上，耳语】

Mueg Cincaiz【gyangj】
莫进财【白】
(土俗字) 途偻 老爷 斗 贯 啦
(壮 文) Duzraeuz lauxi daeuj gonq la.
(直 译) 我们 老爷 来 先 了
(意 译) 我们的老爷来了。

Dauz souqcaiz、Leix souqcaiz、Laz souqcaiz【gyangj】
陶秀才、李秀才、罗秀才【白】
(土俗字) 哦 老爷 斗 啦
(壮 文) O，lauxi daeuj la!
(直 译) 哦 老爷 来 了
(意 译) 哦，老爷来了!

Mueg Vaizsinz【gyangj】
莫怀仁【白】
(土俗字) 三 位 先生 斗 啦
(壮 文) Sam vih sienseng daeuj la.
(直 译) 三 位 先生 来 了
(意 译) 三位先生来了。

Dauz souqcaiz、Leix souqcaiz、Laz souqcaiz【gyangj】
陶秀才、李秀才、罗秀才【白】
(土俗字) 老爷 差 耐 啦
(壮 文) Lauxi caj naih la.
(直 译) 老爷 等 久 了
(意 译) 老爷久等了。

【Goengdwkbya yawq gex gyawj vunzlai ndeu naengh roengzdaeuj.】
【老渔翁在靠近群众的一角坐下。】

Gyoengqvunz【guh fwen】
众人【唱】

（土俗字）唱欢　　袖　欧　唱　　礼　　来
（壮　文）Ciengqfwen couh aeu ciengq ndaej lai，
（直　译）唱歌　　就　要　唱　　得　　多
（意　译）唱歌就要唱得多，

（土俗字）唱　　三　五　句　　剥　计　开
（壮　文）Ciengq sam haj gawq bak gaej hai；
（直　译）唱　　三　五　句　　口　别　开
（意　译）唱三五句别叫板；

（土俗字）三　五　旬　　欢　　收　　计　唱
（壮　文）Sam haj caenz fwen sou gaej ciengq，
（直　译）三　五　句　　歌　　你们　别　唱
（意　译）三五句歌就别来，

（土俗字）所所　　劫　良　　麻　　啃埃
（壮　文）Sohsoh geb rueng ma gwnngaiz.
（直　译）老实　　夹　尾　　回去　吃饭
（意　译）老实夹尾去吃饭。

Mueg Vaizsinz【gyangj】
莫怀仁【白】
（土俗字）则　　口气　　内　告　宏　　呢　父　　吨　　布红　　　哏　　袖　示
（壮　文）Ndaek haeujheiq neix gaux hung ne！Boux daenj buhhoengz haenx couh seix
（直　译）个　　口气　　这　好　大　　呢　个　　穿　　红衣　　　那　　就　是
（意　译）这口气好大呀！那个穿红衣服的就是

（土俗字）刘　　三姐　　榜吱　　　对　　哈
（壮　文）Louz Samcej，byuengdei doiq ha！
（直　译）刘　　三姐　　快点　　　对　　啊
（意　译）刘三姐，快对歌啊！

Dauz souqcaiz、Leix souqcaiz、Laz souqcaiz【gyangj】
陶秀才、李秀才、罗秀才【白】
（土俗字）示　　示　　示
（壮　文）Seix，seix，seix……
（直　译）是　　是　　是
（意　译）是，是，是……

Louz Samcej【gyangj】
刘三姐【白】
(土俗字)收 贵 姓 哈
(壮 文)Sou gviq singq ha?
(直 译)你们 贵 姓 呀
(意 译)你们贵姓呀?

Dauz souqcaiz、Leix souqcaiz、Laz souqcaiz【gyangj】
陶秀才、李秀才、罗秀才【白】
(土俗字)勾 姓 陶 勾 姓 李 勾 姓 罗
(壮 文)Gou singq Dauz, gou singq Leix, gou singq Laz.
(直 译)我 姓 陶 我 姓 李 我 姓 罗
(意 译)我姓陶,我姓李,我姓罗。

Louz Samcej【gyangj】
刘三姐【白】
(土俗字)莫 老爷 艮内 对欢 盟 布 礼 反悔 呵
(壮 文)Mueg lauxi, ngoenzneix doiqfwen mwngz mbouj ndaej fanhoij ho!
(直 译)莫 老爷 今天 对歌 你 不 得 反悔 呵
(意 译)莫老爷,今天对歌,你不能反悔呵!

Mueg Vaizsinz【gyangj】
莫怀仁【白】
(土俗字)计 用 罗苏 老爷 讲话 渠眉 反悔 计 理
(壮 文)Gaej yungh loso, lauxi gyangjvah rawzmeiz fanhoij gaej leix!
(直 译)不 用 啰嗦 老爷 讲话 哪有 反悔 的 理
(意 译)不用啰嗦,老爷讲话哪有反悔之理!

Louz Samcej【gyangj】
刘三姐【白】
(土俗字)宋位 乡亲 莫 怀仁 奏 勾 对欢 计 仕
(壮 文)Gyoengq yiengcin, Mueg Vaizsinz caeuq gou doiqfwen gaej seih,
(直 译)众 乡亲 莫 怀仁 同 我 对歌 的 事
(意 译)众位乡亲,莫怀仁同我对歌之事,

(土俗字)大家 总 以 清楚 请 大家 帮 勾 估 则 伝正
(壮 文)daihgya cungj hix cingcoj, cingj daihgya bang gou guh ndaek vunzcingq.
(直 译)大家 都 已 清楚 请 大家 帮 我 做 个 证人
(意 译)大家都已清楚,请大家为我做个证人。

Gyoengqvunz【gyangj】
众人【白】
(土俗字) 偻　　愿　　估　父　伝正
(壮　文) Raeuz nyuenx guh boux vunzcingq.
(直　译) 我们　愿　　做　个　证人
(意　译) 我们愿做见证人。

Louz Samcej【guh fwen】
刘三姐【唱】
(土俗字) 讲谋　　　估　欢　袖　估　欢
(壮　文) Gyangjnaeuz guh fwen couh guh fwen,
(直　译) 说道　　　唱　山歌　就　唱　山歌
(意　译) 说到唱歌就唱歌,

(土俗字) 六鸦　鱼　斗　比　凤凰
(壮　文) Roega nyawz daeuj beij funghvuengz;
(直　译) 乌鸦　哪　来　比　凤凰
(意　译) 乌鸦哪能比凤凰;

(土俗字) 盟　敢　乙　何　勾　敢　铡
(壮　文) Mwngz gamj iet hoz gou gamj nyaek,
(直　译) 你　敢　伸　脖子　我　敢　砍
(意　译) 你敢伸脖我敢砍,

(土俗字) 量　盟　本仕　以　布　狂
(壮　文) Liengh mwngz bonjseih hix mbouj guengz.
(直　译) 量　你　本事　也　不　狂
(意　译) 量你本事不怎样。

Mueg Vaizsinz【gyangj】
莫怀仁【白】
(土俗字) 对　易吱
(壮　文) Doiq heihdei!
(直　译) 对　快点
(意　译) 快点对!

Mueg Cincaiz【gyangj】
莫进财【白】
(土俗字) 示　哈　对　易吱　易吱
(壮　文) Seix ha, doiq heihdei heihdei!
(直　译) 是　呀　对　快点　快点
(意　译) 是呀,快对快对!

Leix souqcaiz【gyangj】
李秀才【白】
(土俗字) 陶 先生 先 对
(壮 文) Dauz sienseng sien doiq……
(直 译) 陶 先生 先 对
(意 译) 陶先生先对……

Louz Samcej【guh fwen】
刘三姐【唱】
(土俗字) 姓 陶 侄 伦 桃 屋伪
(壮 文) Singq Dauz ndi rin dauz oklwg,
(直 译) 姓 陶 不 见 桃 结果
(意 译) 姓陶不见桃结果,

(土俗字) 姓 李 侄 伦 李花 开
(壮 文) Singq Leix ndi rin leixva hai;
(直 译) 姓 李 不 见 李花 开
(意 译) 姓李不见李花开;

(土俗字) 姓 罗 住 伦 咣罗 响
(壮 文) Singq Laz ndi rin gyonglaz yiengj,
(直 译) 姓 罗 不 见 锣鼓 响
(意 译) 姓罗不见锣鼓响,

(土俗字) 三 则 禹 内 凳 途怀
(壮 文) Sam ndaek haw neix daengq duzvaiz.
(直 译) 三 个 呆子 这 像 水牛
(意 译) 三个呆子像牛仔。

Gyoengqvunz【gyangj】
众人【白】
(土俗字) 唔尾 李 陶 兄 易吱 对 哈 伊伝 又 唱 噜
(壮 文) Yuvei …… Leix、Dauz ving heihdei doiq ha, aevunz youh ciengq lu!
(直 译) 唔尾 李 陶 兄 快点 对 呀 人家 又 唱 喽
(意 译) 唔尾…… 李兄、陶兄快对呀,人家又唱喽!

Dauz souqcaiz【gyangj】
陶秀才【白】
(土俗字) 衣 勾 斗
(壮 文) Ndei, gou daeuj.
(直 译) 好 我 来
(意 译) 好,我来。

【Guh fwen】
【唱】
（土俗字）侄 示 怀 拘揖 鱼 敢 跶 怀宏
（壮 文）Ndi seix vaiz gyaeujdaep，Nyawz gamj daeb vaizhung；
（直 译）不 是 牛 短角 怎 敢 踢 大牛
（意 译）不是短角牛，怎敢踢大牛；

（土俗字）浪示 何 侄 宏 渠 敢 冲 腾 内
（壮 文）Langhseix hoz ndi hung，Gyawz gamj cung daengz neix.
（直 译）若是 颈 不 粗 怎 敢 冲 到 这
（意 译）如果脖不粗，怎敢到此游。

Laz souqcaiz【gyangj】
罗秀才【白】
（土俗字）嘿 欧礼 欧礼
（壮 文）Hei，aeundaej，aeundaej!
（直 译）嘿 要得 要得
（意 译）嘿，要得，要得!

Louz Samcej【guh fwen】
刘三姐【唱】
（土俗字）收 示 嘛 剥若 全 贪 客 厚 啃
（壮 文）Sou seix ma bakseg，Cienz dam hek haeux gwn；
（直 译）你们 是 狗 嘴裂 全 贪 锅 饭 吃
（意 译）你们裂嘴狗，贪吃是能手；

（土俗字）伦 伝 皮 拍逢 集 良 很 岽 躲
（壮 文）Rin vunz baez bekfwngz，Geb rueng hwnj ndoeng ndoj.
（直 译）见 人 一 拍手 夹 尾 上 山林 躲
（意 译）见人手一拍，夹尾就逃走。

Gyoengqvunz【gyangj】
众人【白】
（土俗字）唔尾
（壮 文）Yuvei……
（直 译）唔尾
（意 译）唔尾……

Mueg Vaizsinz【gyangj】
莫怀仁【白】

（土俗字）快快　　对　陶　先生
（壮　文）Gvaiqgvaiq doiq，Dauz sienseng！
（直　译）快快　　对　陶　先生
（意　译）快快对，陶先生！

Dauz souqcaiz【gyangj】
陶秀才【白】
（土俗字）哎　　哎　　衣　勾　斗
（壮　文）Ei…… ei …… ndei，gou daeuj.
（直　译）哎　　哎　　好　我　来
（意　译）哎……哎……好，我来。

Dauz souqcaiz【guh fwen】
陶秀才【唱】
（土俗字）盟　　计　狂
（壮　文）Mwngz gaej guengz，
（直　译）你　　莫　狂
（意　译）你别狂，

（土俗字）欢　盟　　渠　　比　欢　勾　来
（壮　文）Fwen mwngz gyawz beij fwen gou lai；
（直　译）歌　你　　哪　　比　歌　我　多
（意　译）你歌哪有我歌多；

（土俗字）侄　信　盟　　斗　存　　挂　败
（壮　文）Ndi sinq mwngz daeuj ngonz gvaq baih，
（直　译）不　信　你　　来　看　　过　这边
（意　译）不信过来看这边，

（土俗字）书　来 针　和　欢　针　堆
（壮　文）Saw lai rim ruz fwen rim ndoi.
（直　译）歌书 多 满　船　歌　满　坡
（意　译）歌书满船堆成坡。

Louz Samcej【guh fwen】
刘三姐【唱】
（土俗字）欢　盟　　渠　　比　欢　勾　来
（壮　文）Fwen mwngz gyawz beij fwen gou lai，
（直　译）歌　你　　哪　　比　歌　我　多
（意　译）你歌哪有我歌多，

（土俗字）抽　眉　万　件　侄　曾　开
（壮　文）Caeu meiz fanh gienj ndi caengz hai;
（直　译）藏　有　万　卷　未　曾　开
（意　译）藏有万卷尚未开；

（土俗字）抽　眉　万　件　侄　曾　唱
（壮　文）Caeu meiz fanh gienj ndi caengz ciengq,
（直　译）藏　有　万　卷　不　曾　唱
（意　译）藏有万卷尚未唱，

（土俗字）收　空　存伦　总　神　胎
（壮　文）Sou hoengq ngonzrin cungj saenz dai.
（直　译）你　光　看见　都　发抖　死
（意　译）你光看见都痴呆。

Leix souqcaiz【gyangj】
李秀才【白】
（土俗字）哎唷　够　厉害
（壮　文）Aeyu, gaeuq leixhaih!
（直　译）哎唷　够　厉害
（意　译）哎唷，够厉害！

Laz souqcaiz【gyangj】
罗秀才【白】
（土俗字）计　用　讲　啦　对　易吱　哈
（壮　文）Gaej yungh gyangj la, doiq heihdei ha!
（直　译）不　用　讲　了　对　快点　啊
（意　译）不用讲了，快对呀！

【Sam vunz mwngz doi gou nyiengh. Louz Samcej singfwen youh goksasa】
【三人你推我让，刘三姐歌声又起。】
Louz Samcej【guh fwen】
刘三姐【唱】
（土俗字）伝　拍　花闷　花闷　凛
（壮　文）Vunz bek vamaenj vamaenj lunq,
（直　译）人　拍　李花　李花　落
（意　译）人拍李花李花落，

（土俗字）林　吹　花桃　花桃　卢
（壮　文）Rumz ci vadauz vadauz ro;
（直　译）风　吹　桃花　桃花　枯
（意　译）风吹桃花花枯干；

(土俗字) 枇 木 锣 怀 锣 更 怀
(壮 文) Faex dub laz vaih laz gengq vaih,
(直 译) 棍 打 锣 坏 锣 更 坏
(意 译) 棍打锣坏锣更坏,

(土俗字) 花 督 锣 怀 鱼 唱歌
(壮 文) Va doek laz vaih nyawz ciengqgo.
(直 译) 花 落 锣 坏 怎 唱歌
(意 译) 花落锣坏怎歌唱。

Leix souqcaiz【gyangj】
李秀才【白】
(土俗字) 陶 兄 盟 对 易吱 哈
(壮 文) Dauz ving, mwngz doiq heihdei ha!
(直 译) 陶 兄 你 对 快点 啊
(意 译) 陶兄,你快对呀!

Mueg Vaizsinz【gyangj】
莫怀仁【白】
(土俗字) 陶 先生 对 易吱
(壮 文) Dauz sienseng doiq heihdei.
(直 译) 陶 先生 对 快点
(意 译) 陶先生快对歌。

Dauz souqcaiz【gyangj】
陶秀才【白】
(土俗字) 哎 衣 勾 对
(壮 文) Ae…… ndei…… gou doiq!
(直 译) 哎 好 我 对
(意 译) 哎……好……我对!

Dauz souqcaiz【guh fwen】
陶秀才【唱】
(土俗字) 之 乎 也 者 矣 焉 哉
(壮 文) Cih huh yej cej yiz yenh caih,
(直 译) 之 乎 也 者 矣 焉 哉
(意 译) 之乎也者矣焉哉,

(土俗字) 量 盟 肚才 也 布 乖
(壮 文) Liengh mwngz dungxcaiz hix mbouj gvai;
(直 译) 量 你 才学 也 不 乖
(意 译) 量你才学也不乖;

（土俗字）开　天　辟　地　父尔　　定
（壮　文）Hai dien bik deih bouxrawz dingh，
（直　译）开　天　辟　地　哪个　　定
（意　译）开天辟地哪个定，

（土俗字）参　盟　　父尔　　荒　奔　坏
（壮　文）Cam mwngz bouxrawz fueng mbwn vaih?
（直　译）问　你　　哪个　　补　天　坏
（意　译）问你哪个补天坏？

Louz Samcej【guh fwen】
刘三姐【唱】
（土俗字）开剥　袖　示　矣　焉　哉
（壮　文）Haibak couh seix yiz yenh caih，
（直　译）开口　就　是　矣　焉　哉
（意　译）开口就是矣焉哉，

（土俗字）几　则　　馀　内　促　布　　乖
（壮　文）Gij ndaek cwz neix huk mbouj gvai；
（直　译）几　个　　牛　这　笨　不　　乖
（意　译）几个蠢才笨不乖；

（土俗字）盘古　　定　　开　天　辟　地
（壮　文）Buenzgoj dingh hai dien bik deih，
（直　译）盘古　　定　　开　天　辟　地
（意　译）开天辟地盘古定，

（土俗字）袖　示　女娲　　荒　奔　坏
（壮　文）Couh seix Nawxva fueng mbwn vaih.
（直　译）就　是　女娲　　补　天　坏
（意　译）就是女娲补天坏。

Leix souqcaiz【guh fwen】
李秀才【唱】
（土俗字）伦　盟　　黑那　　侄　眉　啃
（壮　文）Rin mwngz ndaemnaz ndi meiz gwn，
（直　译）见　你　　种田　　没　有　吃
（意　译）见你种田没有吃，

（土俗字）通　卑 通世　脱　罗丁
（壮　文）Doeng bi doengseiq duet lohdin；
（直　译）常　年 四季　脱　赤脚
（意　译）常年四季光脚板；

（土俗字）浪谋　嗄 批 哼　兰 莫
（壮　文）Langhnaeuz haq bei haengj ranz Mueg，
（直　译）如果　嫁 去 给　家　莫
（意　译）如果嫁到莫家来，

（土俗字）礼　幼　兰楼　又　吨　金
（壮　文）Ndaej yawq ranzlaeuz youh daenj gim.
（直　译）得　住　楼房　又　戴　金
（意　译）穿金戴银住楼房。

Louz Samcej【guh fwen】
刘三姐【唱】
（土俗字）三姐　侄 劳 侄 眉　啃
（壮　文）Samcej ndi lau ndi meiz gwn，
（直　译）三姐　不 怕 没 有　吃
（意　译）三姐不怕没有吃，

（土俗字）兰楼　怖金　盟　总　意
（壮　文）Ranzlaeuz buhgim mwngz cungj eiq；
（直　译）楼房　金衣　你　都　爱
（意　译）你爱楼房和金衣；

（土俗字）为麻　侄 劝　姐仂　盟
（壮　文）Vihmaz ndi yienq dahlwg mwngz，
（直　译）为何　不 劝　女儿　你
（意　译）为何不劝你女儿，

（土俗字）嗄　批 兰　莫　估　夏意
（壮　文）Haq bei ranz Mueg guh yahsaeq，
（直　译）嫁　去 家　莫　做　小妾
（意　译）嫁到莫家作小妻。

Laz souqcaiz【guh fwen】
罗秀才【唱】

（土俗字）兰　莫　眉　钱　又　眉　势
（壮　文）Ranz Mueg meiz cienz youh meiz seiq,
（直　译）家　莫　有　钱　又　眉　势
（意　译）莫家有钱有势力，

（土俗字）丫头　伝荒　几　佰　父
（壮　文）Adaeuz vunzhong geij bek boux;
（直　译）丫头　雇工　几　百　个
（意　译）丫头雇工几百个；

（土俗字）浪　盟　古　嗄　兰　莫　斗
（壮　文）Langh mwngz goj haq ranz Mueg daeuj,
（直　译）若　你　肯　嫁　家　莫　来
（意　译）若你嫁到莫家来，

（土俗字）屋都　斩斩　轿　垫　丁
（壮　文）Okdou yamqyamq giuh demh din.
（直　译）出门　步步　轿　垫　脚
（意　译）出门就有轿抬着。

Louz Samcej【guh fwen】
刘三姐【唱】
（土俗字）计　称　兰　莫　兰　发财
（壮　文）Gaej cwng ranz Mueg ranz fatcaiz,
（直　译）别　称　家　莫　家　发财
（意　译）不称莫家发财多，

（土俗字）心　比　而绕　毒　礼　来
（壮　文）Sim beij ngwzyeu doeg ndaej lai;
（直　译）心　比　青蛇　毒　得　多
（意　译）心比青蛇还要毒；

（土俗字）岁逢　笼达　巴　以　怒
（壮　文）Suiqfwngz roengzdah bya hix naeuh,
（直　译）洗手　下河　鱼　也　烂
（意　译）河边洗手鱼烂死，

（土俗字）派　挂　堆　斗　枇　以　胎
（壮　文）Byaij gvaq ndoi daeuj faex hix dai.
（直　译）走　过　山　来　树　也　死
（意　译）走过山边树也枯。

Mueg Vaizsinz【heiqndat dwk gyangj】
莫怀仁【气极地白】
(土俗字) 途 嘛怕 内 欢 易吱
(壮 文) Duz mabag neix! Fwen heihdei……
(直 译) 只 疯狗 这 唱 快点
(意 译) 这只疯狗！快唱……

Dauz souqcaiz【guh fwen】
陶秀才【唱】
(土俗字) 恩 桶 油 刁 斤 十七
(壮 文) Ndaen doengj youz ndeu gin cibcaet,
(直 译) 个 桶 油 一 斤 十七
(意 译) 一个油桶斤十七，

(土俗字) 连 油 连 桶 双 斤 一
(壮 文) Lienz youz lienz doengj song gin it;
(直 译) 连 油 连 桶 两 斤 一
(意 译) 连油带桶两斤一；

(土俗字) 浪 盟 姐三 猜 礼 兑
(壮 文) Langh mwngz Cejsam cai ndaej doiq,
(直 译) 若 你 三姐 猜 得 对
(意 译) 若你三姐猜得对，

(土俗字) 送 油 哼 盟 炒 努笔
(壮 文) Soengq youz haengj mwngz cauj nohbit.
(直 译) 送 油 给 你 炒 鸭肉
(意 译) 送油给你炒鸭去。

Louz Samcej【guh fwen】
刘三姐【唱】
(土俗字) 咪 盟 生 盟 礼 认 乖
(壮 文) Meh mwngz seng mwngz ndaej nyinh gvai,
(直 译) 你 妈 生 你 得 这样 乖
(意 译) 你娘养你这样乖，

(土俗字) 欧 恩 桶空 欠 勾 猜
(壮 文) Aeu ndaen doengjhoengq suenj gou cai;
(直 译) 要 个 空桶 叫 我 猜
(意 译) 拿个空桶给我猜；

（土俗字）明明　　于　肚　　侄 眉　货
（壮　文）Mingzmingz ndaw dungx ndi meiz huq，
（直　译）明明　　里　肚　　没 有　货
（意　译）明明肚子没有货，

（土俗字）空装　　样子　　以 毛衰
（壮　文）Hoengqcang yienghceij hix myausai
（直　译）空装　　样子　　也 白来
（意　译）空装样子也白来。

Leix souqcaiz【guh fwen】
李秀才【唱】
（土俗字）纠　讲　　噌
（壮　文）Gaej gyangj raengz，
（直　译）不　说　　能
（意　译）莫呈能，

（土俗字）三　百　头麻　估　极　分
（壮　文）Sam bek duzma guh gig faen；
（直　译）三　百　只狗　作　奇　分
（意　译）三百只狗作奇分；

（土俗字）三　来 一 少　欧　单数
（壮　文）Sam lai it siuj aeu dansoq，
（直　译）三　多 一 少　要　单数
（意　译）三多一少要单数，

（土俗字）存　　盟　　样尔　　　分　礼　　清
（壮　文）Ngonz mwngz yienghrawz faen ndaej cing，
（直　译）看　　你　　怎样　　　分　得　　清
（意　译）看你怎样分四份。

Louz Samcej【guh fwen】
刘三姐【唱】
（土俗字）九　　十 九　途　批　得银
（壮　文）Gyuj cib gyuj duz bei dwknyaen，
（直　译）九　　十 九　头　去　打猎
（意　译）九十九头去打猎，

(土俗字) 九 十 九 途 该 哼 伝
(壮 文) Gyuj cib gyuj duz gai haengj vunz;
(直 译) 九 十 九 头 卖 给 人
(意 译) 九十九头卖给人;

(土俗字) 九 十 九 途 腊 很斗
(壮 文) Gyuj cib gyuj duz lab hwnjdaeuj,
(直 译) 九 十 九 头 腊 起来
(意 译) 九十九头腊起来,

(土俗字) 痕眉 三 途
(壮 文) Hanzmeiz sam duz……
(直 译) 还有 三 只
(意 译) 还有三只……

Dauz souqcaiz、Leix souqcaiz、Laz souqcaiz【gyangj】
陶秀才、李秀才、罗秀才【白】
(土俗字) 文鱼 分
(壮 文) Baenznyawz faen?
(直 译) 怎么 分
(意 译) 怎么分?

Louz Samcej【sinj guh fwen】
刘三姐【接唱】
(土俗字) 留 卡 啃
(壮 文) Louz gaj gwn.
(直 译) 留 杀 吃
(意 译) 杀来炖。

【Sam vunz gip hai bau fan saw.】
【三人忙开包袱翻书。】
Dauz souqcaiz【guh fwen】
陶秀才【唱】
(土俗字) 算 盟 乖
(壮 文) Suenq mwngz gvai,
(直 译) 算 你 乖
(意 译) 算你乖,

(土俗字) 和宏 大概 眉 几 斤
(壮 文) Ruzhung daihgaiq meiz gij gin?
(直 译) 大船 大概 有 几 斤
(意 译) 一艘大船有几斤?

（土俗字）一 萝 厚彬 几来 危
（壮 文）It loz haeuxbin gijlai ngvih?
（直 译）一 箩筐 碎米 多少 粒
（意 译）一箩碎米多少粒？

（土俗字）参 盟 推 侧 几 来 斤
（壮 文）Cam mwngz ndoi naek gij lai gin?
（直 译）问 你 山 重 几 多 斤
（意 译）问你座山重几斤？

Louz Samcej【guh fwen】
刘三姐【唱】
（土俗字）古 示 乖
（壮 文）Goj seix gvai，
（直 译）可 是 乖
（意 译）你聪明，

（土俗字）和宏 乱 恩 侹 乱 斤
（壮 文）Ruzhung laenh ndaen ndi laenh gin；
（直 译）大船 论 艘 不 论 斤
（意 译）大船论艘不论斤；

（土俗字）卢厚 乱 斤 侹 乱 粒
（壮 文）Lozhaeux laenh gin ndi laenh naed，
（直 译）箩米 论 斤 不 论 粒
（意 译）箩米论斤不论粒，

（土俗字）盟 扛 堆 斗 勾 称 斤
（壮 文）Mwngz gwed ndoi daeuj gou caengh gin.
（直 译）你 扛 山 来 我 称 斤
（意 译）你扛山来我称斤。

Gyoengqvunz【gyangj】
众人【白】
（土俗字）唔尾
（壮 文）Yuvei……
（直 译）唔尾
（意 译）唔尾……

【Sam boux souqcaiz youh fan saw. Leix souqcaiz dawz saw suenj Dauz souqcaiz、Laz souqcaiz.】

【三个秀才又翻书。李秀才拿书唤陶秀才、罗秀才。】

Leix souqcaiz【guh fwen】

李秀才【唱】

(土俗字) 计尔 忐 团 拉 四 方
(壮 文) Gaejrawz gwnz duenz laj seiq fueng?
(直 译) 什么 上 圆 下 四 方
(意 译) 什么上圆下四方?

(土俗字) 计尔 拉 团 忐 四 方
(壮 文) Gaejrawz laj duenz gwnz seiq fueng?
(直 译) 什么 下 圆 上 四 方
(意 译) 什么下圆上四方?

(土俗字) 计尔 于 团 方 幼 鹿
(壮 文) Gaejrawz ndaw duenz fueng yawq rog?
(直 译) 什么 内 圆 方 在 外
(意 译) 什么内圆方在外?

(土俗字) 计尔 鹿 团 于 四 方
(壮 文) Gaejrawz rog duenz ndaw seiq fueng?
(直 译) 什么 外 圆 内 四 方
(意 译) 什么外圆内四方?

【Louz Samcej cingq naemj, gyoengqvunz cingq vih dah yousim. Sam boux souqcaiz daekeiq yiengyieng.】

【刘三姐在思考，众人在为她担忧。三位秀才得意扬扬。】

Louz Samcej【guh fwen】

刘三姐【唱】

(土俗字) 恩卢 忐 团 拉 四 方
(壮 文) Ndaenloz gwnz duenz laj seiq fueng,
(直 译) 箩筐 上 圆 下 四 方
(意 译) 箩筐上圆下四方，

(土俗字) 条柱 拉 团 忐 四 方
(壮 文) Diuzdawh laj duenz gwnz seiq fueng;
(直 译) 筷条 下 圆 上 四 方
(意 译) 筷条下圆上四方；

（土俗字）盘肥　于　团　方　幼　鹿
（壮　文）Buenzfeiz ndaw duenz fueng yawq rog，
（直　译）火盘　内　圆　方　在　外
（意　译）火盘内圆方在外，
……

【Gyoengqvunz vih Louz Samcej simgip.】
【众人为刘三姐着急。】

Mueg Vaizsinz【daekeiq dwk gyangj】
莫怀仁【得意地白】
（土俗字）刘　三姐　叭　内　盟　唱　输　了　吧
（壮　文）Louz Samcej，mbat neix mwngz ciengq saw liux ba?
（直　译）刘　三姐　次　这　你　唱　输　了　吧
（意　译）刘三姐，这一回你唱输了吧？

【A'nyouz meiz dei rox nei amqseix Louz Samcej，Louz Samcej ngonzrin gaej saidaiq Mueg Vaizsinz，cuenq you baenz angq .】
【阿牛有所悟地暗示刘三姐，刘三姐看见莫怀仁的佩带，转忧为喜。】

Mueg Vaizsinz【gyangj】
莫怀仁【白】
（土俗字）斗　啊　赏　三　位　先生　三　百　吊　钱
（壮　文）Daeuj ha，ciengj sam vih sienseng sam bek diuq cienz.
（直　译）来　呀　赏　三　位　先生　三　百　吊　钱
（意　译）来呀，赏三位先生三百吊钱。

Louz Samcej【sinj guh fwen】
刘三姐【接唱】
（土俗字）文钱　鹿　团　于　四　方
（壮　文）Maenzcienz rog duenz ndaw seiq fueng.
（直　译）铜钱　外　圆　内　四　方
（意　译）铜钱外圆内四方。

Leix souqcaiz【guh fwen】
李秀才【唱】
（土俗字）盟　计　狂
（壮　文）Mwngz gaej guengz，
（直　译）你　莫　狂
（意　译）你莫狂，

（土俗字）孔子　　剥那　该　文章
（壮　文）Hoengjceij baknaj gai faenzcieng；
（直　译）孔子　　面前　卖　文章
（意　译）孔子面前卖文章；

（土俗字）六地　　以　奏　　凤凰　　　比
（壮　文）Roegdeiq hix caeuq funghvuengz beij，
（直　译）麻雀　　也　和　　凤凰　　　比
（意　译）麻雀也和凤凰比，

（土俗字）黑那　　渠　　比　读书　　郎
（壮　文）Ndaemnaz gyawz beij doegsaw langz，
（直　译）种田　　怎　　比　读书　　郎
（意　译）种田怎比读书郎。

Louz Samcej【guh fwen】
刘三姐【唱】
（土俗字）寥　胎　伝
（壮　文）Riu dai vunz，
（直　译）笑　死　人
（意　译）笑死人，

（土俗字）败那　　关帝　　　武　　剑宏
（壮　文）Baknaj Gvandaeq foux giemqhung；
（直　译）前面　　关帝　　　舞　　大剑
（意　译）前面关帝舞大剑；

（土俗字）若示　　都队　　侄　黑　　厚
（壮　文）Siegseix doudoih ndi ndaem haeux，
（直　译）如果　　我们　　不　种　　稻
（意　译）如果我们不种稻，

（土俗字）欠　　收　　阁约　　胎　估　琴
（壮　文）Hemq sou gaegyiek dai guh gumz.
（直　译）叫　　你们　挨饿　　死　做　堆
（意　译）叫你饿死苦连连。

【Sam boux souqcaiz cingq yaeng.】
【三位秀才正商量。】

Louz Samcej 【guh fwen】
刘三姐【唱】
（土俗字）读书　伝
（壮　文）Doegsaw vunz,
（直　译）读书　人
（意　译）读书人，

（土俗字）盟　讲　聪明　勾　参　盟
（壮　文）Mwngz gyangj coengmingz gou cam mwngz;
（直　译）你　说　聪明　我　问　你
（意　译）你讲聪明我问你；

（土俗字）参　收　时尔　笼　厚这
（壮　文）Cam sou seizrawz roengz haeuxceh?
（直　译）问　你们　什么时候　下　种子
（意　译）什么时候下谷种？

（土俗字）时尔　厚显　礼　收成
（壮　文）Seizrawz haeuxhenj ndaej sousingz?
（直　译）何时　稻黄　得　收成
（意　译）何时稻熟得收起？

Dauz souqcaiz 【guh fwen】
陶秀才【唱】
（土俗字）秀才　读书　道理　通
（壮　文）Souqcaiz doegsaw dauhleix doeng,
（直　译）秀才　读书　道理　通
（意　译）秀才读书通道理，

（土俗字）荒那　季节　鲁　分明
（壮　文）Hongnaz geiqciet rox faenmingz;
（直　译）农事　季节　知　分明
（意　译）农事季节懂分明；

（土俗字）九　月　重阳　笼　厚这
（壮　文）Gyuj nyued cungzyiengz roengz haeuxceh,
（直　译）九　月　重阳　下　谷种
（意　译）九月重阳下谷种，

(土俗字)川正　　厚　豆　礼　收成
(壮　文)Ndwencing haeux duh ndaej sousingz.
(直　译)正月　　谷　豆　得　收成
(意　译)正月谷豆得收清。

Louz Samcej【guh fwen】
刘三姐【唱】
(土俗字)秀才　艮　腾　尽　啃　庇
(壮　文)Souqcaiz ngoenz daengz cinx gwn beiz,
(直　译)秀才　天　到　尽　吃　肥
(意　译)秀才成天吃得肥,

(土俗字)勾　参　败东　盟　答　西
(壮　文)Gou cam baihdoeng mwngz dap sae;
(直　译)我　问　东方　你　答　西
(意　译)我问东来你答西;

(土俗字)交　一块　那　哼　盟　估
(壮　文)Gyau it gaiq naz haengj mwngz guh,
(直　译)交　一块　田　给　你　耕作
(意　译)交一块田给你种,

(土俗字)样鱼　擒　捞　鱼　除　之
(壮　文)Yienghnyawz gaem rauq nyawz dawz cei?
(直　译)怎样　拿　耙　怎　拿　犁
(意　译)怎样耙来怎样犁?

Leix souqcaiz【guh fwen】
李秀才【唱】
(土俗字)勾　吝　盟
(壮　文)Gou laenh mwngz,
(直　译)我　告诉　你
(意　译)告诉你,

(土俗字)勾　鲁　读书　那　鲁　黑
(壮　文)Gou rox doegsaw naz rox ndaem;
(直　译)我　会　读书　田　会　种
(意　译)我会读书会种田;

(土俗字)捞那　之那　样样　熟
(壮　文)Rauqnaz ceinaz yienghyiengh sug,
(直　译)耙田　犁田　样样　熟
(意　译)耙田犁地样样熟,

(土俗字) 勾　批　等贯　　怀　跟愣
(壮　文) Gou bei daengjgonq vaiz gaenlaeng.
(直　译) 我　去　前面　　牛　跟后
(意　译) 牛走后来我走先。

Gyoengqvunz【gyangj】
众人【白】
(土俗字) 唔尾　　答　侄　争　啦　输　啦
(壮　文) Yuvei …… dap ndi deng la, saw la!
(直　译) 唔尾　　答　不　对　了　输　了
(意　译) 唔尾……答不对了，输了！

Goengdwkbya【gyangj】
老渔翁【白】
(土俗字) 盟　则　秀才　内　真　示　江哏　　啃　仂张
(壮　文) Mwngz ndaek souqcaiz neix, caen seix gyanghwnz gwn lwgbyieng——
(直　译) 你　个　秀才　这　真　是　半夜　　吃　黄瓜
(意　译) 你这个秀才，真是半夜吃黄瓜——

(土俗字) 侄　鲁　狗双　　啦　哈　哈　哈
(壮　文) ndi rox gyaeujrueng la, ha ha ha ……
(直　译) 不　知　头尾　　了　哈　哈　哈
(意　译) 不知头尾了，哈哈哈……

Mueg Vaizsinz【gyangj】
莫怀仁【白】
(土俗字) 哎　唱　哈　再　唱　哈
(壮　文) Ai! ciengq ha, caiq ciengq ha!
(直　译) 哎　唱　呀　再　唱　呀
(意　译) 哎！唱呀，再唱呀！

Louz Samcej【guh fwen】
刘三姐【唱】
(土俗字) 衣　寥　来
(壮　文) Ndei riu lai,
(直　译) 好　笑　多
(意　译) 好笑多，

(土俗字) 开　剥　讲谋　　秀才　乖
(壮　文) Hai bak gyangjnaeuz souqcaiz gvai;
(直　译) 开　口　讲道　　秀才　乖
(意　译) 秀才开口就会说；

(土俗字) 参 盟 拉奔 伝 来小
(壮 文) Cam mwngz lajmbwn vunz laisiuj?
(直 译) 问 你 天下 人 多少
(意 译) 问你天下多少人?

(土俗字) 忐坤 捞四 眉 几来
(壮 文) Gwnzmbwn ndaundeiq meiz gijlai?
(直 译) 天上 星星 有 几多
(意 译) 天上星星有几多?

【Sam vunz luenh baenz duenz, gyoengqvunz daih riu.】
【三人忙作一团,众人大笑。】

Mueg Vaizsinz【gyangj】
莫怀仁【白】
(土俗字) 唉 对 哈 对 易吱 快 对 易
(壮 文) Ae! Doiq ha …… doiq heihdei, gvaiq doiq, heih!
(直 译) 唉 对 呀 对 快点 快 对 快
(意 译) 哎!对呀……快对呀,快对,快!

Dauz souqcaiz【gyangj】
陶秀才【白】
(土俗字) 哎 父尔 奏 盟 讲 奔 比 地 偻 讲 剥那 嘛
(壮 文) Ai, bouxrawz caeuq mwngz gyangj mbwn beij deih, raeuz gyangj baknaj ma!
(直 译) 哎 哪个 同 你 讲 天 比 地 我们 讲 眼前 嘛
(意 译) 哎,哪个和你讲天比地的,我们是讲眼前的嘛!

Louz Samcej【guh fwen】
刘三姐【唱】
(土俗字) 讲 剥那
(壮 文) Gyangj baknaj,
(直 译) 讲 眼前
(意 译) 讲眼前,

(土俗字) 剥那 眉 几 条 奔他
(壮 文) Baknaj meiz gij diuz bwnda?
(直 译) 眼前 有 几 条 眉毛
(意 译) 眼前眉毛有几根?

Dawz souqcaiz、Leix souqcaiz、Laz souqcaiz【gyangj】
陶秀才、李秀才、罗秀才【白】
（土俗字）哎　　内
（壮　文）Ai …… neix ……
（直　译）哎　　这
（意　译）哎……这……

Louz Samcej【sinj guh fwen】
刘三姐【接唱】
（土俗字）参　则　增　盟　眉　几　侧
（壮　文）Cam ndaek ndaeng mwngz meiz gij naek?
（直　译）问　个　鼻　你　有　几　重
（意　译）问你鼻子有几重？

（土俗字）参　片　那　盟　几来　哪
（壮　文）Cam benq naj mwngz gijlai na?
（直　译）问　片　脸　你　几多　厚
（意　译）问你脸皮厚几分？

Gyoengqvunz【gyangj】
众人【白】
（土俗字）唔尾　对　布　很　喽　对　布　很　啦（大笑）
（壮　文）Yuvei …… doiq mbouj hwnj lo! Doiq mbouj hwnj lo!（Daihriu）
（直　译）唔尾　对　不　上　啦　对　不　上　啦（大笑）
（意　译）唔尾……对不起了！对不起了！（大笑）

【Sam boux souqcaiz fwngz nyaengq din luenh，lienzlienz fan saw，bonj dem bonj vit roengz dah bei.】
【三位秀才手忙脚乱，连连翻书，一本一本地丢下河去。】

Louz Samcej【guh fwen】
刘三姐【唱】
（土俗字）条　达　内　示　达　淋　需
（壮　文）Diuz dah neix seix dah raemx saw，
（直　译）条　河　这　是　河　水　清
（意　译）这条河是清水河，

（土俗字）收　计　书欢　凳　木某
（壮　文）Sou gaej sawfwen daengq moegmou；
（直　译）你们　的　歌书　像　猪窝
（意　译）你们书脏像猪窝；

(土俗字)计 除 书欢 更 笼 达
(壮 文)Gaej dawz sawfwen gvengq roengz dah,
(直 译)莫 把 歌书 丢 下 河
(意 译)莫把歌书丢河里,

(土俗字)免 分 条 达 便 淋 候
(壮 文)Mienx faen diuz dah bienq raemx haeu.
(直 译)免 给 条 河 变 水 臭
(意 译)免得河水臭味多。

Mueg Vaizsinz【mbouj an dwk gyangj】
莫怀仁【不安地白】
(土俗字)对 哈 对 哈
(壮 文)Doiq ha, doiq ha!
(直 译)对 呀 对 呀
(意 译)对呀,对呀!

Dauz souqcaiz【gyangj】
陶秀才【白】
(土俗字)老爷
(壮 文)Lauxi ……
(直 译)老爷
(意 译)老爷 ……

Louz Samcej【guh fwen】
刘三姐【唱】
(土俗字)唱 侄 屋 剥 汗 尽 飘
(壮 文)Fwen ndi ok bak hanh caenh biu,
(直 译)唱 不 出 口 汗 尽 漂
(意 译)唱不出口冒汗了,

(土俗字)三 则 徐 内 鲁 几 条
(壮 文)Sam ndaek cwz neix rox gij diuz;
(直 译)三 头 牛 这 会 几 条
(意 译)三个笨牛会多少;

(土俗字)嘛 练 十 卑 再 斗 唱
(壮 文)Ma lienh cib bi caiq daeuj ciengq,
(直 译)回 练 十 年 再 来 唱
(意 译)再练十年再来唱,

（土俗字）免　礼　那盲　哼　伝　寥
（壮　文）Mienx ndaej najmong haengj vunz riu.
（直　译）免　得　惭愧　给　人　笑
（意　译）免得丢脸给人笑。

Gyoengqvunz【gyangj】
众人【白】
（土俗字）唔尾　唱　输　啦　唔尾
（壮　文）Yuvei …… ciengq saw la…… yuvei ……
（直　译）唔尾　唱　输　了　唔尾
（意　译）唔尾 …… 唱输了…… 唔尾 ……

【Sam boux souqcaiz hanh lu ndang dumz，heiq ngaengh fodfod.】
【三个秀才汗流浃背，气喘吁吁。】

Leix souqcaiz【gyangj】
李秀才【白】
（土俗字）老爷　老爷
（壮　文）Lauxi…… lauxi……
（直　译）老爷　老爷
（意　译）老爷…… 老爷 ……

Mueg Vaizsinz【gyangj】
莫怀仁【白】
（土俗字）呸
（壮　文）Bei!
（直　译）呸
（意　译）呸！

【Nam】
【念】
（土俗字）盟　计　欢　内　算　则尔
（壮　文）Mwngz gaej fwen neix suenq ndaekrawz，
（直　译）你　的　山歌　这　算　什么
（意　译）你这山歌算什么，

（土俗字）欢　盟　比　勾　勾　财　来
（壮　文）Fwen mwngz gyawz beij gou caiz lai；
（直　译）山歌　你　哪　比　我　财　多
（意　译）你歌哪比我财多；

(土俗字) 勾 腾 官府 话 一 摆
(壮 文) Gou daengz guenfouj vah it baij,
(直 译) 我 到 官府 话 一 摆
(意 译) 我到官府说句话,

(土俗字) 硬 带 盟 麻 估 小婆
(壮 文) Nyengh daiq mwngz ma guh siujbuz.
(直 译) 硬 带 你 做 做 小婆
(意 译) 硬要讨你做小婆。

Gyoengqvunz【gyangj】
众人【白】
(土俗字) 莫 怀仁 莫 怀仁
(壮 文) Mueg Vaizsinz! Mueg Vaizsinz!
(直 译) 莫 怀仁 莫 怀仁
(意 译) 莫怀仁,莫怀仁!

(土俗字) 计 用 欧 壳 斗 暇 伝
(壮 文) Gaej yungh aeu hak daeuj hangz vunz;
(直 译) 莫 用 要 官 来 吓 人
(意 译) 莫用要官来吓人;

(土俗字) 赛 欢 原本 盟 答应
(壮 文) Saiq fwen nyuenzbonj mwngz dapwngq,
(直 译) 赛 歌 原本 你 答应
(意 译) 赛歌原本你答应,

(土俗字) 赛 输 姐三 侄 提 亲
(壮 文) Saiq saw Cejsam ndi daez cin;
(直 译) 赛 输 三姐 不 提 亲
(意 译) 赛输三姐不提亲;

(土俗字) 若 盟 行峦 侄 讲 理
(壮 文) Sieg mwngz vengzmanz ndi gyangj leix,
(直 译) 若 你 横蛮 不 讲 理
(意 译) 若你横蛮不讲理,

(土俗字) 劳 布 劳 都 对 见证
(壮 文) Lau mbouj lau dou guh gienqcingq!
(直 译) 怕 不 怕 我们 做 见证
(意 译) 怕不怕俺做见证!

Mueg Vaizsinz【gyangj】
莫怀仁【白】
(土俗字) 帮 防穷 内 斗 哈 哼 勾 抢 伝
(壮 文) Bang fangzgungz neix! Daeuj ha, haengj gou ciengj vunz!
(直 译) 帮 穷鬼 这 来 呀 给 我 抢 人
(意 译) 这帮穷鬼！来呀，给我抢人！
【Gyoengq mageq siengj cung gvaqbei, deng vunzlai dangj ma.】
【帮凶们欲冲过去，被群众挡回来。】

Mueg Vaizsinz【dinfwngz luenh caez, itmienh dajcuenh, itmienh ngven vunz】
莫怀仁【手忙脚乱，一边打转，一边咒骂】
(土俗字) 衣 衣 艮昨 再 奏 收 帮 防穷 内 算帐
(壮 文) Ndei, ndei! Ngoenzcog caiq caeuq sou bang fangzgungz neix suenqciengq!
(直 译) 好 好 明天 再 同 你们 帮 穷鬼 这 算账
(意 译) 好，好！明天再和你们这帮穷鬼算账！

Gyoengqvunz【gyangj】
众人【白】
(土俗字) 唔尾
(壮 文) Yuvei……
(直 译) 唔尾
(意 译) 唔尾……

Dauz souqcaiz【gyangj】
陶秀才【白】
(土俗字) 老爷 都 批麻 啦
(壮 文) Lauxi, dou beima la.
(直 译) 老爷 我们 回去 了
(意 译) 老爷，我们回去了。

Mueg Vaizsinz【gyangj】
莫怀仁【白】
(土俗字) 计 讲 啦 收 总 示 计 秀才 怒 父 用
(壮 文) Gaej gyangj la, sou cungj seix gaej souqcaiz naeuh fouz yungh!
(直 译) 不 讲 了 你们 都 是 些 秀才 烂 无 用
(意 译) 莫说了，你们都是不中用的烂秀才！

Goengdwkbya【guh fwen】
老渔翁【唱】

(土俗字) 批麻　罗
(壮　文) Beima lo,
(直　译) 回去　喽
(意　译) 回去喽,

(土俗字) 批麻　啃　筹　刮　鼎锅
(壮　文) Beima gwn caeuz gvet dingjgu;
(直　译) 回去　吃　晚饭　刮　鼎锅
(意　译) 回去吃饭刮鼎锅;

(土俗字) 一 连　信　爹 几 规广
(壮　文) It lienz saenq di gij gvi'gvuengj,
(直　译) 一 连　吞　它 几 大碗
(意　译) 一连吞它几大碗,

(土俗字) 免　哼　恩　胴　选呼呼
(壮　文) Mienx haengj ndaen dungx suenjhuhu.
(直　译) 免　给　个　肚　叫咯咯
(意　译) 免得肚子叫啰啰。

Mueg Vaizsinz【gyangj】
莫怀仁【白】
(土俗字) 盟　痕　唱　则尔　快 批 哼　勾 开 和 条
(壮　文) Mwngz hanz ciengq ndaekrawz, gvaiq bei haengj gou hai ruz deuz!
(直　译) 你　还　唱　什么　快 去 给　我 开 船 走
(意　译) 你还唱什么,快去给我们开船走!

Gyoengqvunz【gyangj】
众人【白】
(土俗字) 唔尾　(大笑)
(壮　文) Yuvei …… (daihriu)
(直　译) 唔尾　(大笑)
(意　译) 唔尾……(大笑)

Mueg Vaizsinz【haeb heuj haeb faenz, gyangj】
莫怀仁【咬牙切齿地,白】
(土俗字) 嘿　唱　吧 收　唱　吧
(壮　文) Hei! Ciengq ba, sou ciengq ba!
(直　译) 嘿　唱　吧 你们 唱　吧
(意　译) 嘿!唱吧,你们唱吧!

Gyoengqvunz【gyangj】

众人【白】
（土俗字）唔尾
（壮　文）Yuvei ……
（直　译）唔尾
（意　译）唔尾 ……

【Byaij haeuj ndaw ndoengfaex bei.】
【走入深林里去。】

Mueg Vaizsinz【funggvuengz dwk，gyangj】
莫怀仁【疯狂地，白】
（土俗字）赶快　批麻　请　官府　大人　奏　各　乡　绅仕
（壮　文）Ganjgvaiq beima，cingj guenfouj daihsinz caeuq gak yieng sinseih
（直　译）赶快　回去　请　官府　大人　和　各　乡　绅士
（意　译）赶快回去，请官府大人和各乡绅士

（土俗字）腾　兰　勾　斗　勾　约　禁　欢
（壮　文）daengz ranz gou daeuj …… gou yaek gimq fwen!
（直　译）到　家　我　来　我　要　禁　山歌
（意　译）到我家里来 …… 我要禁山歌!
【Mueg Vaizsinz ndatheiq dwk roengzbei.】
【莫怀仁恼火地下去。】

【Gyoengqvunz angqvauvau hwnjdaeuj，youh guh fwen youh diuq foux. Louz Samcej fwngz dawz souqgyuz caeuq A'nyouz caez diuq foux，gyoengqvunz gaenlaeng guh angq.】
【群众兴高采烈地上，又歌又舞。三姐手拿绣球与阿牛跳舞，众人跟后作乐。】

Samcej、Lanzfaen daengj【mienh foux mienh guh fwen】
三姐、兰芬等【边舞边唱】
（土俗字）互　传　绣球　墓　又　红
（壮　文）Nguh cuenz souqgyuz moq youh hoengz,
（直　译）互　传　绣球　新　又　红
（意　译）互传绣球红又新，

（土俗字）千　针　万　线　往　逢　引
（壮　文）Cien cim fanh sienq nuengx fwngz yinx;
（直　译）千　针　万　线　妹　手　绣
（意　译）手针万线妹手引；

(土俗字) 绣球 宾 挂 相思树
(壮 文) Souqgyuz mbin gvaq siengjseisawh,
(直 译) 绣球 飞 过 相思树
(意 译) 绣球飞挂相思树,

(土俗字) 特哥 姐往 心 连 心
(壮 文) Daeggo dahnuengx sim lienz sim.
(直 译) 哥哥 妹妹 心 连 心
(意 译) 哥哥妹妹心连心。

【Yawq gofoux seiz, gyoengq dahsau dawz souqgyuz bau haengj bouxyoux simgyaez.】

【在歌舞中,姑娘们将绣球抛给心爱的情人。】

A'nyouz、Amoeg、Aciengz daengj【guh fwen】
阿牛、亚木、亚祥等【唱】
(土俗字) 金丝 绣球 墓 又 红
(壮 文) Gimsei souqgyuz moq youh hoengz,
(直 译) 金丝 绣球 新 又 红
(意 译) 金丝绣球新又红,

(土俗字) 千 针 万 线 往 逢 针
(壮 文) Cien cim fanh sienq nuengx fwngz caem;
(直 译) 千 丝 万 线 妹 手 绣
(意 译) 妹绣千丝万线针;

(土俗字) 批 除 绣球 勒 忐侧
(壮 文) Bei dawz souqgyuz raek gwnzaek,
(直 译) 去 把 绣球 挂 胸上
(意 译) 去把绣球挂在胸,

(土俗字) 条条 线 连 往 于 心
(壮 文) Diuzdiuz sienq lienz nuengx ndaw sim.
(直 译) 条条 线 连 妹 里 心
(意 译) 条条线连在妹心。

【Gyoengq bouxyoux baenzsueng baenzdoiq neix, foux aen souqgyuz, mienh fwen mienh byaij haeuj ndaw ndoengfaex bei.】

【这双双对对的情人,舞着绣球,轻歌慢步隐入林间。】

【Fan muq menhmenh roengzdaeuj.】

【幕徐徐下。】

(土俗字) 场　大四　吟　欢
(壮　文) **Ciengz Daihseiq Gimq Fwen**
(直　译) 场　第四　禁　歌
(意　译) 第四场　禁歌

Seizgan：Gvaq geij ngoenz le haet ndeu.
时间：数日后一天早上。

Diegdiemj：Doengz ciengz daih'it.
地点：同第一场。

Mueg Cincaiz【roq laz byaij gvaq baihnaj daihnyih fan muq，vifung dwk gyangj】
莫进财【鸣锣走过二道幕前，威风地白】
(土俗字) 撸 锣 传　话　大家　听义　　查 礼　宜州　墒界　　各 其
(壮　文) Roq laz cuenz vah，daihgya dingqnyi；caz ndaej Ngeizcou dueggyaiq gak giz，
(直　译) 鸣　锣 传　话　大家　听着　　查 获　宜州　地界　　各 处
(意　译) 鸣锣传言，大家听着：查得宜州境地各处，

(土俗字) 乡亲　禀报　土民　布　服 王化　　估 欢　邪气　升很
(壮　文) yiengcin bingjbauq dojminz mbouj fug vuengzvaq，guh fwen cezheiq hwnjdaeuj，
(直　译) 乡亲　禀报　土民　不　服 王化　　唱　山歌 邪气　上升
(意　译) 乡亲禀呈本地乡民不服王化，唱歌邪气上升，

(土俗字) 估 欢　造谣　惑众　　败坏　风俗　人伦　本　州 为 民　着想
(壮　文) guh fwen cauxyiuz vaegcungq，baihvaih fungsug sinzlinz，bonj cou vih minz ciegsiengj，
(直　译) 唱　山歌 造谣　惑众　　败坏　风俗　人伦　本　州 为 民　着想
(意　译) 唱歌造谣惑众，败坏风俗人伦，本州为民着想，

(土俗字) 明令　　禁　欢　违者　罚 荒　罚 钱　侧者　阵屋　墒界
(壮　文) mingzlingh gimq fwen. Bouxfanj fad hong fad cienz，bouxnaek caenh'ok dueggyaiq.
(直　译) 明令　　禁　山歌 违者　罚 役　罚 钱　重者　赶出　地界
(意　译) 明令禁歌，违者劳役罚款，重者驱逐出境，

(土俗字) 各　伝　定　欧　遵从　　恩令
(壮　文) Gak vunz dingh aeu ciuqcoengz aenlingh!
(直　译) 各　人　定　要　遵从　　命令
(意　译) 各人要遵令！

【Mueg Cincaiz mienh roq laz mienh roengzbei. Daihnyih fan muq hai. Louz Samcej hwnj ndoi raemj fwnz】

【莫进财边鸣锣边下。二道幕开。刘三姐上山砍柴】

Louz Samcej【guh fwen】
刘三姐【唱】
(土俗字)很　堆　喽
(壮　文)Hwnj ndoi lo,
(直　译)上　山　喽
(意　译)上山喽,

(土俗字)棵枇　划逢　六　唱歌
(壮　文)Gofaex vadfwngz roeg cienggo;
(直　译)树木　摇手　鸟　唱歌
(意　译)树枝摇手鸟唱歌;

(土俗字)于　达　途巴　跳　很斗
(壮　文)Ndaw dah duzbya diuq hwnjdaeuj,
(直　译)里　河　鱼儿　跳　起来
(意　译)河里鱼儿跳起来,

(土俗字)约　奏　姐三　斗　对歌
(壮　文)Yaek caeuq Cejsam daeuj doiqgo.
(直　译)要　和　三姐　来　对歌
(意　译)要同三姐来对歌。

Louz Samcej【sinj guh fwen】
刘三姐【接唱】
(土俗字)欢　暂　停
(壮　文)Fwen camh dingz,
(直　译)歌　暂　停
(意　译)暂停唱,

(土俗字)因为　姐三　缯纷纷
(壮　文)Yinvih Cejsam nyaengqfoenfoen;
(直　译)因为　三姐　忙纷纷
(意　译)因为三姐没空闲;

(土俗字)另　再　差腾　欢圩　节
(壮　文)Lingh caiq cajdaengz fwenhaw ciet,
(直　译)另　再　等到　歌圩　节
(意　译)另再等到歌圩节,

（土俗字）再　斗　齐　唱　双　三　艮
（壮　文）Caiq daeuj caez fwen song sam ngoenz.
（直　译）再　来　齐　唱　双　三　天
（意　译）再来同唱两三天。

A'nyouz【hwnjdaeuj，gyangj】
阿牛【上，白】
（土俗字）姐三
（壮　文）Cejsam!
（直　译）三姐
（意　译）三姐！

Louz Samcej【gyangj】
刘三姐【白】
（土俗字）盟　斗　啦　宋爹　呢
（壮　文）Mwngz daeuj la，gyoengqdi ne?
（直　译）你　来　啦　他们　呢
（意　译）你来啦，他们呢？

A'nyouz【gyangj】
阿牛【白】
（土俗字）幼　败愣
（壮　文）Yawq baihlaeng.
（直　译）在　后面
（意　译）在后面。

Gyoengqvunz【gyangj】
众人【白】
（土俗字）唔尾
（壮　文）Yuvei ……
（直　译）唔尾
（意　译）唔尾 ……
【Doengmoih、Lanzfaen、Dienfuk、Aciengz daengj doxwngq hwnjdaeuj.】
【冬妹、兰芬、天福、亚祥等呼应着上。】

Louz Samcej【gyangj】
刘三姐【白】
（土俗字）宋　皮往　偻　批　斫　焚　喽
（壮　文）Gyoengq beixnuengx，raeuz bei raemj fwnz lu!
（直　译）众　兄妹　我们　去　砍　柴　喽
（意　译）众兄妹，我们砍柴去喽！

Gyoengqvunz【gyangj】
众人【白】
(土俗字)示 啦 偻 批 斫 焚 喽
(壮 文)Seix la，raeuz bei raemj fwnz lu!
(直 译)是 啦 我们 去 砍 柴 喽
(意 译)是啦我们去砍柴喽!

Gyoengqvunz【guh fwen】
众人【唱】
(土俗字)八 月 林秋 阵阵 凉
(壮 文)Bat nyued rumzcou caenhcaenh liengz，
(直 译)八 月 秋风 阵阵 凉
(意 译)八月秋风阵阵凉，

(土俗字)桂花 车 斗 香吩吩
(壮 文)Gviqva ci daeuj rangfwnfwn；
(直 译)桂花 吹 来 香喷喷
(意 译)桂花吹来喷喷香；

(土俗字)度内 途偻 鬼 厚 礼
(壮 文)Dohneix duzraeuz gvej haeux ndaej，
(直 译)现在 我们 割 稻谷 得
(意 译)现在我们收完谷，

(土俗字)齐众 口 堆 斗 斫 焚
(壮 文)Caezcungq haeuj ndoi daeuj raemj fwnz.
(直 译)一同 进 山 来 砍 柴
(意 译)一同进山砍柴忙。
【Hwnjndoi，mienh raemj fwnz mienh guh fwen.】
【上山，边砍柴边唱歌。】

Gyoengqvunz【guh fwen】
众人【唱】
(土俗字)但 眉 主意 布 劳 穷
(壮 文)Danh meiz cawjeiq mbouj lau gungz，
(直 译)但 有 主意 不 怕 穷
(意 译)但有主意不怕穷，

(土俗字)齐众 很 堆 斗 斫 焚
(壮 文)Caezcungq hwnj ndoi daeuj raemj fwnz；
(直 译)一同 上 山 来 砍 柴
(意 译)一同砍柴上山峦；

（土俗字）拉 焚 批 该 唤 礼 厚
（壮 文）Ra fwnz bei gai vuenh ndaej haeux，
（直 译）找 柴 去 卖 换 得 米
（意 译）打柴去卖换得米，

（土俗字）沽 由 布 断 厚 眉 啃
（壮 文）Gyu youz mbouj duenh haeux meiz gwn.
（直 译）盐 油 不 断 米 有 吃
（意 译）还有油盐也不断。

A'nyouz【guh fwen】
阿牛【唱】
（土俗字）姐三 艮 批 荒 面 教 欢 偻 欢
（壮 文）Cejsam ngoenz bei hong，Mienh gyauq fwen raeuz fwen；
（直 译）三姐 天 出 工 一面 教 歌 咱 唱
（意 译）三姐来做工，一面教唱歌；

（土俗字）哼 偻 各 皮往 总 鲁 欢 銮銮
（壮 文）Haengj raeuz gak beixnuengx，Cungj rox fwen ruenruen.
（直 译）给 我们 各 兄弟姐妹 都 会 唱歌 悦耳声
（意 译）给我们同胞，会唱歌作乐。

Louz Samcej【guh fwen】
刘三姐【唱】
（土俗字）偻 父壮 兄弟 伝伝 意 唱 欢
（壮 文）Raeuz Bouxcuengh vingdaex，Vunzvunz eiq ciengq fwen；
（直 译）我们 壮家 兄弟 人人 爱 唱 歌
（意 译）我壮家兄弟，人人爱唱歌；

（土俗字）幼 鹿洞 估荒 欢 尽 所所 銮
（壮 文）Yawq rogdoengh guhhong，Fwen cinx soso ruenz.
（直 译）在 田垌 干活 歌 全 乎乎 回响
（意 译）在田垌干活，歌飞满坡乐。

【Daemzdaenh singlaz cuenz daeuj，gyoengqvunz yiengq laj muengh.】
【突然锣声传来，众人向山下望。】

【Ndaw muq meiz sing：Couguen daihsinz cuenz vah，ndi cinj caiq guh fwen.】
【内声：州官大人传话，不准再唱山歌。】

Louz Samcej【gyangj】
刘三姐【白】
(土俗字) 布 准 估 欢 唔 都 硬 越 欢 存 爹 鱼样
(壮 文) Mbouj cinj guh fwen? Hw, dou nyengh yaek fwen, ngonz di nyawzyiengh?
(直 译) 不 准 唱 山歌 哼 我们 硬 要 唱 看 他 怎样
(意 译) 不准唱歌？哼，我们偏要唱，看他能怎样？

Louz Samcej【guh fwen】
刘三姐【唱】
(土俗字) 欧 焚 以 估 欢 心 非常 欢喜
(壮 文) Aeu fwnz hix guh fwen, Sim feiciengz vuenheij;
(直 译) 要 柴 也 唱 山歌 心 非常 欢喜
(意 译) 砍柴也唱歌，心非常快乐；

(土俗字) 激 财主 嚓气 伝穷 意 欢 来
(壮 文) Gik caizcawj naeuqheiq, Vunzgungz eiq fwen lai.
(直 译) 激 财主 怒气 穷人 爱 歌 多
(意 译) 激财主怒气，穷人多爱歌。

Vunzcai gyap【gyangj】
差役甲【白】
(土俗字) 乱闹 州官 大人 传令 禁 欢 收 敢 顶 吗
(壮 文) Luenhnauh, couguen daihsinz cuenzlingh gimq fwen, sou gamj dingj ma?
(直 译) 胡闹 州官 大人 传令 禁 欢 你们 敢 反抗 吗
(意 译) 胡闹，州官大人传令禁歌，你们敢反抗吗？

Louz Samcej【guh fwen】
刘三姐【唱】
(土俗字) 姐三 打 里 细 袖 示 意 估 欢
(壮 文) Cejsam daj leix saeq, Couh seix eiq guh fwen;
(直 译) 三姐 从 还 小 就 是 爱 唱 山歌
(意 译) 三姐从小时，就是爱唱歌；

(土俗字) 袖算 闹 奔 翻 勾 照 欢 布 断
(壮 文) Couhsuenq nauh mbwn fan, Gou ciuq fwen mbouj duenh.
(直 译) 就算 闹 天 翻 我 照 唱 不 断
(意 译) 即使闹天翻，我照样唱歌。

Mueg Cincaiz【gyangj】
莫进财【白】

(土俗字) 呵 盟 伪 丫头 内 到底 伪他 里 眉 布 眉 王法
(壮 文) O, mwngz lwg adaeuz neix, dauqdaej lwgda leix meiz mbouj meiz vuengzfap?
(直 译) 呵 你 个 丫头 这 到底 眼睛 还 有 没 有 王法
(意 译) 呵，你这丫头，到底眼里还有没有王法?

Louz Samcej【guh fwen】
刘三姐【唱】
(土俗字) 同 计 六丫 内 乱 选 礼 茶茶
(壮 文) Doengz gaej roegga neix, Luenh suenj ndaej caca;
(直 译) 像 些 乌鸦 这 乱 喊 得 喳喳
(意 译) 像这些乌鸦，乱叫喊喳喳;

(土俗字) 声仲 叭 除 麻 欧 留 砂 得 鸡
(壮 文) Singcungq byah dawz ma, Aeu louz saz dwk gaeq.
(直 译) 枪声 叭 拿 回 要 留 烤 喂 鸡
(意 译) 打一枪拿回，煨来喂鸡鸭。

Vunzcai gyap【gyangj】
差役甲【白】
(土俗字) 嘿 盟 痕 欧 唱 收 痕 欧 唱
(壮 文) Hei, mwngz hanz aeu ciengq, sou hanz aeu ciengq?
(直 译) 嘿 你 还 要 唱 你们 还 要 唱
(意 译) 嘿，你还要唱，你们还要唱?

Gyoengqvunz【guh fwen】
众人【唱】
(土俗字) 收 禁 都 硬 唱 臬 收 想 行凶
(壮 文) Sou gimq dou nyengh fwen, Neuh sou siengj hengzak;
(直 译) 你们 禁 我们 硬 唱 看 你们 想 横行
(意 译) 你禁俺硬唱，看你想横行;

(土俗字) 若 侄 准 估 欢 连 堆桑 总 落
(壮 文) Sieg ndi cinj guh fwen, Lienz ndoisang cungj lak.
(直 译) 若 不 准 唱 山歌 连 高山 都 倒
(意 译) 若不准唱歌，高山要踏平。

Vunzcai gyap【gyangj】
差役甲【白】
(土俗字)布 准 唱
(壮 文)Mbouj cinj ciengq!
(直 译)不 准 唱
(意 译)不准唱!

Gyoengqvunz【guh fwen】
众人【唱】
(土俗字)父 估那 唱 欢 布 费 钱 估 本
(壮 文)Boux guhnaz ciengq fwen, Mbouj feiq cienz guh bonj;
(直 译)人 种田 唱 歌 不 费 钱 做 本
(意 译)种田人唱歌,不用费本钱;

(土俗字)从来 侄 批 抢 㝵 收 敢 估鱼
(壮 文)Coengzlaiz ndi bei ciengj, Neuh sou gamj guhrawz?
(直 译)从来 不 去 抢 看 你们 敢 怎样
(意 译)从来不去抢,看你敢翻天?
【Gyoengqvunz cung hwnjbei, Vunzcai gyap rin hingzseiq mbouj ndei, couh ret deuz.】
【群众冲上,差役甲见势不好,溜下。】

Mueg Cincaiz【gyangj】
莫进财【白】
(土俗字)衣 收 敢 存小 王法 斗 哈
(壮 文)Ndei, sou gamj ngonzsiuj vuengzfap, daeuj ha!
(直 译)好 你们 敢 藐视 王法 来 呀
(意 译)好,你们敢藐视王法,来呀!

【Nyeuxgyaeuj rin vunzcai gaenq deuz, simvueng dwk gyangj】
【回头见差役已走,惊惶地白】
(土俗字)盟 等差 盟 等差
(壮 文)Mwngz daengjcaj, mwngz daengjcaj ……
(直 译)你 等着 你 等着
(意 译)你等着,你等着 ……
【Doq gyangj doq byaij, caeuq Louz Nyih doxdaemj, roengzbei.】
【边说边走,和刘二相撞,下。】

【Louz Nyih muenghmuengh Mueg Cincaiz, youh rin daihgya dacaengz - myoeg-myoeg.】

【刘二望望进财，又见大家怒目而视。】

Louz Nyih【gyangj】

刘二【白】

(土俗字) 妲三　收　又　幼　其内　估　计尔

(壮　文) Dahsam, sou youh yawq gizneix guh gaejrawz?

(直　译) 三妹　你们 又　在　这里　做　什么

(意　译) 三妹，你们又在这里干什么？

Amoeg【gyangj】

亚木【白】

(土俗字) 哥二　得　嘛结　谋害　伝　哏　勾结　官府

(壮　文) Go'nyih, ndaek mageq maeuzhaih vunz haenx, gaeugiet guenfouj

(直　译) 二哥　个　老狗　谋害　人　那　勾结　官府

(意　译) 二哥，谋害人的那个老狗，勾结官府

(土俗字) 笼令　禁　欢　争　妲三　欧　欢　榨　条　啦

(壮　文) roengzlingh gimq fwen, deng Cejsam aeu fwen ndaq deuz la.

(直　译) 下令　禁　歌　被　三姐　要　山歌 骂　走　了

(意　译) 下令禁歌，被三姐的山歌骂走了。

Louz Nyih【gyangj】

刘二【白】

(土俗字) 呵 除　官府　计　伝差　总　榨　条　了 妲三　盟　唉

(壮　文) O, dawz guenfouj gaej vunzcai cungj ndaq deuz lo, Dahsam mwngz…… hai!

(直　译) 呵 把　官府　的　差人　都　骂　走　了 三妹　你　唉

(意　译) 呵，把官府的差人都骂走了，三妹你……唉！

(土俗字) 盟　尔　布　鲁 奔　桑　喃　那　以　布　谂谂

(壮　文) Mwngz lawz mbouj rox mbwn sang namh na, hix mbouj naemjnaemj,

(直　译) 你　怎么 不　知　天　高　地　厚　也　不　想想

(意　译) 你怎么不知天高地厚，也不想想，

(土俗字) 偻　示　则尔　伝　批 腔　伊伝　伊伝　眉　钱　眉　势　咯

(壮　文) raeuz seix ndaekrawz vunz, bei geng aevunz, aevunz meiz cienz meiz seiq go!

(直　译) 我们 是　什么　人　去 惹　人家　人家　有　钱　有　势　呵

(意　译) 我们是什么人，去惹人家，人家有钱有势呵！

Louz Samcej【gyangj】
刘三姐【白】
(土俗字)特哥
(壮　文)Daeggo……
(直　译)哥哥
(意　译)哥哥……

Louz Samcej【guh fwen】
刘三姐【唱】
(土俗字)父　眉　钱　眉　势　同　文内　横行
(壮　文)Boux meiz cienz meiz seiq，Doengz baenzneix hengzvang；
(直　译)个　有　钱　有　势　同　这样　横行
(意　译)有钱有势人，就这样横行；

(土俗字)偻　再　侄　齐心　袖　受　伝　合行
(壮　文)Raeuz caiq ndi caezsim，Couh soux vunz haephangz.
(直　译)咱　再　不　齐心　就　受　人　欺压
(意　译)咱再不团结，就受人欺凌。

Louz Nyih【gyangj】
刘二【白】
(土俗字)唉　姐三　兰　莫　奏　州官　衣　凳　皮往　内
(壮　文)Hai，Dahsam，ranz Mueg caeuq couguen ndei daengq beixnuengx nei，
(直　译)唉　三妹　家　莫　和　州官　好　如　兄弟　一样
(意　译)唉，三妹，莫家和州官亲如兄弟，

(土俗字)偻　鱼　斗　礼　挂　爹　得罪　了　莫　怀仁
(壮　文)raeuz nyawz daeuq ndaej gvaq di，daekcoih liux Mueg Vaizsinz，
(直　译)我们　怎　斗　得　过　他　得罪　了　莫　怀仁
(意　译)我们怎斗得过他，得罪了莫怀仁，

(土俗字)爹　收　那　批麻　偻　鱼　挂　日子
(壮　文)Di sou naz beima，raeuz nyawz gvaq saedceij?
(直　译)他　收　田地　回去　我们　怎么　过　日子
(意　译)他把田地收回去，我们怎么过日子?

Louz Samcej【guh fwen】
刘三姐【唱】
(土俗字)只欧　眉　主意　布　劳气　兰　穷
(壮　文)Cikaeu meiz cawjeiq，Mbouj lauheiq ranz gungz；
(直　译)只要　有　主意　不　惧怕　家　穷
(意　译)只要有主意，不怕家里穷；

（土俗字）只欧　侎　齐心　渠　神　财主　凶
（壮　文）Cikaeu raeuz caezsim，Gyawz saenz caizcawj yung.
（直　译）只要　我们　齐心　哪里　发抖（怕）财主　凶
（意　译）只要咱齐心，不怕财主凶。

Amoeg【gyangj】
亚木【白】
（土俗字）哥二　侎　越　劳　宋爹　宋爹　袖　越　欺　伝　哈
（壮　文）Go'nyih，raeuz yied lau gyoengqdi，gyoengqdi couh yied hei vunz ha！
（直　译）二哥　我们　越　怕　他们　他们　袖　越　欺　人　呀
（意　译）二哥，我们越怕他们，他们就越欺人呀！

Amoeg【guh fwen】
亚木【唱】
（土俗字）越　善　伝　越　欺　欧　硬　吱　取　礼
（壮　文）Yied sienh vunz yied hei，Aeu nyengh dei coj ndaej；
（直　译）越　善　人　越　欺　要　硬　些　才　得
（意　译）人善被人欺，要硬些才行；

（土俗字）若　侎　太　劳　仕　袖　受气　更　来
（壮　文）Sieg raeuz daiq lau seih，Couh souhheiq gengq lai.
（直　译）若　我们　太　怕　事　就　受气　更　多
（意　译）若咱太怕事，更受人欺凌。

Louz Nyih【gyangj】
刘二【白】
（土俗字）时内　伊伝　眉　官家　挨　收　袖　少　唱　双　句　衣　布　衣
（壮　文）Seizneix aevunz meiz guen'gya ai，sou couh siuj ciengq song caenz ndei mbouj ndei.
（直　译）现在　人家　有　官家　依靠　你们　就　少　唱　两　句　好　不　好
（意　译）现在人家有官家依靠，你们就少唱两句好不好。

（土俗字）易吱　批嘛　兰　吧
（壮　文）Heihdei beima ranz ba！
（直　译）快点　回去　家　吧
（意　译）快点回家吧！

Dienfuk【gyangj】
天福【白】
（土俗字）哥二　盟　布　意　估　欢　了　吗　侎　鲁　估　欢
（壮　文）Go'nyih mwngz mbouj eiq guh fwen liux ma？Raeuz rox guh fwen，
（直　译）二哥　你　不　爱　唱　山歌　了　吗　我们　会　唱　山歌
（意　译）二哥你就不爱唱山歌了吗？我们会唱的山歌，

（土俗字）哏 示 盟 等贯 教 呢
（壮 文）hanz seix mwngz daengjgonq gyauq ne!
（直 译）还 是 你 以前 教 呢
（意 译）还是你以前教的呢！

A'nyouz【gyangj】
阿牛【白】
（土俗字）哥二 盟 布 示讲 挂 估欢 衣 吗
（壮 文）Go'nyih，mwngz mbouj seix gyangj gvaq guh fwen ndei ma?
（直 译）二哥 你 不 是讲 过 唱 山歌好 吗
（意 译）二哥，你不是讲过唱山歌好吗？

A'nyouz【guh fwen】
阿牛【唱】
（土俗字）唱 欢 礼 改气 啃 淋 礼 改凉
（壮 文）Ciengq fwen ndaej gyaijheiq，Gwn raemx ndaej gyaijliengz;
（直 译）唱 歌 得 解气 喝 水 得 解凉
（意 译）唱歌能解气，喝水得解渴；

（土俗字）伝穷
（壮 文）Vunzgungz……
（直 译）人穷
（意 译）穷人……

Louz Nyih【guh fwen】
刘二【唱】
（土俗字）偻 伝穷 估 欢 改 千般 含苦
（壮 文）Raeuz vunzgungz guh fwen，Gyaij cienbuen haemzhoj.
（直 译）我们 穷人 唱 山歌 解 千般 痛苦
（意 译）咱穷人歌唱，解千般苦涩。
【Gyoengq vunz daihriu.】
【众大笑。】

Louz Samcej【gyangj】
刘三姐【白】
（土俗字）宋 姐往 偻 批 估 欢 噜
（壮 文）Gyoengq cejnuengx，raeuz bei guh fwen lu!
（直 译）众 姐弟 我们 去 唱 歌 噜
（意 译）兄弟姐妹们，我们去唱歌噜！

Gyoengqvunz【guh fwen】
众人【唱】
(土俗字) 唱 欢 衣
(壮 文) Ciengq fwen ndei,
(直 译) 唱 歌 好
(意 译) 唱歌好,

(土俗字) 唱 礼 父父 昂熬熬
(壮 文) Ciengq ndaej bouxboux angqvauvau;
(直 译) 唱 得 个个 乐淘淘
(意 译) 唱得人人乐淘淘;

(土俗字) 欢 斗 凳文 淋 汏老
(壮 文) Fwen dou daengqbaenz raemx dahlaux,
(直 译) 山歌 我们 好比 水 大河
(意 译) 山歌好像大河水,

(土俗字) 四季 涛涛 浮 不 停
(壮 文) Seiqgeiq daudau lu bwt dingz.
(直 译) 四季 滔滔 流 不 停
(意 译) 四季不停流滔滔。

【Mueg Vaizsinz, Mueg Cincaiz、Vunzcai hwnj.】
【莫怀仁、莫进财、差役上。】
Vunzcai【gyangj】
差役【白】
(土俗字) 州官 大人 传令 禁 欢 收 为麻 里 欧 唱
(壮 文) Couguen daihsinz cuenzlingh gimq fwen, sou vihmaz leix aeu ciengq?
(直 译) 州官 大人 传令 禁 歌 你们 为啥 还 要 唱
(意 译) 州官大人传令禁歌,你们为何还要唱?

Louz Samcej【guh fwen】
刘三姐【唱】
(土俗字) 伝 故那 唱 欢 布 篩 钱 篩 粮
(壮 文) Vunz guhnaz ciengq fwen, Mbouj sai cienz sai liengz;
(直 译) 人 种田 唱 山歌 不 浪费 钱 浪费 粮
(意 译) 种田人唱歌,不费钱费粮;

(土俗字) 侄 批 贼 批 抢 收 敢 样尔 估
(壮 文) Ndi bei caeg bei ciengj, Sou gamj yienghrawz guh.
(直 译) 不 去 偷 去 抢 你们 敢 怎么 做
(意 译) 从不抢不偷,你们敢怎样?

Vunzcai【gyangj】
差役【白】
(土俗字) 啊 收
(壮 文) A, sou ……
(直 译) 啊 你们
(意 译) 啊，你们 ……

Mueg Vaizsinz【gyajcang simsienh dwk gyangj】
莫怀仁【伪善地白】
(土俗字) 估 得 欢 内 嘛 唱 布 屋 金银 财宝
(壮 文) Guh ndaek fwen neix ma, ciengq mbouj ok gimnyaenz caizbauj,
(直 译) 唱 些 山歌 这 嘛 唱 不 出 金银 财宝
(意 译) 这唱山歌嘛，既唱不出金银财宝，

(土俗字) 以 唱 布 屋 五 谷 杂粮 勾 存 州官 大人
(壮 文) hix ciengq mbouj ok ngux goek cabliengz. Gou ngonz, couguen daihsinz
(直 译) 也 唱 不 出 五 谷 杂粮 我 看 州官 大大
(意 译) 也唱不出五谷杂粮。我看，州官大人

(土俗字) 以 示 为 民 斗 想 啊
(壮 文) hix seix vih minz daeuj siengj ha!
(直 译) 也 是 为 民 来 想 啊
(意 译) 也是为民着想啊！

Louz Samcej【gyangj】
刘三姐【白】
(土俗字) 为 民 斗 想
(壮 文) Vih minz daeuj siengj?
(直 译) 为 民 来 想
(意 译) 为民着想？

Louz Samcej【guh fwen】
刘三姐【唱】
(土俗字) 都队 唱 文 都 布 犯 收 三祖
(壮 文) Doudoih ciengq faenh dou, Mbouj famh sou samcoj;
(直 译) 我们 唱 份 我们 不 犯 你们 祖宗
(意 译) 我唱我的歌，不犯你祖宗；

(土俗字) 各 派 各 道路 收 所所 夹 良
(壮 文) Gag byaij gag dauhloh, Sou soso geb rueng.
(直 译) 自己 走 自己 的路 你们 快快 夹 尾
(意 译) 各走各的路，快走别糊弄。

Mueg Cincaiz【gyangj】
莫进财【白】
(土俗字)估 欢 眉 伤 风化
(壮 文)Guh fwen meiz sieng fungvaq!
(直 译)唱 山歌 有 伤 风化
(意 译)唱山歌有伤风化!

Louz Samcej【guh fwen】
刘三姐【唱】
(土俗字)故 欢 伤 风化 曾 听 挂 伝 谋
(壮 文)Guh fwen sieng fungvaq, Caengz dingq gvaq vunz naeuz;
(直 译)唱 山歌 伤 风化 没 听 过 人 讲
(意 译)唱歌伤风化,从没听讲过;

(土俗字)风化 示 阴谋
(壮 文)Fungvaq seix yimmaeuz,
(直 译)风化 是 阴谋
(意 译)风化是阴谋,

Gyoengqvunz【sinj guh fwen】
众人【接唱】
(土俗字)是 板 偻 财主
(壮 文)Seix mbanj raeuz caizcawj.
(直 译)是 村 我们 财主
(意 译)我村财主说。

Vunzcai【hujdengdeng dwk gyangj】
差役【气急败坏地白】
(土俗字)难道 收 布 劳 州官 大人 吗
(壮 文)Nanzdauh sou mbouj lau couguen daihsinz ma?
(直 译)难道 你们 不 怕 州官 大人 吗
(意 译)难道你们不怕州官大人吗?

Louz Samcej【guh fwen】
刘三姐【唱】
(土俗字)都 唱 欢 认 乃 曾 毒害 挂 汝
(壮 文)Dou ciengq fwen nyinx naih, Caengz doeghaih gvaq bawz;
(直 译)咱 唱 歌 那么 久 还没 毒害 过 谁
(意 译)我们唱恁久,没害过别人;

(土俗字)侄 榨 挂 父尔 勾 估尔 劳 壳
(壮 文)Ndi ndaq gvaq bouxrawz, Gou guhrawz lau hak?
(直 译)没 骂 过 哪个 我 怎会 怕 官
(意 译)没骂过哪个,我怎怕官人?

Vunzcai【gyangj】
差役【白】
(土俗字)盟
(壮 文)Mwngz ……
(直 译)你
(意 译)你……

Mueg Vaizsinz【gyangj】
莫怀仁【白】
(土俗字)唉 估 欢 麻 勾 以 鲁 示 件 仕衣 布顾 州官 大人
(壮 文)Ae, guh fwen ma, gou hix rox seix gienh seihndei, bwtguq, couguen daihsinz
(直 译)唉 唱 山歌 嘛 我 也 知道 是 件 好事 不过 州官 大人
(意 译)唉,这唱山歌嘛,我也知道是件好事,不过,州官大人

(土俗字)禁 欢 示 令 屋 必 行 收 浪 哏 再 唱
(壮 文)gimq fwen, seix lingh ok biet hengz. Sou langh haenx caiq ciengq,
(直 译)禁 歌 是 令 出 必 行 你们 若 还 再 唱
(意 译)禁歌,是令出必行的。你们若还唱,

(土俗字)袖 示 犯法 啦
(壮 文)couh seix famhfap la!
(直 译)就 是 犯法 啦
(意 译)就是犯法啦!

Louz Samcej【guh fwen】
刘三姐【唱】
(土俗字)讲 估 欢 犯法 曾 抢劫 父尔
(壮 文)Gyangj guh fwen famhfap, Caengz ciengjgiep bouxrawz;
(直 译)讲 唱 山歌 犯法 没 抢劫 哪个
(意 译)讲唱歌犯法,从没抢劫过;

(土俗字)批 害 伝 幼 渠 卡 挂 汝 盟 讲
(壮 文)Bei haih vunz yawq gyawz, Gaj gvaq bawz mwngz gyangj.
(直 译)去 害 人 在 哪 杀 过 谁 你 说
(意 译)伤害了哪个,杀过谁你说!

Mueg Cincaiz【gyangj】
莫进财【白】
（土俗字）收　简直　造反　啦
（壮　文）Sou ganjcig cauxfanj la!
（直　译）你们 简直　造反　啦
（意　译）你们简直造反啦！

Gyoengqvunz【guh fwen】
众人【唱】
（土俗字）造反　袖　造反　侄　劫　板　卡　伝
（壮　文）Cauxfanj couh cauxfanj，Ndi giep mbanj gaj vunz；
（直　译）造反　就　造反　不　劫　村　杀　人
（意　译）造反就造反，不劫村杀人；

（土俗字）侄　放　债　啃　伝　鱼　神　盟　麻结
（壮　文）Ndi cuengq caiq gwn vunz，Nyawz saenz mwngz mageq.
（直　译）啀　放　债　吃　人　怎　抖（怕）你　狗腿子
（意　译）不放债剥削，不怕狗腿狠。

Mueg Vaizsinz【rin hingzseiq mbouj ndei，gyangj】
莫怀仁【见势不妙，白】
（土俗字）唉　各位　各位　偻　大家　总　示　齐　板　侵　达
（壮　文）Ae，gakvih，gakvih！Raeuz daihgya cungj seix caez mbanj caemh dah，
（直　译）唉　各位，各位　我们　大家　都　是　同　村　共　河
（意　译）唉，各位，各位！我们大家都是同个村共条河，

（土俗字）眉　话　会会　噌　嘛　得　禁　歌　内　示
（壮　文）meiz vah hoihhoih nyaeng ma. Ndaek gimq fwen neix，seix
（直　译）有　话　慢慢　商量　嘛　个　禁　歌　这　是
（意　译）有话慢慢商量嘛。这禁歌，是

（土俗字）州官　大人　亲自　笼　计　大令　总　布　捐　勾　仕
（壮　文）couguen daihsinz cincih roengz gaej daihlingh，cungj mbouj gven gou seih.
（直　译）州官　大人　亲自　下　的　大令　都　不　关　我　事
（意　译）州官大人亲自下的大令，都不关我事。

（土俗字）勾　布顾　示　存　那　侵板　劳　宋伝
（壮　文）Gou mboujgvaq seix ngonz naj caemhmbanj，lau gyoengqvunz
（直　译）我　不过　是　看　脸　同乡　怕　大家
（意　译）我不过念在同乡份上，怕大家

（土俗字）因为 色时 气很 得罪 官府 触犯 法律 弄 礼
（壮 文）yinvih saekseiz heiqhwnj，daekcoih guenfouj，cukfamh faplwd，loengh ndaej
（直 译）因为 一时 气愤 得罪 官府 触犯 法律 弄 得
（意 译）因一时之气，得罪官府，触犯法律，弄得

（土俗字）全 板 老少 遭殃 勾 只 屋那 斗 劝阻 哏 望
（壮 文）cuenz mbanj lauxnyez cauyieng，gou cij oknaj daeuj yuenq，haenx muengh
（直 译）全 村 老少 遭殃 我 才 出面 来 劝阻 还 望
（意 译）全村父老遭殃，我才出面劝阻，还望

（土俗字）众人 体谅 一片 苦心 勾
（壮 文）cungqvunz daejliengh itbenq hojsim gou……
（直 译）各位 体谅 一片 苦心 我
（意 译）各位体念我的一片苦心……

【haephangz，gyangj】
【威胁，白】
（土俗字）本来 嘛 收 文内 顶径 差官 抵抗 官府 得罪
（壮 文）Bonjlaiz ma，sou baenzneix dingjgeng caiguen，daejgangq guenfouj，daekcoih
（直 译）本来 嘛 你们 这样 顶撞 差官 抵抗 官府 得罪
（意 译）本来嘛，你们这样顶撞差官，抵抗官府，

（土俗字）官差 内 布 示 仕细 哈 不故 只欧 各位 腾昨 布
（壮 文）guenca neix mbouj seix seihnyaeq ha！Bwtguq，cikaeu gakvih daengzcog mbouj
（直 译）官差 这 非 是 小事 呀 不过 只要 诸位 今后 不
（意 译）得罪官差其罪非小呀！不过，只要诸位今后不

（土俗字）再 估 欢 勾 愿 代 伝来 腾 州府 大人 求情
（壮 文）caiq guh fwen，gou nyuenh daih vunzlai daengz couguen daihsinz gyuzcingz，
（直 译）再 唱 山歌 我 愿 代 众人 到 州官 大人 求情
（意 译）再唱山歌，我愿代众到州官大人处求情，

（土俗字）免 受 罪责 得 仕 内 包 幼 忐躺 勾
（壮 文）mienx soux coihcek. Ndaek seih neix bau yawq gwnzndang gou，
（直 译）免 受 罪责 件 事 这 包 在 身上 我
（意 译）免受罪责。这件事包在我身上，

（土俗字）大家 痕示 先 批麻 吧 先 批嘛 吧
（壮 文）daihgya hanzseix sien beima ba，sien beima ba！
（直 译）大家 还是 先 回去 吧 先 回去 吧
（意 译）大家还是先回去吧，先回去吧！

Louz Samcej【guh fwen】
刘三姐【唱】
(土俗字) 途银　　嗬　途鸡　　途猫　　嗬　途怒
(壮　文) Duznyaen daej duzgaeq, Duzmeuz daej duznou;
(直　译) 狐狸来　哭　鸡　　猫来　　哭　老鼠
(意　译) 狐狸来哭鸡，猫来哭老鼠；

(土俗字) 良　黎　任　鱼　抽　汝　总　谋　狼　毒
(壮　文) Rueng raez nyimh nyawz caeu, Bawz cungj naeuz langz doeg.
(直　译) 尾　长　任　怎　藏　谁　都　说　狼　毒
(意　译) 任你藏尾巴，谁都说狼毒。

A'nyouz【guh fwen】
阿牛【唱】
(土俗字) 途牙怀　　寥　鸡　心　毒　比　途狼
(壮　文) Duznyaxvaiz riu gaeq, Sim doeg beij duzlangz;
(直　译) 猩猩　　笑　鸡　心　毒　比　豺狼
(意　译) 猩猩来笑鸡，心毒过豺狼；

(土俗字) 借　壳　斗　禁　欢
(壮　文) Ciq hak daeuj gimq fwen,
(直　译) 借　官家 来　禁　歌
(意　译) 借官家禁歌，

Gyoengqvunz【sinj guh fwen】
众人【接唱】
(土俗字) 败鹿　装　那转
(壮　文) Baihrog cang najwenj.
(直　译) 外面　装　脸光
(意　译) 马屎外面光。

Mueg Vaizsinz【gyangj】
莫怀仁【白】
(土俗字) 勾　劝　收　痕示　布　唱　含　文
(壮　文) Gou yuenq sou haenzseix mbouj ciengq haemq baenz!
(直　译) 我　劝　你们 还是　不　唱　较　成
(意　译) 我劝你们还是不唱为好！

A'nyouz【guh fwen】
阿牛【唱】
(土俗字)查 斫 沙松 落 条 乐 痕 布 苏
(壮 文)Cax raemj sacoengz lag, Diuz rag haenz mbouj mbo;
(直 译)刀 砍 松树 倒 条 根 也 不 松
(意 译)刀砍松树倒，树根牢扎土；

(土俗字)袖 算 苟 离 何
(壮 文)Couh suenq gyaeuj liz hoz,
(直 译)就 算 头 离 颈
(意 译)就算头落地，

Mueg Cincaiz【gyangj】
莫进财【白】
(土俗字)布 准 唱
(壮 文)Mbouj cinj ciengq……
(直 译)不 准 唱
(意 译)不准唱……

A'nyouz【sinj guh fwen】
阿牛【接唱】
(土俗字)痕 欢 歌 如术
(壮 文)Haenz fwen go sawzsaed.
(直 译)还 唱 歌 如故
(意 译)仍唱歌如故。

Mueg Vaizsinz【gyangj】
莫怀仁【白】
(土俗字)盟 敢 狗小 王法
(壮 文)Mwngz gamj gaeujsiuj vuengzfap?
(直 译)你 敢 藐视 王法
(意 译)你敢藐视王法？

Mueg Cincaiz【gyangj】
莫进财【白】
(土俗字)斗 哈 擒 爹 很斗
(壮 文)Daeuj ha, gaemh di hwnjdaeuj!
(直 译)来 呀 抓 他 起来
(意 译)来呀，把他抓起来！

【Vunzcai cung hwnjbei，vunzlai mbeilaux hohmaenh Louz Samcej caeuq A'nyouz.】
【差役冲上，众人挺身护住刘三姐和阿牛。】

Louz Samcej【guh fwen】
刘三姐【唱】
（土俗字）勾 唱 盟 擒 伝 再 唱 句 度你
（壮 文）Gou ciengq mwngz gaemx vunz，Caiq ciengq caenz dohneix，
（直 译）我 唱 你 抓 人 再 唱 句 现在
（意 译）我唱你抓人，如今再歌唱；

（土俗字）想 封 剥 布 礼
（壮 文）Siengj fung bak mbouj ndaej，
（直 译）想 封 口 不 能
（意 译）想封嘴不可，

Gyoengqvunz【sinj guh fwen】
众人【接唱】
（土俗字）欢 哏示 鸾情。
（壮 文）Fwen haenxseix ruenzcingz.
（直 译）歌 还是 热闹
（意 译）歌依旧飞扬。

Mueg Cincaiz【fatbag dwk，gyangj】
莫进财【疯狂地，白】
（土俗字）布 准 唱
（壮 文）Mbouj cinj ciengq!
（直 译）不 准 唱
（意 译）不许唱!

Gyoengqvunz【guh fwen】
众人【唱】
（土俗字）怀宏 管 怀细 皇帝 管 大官
（壮 文）Vaizhung guenj vaizsaeq，Vuengzdaeq guenj daihguen；
（直 译）大牛 管 小牛① 皇帝 管 大官
（意 译）大牛管小牛，皇帝管大官；

① 小牛：此喻指“阿牛”。

(土俗字) 都队 父 估 欢 宏 挂 皇 度内
(壮 文) Doudoih boux guh fwen, Hung gvaq vuengz dohneix.
(直 译) 我们 人 唱 山歌 大 过 皇 现在
(意 译) 我们来唱歌，皇帝没法管。

【Nauh dwk Mueg Vaizsinz、Mueg Cincaiz sim vueng fwngz luenh bei.】
【闹得莫怀仁、莫进财惊惶失措。】

Gyoengqvunz【gyangj】
众人【白】
(土俗字) 唔尾
(壮 文) Yuvei ……
(直 译) 唔尾
(意 译) 唔尾 ……

Louz Samcej【gyangj】
刘三姐【白】
(土俗字) 宋 皮往 估 欢 批
(壮 文) Gyoengq beixnuengx, guh fwen bei ……
(直 译) 众 乡亲 唱 山歌 去
(意 译) 兄弟姐妹们，唱歌去 ……

Gyoengqvunz【guh fwen】
众人【唱】
(土俗字) 依 寥 来
(壮 文) Ndei riu lai,
(直 译) 好 笑 多
(意 译) 好笑多，

(土俗字) 父壳 禁 欢 写 眉 牌
(壮 文) Bouxhak gimq fwen sij meiz baiz;
(直 译) 官 禁 歌 立 有 牌
(意 译) 官家禁歌立牌座；

(土俗字) 丫 剥 数罗 欠 度 板
(壮 文) Aj bak roqlaz suenj doh mbanj,
(直 译) 张 嘴 敲锣 喊 遍 村
(意 译) 开口敲锣满村喊，

（土俗字）汝　　鲁　越　禁　欢　越　来
（壮　文）Byawz rox yied gimq fwen yied lai.
（直　译）谁　　知　越　禁　歌　越　多
（意　译）谁知越禁歌越多。

【Mueg Cincaiz、Mueg Vaizsinz ndatheiq dwk ngunh laemx bei，Vunzcai vuengluenh liux.】
【莫进财、莫怀仁气得昏倒，差役慌乱。】

Gyoengqvunz【gyangj】
众人【白】
（土俗字）唔尾
（壮　文）Yuvei ……
（直　译）唔尾
（意　译）唔尾 ……
【Angqriu sanq bei，Amoeg ndoj yawq henz faex ngonz doenghdanh.】
【欢笑散开，亚木躲在树边看动静。】

【Mueg Cincaiz cingsingj seiz，yawq gizhaenx diem din mbouj ndaej.】
【莫进财清醒时，在那里移步不动。】
Mueg Vaizsinz【gyangj】
莫怀仁【白】
（土俗字）勾　纳气　　来 啦　刘　三姐　文内　　迪曾
（壮　文）Gou ndatheiq lai la，Louz Samcej baenzneix dwgcaengz，
（直　译）气　气愤　　多 了　刘　三姐　这样　　可恶
（意　译）气死我了，刘三姐如此可恶，

（土俗字）难道　　勾　袖　文内　　输　爹
（壮　文）nanzdauh gou couh baenzneix saw di?
（直　译）难道　　我　就　这样　　输　她
（意　译）难道我就这样输给她？

【Haeb faenz haeb heuj dwk，sinj gangj】
【咬牙切齿地，续白】
（土俗字）刘　三姐　阿牛　　嘿　差 勾　批麻 奏　州官　大人　途噌
（壮　文）Louz Samcej、A'nyouz，Hei! Caj gou beima gaen couguen daihsinz doxnyaeng，
（直　译）刘　三姐　阿牛　　嘿　等 我　回去 同　州官　大人　商量
（意　译）刘三姐、阿牛，哼！待我回去跟州官大人商量，

（土俗字）陷内　　　　　陷内　　三更　（估　计　样子　　杀　人）
（壮　文）haemhneix—— haemhneix samgeng (guh gaeq yienghceij gaj vunz).
（直　译）今晚　　　　　今晚　　三更　（做　那　样子　　杀　人）
（意　译）今晚 —— 今晚三更（做杀人手势）。

【Fanq muq gip roengz.】
【幕急下。】

（土俗字）场　大哈　计条
（壮　文）Ciengz Daihhaj Gaeqdeuz
（直　译）场　第五　智逃
（意　译）第五场　智走

Seizgan：Ginj sinj ciengz gonq haemh haenx.
时间：紧接前一场的当天晚上。

Diegdiemj：Henzdah.
地点：河边。

【Yawq baihnaj daihnyih fan muq，A'nyouz aemq baufug gaen Amoeg、Lanzfaen hwnjdaeuj.】
【二道幕前，阿牛背包袱跟亚木、兰芬上。】
A'nyouz【guh fwen】
阿牛【唱】
（土俗字）莫　怀仁　嘛贼
（壮　文）Mueg Vaizsinz macaeg，
（直　译）莫　怀仁　狗贼
（意　译）莫怀仁狗屁，

（土俗字）心　极　毒
（壮　文）Sim gig doeg，
（直　译）心　极　毒
（意　译）心毒极，

（土俗字）爹 批 触　壳桑
（壮　文）Di bei yoek haksang；
（直　译）他 去 勾结 高官
（意　译）与官出诡计；

（土俗字）逼　勾　奏　姐三
（壮　文）Bik gou caeuq Cejsam，
（直　译）逼　我　和　三姐
（意　译）逼我三姐急，

（土俗字）离　于　兰
（壮　文）Liz ndaw ranz,
（直　译）离　家　里
（意　译）离家去,

（土俗字）拉　墒　藏　布　对
（壮　文）Ra dueg cang mbouj doiq.
（直　译）找　处　藏　不　对
（意　译）无藏身之地。

【Sinj guh fwen】
【接唱】
（土俗字）奏　姐三　双　伝
（壮　文）Caeuq Cejsam song vunz,
（直　译）和　三姐　两　人
（意　译）我三姐同命,

（土俗字）受　苦情
（壮　文）Soux hojcingz,
（直　译）受　苦情
（意　译）受苦情,

（土俗字）胎　批　心　痕　记
（壮　文）Dai bei sim hanz geiq;
（直　译）死　去　心　还　记
（意　译）死后还记清;

（土俗字）勾　阿牛　艮内
（壮　文）Gou A'nyouz ngoenzneix,
（直　译）我　阿牛　今天
（意　译）阿牛我如今,

（土俗字）眉　勇气
（壮　文）Meiz yungxheiq,
（直　译）有　勇气
（意　译）义填膺,

（土俗字）欧　决意　报仇
（壮　文）Aeu gieteiq bauqsaeuz.
（直　译）要　决意　报仇
（意　译）报仇有决心。

Amoeg【guh fwen】
亚木【唱】
(土俗字) 讲　　吝　　阿牛　　听
(壮　文) Gyangj laenh A'nyouz dingq,
(直　译) 讲　　论　　阿牛　　听
(意　译) 说给阿牛听,

(土俗字) 布　　要紧
(壮　文) Mbouj yiuqginj,
(直　译) 不　　要紧
(意　译) 不要紧,

(土俗字) 计　任性　　认　　来
(壮　文) Gaej nyimhsingq nyinx lai;
(直　译) 不　任性　　那么　多
(意　译) 不要太任性;

(土俗字) 听　　姐三　　安排
(壮　文) Dingq Cejsam anbaiz,
(直　译) 听　　三姐　　安排
(意　译) 三姐话要听,

(土俗字) 偻　　伝来
(壮　文) Raeuz vunzlai,
(直　译) 咱　　人多
(意　译) 咱人多,

(土俗字) 主意　　乖　无比
(壮　文) Cawjeiq gvai fouzbeij.
(直　译) 主意　　乖　无比
(意　译) 好主意不尽。

Lanzfaen【guh fwen】
兰芬【唱】
(土俗字) 只欧　偻　估　欢
(壮　文) Cikaeu raeuz guh fwen,
(直　译) 只要　我们　唱　山歌
(意　译) 只要咱歌唱,

(土俗字) 唱　　声　鸾
(壮　文) Ciengq sing ruenz,
(直　译) 唱　　声　回响
(意　译) 歌声响,

(土俗字) 千　万　年　布　　断
(壮　文) Cien fanh nienz mbouj duenh;
(直　译) 千　万　年　布　　断
(意　译) 千万年传扬;

(土俗字) 齐　团结　　皮往
(壮　文) Caez duenzgiet beixnuengx,
(直　译) 齐　团结　　兄弟
(意　译) 团结坚如钢,

(土俗字) 血泪　　帐
(壮　文) Yuetleih ciengq,
(直　译) 血泪　　账
(意　译) 血泪账,

(土俗字) 眉　良　　算　礼　清
(壮　文) Meiz ngoenz suenq ndaej cing.
(直　译) 有　天　　算　得　清
(意　译) 清算是应当。

【Byaij yuenzciengz, gyoengqvunz soengq Louz Samcej、Louz Nyih okdaeuj.】
【走圆场,群众送刘三姐、刘二出。】

Louz Nyih【gamz raemxda beisieng dwk gyangj】
刘二【含泪悲伤地白】
(土俗字) 唉　妲三　盟　　多仕　来 啦 盟　鲁　偻　吱 家业　内
(壮　文) Ae, Dahsam mwngz doseih lai la, mwngz rox raeuz dei gya'nyieb neix,
(直　译) 唉　三妹　你　　多事　多 了 你　知道 我们 点 家业　这
(意　译) 唉,三妹你太多事了,你知道我们这点家业,

(土俗字) 总　示　一　点　淋他　一　点　洫　换　斗　呵
(壮　文) cungj seix it diemj raemxda it diemj lwed vuenh daeuj ha!
(直　译) 都　是　一　点　眼泪　一　点　血　换　来　啊
(意　译) 都是一滴眼泪一滴血汗换来的啊!

（土俗字）盟　夭　勾　文尔　始 礼
（壮　文）Mwngz heuh gou baenzlawz sij ndaej?
（直　译）你　叫　我　怎样　舍 得
（意　译）你叫我怎样舍得？

Louz Samcej【gyangj】
刘三姐【白】
（土俗字）哥二
（壮　文）Go'nyih!
（直　译）二哥
（意　译）二哥！

【guh fwen】
【唱】
（土俗字）格　了　盟
（壮　文）Ndek liux mwngz,
（直　译）丢　了　你
（意　译）丢了你，

（土俗字）格　礼　沽油　痕　眉　啃
（壮　文）Cog ndaej gyuyouz haenz meiz gwn;
（直　译）日后 得　油盐　还　有　吃
（意　译）日后油盐还有余；

（土俗字）巴鲤　腾咋　礼　淋墓
（壮　文）Byaleix daengzcog ndaej raemxmoq,
（直　译）鲤鱼　将来　得　新水
（意　译）将来鲤鱼得新水，

（土俗字）跳　挂　龙门　很　忐奔
（壮　文）Diuq gvaq lungzmuenz hwnj gwnzmbwn.
（直　译）跳　过　龙门　上　天空
（意　译）跳出龙门上天去。

Louz Nyih【gyangj】
刘二【白】
（土俗字）唉　盟　估　欢　拉 大祸　绕　躺　害　得　大家　连哏
（壮　文）Ae, mwngz guh fwen ra huxhung yeux ndang, haih dwk daihgya lienzhwnz
（直　译）唉　你　唱　山歌 找 大祸　缠　身　害　得　大家　连夜
（意　译）唉，你唱歌惹下了杀身大祸，弄得大家连夜

（土俗字）条命　盟　痕　眉　心　唱　添
（壮　文）deuzmingh，mwngz haenz meiz sim ciengq dem?
（直　译）逃命　你　还　有　心　唱　先
（意　译）逃命，你还有心机唱呀？

Vunzlai【gyangj】
众人【白】
（土俗字）哥二　姐三　派　易　吱　吧
（壮　文）Go'nyih、Cejsam，byaij heih dei ba!
（直　译）二哥　三姐　走　快　点　吧
（意　译）二哥、三姐，快走吧！

Louz Samcej【gyangj】
刘三姐【白】
（土俗字）宋　皮往　哈
（壮　文）Gyoengq beixnuengx ha……
（直　译）众　兄妹　呀
（意　译）众兄妹呀……

【guh fwen】
【唱】
（土俗字）吝　收队
（壮　文）Laenh soudoih，
（直　译）告诉　你们
（意　译）告诉你们，

（土俗字）吝　收　皮往　布　用　气
（壮　文）Laenh sou beixnuengx mbouj yungh heiq;
（直　译）告诉　你们　兄弟姐妹　不　用　担忧
（意　译）告诉你们别忧慌；

（土俗字）而哓　最　劳　争　木　枇
（壮　文）Ngwzheu cuiq lau deng maeb faex，
（直　译）青蛇　最　怕　被　打　木棍
（意　译）青蛇最怕用鞭打，

（土俗字）财主　最　劳　伝　唱　欢
（壮　文）Caizcawj cuiq lau vunz ciengq fwen.
（直　译）财主　最　怕　人　唱　山歌
（意　译）财主最怕人歌唱。

Gyoengqvunz【guh fwen】
众人【唱】
（土俗字）挽　笼　伆地　屋 豆生
（壮　文）Vanq roengz lwgdeih ok duhseng，
（直　译）撒　下　地豆　结 花生
（意　译）撒下地豆结花生，

（土俗字）挽　笼　遮甜　屋 瓜甜
（壮　文）Vanq roengz cehdiemz ok gvadiemz；
（直　译）撒　下　甜种　结 甜瓜
（意　译）撒下甜种结甜瓜；

（土俗字）姐三　挽　笼　遮 估 欢
（壮　文）Cejsam vanq roengz ceh guh fwen，
（直　译）三姐　撒　下　种 唱 山歌
（意　译）三姐撒下山歌种，

（土俗字）伝穷　估 欢 卑卑 鸾
（壮　文）Vunzgungz guh fwen bibi ruenz.
（直　译）穷人　唱 山歌 年年 回响
（意　译）穷人山歌顶呱呱。

【A'nyouz、Amoeg、Lanzfaen caeuq Louz Samcej doxfungz.】
【阿牛、亚木、兰芬和刘三姐相逢。】

Amoeg【gyangj】
亚木【白】
（土俗字）哟　姐三　宋爹　以 斗　罗
（壮　文）Yo，Cejsam gyoengqdi hix daeuj lo.
（直　译）哟　三姐　他们　也 来　了
（意　译）哟，三姐他们也来了。

Louz Samcej【gyangj】
刘三姐【白】
（土俗字）收　以 斗　啦
（壮　文）Sou hix daeuj la.
（直　译）你们 也 来　了
（意　译）你们也来了。

Lanzfaen【caemj laeng Louz Cejsam bei, gyangj】
兰芬【扑向刘三姐，白】
（土俗字）姐三
（壮　文）Cejsam!
（直　译）三姐
（意　译）三姐!

A'nyouz【heiqhaenh dwk gyangj】
阿牛【恨恨地白】
（土俗字）莫　怀仁　得　嘛老　内
（壮　文）Mueg Vaizsinz ndaek malaux neix!
（直　译）莫　怀仁　个　狗老　这
（意　译）莫怀仁这条老狗!

【Fwen】
【唱】
（土俗字）十二　月　奔匿
（壮　文）Cibnyih nyued mbwnnit,
（直　译）十二　月　天冷
（意　译）十二月冷天，

（土俗字）啃　淋吉
（壮　文）Gwn raemxgyaet,
（直　译）吃　冷水
（意　译）冷水咽，

（土俗字）记　的的　于　心
（壮　文）Gaek dikdik ndaw sim;
（直　译）记　滴滴　里　心
（意　译）滴滴记心间;

（土俗字）阿牛　勾　父　伝
（壮　文）A'nyouz gou boux vunz,
（直　译）阿牛　我　个　人
（意　译）阿牛我誓言，

（土俗字）条　冤情
（壮　文）Diuz yuencingz,
（直　译）条　冤情
（意　译）这屈冤，

(土俗字) 欧 决心 斗 报
(壮 文) Aeu gietsim daeuj bauq.
(直 译) 要 决心 来 报仇
(意 译) 要洗雪完全。

Amoeg【gyangj】
亚木【白】
(土俗字) 衣 啦 布 用 讲 啦 偻 痕示 易吱 批 吧
(壮 文) Ndei la, mbouj yungh gyangj la. Raeuz hanzseix heihdei bei ba!
(直 译) 好 了 不 用 讲 了 我们 还是 快点 去 吧
(意 译) 好了，不用讲了。我们还是快走吧！

Doengmoih【gamz raemxda gyangj】
冬妹【合泪白】
(土俗字) 姐三
(壮 文) Cejsam……
(直 译) 三姐
(意 译) 三姐……
【Yaek daej.】
【欲哭。】

Amoeg【gyangj】
亚木【白】
(土俗字) 唉 算 啦 姐三 示 奔泣 条 批
(壮 文) Ae, suenq la, Cejsam seix mbwnlaep deuz bei,
(直 译) 唉 算 了 三姐 是 天黑 逃 走
(意 译) 唉，算了，三姐是趁夜逃走，

(土俗字) 惊动 来 倒反 布 衣
(壮 文) gingdoengh lai dauqfanj mbouj ndei.
(直 译) 惊动 多 反而 不 好
(意 译) 动静大反而不利。

Gyoengqvunz【gyangj】
众人【白】
(土俗字) 争
(壮 文) Deng……
(直 译) 对
(意 译) 对……

Louz Samcej【gyangj】
刘三姐【白】
（土俗字）宋 皮往 勾 叭 内 批 拉 墒幼 礼 乜
（壮 文）Gyoengq beixnuengx，gou mbat neix bei ra duegyawq ndaej le，
（直 译）众 兄弟姐妹 我 回 这 去 找 住处 得 咧
（意 译）兄弟姐妹们，我这次去找到安身之地后，

（土俗字）设法 带 信 麻
（壮 文）sietfap daiq sinq ma.
（直 译）设法 带 信 回
（意 译）设法寄个信回。

Amoeg【gyangj】
亚木【白】
（土俗字）姐三 奏 阿牛哥 拉 墒幼 礼 乜 偻 再 齐 条 鸡 批
（壮 文）Cejsam caeuq A'nyouzgo ra duegyawq ndaej le，raeuz caiq caez deuz gyae bei.
（直 译）三姐 和 阿牛哥 拉 地处 礼 咧 我们 再 一起 逃 远 去
（意 译）三姐和阿牛哥找到安身之地后，我们再一起远走高飞。

Gyoengqvunz【gyangj】
众人【白】
（土俗字）对 偻 齐 条 鸡 批
（壮 文）Deng…… raeuz caez deuz gyae bei.
（直 译）对 我们 一起 逃 远 去
（意 译）对……我们一起远走高飞。
【Sing ma raeuq.】
【狗叫声。】

Aciengz【ging'vueng dwk buet hwnj，gyangj】
亚祥【惊慌跑上，白】
（土俗字）姐三 宋 皮往
（壮 文）Cejsam，gyoengq beixnuengx，
（直 译）三姐 众 兄弟姐妹
（意 译）三姐，兄弟姐妹们，

（土俗字）莫 怀仁 则 嘛老 哏 带 差丁 猎 斗 啦
（壮 文）Mueg Vaizsinz ndaek malaux haenx daiq caiding lieb daeuj la……
（直 译）莫 怀仁 个 老狗 那 带 差丁 追 来 了
（意 译）莫怀仁那老狗带着差丁追来了……

Gyoengqvunz【gyangj】
众人【白】
(土俗字) 内
(壮　文) Neix……
(直　译) 这
(意　译) 这……

【Gyoengqvunz cungj vuengluenh liux.】
【众人慌乱一团。】

Louz Samcej【gvaived dwk gyangj】
刘三姐【机智地白】
(土俗字) 宋　皮往　斗
(壮　文) Gyoengq beixnuengx，daeuj……
(直　译) 众　兄弟姐妹　来
(意　译) 兄弟姐妹们，来……
【Daep dujrwz Lanzfaen naeuz，caezgya daep rwz doxcuenz. Daihgya doi Louz Samcej、Louz Nyih、A'nyouz sien deuz.】
【对兰芬耳语，大家互相耳语相传。众人推刘三姐、刘二、阿牛先走。】

【Amoeg ceijbaij faensanq deuz. Mueg Vaizsinz daiq caiding yung'ak dwk hwnjdaeuj.】
【亚木指挥分散走开。莫怀仁带差丁凶恶地上。】
Mueg Vaizsinz【fwen】

莫怀仁【唱】
(土俗字) 于　心　铡　姐三
(壮　文) Ndaw sim naeuq Cejsam，
(直　译) 心　里　怒　三姐
(意　译) 心中恨三姐，

Mueg Cincaiz【Sinj guh fwen】
莫进财【接唱】
(土俗字) 侄　卡　心　布　甘
(壮　文) Ndi gaj sim mbouj gam；
(直　译) 不　杀　心　不　甘
(意　译) 不杀心不甘；

Bouxcai【Sinj guh fwen】
差役【接唱】

(土俗字) 岑除 双 苟 铡
(壮 文) Gimzdawz song gyaeuj gyaenh,
(直 译) 擒拿 两 头 铡
(意 译) 擒拿两头铡,

【Gap guh fwen】
【合唱】
(土俗字) 然后 礼 平安
(壮 文) Sienzhaeuh ndaej bingzan.
(直 译) 然后 得 平安
(意 译) 才能得平安。

Mueg Vaizsinz【guh fwen】
莫怀仁【唱】
(土俗字) 四处 装 眉 网
(壮 文) Seiqcawq cang meiz muengx,
(直 译) 四处 装 有 网
(意 译) 四处都装网,

Mueg Cincaiz【Sinj guh fwen】
莫进财【接歌】
(土俗字) 爹 眉 羽 难 宾
(壮 文) Di meiz fwed nanz mbin;
(直 译) 她 有 翅 难 飞
(意 译) 有翅难飞奔;

Vunzcai【Sinj guh fwen】
差役【接唱】
(土俗字) 礼除 即刻 卡
(壮 文) Ndaejdawz cikgaek gaj,
(直 译) 抓到 立刻 杀
(意 译) 抓到马上杀,

【Gap guh fwen】
【合唱】
(土俗字) 铲 草 要 除 净
(壮 文) Canj nywj aeu cawz cingh.
(直 译) 铲 草 要 除 干净
(意 译) 铲草要除根。

【Baihgvaz laengmuq guh fwen】
【右后幕唱】
（土俗字）唱　欢　依
（壮　文）Ciengq fwen ndei，
（直　译）唱　山歌 好
（意　译）唱歌好，

（土俗字）唱　礼　父父　心　尽　儿
（壮　文）Ciengq ndaej bouxboux sim cinx ngaez；
（直　译）唱　得　人人　心　尽　入迷
（意　译）唱得人人心入迷；

（土俗字）唱　欢　凳文　啃　悔淋
（壮　文）Ciengq fwen daengqbaenz gwn oijraemx，
（直　译）唱　山歌 好比　吃　甘蔗
（意　译）唱歌好比吃甘蔗，

（土俗字）越　啃　腾　菊　越　甜哂
（壮　文）Yied gwn daengz goek yied diemzsaez.
（直　译）越　吃　到　根　越　甜蜜
（意　译）越吃到根越甜蜜。

Mueg Cincaiz【gyangj】
莫进财【白】
（土俗字）听　姐三　幼　傍哏　哈　猎　猎
（壮　文）Dingq，Cejsam yawq mbiengjhaenx ho，lieb！Lieb！
（直　译）听　三姐　在　那边　啊　追　追
（意　译）听，三姐在那边的呵，追！追！

【Coh baihgvaz lieb bei. Baihswix laengmuq singfwen youh yiengj.】
【向右边追去。幕后左边歌声又起。】

【Baihswix laengmuq guh fwen】
【后幕左唱】
（土俗字）唱　欢　衣
（壮　文）Ciengq fwen ndei，
（直　译）唱　山歌 好
（意　译）唱歌好，

（土俗字）唱 礼 父父 心儿 齐
（壮 文）Ciengq ndaej bouxboux simmaez caez；
（直 译）唱 得 人人 心迷 全
（意 译）唱得人人醉了心；

（土俗字）欢壮 凳文 计 古柏
（壮 文）Fwencuengh daengqbaenz gaej gobek，
（直 译）壮歌 好像 那 松柏
（意 译）山歌好比那松柏，

（土俗字）敢 顶 林北 绕操操
（壮 文）Gamj dingj rumzbaek heusausau.
（直 译）敢 顶 北风 绿葱葱
（意 译）迎着北风叶青青。

Vunzcai【gyangj】
差役【白】
（土俗字）叮 姐三 示 幼 傍哏 猎 易吱 易吱
（壮 文）Dingq，Cejsam seix yawq mbiengjhaenx，lieb，heihdei，heihdei！
（直 译）听 三姐 是 在 那边 追 快点 快点
（意 译）听，三姐是在那边的，赶快，赶快，追！
【Seiqhenz singfwen laxlwnz goksasa.】
【四边歌声轮流唱上。】

Mueg Vaizsinz【heiq ngaengh dwk gyangj】
莫怀仁【气端端地白】
（土俗字）呵 为嘛 四面 八方 总 示 刘 三姐
（壮 文）O，vihmaz seiqmienh betfueng cungj seix Louz Samcej？
（直 译）呵 为何 四面 八方 都 是 刘 三姐
（意 译）呵，为什么四面八方都是刘三姐？

【Da baez fan，gyaeuj baez nyeng，sinj gangj】
【眼一翻，头一歪，接白】
（土俗字）饭桶 收 总 示 饭桶 跟 勾 斗
（壮 文）Fanhdoengj，sou cungj seix fanhdoengj，gaen gou daeuj！
（直 译）饭桶 你们 都 是 饭桶 跟 我 来
（意 译）饭桶，你们都是饭桶，跟我来！
【Coh biendah lieb roengzbei.】
【往河边追下。】

【Hai daihnyih fan muq. Gingj henzdah: Meiz ruzbya, meiz daeng. Goengdwkbya souj yawq gyaeujruz, dingqnyi singcauz giz gyae, sing ma raeuq, di dawz hwnj daengloengz seiqcawq rongh.】

【二幕开，河边景：有渔船，有灯。老渔翁守在船头，听到远远的噪声，狗吠声，他拿起灯笼四处照。】

Goengdwkbya【gyangj】

老渔翁【白】

(土俗字) 计尔 乱喳喳 哈 大概 又 示 官府 约 岑 伝 啦
(壮　文) Gaejrawz luenhcaca ha, daihgaiq youh seix guenfouj yaek gaemh vunz la……
(直　译) 什么 乱糟糟 呀 大概 又 是 官府 要 抓 人 啦
(意　译) 什么乱糟糟的，大概又是官府要抓人了……

(土俗字) 唉 种 世道 内
(壮　文) Ae…… cungj seiqdauh neix……
(直　译) 唉 种 世道 这
(意　译) 唉……这种世道……

【Guh fwen】

【唱】

(土俗字) 仝 色 世道 内 布 容易 估伝
(壮　文) Doengz saek seiqdauh neix, mbouj yungzheih guhvunz;
(直　译) 像 种 世道 这 不 容易 做人
(意　译) 像这种世道，真不好做人；

(土俗字) 财主 欺 父穷 墒 申 种 布 眉
(壮　文) Caizcawj hei bouxgungz, dueg ndin cungj mbouj meiz.
(直　译) 财主 欺 穷人 处 站 都 没 有
(意　译) 财主欺贫民，无处立足稳。

【Louz Samcej、A'nyouz、Louz Nyih buet hwnjdaeuj.】

【刘三姐、阿牛、刘二跑上。】

Louz Samcej【guh fwen】

刘三姐【唱】

(土俗字) 偻 离 兰 屋斗
(壮　文) Raeuz liz ranz okdaeuj,
(直　译) 我们 离 家 出来
(意　译) 我们离开家，

Louz Nyih【sinj guh fwen】

刘二【接唱】

（土俗字）为 财主 怀仁
（壮 文）Vih caizcawj Vaizsinz；
（直 译）为 财主 怀仁
（意 译）因为莫怀仁；

A'nyouz【sinj guh fwen】
阿牛【接唱】
（土俗字）含恨 胎 布 林
（壮 文）Haemzhaenh dai mbouj lumz，
（直 译）含恨 死 不 忘
（意 译）至死也不忘，

【Gap guh fwen】
【合唱】
（土俗字）报仇 笼 决心
（壮 文）Bauqsaeuz roengz gietsim.
（直 译）报仇 下 决心
（意 译）要报仇雪恨。

【Goengdwkbya dawz daeng seiqcawq ciuq. Seizhaenx Louz Samcej byaij daengz baknaj Goengdwkbya.】
【老渔翁拿灯四处照。此时刘三姐走到老渔翁面前。】

Goengdwkbya【gyangj】
老渔翁【白】
（土俗字）呵 收 盟 布 示 刘 刘 三姐 吗
（壮 文）O，sou…… mwngz mbouj seix…… Louz…… Louz Samcej ma?
（直 译）呵 你们 你 不 是 刘 刘 三姐 吗
（意 译）呵，你们……你不是……刘……刘三姐吗?
【Geiq ndaej seix boux Louz Samcej saiq fwen haenx.】
【记得赛歌时的刘三姐。】

Louz Samcej【gyangj】
刘三姐【白】
（土俗字）正示 婆老 败愣 嘛佬 莫 怀仁 斗 猎 偻
（壮 文）Cingqseix，buzlaux，baihlaeng malaux Mueg Vaizsinz daeuj lieb raeuz，
（直 译）正是 老人 后面 老狗 莫 怀仁 来 追 我们
（意 译）正是，老大爷，后面有豺狼莫怀仁追赶我们，

(土俗字) 约 斗 腾 啦 偻 布 眉 路 批 啦
(壮 文) yaek daeuj daengz la, raeuz mbouj meiz loh bei la……
(直 译) 将 来 到 了 我们 没 有 路 去 啦
(意 译) 快来到啦，我们已无路可走了……

Goengdwkbya【naemjnaemj, geiceiq dwk, byuengj hai benj daejruz, vaedfwngz, gyangj】

老渔翁【想了想，机智地，揭开船底板，挥手，白】

(土俗字) 口批 吧
(壮 文) Haeujbei ba!
(直 译) 进去 吧
(意 译) 进去吧!

【Sam vunz gamjcih Goengdwkbya, ndonj haeuj laj daejruz bei. Goengdwkbya cang guh fouzseih, naengh yawq gyaeujruz, Mueg Vaizsinz、Mueg Cincaiz daengj vunz daeuj daengz.】

【三人感谢老渔翁，穿到船底去。老渔翁装作若无其事，坐在船头。莫怀仁、莫进财等人来到。】

Mueg Vaizsinz【guh fwen】

莫怀仁【唱】

(土俗字) 三姐 条 屋 鹿
(壮 文) Samcej deuz ok rog,
(直 译) 三姐 逃 出 外面
(意 译) 三姐往外逃,

Mueg Cincaiz【Sinj guh fwen】

莫进财【接唱】

(土俗字) 眉 羽 难 宾 鸡
(壮 文) Meiz fwed nanz mbin gyae;
(直 译) 有 翅 难 飞 远
(意 译) 有翅难飞去;

Vunzcai【Sinj guh fwen】

差役【接唱】

(土俗字) 若 岑 礼 除 伝
(壮 文) Sieg gaemh ndaej dawz vunz,
(直 译) 若 擒 得 拿 人
(意 译) 若抓人回来,

【Gap guh fwen】
【合唱】
(土俗字)剥 能 踢 骼 批
(壮 文)Bok naeng dik ndok bei.
(直 译)剥 皮 剔 骨 去
(意 译)剥皮骨又剔。

【Lieb daengz henz dah，rin Goengdwkbya，cam】
【追到河边，发现老渔翁，问】
(土俗字)喂 关公 盟 伦 眉 三 伝 跋 挂 吱内 斗 吗
(壮 文)Vei，gvangoeng，mwngz rin meiz sam vunz buet gvaq deineix daeuj ma?
(直 译)喂 阿公 你 见 有 三 人 跑 过 这里 来 吗
(意 译)喂，老头，你见有三个人跑过这里来吗？

Goengdwkbya【gyajcang mbouj meiz seih，gyangj】
老渔翁【假装无事，白】
(土俗字)计尔 伝 布 伦
(壮 文)Gaejrawz vunz? Mbouj rin.
(直 译)什么 人 不 见
(意 译)什么人？没看见。

Mueg Vaizsinz【gyangj】
莫怀仁【白】
(土俗字)盟 得 嘛老 内 浪 侄 讲 实话 欧 得 命 盟
(壮 文)Mwngz ndaek malaux neix，langh ndi gyangj sidvah，aeu ndaek mingh mwngz!
(直 译)你 个 老狗 这 若 不 讲 实话 要 条 命 你
(意 译)你这老狗，若不说实话，就要你的狗命！

Vunzcai【gyangj】
差役【白】
(土俗字)欧 欧 得 命嘛 盟 讲 侄 讲
(壮 文)Aeu…… aeu ndaek minghma mwngz! Gyangj ndi gyangj?
(直 译)要 要 个 狗命 你 讲 不 讲
(意 译)要……要你的狗命！讲不讲？

Goengdwkbya【naemj yaep ndeu，cuiz gei ingq bienq dwk gyangj】
老渔翁【沉吟片刻，随机应变白】
(土俗字)呵 眉 三 父 伝 向 傍哏 跋 批 罗
(壮 文)Ho，meiz sam boux vunz yiengq mbuengjhaenx buet bei la.
(直 译)呵 有 三 个 人 向 那边 跑 去 了
(意 译)呵，有三个人往那边跑去了。

Mueg Vaizsinz【yinxfwngz vaddin dwk gyangj】
莫怀仁【指手画脚地白】
（土俗字）猎　猎
（壮　文）Lieb！Lieb！
（直　译）追　追
（意　译）追！追！
【Roengzbei.】
【下。】

Goengdwkbya【ngonzrin di roengzbei le，simsoeng dwk gyangj】
老渔翁【看见他们下后，轻松地白】
（土俗字）哈　帮　嘛愚　内
（壮　文）Ha，bang ma'ngawz neix！
（直　译）哈　帮　笨狗　这
（意　译）哈，这帮蠢狗！

Goengdwkbya【Cuenq ma buengj benjruz，gyangj】
老渔翁【转回揭开船板，白】
（土俗字）宋　嘛老　哏　条　啦　很斗　吧　偻　约　开　和　噜
（壮　文）Gyoengq malaux haenx deuz la，hwnjdaeuj ba，raeuz yaek hai ruz lu！
（直　译）帮　老狗　那　走　啦　起来　吧　我们　将　开　船　噜
（意　译）那帮老狗走了，起来吧，我们快开船啦！
【Louz Samcej、Louz Nyih、A'nyouz daj laj daej ruz okdaeuj.】
【刘三姐、刘二、阿牛从船底出来。】

Louz Samcej【gyangj】
刘三姐【白】
（土俗字）关公　啊
（壮　文）Gvangoeng ha！
（直　译）阿公　啊
（意　译）老爷爷呀！

【guh fwen】
【唱】
（土俗字）途龙　毒　困　督　笼　井
（壮　文）Duzlungz daeg nyaeq doek roengz cingj，
（直　译）蛟龙　被　困　落　下　井
（意　译）蛟龙被困落下井，

(土俗字)侥幸 眉 伝 斗 救 腾
(壮 文)Yeuzyengh meiz vunz daeuj gyuq daengz;
(直 译)侥幸 有 人 来 救 到
(意 译)侥幸有人来救起;

(土俗字)眉 艮 很 奔 笼 大海
(壮 文)Meiz ngoenz hwnj mbwn roengz daihhaij,
(直 译)有 日 上 天 下 大海
(意 译)有日上天下大海,

(土俗字)于剥 坩 珠 斗 谢 盟
(壮 文)Ndawbak gamz caw daeuj cih mwngz.
(直 译)嘴里 含 珠 来 谢 你
(意 译)嘴里含珠来谢你。

Goengdwkbya【gyangj】
老渔翁【白】
(土俗字)姐三 计 讲 啦 条命 要紧
(壮 文)Cejsam, gaej gyangj la, deuzmingh yiuqginj.
(直 译)三姐 不 讲 了 逃命 要紧
(意 译)三姐,不讲了,逃命要紧。
【Cengq ruz roengz.】
【撑船下。】

Louz Samcej daengj【guh fwen】
刘三姐等【唱】
(土俗字)唱 欢 衣
(壮 文)Ciengq fwen ndei,
(直 译)唱 歌 好
(意 译)唱歌好,

(土俗字)唱 礼 父父 廖哈哈
(壮 文)Ciengq ndaej bouxboux riuhaha;
(直 译)唱 得 人人 笑哈哈
(意 译)唱歌人人乐开花;

(土俗字)欢 凳 除亲 计 淋汏
(壮 文)Fwen daengq cawzcin gaej raemxdah,
(直 译)山歌 像 春天 那 江水
(意 译)壮歌好比春江水,

（土俗字）狠喨　批那　浮 不　停
（壮　文）Haenqrengz baenaj lu bwt dingz.
（直　译）奋力　向前　流 不　停
（意　译）奋力向前流哗哗。

【Mueg Vaizsinz、Mueg Cincaiz daengj cuenq ma，rin ruz gaenq hai bei，simgip cix fouznaih.】

【莫怀仁、莫进财等转回，见船已开，着急而无耐。】

Mueg Vaizsinz【gyangj】
莫怀仁【白】
（土俗字）激 胎 勾 啦 盟　盟　则　嘛　内
（壮　文）Gik dai gou la，mwngz…… mwngz ndaek mageq neix……
（直　译）气 死 我 啦 你　你　个　老狗　这
（意　译）气死我了，你……你这老狗……

【Muq gip roengz.】
【幕急下。】

（土俗字）场　大六　传　欢
（壮　文）Ciengz Daihroek Cuenz Fwen
（直　译）场　第六　传　歌
（意　译）第六场　传歌

Seizgan：Bi daihnyih haemh cungcou.
时间：第二年中秋之夜。

Diegyouq：Liujcouh Ndoidienmax baknaj henz Lungzdamziq haenx.
地点：柳州天马山前的小龙潭畔。

Ciengzgingj：Yawq baihswix Lungzdamziq，laeuh ok coem ranzhaz iq ndeu，bakdou di meiz go'gyoij、moeggva daengj. Rumziq ci mbawgyoij、moeggva caeuq gaej hazdaij baknaj ranzhaz doenghfefe，gaeq haen roeg eu. Ndaw daemz raemx doenghyaemyaem，gij go yiengzloux iet ok biendaemz ngauzngednged. Gaej singfwen goksasa daj ndaw ranzhaz cuenz okdaeuj.

场景：在小龙潭的左边，露出小茅舍的一角，其门前有芭蕉、木瓜等。微风吹动芭蕉叶、木瓜和屋前的茅草，鸡啼鸟叫。潭中水波微动，几株杨柳伸出潭边摇曳。清脆的歌声从茅舍里传出。

Goengdwkbya【daenj buhmoq，naj hoengzfwdfwd，daj ndaw ranzhaz riuj gyoi lwggam okdaeuj，gyangj】
老渔翁【穿着新衣，满面红光，从茅舍里提出一筐柑果，白】
（土俗字）欧　婢墓　抓 仂柑　约　开头　噜
（壮　文）Aeu bawxmoq ca lwggam，yaek haidaeuz lu!
（直　译）娶　新媳　抢 柑果　要　开始　噜
（意　译）新婚抢柑果，将要开始了！

【Ndaw ranzhaz cuenz singfwen okdaeuj.】
【茅舍里传出歌声。】
（土俗字）抓　仂柑
（壮　文）Ca lwggam，
（直　译）抢　柑果
（意　译）抢柑果，

（土俗字）恭喜　阿牛　奏　姐三
（壮　文）Goengheij A'nyouz caeuq Cejsam;
（直　译）恭喜　阿牛　与　三姐
（意　译）恭喜阿牛和三姐；

（土俗字）艮你　双　伝　礼　文对
（壮　文）Ngoenzneix song vunz ndaej baenzdoiq,
（直　译）今天　两　人　得　成双
（意　译）今天两人得成双，

（土俗字）总　凳　织女　配　牛郎
（壮　文）Cungj daengq Ciknawx boiq Nyouzlangz.
（直　译）总　像　织女　配　牛郎
（意　译）织女牛郎同心结。

【Sinj guh fwen】
【接唱】
（土俗字）晃川　团
（壮　文）Ronghndwen duenz,
（直　译）月亮　圆
（意　译）月亮圆，

（土俗字）忐堆　鹿垌　桂花　黄
（壮　文）Gwnzndoi rogdoengh gviqva vuengz;
（直　译）山上　田野　桂花　黄
（意　译）田野山上桂花黄；

（土俗字）姐三　阿牛　眉　福气
（壮　文）Cejsam A'nyouz meiz fukheiq,
（直　译）三姐　阿牛　有　福气
（意　译）三姐阿牛有福气，

（土俗字）艮你　齐众　礼　团圆
（壮　文）Ngoenzneix caezcungq ndaej duenzyuenz.
（直　译）今天　一起　得　团圆
（意　译）今天团圆结成双。

Goengdwkbya【seizhaenx cuengq gyoi lwggam roengzdaeuj, cingjcingj buh mauh, guh fwen】
老渔翁【此时放下柑子筐，整整衣冠，唱】

（土俗字）勾　卑内　八十　　侄　眉　仂　伴逢
（壮　文）Gou bineix betcib，　Ndi meiz lwg buenxfwngz；
（直　译）我　今年　八十（岁）没　有　儿　陪伴
（意　译）我今年八十，没有个儿女；

（土俗字）仝皮　　各　单身　侄疑　　腾　　艮内
（壮　文）Doenghbaez gag dansin，Ndi'ngeiz daengz ngoenzneix.
（直　译）往常　　自　单身　不料　　到　　今天
（意　译）往常是单身，不料有今日。

【Sinj guh fwen】
【接唱】
（土俗字）礼　　姐三　　料理　　总　　凳　　示　亲生
（壮　文）Ndaej Cejsam liuhleix，Cungj daengq seix cinseng；
（直　译）得　　三姐　　料理　　总　　像　　是　亲生
（意　译）得三姐料理，好像亲生女；

（土俗字）艮内　　　结　婚姻　　勾　心　甜　　挂　悔
（壮　文）Ngoenzneix giet voenyien，Gou sim diemz gvaq oij.
（直　译）今天　　　结　姻缘　　我　心　甜　　过　蔗
（意　译）今天结姻缘，心比蔗甜蜜。
【Goengdwkbya geq lwggam ndaw loz. Louz Nyih daj ndaw ranzhaz okdaeuj.】
【老渔翁数筐中的柑子。刘二从茅舍里出。】

Louz Nyih【guh fwen】
刘二【唱】
（土俗字）仆记　　勾　艮内
（壮　文）Bohgeiq gou ngoenzneix，
（直　译）干爹　　我　今日
（意　译）对干爹回忆，

（土俗字）计　情义
（壮　文）Gaej cingznyih；
（直　译）其　情义
（意　译）其情义，

（土俗字）侄　讲　　礼　　鲁　完
（壮　文）Ndi gyangj ndaej rox yuenz；
（直　译）不　讲　　得　　知　完
（意　译）难以讲完毕；

（土俗字）存　勾　奏　姐三
（壮　文）Ngonz gou caeuq Dahsam，
（直　译）看　我　和　三妹
（意　译）待兄妹厚意，

（土俗字）凳　亲生
（壮　文）Daengq cinseng，
（直　译）像　亲生
（意　译）亲无比，

（土俗字）心　各　甜　于　胴
（壮　文）Sim gag diemz ndaw dungx.
（直　译）心　自　甜　里　肚
（意　译）自甜在心里。

【Sinj guh fwen】
【接唱】
（土俗字）阿牛　奏　姐三
（壮　文）A'nyouz caeuq Dahsam.
（直　译）阿牛　和　三妹
（意　译）阿牛和小娣，

（土俗字）结　姻缘
（壮　文）Giet yiennyuenz，
（直　译）结　姻缘
（意　译）结连理，

（土俗字）礼　文双　艮内
（壮　文）Ndaej baenzsong ngoenzneix；
（直　译）得　成双　今日
（意　译）今成双团聚；

（土俗字）讲　腾　勾　刘　二
（壮　文）Gyangj daengz gou Louz Nyih，
（直　译）讲　到　我　刘　二
（意　译）我刘二满意，

(土俗字)心 欢喜
(壮 文)Sim vuenheij,
(直 译)心 欢喜
(意 译)心欢喜,

(土俗字)实 难 礼 林 恩
(壮 文)Saed nanz ndaej lumz aen.
(直 译)实 难 得 忘 恩
(意 译)恩情难忘记。

Goengdwkbya【gyangj】
老渔翁【白】
(土俗字)刘 二 哈 鸡哏 三 啦 奔 晃 噜 宋 豪生 内
(壮 文)Louz Nyih ha, gaeqhaen sam la, mbwn rongh lo, gyoengq hauxseng neix,
(直 译)刘 二 啊 鸡啼 三(遍)啦 天 亮 噜 群 年轻人 这
(意 译)刘二呀,鸡叫三遍啦,天快亮啦,他们这帮年轻人,

(土俗字)估 欢 以 够 啦 于 兰 太 及
(壮 文)guh fwen hix gaeuq la, ndaw ranz daiq geb,
(直 译)唱 山歌 也 够 了 里 家 太 窄
(意 译)山歌也唱够了,房子太小,

(土俗字)夭 宋爹 批 败鹿 抓 伪柑 吧
(壮 文)eu gyoengqdi bei baihrog ca lwggam ba!
(直 译)叫 他们 去 外面 抢 柑果 吧
(意 译)叫他们到外边来抢柑果吧!

Louz Nyih【gyangj】
刘二【白】
(土俗字)衣 差 勾 夭 宋爹 屋斗
(壮 文)Ndei, caj gou eu gyoengqdi okdaeuj.
(直 译)好 等 我 叫 他们 出来
(意 译)好,我就叫他们出来。

【Daengz bakdou suenj】
【到门边喊】
(土俗字)喂 各位 皮往 伊爸 准备 伪柑 衣 啦
(壮 文)Vei, gakvih beixnuengx, aebaj cinjbeih lwggam ndei la,
(直 译)喂 各位 兄妹 阿爸 准备 柑果 好 了
(意 译)喂,各位兄妹,阿爸准备柑子好了,

（土俗字）请　屋斗　抓 伪柑　吧
（壮　文）cingj okdaeuj ca lwggam la!
（直　译）请　出来　抢 柑果　吧
（意　译）请出来抢柑果吧!

【Bouxsai coz fuz A'nyouz，bouxmbwk coz fuz Louz Samcej，bien fwen bien okdou daeuj.】

【男青年扶阿牛，女青年扶刘三姐，边唱歌边出门来。】

Cungqvunz【guh fwen】
众人【唱】
（土俗字）宋偻　齐　斗　抓 伪柑
（壮　文）Gyoengqraeuz caez daeuj ca lwggam，
（直　译）我们　齐　来　抢 柑果
（意　译）我们一同抢柑果，

（土俗字）恭喜　阿牛　奏　姐三
（壮　文）Goengheij A'nyouz caeuq Cejsam；
（直　译）恭喜　阿牛　和　三姐
（意　译）恭喜三姐阿牛哥；

（土俗字）艮内　鸳鸯　礼　文对
（壮　文）Ngoenzneix yuenyieng ndaej baenzdoiq，
（直　译）今天　鸳鸯　得　成双
（意　译）今天鸳鸯成双对，

（土俗字）卑墓　开春　礼　拥　兰
（壮　文）Bimoq haicin ndaej umj lan.
（直　译）明年　开春　得　抱　孙
（意　译）明年春天抱仔乐。

Goengdwkbya【guh fwen】
老渔翁【唱】
（土俗字）吉日　逢　喜庆　齐众　抓 伪柑
（壮　文）Gitsid fungz heijhingq，Caezcungq ca lwggam；
（直　译）吉日　逢　喜庆　一同　抢 柑果
（意　译）吉日逢喜庆，一同抢甜柑；

（土俗字）阿牛　奏　姐三　结　南山　长寿
（壮　文）A'nyouz caeuq Cejsam，Giet namzsan ciengzsouh.
（直　译）阿牛　和　三姐　结　南山　长寿
（意　译）祝阿牛三姐，长寿比南山。

Louz Nyih【gyangj】
刘二【白】
（土俗字）倭　斗　抓　仂柑　贯
（壮　文）Raeuz daeuj ca lwggam gonq!
（直　译）我们　来　抢　柑果　先
（意　译）我们先来抢柑子吧！

【Goengdwkbya bau lwggam hwnj sang，caezgya bien fwen bien foux. Ciengj lwggam sat lo.】
【老渔翁把柑果抛上，大家边抢边舞。抢柑果完了。】

Goengdwkbya【gyangj】
老渔翁【白】
（土俗字）艮内　倭　眉　几来　福气　哈
（壮　文）Ngoenzneix raeuz meiz gijlai fukheiq ha!
（直　译）今天　我们　有　几多　福气　啊
（意　译）今天我们多有福气啊！

Amoeg【gyangj】
亚木【白】
（土俗字）天福　奏　冬妹
（壮　文）Dienfuk caeuq Doengmoih……
（直　译）天福　和　冬妹
（意　译）天福和冬妹……

Doengmoih【gyangj】
冬妹【白】
（土俗字）防　除　盟
（壮　文）Fangz dawz mwngz……
（直　译）鬼　抓　你
（意　译）鬼收你……

Amoeg【gyangj】
亚木【白】

（土俗字）照　话俗　讲　父尔　抓礼　仂柑　来　爹福气　袖　宏
（壮　文）Ciuq vahsug gyangj，bouxlawz ca ndaej lwggam lai，di fukheiq couh hung.
（直　译）照　俗话　讲　哪个　抢得　柑果　多　他福气　就　大
（意　译）照俗话讲，那个抢得柑果多的，福气就大。

（土俗字）收　双　伝　抓礼　最　来
（壮　文）Sou song vunz ca ndaej cuiq lai!
（直　译）你们两　人　抢得　最　多
（意　译）你俩抢得最多！

Dienfuk【gyangj】
天福【白】
（土俗字）哥爷墓　婢墓　福气　最　宏
（壮　文）Goyezmoq bawxmoq fukheiq cuiq hung……
（直　译）新郎　新娘　福气　最　大
（意　译）新郎新娘福气最大……

Doengmoih【gyangj】
冬妹【白】
（土俗字）送　哼　爹　双　恩　衣　布　衣
（壮　文）Soengq haengj di song ndaen ndei mbouj ndei?
（直　译）送　给　他们两　个　好　不　好
（意　译）送给他们两个好不好？

Cungqvunz【gyangj】
众人【白】
（土俗字）衣
（壮　文）Ndei!
（直　译）好
（意　译）好！

【Dienfuk、Doengmoih dawz gaej lwggam cihgeij ciengj ndaej haenx，oet daengz ndaw fwngz A'nyouz caeuq Louz Samcej bei. A'nyouz、Louz Samcej mbouj ndei eiqsei dwk ciep aeu.】

【天福、冬妹把自己抢得的柑子，塞到阿牛和刘三姐手里。阿牛、刘三姐不好意思地接住。】

Amoeg【gyangj】
亚木【白】

（土俗字）艮内　示　艮衣　阿牛　奏　姐三　百年　衣及
（壮　文）Ngoenzneix seix ngoenzndei A'nyouz caeuq Cejsam beknienz ndeigyaeb，
（直　译）今天　是　吉日　阿牛　和　三姐　百年　好合
（意　译）今天是阿牛和三姐百年好合的吉日，

（土俗字）欧　双爹　除　吱　缕甜　斗　哼　偻　啃　衣　布　衣
（壮　文）aeu songdi dawz dei laeujdiemz daeuj haengj raeuz gwn，ndei mbouj ndei?
（直　译）要　他俩　拿　点　甜酒　来　给　我们　喝　好　不　好
（意　译）要他俩拿些甜酒来给我们喝，好不好？

Cungqvunz【gyangj】
众人【白】
（土俗字）衣
（壮　文）Ndei……
（直　译）好
（意　译）好……
【Coi A'nyouz、Louz Samcej beima aeu laeujdiemz.】
【催促阿牛、刘三姐回去取甜酒。】

Goengdwkbya【gyangj】
老渔翁【白】
（土俗字）批麻　除　缕　斗　易吱
（壮　文）Beima dawz laeuj daeuj，heihdei.
（直　译）回去　拿　酒　来　快点
（意　译）快去拿酒来，快点。

【A'nyouz、Louz Samcej doxngonz，roengzbei.】
【阿牛、刘三姐互视，下。】

Dienfuk【gyangj】
天福【白】
（土俗字）气缕　层　消　时内　又　夭　除　缕　斗　盟
（壮　文）Heiqlaeuj caengz siu，seizneix youh eu dawz laeuj daeuj，mwngz——
（直　译）酒气　未　消　现在　又　叫　拿　酒　来　你
（意　译）酒气还未消，现在又给人家讨酒来，你——
【Yinx Amoeg】
【指阿木】

（土俗字）盟　则伝　人　内　真　难　招待
（壮　文）mwngz ndaek vunz neix caen nanz ciudaih.
（直　译）你　个　人　这　真　难　招待
（意　译）你这人真难招待。

Amoeg【gyangj】
亚木【白】
（土俗字）勾　难　招待　啦　差　盟　奏　冬妹　结婚　贯
（壮　文）Gou nanz ciudaih la? Caj mwngz caeuq Doengmoih gietvoen gonq,
（直　译）我　难　招待　啦　等　你　和　冬妹　结婚　先
（意　译）我难招待啦？等你和冬妹成婚时，

（土俗字）勾　痕　欧　啃　更　来　呢
（壮　文）gou haenz aeu gwn gengq lai ne!
（直　译）我　还　要　喝　更　多　呢
（意　译）我还要喝得更多哩！

【Dienfuk、Doengmoih gag bek Amoeg mbat fwngz he.】
【天福、冬妹各打亚木一掌。】

Amoeg【gyangj】
亚木【白】
（土俗字）嘿　收　痕　层　文婚
（壮　文）Hei, sou haenz caengz baenzvoen,
（直　译）嘿　你们　还　未　成婚
（意　译）嘿，你们还没有成婚，

（土俗字）时内　袖　呷　斗　父　帮　父　啦
（壮　文）seizneix couh gap daeuj boux bang boux la?
（直　译）现在　就　合　来　人　帮　人　啦
（意　译）现在就合起伙来一个帮一个啦？

Doengmoih【gyangj】
冬妹【白】
（土俗字）呸　盟　到底　示　闹　姐三　痕示　闹　都　哈
（壮　文）Bei, mwngz dauqdaej seix nauh Cejsam, haenzseix nauh dou ha?
（直　译）呸　你　到底　是　闹　三姐　还是　闹　我们　啊
（意　译）呸，你到底是闹三姐，还是闹我们啊？

Amoeg【gyangj】
亚木【白】
(土俗字) 勾
(壮　文) Gou……
(直　译) 我
(意　译) 我……

Doengmoih【gyangj】
冬妹【白】
(土俗字) 盟　盟　奏　兰芬　呢
(壮　文) Mwngz…… mwngz caeuq Lanzfaen ne?
(直　译) 你　你　和　兰芬　呢
(意　译) 你……你和兰芬呢?
【Cungqvunz daihriu.】
【众人大笑。】

【Louz Samcej、A'nyouz dawz laeuj hwnjdaeuj.】
【刘三姐、阿牛端甜酒上。】

Goengdwkbya【gyangj】
老渔翁【白】
(土俗字) 计　噪　大家　计　噪
(壮　文) Gaej cauz, daihgya gaej cauz!
(直　译) 莫　吵　大家　莫　吵
(意　译) 莫吵，大家莫吵!

(土俗字) 良内　姐三　奏　阿牛　除　缕甜　斗　哼　偻　啃
(壮　文) Ngoenzneix Dahsam caeuq A'nyouz dawz laeujdiemz daeuj haengj raeuz gwn,
(直　译) 今天　三妹　和　阿牛　拿　甜酒　来　给　我们　喝
(意　译) 今天三妹和阿牛捧甜酒来给我们喝，

(土俗字) 衣　来　啦　布故　照　老例
(壮　文) ndei lai la! Mboujguq, ciuq lauxlaeh,
(直　译) 好　多　lo　不过　照　老例
(意　译) 太好了! 不过，照老规矩，

(土俗字) 啃　缕甜　欧　唱　欢　啊
(壮　文) gwn laeujdiemz aeu ciengq fwen ha!
(直　译) 喝　甜酒　要　唱　山歌　啊
(意　译) 吃甜酒要唱山歌啊!

Gyoengqvunz【gyangj】
众人【白】
(土俗字)唱 袖 唱 嘛
(壮 文)Ciengq couh ciengq ma!
(直 译)唱 就 唱 嘛
(意 译)唱就唱嘛!

Gyoengqvunz【guh fwen】
众人【唱】
(土俗字)姐 比 织女 痕 来 强
(壮 文)Cej beij Ciknawx hanz lai giengz,
(直 译)姐 比 织女 还 多 强
(意 译)三姐还比织女强,

(土俗字)阿牛 特哥 胜 牛郎
(壮 文)A'nyouz daeggo swngq Nyouzlangz;
(直 译)阿牛 哥哥 胜 牛郎
(意 译)阿牛哥哥胜牛郎;

(土俗字)纵眉 银河 斗 阻隔
(壮 文)Coenghmeiz nyaenzhoz daeuj cujgek,
(直 译)纵有 银河 来 阻隔
(意 译)虽有银河来阻隔,

(土俗字)估 欢 架桥 结 文 双
(壮 文)Guh fwen gyaqgiuz giet baenz sueng.
(直 译)唱 山歌 搭桥 结 成 双
(意 译)唱歌搭桥结成双。

Amoeg【gyangj】
亚木【白】
(土俗字)公哈 估 欢 了 啦 时内 该 请 姐三 奏 阿牛
(壮 文)Goenghaj guh fwen liux la, seizneix gai cingj Cejsam caeuq A'nyouz
(直 译)五爷 唱 山歌 完 了 现在 该 请 三姐 和 阿牛
(意 译)五爷,山歌唱完了,现在该请三姐和阿牛

(土俗字)哼 偻 敬缕 噜 吧
(壮 文)haengj raeuz gingqlaeuj lu ba!
(直 译)给 我们 敬酒 了 吧
(意 译)给我们敬酒了吧!

【Goengdwkbya seixeiq songdi gingqlaeuj. Louz Samcej caeuq A'nyouz gingqlaeuj.】
【老渔翁示意两人献酒。刘三姐和阿牛敬酒。】

Amoeg【gingz hwnj boilaeuj，cingj gwn laeuj，gyangj】
亚木【举起酒杯，请喝酒，白】
(土俗字)请　啨　娄
(壮　文)Cingj gwn laeuj!
(直　译)请　喝　酒
(意　译)请喝酒!

Goengdwkbya【gyangj】
老渔翁【白】
(土俗字)曾罢　啨　娄　欧　讲　话吉　贯
(壮　文)Caengzbah，gwn laeuj aeu gyangj vahgit gonq!
(直　译)未曾　喝　酒　要　讲　吉言　先
(意　译)慢着，喝酒要讲吉利话哩!

Doengmoih【nam】
冬妹【念】
(土俗字)姐三　阿牛　结　鸳鸯
(壮　文)Cejsam A'nyouz giet yuenyieng，
(直　译)三姐　阿牛　结　鸳鸯
(意　译)三姐阿牛结鸳鸯，

Dienfuk【Sinj nam】
天福【接念】
(土俗字)福　如　东海　百年　长
(壮　文)Fuk sawz Doenghaij beknienz ciengz;
(直　译)福　如　东海　百年　长
(意　译)福如东海百年长;

Amoeg【sinj nam】
亚木【接念】
(土俗字)对　卑 袖　生　礼　父　仂
(壮　文)Doiq bi couh seng ndaej boux lwg，
(直　译)对　年 就　生　得　个　仔
(意　译)对年生下个乖仔，

Goengdwkbya【sinj nam】
老渔翁【接念】

（土俗字）侄 层　　　喑 川　　　鲁 估 欢
（壮　文）Ndi caengz rim ndwen rox guh fwen!
（直　译）未 曾　　　满 月　　　会 唱 山歌
（意　译）未曾满月会歌唱！

Cungqvunz【daihriu，gyangj】
众人【大笑，白】
（土俗字）敬缕
（壮　文）Gingqlaeuj!
（直　译）敬酒
（意　译）敬酒！
【Louz Samcej、A'nyouz dawz boilaeuj.】
【刘三姐、阿牛拿酒杯。】

Sai gyap【gyangj】
男甲【白】
（土俗字）公哈　　　偻　请　姐三　奏　阿牛　　估　欢　吧
（壮　文）Goenghaj，raeuz cingj Cejsam caeuq A'nyouz guh fwen ba!
（直　译）五爷　　　我们 请　三姐　和　阿牛　　唱　山歌 吧
（意　译）五爷，我们请三姐和阿牛唱山歌吧！

Louz Samcej、A'nyouz【mienh foux mienh fwen】
刘三姐、阿牛【边舞边唱】
（土俗字）花 衣　堋　　绿叶　　计　特别　　衣　存
（壮　文）Va ndei baengh loegyieb，Gaeq daegbied ndei ngonz;
（直　译）花 好　凭　　绿叶　　它　特别　　好　看
（意　译）花好托绿叶，它特别新鲜；

（土俗字）巴鲤　淋滩　　串　　跳　龙门　　　很　奔
（壮　文）Byaleix raemxdan ndonj，Diuq lungzmuenz hwnj mbwn.
（直　译）鲤鱼　水滩　　游动　跳　龙门　　　上　天
（意　译）鲤鱼在水滩，跳龙门上天。

【Sinj foux fwen】
【接舞歌】

(土俗字)唱 欢 咻春 斗 绿攸攸 咻 萱
(壮 文)Ciengq fwen rumzcin daeuj, Loegyouyou rim suen;
(直 译)唱 歌 春风 来 绿油油 满 园
(意 译)唱歌如春风,它吹绿田野;

(土俗字)棵厚 眉 九 良 恩 晃川 更 晃
(壮 文)Gohaeux meiz gyuj liengx, Ndaen ronghndwen gengq rongh.
(直 译)稻子 有 九 穗 个 月亮 更 亮
(意 译)莸禾生九穗,月亮更皎洁。

Cungqvunz【guh fwen】
众人【唱】
(土俗字)龙潭 棵床 宏 引 凤凰 龙斗
(壮 文)Lungzdamz godongz hung, Yinx funghvuengz roengzdaeuj;
(直 译)龙潭 梧桐 大 引 凤凰 下落
(意 译)龙潭梧桐高,引凤凰筑巢;

(土俗字)姐三 斗腾 后 教 父父 鲁 欢
(壮 文)Cejsam daeujdaengz houh, Gyauq bouxboux rox fwen.
(直 译)三姐 来到 后 教 人人 会 歌
(意 译)三姐来到后,教俺唱歌好。

Goengdwkbya【gyangj】
老渔翁【白】
(土俗字)各 父 豪生
(壮 文)Gak boux hauxseng,
(直 译)各 位 后生
(意 译)各位后生,

(土俗字)陷内 偻 昂贺 阿牛 奏 姐三 文家
(壮 文)haemhneix raeuz angqhoh A'nyouzz caeuq Dahsam baenzgya,
(直 译)今晚 我们 庆贺 阿牛 和 三妹 结婚
(意 译)今晚我们庆贺阿牛和三妹结婚,

(土俗字)齐 估 欢 抢 仂柑 闹 够 了 吧
(壮 文)caez guh fwen, ciengj lwggam, nauh gaeuq liux ba.
(直 译)同 唱 山歌 抢 柑果 闹 够 了 吧
(意 译)唱山歌,抢柑果,闹够了吧。

（土俗字）勾　存　该　歇耐　噜吧
（壮　文）Gou ngonz gai yietnaiq luba!
（直　译）我　看　该　休息　了吧
（意　译）我看该休息了！

Cungqvunz【gyangj】
众人【白】
（土俗字）示　啦　偻　批麻　歇耐　噜
（壮　文）Seix lo，raeuz beima yietnaiq lo!
（直　译）是　啦　我们　回去　休息　噜
（意　译）是啦，我们先休息啦！

【Cungqvunz caeuq goengdwkbya、Louz Nyih、A'nyouz、Louz Samcej nai dox-biek. Vunzlai bei le，Goengdwkbya caeuq Louz Nyih haeuj hoq bei，lw doiq gvanyah ngamq gietvoen neix，yawq bien Lungzdamz ngonz yehgingj.】

【众人与老渔翁、刘二、阿牛、三姐道别。群众走后，老渔翁和刘二回房去，只剩下这对新婚夫妇，在龙潭畔欣赏夜景。】

【Laengmuq cuenz daeuj gaej singfwen ndeidingq.】
【后幕传来悠扬的歌声】。
（土俗字）十伍　晃川　团　礼　文双　文对
（壮　文）Cibngux ronghndwen duenz，Ndaej baenzsueng baenzdoiq;
（直　译）十五　月亮　圆　得　成双　成对
（意　译）十五月亮光，情人结成双；

（土俗字）鸳鸯　齐　结配　凳　啃　悔　针　糖
（壮　文）Yuenyieng caez gietboiq，Daengq gwn oij caemj dangz.
（直　译）鸳鸯　同　结配　像　吃　甘蔗　蘸　糖
（意　译）鸳鸯同结配，甜如蔗蘸糖。

Doengseng【vuengluenh dwk hwnjdaeuj，gyangj】
冬生【惊慌失措地上，白】
（土俗字）公哈　公哈　布　布　衣　啦
（壮　文）Goenghaj，Goenghaj，mbouj…… mbouj ndei la!
（直　译）五爷　五爷　不　不　好　了
（意　译）五爹，五爹，不……不好了！
【Goengdwkbya mienh daenj buh mienh hwnj.】
【老渔翁边穿衣边上。】

Goengdwkbya【gyangj】
老渔翁【白】
(土俗字)计尔 仕
(壮 文)Gaejrawz seih?
(壮 文)什么 事
(意 译)什么事?

Doengseng【gyangj】
冬生【白】
(土俗字)嘛劳 莫 怀仁 勾结 柳州 官府 带 斗 好来 官兵
(壮 文)Malaux Mueg Vaizsinz gaeugiet Louxcou guenfouj, daiq daeuj haujlai guenbing,
(直 译)老狗 莫 怀仁 勾结 柳州 官府 带 来 好多 官兵
(意 译)老狗莫怀仁勾结柳州官府，带来很多官兵，

(土俗字)闳 板 偻 很斗 噜
(壮 文)humx mbanj raeuz hwnjdaeuj lo,
(直 译)围 村 我们 起来 噜
(意 译)把我们村子团团围住，

(土俗字)旬旬 声声 谋 欧 岑除 刘 三姐
(壮 文)coenzcoenz singsing naeuz aeu gaemhdawz Louz Samcej.
(直 译)句句 声声 喊 要 捉拿 刘 三姐
(意 译)口口声声要捉刘三姐。

A'nyouz、Louz Samcej【ndatheiq dwk gyangj】
阿牛、刘三姐【愤怒地白】
(土俗字)哦
(壮 文)O!
(直 译)哦
(意 译)哦!

Louz Nyih【nam】
刘二【念】
(土俗字)莫 怀仁 莫 怀仁
(壮 文)Mueg Vaizsinz, Mueg Vaizsinz,
(直 译)莫 怀仁 莫 怀仁
(意 译)莫怀仁，莫怀仁，

(土俗字) 嘛劳 罪恶 临 潭 奔
(壮 文) Malaux coih'ak rim daemx mbwn,
(直 译) 老狗 罪恶 满 到 天
(意 译) 老狗滔天那罪行;

(土俗字) 勾 双 皮往 争 迫害
(壮 文) Gou song beixnuengx deng bekhaih,
(直 译) 我 两 兄妹 被 迫害
(意 译) 我俩兄妹被迫害,

(土俗字) 侄 眉 墒幼 挨 口 崇
(壮 文) Ndi meiz duegyawq ngaiz haeuj ndoeng,
(直 译) 没 有 住处 挨 进 山
(意 译) 没有住处逃进岭;

(土俗字) 艮内 奏 盟 拼 腾 底
(壮 文) Ngoenzneix caeuq mwngz bingq daengz daej,
(直 译) 今天 跟 你 拼 到 底
(意 译) 今天一定跟你拼,

(土俗字) 侄 礼 哼 盟 再 行凶
(壮 文) Ndi ndaej haengj mwngz caiq hengzyung!
(直 译) 不 能 给 你 再 行凶
(意 译) 不能让你再横行!

(土俗字) 再 行凶
(壮 文) Caiq hengzyung!
(直 译) 再 行凶
(意 译) 再横行!

A'nyouz【gyangj】
阿牛【白】
(土俗字) 示 啦 偻 一定 欧 奏 爹 搏
(壮 文) Seix la, raeuz itdingh aeu caeuq di buek!
(直 译) 是 了 我们 一定 要 和 他 拼
(意 译) 是的,我们一定要和他拼!
【Yaek cung okbei, deng Goengdwkbya lanz dwk.】
【要冲出去,被老渔翁拦住。】

Goengdwkbya【gyangj】
老渔翁【白】
（土俗字）布　礼　哈　偻　双　逢　哺丧
（壮　文）Mbouj ndaej ha，raeuz song fwngz byouqbyangq，
（直　译）不　能　啊　我们　两　手　空空
（意　译）不得啊，我们赤手空拳，

（土俗字）鱼　摒　礼　挂　帮　贼老　爹
（壮　文）nyawz bingq ndaej gvaq bang caeglaux di.
（直　译）怎　拼　得　过　群　老贼　他们
（意　译）怎拼得过这群豺狼。

Louz Samcej【guh fwen】
刘三姐【唱】
（土俗字）罪恶　莫　怀仁　勾　于心　含恨
（壮　文）Coih'ak Mueg Vaizsinz，Gou ndawsim haemzhaenh；
（直　译）罪恶　莫　怀仁　我　内心　含恨
（意　译）罪恶莫怀仁，我内心含恨；

A'nyouz、Louz Samcej【gap guh fwen】
阿牛、刘三姐【合唱】
（土俗字）除　骼　磨　文　粉　曾　解恨　礼　完
（壮　文）Dawz ndok muz baenz faenj，Caengz gyaijhaenh ndaej yuenz.
（直　译）把　骨　磨　成　粉　未　解恨　得　完
（意　译）把骨磨成粉，还不曾解恨。
【Song di siengj cung okbei.】
【他俩想冲出去。】

Goengdwkbya【lanz dwk，gyangj】
老渔翁【阻拦，白】
（土俗字）收　豪生　布　礼　性急　估仕
（壮　文）Sou hauxseng mbouj ndaej singqgip guhseih，
（直　译）你们　后生　不　能　性急　行事
（意　译）你们后生不能性急行事，

（土俗字）哏示　先　躲　很斗　吧
（壮　文）haenxseix sien ndoj hwnjdaeuj ba.
（直　译）还是　先　躲　起来　吧
（意　译）还是先躲开为妙。

Doengseng【gyangj】
冬生【白】
（土俗字）偻　哏示　听从　话　公哈　吧　先　避开　宋爹
（壮　文）Raeuz haenxseix dingqcoengz vah Goenghaj ba，sien baexhai gyoengqdi，
（直　译）我们　还是　听从　话　五爹　吧　先　避开　他们
（意　译）我们还是听从五爹的话，先避开他们，

（土俗字）腾　愣　堆　躲　很斗
（壮　文）daengz laeng ndoi ndoj hwnjdaeuj.
（直　译）到　后　山　躲　起来
（意　译）到山后去躲避。
【Goengdwkbya yinx di haeuj laeng ndoi bei. Baihrog guenbing youh suenj.】
【老渔翁指指他们到山后。外面官兵喊声又起。】

Goengdwkbya【gyangj】
老渔翁【白】
（土俗字）易吱　哈
（壮　文）Heihdei ha!
（直　译）快点　呀
（意　译）快点呀！

【A'nyouz、Louz Samcej gip ndoj haeuj laeng ndoi bei. Doengseng yaek roengzbei，seiqcawq meiz vunz suenjyaya. Mueg Vaizsinz daiq Mueg Cincaiz caeuq guenbing hwnjdaeuj.】
【阿牛、刘三姐急到山后躲藏。冬生欲下，喊声四起。莫怀仁带莫进财和官兵上。】

Mueg Vaizsinz【heiqseiq yungyung dwk doiq Goengdwkbya，gyangj】
莫怀仁【气势汹汹地对老渔翁，白】
（土俗字）刘　三姐　幼　渠　双吱　交　姐　屋斗
（壮　文）Louz Samcej yawq gyawz? Byuengdei gyau dah okdaeuj!
（直　译）刘　三姐　在　哪里　赶快　交　她　出来
（意　译）刘三姐在哪里？赶快把她交出来！

Goengdwkbya【gyangj】
老渔翁【白】
(土俗字) 勾 布 鲁
(壮 文) Gou mbouj rox.
(直 译) 我 不 知
(意 译) 我不知道。

Mueg Vaizsinz【gyangj】
莫怀仁【白】
(土俗字) 嘿 盟 则 房老 内 双 皮 三 叭 除 刘 三姐
(壮 文) Hei, mwngz ndaek fangzlaux neix, song baez sam mbat dawz Louz Samcej
(直 译) 嘿 你 个 老鬼 这 两 次 三 番 把 刘 三姐
(意 译) 嘿,你这个老鬼,三番两次地把刘三姐

(土俗字) 抽 很斗 打笨 听义 刘 三姐 哏 幼 内 估 欢
(壮 文) caeu hwndaeuj, haxbaenh dingqnyi Louz Samcej haenx yawq neix guh fwen,
(直 译) 藏 起来 刚才 听到 刘 三姐 还 在 此 唱 山歌
(意 译) 藏起来,刚才还听到刘三姐在此唱山歌,

(土俗字) 盟 痕 敢 文内 耍懒
(壮 文) Mwngz haenz gamj baenzneix sajlaih!
(直 译) 你 还 敢 如此 耍赖
(意 译) 你还敢如此耍赖!
【Gaemhdawz Goengdwkbya.】
【抓住老渔翁。】

A'nyouz、Louz Samcej【gip cung hwnjbei, gyangj】
阿牛、刘三姐【急冲上去,白】
(土俗字) 仃逢
(壮 文) Dingzfwngz!
(直 译) 住手
(意 译) 住手!

Mueg Vaizsinz【gyangj】
莫怀仁【白】
(土俗字) 哦 勾 拉 收 文耐 啦 原来 阿牛 以 幼 吱内
(壮 文) O! Gou ra sou baenznaih la, nyuenzlaiz A'nyouz hix yawq deineix.
(直 译) 哦 我 找 你们 很久 了 原来 阿牛 也 在 这里
(意 译) 哦!我找你们很久了,原来阿牛也在这里。

（土俗字）族 宋爹 很斗
（壮 文）cug gyoengqdi hwnjdaeuj!
（直 译）捆 他们 起来
（意 译）把他们捆起来！
【Gyoengq guenbing humx hwnjdaeuj.】
【众官兵围上来。】

Louz Samcej【haebfaenz haebheuj dwk nam gvaiqbanj】
刘三姐【咬牙切齿地念快板】
（土俗字）则 嘛老 莫 怀仁
（壮 文）Ndaek malaux Mueg Vaizsinz,
（直 译）狗 东西 莫 怀仁
（意 译）莫怀仁狗东西，

（土俗字）盟 计 罪恶 宏 挂 奔
（壮 文）Mwngz gaej coih'ak hung gvaq mbwn;
（直 译）你 的 罪行 大 过 天
（意 译）你那罪行大无比；

（土俗字）侄 鲁 盟 害 几来 伝
（壮 文）Ndi rox mwngz haih gijlai vunz,
（直 译）不 知 你 害 多少 人
（意 译）不知你害多少人，

（土俗字）血海 深仇 定 欧 报
（壮 文）Yuethaij simsaeuz dingh aeu bauq;
（直 译）血海 深仇 定 要 报
（意 译）要报深仇斗到底；

（土俗字）艮内 一定 剥 能 盟
（壮 文）Ngoenzneix itdingh bok naeng mwngz,
（直 译）今天 一定 扒 皮 你
（意 译）今天一定扒你皮，

（土俗字）剥 能 盟
（壮 文）bok naeng mwngz!
（直 译）扒 你 皮
（意 译）扒你皮！

Mueg Vaizsinz【hujdengdeng dwk gyangj】
莫怀仁【气得发抖地白】
(土俗字) 呵 刘 三姐 盟 约 胎 哏 欢 斗 哈
(壮 文) O, Louz Samcej, mwngz yaek dai haenx fwen, daeuj ha.
(直 译) 呵 刘 三姐 你 将 死 还 唱 来 呀
(意 译) 呵，刘三姐死到临头你还要唱。

(土俗字) 哼 勾 除 爹 岑 很斗
(壮 文) Haengj gou dawz di gaemh hwnjdaeuj!
(直 译) 给 我 把 她 抓 起来
(意 译) 来呀，给我把她抓起来！

【Seizhaenx, A'nyouz、Louz Samcej caeuq gyoengqdi doxmoeb yaep ndeu, yinvih vunzsiuj hoenx ndi gvaq vunzlai, doeklaeng deng doiq hwnj gwnz ndoi bei. Mueg Vaizsinz roengzlingh cung hwnj ndoi bei, deng A'nyouz caeuq Louz Samcej aeu rin roux roengzdaeuj, haujlai guenbing deng rin daenz dai dinbya. Cingq ginjgiep seizhaenx, hwnj rumzhung daeuj, byajraez byajcek, daengrongh fwt ndaep. Yaep ndeu dauq rongh, Mueg Vaizsinz caeuq Mueg Cincaiz cingq baegfofo seiz, A'nyouz caeuq Louz Samcej daj gwnz ndoi roux rin roengzdaeuj, dub dai Mueg Vaizsin caeuq Mueg Cincaiz lo. Seizhaenx, vunzlai hix cung gvaqdaeuj, gaej guenbing lw haenx ngonzrin hingzseiq mbouj ndei, bupruemg buet deuz.】

【此时，阿牛、刘三姐与他们搏斗了一阵，由于寡不敌众，最后被迫退上山去。莫怀仁下令冲杀上去，被阿牛和刘三姐用石块滚下，不少官兵被滚石压死在山脚。正在危急时，狂风大作，雷电交加，灯光忽暗。片刻转亮，莫怀仁和莫进财正上气不接下气时，阿牛和刘三姐从山上滚石头下来，砸死莫怀仁和莫进财了。此时群众也冲过来，剩下的官兵，见势不妙，狼狈退走。】

Cungqvunz【coh gwnz ndoi, suenj】
众人【向山上，喊】
(土俗字) 姐三 阿牛 哥
(壮 文) Cejsam! A'nyouz go!
(直 译) 三姐 阿牛 哥
(意 译) 三姐！阿牛哥！

A'nyouz【guh fwen】
阿牛【唱】
(土俗字) 则 嘛老 莫 怀仁
(壮 文) Ndaek malaux Mueg Vaizsinz,
(直 译) 个 老狗 莫 怀仁
(意 译) 狗东西莫怀仁，

（土俗字）艮内　仇恨　欧　报　清
（壮　文）Ngoenzneix saeuzhaenh aeu bauq cing;
（直　译）今天　仇恨　要　报　清
（意　译）今天仇恨要报清；

（土俗字）几来　父苦　争　盟　啃
（壮　文）Gijlai bouxhoj deng mwngz gwn,
（直　译）多少　穷苦人　被　你　吃
（意　译）多少穷人被你吃，

（土俗字）几来　伝穷　争　盟　害
（壮　文）Gijlai vunzgungz deng mwngz haih?
（直　译）多少　穷人　被　你　害
（意　译）多少穷人你害命？

【Seizhaex, ndit gyanghaet ronghsagsag, fwj gyanghaet lwenq lwgda.】
【此时，晨光四照，霞光夺目。】

Louz Nyih【gyangj】
刘二【白】
（土俗字）阿牛　妲三　艮内　莫　怀仁　奏　走狗　爹　以　胎
（壮　文）A'nyouz Dahsam, ngoenzneix Mueg Vaizsinz caeuq mageq di hix dai,
（直　译）阿牛　三妹　今天　莫　怀仁　和　走狗　他　已　死
（意　译）阿牛三妹，今天莫怀仁及其走狗已死，

（土俗字）偻　以　报仇　空　帮　壳　官府　哏
（壮　文）raeuz hix bauqsaeuz, hoeng bang hak guenfouj haenx,
（直　译）我们　已　报仇　但　帮　官吏　官府　那
（意　译）我们已经报仇，但官府里的那些官吏，

（土俗字）奏　莫　怀仁　示　侵　能　创气
（壮　文）caeuq Mueg Vaizsinz seix caemh ndaeng cuengqheiq,
（直　译）和　莫　怀仁　是　同　鼻孔　出气
（意　译）和莫怀仁是同一鼻孔出气的，

（土俗字）宋爹　文文　总　布　停逢
（壮　文）gyoengqdi baenzbaenz cungj mbouj dingzfwngz.
（直　译）他们　无论如何　都　不　停手
（意　译）他们绝不肯罢休。

Amoeg【gyangj】
亚木【白】
(土俗字)示 啰 阿牛 哥 姐三 衣 刘 二 哥 欧 设法 躲丢
(壮 文)Seix lo, A'nyouz go、Cejsam ndij Louz Nyih go aeu sietfap ndojdeuz.
(直 译)是 啰 阿牛 哥 三姐 及 刘 二 哥 要 设法 避开
(意 译)是的，阿牛哥、三姐及刘二哥就得设法先避开。

Louz Nyih【gyangj】
刘二【白】
(土俗字)宋 皮往 偻 三 伝 批 啦 收 呢 收 鱼 估
(壮 文)Gyoengq beixnuengx, raeuz sam vunz bei la, sou ne, sou rawz guh?
(直 译)众 兄弟姐妹 我们 三 人 走 了 你们 呢 你们 怎么 办
(意 译)兄弟姐妹们，我们三人走了，你们呢，你们怎么办?

Amoeg【gyangj】
亚木【白】
(土俗字)收 条命 要紧 都 布 眉 问题
(壮 文)Sou deuzmingh yiuqginj, dou mbouj meiz faenhdaez,
(直 译)你们 逃命 要紧 我们 没 有 问题
(意 译)你们逃命要紧，我们没有问题，

(土俗字)因为 宋爹 主要 示 欧 卡害 收
(壮 文)yinvih gyoengqdi cawjyiuq seix aeu gajhaih sou.
(直 译)因为 他们 主要 是 要 杀害 你们
(意 译)因为他们主要是要杀害你们。

Cungqvunz【gyangj】
众人【白】
(土俗字)示 哈 收 赶快 批 吧
(壮 文)Seix ha, sou ganjgvaiq bei ba!
(直 译)是 啊 你们 赶快 走 吧
(意 译)是的，你们赶快走吧!

Louz Samcej【guh fwen】
刘三姐【唱】
(土俗字)各位 皮往 计 用 慌
(壮 文)Gakvih beixnuengx gaej yungh vueng,
(直 译)各位 乡亲 不 用 慌
(意 译)各位乡亲不用慌，

(土俗字) 三姐 暂时 条 别方
(壮 文) Samcej camhseiz daengz bietfueng;
(直 译) 三姐 暂时 逃 别处
(意 译) 三姐暂到别地方;

(土俗字) 三姐 腾 渠 欢 腾 哏
(壮 文) Samcej daengz gyawz fwen daengz haenx,
(直 译) 三姐 到 哪 唱 到 哪里
(意 译) 三姐去哪唱到哪,

(土俗字) 任 爹 财主 鱼 猖狂
(壮 文) Nyimh di caizcawj nyawz ciengvuengz.
(直 译) 任 他 财主 怎么 猖狂
(意 译) 任他财主怎发狂。

A'nyouz【guh fwen】
阿牛【唱】
(土俗字) 财主 恶坝 布 用 神
(壮 文) Caizcawj akbaq mbouj yungh saenz,
(直 译) 财主 恶霸 不 用 抖(怕)
(意 译) 不怕地主和恶霸,

(土俗字) 宋爹 最 含 父 故 欢
(壮 文) Gyoengqdi cuiq haemz boux guh fwen;
(直 译) 他们 最 恨 个 唱 山歌
(意 译) 他们最怕唱歌人;

(土俗字) 三姐 除 欢 四海 传
(壮 文) Samcej dawz fwen seiqhaij cuenz,
(直 译) 三姐 把 山歌 四海 传
(意 译) 三姐山歌传四海,

(土俗字) 拉奔 到处 鸾 欢声
(壮 文) Lajmbwn dauqcawq ruenz singfwen.
(直 译) 天下 到处 回响 歌声
(意 译) 天下到处是歌声。

Cungqvunz【guh fwen】
众人【唱】

(土俗字) 姐三 离 吱内 批 别 地 传 欢
(壮 文) Cejsam liz deineix, Bei bied deih cuenz fwen;
(直 译) 三姐 离开 这里 到 别 地 传 山歌
(意 译) 三姐离这里，去别处传歌；

(土俗字) 任 财主 乱 喊 偻 估 欢 心昂
(壮 文) Nyimh caizcawj luenh suenj, Raeuz guh fwen sim'angq.
(直 译) 任 财主 乱 喊 我们 唱 山歌 心欢
(意 译) 任财主乱喊，俺唱歌快乐。

Goengdwkbya【gyangj】
老渔翁【白】
(土俗字) 偻 赶快 很 和 批 吧
(壮 文) Raeuz ganjgvaiq hwnj ruz bei ba!
(直 译) 我们 赶快 上 船 走 吧
(意 译) 我们赶快上船走吧！

【Louz Samcej、A'nyouz、Louz Nyih hwnj ruz, haenz caeuq vunzlai vadfwngz doxbiek.】

【刘三姐、阿牛、刘二上船，并和群众招手道别。】

Louz Samcej【guh fwen】
刘三姐【唱】
(土俗字) 暂 离别 其你 吝 皮往 双 旬
(壮 文) Camh lizbied gizneix, Laenh beixnuengx song caenz;
(直 译) 暂 离开 这里 告诉 兄弟 两 句
(意 译) 暂离开这里，告诉众弟兄；

(土俗字) 估 欢 布 哼 停 布 用 神 财主
(壮 文) Guh fwen mbouj haengj dingz, Mbouj yungh saenz caizcawj.
(直 译) 唱 山歌 不 给 停 不 用 怕 财主
(意 译) 唱歌不要停，不怕财主凶。

【Louz Nyih eiei mbouj sij dwk uet raemxda.】
【刘二依依不舍地拭泪】

Amoeg【guh fwen】
亚木【唱】
(土俗字) 收 布 宜 再 想 马上 开录 批
(壮 文) Sou mbouj ngeiz caiq siengj, Maxsiengh hairuz bei;
(直 译) 你们 不 宜 再 想 马上 开船 去
(意 译) 你们别多虑，马上就开船；

（土俗字）一 路 平安 衣 面 欢 西 面 传
（壮　文）It loh bingzan ndei，Mienh fwen sei（fwen）mienh cuenz.
（直　译）一 路 平安 好 边 唱 诗(歌) 边 传
（意　译）一路平安好，边唱歌边传。

Louz Samcej【guh fwen】
刘三姐【唱】
（土俗字）批 传 歌
（壮　文）Bei cuenz fwen，
（直　译）去 传 歌
（意　译）去传歌，

（土俗字）千 山 万 水 以 布 劳
（壮　文）Cien san fanh sij hix mbouj lau；
（直　译）千 山 万 水 也 不 怕
（意　译）不怕千山与万壑；

（土俗字）财主 心毒 等 局老
（壮　文）Caizcawj simdoeg daengq guklaux，
（直　译）财主 心毒 像 老虎
（意　译）不怕财主心狠毒，

（土俗字）一 伝 教 唱 万 伝 和
（壮　文）It vunz gyauq fwen fanh vunz huz.
（直　译）一 人 教 唱歌 万 人 和
（意　译）一人教歌万人和。
【Mienh fwen mienh vad fwngz roengz.】
【一面唱一面招手下。】

Cungqvunz【guh fwen】
众人【唱】
（土俗字）姐三 讲话 欧 记 衣
（壮　文）Cejsam gyangjvah aeu geiq ndei，
（直　译）三姐 讲话 要 记 好
（意　译）三姐讲话要牢记，

（土俗字）财主 最 劳 估 欢 伝
（壮　文）Caizcawj cuiq lau guh fwen vunz；
（直　译）财主 最 怕 唱 山歌 人
（意　译）财主最怕唱歌人；

（土俗字）穷苦　皮往　心　舵远
（壮　文）Gungzhoj beixnuengx sim doxyuen，
（直　译）穷苦　兄弟　心　相连
（意　译）穷苦兄弟团结紧，

（土俗字）欢　传　万卑　布　用　停
（壮　文）Fwen cuenz fanhbi mbouj yungh dingz.
（直　译）歌　传　万年　不　用　停
（意　译）山歌万代传子孙。

【Roengzmuq.】
【幕下。】

【Satrueng.】
【尾声。】

【Gvaq haujlai bi le，seizcin ngoenz ndeu mbwn seuqset，Louz Samcej biensien diuqfoux. Gyoengq sai mbwk moix cik fwngz gag dawz boeg vamoq ndeu，coh boux Louz Samcej gaenq vaqbaenz sien neix，bien foux bien fwen.】

【若干年后，一个明媚的春天，刘三姐翩翩起舞。男女群众双手各拿一束鲜花，向已化仙的刘三姐边舞边唱。】

Cungqvunz【guh fwen】
众人【唱】
（土俗字）姐三　很奔　化　文　仙
（壮　文）Cejsam hwnjmbwn vaq baenz sien，
（直　译）三姐　上天　化　成　仙
（意　译）三姐上天化成仙，

（土俗字）眉　话　凳　偻　欧　估　欢
（壮　文）Meiz vah daengq raeuz aeu guh fwen；
（直　译）有　话　吩咐　我们　要　唱　山歌
（意　译）要咱唱歌永不停；

（土俗字）姐三　变　仙　父父　敬
（壮　文）Cejsam bienq sien bouxboux gingq，
（直　译）三姐　变　仙　人人　敬
（意　译）三姐变仙人敬爱，

（土俗字）拉奔 伝坏 扫 除 完
（壮 文）Lajmbwn vunzvaih sauq cawz yuenz.
（直 译）天下 坏人 扫 除 完
（意 译）扫清天下坏人精。

【Sinj guh fwen】
【接唱】
（土俗字）统年 四季 估 欢 声
（壮 文）Doengjnienz seiqgeiq guh fwen sing，
（直 译）终年 四季 唱 山歌 声
（意 译）终年四季唱歌声，

（土俗字）男男 女女 唱 布 停
（壮 文）Namznamz nawxnawx ciengq mbouj dingz；
（直 译）男男 女女 唱 不 停
（意 译）男男女女唱不停；

（土俗字）男男 女女 欢 布 断
（壮 文）Namznamz nawxnawx fwen mbouj duenh，
（直 译）男男 女女 唱 不 断
（意 译）男男女女唱不断，

（土俗字）唱 腾 父穷 礼 翻身
（壮 文）Fwen daengz bouxgungz ndaej fansin.
（直 译）唱 到 穷人 得 翻身
（意 译）唱到翻身同欢庆。

【Sinj guh fwen】
【接唱】
（土俗字）书欢 唱 礼 山河 动
（壮 文）Fwencuengh fwen ndaej sanhoz doengh，
（直 译）壮歌 唱 得 山河 动
（意 译）壮歌唱得山河动，

（土俗字）唱 礼 杂粮 五谷 丰
（壮 文）Fwen ndaej cabliengz nguxgoek fung；
（直 译）唱 得 杂粮 五谷 丰
（意 译）唱得杂粮五谷丰；

(土俗字)唱　礼　父穷　齐　团结
(壮　文)Fwen ndaej bouxgungz caez duenzgiet,
(直　译)唱　得　穷人　齐　团结
(意　译)唱得穷人团结紧,

(土俗字)唱　礼　财主　尽　发蒙
(壮　文)Fwen ndaej caizcawj cinx fatmoengj.
(直　译)唱　得　财主　都　发懵
(意　译)唱得财主全发懵。

【Sinj guh fwen】
【接唱】
(土俗字)姐三　很奔　化　文　仙
(壮　文)Cejsam hwnjmbwn vaq baenz sien,
(直　译)三姐　上天　化　成　仙
(意　译)三姐上天化成仙,

(土俗字)拉奔　父穷　意　估　欢
(壮　文)Lajmbwn bouxgungz eiq guh fwen;
(直　译)天下　穷人　爱　唱　山歌
(意　译)惦念穷人唱山歌;

(土俗字)艮内　广西　文　歌海
(壮　文)Ngoenzneix Guengjsae baenz gohaij,
(直　译)今天　广西　成　歌海
(意　译)今天广西成歌海,

(土俗字)总　迪　姐三　亲　剥　传
(壮　文)Cungj dwg Cejsam cin bak cuenz.
(直　译)总　是　三姐　亲　口　传
(意　译)都是三姐来传歌。

【Heiqsat】
【剧终】

Bouh Daihcaet Anqyuenyieng
第七部　鸳鸯案

（土俗字）六　场　戏壮
（壮　文）**Roek Ciengz Heiqcuengh**
（直　译）六　场　壮剧
（意　译）六场壮剧

Canghheiq
剧中人物

Hoengz Cung 洪忠	sai 男	lauxseng（yuenzvaih，boh Henghva） 老生（员外，杏花的父亲）
Hoengz Henghva 洪杏花	mbwk 女	siujdanq（lwgmbwk Hoengz Cung） 小旦（洪忠的女儿）
Muizyieng 梅香	mbwk 女	siujdanq（adaeuz） 小旦（丫鬟）
Dauz Daihhingq 陶大庆	sai 男	siujseng（souqcaiz） 小生（秀才）
Louz Sinz 刘仁	sai 男	lauxseng（baengzyoux Hoengz Cung） 老生（洪忠的朋友）
hakyuenh 县官	sai 男	lauxseng 老生
vunzcai gyap 差役甲	sai 男	
vunzcai iet 差役乙	sai 男	

gyading　　　　　　　sai
家丁　　　　　　　　男

bouxfouxlungz（gij boux）
舞龙人（若干）

vunz ruj vadaeng（gij boux）
提花灯人（若干）

Genjdanh Gangj Heiqcingz
剧情简介

Hoengz Cung seix boux yuenzvaih，seng meiz dah lwg ndeu，heuhguh Henghva. Hungz Cung yaek ra ndaen cin'gya meiz seiqlig meiz cienzcaiz ndeu，cingj souqcaiz Dauz Daihhingq daeuj son dahlwg nyaemz sei hag laex. Yinvih lau lauxsae hagseng meiz sezniemh，couh haengj souqcaiz gek ciengz sonsaw，lauxsae hagseng gag yawq fungh ranzsaw ndeu，coengzlaiz ndi rinnaj gvaq. Cietnyuenzsiu ngonz vadaeng gingjsaek，song boux doxrin ndi roxnaj，seiz doxgyangj meiz cingz doxgyaez. Haemh daihnyih sonsaw seiz，Henghva gyaij bei cam saw，byaij haeuj fungh ranzsaw lauxsae bei，song boux doxrin，doeksaenz youh sim'angq. Hoengz Cung ngonzrin，ndatheiq yaek dai，lienzhwnz boenq Dauz Daihhingq deuz. Henghva vihneix haemzhaenh baenzbingh，ninz congz ndi hwnq. Dauz Daihhingq ndaej daengz adaeuz Muizyieng bangcoengh，cangbaenz canghyw haeuj Hoengzfouj bei，caeuq Henghva doxrin，song boux gyangj diemzsubsub. Ndiliuh deng Hoengz Cung ngonz okdaeuj，dangciengz cug Dauz Daihhingq soengq bei goengdangz. Hakyuenh saemj anq seiz，rox Dauz Daihhingq caeuq Henghva doxmaij doxgyaez，mbouj sij faenhai，couh giujmiuq coibaenz gienh voenseih neix，doeklaeng boux meizcingz gapbaenz foucae.

Bouh heijheiq fwen daenj buh ciuhlaux biujyienj neix，aeu fanj funghgen laexgyauq guh cawjdaez，yiengdoj heiqsik gig lai，caenz vah meizyinx，bouxvunz daegsingq sienmingz，cingzciet sengdoengh gamjdoengh vunz.

洪忠是个员外，生有一女，名叫杏花。他欲找一门显贵亲家，聘请秀才陶大庆教其女吟诗学礼。因担心师生产生邪念，故让秀才隔壁教书，师生各在一间书房，从未谋面。元宵节观灯赏景，两人相逢不相识，交谈间产生爱慕之情。次晚教书时，杏花借故问字，走进老师书房，两人相见，万分惊喜。洪忠看见，愤怒不已，将陶大庆连夜赶走。杏花因此恼恨成疾，卧床不起。陶大庆得到丫鬟梅香帮助，乔装成大夫进入洪府，与杏花相会，互表衷情。不料被洪忠识破，当场拿获，捆送公堂。县官在审案中，知悉陶大庆与杏花相亲相爱，依依不舍后，巧妙促成这桩婚事，有情人终成眷属。

这部古装壮歌喜剧以反封建礼教为主题，乡土气息浓厚，语言诙谐有趣，人物个性鲜明，情节生动感人。

（土俗字）场　大一　友衣　引谈　教　妲伪
（壮　文）Ciengz Daih'it Youxndei Yinxgyangj Gyauq Dahlwg
（直　译）场　第一　好友　趣谈　教　女儿
（意　译）第一场　好友趣谈育女经

Seizgan：Ndwencieng.
时间：新春。

Deihdiemj：Hoengzfouj.
地点：洪府。

【Hai muq】
【幕启】

Hoengz Cung【daj ndaw ok daeuj，guh fwen】
洪忠【从内出来，唱】
（土俗字）勾　示　于　板　富贵　家
（壮　文）Gou seix ndaw mbanj fouqgviq gya，
（直　译）我　是　里　村　富贵　家
（意　译）我是村里富贵家，

（土俗字）单　生　妲伪　洪　杏花
（壮　文）Dan seng dahlwg Hoengz Henghva；
（直　译）只　生　女儿　洪　杏花
（意　译）独生一女洪杏花；

（土俗字）以　布　估　那　布　估　利
（壮　文）Hix mbouj guh naz mbouj guh reih，
（直　译）也　不　耕　田　不　种　地
（意　译）也不耕田不种地，

（土俗字）一　卑　腾　陷　享　荣华
（壮　文）It bi daengz haemh yiengj vingzvaz.
（直　译）一　年　到　头　享　荣华
（意　译）一年四季享荣华。

【Sinj guh fwen】
【接唱】
（土俗字）兰宏　　楼桑　　眉　书院
（壮　文）Ranzhung laeuzsang meiz sawyuenh,
（直　译）大房　　高楼　　有　书院
（意　译）高楼大厦有书院，

（土俗字）全　吨　绸缎　　毛尼纱
（壮　文）Cienz daenj couzduenh mauznaezsa;
（直　译）全　穿　绸缎　　毛呢纱
（意　译）全穿绸缎毛呢纱；

（土俗字）啨　示　勾虾　奏　海味
（壮　文）Gwn seix gaeuha caeuq haijmeih,
（直　译）吃　是　海虾　和　海味
（意　译）吃是海虾和海味，

（土俗字）川艮　　　　挂礼　　顶呱呱
（壮　文）Ndwenngoenz gvaqndaej dingjgva'gva.
（直　译）日子　　　　过得　　顶呱呱
（意　译）生活过得顶呱呱。

【Gyangj】
【白】
（土俗字）兰　勾　示　兰　富贵　　鸡举　　十　里　眉名
（壮　文）Ranz gou seix ranz fouqgviq, gyae'gyawj cib leix meizmingz.
（直　译）家　我　是　家　富贵　　远近　　十　里　有名
（意　译）我家是十里方圆知名的富贵之家。

（土俗字）计啨　示　山珍　海味　　忐奔　　计宾　　拉喃　计跋
（壮　文）Gaejgwn seix sancin haijmeih—— gwnzmbwn gaejmbin lajnamh gaejbuet,
（直　译）吃的　是　山珍　海味　　天上　　飞的　　地下　跑的
（意　译）吃的是山珍海味——天上飞的地上跑的，

（土俗字）岜潭　　车　啨　勾　虽然　发财
（壮　文）byadaemz ndi gwn. Gou sawsienz fatcaiz,
（直　译）塘鱼　　不　吃　我　虽然　发财
（意　译）塘里的鱼不吃。我虽然发财，

(土俗字) 空 尽眉 妲仂 乇 那 凳 花 凳 咣川
(壮 文) hoeng cinxmeiz dahlwg dog, naj daengq va daengq ronghndwen,
(直 译) 但 只有 女儿 独 脸 如 花 似 月亮
(意 译) 但只有一女，花容月貌，

(土俗字) 齐杭 挂队 勾 欧 催 妲 哏良 读 书 圣贤
(壮 文) caezhangz gvaqdoih. Gou aeu coi dah hwnzngoenz doeg saw singqyienz,
(直 译) 姿色 超群 我 要 督促 她 日夜 攻读 书 圣贤
(意 译) 姿色超群，我要督促她日夜攻读圣贤之书，

(土俗字) 请 父 先生 斗 存教 哼 妲 才貌
(壮 文) cingj boux sienseng daeuj son'gyauq, haengj dah caizmauh
(直 译) 请 个 先生 来 教导 让 她 才貌
(意 译) 请一位先生来教导，让她才貌

(土俗字) 双全 挂愣 衣 便很 恩 亲家 更 富眉
(壮 文) songcienz, gvaqlaeng ndei benzhwnj ndaen cin'gya gengq fouqmeiz.
(直 译) 双全 以后 好 高攀 个 亲家 更 豪富
(意 译) 双全，日后好高攀个豪富的亲家。

【guh fwen】
【唱】
(土俗字) 尽眉 则 厚 刁
(壮 文) Cinxmeiz caek haeux ndeu,
(直 译) 只有 筒 米 一
(意 译) 只有一筒米，

(土俗字) 涞 龙 标
(壮 文) Raix roengz beu;
(直 译) 倒 下 罐
(意 译) 倒罐里，

(土俗字) 布 哼 飘 屋 鹿
(壮 文) Mbouj haengj biu ok rog;
(直 译) 不 给 溅 出 外面
(意 译) 不给溅外去；

（土俗字）勾　尽　妲　叻　乇
（壮　文）Gou cinx dah lwg dog，
（直　译）我　只　个　女　独
（意　译）我只有一女，

（土俗字）劳　腾卓
（壮　文）Lau daengzcog，
（直　译）怕　以后
（意　译）怕来日，

（土俗字）嫁　争　墒　布　衣
（壮　文）Haq deng dueg mbouj ndei.
（直　译）嫁　对　地　不　好
（意　译）嫁对孬夫婿。

【Gyangj】
【白】
（土俗字）兰　刁　眉　伪逼　百　兰　求　很来　其　派
（壮　文）Ranz ndeu meiz lwgmbwk bek ranz gyuz，haenjlai giz baij
（直　译）家　一　有　女儿　百　家　求　好多　处　派
（意　译）一家有女百家求，好多处托

（土俗字）媒　斗　参　勾　总　曾　罕
（壮　文）muiz daeuj cam，gou cungj caengz han.
（直　译）媒　来　问　我　都　未　答应
（意　译）媒来问，我都不答应。

【guh fwen】
【唱】
（土俗字）淋岜　到　主　岜
（壮　文）Raemxbya dauq cawj bya，
（直　译）鱼水　再　煮　鱼
（意　译）鱼水再煮鱼，

（土俗字）呷　亲家
（壮　文）Gap cin'gya，
（直　译）合　亲家
（意　译）合亲戚，

（土俗字）欧 途虾 衣 呶
（壮 文）Aeu doxha ndei no；
（直 译）要 相等 好 哩
（意 译）相称好结缔；

（土俗字）淋奴 到 主 奴
（壮 文）Raemxnoh dauq cawj noh，
（直 译）肉水 再 煮 肉
（意 译）肉水煮肉吃，

（土俗字）同你 咯
（壮 文）Doengzneix go，
（直 译）这样 啰
（意 译）这样哩，

（土俗字）示 古路 来 甜
（壮 文）Seix gojloh lai diemz.
（直 译）是 一定 多 甜
（意 译）一定多甜蜜。

Louz Sinz【hwnjdaeuj，gyangj】
刘仁【上，白】
（土俗字）公喜 洪 老爷
（壮 文）Goengheij Hoengz lauxi！
（直 译）恭喜 洪 老爷
（意 译）恭喜洪老爷！

Hoengz Cung【Gyangj】
洪忠【白】
（土俗字）刘 仁 老 朋友 斗 啦 白学 布 乱 宾
（壮 文）Louz Sinz laux baengzyoux daeuj la！“Beghag mbouj luenh mbin，
（直 译）刘 仁 老 朋友 来 啦 白鹤 不 乱 飞
（意 译）刘仁老朋友来啦！“白鹤不乱飞，

（土俗字）大人 布 乱 派 眉麻 贵干 呀
（壮 文）daihsinz mbouj luenh byaij.” Meizmaz gviqganq ha？
（壮 文）大人 不 乱 走 有何 贵干 呀
（意 译）大人不乱走。”有何贵干呀？

Louz Sinz【gyangj】
刘仁【白】
(土俗字) 无 仕 布 很 三宝殿 听讲 老爷 开正
(壮 文) "Fouz seih mbouj hwnj sambaujdienh." Dingqgyangj lauxi haicieng
(直 译) 无 事 不 登 三宝殿 听讲 老爷 正月
(意 译) "无事不登三宝殿。"听讲老爷新春

(土俗字) 屋 银来 装龙 挽 花灯 估 礼 亲 闹热 来
(壮 文) ok nyaenzlai canglungz venj vadaeng, guh ndaej cin nauhyied lai,
(直 译) 出 重金 装龙 挂 花灯 搞 得 真 热闹 多
(意 译) 出重金装龙桂花灯，搞得很热闹，

(土俗字) 勾 井公 斗 存存
(壮 文) gou cingjgoeng daeuj ngonzngonz!
(直 译) 我 特定 来 看看
(意 译) 我特地前来观看!

Hoengz Cung【gyangj】
洪忠【白】
(土俗字) 欢迎 朋友 衣 斗腾 指教
(壮 文) Vuennyingz baengzyoux ndei daeujdaengz ceijgyau!
(直 译) 欢迎 朋友 好 光临 指教
(意 译) 欢迎良友光临指教!

Louz Sinz【gyangj】
刘仁【白】
(土俗字) 洪 老爷 装龙 示 计 仕 神奇 召老 传 笼斗
(壮 文) Hoengz lauxi, canglungz seix gaej seih saenzgeiz ciuhlaux cuenz roengzdaeuj,
(直 译) 洪 老爷 装龙 是 些 事 神奇 老辈 传 下来
(意 译) 洪老爷，装龙是古代传下来的神奇事，

(土俗字) 又 慕 又 衣存 灯笼 样相 途口
(壮 文) youh moq youh ndeingonz. Daengloengz yienghsiengq doxhaeuj,
(直 译) 又 新颖 又 好看 灯笼 形象 相似
(意 译) 新颖美观。龙灯形象相似，

(土俗字) 其其 显屋 神奇 孟 老大人 十分 恨哷
(壮 文) gizgiz yienjok saenzgeiz. Mungh lauxdaihsinz cibfaen haenhgyaez.
(直 译) 处处 显出 神奇 孟 老大人 十分 爱慕
(意 译) 处处显得神奇。孟老大人十分爱慕。

Hoengz Cung【gyangj】
洪忠【白】
(土俗字) 刘 仁 盟 鲁 勾 用 几来 银老 斗 装龙
(壮 文) Louz Sinz mwngz rox gou yungh gijlai nyaenzlaux daeuj canglungz,
(直 译) 刘 仁 你 知道 我 用 几多 大钱 来 装龙
(意 译) 刘仁你知道我花费大钱装龙,

(土俗字) 用意 幼渠 吗
(壮 文) yungh'eiq yawqgyawz ma?
(直 译) 用意 何在 吗
(意 译) 用意何在吗?

Louz Sinz【gyangj】
刘仁【白】
(土俗字) 哈 哈 老爷 盟 于 胴 眉 几来 途迭 勾 总
(壮 文) Ha ha, lauxi mwngz ndaw dungx meiz gijlai duzdeh, gou cungj
(直 译) 哈 哈 老爷 你 里 肚 有 几多 蛔虫 我 都
(意 译) 哈哈,老爷你肚子里有几条虫,我都

(土俗字) 存伦 何况 总 仕 咣品 内
(壮 文) ngonzrin, hozguengq cungj seih ndongqmbumj neix.
(直 译) 看出 何况 种 事 辉煌 这
(意 译) 能看出来,何况这么辉煌的事。

(土俗字) 盟 布 示 显屋 兰富 约 便很 孟 老大人
(壮 文) Mwngz mbouj seix yienjok ranzfouq, yaek benzhwnj Mungh lauxdaihsinz
(直 译) 你 不 是 显出 富家 要 爬上 孟 老大人
(意 译) 你不是显出家富,欲攀上孟老大人

(土俗字) 门 亲家 内 吗
(壮 文) monz cin'gya neix ma?
(直 译) 门 亲家 这 吗
(意 译) 这门亲家吗?

Hoengz Cung【gyangj】
洪忠【白】
(土俗字) 不愧 示 衣 朋友 哈 料事 凳 防 照 盟 存
(壮 文) Bwtgviq seix ndei baengzyoux ha, liuhseih daengq fangz. Ciuq mwngz ngonz,
(直 译) 不愧 是 好 朋友 呀 料事 如 神 照 你 看
(意 译) 不愧是良友呀,料事如神。照你看,

（土俗字）勾 礼 奏 孟 老大人 呷 亲家 吗
（壮 文）gou ndaej caeuq Mungh lauxdaihsinz gap cin'gya ma?
（直 译）我 能 和 孟 老大人 合 亲家 吗
（意 译）我能与孟老大人合亲家吗？

Louz Sinz【gyangj】
刘仁【白】
（土俗字）则 内 孟 老大人 壳 老 诗礼 传家
（壮 文）Ndaek neix…… Mungh lauxdaihsinz hak laux，seilaex cuenzgya.
（直 译）个 这 孟 老大人 官 大 诗礼 传家
（意 译）这个……孟老大人官大，诗礼传家。

（土俗字）为 公子 坚 婢 示 坚 欧 父 婢 聪明 良利
（壮 文）Vih goengceij genj bawx，seix genj aeu boux bawx cungmingz lingzleih，
（直 译）为 公子 选 媳 是 选 要 个 儿媳 聪明 伶俐
（意 译）为公子择偶，选要选一个聪明伶俐，

（土俗字）才貌 双全 礼教 严明 刁
（壮 文）caizmauh songcuenz，laexgyau nyiemzmingz ndeu.
（直 译）才貌 双全 礼教 严明 一
（意 译）才貌双全，礼教严明的儿媳。

（土俗字）妲仂 盟 礼 布 礼 合 心意 途爹 极 难 猜
（壮 文）Dahlwg mwngz ndaej mbouj ndaej hab sim'eiq duzdi，gig nanz cai.
（直 译）女儿 你 能 不 能 合 心意 他的 很 难 猜测
（意 译）令爱能否合呼他的心意，很难以猜测。

Hoengz Cung【gyangj】
洪忠【白】
（土俗字）妲仂 勾 那 衣 凳 花 团 凳 咣川
（壮 文）Dahlwg gou naj ndei daengq va，duenz daengq ronghndwen，
（直 译）女儿 我 脸 好 像 花 圆 如 月亮
（意 译）我女儿花容月貌，

（土俗字）眉 才 眉 德 伝 伦 伝 哜
（壮 文）meiz caiz meiz daek，vunz rin vunz gyaez.
（直 译）有 才 有 德 人 见 人 爱
（意 译）才德兼备，人看人爱。

(土俗字) 鱼　佢　合　孟　老大人　计　心意
(壮　文) Nyawz ndi hab Mungh lauxdaihsinz gaej sim'eiq.
(直　译) 怎　不　合　孟　老大人　的　心意
(意　译) 岂不合乎孟老大人的心意。

Louz Sinz【Gyangj】
刘仁【白】
(土俗字) 妲仂　盟　鱼样　礼　几来　卑　了
(壮　文) Dahlwg mwngz nyawzyiengh, ndaej gijlai bi liux?
(直　译) 女儿　你　怎样　得　几多　岁　了
(意　译) 你女儿怎么样，多少岁了？

Hoengz Cung【guh fwen】
洪忠【唱】
(土俗字) 讲　勾　妲细　那毫　凳　际　凳　榔
(壮　文) Gyangj gou dahnyaeq, Najhau daengq gyaeq daengq rangz;
(直　译) 讲　我　小女　脸白　如　蛋　如　笋
(意　译) 讲我小女，相貌美好身材；

(土俗字) 布　桑　布　浸　卑内　年　岩　十八
(壮　文) Mbouj sang mbouj daemq, Bineix nienz ngamq cibbet;
(直　译) 不　高　不　矮　今年　年　刚　十八
(意　译) 不高不矮，今年刚十八岁；

(土俗字) 父伝　必烈　讲话　切切　衣齐
(壮　文) Bouxvunz bietlied, Gyangjvah cietciet ndeigyaez;
(直　译) 个人　能干　讲话　实在　可爱
(意　译) 她人能干，讲话实在可爱；

(土俗字) 礼貌　又　眉　态度　又　示　温顺
(壮　文) Laexmauh youh meiz, Daiqdoh youh seix voensinh;
(直　译) 礼貌　又　有　态度　又　是　温顺
(意　译) 谦虚有礼，温顺平和心态；

(土俗字) 学习　勤奋　估诗　写信　总　礼
(壮　文) Hagsib gaenxfaenq, Guhsei sijsaenq cungj ndaej;
(直　译) 学习　勤奋　作诗　写信　都　能
(意　译) 学习勤奋，作诗写信都快；

（土俗字）论　武　论　文　样样　总　能　估 礼
（壮　文）Laenh foux laenh faenz，Yienghyiengh cungj naengz guh ndaej；
（直　译）论　武　论　文　样样　都　能　做 得
（意　译）文武双全，样样做得出来；

（土俗字）针　什　爽　内　丁逢　更　示　高明
（壮　文）Cim nyib mbuengj neix，Dinfwngz gengq seix gaumingz；
（直　译）针　缝　方面　这　手艺　更　是　高明
（意　译）针线剪裁，高明手艺全盖；

（土俗字）针花　眉　情　品巴　青廷　飞舞
（壮　文）Caemva meiz cingz，Mbungqmbaj cingdingz feifoux；
（直　译）绣花　有　情　蝴蝶　蜻蜓　飞舞
（意　译）绣花有情，蝴蝶蜻蜓飞快；

（土俗字）因吙　父母　读书　妲　又　辛勤
（壮　文）In'gyaez fouxmoux，Doegsaw dah youh singinz；
（直　译）痛爱　父母　读书　她　又　辛勤
（意　译）疼爱父母，读书辛勤不怠；

（土俗字）为　妲　前程　勾　请　家庭　老师
（壮　文）Vih dah cienzcingz，Gou cingj gyadingz lauxsae；
（直　译）为　她　前程　我　请　家庭　老师
（意　译）为她前程，我请老师育才；

（土俗字）教　读　经诗　一 讲　卦批　袖　鲁
（壮　文）Gyauq doeg gingsei，It gyangj gvaqbei couh rox；
（直　译）教　读　经诗　一 讲　过去　就　懂
（意　译）教读诗书，讲过接受极快；

（土俗字）存　妲　程度　腾昨　古路　文才
（壮　文）Ngonz dah cingzdoh，Daengzcog gojloh baenzcaiz!
（直　译）看　她　程度　将来　一定　成才
（意　译）看她历练，将来必成英才！

Louz Sinz【gyangj】
刘仁【白】

（土俗字）老爷 家法 严明 教 仂 眉 方
（壮 文）Lauxi gyafap nyiemzmingz，gyau lwg meiz fueng.
（直 译）老爷 家法 严明 教 子 有 方
（意 译）老大爷家法严明，教子有方。

（土俗字）眉 妲仂 同内 聪明 伶俐
（壮 文）Meiz dahlwg doengzneix cungmingz lingzleih，
（直 译）有 女儿 这样 聪明 伶俐
（意 译）有个女儿这样聪明伶俐的女儿，

（土俗字）儿来 欢宽 啊 空 盟 欧 注意
（壮 文）gijlai vuenyungz ha！Hoeng mwngz aeu cawh'eiq……
（直 译）多么 幸福 啊 但 你 要 注意
（意 译）是何等幸福啊！但是你要注意……

Hoengz Cung【gyangj】
洪忠【白】
（土俗字）注意 计尔
（壮 文）Cawh'eiq gaejrawz？
（直 译）注意 什么
（意 译）注意什么？

Louz Sinz【gyangj】
刘仁【白】
（土俗字）盟 请 老师 示 父哉 鲁谋 咪逼
（壮 文）Mwngz cingj lauxsae seix bouxsai roxnaeuz mehmbwk？
（直 译）你 请 老师 是 男的 还是 女的
（意 译）你请的老师是男是女？

Hoengz Cung【Gyangj】
洪忠【白】
（土俗字）当然 示 父哉 罗
（壮 文）Dangsienz seix bouxsai lo.
（直 译）当然 是 男的 啰
（意 译）当然是男的啰。

Louz Sinz【gyangj】
刘仁【白】

（土俗字）示　荟计　鲁谋　佶计
（壮　文）Seix oiqgaej roxnaeuz geqgaej?
（直　译）是　嫩的　或是　老的
（意　译）是老或是少的？

Hoengz Cung【gyangj】
洪忠【白】
（土俗字）示　荟计　二十　卑 批到
（壮　文）Seix oiqgaej，nyihcib bi beidauq.
（直　译）是　少的　二十　岁 左右
（意　译）是年轻的，二十岁左右。

Louz Sinz【ngauzgyaeuj，gyangj】
刘仁【摇头，白】
（土俗字）布　衣　哈
（壮　文）Mbouj ndei ha!
（直　译）不　好　啊
（意　译）太不妥啊！

Hoengz Cung【gyangj】
洪忠【白】
（土俗字）眉　麻　布　衣　爹 示　秀才　才学　屋众
（壮　文）Meiz maz mbouj ndei? Di seix souqcaiz，caizhag okcungq，
（直　译）有　啥　不　好　他 是　秀才　才学　出众
（意　译）有何不妥？他是秀才，才学超群，

（土俗字）鲁　书　鲁　理　布挂　家境　穷　吱
（壮　文）rox saw rox leix，mboujgvaq gyahging gungz dei.
（直　译）知　书　知　理　不过　家境　贫寒　些
（意　译）知书达理，只不过家境贫寒些而已。

Louz Sinz【gyangj】
刘仁【白】
（土俗字）布　示　计　仕　内　单劳　焚椤　举　肥烘
（壮　文）Mbouj seix gaej seih neix，danlau fwnzro gyawj feizhoengh，
（直　译）不　是　些　事　这　只怕　干柴　近　烈火
（意　译）不是这个问题，恐怕干柴近烈火。

（土俗字）难免　　　除肥
（壮　文）nanzmienx dawzfeiz.
（直　译）难免　　　起火
（意　译）难免其燃烧。

Hoengz Cung【gyangj】
洪忠【白】
（土俗字）侄 劳 侄 劳 勾 硬 包 布 眉 仕
（壮　文）Ndi lau ndi lau, gou ngengh bau mbouj meiz seih.
（直　译）不 怕 不 怕 我 硬 包 没 有 事
（意　译）不怕不怕，我保证无事。

Louz Sinz【guh fwen】
刘仁【唱】
（土俗字）途岜　放　剥喵
（壮　文）Duzbya cuengq bakmeuz,
（直　译）鱼儿　放　猫嘴
（意　译）放鱼在猫口，

（土俗字）伝　层　条
（壮　文）Vunz caengz deuz,
（直　译）人　未　走
（意　译）人未走，

（土俗字）嘤　想　辽　啃　岜
（壮　文）Nyauj siengj leuz gwn bya;
（直　译）爪　想　捞　吃　鱼
（意　译）它已把鱼偷；

（土俗字）欧　胡椒　光　麻
（壮　文）Aeu huzceu gueng ma,
（直　译）要　胡椒　喂　狗
（意　译）要胡椒喂狗，

（土俗字）姐　杏花
（壮　文）Dah Henghva,
（直　译）女　杏花
（意　译）杏花女，

（土俗字）变　伝差　取　怨
（壮　文）Bienq vunzya coj yuenq.
（直　译）变　赖人　才　埋怨
（意　译）怕变赖变丑。

Hoengz Cung【gyangj】
洪忠【白】
（土俗字）布劳　爹眉　计　途防　勾　眉　法　跳墙
（壮　文）Mboujlau di meiz gaeq duzfangz，gou meiz fap diuqciengz.
（直　译）不怕　他有　计　魔鬼　我　有　法　跳墙
（意　译）不怕他有诡计，我有跳墙法。

Louz Sinz【gyangj】
刘仁【白】
（土俗字）盟　眉　计尔　方法　遮　爹队　乱估　呢
（壮　文）Mwngz meiz gaejrawz fuengfap re didoih luenhguh ne?
（直　译）你　有　什么　方法　戒备　他们　乱搞　呢
（意　译）你有什么方法，防备他们搞不正当行为呢？

Hoengz Cung【gyangj】
洪忠【白】
（土俗字）眉　眉　勾　安　双　眼　兰书　父哉　眼　刁
（壮　文）Meiz meiz，gou an song nyanx ranzsaw，bouxsai nyanx ndeu，
（直　译）有　有　我　设　两　间　书房　男的　间　一
（意　译）有有，我设两间书房，男的一间，

（土俗字）仂逼　眼　刁　尽　开　恩　壮细　刁
（壮　文）lwgmbwk nyanx ndeu，cinx hai ndaen conghnyaeq ndeu，
（直　译）女儿　间　一　只　开　个　小洞　一
（意　译）女儿一间，只开一个小洞，

（土俗字）尽　哼　听　礼义　声　存　侄　伦　那　勾　对
（壮　文）cinx haengj dingq ndaejnyi sing，ngonz ndi rin naj. Gou doiq
（直　译）只　给　听　得闻　声音　看　不　见　脸　我　对
（意　译）只给听到声音，看不见面。我对

（土俗字）老师　讲　俎仂　勾　细　时　督　笼　盆肥　批
（壮　文）lauxsae gyangj，dahlwg gou nyaeq seiz doek roengz buenzfeiz bei，
（直　译）老师　讲　女儿　我　小　时　跌　下　火盘　去
（意　译）老师讲，我女儿幼时跌下火盘去，

（土俗字）争 肥 侵 那 连 登 总 侄 眉 了
（壮 文）deng feiz caemh naj，lienz ndaeng cungj ndi meiz liux，
（直 译）被 火 烧 脸 连 鼻子 都 没 有 了
（意 译）被火烧脸部，连鼻子都没有了，

（土俗字）劳 伦 伝 空 眉 心 求 读书 请 先生 斗
（壮 文）lau rin vunz，hoeng meiz sim gyuz doegsaw，cingj sienseng daeuj
（直 译）怕 见 人 但 有 心 求 读书 请 先生 来
（意 译）怕见人，但要求读书心切，请先生来

（土俗字）兰 勾 估 老师 勾 又 吝 杏花
（壮 文）ranz gou guh lauxsae. Gou youh laenh Henghva，
（直 译）家 我 做 老师 我 又 告诉 杏花
（意 译）我家当老师。我又对杏花说，

（土俗字）为了 盟 腾咋 勾 请 父 先生 斗
（壮 文）vihliux mwngz daengzcog，gou cingj boux sienseng daeuj
（直 译）为了 你 将来 我 请 位 先生 来
（意 译）为了你的将来，我聘请一位先生来

（土俗字）教 盟 读书 父 先生 内 活弓 那浃
（壮 文）gyauq mwngz doegsaw. Boux sienseng neix hwetgungj najraiz，
（直 译）教 你 读书 个 先生 这 驼背 麻脸
（意 译）教你读书。这位先生驼背脸麻，

（土俗字）示 父老 丑怪 刁 恶主 浃浃 浪 盟 存
（壮 文）seix bouxlaux coujgvaiq ndeu，yakyawj lailai. Langh mwngz ngonz
（直 译）是 老人 丑怪 一 难看 得很 若 你 看
（意 译）是个丑怪老头，难看得很。若你看

（土俗字）伦 陷 盹露 总 劳 啊 同内 估 了
（壮 文）rin，haemh naenzloq cungj lau ho. Doengzneix guh le，
（直 译）见 夜 睡梦 都 怕 啊 这样 做 后
（意 译）见，夜梦都怕呵！这样做后，

（土俗字）勾 存 侄 劳 辽 吧
（壮 文）gou ngonz ndi lau liux ba.
（直 译）我 看 不 怕 了 吧
（意 译）我看不怕了吧。

Louz Sinz【guh fwen】
刘仁【唱】
(土俗字) 听 盟 样内 闹
(壮 文) Dingq mwngz yienghneix nauh,
(直 译) 听 你 这样 闹
(意 译) 你说这样搞,

(土俗字) 布 大 好
(壮 文) Mbouj daih hauj,
(直 译) 不 太 好
(意 译) 不太好,

(土俗字) 欧 灯草 试 肥
(壮 文) Aeu daengcauj sawq feiz;
(直 译) 要 灯草 试 火
(意 译) 用火试灯草;

(土俗字) 勾 实在 怀疑
(壮 文) Gou sidcaih vaizngeiz,
(直 译) 我 实在 怀疑
(意 译) 我疑不周到,

(土俗字) 途 狐狸
(壮 文) Duz huzleiz,
(直 译) 只 狐狸
(意 译) 那狐狸,

(土俗字) 鱼 奏 鸡 估队
(壮 文) Nyawz caeuq gaeq guhdoih.
(直 译) 怎 和 鸡 做伴
(意 译) 伴鸡会糟糕。

Hoengz Cung【gyangj】
洪忠【白】
(土俗字) 父哉 伪逼 各 伝 各 眼 兰书 侄 途伦 劳 计尔
(壮 文) Bouxsai lwgmbwk gak vunz gak nyanx ranzsaw, ndi doxrin, lau gaejrawz?
(直 译) 男 女 各 人 各 间 书房 不 相见 怕 什么
(意 译) 男女各一间书房,不能相见,怕什么?

【guh fwen】
【唱】
（土俗字）双　　邙　　　总　　关都
（壮　文）Sueng mbuengj cungj gvendou，
（直　译）两　　边　　　都　　关门
（意　译）两边关门口，

（土俗字）布　　用　　忧
（壮　文）Mbouj yungh you，
（直　译）不　　用　　担忧
（意　译）莫用忧，

（土俗字）哏艮　　　勾　又　跟
（壮　文）Hwnzngoenz gou youh gaen；
（直　译）日夜　　　我　又　跟
（意　译）我日夜跟守；

（土俗字）途鸡　　奏　　途银
（壮　文）Duzgaeq caeuq duznyaen，
（直　译）鸡仔　　和　　野兽
（意　译）鸡仔和野兽，

（土俗字）侄　途伦
（壮　文）Ndi doxrin，
（直　译）不　相见
（意　译）面未谋，

（土俗字）想　　贼　啃　布　　礼
（壮　文）Siengj caeg gwn mbouj ndaej.
（直　译）想　　偷　吃　不　　得
（意　译）想吃也难偷。

Louz Sinz【gyangj】
刘仁【白】
（土俗字）盟　　真　麻痹　　勾　讲　　盟　　听
（壮　文）Mwngz cin mazbaeq，gou gyangj mwngz dingq.
（直　译）你　　真　麻痹　　我　讲　　你　　听
（意　译）你真麻痹，我讲给你听。

【guh fwen】
【唱】
(土俗字)途喵　布　斋 岜
(壮　文)Duzmeuz mbouj cai bya,
(直　译)猫儿　不　忌 鱼
(意　译)哪有猫忌鱼,

(土俗字)存　途嘛
(壮　文)Ngonz duzma,
(直　译)看　狗
(意　译)狗乐趣,

(土俗字)又　意 拉 含　骼
(壮　文)Youh eiq ra haeb ndok;
(直　译)又　爱 找 咬　骨
(意　译)最爱啃骨去;

(土俗字)屋 仕　狗　取 确
(壮　文)Ok seih gyaeuj coj dot,
(直　译)出 事　头　才 疼
(意　译)出事悔不及,

(土俗字)欧　厚确
(壮　文)Aeu haeuxgok,
(直　译)要　稻谷
(意　译)要谷粒,

(土俗字)除　批 合　壮怒
(壮　文)Dawz bei oem conghnou.
(直　译)拿　去 封　鼠洞
(意　译)把鼠洞封闭。

【Gyangj】
【白】
(土俗字)盟　存　欧 厚确　批 塞　壮怒　礼　哈
(壮　文)Mwngz ngonz, aeu haeuxgok bei saek conghnou, ndaej ha?
(直　译)你　看　要 稻谷　去 封　鼠洞　行　吗
(意　译)你看,要稻谷去封鼠洞,行吗?

Hoengz Cung【guh fwen】
洪忠【唱】
(土俗字) 勾 存 示 布 劳
(壮 文) Gou ngonz seix mbouj lau,
(直 译) 我 看 是 不 怕
(意 译) 我看别顾虑,

(土俗字) 手段 高
(壮 文) Soujduenh gau,
(直 译) 手段 高
(意 译) 高技艺,

(土俗字) 使痕 交 布 礼
(壮 文) Saejhaenz nyau mbouj ndaej;
(直 译) 肠痒 挠 不 得
(意 译) 肠痒挠不及;

(土俗字) 布 示 恩 果子
(壮 文) Mbouj seix ndaen gujceij,
(直 译) 不 是 个 果子
(意 译) 不是个桃李,

(土俗字) 抽 于 袋
(壮 文) Caeu ndaw daeh,
(直 译) 藏 里 袋
(意 译) 藏袋里,

(土俗字) 留 自己 各 啃
(壮 文) Louz cihgeij gag gwn.
(直 译) 留 自己 自 吃
(意 译) 留下给自己。

【Ciep guh fwen】
【接唱】
(土俗字) 布 示 恩 仂作
(壮 文) Mbouj seix ndaen lwgmak,
(直 译) 不 是 个 果子
(意 译) 不是一果仁,

（土俗字）放 口 剥
（壮 文）Cuengq haeuj bak，
（直 译）放 进 口
（意 译）放口深，

（土俗字）袖示 各 礼 啃
（壮 文）Couhseix gag ndaej gwn；
（直 译）就是 自 得 吃
（意 译）就可以独吞；

（土俗字）爹 示 双 伝宏
（壮 文）Di seix song vunzhung，
（直 译）他们 是 两 大人
（意 译）他俩是大人，

（土俗字）约 度跟
（壮 文）Yaek doxgaen，
（直 译）要 相随
（意 译）若相跟，

（土俗字）眉 伝 伦 袖 讲
（壮 文）Meiz vunz rin couh gyangj.
（直 译）有 人 见 就 讲
（意 译）人见就讲论。

Louz Sinz【gyangj】
刘仁【白】
（土俗字）老爷 哈 话俗 讲 牰 宏 当 殴 俏 宏 当 嫁
（壮 文）Lauxi ha，vahsug gyangj “mbauq hung dang aeu，sau hung dang haq”，
（直 译）老爷 啊 俗话 讲 男 大 当 娶 女 大 当 嫁
（意 译）老爷呀，俗话讲“男大当婚，女大当嫁”，

（土俗字）老爷 文内 估 劳 眉 吱 卦份 啵
（壮 文）lauxi baenzneix guh，lau meiz dei gvaqfaenh bo.
（直 译）老爷 这样 做 恐怕 有 些 过分 啵
（意 译）老爷这样做，恐怕有些过分了。

【guh fwen】
【唱】

（土俗字）俏 当 嫁 牿 当 婚
（壮 文）Sau dang haq mbauq dang voen，
（直 译）女 当 嫁 男 当 婚
（意 译）女当嫁男当婚，

（土俗字）仂哉 吹哨 仂逼 跟
（壮 文）Lwgsai ciseuq lwgmbwk gaen；
（直 译）男孩 吹口哨 女孩 跟
（意 译）男孩吹哨女孩到；

（土俗字）于 兰 眉 鸡 欧 除噌
（壮 文）Ndaw ranz meiz gaeq aeu dawzgyaeng，
（直 译）里 家 有 鸡 要 关住
（意 译）家中有鸡要关紧，

（土俗字）布呢 银嘛 贼 批 啃
（壮 文）Mboujnex nyaenma caeg bei gwn.
（直 译）不然 狐狸 偷 去 吃
（意 译）不然狐狸偷吃饱。

Hoengz Cung【guh fwen】
洪忠【唱】
（土俗字）鸡 奏 途银 布 途伦
（壮 文）Gaeq caeuq duznyaen mbouj doxrin，
（直 译）鸡 和 野兽 不 相见
（意 译）鸡和狐狸不相见，

（土俗字）途银 争 鸡 鸡 鲁 宾
（壮 文）Duznyaen deng gaeq gaeq rox mbin；
（直 译）野兽 抓 鸡 鸡 会 飞
（意 译）狐狸抓鸡鸡飞天；

（土俗字）浪谋 途银 争 鸡 啃
（壮 文）Langhnaeuz duznyaen deng gaeq gwn，
（直 译）如果 狐狸 抓 鸡 吃
（意 译）如果狐狸抓鸡吃，

（土俗字）礼　除　驳 能　又　抽　斤
（壮　文）Ndaej dawz bok naeng youh caeu gin.
（直　译）得　捉　剥 皮　又　抽　筋
（意　译）捉来抽筋剥皮煎。

Louz Sinz【gyangj】
刘仁【白】
（土俗字）想信　老爷 眉　衣计　布过　也 欧 遮 万一　乎
（壮　文）Siengsinq lauxi meiz ndeigaeq，mboujguq yex aeu re fanh'it hu.
（直　译）相信　老爷 有　妙计　不过　也 要 防 万一　呵
（意　译）相信老爷有妙计，不过也要预防万一呵。

【guh fwen】
【唱】
（土俗字）提醒　盟　双　句
（壮　文）Daezsingj mwngz song gawq，
（直　译）提醒　你　两　句
（意　译）提醒你两句，

（土俗字）各　考虑
（壮　文）Gag haujsawh，
（直　译）自　考虑
（意　译）自考虑，

（土俗字）对　布　住　老爷
（壮　文）Doiq mbouj cawh lauxi；
（直　译）对　不　住　老爷
（意　译）老爷对不起；

（土俗字）偻　双　伝　各　车
（壮　文）Raeuz song vunz gag ce，
（直　译）我们　两　人　各　留
（意　译）咱俩所谈及，

（土俗字）盟　欧　遮
（壮　文）Mwngz aeu re，
（直　译）你　要　防
（意　译）要防备，

(土俗字) 计 哼 爹 乱斗
(壮 文) Gaej haengj di luenhdaeuj.
(直 译) 不 给 他们 乱来
(意 译) 不给乱来去。

Hoengz Cung【guh fwen】
洪忠【唱】
(土俗字) 勾 古路 示 遮
(壮 文) Gou gojloh seix re,
(直 译) 我 一定 是 防
(意 译) 我定要防备,

(土俗字) 布 哼 爹 鲁认
(壮 文) Mbouj haengj di roxnyinh;
(直 译) 不 让 他们 知道
(意 译) 不让知底细;

Louz Sinz【ciep guh fwen】
刘仁【接唱】
(土俗字) 千万 欧 紧甚
(壮 文) Cienfanh aeu ginjsimh,
(直 译) 千万 要 谨慎
(意 译) 千万要谨慎,

(土俗字) 哼 爹 心 恨 盟
(壮 文) Haengj di sim haenh mwngz.
(直 译) 不给 他们 心 恨 你
(意 译) 不让其恨你。

Hoengz Cung【gyangj】
洪忠【白】
(土俗字) 各 鲁 各 鲁 盟 放心
(壮 文) Gag rox, gag rox, mwngz cuengqsim.
(直 译) 自 知 自 知 你 放心
(意 译) 自知,自知,你放心。

Louz Sinz【gyangj】
刘仁【白】

(土俗字)老爷　偻　批 存　爹　皮　刁　吧
(壮　文)Lauxi，raeuz bei ngonz di　baez ndeu ba!
(直　译)老爷　我们 去 看　他们 次　一　吧
(意　译)老爷，我们去看他们一下吧!

Hoengz Cung【gyangj】
洪忠【白】
(土俗字)衣　衣　爹队　正　教书　呢 请
(壮　文)Ndei，ndei，didoih cingq gyausaw ne. Cingj……
(直　译)好　好　他们　正在 教书　呢 请
(意　译)好，好，他们正在教书呢。请……
【Song boux doengzcaez roengzbei.】
【两人齐下。】

【Roengzmuq.】
【幕下。】

（土俗字）场 大二 元宵 途洋 约 存 戏
（壮 文）**Ciengz Daihnyih Nyuenzsiu Doxnyangz Yiek Ngonz Heiq**
（直 译）场 第二 元宵 相遇 约 看 戏
（意 译）第二场 元宵偶遇约看戏

【Cietnyuenzsiu, faexfeiz va'nyaenz, daenglungz gingjndei. Yawq seiz gyonglaz goksasa, haimuq, daenglungz foux gvaq ciengz. Henghva、Muizyieng hwnj ciengz.】

【元宵节，火树银花，龙灯彩景。欢乐锣鼓声中，幕启，龙灯过场。杏花，梅香上场。】

Henghva【guh fwen】
杏花【唱】
（土俗字）杏花 贼贼 屋 闺房
（壮 文）Henghva caegcaeg ok gvifuengz,
（直 译）杏花 偷偷 出 闺房
（意 译）杏花偷偷出闺房，

（土俗字）奔 桑 地 广 开 翅膀
（壮 文）Mbwn sang deih gvangq hai ceqbuengj;
（直 译）天 高 地 广 展 翅膀
（意 译）天高地阔展翅膀；

（土俗字）父伝 文双 六 文对
（壮 文）Bouxvunz baenzsueng roeg baenzdoiq,
（直 译）人 成双 鸟 成对
（意 译）人们成双鸟成对，

（土俗字）双 伝 会会 派 龙场
（壮 文）Song vunz hoihhoih byaij lungzciengz.
（直 译）双 人 慢慢 走 龙场
（意 译）双人慢慢走龙场。

【Ciep guh fwen】
【接唱】

(土俗字) 一 朵 花杏 便 墙 赖
(壮 文) It duj vahengh benz ciengz raih,
(直 译) 一 朵 杏花 爬 墙 蔓延
(意 译) 一朵杏花出墙来,

(土俗字) 品巴 恋 花 花 只 开
(壮 文) Mbungqmbaj lienh va va cix hai;
(直 译) 蝴蝶 恋 花 花 就 开
(意 译) 蝴蝶恋花花就开;

(土俗字) 花 开 朗律 布 鲁那
(壮 文) Va hai rangrwd mbouj roxnaj,
(直 译) 花 开 香馥馥 不 相识
(意 译) 花开芳香不相识,

(土俗字) 伝 无 情义 各 悲哀
(壮 文) Vunz fouz cingznyih gag beiai.
(直 译) 人 无 情义 自 悲哀
(意 译) 人无情义自悲哀。

Muizyieng【guh fwen】
梅香【唱】
(土俗字) 小姐 陷内 贼 屋街
(壮 文) Siujcej haemhneix caeg okgyai,
(直 译) 小姐 今晚 偷 出街
(意 译) 小姐今晚偷出街,

(土俗字) 伦景 眉情 心花 开
(壮 文) Raengingj meizcingz simva hai;
(直 译) 触景 生情 心花 开
(意 译) 触景生情心花开;

(土俗字) 花灯 结彩 龙 昂 舞
(壮 文) Vadaeng gietcaij lungz angq foux,
(直 译) 花灯 结彩 龙 欢 舞
(意 译) 花灯结彩龙飞舞,

（土俗字）龙咪　龙父　舞　忐　街
（壮　文）Lungzmeh lungzboux foux gwnz gyai.
（直　译）龙母　龙公　舞　上　街
（意　译）母龙公龙舞街来。

Henghva【gyangj】
杏花【白】
（土俗字）梅香　盟　存　眉　伝　挂斗　计　用　乱　讲
（壮　文）Muizyieng，mwngz ngonz，meiz vunz gvaqdaeuj，gaej yungh luenh gyangj.
（直　译）梅香　你　看　有　人　过来　不　用　乱　讲
（意　译）梅香，你看，有人过来，不要胡说。

【Dauz Daihhingq hwnj，guh fwen】
【陶大庆上，唱】
（土俗字）正月　十五　昂奥奥
（壮　文）Ciengnyued cibngux angqvauvau，
（直　译）正月　十五　喜洋洋
（意　译）十五元宵喜洋洋，

（土俗字）伪惹　婆老　心　甜糖
（壮　文）Lwgnyez buzlaux sim diemzdangz；
（直　译）小孩　老人　心　甜糖
（意　译）男女老少心甜糖；

（土俗字）斗　伦　舞龙　心　尽　昂
（壮　文）Daeuj rin fouxlungz sim cinx angq，
（直　译）来　见　舞龙　心　尽　乐
（意　译）来看舞龙心快乐，

（土俗字）暂停　忐堂　屋斗　存
（壮　文）Camhdingz hwnjdangz okdaeuj ngonz.
（直　译）暂停　教学　出来　看
（意　译）暂停教学来观赏。

【Gyangj】
【白】
（土俗字）哎哟　真　鸾　啊　伝　文　堆　文　海
（壮　文）Aiyo，cin ruenz ha！Vunz baenz ndoi baenz haij，
（直　译）哎哟　真　热闹　啊　人　成　山　成　海
（意　译）哎哟，真热闹啊！人山人海，

(土俗字)舞龙 真 衣存 哈
(壮 文)fouxlungz cin ndeingonz ha!
(直 译)舞龙 真 好看 呀
(意 译)舞龙真好看呀!
【Ngonz fouxlungz.】
【观看舞龙。】

Muizyieng【rag Henghva，gyangj】
梅香【拉杏花，白】
(土俗字)小姐 盟 存 花灯 真 奇异 真 衣存 哈
(壮 文)Siujcej，mwngz ngonz，vadaeng cin geizheih，cin ndeingonz ha!
(直 译)小姐 你 看 花灯 真 神奇 真 好看 呀
(意 译)小姐，你看，花灯真神奇，真好看呀!

Henghva【guh fwen】
杏花【唱】
(土俗字)恩 内 途 浪螃 途 鲁 芷 鲁 批
(壮 文)Aen neix duz langqbangh，Duz rox cangh rox bei;
(直 译)盏 这 只 蚌螺 只 会 动 会 走
(意 译)这蚌螺灯笼，它会走会动;

(土俗字)伂逼 凳 花枝 幼 于 腓 浪螃
(壮 文)Lwgmbwk daengq vacei，Yawq ndaw mbei langqbangh.
(直 译)女孩 像 花枝 在 里 胆 蚌螺
(意 译)女孩像朵花，在蚌螺肚中。

Muizyieng【guh fwen】
梅香【唱】
(土俗字)存 岜里 灯古 躺 红荷 衣存
(壮 文)Ngonz byaleix daenggoj，Ndang hoengzzoj ndeingonz;
(直 译)看 鲤鱼 灯笼 身 红紫 好看
(意 译)看鲤鱼灯笼，身紫红头宽;

(土俗字)途 丫 剥 啃 川 真 衣存 太涞
(壮 文)Duz aj bak gwn nduen，Cin ndeingonz daihraix.
(直 译)它 张 嘴 吃 蚯蚓 真 好看 得很
(意 译)张嘴吃蚯蚓，十分够美观。

Dauz Daihhingq【guh fwen】
陶大庆【唱】

(土俗字) 恩 内 示 途贡 躺 转众 衣存
(壮 文) Aen neix seix duzgungq, Ndang ruenjnyungq ndeingonz;
(直 译) 盏 这 是 虾公 身 弯曲 好看
(意 译) 这盏是虾公，好看身弯弓；

(土俗字) 双他 突 又 团 躺 完全 鲁 动
(壮 文) Songda doed youh duenz, Ndang yuenzcienz rox doengh.
(直 译) 两眼 凸 又 圆 身 完全 会 动
(意 译) 两眼凸又圆，全身都会动。

【白】
【Gyangj】
(土俗字) 灯马派
(壮 文) Daengmaxbyaij.
(直 译) 走马灯
(意 译) 走马灯。

Henghva【gyangj】
杏花【白】
(土俗字) 灯孔雀
(壮 文) Daenghoengjciek.
(直 译) 孔雀灯
(意 译) 孔雀灯。

Muizyieng【gyangj】
梅香【白】
(土俗字) 灯途凤
(壮 文) Daengduzfungh.
(直 译) 凤凰灯
(意 译) 凤凰灯。

Dauz Daihhingq【gyangj】
陶大庆【白】
(土俗字) 灯狮子
(壮 文) Daengsaeceij.
(直 译) 狮子灯
(意 译) 狮子灯。

Henghva【gyangj】
杏花【白】

(土俗字) 灯其轮
(壮　文) Daenggeizlaenz
(直　译) 麒麟灯
(意　译) 麒麟灯。
【Sawqmwh caeuq Dauz Daihhingq doxbungq.】
【突然与陶大庆相碰。】

Dauz Daihhingq【hengzlaex, gyangj】
陶大庆【施礼，白】
(土俗字) 小姐　啊　对　布　住　请　计　怪
(壮　文) Siujcej ha, doiq mbouj cawh, cingj gaej gvaiq.
(直　译) 小姐　啊　对　不　住　请　不要　怪
(意　译) 小姐啊，对不起，请勿见怪。

Henghva【gyangj】
杏花【白】
(土俗字) 相公　啊　失礼　啦
(壮　文) Siengqgoeng ha, saetlaex la!
(直　译) 相公　啊　失礼　啦
(意　译) 相公呀，失礼啦!

Muizyieng【gyangj】
梅香【白】
(土俗字) 小姐　陷内　庙成王　痕　估斋　唱　戏　哩
(壮　文) Siujcej, haemhneix Miuhsingzvuengz haenz guhcai ciengq heiq li,
(直　译) 小姐　今晚　城王庙　还　做斋　唱　戏　哩
(意　译) 小姐，今晚城王庙还做斋唱戏呢，

(土俗字) 偻　批　存　吧
(壮　文) raeuz bei ngonz ba!
(壮　文) 我们　去　看　吧
(意　译) 我们去看吧!

Henghva【gyangj】
杏花【白】
(土俗字) 双　妲　伪逼　腾陷　鱼　礼　乱　派　勾　劳
(壮　文) Song dah lwgmbwk, daengzhaemh nyawz ndaej luenh byaij, gou lau……
(壮　文) 两　个　女子　晚上　怎　得　乱　走　我　怕
(意　译) 两个女孩，夜晚怎能乱行走，我怕……

Muizyieng【gyangj】
梅香【白】
(土俗字)劳 计尔 参 父 相公 爹 夭 爹 奏 偻 批
(壮 文)Lau gaejrawz, cam boux siengqgoeng di, eu di caeuq raeuz bei.
(直 译)怕 什么 问 那 相公 他 叫 他 同 我们 去
(意 译)怕什么，问那位相公，叫他陪同我们去。

Henghva【ngaekgyaeuj, yiengq siengqgoeng gyangj】
杏花【点头，向相公白】
(土俗字)相公
(壮 文)Siengqgoeng!
(直 译)相公
(意 译)相公!

Dauz Daihhingq【gyangj】
陶大庆【白】
(土俗字)小姐 眉 嘛 欧教
(壮 文)Siujcej, meiz maz aeugyau?
(直 译)小姐 有 何 见教
(意 译)小姐，有何见教!

Muizyieng【gyangj】
梅香【白】
(土俗字)陷内 庙城王 唱 戏 盟 批 存 吗
(壮 文)Haemhneix Miuhsingzvuengz ciengq heiq, mwngz bei ngonz ma?
(直 译)今晚 城王庙 唱 戏 你 去 看 吗
(意 译)今晚城王庙唱戏，你去看吗?

Dauz Daihhingq【gyangj】
陶大庆【白】
(土俗字)唱 计尔 戏
(壮 文)Ciengq gaejrawz heiq?
(直 译)唱 什么 戏
(意 译)唱什么戏目?

Muizyieng【gyangj】
梅香【白】

(土俗字) 听讲 示 唱 梁 山伯 奏 祝 英台
(壮 文) Dingqgyangj seix ciengq《Liengz Sanbek Caeuq Cuk Yingdaiz》,
(直 译) 听说 是 唱 梁 山伯 与 祝 英台
(意 译) 听说是唱《梁山伯与祝英台》,

(土俗字) 陷昨 唱 红楼 梦
(壮 文) haemhcog ciengq《Hoengzlaeuz Moengh》
(直 译) 明晚 唱 红楼 梦
(意 译) 明晚唱《红楼梦》。

Dauz Daihhingq【gyangj】
陶大庆【白】
(土俗字) 啊 梁 山伯 奏 祝 英台 衣 存 来
(壮 文) O,《Liengz Sanbek Caeuq Cuk Yingdaiz》ndei ngonz lai,
(直 译) 啊 梁 山伯 与 祝 英台 好 看 多
(意 译) 啊,《梁山伯与祝英台》好看得很,

(土俗字) 鱼 存 总 布 厌
(壮 文) nyawz ngonz cungj mbouj yiemq.
(直 译) 怎 看 都 不 厌
(意 译) 怎么看都不厌。

Muizyieng【gyangj】
梅香【白】
(土俗字) 盟 批 存 吗
(壮 文) Mwngz bei ngonz ma?
(直 译) 你 去 看 吗
(意 译) 你去看吗?

Dauz Daihhingq【gyangj】
陶大庆【白】
(土俗字) 想 批 又 侄 想 半 想 半 侄
(壮 文) Siengj bei youh ndi siengj, buenq siengj buenq ndi.
(直 译) 想 去 又 不 想 半 想 半 不
(意 译) 想去又不想去,半想不想。

Muizyieng【gyangj】
梅香【白】

（土俗字）计尔　半　想　半　侄
（壮　文）Gaejrawz buenq siengj buenq ndi?
（直　译）什么　半　想　半　不
（意　译）什么半想不想？

Dauz Daihhingq【gyangj】
陶大庆【白】
（土俗字）勾　示　啃　途伝　厚　颂　伝　教书
（壮　文）Gou seix gwn duzvunz haeux, coengh vunz gyauqsaw,
（直　译）我　是　吃　人家　饭　帮　人　教书
（意　译）我是吃他人饭，帮人教书，

（土俗字）想　批麻　备课　留　艮昨　教书
（壮　文）siengj beima beihhuq, louz ngoenzcog gyauqsaw.
（直　译）想　回去　备课　留　明天　教书
（意　译）想回去备课，明天好教书。
【Henghva daep dujrwz Muizyieng gyangjseb, Muizyieng byaij gyawj Dauz Daihhingq.】
【杏花耳语梅香，梅香走近陶大庆。】

Muizyieng【gyangj】
梅香【白】
（土俗字）相公　都　双　伝　想　批　存　布　鲁　挂　渠　批
（壮　文）Siengqgoeng, dou song vunz siengj bei ngonz, mbouj rox gvaq gyawz bei,
（直　译）相公　我们　两　人　想　去　看　不　懂　过　哪　去
（意　译）相公，我们俩想去看，不知往哪里走，

（土俗字）想　请　相公　带路　礼　吗
（壮　文）siengj cingj siengqgoeng daiqloh, ndaej ma?
（直　译）想　请　相公　带路　行　吗
（意　译）请相公带路，行吗？

Dauz Daihhingq【gyangj】
陶大庆【白】
（土俗字）父哉　奏　仂逼　齐派　劳　伝　讲　寒话
（壮　文）Bouxsai caeuq lwgmbwk caezbyaij, lau vunz gyangj hanzvah,
（直　译）男人　跟　女孩　同行　怕　别人　讲　闲话
（意　译）男女同行，怕别人说闲话，

（土俗字）布　　衣　听　　呀
（壮　文）mbouj ndei dingq ya.
（直　译）不　　好　听　　呀
（意　译）难听呀。

【guh fwen】
【唱】
（土俗字）咪逼　　　奏　　父哉
（壮　文）Mehmbwk caeuq bouxsai，
（直　译）女人　　　同　　男人
（意　译）大男跟少女，

（土俗字）齐　派　街
（壮　文）Caez byaij gyai，
（直　译）同　走　街
（意　译）走一起，

（土俗字）示非　来 无比
（壮　文）Seixfei lai fouzbeij；
（直　译）是非　多 无比
（意　译）是非多无比；

（土俗字）带　收　批 鱼　　礼
（壮　文）Daiq sou bei nyawz ndaej，
（直　译）带　你们 去 怎　　得
（意　译）怎带你们去，

（土俗字）挂　　吱内
（壮　文）Gvaq deineix，
（直　译）过　　这里
（意　译）过这里，

（土俗字）收　自己　各　批
（壮　文）Sou cihgeij gag bei
（直　译）你们 自己　独自 去
（意　译）你们自寻觅。
【Henghva yaepda haengj Muizyieng.】
【杏花示意梅香。】

Muizyieng【gyangj】
梅香【白】
(土俗字) 相公 会派
(壮 文) Sienggoeng hoihbyaij.
(直 译) 相公 慢走
(意 译) 相公慢走。

Dauz Daihhingq【gyangj】
陶大庆【白】
(土俗字) 小姐 眉 麻 见教
(壮 文) Siujcej meiz maz gienqgyauq?
(直 译) 小姐 有 何 见教
(意 译) 小姐有何见教?

Muizyieng【guh fwen】
梅香【唱】
(土俗字) 都 双 父 女子
(壮 文) Dou song boux nawxceij,
(直 译) 咱 两 个 女子
(意 译) 我们两个女,

(土俗字) 劳 无比
(壮 文) Lau fouzbeij,
(直 译) 怕 无比
(意 译) 怕无比,

(土俗字) 鱼 自己 各 批
(壮 文) Nyawz cihgeij gag bei;
(直 译) 怎 自己 独自 行
(意 译) 怎能自己去;

(土俗字) 劳 争 父哉 欺
(壮 文) Lau deng bouxsai hei,
(直 译) 怕 被 男人 欺
(意 译) 怕被男人欺,

(土俗字) 盟　　心衣
(壮　文) Mwngz simndei,
(直　译) 你　　好心
(意　译) 好心你,

(土俗字) 伴　　都　批 礼　布
(壮　文) Buenx dou bei ndaej mbouj?
(直　译) 陪伴　我们 去 行　不
(意　译) 可否伴咱去?

Dauz Daihhingq【guh fwen】
陶大庆【唱】
(土俗字) 顾　东　　难　顾　西
(壮　文) Goq doeng nanz goq sae,
(直　译) 顾　东　　难　顾　西
(意　译) 顾东难顾西,

(土俗字) 伴　　收　批
(壮　文) Buenx sou bei,
(直　译) 陪伴　你们 去
(意　译) 伴你去,

(土俗字) 劳　眉　吱 乱　讲
(壮　文) Lau meiz dei luenh gyangj;
(直　译) 怕　有　些 乱　讲
(意　译) 怕人乱咕嘀;

(土俗字) 最　劳 传　度　板
(壮　文) Cuiq lau cuenz doh mbanj,
(直　译) 最　怕 传　遍　村
(意　译) 最怕传村里,

(土俗字) 布　　衣　讲
(壮　文) Mbouj ndei gyangj,
(直　译) 不　　好　讲
(意　译) 不好语,

（土俗字）话恶　反　眉　来
（壮　文）Vahyak fanj meiz lai.
（直　译）赖话　反　有　多
（意　译）丑话多疑虑。

【Gyangj】
【白】
（土俗字）小姐　收　各　批　算　啦　特别　示　度陷　父哉
（壮　文）Siujcej sou gag bei suenq la，daegbied seix doxhaemh bouxsai
（直　译）小姐　你们　独自　行　算　了　特别　是　夜间　男人
（意　译）小姐你们自己去算了，特别夜晚男

（土俗字）奏　咪逼　齐　派　伊伝　猜宜　更　来
（壮　文）caeuq mehmbwk caez byaij，aevunz caingeiz gengq lai.
（直　译）和　女人　同　行　别人　猜疑　更　岁
（意　译）女同行，别人猜疑更多。

【Sinj gyangj】
【接白】
（土俗字）收　侄　劳　勾　劳　哈
（壮　文）Sou ndi lau gou lau ha!
（直　译）你们　不　怕　我　怕　呀
（意　译）你们不怕我怕呀！

Muizyieng【guh fwen】
梅香【唱】
（土俗字）男人　大丈夫
（壮　文）Namzsinz daihciengxfou，
（直　译）男人　大丈夫
（意　译）男人大丈夫，

（土俗字）盟　计　忧
（壮　文）Mwngz gaej you，
（直　译）你　莫　担忧
（意　译）莫忧乎，

（土俗字）古　眉　都　担当
（壮　文）Goj meiz dou damqdang；
（直　译）可　有　我们　担当
（意　译）有我们担负；

（土俗字）计 劳局 劳狼
（壮 文）Gaej lau guk lau langz,
（直 译）莫 怕虎 怕狼
（意 译）莫怕狼怕虎，

（土俗字）伝 参 腾
（壮 文）Vunz cam daengz,
（直 译）人 问 到
（意 译）人问故，

（土俗字）讲 同堂 皮往
（壮 文）Gyangj doengzdangz beixnuengx.
（直 译）讲 同堂 兄妹
（意 译）讲同堂兄姑。

【Sinj gyangj】
【接白】
（土俗字）浪 眉 伝 参 勾 讲 盟 示 浸公
（壮 文）Langh meiz vunz cam gou，gyangj mwngz seix caemhgoeng
（直 译）若 有 人 问 我 说 你 是 同宗
（意 译）若有人问我，说你是我同堂

（土俗字）皮往 妲 示 途勾 妲姐 皮往 齐派 侄 礼 吗
（壮 文）beixnuengx，dah seix duzgou dahcej，beixnuengx caezbyaij ndi ndaej ma?
（直 译）兄妹 她 是 我的 姐姐 兄妹 同行 不 行 吗
（意 译）兄妹，她是我的姐姐，兄妹同行不行吗？

Dauz Daihhingq【gyangj】
陶大庆【白】
（土俗字）既然 同内 讲 勾 袖 伴 收 批 吧
（壮 文）Geiqsienz doengzneix gyangj，gou couh buenx sou bei ba.
（直 译）既然 这样 讲 我 就 陪伴 你们 去 吧
（意 译）既然如此，我就陪你们去吧。

Henghva【gyangj】
杏花【白】
（土俗字）多谢 相公 帮颂
（壮 文）Docih siengqgoeng bangcoengh.
（直 译）多谢 相公 帮助
（意 译）谢谢相公帮助。

Dauz Daihhingq【gyangj】
陶大庆【白】
(土俗字) 小姐 眉 礼 收 派 等贯 勾 跟愣
(壮 文) Siujcej meiz laex, sou byaij daengjgonq, gou gaenlaeng.
(直 译) 小姐 有 礼 你们 走 在前 我 跟后
(意 译) 小姐有礼，你们前头走，我在后面跟。

Henghva【mienh byaij mienh fwen】
杏花【边走边唱】
(土俗字) 相公 伝 心所 衣 保护 礼 偻
(壮 文) Siengqgoeng vunz simsoh, Ndei baujhoh ndaej raeuz;
(直 译) 相公 人 心善 好 保护 得 我们
(意 译) 相公好心人，好保护我们；

(土俗字) 派那 布 忧愁 勾 带头 等贯
(壮 文) Byaijnaj mbouj yousaeuz, Gou daiqdaeuz daengjgonq.
(直 译) 前行 不 忧愁 我 带头 前面
(意 译) 前去不忧愁，我带头前行。

Muizyieng【guh fwen】
梅香【唱】
(土俗字) 皮 惨 三 皮 串 派 等贯 批 方
(壮 文) Baez yamq sam baez cuenq, Byaij daengjgonq bei byueng;
(直 译) 一 步 三 回 转 走 前头 去 快
(意 译) 一步三回转，前头走快点；

(土俗字) 计 用 到吨 望 深 龙 放 批时
(壮 文) Gaej yungh dauqdaenq muengh, Laemq roengz congh beiseiz.
(直 译) 不 用 后退 望 陷 下 洞 背时
(意 译) 莫要往后看，掉下洞危险。

Dauz Daihhingq【guh fwen】
陶大庆【唱】
(土俗字) 弄 路 时 取 怨 派 卦 傍车 批
(壮 文) Loeng loh seiz coj yuenq, Byaij gvaq mbuengjdi bei,
(直 译) 错 路 时 才 怨 走 过 那边 去
(意 译) 走错路才怨，走过那边去；

(土俗字) 度内 各 想思 勾 眉 吱 顾虑
(壮 文) Dohneix gag siengjsei, Gou meiz dei goqlawh.
(直 译) 现在 独自 想思 我 有 点 顾虑
(意 译) 如今自深思，我有点顾虑。

【Ciep guh fwen】
【接唱】
(土俗字) 勾 暂切 停住 再 考虑 存 皮
(壮 文) Gou camhciet dingzcawh, Caiq haujlawh ngonz baez;
(直 译) 我 暂且 停住 再 考虑 看 一次
(意 译) 我暂时停住，再考虑清楚；

(土俗字) 单劳 伝 怀疑 离 鸡 吱 取 礼
(壮 文) Danlau vunz vaizngeiz, Liz gyae dei coj ndaej.
(直 译) 只怕 人 怀疑 离 远 点 才 得
(意 译) 恐怕人怀疑，得离远几步。
【Henghva、Muizyieng haeuj ndaw bei.】
【杏花、梅香入内。】

Dauz Daihhingq【gyangj】
陶大庆【白】
(土俗字) 哼 爹 派 鸡 吱 贯 再 批 跟
(壮 文) Haengj di byaij gyae dei gonq, caiq bei gaen,
(直 译) 给 她们 走 远 点 先 再 去 跟
(意 译) 先让她们走远些，再跟上去，

(土俗字) 免礼 伊伝 幼 败愣 讲 寒话
(壮 文) mienxndaej aevunz yawq baihlaeng gyangj hanzvah.
(直 译) 免得 别人 在 背后 讲 闲话
(意 译) 免得别人背后说闲话。

【Henghva、Muizyieng caiq hwnjdaeuj.】
【杏花、梅香重上场。】

Muizyieng【gyangj】
梅香【白】
(土俗字) 相公 盟 则 父哉宏 内 派路 反 跟
(壮 文) Siengqgoeng, mwngz ndaek bouxsaihung neix, byaijloh fanj gaen
(直 译) 相公 你 个 大男人 这 走路 反而 跟
(意 译) 相公，你这大男人，走路还跟

（土俗字）侄 很 咪逼 批
（壮 文）ndi hwnj mehmbwk bei.
（直 译）不 上 女人 去
（意 译）不上女人。

Dauz Daihhingq【gyangj】
陶大庆【白】
（土俗字）勾 卡 因 乙 泣刁
（壮 文）Gou ga in yiet yaepndeu.
（直 译）我 脚 痛 歇 一下
（意 译）我脚痛歇了一下。

Henghva【gyangj】
杏花【白】
（土俗字）样内 偻 尺 会 派 吧
（壮 文）Yienghneix raeuz cik hoih byaij ba.
（直 译）这样 我们 袖 慢 走 吧
（意 译）那我们慢点走吧。

Dauz Daihhingq【gyangj】
陶大庆【白】
（土俗字）一 马 停 百 马 忧 三 伝 派路 伝 刁 愁
（壮 文）It max dingz，bek max you，sam vunz byaijloh vunz ndeu saeuz.
（直 译）一 马 停 百 马 忧 三 人 走路 人 一 愁
（意 译）一马停，百马忧，三人走路一人愁。

Henghva【gyangj】
杏花【白】
（土俗字）相公 勾 存 盟 一定 示 父 读书
（壮 文）Siengqgoeng，gou ngonz mwngz itdingh seix boux doegsaw.
（直 译）相公 我 看 你 一定 是 人 读书
（意 译）相公，我看你一定是读书人。

Dauz Daihhingq【gyangj】
陶大庆【白】
（土俗字）盟 鱼 鲁 勾 示 父 读书
（壮 文）Mwngz nyawz rox gou seix boux doegsaw?
（直 译）你 怎 知 我 是 人 读书
（意 译）你怎么知道我是读书人？

Henghva【gyangj】
杏花【白】
(土俗字)听　盟　讲话　一　派　斯文　无疑　示　书生
(壮　文)Dingq mwngz gyangjvah it baij seifaenz, fouzngeiz seix sawseng.
(直　译)听　你　说话　一　派　斯文　无疑　是　书生
(意　译)听你讲话斯斯文文，无疑是书生。

Dauz Daihhingq【gyangj】
陶大庆【白】
(土俗字)小生　蒙受　皇恩　曾　口　贵门
(壮　文)Siujseng mungzsouh vuengzaen, caengz haeuj gviqmonz,
(直　译)小生　蒙受　皇恩　曾　进　贵门
(意　译)小生蒙受皇恩，曾进贵门，

(土俗字)躺　示　圣贤　弟子
(壮　文)ndang seix singqyienz daexceij.
(直　译)身　是　圣贤　弟子
(意　译)身为圣贤弟子。

Henghva【gyangj】
杏花【白】
(土俗字)哦　原来　盟　袖　示　一　父　秀才
(壮　文)O, nyuenzlaiz mwngz couh seix it boux souqcaiz.
(直　译)哦　原来　你　就　是　一　个　秀才
(意　译)哦，原来你就是一位秀才。

(土俗字)盟　同内　侩　袖　口　殿门
(壮　文)Mwngz doengzneix oiq couh haeuj dienhmonz,
(直　译)你　这样　年少　就　进　殿门
(意　译)你如此年轻就进殿门，

(土俗字)剥那　布　苦　估量　啊
(壮　文)baknaj mbouj hoj gujliengh ha!
(直　译)前途　不　可　估量　啊
(意　译)前途不可估量啊！

Dauz Daihhingq【gyangj】
陶大庆【白】

(土俗字) 于　兰　穷苦　度内　尺礼　寄　幼　檐兰　伊伝
(壮　文) Ndaw ranz gungzhoj, dohneix cikndaej geiq yawq riemhranz aevunz,
(直　译) 里　家　穷苦　如今　只能　寄　在　屋檐　别人
(意　译) 家境贫寒，如今只能寄人篱下，

(土俗字) 欧　引之　啃　养剥　渠　眉　败那
(壮　文) aeu linxraeq gwn ciengxbak, gyawz meiz baihnaj.
(直　译) 要　舌耕　吃　糊口　哪　有　前途
(意　译) 舌耕糊口，那有前途。

Muizyieng【gyangj】
梅香【白】
(土俗字) 哎呀　相公　引　盟　以　鲁　之　那　哈
(壮　文) Aeya siengqgoeng, linx mwngz hix rox cei naz ha?
(直　译) 哎呀　相公　舌头　你　也　会　犁　田　吗
(意　译) 哎呀相公，你的舌头也会耕田吗?

Henghva【gyangj】
杏花【白】
(土俗字) 布　示　爹　讲　爹　幼　兰　伝　教书　养命
(壮　文) Mbouj seix, di gyangj di yawq ranz vunz gyauqsaw ciengxmingh,
(直　译) 不　是　他　讲　他　在　家　别人　教书　养命
(意　译) 不是，他说的是在别人家教书谋生，

(土俗字) 相公　学生　示　汝
(壮　文) siengqgoeng hagseng seix bawz?
(直　译) 相公　门生　是　谁
(意　译) 相公门生是谁?

Dauz Daihhingq【gyangj】
陶大庆【白】
(土俗字) 示　父　伪逼　弄　侄　眉　噌　刁
(壮　文) Seix boux lwgmbwk lungh ndi meiz ndaeng ndeu.
(直　译) 是　个　女孩　疯　没　有　鼻　一
(意　译) 是一个无鼻的疯女。

Henghva【gyangj】
杏花【白】

(土俗字) 唷 教 父 仂逼 弄 侄 眉 噌 刁
(壮 文) Yu, gyauq boux lwgmbwk lungh ndi meiz ndaeng ndeu,
(直 译) 唷 教 个 女孩 疯 没 有 鼻 一
(意 译) 唷，教一个没鼻子的疯女，

(土俗字) 眉 计尔 用 哈 枉费 心机
(壮 文) meiz gaejrawz yungh ha, uengjfeiq simgei.
(直 译) 有 什么 用 呀 枉费 心机
(意 译) 有何用呀，枉费心机。

Dauz Daihhingq【gyangj】
陶大庆【白】
(土俗字) 伝 布 礼 单 存 相
(壮 文) Vunz mbouj ndaej dan ngonz siengq,
(直 译) 人 不 可 单 看 相貌
(意 译) 人不可貌相，

(土俗字) 妲 读书 又 肯 又 聪明
(壮 文) dah doegsaw youh gaenx youh coengmingz.
(直 译) 她 读书 又 勤 又 聪明
(意 译) 她读书又勤奋聪明。

Henghva【gyangj】
杏花【白】
(土俗字) 眉 父 伝 同内 古怪 哈 勾 布 信
(壮 文) Meiz boux vunz doengzneix gojgvaiq ha, gou mbouj sinq.
(直 译) 有 个 人 这样 古怪 啊 我 不 信
(意 译) 有如此古怪的人呀，我不信。

Dauz Daihhingq【gyangj】
陶大庆【白】
(土俗字) 听 盟 讲话 一定 示 父 读 挂 诗书 刁
(壮 文) Dingq mwngz gyangjvah, itdingh seix boux doeg gvaq seisaw ndeu,
(直 译) 听 你 讲话 一定 是 个 读 过 诗书 一
(意 译) 听你讲话，一定是读过诗书的人。

Henghva【gyangj】
杏花【白】

（土俗字）勾　正　岩　学　呢
（壮　文）Gou cingq ngamq hag ne.
（直　译）我　正　刚　学　呢
（意　译）我正在学习。

Dauz Daihhingq【gyangj】
陶大庆【白】
（土俗字）老师　定　示　父　才貌　双全　刁　吧
（壮　文）Lauxsae dingh seix boux caizmauh suengcienz ndeu ba！
（直　译）老师　定　是　个　才貌　双全　一　吧
（意　译）教师一定是个才貌双全的人吧！

Henghva【gyangj】
杏花【白】
（土俗字）老师　勾　才学　高超　可惜　相貌　侄　衣
（壮　文）Lauxsae gou caizhag gauciu，hojsik siengqmauh ndi ndei.
（直　译）老师　我　才学　高超　可惜　相貌　不　好
（意　译）我的老师才学高超，可惜其貌不扬。

Dauz Daihhingq【gyangj】
陶大庆【白】
（土俗字）文鱼　讲
（壮　文）Baenznyawz gyangj?
（直　译）怎么　讲
（意　译）怎么讲?

Henghva【gyangj】
杏花【白】
（土俗字）爹 示　父　伝老　活弓　那涞　又　丑　又　怪　刁
（壮　文）Di seix boux vunzlaux hwetgungj najraiz youh couj youh gvaiq ndeu.
（直　译）他 是　个　老人　驼背　麻脸　又　丑　又　怪　一
（意　译）他是个驼背麻脸丑怪的老人。

Dauz Daihhingq【gyangj】
陶大庆【白】
（土俗字）伝佶　教书　更　眉　经验
（壮　文）Vunzgeq gyauqsaw gengq meiz gingniemh，
（直　译）老人　教书　更　有　经验
（意　译）老人教书更有经验，

（土俗字）老师 荟 难 比 老师 佶 乎
（壮 文）lauxsae oiq nanz beij lauxsae geq hu.
（直 译）老师 年轻 难 比 老师 老 啊。
（意 译）年轻老师难比老老师啊。

Henghva【gyangj】
杏花【白】
（土俗字）相公 浪 盟 教 父 伪逼 弄 侄 眉 能 刁
（壮 文）Siengqgoeng，langh mwngz gyauq boux lwgmbwk lungh ndi meiz ndaeng ndeu，
（直 译）相公 若 你 教 个 女孩 疯 没 有 鼻子 一
（意 译）相公，若你教一个没有鼻子的疯女孩，

（土俗字）夭 勾 幸 父 伝老 活弓 那洡 刁 学
（壮 文）eu gou hengh boux vunzlaux hwetgungj najraiz ndeu hag，
（直 译）叫 我 跟 个 老人 驼背 麻脸 一 学
（意 译）叫我跟一个驼背麻脸的老人学习，

（土俗字）布 示 衣嘹 吗 哈 哈
（壮 文）mbouj seix ndeiriu ma，ha ha……
（直 译）不 是 好笑 吗 哈 哈
（意 译）不是好笑吗，哈哈……

Dauz Daihhingq【gyangj】
陶大庆【白】
（土俗字）那相 父伝 示 仆咪 哼 布 礼 嘹 伝
（壮 文）Najsiengq bouxvunz seix bohmeh haengj，mbouj ndaej riu vunz，
（直 译）面相 人 是 父母 给 不 能 笑 人家
（意 译）人的相貌是父母给的，不该取笑人家，

（土俗字）拉奔 眉 汝 侄 想 苟衣
（壮 文）lajmbwn meiz bawz ndi siengj gyaeundei.
（直 译）天下 有 谁 不 想 美丽
（意 译）天底下有谁不想美丽的。

Muizyieng【gyangj】
梅香【白】
（土俗字）小姐 浪 礼 换 老师 夭 相公 斗 教
（壮 文）Siujcej，langh ndaej vuenh lauxsae，eu siengqgoeng daeuj gyauq
（直 译）小姐 若 能 换 老师 叫 相公 来 教
（意 译）小姐，若能换老师，叫相公来教

（土俗字）盟　　包　盟
（壮　文）mwngz，bau mwngz……
（直　译）你　　包　你
（意　译）你，保证你……

Henghva【gag roxnyaenq bei moeb Muizyieng，gyangj】
杏花【含羞打梅香，白】
（土俗字）话　真　来　布　足情　包　计尔
（壮　文）Vah cin lai，mbouj cukcingz，bau gaejrawz?
（直　译）话　真　多　不　知情　包　什么
（意　译）话真多，不知情，保证什么？

Muizyieng【gyangj】
梅香【白】
（土俗字）包　盟　意　相公　盟　斗　教　小姐　苟　盟　意　咧
（壮　文）Bau mwngz eiq. Sienggoeng mwngz daeuj gyauq siujcej gou，mwngz eiq le?
（直　译）包　你　满意　相公　你　来　教　小姐　我　你　爱　吗
（意　译）保证你满意，相公你来教我小姐，你满意吗？

Dauz Daihhingq【gyangj】
陶大庆【白】
（土俗字）当然　意　哈　空　兴荟　渠　比　兴杰　慢
（壮　文）Dangsienz eiq ha. Hoeng hing'oiq gyawz beij hinglaux manh.
（直　译）当然　爱　呀　但　嫩姜　哪　比　老姜　辣
（意　译）当然满意呀。但是嫩姜哪有老姜辣。

Henghva【gyangj】
杏花【白】
（土俗字）梅香　真　多仕　相公　示　秀才　才学　高超
（壮　文）Muizyieng cin doseih. Sienggoeng seix souqcaiz，caizhag gauciu.
（直　译）梅香　真　多事　相公　是　秀才　才学　高超
（意　译）梅香真多事。相公是一个秀才，才学高超。

（土俗字）勾　示　父　伪逼　促　刁　爹哼　斗　教　勾　吗
（壮　文）Gou seix boux lwgmbwk huk ndeu，di haengj daeuj gyauq gou ma?
（直　译）我　是　个　女孩　笨　一　他肯　来　教　我　吗
（意　译）我是个蠢女孩，他肯来教我吗？

Dauz Daihhingq【gyangj】
陶大庆【白】

（土俗字）小姐 够 谦虚 啦 浪 勾 真 斗 教 盟
（壮 文）Siujcej gaeuq giemhaw la，langh gou cin daeuj gyauq mwngz，
（直 译）小姐 够 谦虚 了 若 我 真 来 教 你
（意 译）小姐真够谦虚，若我真来教你，

（土俗字）盟 鱼样 讲 哈
（壮 文）mwngz nyawzyiengh gyangj ha?
（直 译）你 怎样 讲 呀
（意 译）你又怎样讲呀？

Henghva【najnyaenq caeg ngonz Dauz，gyangj】
杏花【含羞偷看陶，白】
（土俗字）浪 盟 礼 来 当 老师 勾
（壮 文）Langh mwngz ndaej daeuj dang lauxsae gou，
（直 译）若 你 能 来 当 老师 我
（意 译）若你能来当我的老师，

（土俗字）勾 福气 宏 来 喽
（壮 文）gou fukheiq hung lai lo!
（直 译）我 福气 大 多 噜
（意 译）我有大福气啦！

Muizyieng【rin di song boux dox habsim hab'eiq，gyangj】
梅香【见他俩情投意合，白】
（土俗字）小姐 盟 幼 内 差 勾 勾 批 柱 花 麻
（壮 文）Siujcej，mwngz yawq neix caj gou，gou bei cawx va ma.
（直 译）小姐 你 在 此 等 我 我 去 买 花 回
（意 译）小姐，你在此等我，我去买花。

Henghva【gyangj】
杏花【白】
（土俗字）柱 花 衣 哈 袖 柱 花梅 吧
（壮 文）Cawx va ndei ha，couh cawx vamoiz ba!
（直 译）买 花 好 啊 就 买 梅花 吧
（意 译）买花好呀，就买梅花吧！

Muizyieng【gyangj】
梅香【白】

（土俗字）唉　柱　花梅
（壮　文）Ai，cawx vamoiz.
（直　译）唉　买　梅花
（意　译）唉，买梅花。
【Muizyieng roengzbei.】
【梅香下。】

Henghva【gyangj】
杏花【白】
（土俗字）相公　盟　存　忐奔　咣川　又　团　又　咣
（壮　文）Siengqgoeng mwngz ngonz，gwnzmbwn ronghndwen youh duenz youh rongh.
（直　译）相公　你　看　天上　月亮　又　圆　又　亮
（意　译）相公你看天上月亮又圆又亮。

Dauz Daihhingq【gyangj】
陶大庆【白】
（土俗字）当然　十五　咣　圆　照　度　拉奔
（壮　文）Dangsienz，cibngux ndwen yuenz，ciuq doh lajmbwn.
（直　译）当然　十五　月　圆　照　遍　天下
（意　译）当然，十五月圆，照遍世间。

Henghva【gyangj】
杏花【白】
（土俗字）盟　存　忐　涞　眉　对　鸳鸯　刁　盟　存　伦　哩
（壮　文）Mwngz ngonz，gwnz raiq meiz doiq yuenyieng ndeu，mwngz ngonz rin li?
（直　译）你　看　上面　水滩　有　双　鸳鸯　一　你　看　见　哩
（意　译）你看，水滩上有一对鸳鸯，你看见吗？

Dauz Daihhingq【muengh gwnz raiq，gyangj】
陶大庆【望水滩上，白】
（土俗字）渠　眉　鸳鸯　尽　伦　途　刁　哈　渠　眉　双　途
（壮　文）Gyawz meiz yuenyieng…… Cinx rin duz ndeu ha，gyawz meiz song duz?
（直　译）哪　有　鸳鸯　只　见　只　一　呀　哪　有　两　只
（意　译）哪里有鸳鸯……只见一只，哪有两只？

Henghva【fwngz yinx，gyangj】
杏花【用手指着，白】

（土俗字）盟　存　吱内　眉　途　刁　吱爹　眉　途　刁
（壮　文）Mwngz ngonz，deineix meiz duz ndeu，deidi meiz duz ndeu.
（直　译）你　看　这里　有　只　一　那里　有　只　一
（意　译）你看，这里有一只，那里有一只。

【Song vunz caez dox ngonz】
【两人同时互看】
（土俗字）存伦　曾
（壮　文）Ngonzrin caengz?
（直　译）看见　没有
（意　译）看见没有？

【guh fwen】
【唱】
（土俗字）忐奔　恩　咣川　十五　团　又　咣
（壮　文）Gwnzmbwn ndaen ronghndwen，Cibngux duenz youh rongh；
（直　译）天上　个　月亮　十五　圆　又　亮
（意　译）天上那月亮，十五圆又亮；

（土俗字）存伦　对　鸳鸯　双　伝　昂　于　心
（壮　文）Ngonzrin doiq yuenyieng，Song vunz angq ndaw sim.
（直　译）看见　对　鸳鸯　两　人　乐　内　心
（意　译）见鸳鸯成对，两人乐心上。

Dauz Daihhingq【guh fwen】
陶大庆【唱】
（土俗字）鸳鸯　文对　宾　示　相亲　相爱
（壮　文）Yuenyieng baenzdoiq mbin，Seix siengcin sieng'aiq；
（直　译）鸳鸯　成对　飞　是　相亲　相爱
（意　译）鸳鸯成双对，相亲相爱昧；

（土俗字）伦　途　幼　于洓　又　督奈　心非
（壮　文）Rin duz yawq ndawraiq，Youh doeknaiq simsei.
（直　译）见　它　在　河滩　又　灰心　丧气
（意　译）见它在河滩，丧气又心灰。
【Dingq nyi roq sam geng，gyangj】
【听见三更声响，白】

（土俗字）撸　三　更　啦，勾　该　批麻　啦
（壮　文）Roq sam geng la，gou gai beima la.
（直　译）打　三　更　了　我　该　回去　了
（意　译）打三更了，我该回去了。

Henghva【gyangj】
杏花【白】
（土俗字）相公　　盟　　侹　批　存　　戏　　啦
（壮　文）Siengqgoeng，mwngz ndi bei ngonz heiq la?
（直　译）相公　　你　　不　去　看　　戏　　了
（意　译）相公，你不去看戏啦？

Dauz Daihhingq【gyangj】
陶大庆【白】
（土俗字）三　更　啦　奔　　哏　　啦　侹　批麻　主家　　拉　勾　啦
（壮　文）Sam geng la，mbwn hwnz la，ndi beima cawjgya ra gou la.
（直　译）三　更　了　天　　夜　　了　不　回去　东家　　找　我　啦
（意　译）三更天了，夜深了，再不回去东家来找我了。

Henghva【gyangj】
杏花【白】
（土俗字）相公　　曾罢　　贯　　勾　姐　仂逼　　乇　幼　吱内
（壮　文）Siengqgoeng caengzbah gonq，gou dah lwgmbwk dog yawq deineix，
（直　译）相公　　未曾　　先　　我　个　女孩　　独自　在　这里
（意　译）相公慢着，我一个女子独在这里，

（土俗字）勾　劳　请　陪伴　勾　差　梅香　　回　贯
（壮　文）gou lau. Cingj buenx gou caj Muizyieng ma gonq.
（直　译）我　怕　请　陪伴　我　等　梅香　　回来　先
（意　译）我害怕。请陪我等到梅香回来。

Dauz Daihhingq【gyangj】
陶大庆【白】
（土俗字）衣　勾　袖　伴　盟　　差　腾　　梅香　　麻　吧
（壮　文）Ndei，gou couh buenx mwngz caj daengz Muizyieng ma ba.
（直　译）好　　我　就　陪伴　你　　等　到　　梅香　　回来　吧
（意　译）好，我就陪你等梅香回来吧。

Henghva【gyangj】
杏花【白】
(土俗字) 陷内 唱 梁 山伯 奏 祝 英台
(壮 文) Haemhneix ciengq《Liengz Sanbek Caeuq Cuk Yingdaiz》,
(直 译) 今晚 唱 梁 山伯 与 祝 英台
(意 译) 今晚唱《梁山伯与祝英台》,

(土俗字) 盟 已 存 挂 了 勾 参 盟
(壮 文) mwngz hix ngonz gvaq liux, gou cam mwngz……
(直 译) 你 已 看 过 了 我 问 你
(意 译) 你已看过了吗,我问你……

Dauz Daihhingq【gyangj】
陶大庆【白】
(土俗字) 参 计尔 盟 讲 吧
(壮 文) Cam gaejrawz, mwngz gyangj ba.
(直 译) 问 什么 你 讲 吧
(意 译) 问什么,你讲吧。

Henghva【guh fwen】
杏花【唱】
(土俗字) 梁 山伯 奏 祝 英台
(壮 文) Liengz Sanbek caeuq Cuk Yingdaiz,
(直 译) 梁 山伯 和 祝 英台
(意 译) 祝英台和梁山伯,

(土俗字) 侵台 齐 吨 三 卑 来
(壮 文) Caemhhoq caez naenz sam bi lai;
(直 译) 同桌 同 睡 三 年 多
(意 译) 同窗共枕三年多;

(土俗字) 梁 山伯 促 文内 来
(壮 文) Liengz Sanbek huk baenzneix lai,
(直 译) 梁 山伯 笨 这么 多
(意 译) 梁山伯真这么笨,

(土俗字) 佂 鲁 英台 逼 鲁 哉
(壮 文) Ndi rox Yingdaiz mbwk rox sai.
(直 译) 不 知 英台 女 或 男
(意 译) 不知英台女人婆。

Dauz Daihhingq【guh fwen】
陶大庆【唱】
(土俗字) 梁　山伯　尼　祝　英台
(壮　文) Liengz Sanbek ndij Cuk Yingdaiz,
(直　译) 梁　山伯　与　祝　英台
(意　译) 梁山伯祝英台，

(土俗字) 双　伝　胎俚　侄　分开
(壮　文) Song vunz daileix ndi faenhai;
(直　译) 两　人　死活　不　分开
(意　译) 两人死活不分开；

(土俗字) 英台　伪逼　装　伪哉
(壮　文) Yingdaiz lwgmbwk cang lwgsai,
(直　译) 英台　女孩　装　男孩
(意　译) 英台女孩扮男孩，

(土俗字) 俚　示　侵床　胎　同　埋
(壮　文) Leix seix caemhcongz dai dongz maiz.
(直　译) 生　是　同床　死　同　埋
(意　译) 生是同床死同埋。

Henghva【guh fwen】
杏花【唱】
(土俗字) 爹　幼　拉俚　侄　文家
(壮　文) Di yawq laxleix ndi baenzgya,
(直　译) 他们　在　生时　不　成家
(意　译) 他们生前不成亲，

(土俗字) 为麻　胎　了　结　胎婚
(壮　文) Vihmaz dai liux giet daivoen;
(直　译) 为何　死　后　结　死婚
(意　译) 为何死后结死婚；

(土俗字) 请　相公　盟　讲　原由
(壮　文) Cingj siengqgoeng mwngz gyangj nyuenyouz,
(直　译) 请　相公　你　讲　缘由
(意　译) 请相公你讲缘由，

(土俗字) 到底　示　假　鲁谋　真
(壮　文) Dauqdaej seix gyaj roxnaeuz cin.
(直　译) 到底　是　假　还是　真
(意　译) 到底是假还是真。

Dauz Daihhingq【guh fwen】
陶大庆【唱】
(土俗字) 双　爹 眉　情　又　眉　恩
(壮　文) Song di meiz cingz youh meiz aen,
(直　译) 两　他 有　情　又　有　恩
(意　译) 他俩有情又有恩,

(土俗字) 为　妲　伊仆　册　婚姻
(壮　文) Vih dah aeboh cek voennyien;
(直　译) 为　她　阿爸　拆　婚姻
(意　译) 因为其父拆婚姻;

(土俗字) 兰　马　扛　轿　斗　授　婢
(壮　文) Ranz Max gang giuh daeuj coux bawx,
(直　译) 家　马　抬　轿　来　接　媳
(意　译) 马家抬轿来接媳,

(土俗字) 英台　于　轿　命　归阴
(壮　文) Yingdaiz ndaw giuh mingh gviyim;
(直　译) 英台　里　轿　命　归阴
(意　译) 英台轿里命归阴;

(土俗字) 山伯　跋　腾　吞墓　袅
(壮　文) Sanbek buet daengz ndaenmoh neuh,
(直　译) 山伯　跑　到　坟墓　看
(意　译) 山伯跑到坟墓看,

(土俗字) 英台　恩墓　很　芯　林
(壮　文) Yingdaiz aenmoh hwnj rum rim;
(直　译) 英台　坟墓　长　草　满
(意　译) 英台坟墓草如茵;

（土俗字）山伯　伤心　放声　啼
（壮　文）Sanbek siengsim cuengqsing daej，
（直　译）山伯　伤心　放声　哭
（意　译）山伯伤心放声哭，

（土俗字）英台　墓　开　齐　葬身
（壮　文）Yingdaiz moh hai caez cangqsin；
（直　译）英台　墓　开　同　葬身
（意　译）英台墓开同葬身；

（土俗字）变文　品巴　宾　很　奔
（壮　文）Bienqbaenz mbungqmbaj mbin hwnj mbwn，
（直　译）变成　蝴蝶　飞　上　天
（意　译）变成蝴蝶飞上天，

（土俗字）俚　布　文亲　胎　文亲
（壮　文）Leix mbouj baenzcin dai baenzcin；
（直　译）生　不　成亲　死　成亲
（意　译）生不成亲死成亲；

（土俗字）伊戏　唱　戏　示　认真
（壮　文）Aeheiq ciengq heiq seix nyinhcin，
（直　译）戏班　唱　戏　是　认真
（意　译）戏班唱戏很认真，

（土俗字）父尔　批　存　心　总　因
（壮　文）Bouxrawz bei ngonz sim cungj in.
（直　译）哪个　去　看　心　都　疼
（意　译）谁人去看都痛心。

Henghva【gyangj】
杏花【白】
（土俗字）真　嘛　可惜　陷内　盟　任　礼　伴　勾　批　存
（壮　文）Cin ma? Hojsik haemhneix mwngz ndi ndaej buenx gou bei ngonz.
（直　译）真　吗　可惜　今晚　你　不　能　陪伴　我　去　看
（意　译）真的吗？可惜今晚你不能陪我去看。

Dauz Daihhingq【gyangj】
陶大庆【白】

(土俗字)陷昨 唱 红楼 梦 也 衣存 哈
(壮 文)Haemhcog ciengq《Hoengzlaeuz Moengh》, yex ndeingonz ha!
(直 译)明晚 唱 红楼 梦 也 好看 呀
(意 译)明晚唱《红楼梦》，也好看呀！

Henghva【gyangj】
杏花【白】
(土俗字)陷昨 盟 批 存 吗
(壮 文)Haemhcog mwngz bei ngonz ma?
(直 译)明晚 你 去 看 吗
(意 译)明晚你去看吗？

Dauz Daihhingq【gyangj】
陶大庆【白】
(土俗字)批麻 存 贯 眉 时间 袖 批
(壮 文)Beima ngonz gonq, meiz seizgan couh bei,
(直 译)回去 看 先 有 时间 就 去
(意 译)先回去看看，有时间就去，

(土俗字)侄 眉 时间 袖 侄 批 了
(壮 文)ndi meiz seizgan couh ndi bei liux.
(直 译)没 有 时间 就 不 去 了
(意 译)没有时间就不去了。

Henghva【gyangj】
杏花【白】
(土俗字)度陷 眉 计尔 荒 批 吧 相公 偻 齐众 批 吧
(壮 文)Doxhaemh meiz gaejrawz hong? Bei ba siengqgoeng, raeuz caezcungq bei ba.
(直 译)晚上 有 什么 工 去 吧 相公 我们 一起 去 吧
(意 译)晚上有什么活儿？去吧相公，我们一同去吧。

Dauz Daihhingq【gyangj】
陶大庆【白】
(土俗字)收 以 礼 各 批 呀 劳 计尔
(壮 文)Sou hix ndaej gag bei ya, lau gaejrawz?
(直 译)你们 也 可以 自己 去 呀 怕 什么
(意 译)你们可以自己去呀，怕什么？

Henghva【gyangj】
杏花【白】

(土俗字) 盟 批 勾 袖 批 盟 侄 批 勾 袖 侄 批
(壮 文) Mwngz bei gou couh bei, mwngz ndi bei gou couh ndi bei.
(直 译) 你 去 我 就 去 你 不 去 我 就 不 去
(意 译) 你去我就去，你不去我就不去。

Dauz Daihhingq【naemjnaemj, gyangj】
陶大庆【思考一下，白】
(土俗字) 样内 吧 陷昨 偻 齐众 批 存
(壮 文) Yienghneix ba, haemhcog raeuz caezcungq bei ngonz
(直 译) 这样 吧 明晚 我们 一同 去 看
(意 译) 这样吧，明晚我们去看

(土俗字) 红楼 梦 吧
(壮 文)《Hoengzlaeuz Moengh》ba!
(直 译) 红楼 梦 吧
(意 译)《红楼梦》吧!

Henghva【gyangj】
杏花【白】
(土俗字) 盟 幼 差 勾 啵
(壮 文) Mwngz yawq caj gou bo.
(直 译) 你 在 等 我 啵
(意 译) 你等着我啵。

Dauz Daihhingq【gyangj】
陶大庆【白】
(土俗字) 幼 渠 差
(壮 文) Yawq gyawz caj?
(直 译) 在 哪 等
(意 译) 在哪里等?

Henghva【gyangj】
杏花【白】
(土俗字) 幼 桥鸳鸯 差
(壮 文) Yawq Giuzyuenyieng caj.
(直 译) 在 鸳鸯桥 等
(意 译) 在鸳鸯桥等。

Dauz Daihhingq【gyangj】
陶大庆【白】

(土俗字) 衣　汝　腾　贯　袖　幼　忐　桥　差
(壮　文) Ndei, bawz daengz gonq, couh yawq gwnz giuz caj.
(直　译) 好　谁　到　先　就　在　上　桥　等
(意　译) 好，谁先来，就在桥上等。

Muizyieng【hwnjdaeuj, gyangj】
梅香【上，白】
(土俗字) 小姐　花慕　柱　礼　麻　啦
(壮　文) Siujcej, vamoq cawx ndaej ma la.
(直　译) 小姐　鲜花　买　得　回来 了
(意　译) 小姐，鲜花买回来了。
【Yienq va haengj Henghva.】
【献花给杏花。】

Henghva【coux va, gyangj】
杏花【接花，白】
(土俗字) 夭 盟　柱　花梅　盟　鱼　柱　花桃
(壮　文) Eu mwngz cawx vamoiz, mwngz nyawz cawx vadauz?
(直　译) 叫 你　买　梅花　你　怎　买　桃花
(意　译) 叫你买梅花，你怎买桃花?

Muizyieng【gyangj】
梅香【白】
(土俗字) 小姐　内　示　花杏　布　示　花桃
(壮　文) Siujcej, neix seix vahengh, mbouj seix vadauz.
(直　译) 小姐　这　是　杏花　不　是　桃花
(意　译) 小姐，这是杏花，不是桃花。

Henghva【gyangj】
杏花【白】
(土俗字) 明明　示　花桃　又　讲　示　花杏
(壮　文) Mingzmingz seix vadauz, youh gyangj seix vahengh.
(直　译) 明明　是　桃花　又　讲　是　杏花
(意　译) 明明是桃花，又说是杏花。

Muizyieng【rin Dauz Daihhingq gaem sienq, gyangj】
梅香【见陶大庆拿扇，白】

(土俗字) 相公 计 忐 扇 盟 画 内 取 示 花桃
(壮 文) Siengqgoeng, gaej gwnz sienq mwngz vah neix coj seix vadauz.
(直 译) 相公 些 上 扇 你 画 这 才 是 桃花
(意 译) 相公,你扇上画的才是桃花。

(土俗字) 相公 花桃运 常 幼 于 逢
(壮 文) Siengqgoeng vadauzvunh siengz yawq ndaw fwngz.
(直 译) 相公 桃花运 常 在 中 手
(意 译) 相公的桃花运常常在手中。

Dauz Daihhingq【gyangj】
陶大庆【白】
(土俗字) 盟 存 六 啦 布 示 花桃运 常 幼 于 逢
(壮 文) Mwngz ngonz loek la, mbouj seix vadauzvunh siengz yawq ndaw fwngz.
(直 译) 你 看 错 了 不 是 桃花运 常 在 手 中
(意 译) 你看错了,不是桃花运常在手中。

(土俗字) (开扇) 盟 存 须扇 衣 林凉
(壮 文) (Haisienq) Mwngz ngonz: Mbawsienq ndei rumzliengz,
(直 译) (开扇) 你 看 扇子 好 凉风
(意 译) (开扇) 你看:扇子好凉风,

(土俗字) 常常 幼 于 逢 时冬 佐 伦 那
(壮 文) Siengzsiengz yawq ndaw fwngz; Seizdoeng ndi rin naj,
(直 译) 常常 在 中 手 冬天 不 见 面
(意 译) 常常在手中;冬天不见面,

(土俗字) 时夏 又 途逢
(壮 文) Seizhah youh doxfungz.
(直 译) 夏天 又 相逢
(意 译) 夏天又相逢。

Henghva【gyangj】
杏花【白】
(土俗字) 梅香 真 多仕 布 眉 礼貌 相公 盟 存
(壮 文) Muizyieng cin doseih, mbouj meiz laexmauh. Siengqgoeng mwngz ngonz,
(直 译) 梅香 真 多事 没 有 礼貌 相公 你 看
(意 译) 梅香真多事,没礼貌。相公你看,

（土俗字）朵 花 内 示 花桃 鲁 花梅
（壮 文）duj va neix seix vadauz rox vamoiz?
（直 译）花 花 这 是 桃花 或 梅花
（意 译）这朵花是桃花或梅花？

Dauz Daihhingq【coux va ngonz，gyangj】
陶大庆【接花看，白】
（土俗字）布 示 花桃 也 布 示 花梅 示 花杏
（壮 文）Mbouj seix vadauz，yex mbouj seix vamoiz，seix vahengh.
（直 译）不 是 桃花 也 不 是 梅花 是 杏花
（意 译）不是桃花，也不是梅花，是杏花。

Henghva【doiq Muizyieng gyangj】
杏花【对梅香白】
（土俗字）夭 盟 柱 花梅 为麻 柱 花杏
（壮 文）Eu mwngz cawx vamoiz，vihmaz cawx vahengh?
（直 译）叫 你 买 梅花 为何 买 杏花
（意 译）叫你买梅花，为何买杏花？

Dauz Daihhingq【gyangj】
陶大庆【白】
（土俗字）侄 用 欧 媒 啦 三生 眉幸 嘛
（壮 文）Ndi yungh aeu muiz la，samseng meizhengh ma.
（直 译）不 用 要 媒 了 三生 有幸 嘛
（意 译）不需要媒了，三人有幸嘛。

Muizyieng【gyangj】
梅香【白】
（土俗字）相公 讲 礼 争 小姐 何必 欧 媒 呢
（壮 文）Siengqgoeng gyangj ndaej deng，siujcej hozbiet aeu muiz ne?
（直 译）相公 讲 得 对 小姐 何必 要 媒 呢
（意 译）相公讲得对，小姐何必要媒呢？

Henghva【launyaenq dwk gyangj】
杏花【含羞地白】
（土俗字）盟 父 伝 内 剥 真 来
（壮 文）Mwngz boux vunz neix bak cin lai.
（直 译）你 个 人 这 嘴 真 多
（意 译）你这个人真多嘴。

【guh fwen】
【唱】
（土俗字）梅香　　太　多仕
（壮　文）Muizyieng daiq doseih,
（直　译）梅香　　太　多事
（意　译）梅香事多烦，

（土俗字）硬　　布　　忌
（壮　文）Nyengh mbouj geih,
（直　译）硬　　不　　忌
（意　译）无忌惮，

（土俗字）剥　鱼　　地　认　　来
（壮　文）Bak nyawz deih nyinx lai;
（直　译）嘴　怎　　频繁 这么　多
（意　译）说话恁频繁；

（土俗字）咪逼　　奏　　父哉
（壮　文）Mehmbwk caeuq bouxsai,
（直　译）女人　　和　　男人
（意　译）少女和少男，

（土俗字）布　　应该
（壮　文）Mbouj inggai,
（直　译）不　　应该
（意　译）不应当，

（土俗字）同内　　　开　玩笑
（壮　文）Doengzneix hai hanzsiuq.
（直　译）这样　　　开　玩笑
（意　译）这样闹着玩。

Muizyieng【guh fwen】
梅香【唱】
（土俗字）品巴　　　意　朝　花
（壮　文）Mbungqmbaj eiq ciuz va,
（直　译）蝴蝶　　　爱　恋　花
（意　译）蝴蝶爱恋花，

(土俗字)途岜　呀
(壮　文)Duzbya ya,
(直　译)鱼儿　呀
(意　译)鱼儿呀,

(土俗字)也　意 拉 淋慕
(壮　文)Yex eiq ra raemxmoq;
(直　译)也　爱 找 新水
(意　译)爱找新水耍;

(土俗字)岜里　跳　屋 度
(壮　文)Byaleix diuq ok doh,
(直　译)鲤鱼　跳　出 涵洞
(意　译)鲤鱼跳出坝,

(土俗字)只　古路
(壮　文)Cix gojloh,
(直　译)就　一定
(意　译)一定吧,

(土俗字)游　批 助　达宏
(壮　文)Youz bei coh dahhung.
(直　译)游　去 向　大河
(意　译)大河去游耍。

Henghva【gyangj】
杏花【白】
(土俗字)计　用　乱讲　勾 存　盟　发弄　啦
(壮　文)Gaej yungh luenhgyangj, gou ngonz mwngz fatlungh la.
(直　译)不　用　胡说　我 看　你　发疯　了
(意　译)不要胡说,我看你疯了。

Muizyieng【gyangj】
梅香【白】
(土俗字)讲寥　讲寥　布　讲　布　寥　小姐　老爷 派
(壮　文)Gyangjriu gyangjriu, mbouj gyangj mbouj riu. Siujcej lauxi baij
(直　译)说笑　说笑　不　讲　不　笑　小姐　老爷 派
(意　译)说笑说笑,不说不笑。小姐,老爷派

（土俗字）伝　斗　拉盟　啦还　存　戏　吗
（壮　文）vunz daeuj ra mwngz la，haenz ngonz heiq ma?
（直　译）人　来　找你　了还　看　戏　吗
（意　译）人来找你了，还看戏吗？

Henghva【gyangj】
杏花【白】
（土俗字）三　更　挂　啦　批麻　吧　陷昨　再　批　存
（壮　文）Sam geng gvaq la，beima ba，haemhcog caiq bei ngonz
（直　译）三　更　过　了　回去　吧　明晚　再　去　看
（意　译）三更过了，回去吧，明晚再去看

（土俗字）红楼　梦　相公　记　幼　桥鸳鸯　差　乎
（壮　文）《Hoengzlaeuz Moengh》，sienggoeng geiq yawq Giuzyuenyieng caj hu!
（直　译）红楼　梦　相公　记　在　鸳鸯桥　等　乎
（意　译）《红楼梦》，相公记得在鸳鸯桥等我啊！

Dauz Daihhingq【gyangj】
陶大庆【白】
（土俗字）记　礼　啦
（壮　文）Geiq ndaej la.
（直　译）记　得　了
（意　译）记住了。

Muizyieng【gyangj】
梅香【白】
（土俗字）小姐　吱渠　桥鸳鸯　夭　相公　颂　盟
（壮　文）Siujcej，deigyawz Giuzyuenyieng? Eu sienggoeng coengh mwngz
（直　译）小姐　哪里　鸳鸯桥　叫　相公　帮　你
（意　译）小姐，什么鸳鸯桥？叫相公帮你

（土俗字）架　桥鸳鸯　吧
（壮　文）gyaq giuzyuenyieng ba?
（直　译）架　鸳鸯桥　吧
（意　译）架鸳鸯桥吧？

Henghva【gyangj】
杏花【白】

（土俗字）东　讲　西　讲　批麻　傍吱
（壮　文）Doeng gyangj sae gyangj，beima byuengdei.
（直　译）东　讲　西　讲　回去　快点
（意　译）东说西说，快回去。

Dauz Daihhingq【gyangj】
陶大庆【白】
（土俗字）小姐　除　花 批麻　吧
（壮　文）Siujcej，dawz va beima ba.
（直　译）小姐　拿　花 回去　吧
（意　译）小姐，拿花回去吧。

Muizyieng【gyangj】
梅香【白】
（土俗字）相公　盟　呇　花杏　吗
（壮　文）Siengqgoeng，mwngz gyaez vahengh ma?
（直　译）相公　你　爱　杏花　吗
（意　译）相公，你爱杏花吗？

Dauz Daihhingq【gyangj】
陶大庆【白】
（土俗字）当然　意 哈
（壮　文）Dangsienz eiq ha!
（直　译）当然　爱 呀
（意　译）当然爱呀！

Muizyieng【gyangj】
梅香【白】
（土俗字）盟　袖　除　批麻　吧
（壮　文）Mwngz couh dawz beima ba.
（直　译）你　就　拿　回去　吧
（意　译）你拿回去吧。
【Soengq va haengj Dauz Daihhingq. Henghva、Muizyieng caez roengzbei.】
【送花给陶大庆，杏花、梅香同下。】

Dauz Daihhingq【gyangj】
陶大庆【白】

（土俗字）节元宵 一挂 渠 眉 凳 陷内 衣景
（壮　文）Cietnyuenzsiu it gvaq，gyawz meiz daengq haemhneix ndeigingj.
（直　译）元宵节 一过 哪 有 像 今晚 美景
（意　译）元宵一过，哪里还有像今晚的美景。

【guh fwen】
【唱】
（土俗字）川正 时节 一 卦批
（壮　文）Ndwencieng seizciet it gvaqbei，
（直　译）正月 时节 一 过去
（意　译）正月时节一过去，

（土俗字）龙灯 唱戏 几时 眉
（壮　文）Daenglung ciengqheiq gijseiz meiz；
（直　译）龙灯 唱戏 几时 有
（意　译）几时再有龙灯戏；

（土俗字）途扬 难 讲 话 于 心
（壮　文）Doxnyangz nanz gyangj vah ndaw sim.
（直　译）相逢 难 讲 话 里 心
（意　译）相逢难讲知心话，

（土俗字）机会 错挂 心 又 迷
（壮　文）Geihoih cohgvaq sim youh maez.
（直　译）机会 错过 心 又 迷
（意　译）机会错过心又迷。

【Mienh byaij mienh gyangj】
【边走边白】
（土俗字）陷昨 桥鸳鸯
（壮　文）Haemhcog giuzyuenyieng……
（直　译）明晚 鸳鸯桥
（意　译）明晚鸳鸯桥……

【Roengzmuq.】
【幕下。】

（土俗字）场 大三 秀才 冤枉 争 跋条
（壮 文）Ciengz Daihsam Souqcaiz Yuenuengj Deng Gyaepdeuz
（直 译）场 第三 秀才 冤枉 被 赶走
（意 译）第三场 秀才冤枉被赶走

【Muizyieng ruj daengloengz laeglemx hwnjdaeuj，cazngonz seiqbien，ngeuxgyaeuj vadfwngz，Henghva hwnjdaeuj.】

【梅香提灯笼悄悄上，察看一番，回头招手，杏花上。】

Henghva【guh fwen】

杏花【唱】

（土俗字）冬 批 春 麻 万物 开那 欢笑
（壮 文）Doeng bei cin ma，Fanhfaed hainaj vuensiuq；
（直 译）冬 去 春 来 万物 开颜 欢笑
（意 译）冬去春归，万物欢笑颜开；

（土俗字）百鸟 齐叫 高歌 跳舞 迎春
（壮 文）Bekniux caezgyiuq，Gaugo diuqfoux nyingzcin；
（直 译）百鸟 齐叫 高歌 跳舞 迎春
（意 译）百鸟齐叫，歌舞欢迎春来；

（土俗字）万物 更新 静 存 忐奔 倒至
（壮 文）Fanhfaed gengsin，Cingx ngonz gwnzmbwn ndaundeiq；
（直 译）万物 更新 静 看 天上 星星
（意 译）万物更新，静看星星所在；

（土俗字）恩 宏 恩 细 败爹 又 示 银河
（壮 文）Ndaen hung ndaen saeq，Baihdi youh seix nyaenzhoz；
（直 译）个 大 个 小 那边 又 是 银河
（意 译）大个小个，那边银河洁白；

（土俗字）实在 可初 勾 存 天河 注定
（壮 文）Sidcaih hojcoh，Gou ngonz dienhoz cawqdingh.
（直 译）实在 可怜 我 看 天河 注定
（意 译）实在可怜，天河注定独呆。

Muizyieng【gyangj】
梅香【白】
（土俗字）小姐 派 傍吱 勾 存 相公 差 耐 啦
（壮 文）Siujcej，byaij byuengdei，gou ngonz siengqgoeng caj naih la.
（直 译）小姐 走 快点 我 看 相公 等 久 了
（意 译）小姐快走，我看相公久等了。

Henghva【gyangj】
杏花【白】
（土俗字）衣 偻 批 傍吱
（壮 文）Ndei，raeuz bei byuengdei.
（直 译）好 我们 走 快点
（意 译）好，我们快走。
【Byaij daizheiq gvaengx ndeu，caeuq Hoengz Cung doxfungz.】
【舞台走一圈，与洪忠相遇。】

Hoengz Cung【gyangj】
洪忠【白】
（土俗字）哦 陷鸾 偻 批 渠 啃筹 完 了 袖 侄 伦 伝 啦
（壮 文）O，haemhluenz sou bei gyawz，gwncaeuz yuenz liux couh ndi rin vunz la?
（直 译）哦 昨晚 你们 去 哪 吃夜 完 了 就 不 见 人 了
（意 译）哦夜晚你们去哪里，吃完晚饭就不见人了。

Muizyieng【gyangj】
梅香【白】
（土俗字）城王庙 估斋 唱 戏 都 批 存 戏
（壮 文）Miuhsingzvuengz guhcai ciengq heiq，dou bei ngonz heiq.
（直 译）城王庙 做斋 唱 戏 我们 去 看 戏
（意 译）城王庙做斋唱戏，我们去看戏。

Hoengz Cung【gyangj】
洪忠【白】
（土俗字）收 示 余仂 侄 鲁那 局葬 噜
（壮 文）Sou seix cwzlwg ndi roxnaj gukndangq lu.
（直 译）你们 是 小牛 不 认得 花虎 噜
（意 译）你们是初生牛犊不怕虎呀。

【Nam gvaiqbanj】
【唱快板】

（土俗字）收　示　父　女人　　各　双　伝　派　路
（壮　文）Sou　seix　boux　nawxsinz，Gag　song　vunz　byaij　loh；
（直　译）你们 是　个　女人　　独自 两　人　走　路
（意　译）你们是女孩，两人自走开；

（土俗字）陷　　防　狼　老虎　　斗　　荷荷 最　来
（壮　文）Haemh　fangz　langz　lauxhoj，Daeuj　oo　　cuiq　lai；
（直　译）夜　　鬼　　狼　老虎　　来　　乎乎 最　多
（意　译）夜遇鬼狼虎，凶凶朝你来；

（土俗字）硬　　布　　鲁那　胎　存　　佶斋　唱　　戏
（壮　文）Nyengh　mbouj　roxnaj　dai，Ngonz　guhcai　ciengq　heiq；
（直　译）硬　　不　　知道　死　看　　做斋　唱　　戏
（意　译）不懂为啥死，看唱戏做斋；

（土俗字）读书　　收　布　　意　陷　　尽　记　批　游
（壮　文）Doegsaw　sou　mbouj　eiq，Haemh　cinx　geiq　bei　youz；
（直　译）读书　　你们 不　　爱　晚　　只　记　去　游
（意　译）读书没兴趣，只记游开怀；

（土俗字）生　拉 不　总　浮　查　伝　谋　布　伦
（壮　文）Seng　ra　bwt　cungj　fouz，Caz　vunz　naeuz　mbouj　rin；
（直　译）去　找 肺　都　浮　查　人　说　不　见
（意　译）去找肺都浮，问人说不在；

（土俗字）收　凳　　眉　勿　宾　　杀 转　丁 卦　渠
（壮　文）Sou　daengq　meiz　fwed　mbin，Sat　cuenq　din　gvaq　gyawz；
（直　译）你们 像　　有　翅　飞　　忽 转　脚 过　哪
（意　译）你们像可飞，转身就往外；

（土俗字）途怀　变　途骡　　讲　　胎 谋　布　　准
（壮　文）Duzvaiz　bienq　duzlawz，Gyangj　dai　naeuz　mbouj　cinj；
（直　译）水牛　变　驴子　　讲　　死 说　不　　准
（意　译）水牛变成驴，教死也无奈；

（土俗字）盟　　毒　勾　气很　　掸　剥　贫　本破
（壮　文）Mwngz　doeg　gou　heiqhwnj，Danz　bak　bwnj　bonjbuq.
（直　译）你　　挨　我　生气　　打　嘴　肿　翻出
（意　译）你惹我生气，打你嘴肿歪。

【Gyangj】
【白】
(土俗字) 陷鸾　批 存　灯鼓　停课　陷　刁　陷内
(壮　文) Haemhluenz bei ngonz daenggoj, dingzhuq haemh ndeu. Haemhneix
(直　译) 昨晚　去 看　龙灯　停课　晚　一　今晚
(意　译) 昨晚看龙灯，停课一晚。今晚

(土俗字) 又　想　批 存　戏　书 侄 读　了　布　准　去
(壮　文) youh siengj bei ngonz heiq, saw ndi doeg liux? Mbouj cinj bei!
(直　译) 又　想　去 看　戏　书 不 读　了　不　准　去
(意　译) 又想去看戏，书不读了？不能去！

(土俗字) 批麻　补　计　功课　陷鸾
(壮　文) Beima bouj gaej goenghuq haemhluenz.
(直　译) 回去　补　那　功课　昨晚
(意　译) 回去补昨晚的功课。

Henghva【gyangj】
杏花【白】
(土俗字) 爸　侄 补　也 礼　勾　各学　陷昨　再　补　吧
(壮　文) Baj, ndi bouj yex ndaej, gou gaghag, haemhcog caiq bouj ba!
(直　译) 爸　不 补　也 行　我　自学　明晚　再　补　吧
(意　译) 爸，不补也可以了，我可自学，明晚补吧！

Hoengz Cung【gyangj】
洪忠【白】
(土俗字) 圣贤　计　书　侄 眉　老师　教　盟　能　各学　吗
(壮　文) Singqyienz gaej saw, ndi meiz lauxsae gyauq, mwngz naengz gaghag ma?
(直　译) 圣贤　的　书　没 有　老师　教　你　能　自学　吗
(意　译) 圣贤之书，没有老师教，你能自学吗？

(土俗字) 陷昨　眉　计　课　陷昨　批麻
(壮　文) Haemhcog meiz gaej huq haemhcog, beima!
(直　译) 明晚　有　那　课　明晚　回去
(意　译) 明晚有明晚的课，回去！

Henghva【gyangj】
杏花【白】

（土俗字）一定　陷内　补　吗
（壮　文）Itdingh haemhneix bouj ma?
（直　译）一定　今晚　补　吗
（意　译）今晚一定要补吗？

Hoengz Cung【gyangj】
洪忠【白】
（土俗字）一定　陷内　补
（壮　文）Itdingh haemhneix bouj!
（直　译）一定　今晚　补
（意　译）今晚一定要补！

Muizyieng【gyangj】
梅香【白】
（土俗字）小姐　听　计　话　老爷　吧
（壮　文）Siujcej，dingq gaej vah lauxi ba!
（直　译）小姐　听　的　话　老爷　吧
（意　译）小姐，听老爷的话吧！

Henghva【gyangj】
杏花【白】
（土俗字）讨厌
（壮　文）Daujyiemq!
（直　译）讨厌
（意　译）讨厌！
【Sam vunz roengzbei. Dauz Daihhingq hwnjdaeuj.】
【三人齐下。陶大庆上。】

Dauz Daihhingq【guh fwen】
陶大庆【唱】
（土俗字）陷内　奔　咣嗦　勾　自　各　心欢
（壮　文）Haemhneix mbwn ronghsag，Gou cix gag simhuen;
（直　译）今晚　天　亮堂　我　则　自己　欢心
（意　译）今晚天亮堂，我心自开怀；

（土俗字）勾　存　恩　咣川　十五　团　也　易
（壮　文）Gou ngonz ndaen ronghndwen，Cibngux duenz yex heih.
（直　译）我　看　个　月亮　十五　圆　也　快
（意　译）我看这月亮，十五圆也快。

【Gvaiqbanj】
【快板】
（土俗字）咣川　　咣长长　　幼　奔桑　　度内
（壮　文）Ronghndwen ronghcangcang，Yawq mbwnsang dohneix；
（直　译）月亮　　亮堂堂　　在　高空　　现在
（意　译）月儿亮堂堂，现挂高空上；

（土俗字）四边　眉　倒至　　十五　衣　十四
（壮　文）Seiqbien meiz ndaundeiq，Cibngux ndij cibseiq；
（直　译）四周　有　星星　　十五　和　十四
（意　译）四周有星星，十四十五光；

（土俗字）存　天气　古　衣　陷　十六　途批
（壮　文）Ngonz dienheiq goj ndei，Haemh cibloeg doxbei；
（直　译）看　天气　可　好　晚　十六　以后
（意　译）看天气可好，十六后暗藏；

（土俗字）眉　沸黔　批　避　可能　示　有　温
（壮　文）Meiz fwjndaem bei baex，Hojnaengz seix meiz vun；
（直　译）有　黑云　去　遮　可能　是　有　雨
（意　译）有黑云遮盖，可能雨飘荡；

（土俗字）眉　仕　记　于　心　衣仕　逢　心快
（壮　文）Meiz seih geiq ndaw sim，Ndeiseih fungz simgvaiq.
（直　译）有　事　记　里　心　好事　逢　心欢
（意　译）有事记心里，好事心欢畅。

【guh fwen】
【唱】
（土俗字）吨　侄　遮　佃　鲁认　凉
（壮　文）Naenz ndi cw denz roxnyinh liengz，
（直　译）睡　不　盖　被子　觉得　凉
（意　译）睡不盖被感觉谅，

（土俗字）遮　佃　又　示　烙　非常
（壮　文）Cw denz youh seix ndat feisiengz；
（直　译）盖　被子　又　是　热　非常
（意　译）盖被又是热非常；

（土俗字）陷鸾　　　估昂　　嫌　　陷　　呻
（壮　文）Haemhluenz guh'angq yiem haemh dinj.
（直　译）昨晚　　　作乐　　嫌　　夜　　短
（意　译）昨晚欢乐嫌夜短，

（土俗字）艮内　　　心乱　　恨　　日　　长
（壮　文）Ngoenzneix simluenh haenh ngoenz ciengz.
（直　译）今天　　　心乱　　恨　　日　　长
（意　译）今天心乱恨日长。

【Gyangj】
【白】
（土俗字）劳　小姐　差　勾　耐　了
（壮　文）Lau siujcej caj gou naih liux.
（直　译）恐怕 小姐　等　我　久　了
（意　译）可能小姐等我久了。
【Dauz Daihhingq roengzbei，Hoengz Cung hwnjdaeuj.】
【陶大庆下，洪忠上。】

Hoengz Cung【gvaiqbanj】
洪忠【快板】
（土俗字）真　呕气　　真　呕气
（壮　文）Cin aeuqheiq cin aeuqheiq，
（直　译）真　怄气　　真　怄气
（意　译）真怄气真怄气，

（土俗字）陷内　　　骑马　　阵　　六地
（壮　文）Haemhneix gwihmax caenh roegdeiq；
（直　译）今晚　　　骑马　　追　　麻雀
（意　译）今晚骑马追雀去；

（土俗字）城皇庙　　　　做斋　唱　　戏
（壮　文）Miuhsingzvuengz guhcai ciengq heiq，
（直　译）城皇庙　　　　做斋　唱　　戏
（意　译）城皇庙做斋唱戏，

（土俗字）时内　　拉　侄　伦　妲细
（壮　文）Seizneix ra ndi rin dahnyaeq；
（直　译）现在　　找　不　见　小女
（意　译）现在不见那小女；

（土俗字）勾 夭 补课 爹 布 意
（壮 文）Gou eu boujhuq di mbouj eiq,
（直 译）我 叫 补课 她 不 乐意
（意 译）叫她补课不乐意，

（土俗字）转丁 别烈 条 屋批
（壮 文）Cuenqdin bedled deuz okbei;
（直 译）转脚 瞬间 逃 出去
（意 译）转眼之间就逃离；

（土俗字）拉 麻 夭 盟 读 书诗
（壮 文）Ra ma eu mwngz doeg sawsei,
（直 译）找 回 叫 你 读 诗书
（意 译）找回叫你读诗句，

（土俗字）示 布 衣 真 布 衣
（壮 文）Seix mbouj ndei cin mbouj ndei;
（直 译）是 不 好 真 不 好
（意 译）不好哩不好哩；

（土俗字）一定 迪 条批 存 戏
（壮 文）Itdingh dwg deuzbei ngonz heiq,
（直 译）一定 是 逃去 看 戏
（意 译）定是逃去看唱戏，

（土俗字）勾 袖 跋批 拉 台戏
（壮 文）Gou couh buetbei laj daizheiq;
（直 译）我 就 跑去 下 戏台
（意 译）我到看戏人群里；

（土俗字）拉 麻 袖 欧 除 笼跪
（壮 文）Ra ma couh aeu dawz roengzgvih,
（直 译）拉 回 就 要 拿 下跪
（意 译）拉回就要你跪地，

（土俗字）除 笼跪
（壮 文）dawz roengzgvih!
（直 译）拿 下跪
（意 译）罚跪地！

【Gyangj】
【白】
（土俗字）布 礼 布 礼 空 挂 陷 刁
（壮 文）Mbouj ndaej，mbouj ndaej hoengq gvaq haemh ndeu，
（直 译）不 得 不 得 空 过 晚 一
（意 译）不行，不能空度过一晚，

（土俗字）勾 赶快 批 拉 妲 麻 取 礼
（壮 文）gou ganjgvaiq bei ra dah ma coj ndaej.
（直 译）我 赶快 去 找 她 回 才 得
（意 译）我得赶快去找她回来才好。
【Hoengz Cung roengzbei，Henghva hwnj.】
【洪忠下，杏花上。】

Henghva【guh fwen】
杏花【唱】
（土俗字）厄命 仂逼 侄 自由
（壮 文）Ekmingh lwgmbwk ndi cihyouz，
（直 译）苦命 女孩 不 自由
（意 译）苦命女子不自由，

（土俗字）能 幼 兰书 尽 忧愁
（壮 文）Naengh yawq ranzsaw cinx yousaeuz；
（直 译）坐 在 书房 尽 忧愁
（意 译）坐在书房尽发愁；

（土俗字）淋 浮 败东 布 途到
（壮 文）Raemx lu baihdoeng mbouj doxdauq，
（直 译）水 流 东方 不 回转
（意 译）水向东流不回转，

（土俗字）心烦 意乱 激 心头
（壮 文）Simfanz eiqluenh gik simdaeuz.
（直 译）心烦 意乱 激 心头
（意 译）心烦意乱激心头。

【Sinj guh fwen】
【接唱】

（土俗字）途螺　想　批 朝　花桃
（壮　文）Duzrwi siengj bei ciuz vadauz，
（直　译）蜜蜂　想　去 聚集 桃花
（意　译）蜜蜂想去采桃花，

（土俗字）布料　宾　批 卡 床交
（壮　文）Mboujliuh mbin bei gaz rongzgyau；
（直　译）不料　飞　去 卡 蜘蛛网
（意　译）不料飞去卡蛛网；

（土俗字）正　想　脱条　无　办法
（壮　文）Cingq siengj duetdeuz fouz banhfap，
（直　译）正　想　逃脱　无　办法
（意　译）想要逃脱无办法，

（土俗字）勿　争　交网　粘爸吖
（壮　文）Fwed deng gyaumuengx nembajya.
（直　译）翅　被　蛛网　黏连样
（意　译）翅被蛛网粘连上。

Henghva【gyangj】
杏花【白】
（土俗字）仆　勾 夭 勾 一定　幼　陷内　补课　勾 夭
（壮　文）Boh gou eu gou itdingh yawq haemhneix boujhuq，gou eu
（直　译）父　我 叫 我 一定　在　今晚　补课　我 叫
（意　译）我爸叫我今晚一定要补课，我约

（土俗字）相公　幼　桥鸳鸯　差 勾　布　鲁 爹 差 腾　时尔
（壮　文）siengqgoeng yawq giuzyuenyieng caj gou，mbouj rox di caj daengz seizrawz.
（直　译）相公　在　鸳鸯桥　等 我　不　知 他 等 到　何时
（意　译）相公在鸳鸯桥等我，不知他等到何时。

Hoengz Cung【hwnj，gyangj】
洪忠【上，白】
（土俗字）眉　书 佲 读　伖兰　促　眉　伖 佲 教　凳
（壮　文）Meiz saw ndi doeg lwglan huk，meiz lwg ndi gyauq daengq
（直　译）有　书 不 读　子孙　愚　有　儿 不 教　如
（意　译）有书不读子孙愚，有女不教如

(土俗字)养 某 勾 欧 认真 教 姐 恳 读书
(壮 文)ciengx mou. Gou aeu nyinhcin gyauq dah gaenx doegsaw.
(直 译)养 猪 我 要 认真 教 女 勤 读书
(意 译)养猪。我要认真教育女儿勤奋读书。

【guh fwen】
【唱】
(土俗字)男才 女貌 眉 布 同
(壮 文)Namzcaiz-nawxmauh meiz mbouj doengz,
(直 译)男才 女貌 有 不 同
(意 译)男才女貌有不同,

(土俗字)则赖 姐伪 衣 那容
(壮 文)Caeklaiq dahlwg ndei najyungz;
(直 译)幸亏 女儿 好 面容
(意 译)幸亏女儿好面容;

(土俗字)恩那 凳文 花 一样
(壮 文)Aennaj daengqbaenz va ityiengh,
(直 译)面容 好比 花 一样
(意 译)姿色如同花一样,

(土俗字)花开 结伪 乐融融
(壮 文)Haiva gietlwg lagyungyung.
(直 译)开花 结果 乐融融
(意 译)开花结果乐融融。

Hoengz Cung【gyangj】
洪忠【白】
(土俗字)杏花 盟 欧 认真 读书 陷腾 父 挂
(壮 文)Henghva mwngz aeu nyinhcin doegsaw. Haemhdaengz boux gvaq
(直 译)杏花 你 要 认真 读书 晚间 个 往
(意 译)杏花,你要规规矩矩读书。晚间一个往

(土俗字)东 父 卦 西 拉 礼 盟 麻 又 拉 老师
(壮 文)doeng, boux gvaq sae, ra ndaej mwngz ma, youh ra lauxsae,
(直 译)东 个 往 西 找 得 你 回 又 找 老师
(意 译)东,一个往西,找得你回来,又找老师,

（土俗字）补　计　功课　陷鸾　贯
（壮　文）bouj gaej goenghuq haemhluenz gonq.
（直　译）补　那　功课　昨晚　先
（意　译）先补昨晚的功课。

Henghva【gyangj】
杏花【白】
（土俗字）爸　侄　补　了　吧
（壮　文）Baj，ndi bouj liux ba.
（直　译）爸　不　补　了　吧
（意　译）爸，不补也罢。

Hoengz Cung【gyangj】
洪忠【白】
（土俗字）侄　补　哼　先生　空　除　钱　批　吗
（壮　文）Ndi bouj，haengj sienseng hoengq dawz cienz bei ma?
（直　译）不　补　给　先生　白　拿　钱　去　吗
（意　译）不补，让先生白拿钱吗？

（土俗字）勾　夭　爹　斗
（壮　文）Gou eu di daeuj.
（直　译）我　叫　他　来
（意　译）我叫他来。
【Hoengz Cung roengzbei. Dauz Daihhingq hwnjdaeuj.】
【洪忠下，陶大庆上。】

Dauz Daihhingq【guh fwen】
陶大庆【唱】
（土俗字）啃　途伝　厚　话　难　提
（壮　文）Gwn duzvunz haeux vah nanz daez,
（直　译）吃　别人的　饭　话　难　提
（意　译）吃别人饭话难提，

（土俗字）东家　计　话　布　衣　辞
（壮　文）Doenggya gaej vah mbouj ndei yeiz;
（直　译）东家　那　话　不　好　辞
（意　译）东家之话难辞去；

（土俗字）夭 勾 陷内 再 补课
（壮 文）Eu gou haemhneix caiq boujhuq，
（直 译）叫 我 今晚 再 补课
（意 译）叫我今晚再补课，

（土俗字）桥鸳鸯 古 误仕 时
（壮 文）Giuzyuenyieng goj nguhseih seiz.
（直 译）鸳鸯桥 可 误事 时
（意 译）鸳鸯桥头误时机。

【Gvaiqbanj】
【快板】
（土俗字）啃 伊伝 厚 狗 伝 荒
（壮 文）Gwn aevunz haeux gaeuj vunz hong，
（直 译）吃 人家 饭 干 人家 工
（意 译）吃别人饭干其工，

（土俗字）狮子 当然 欧 听 窗
（壮 文）Saeceij dangsienz aeu dingq gyong；
（直 译）狮子 当然 要 听 鼓
（意 译）狮子听鼓要服从；

（土俗字）时内 心慌 侄 眉 计
（壮 文）Seizneix simvuengz ndi meiz geiq，
（直 译）现在 心慌 没 有 计
（意 译）现在心慌无妙计，

（土俗字）想 批 存戏 奔 已 咣
（壮 文）Siengj bei ngonzheiq mbwn hix rongh.
（直 译）想 去 看戏 天 已 亮
（意 译）想去看戏东方红。

Hoengz Cung【hwnjdaeuj，gyangj】
洪忠【上，白】
（土俗字）先生 请 口 房书 吧
（壮 文）Sienseng，cingj haeuj fuengzsaw ba.
（直 译）先生 请 进 书房 吧
（意 译）先生，请进书房吧。

Dauz Daihhingq【gyangj】
陶大庆【白】
(土俗字) 示
(壮　文) Seix.
(直　译) 是
(意　译) 是。

Hoengz Cung【gyangj】
洪忠【白】
(土俗字) 先生　斗　了　请　能
(壮　文) Sienseng daeuj liux, cingj naengh!
(直　译) 先生　来　了　请　坐
(意　译) 先生来了，请坐!

Henghva【hengzlaex, gyangj】
杏花【行礼，白】
(土俗字) 先生　万福
(壮　文) Sienseng fanhfuk!
(直　译) 先生　万福
(意　译) 先生万福!

Dauz Daihhingq【gyangj】
陶大庆【白】
(土俗字) 小姐　眉　礼　很堂　吧　开书　绅　艮伴　存　笼批
(壮　文) Siujcej meiz laex, hwnjdangz ba. Haisaw sinj ngoenzbonz ngonz roengzbei.
(直　译) 小姐　有　礼　上课　吧　开书　接　前天　看　下去
(意　译) 小姐有礼，授课吧。开书，接前日的看下去。

Hoengz Cung【gyangj】
洪忠【白】
(土俗字) 曾罢　夭　妲　背　计　艮伴　教　贯
(壮　文) Caengzbah, eu dah boih gaej ngoenzbonz gyauq gonq.
(直　译) 未曾　叫　她　背诵　那些　前天　教　先
(意　译) 且慢，先叫她背前天教的。

Dauz Daihhingq【gyangj】
陶大庆【白】

（土俗字）小姐　先　背　段　艮伴　教　哏　吧
（壮　文）Siujcej，sien boih duenh ngoenzbonz gyauq haenx ba.
（直　译）小姐　先　背　段　前天　教　那　吧
（意　译）小姐，先背前天教的那段吧。

Henghva【gyangj】
杏花【白】
（土俗字）书　勾　总　背喽　了　痕　背　计尔　添
（壮　文）Saw gou cungj boihraeuz liux，haenz boih gaejrawz dem
（直　译）书　我　都　背熟　了　还　背　什么　还（表强调）
（意　译）书我都背熟了，还背什么。

Hoengz Cung【gyangj】
洪忠【白】
（土俗字）勾　夭 盟　背　三字经
（壮　文）Gou eu mwngz boih《Samcihging》
（直　译）我　叫 你　背　三字经
（意　译）我叫你背《三字经》。

Henghva【mbouj eiq dwk，boih】
杏花【不满地，背】
（土俗字）人　之 初　性　本　善
（壮　文）“Sinz cei co，Singq bonj sienh……”
（直　译）人　之　初　性　本　善
（意　译）“人之初，性本善……”

Hoengz Cung【gyangj】
洪忠【白】
（土俗字）背　哈　讲　背喽　了　为麻　又　背　侄　屋斗
（壮　文）Boih ha，gyangj boihraeuz liux，vihmaz youh boih ndi okdaeuj?
（直　译）背　呀　讲　背熟　了　为何　又　背　不　出来
（意　译）背呀，说背熟了，为什么又背不出来？

Dauz Daihhingq【gyangj】
陶大庆【白】
（土俗字）小姐　傍吱　背　吧　背　完　了　痕　欧　很堂
（壮　文）Siujcej byuengdei boih ba，boih yuenz liux，haenz aeu hwnjdangz.
（直　译）小姐　快点　背　吧　背　完　了　还　要　上课
（意　译）小姐快背吧，背完了，还要上课。

（土俗字）很堂 完 了 勾 痕 眉 仕 批
（壮 文）Hwnjdangz yuenz liux，gou haenz meiz seih bei……
（直 译）上课 完 了 我 还 有 事 去
（意 译）上课完了，我还有事要去……

Henghva【gyangj】
杏花【白】
（土俗字）背 袖 背 请 先生 伊爸 会 听
（壮 文）Boih couh boih，cingj sienseng aebaj hoih dingq.
（直 译）背 就 背 请 先生 阿爸 慢 听
（意 译）背就背，请先生爸爸仔细听。

【Boihsaw】
【背书】
（土俗字）人 之 初 性 本 善 陷内 读书 泣 凳 砚
（壮 文）Sinz cei co，Singq bonj sienh. Haemhneix doegsaw laep daengq nyienh，
（直 译）人 之 初 性 本 善 今晚 读书 黑 如 砚
（意 译）人之初，性本善。今晚读书黑如墨砚，

（土俗字）为 仂他 佂 方便 伝 气 奴鸡 勾 气 面
（壮 文）vih lwgda，ndi fuengbienh，vunz heiq nohgaeq gou heiq mienh……
（直 译）为 眼睛 不 方便 别人 愁 鸡肉 我 愁 面
（意 译）为眼睛，不方便，人愁鸡肉，我愁面条……

Hoengz Cung【gyangj】
洪忠【白】
（土俗字）盟 盟 盟 三字经 渠 眉 读书 泣
（壮 文）Mwngz…… mwngz…… mwngz，《Samcihging》gyawz meiz “doegsaw laep……
（直 译）你 你 你 三字经 哪 有 读书 黑
（意 译）你……你……你，《三字经》哪有“读书黑……

（土俗字）泣 凳 砚 盟 想 挂 渠 批 了
（壮 文）laep daengq nyienh”？Mwngz siengj gvaq gyawz bei liux？
（直 译）黑 如 砚 你 想 过 哪 去 了
（意 译）黑如墨砚”的？你想到哪去了？

Dauz Daihhingq【gyangj】
陶大庆【白】

(土俗字) 劳 灯 佉 够 咣 吧
(壮 文) Lau daeng ndi gaeuq rongh ba.
(直 译) 恐怕 灯 不 够 亮 吧
(意 译) 也许灯光不够亮吧。

Hoengz Cung【gyangj】
洪忠【白】
(土俗字) 梅香 再 除 恩 灯 斗
(壮 文) Muizyieng, caiq dawz aen daeng daeuj.
(直 译) 梅香 再 拿 盏 灯 来
(意 译) 梅香，再拿一盏灯来。
【Muizyieng han, dawz daeng hwnjdaeuj.】
【梅内应，拿灯上。】

Dauz Daihhingq【rag Hoengz Cung ok rog bakdou daeuj, gyangj】
陶大庆【拉洪忠出门外，白】
(土俗字) 盟 布 示 讲 小姐 里 细 争 肥 炽 仂他
(壮 文) Mwngz mbouj seix gyangj, siujcej leix saeq deng feiz cit lwgda,
(直 译) 你 不 是 讲 小姐 还 幼时 被 火 烧 眼睛
(意 译) 你不是说，小姐幼时被火烧眼睛，

(土俗字) 尽眉 尺 他 刁 存 佉 清楚 吗
(壮 文) cinxmeiz cik da ndeu, ngonz ndi cingcoj ma?
(直 译) 只有 只 眼睛 一 看 不 清楚 吗
(意 译) 只有一只眼，看不清楚吗?

Hoengz Cung【gyangj】
洪忠【白】
(土俗字) 佉 示 哈 发弄 啦 真 刻气
(壮 文) Ndi seix ha, fatlungh la, cin gaekheiq.
(直 译) 不 是 呀 发疯 了 真 怒气
(意 译) 不是呀，发疯了，真生气。

Dauz Daihhingq【gyangj】
陶大庆【白】
(土俗字) 阵内 小姐 读书 极 肯 进步 傍
(壮 文) Caenhneix siujcej doegsaw gig gaenx, cinhbouh byueng,
(直 译) 近来 小姐 读书 极 勤奋 进步 快
(意 译) 近来小姐读书很辛勤，进步快，

（土俗字）为麻　陷内　弄　又　再　反　了　样内　尺　暂停
（壮　文）vihmaz haemhneix lungh youh caiq fanj liux. Doengzneix cik camhdingz
（直　译）为何　今晚　疯　又　再　反　了　这样　就　暂停
（意　译）为何今晚疯又再犯了，这样就暂停

（土俗字）陷　刁　贯　哼　小姐　安静　安静
（壮　文）haemh ndeu gonq，haengj siujcej ancingx ancingx，
（直　译）晚　一　先　让　小姐　安静　安静
（意　译）一夜，让小姐安静安静，

（土俗字）布呢　病弄　更　侧
（壮　文）mboujnex，binghlungh engq naek.
（直　译）不然　疯病　更　重
（意　译）不然，疯病更严重。

Hoengz Cung【gyangj】
洪忠【白】
（土俗字）布　礼　陷内　一定　欧　很堂　布　礼　放松
（壮　文）Mbouj ndaej，haemhneix itdingh aeu hwnjdangz，mbouj ndaej cuengqsoeng.
（直　译）不　得　今晚　一定　要　上课　不　得　放松
（意　译）不行，今晚一定要上课，不能放松。

（土俗字）先生　盟　批麻　夭　姐　继续　背书
（壮　文）Sienseng mwngz beima eu dah geiqsug boihsaw.
（直　译）先生　你　回去　叫　她　继续　背书
（意　译）先生，你回去叫她继续背书。

【Dauz Daihhingq haeuj sawfuengz，Hoengz Cung yawq rog bekdou，Muizyieng ruj daeng hwnjdaeuj.】
【陶大庆入书房，洪忠在门外，梅香提灯上。】

Muizyieng【gyangj】
梅香【白】
（土俗字）小姐　灯　斗　啦
（壮　文）Siujcej，daeng daeuj la!
（直　译）小姐　灯　来　了
（意　译）小姐，灯来了！
【Henghva daep rwz Muizyieng gyangj，song vunz riuangq.】
【杏花耳语梅香，两人喜笑。】

Dauz Daihhingq【gyangj】
陶大庆【白】
(土俗字)小姐 打 谷 斗 再 打 人 之 初 背 批
(壮 文)Siujcej，daj goek daeuj，caiq daj“sinz cei co”boih bei.
(直 译)小姐 从 头 来 再 从 人 之 初 背 起
(意 译)小姐，重新背，再从“人之初”背起。

Hoengz Cung【gyangj】
洪忠【白】
(土俗字)背 傍吱
(壮 文)Boih byuengdei.
(直 译)背 快点
(意 译)快点背。

Henghva【boihsaw】
杏花【背书】
(土俗字)人 之 初 性 本 善 性 相近 习 相远
(壮 文)“Sinz cei co，Singq bonj sienh，Singq siengginx，Sib sieng'yuenx，
(直 译)人 之 初 性 本 善 性 相近 习 相远
(意 译)“人之初，性本善，性相近，习相远，

(土俗字)陷内 背书 示 布 满
(壮 文)haemhneix boihsaw seix mbouj muenx……”
(直 译)今晚 背书 是 不 满
(意 译)今晚背书不满意……”

Hoengz Cung【gyangj】
洪忠【白】
(土俗字)哎呀 盟 真 怪 怪仕 怪仕
(壮 文)Aeya，mwngz cin gvaiq，gvaiqseih，gvaiqseih.
(直 译)哎呀 你 真 怪 怪事 怪事
(意 译)哎呀，你真怪，怪事，怪事。

【guh fwen】
【唱】
(土俗字)伝 养 嘛 保 家
(壮 文)Vunz ciengx ma bauj gya，
(直 译)别人 养 狗 保 家
(意 译)人养狗看守，

(土俗字)勾 养 嘛
(壮 文)Gou ciengx ma,
(直 译)我 养 狗
(意 译)我养狗,

(土俗字)途 到 拉 合 主
(壮 文)Duz dauq ra haeb cawj;
(直 译)它 反 找 咬 主人
(意 译)咬主人一口;

(土俗字)生 礼 妲仂 遇
(壮 文)Seng ndaej dahlwg ngawz,
(直 译)生 得 女儿 愚
(意 译)生得女笨透,

(土俗字)讲 布 吁
(壮 文)Gyangj mbouj awq,
(直 译)讲 不 听
(意 译)不听候,

(土俗字)话 句句 顶 勾
(壮 文)Vah gawqgawq dingj gou.
(直 译)话 句句 顶 我
(意 译)句句顶我喉。

【Gyangj】
【白】
(土俗字)妲 仂逼 内 昂丧 侄 背 了 先生 盟
(壮 文)Dah lwgmbwk neix nangjsangj ndi boih liux, sienseng mwngz
(直 译)个 女儿 这 无礼 不 背 了 先生 你
(意 译)这个女儿无礼不背了,先生你

(土俗字)教 妲 读 三从 四德 吧
(壮 文)gyauq dah doeg samcoengz seiqdaek ba.
(直 译)教 她 读 三从 四德 吧
(意 译)教她读三从四德吧。

Dauz Daihhingq【gyangj】
陶大庆【白】

（土俗字）四德　　良伴　　教　挂　了
（壮　文）“Seiqdaek” ngoenzbonz gyauq gvaq liux.
（直　译）四德　　前天　　教　过　了
（意　译）“四德”前天已教过了。

Hoengz Cung【gyangj】
洪忠【白】
（土俗字）陷内　　就　教　三从
（壮　文）Haemhneix couh gyauq “samcoengz”.
（直　译）今晚　　就　教　三从
（意　译）今晚就教“三从”。

Dauz Daihhingq【gyangj】
陶大庆【白】
（土俗字）小姐　盟　袖　开 书　三从　　屋斗　勾 教　句
（壮　文）Siujcej，mwngz couh hai saw “samcoengz” okdaeuj，gou gyauq gawq，
（直　译）小姐　你　就　开 书　三从　　出来　我 教　句
（意　译）小姐，你就打开“三从”书，我教一句，

（土俗字）盟　袖　跟　读　句
（壮　文）mwngz couh gaen doeg gawq.
（直　译）你　就　跟　读　句
（意　译）你就跟读一句。

Dauz Daihhingq【gyauqsaw】
陶大庆【教书】
（土俗字）妇人　有　三从　　之 义　无　专制　之 道
（壮　文）Fouxsinz youx samcoengz cei nyih，fouz cuenceiq cei dauh.
（直　译）妇人　有　三从　　之 义　无　专制　之 道
（意　译）妇人有三从之义，无专制之道。

【Henghva gaen doeg】
【杏花跟念】

（土俗字）在　家 从　父　出嫁 从　夫
（壮　文）Caix gya coengz foux，cithaq coengz fou.
（直　译）在　家 从　父　出嫁 从　夫
（意　译）在家从父，出嫁从夫。

【Henghva gaen doeg】
【杏花跟读】

（土俗字）夫　死　从　　子
（壮　文）Fou seij coengz ceij.
（直　译）夫　死　从　　子
（意　译）夫死从子。
【Henghva gaendoeg……】
【杏花跟读……】
【Caiq gyauq……】
【复教……】

Hoengz Cung【gyangj】
洪忠【白】
（土俗字）则　　三从　　内　先生　　盟　　欧　讲　　通　　批
（壮　文）Ndaek "samcoengz" neix，sienseng mwngz aeu gyangj doeng bei.
（直　译）个　　三从　　这　先生　　你　　要　讲　　透彻　去
（意　译）这"三从"之义，先生你要讲得透彻。

Dauz Daihhingq【yiengq siujcej gyangj】
陶大庆【向小姐，白】
（土俗字）示　示　小姐　鲁　字　清楚　了吧
（壮　文）Seix，seix! Siujcej，rox cih cingcoj liuxba?
（直　译）是　是　小姐　认　字　清楚　了吧
（意　译）是，是！小姐，字都弄清楚了吧？

Henghva【gyangj】
杏花【白】
（土俗字）清楚　了
（壮　文）Cingcoj liux.
（直　译）清楚　了
（意　译）清楚了。

Dauz Daihhingq【gyangj】
陶大庆【白】
（土俗字）度内　讲解　　三从　　妇人　有　三从
（壮　文）Dohneix gyangjgyaij "samcoengz". Fouxsinz youx "samcoengz"，
（直　译）现在　讲解　　三从　　妇人　有　三从
（意　译）现在讲解"三从"。妇人有"三从"，

(土俗字) 袖 示 咪逼 欧 服从 三 则
(壮 文) couh seix mehmbwk aeu fugcoengz sam ndaek:
(直 译) 就 是 女人 要 服从 三 个
(意 译) 就是妇女要有三个服从:

(土俗字) 一 示 幼 兰 服从 伊爸 二 示 批嫁 服从 伊关
(壮 文) It seix yawq ranz fugcoengz aebaj; nyih seix beihaq fugcoengz ae'gvan;
(直 译) 一 是 在 家 服从 父亲 二 是 出嫁 服从 丈夫
(意 译) 一是在家服从父亲;二是出嫁服从丈夫;

(土俗字) 三 示 关 胎 服从 仂 无 专制 之 道
(壮 文) sam seix gvan dai fugcoengz lwg. Fouz cuenceiq cei dauh,
(直 译) 三 是 夫 死 股从 儿子 无 专制 之 道
(意 译) 三是夫死服从儿子。无专制之道,

(土俗字) 示 讲 咪逼 侄 眉 权 管 仕 于 兰
(壮 文) seix gyangj mehmbwk ndi meiz gienz guenj seih, ndaw ranz
(直 译) 是 讲 女人 没 有 权 管 事 里 家
(意 译) 是讲女人没有权去管事,家中

(土俗字) 仕宏 仕细 总 由 父载 斗 管
(壮 文) seihhung seihnyaeq cungj youz bouxsai daeuj guenj,
(直 译) 大事 小事 都 由 男人 来 管
(意 译) 大小事情都由男人管,

(土俗字) 咪逼 尽 鲁 估 计 荒 黑那 煮厚 广某
(壮 文) mehmbwk cinx rox guh gaej hong ndaemnaz、cawjhaeux、guengmou、
(直 译) 女人 只 懂 做 些 工 种田 煮饭 喂猪
(意 译) 女人只能做种地、煮饭、喂猪、

(土俗字) 打色 倒牛 内
(壮 文) dajsaeg、daujnyouh neix.
(直 译) 洗衣 倒尿 这
(意 译) 洗衣、倒尿这种工作。

Henghva【gyangj】
杏花【白】

（土俗字）先生　浪　伊关　胎了　侄眉　伪　听　汝　呢
（壮　文）Sienseng，langh ae'gvan dai liux，ndi meiz lwg，dingq bawz ne?
（直　译）先生　若　丈夫　死了　没有　儿子　听　谁　呢
（意　译）先生，若丈夫死了，没有儿子，听从谁呢？

Dauz Daihhingq【gyangj】
陶大庆【白】
（土俗字）则内　吗　勾　再　存　书　贯
（壮　文）Ndaekneix ma，gou caiq ngonz saw gonq.
（直　译）这个　嘛　我　再　看　书　先
（意　译）这个嘛，我再看看书。

【Fan saw，gyangj】
【翻书，白】
（土俗字）于　书　侄眉　讲　哈
（壮　文）Ndaw saw ndi meiz gyangj ha!
（直　译）里　书　没有　讲　啊
（意　译）书本里没有讲啊！

Henghva【gyangj】
杏花【白】
（土俗字）同内　老师　盟　讲　应该　从　汝　哈
（壮　文）Doengzneix lauxsae mwngz gyangj inggai coengz bawz ha?
（直　译）这样　老师　你　讲　应该　从　谁　呀
（意　译）那老师您应该从谁的呀？

Dauz Daihhingq【gyangj】
陶大庆【白】
（土俗字）勾　尽　鲁　照　书　教　于　书　侄眉　勾　也　侄鲁
（壮　文）Gou cinx rox ciuq saw gyauq，ndaw saw ndi meiz，gou yex ndi rox.
（直　译）我　只　懂　照　书　教　里　书　没有　我　也　不懂
（意　译）我只是照书本来教，书里没有，我也不知道。

Hoengz Cung【gyangj】
洪忠【白】
（土俗字）姐细　盟　计　用　讲　啦　盟　尽　听
（壮　文）Dahnyaeq，mwngz gaej yungh gyangj la. Mwngz cinx dingq，
（直　译）女儿　你　不　用　讲　啦　你　只　听
（意　译）女儿，你不要讲了，你只要听，

(土俗字)老师 照 于 书 教 盟 读喽 背喽 袖 礼 啦
(壮 文)lauxsae ciuq ndaw saw gyauq, mwngz doegraeuz boihraeuz couh ndaej la.
(直 译)老师 照 里 书本 教 你 读熟 背熟 就 行 了
(意 译)老师按书本教，你读熟背熟就好了。

Henghva【gyangj】
杏花【白】
(土俗字)爸 盟 放心 计 书 先生 教 挂 哏
(壮 文)Baj, mwngz cuengqsim, gaej saw sienseng gyauq gvaq haenx,
(直 译)爸 你 放心 些 书 先生 教 过 那
(意 译)爸，你放心，先生教过的书，

(土俗字)勾 总 鲁 了 另 教 其恳 吧
(壮 文)gou cungj rox liux, lingh gyauq gizwnq ba.
(直 译)我 都 懂 了 另 教 别的 吧
(意 译)我都懂了，另教别的吧。

Hoengz Cung【gyangj】
洪忠【白】
(土俗字)陷内 教 计 三从 盟 总 鲁 了
(壮 文)Haemhneix gyauq gaej "samcoengz", mwngz cungj rox liux?
(直 译)今晚 教 的 三从 你 都 懂 了
(意 译)今晚教的“三从”，你都懂了？

Henghva【gyangj】
杏花【白】
(土俗字)布但 鲁 勾 痕 礼 背 了
(壮 文)Mboujdanh rox, gou haenz ndaej boih liux.
(直 译)不但 懂 我 还 能 背 了
(意 译)不但懂，我还能背了。

Hoengz Cung【gyangj】
洪忠【白】
(土俗字)同内 盟 袖 背 哼 勾 听
(壮 文)Doengzneix mwngz couh boih haengj gou dingq.
(直 译)这样 你 就 背 给 我 听
(意 译)这样你就背给我听。

Henghva【gyangj】
杏花【白】

（土俗字）示　盟　听　吧　妇　有　三从　之　义
（壮　文）Seix，mwngz dingq ba：“Foux youx samcoengz cei nyih，
（直　译）是　你　听　吧　妇　有　三从　之　义
（意　译）是，你听吧：“妇有三从之义，

（土俗字）无　专制　之　道　在　家　从　母　出嫁　从　勾
（壮　文）fouz cuenceiq cei dauh. Caix gya coengz moux，cithaq coengz gou.”
（直　译）无　专制　之　道　在　家　从　母　出嫁　从　我
（意　译）无专制之道。在家从母，出嫁从我。”

Hoengz Cung【gyangj】
洪忠【白】
（土俗字）侹　争　侹　争　在　家　从　父　出嫁　从　夫
（壮　文）Ndi deng ndi deng，“caix gya coengz foux，cithaq coengz fou”.
（直　译）不　对　不　对　在　家　从　父　出嫁　从　夫
（意　译）不对不对，“在家从父，出嫁从夫”。

（土俗字）布　示　在　家　从　母　出嫁　从　勾
（壮　文）Mbouj seix“caix gya coengz moux，cithaq coengz gou”.
（直　译）不　是　在　家　从　母　出嫁　从　我
（意　译）而不是“在家从母，出嫁从我”。

（土俗字）继续　背　笼批
（壮　文）Geiqsug boih roengzbei.
（直　译）继续　背　下去
（意　译）继续背下去。

Henghva【gyangj】
杏花【白】
（土俗字）夫　死　同　死
（壮　文）“Fou seij doengz seij”.
（直　译）夫　死　同　死
（意　译）“夫死同死”。

Hoengz Cung【gyangj】
洪忠【白】
（土俗字）又　六　了　又　六　了　夫　死　从　子
（壮　文）Youh loek liux，youh loek liux，“fou seij coengz ceij”，
（直　译）又　错　了　又　错　了　夫　死　从　子
（意　译）又错了又错了，“夫死从子”，

(土俗字) 布 示 夫死同 死
(壮 文) mbouj seih "fou seij doengz seij".
(直 译) 不 是 夫 死 同 死
(意 译) 不是"夫死同死"。

Dauz Daihhingq【gyangj】
陶大庆【白】
(土俗字) 关 胎 总 伤心 凳 计尔 喽
(壮 文) Gvan dai cungj siengsim daengq gaejrawz lu,
(直 译) 夫 死 都 伤心 像 什么 喽
(意 译) 夫死都非常悲哀了,

(土俗字) 夏 痕 齐 胎 添 嘛
(壮 文) yah hanx caez dai dem ma?
(直 译) 妻 还 同 死 还 吗
(意 译) 妻还同死吗?

Hoengz Cung【gyangj】
洪忠【白】
(土俗字) 读书 欧 专心 计 用 东 想 西 想
(壮 文) Doegsaw aeu cuensim, gaej yungh doeng siengj sae siengj.
(直 译) 读书 要 专心 不 用 东 想 西 想
(意 译) 读书要专心,不要东想西想。

(土俗字) 陷内 盟 想 批 存 戏 示 咧
(壮 文) Haemhneix mwngz siengj bei ngonz heiq seix le?
(直 译) 今晚 你 想 去 看 戏 是 吗
(意 译) 今晚你想去看戏是吗?

Henghva【gyangj】
杏花【白】
(土俗字) 照内 勾 参 先生 关 胎 从 伪 侄 眉 伪
(壮 文) Ciuqneix gou cam sienseng, gvan dai coengz lwg, ndi meiz lwg
(直 译) 刚才 我 问 先生 夫 死 从 子 没 有 子
(意 译) 刚才我问先生,夫死从子,无子

(土俗字) 从 汝 先生 讲 于 书 侄 眉 讲
(壮 文) coengz bawz, sienseng gyangj ndaw saw ndi meiz gyangj,
(直 译) 从 谁 先生 说 里 书 没 有 讲
(意 译) 从谁,先生讲书里没有讲,

(土俗字) 大概 迪 关 胎 齐 胎 了
(壮 文) daihgaiq dwg gvan dai caez dai liux.
(直 译) 大概 是 夫 死 同 死 了
(意 译) 大概是夫死同死了。

Hoengz Cung【gyangj】
洪忠【白】
(土俗字) 圣贤 计 书 盟 礼 随便 乱 改 哈
(壮 文) Singqyienz gaej saw, mwngz ndaej suizbienh luenh gaij ha?
(直 译) 圣贤 之 书 你 能 随便 乱 改 吗
(意 译) 圣贤之书，你能随便改吗?

(土俗字) 盟 父 伝 内 哈 内 示 欺 师 之 法
(壮 文) Mwngz boux vunz neix ha! Neix seix "hei sae cei fap,
(直 译) 你 个 人 这 呀 这 是 欺 师 之 法
(意 译) 你这个人呀！这是"欺师之法，

(土俗字) 忤逆 不 孝 枉费 枉费
(壮 文) nguxnyig bwt hauq", uengjfeiq, uengjfeiq!
(直 译) 忤逆 不 孝 枉费 枉费
(意 译) 忤逆不孝"，枉费，枉费！
【Faedfwngz roengzbei, gvendou.】
【拂袖而下，关门。】

Muizyieng【gyangj】
梅香【白】
(土俗字) 小姐 老爷 嚓气 定 了 偻 礼 批 存 戏 了
(壮 文) Siujcej, lauxi ndatheiq dingh liux, raeuz ndaej bei ngonz heiq liux.
(直 译) 小姐 老爷 发气 定 了 我们 得 去 看 戏 了
(意 译) 小姐，老爷一定生气了，我们可以去看戏了。

Henghva【gyangj】
杏花【白】
(土俗字) 盟 批 存 伊 条 曾
(壮 文) Mwngz bei ngonz ae deuz caengz.
(直 译) 你 去 看 他 走 未
(意 译) 你去看他走了没有。

Muizyieng【gyangj】
梅香【白】

（土俗字）示
（壮 文）Seix.
（直 译）是
（意 译）是。

Muizyieng【Yaemjdin hoih byaij bei caeg ngonz ndaw ranzsaw Dauz Daihhingq, dauqma gyangj】
梅香【蹑脚慢走去偷看陶大庆书房，转回白】
（土俗字）小姐 老爷 条 了 单 先生 幼 先生 渠
（壮 文）Siujcej，lauxi deuz liux，dan sienseng yawq. Sienseng gyawz
（直 译）小姐 老爷 走 了 单 先生 在 先生 哪里
（意 译）小姐，老爷走了，先生独在。先生哪里

（土俗字）示 公 活弓 那涞 丑怪 刁
（壮 文）seix goeng hwetgungj najraiz coujgvaiq ndeu，
（直 译）是 老头 驼背 麻脸 丑怪 一
（意 译）是一个驼背麻面丑怪的老头，

（土俗字）原来 示 父 相公 陷鸾 哏
（壮 文）nyuenzlaiz seix boux sienqgoeng haemhluenz haenx.
（直 译）原来 是 个 相公 昨晚 那
（意 译）原来是昨晚那位相公。

Henghva【angq dwk gyangj】
杏花【惊喜地白】
（土俗字）真 哈 同内 勾
（壮 文）Cin ha? Doengzneix gou……
（直 译）真 吗 这样 我
（意 译）真的吗？那我……

【Ra saw daeuj，coh conghciengz gyangj】
【找书来，对着墙洞白】
（土俗字）先生 勾 眉 字 刁 侄 鲁 约 参 你
（壮 文）Sienseng，gou meiz cih ndeu ndi rox，yaek cam mwngz.
（直 译）先生 我 有 字 一 不 懂 要 问 你
（意 译）先生，我有一个字不认识，要向您请教。

Dauz Daihhingq【okdaeuj，gyangj】
陶大庆【出，白】

（土俗字）字 尔 哈
（壮 文）Cih rawz ha?
（直 译）字 哪 呀
（意 译）什么字呀？

Henghva【coh conghciengz yienq saw，gyangj】
杏花【朝墙洞递上书，白】
（土俗字）字 内 意思 示 计尔
（壮 文）Cih neix eiqsei seix gaejrawz?
（直 译）字 这 意思 是 什么
（意 译）这个字的意思是什么？

Dauz Daihhingq【ngeng da daj conghciengz ngonz，gyangj】
陶大庆【侧眼从小洞看，白】
（土俗字）勾 侄 眉 他窜墙 渠 存伦 示 字 尔
（壮 文）Gou ndi meiz daconciengz，gyawz ngonzrin seix cih rawz.
（直 译）我 没 有 穿墙眼 哪 看见 是 字 什么
（意 译）我没有穿墙眼，哪能看见是什么字。

（土俗字）盟 口斗 吧
（壮 文）Mwngz haeujdaeuj ba!
（直 译）你 进来 吧
（意 译）你进来吧！

Muizyieng【yaepda，gyangj】
梅花【挤眼示意，白】
（土俗字）傍 批 参 字 呀
（壮 文）Byueng bei cam cih ya!
（直 译）快 去 问 字 呀
（意 译）快去问字呀！

Henghva【dawz saw haeujbei，cam】
杏花【拿书进去，问】
（土俗字）先生 字 内 字 尔
（壮 文）Sienseng，cih neix cih rawz?
（直 译）先生 字 这 字 什么
（意 译）先生，这个是什么字？

Dauz Daihhingq【angq dwk，gyangj】
陶大庆【惊喜，白】

（土俗字）小姐　盟
（壮　文）Siujcej mwngz……
（直　译）小姐　你
（意　译）小姐你……

Henghva【gyangj】
杏花【白】
（土俗字）相公　约会　侄礼　会
（壮　文）Siengqgoeng，yiekhoih ndi ndaej hoih……
（直　译）相公　约会　不能　会
（意　译）相公，约会不能会……

Dauz Daihhingq【gyangj】
陶大庆【白】
（土俗字）侄　约　反　估队
（壮　文）Ndi yiek fanj guhdoih.
（直　译）不　约　反而　相会
（意　译）不约却相会。

Henghva【gyangj】
杏花【白】
（土俗字）陷内　偻　袖　侄　批　存　戏　了
（壮　文）Haemhneix raeuz couh ndi bei ngonz heiq liux.
（直　译）今晚　我们　就　不　去　看　戏　了
（意　译）今晚我们就不去看戏了。

Dauz Daihhingq【gyangj】
陶大庆【白】
（土俗字）陷内　偻　袖　安心　读书　吧
（壮　文）Haemhneix raeuz couh ansim doegsaw ba!
（直　译）今晚　我们　就　安心　读书　吧
（意　译）今晚我们安心读书吧！
【Muizyieng yawq henz ngonz，ngaekgyaeuj，roengzbei.】
【梅香旁看，点头，下。】

Dauz Daihhingq【guh fwen】
陶大庆【唱】

（土俗字）剥那　眉　杏花
（壮　文）Baknaj meiz Henghva，
（直　译）面前　有　杏花
（意　译）面前有杏花，

（土俗字）映　仂他
（壮　文）Ingj lwgda，
（直　译）映　眼睛
（意　译）耀眼呐，

（土俗字）勾　估麻　布　鲁
（壮　文）Gou guhmaz mbouj rox；
（直　译）我　干吗　不　懂
（意　译）我干麻不抓；

（土俗字）赖谋　示　古莪
（壮　文）Laihnaeuz seix go'ngox，
（直　译）以为　是　野藕
（意　译）以为野藕花，

（土俗字）争　温　沪
（壮　文）Deng vun cox，
（直　译）被　雨　打
（意　译）被雨打，

（土俗字）朵花　取　布　茳
（壮　文）Dujva coj mbouj rang.
（直　译）花朵　才　不　香
（意　译）花才不香呀。

【Gyangj】
【白】
（土俗字）小姐　参　字　尔　呀
（壮　文）Siujcej cam cih rawz ya?
（直　译）小姐　参　字　哪个　呀
（意　译）小姐问哪个字呀？

Henghva【gyangj】
杏花【白】

（土俗字）字 内 鱼 读
（壮 文）Cih neix nyawz doeg?
（直 译）字 这 怎 读
（意 译）这个字怎样读？

Dauz Daihhingq【gyangj】
陶大庆【白】
（土俗字）字 内 示 字 撷 意思 示 柒 唐诗 眉
（壮 文）Cih neix seix cih“giet”，eiqsei seix mbaet. Dangzsei meiz
（直 译）字 这 是 字 撷 意思 是 摘 唐诗 有
（意 译）这是“撷”字，摘取的意思。唐诗有

（土俗字） 红豆 生 南国 春 来 发 几 枝
（壮 文）“Hoengzdaeuh seng namzguek，Cin laiz fat gij cei”；
（直 译） 红豆 生 南国 春 来 发 几 枝
（意 译）“红豆生南国，春来发几枝”；

Henghva【ciep gyangj】
杏花【接白】
（土俗字） 愿 君 多 采撷 此 物 最 相思
（壮 文）“Nyuenh gun do caijgiet，seiq faed cuiq siengsei.”
（直 译） 愿 君 多 采撷 此 物 最 相思
（意 译）“愿君多采撷，此物最相思。”

Dauz Daihhingq【dawz sienq ndaw fwngz daeuj ngonz，gyangj】
陶大庆【拿手中的扇看，白】
（土俗字）于 扇 内 眉 首 诗 一 须扇 衣 凉风
（壮 文）Ndaw sienq neix meiz souj sei ndeu：Mbawsienq ndei liengzfung，
（直 译）里 扇子 这 有 首 诗 一 扇子 好 凉风
（意 译）这扇子有一首诗：扇子好凉风，

（土俗字）常常 幼 于 逢 时冬 侄 伦那 时夏 又 途逢
（壮 文）Siengzsiengz yawq ndaw fwngz；Seizdoeng ndi rinnaj，Seizhah youh doxfungz.
（直 译）常常 在 中 手 冬天 不 见面 夏天 又 相逢
（意 译）常在手中；冬天不见面，夏天又相逢。

Henghva【gyangj】
杏花【白】

（土俗字）相公　首　诗　内　真　眉　意思　不愧　示　父　秀才
（壮　文）Siengqgoeng souj sei neix cin meiz eiqsei，bwtgviq seix boux souqcaiz.
（直　译）相公　首　诗　这　真　有　意思　不愧　是　个　秀才
（意　译）相公这首诗真有意思，不愧是个秀才。

（土俗字）仿内　眉　诗　仿爹　眉　花桃　真　衣存
（壮　文）Mbuengjneix meiz sei，mbuengjdi meiz vadauz，cin ndeingonz.
（直　译）这边　有　诗　那边　有　桃花　真　好看
（意　译）这边有诗，那边有桃花，真好看。

Dauz Daihhingq【gyangj】
陶大庆【白】
（土俗字）小姐　盟　意　花桃　吗
（壮　文）Siujcej mwngz eiq vadauz ma?
（直　译）小姐　你　爱　桃花　吗
（意　译）小姐你喜欢桃花吗?

Henghva【gyangj】
杏花【白】
（土俗字）当然　意　哈
（壮　文）Dangsienz eiq ha!
（直　译）当然　爱　呀
（意　译）当然喜欢呀!

Dauz Daihhingq【gyangj】
陶大庆【白】
（土俗字）意　袖　送　哼　盟　吧
（壮　文）Eiq couh soengq haengj mwngz ba!
（直　译）爱　就　送　给　你　吧
（意　译）爱就送给你吧!
【Henghva ciep sienq，dawz daeuj ngonz. Hoengz Cung hwnjdaeuj.】
【杏接扇，拿来看。洪忠上。】

Hoengz Cung【guh fwen】
洪忠【唱】
（土俗字）岩　转丁　批麻
（壮　文）Ngamq cuenqdin beima，
（直　译）刚　转脚　回去
（意　译）身子刚回转，

（土俗字）皮 泣他
（壮 文）Baez yaepda，
（直 译）一 眨眼
（意 译）一眨眼，

（土俗字）喵 除 岜 批 啃
（壮 文）Meuz dawz bya bei gwn；
（直 译）猫 抓 鱼 去 吃
（意 译）猫抓鱼吃鲜；

（土俗字）度内 拉 侄 伦
（壮 文）Dohneix ra ndi rin，
（直 译）现在 找 不 见
（意 译）现在找不见，

（土俗字）何 尽 奔
（壮 文）Hoz cinx bwn，
（直 译）脖 尽 怒
（意 译）气要癫，

（土俗字）实在 真 难 防
（壮 文）Sidcaih cin nanz fuengz.
（直 译）实在 真 难 防
（意 译）实难防人变。

【Haeuj ranzsaw，rin di song vunz，doiq Henghva gyangj】
【进书房，见他们俩，对杏花白】
（土俗字）盟 哈 盟 估 计尔
（壮 文）Mwngz ha，mwngz guh gaejrawz……
（直 译）你 呀 你 做 什么
（意 译）你呀，你干啥……

Henghva【gyangj】
杏花【白】
（土俗字）勾 斗 向 先生 参 字
（壮 文）Gou daeuj yiengq sienseng cam cih.
（直 译）我 来 向 先生 问 字
（意 译）我来向先生问字。

Hoengz Cung【gyangj】
洪忠【白】
（土俗字）盟　哈 江根　也 斗 参 字 计 意义 眉 来 喽
（壮　文）Mwngz ha gyanghwnz yex daeuj cam cih，gaej eiqnyih meiz lai lo.
（直　译）你　呀 深夜　也 来 问 字 其 意义 有 多 喽
（意　译）你呀，三更半夜也来问字，其意义有多喽。

【guh fwen】
【唱】
（土俗字）咪逼　衣 父哉
（壮　文）Mehmbwk ndij bouxsai，
（直　译）女人　和 男人
（意　译）女孩和男孩，

（土俗字）布　应该
（壮　文）Mbouj inggai，
（直　译）不　应该
（意　译）不应该，

（土俗字）幼　边台　估队
（壮　文）Yawq biendaiz guhdoih；
（直　译）在　桌边　做伴
（意　译）做伴在书台；

（土俗字）奔哏　斗　相会
（壮　文）Mbwnhwnz daeuj sienghoih，
（直　译）深夜　来　相会
（意　译）深夜相会来，

（土俗字）箭　奏　桧
（壮　文）Cenh caeuq oij，
（直　译）箭猪 和　甘蔗
（意　译）猪蔗在，

（土俗字）啃　鲁 脆　几来
（壮　文）Gwn rox coiq gijlai.
（直　译）吃　知 脆　好多
（意　译）吃美味多哉。

【Gyangj】
【白】
（土俗字）盟 幼 兰书 盟 打 壮墙 参 礼 否
（壮 文）Mwngz yawq ranzsaw mwngz，daj conghciengz cam ndaej mbouj，
（直 译）你 在 书房 你 从 墙洞 问 得 不
（意 译）你在你的书房，从墙洞问可否？

（土俗字）一定 约 斗 兰书 先生 参
（壮 文）itdingh yaek daeuj ranzsaw sienseng cam？
（直 译）一定 要 来 书房 先生 问
（意 译）一定要到先生书房来问？

Henghva【gyangj】
杏花【白】
（土俗字）格 祥 参 字 老师 又 侄 眉 他窜墙
（壮 文）Gek ciengz cam cih，lauxsae youh ndi meiz daconciengz，
（直 译）隔 墙 问 字 老师 又 没 有 穿墙眼
（意 译）隔墙问字，老师又没有穿墙眼，

（土俗字）鱼 存 礼 伦 所以 勾 袖 争 斗 边台 老师 参 啦
（壮 文）nyawz ngonz ndaej rin？Sojhix gou couh deng daeuj biendaiz lauxsae cam la.
（直 译）怎 看 得 见 所以 我 就 挨 来 书桌 老师 问 啦
（意 译）怎看得见？所以我就得到老师桌边问啦。

Hoengz Cung【guh fwen】
洪忠【唱】
（土俗字）盟 硬 无 家教
（壮 文）Mwngz nyengh fouz gya'gyauq，
（直 译）你 硬 无 家教
（意 译）你真无家教，

（土俗字）布 贤孝
（壮 文）Mbouj yienzhauq，
（直 译）不 贤孝
（意 译）不贤孝，

（土俗字）欧 勾 操 心机
（壮 文）Aeu gou cau simgei；
（直 译）要 我 操 心机
（意 译）我操心烦恼；

(土俗字) 焚洛　举　坡肥
(壮　文) Fwnzroz gyawj byozfeiz,
(直　译) 干柴　近　火堆
(意　译) 干柴近火苗,

(土俗字) 示　最　衣
(壮　文) Seix cuiq ndei,
(直　译) 是　最　好
(意　译) 是最好,

(土俗字) 越　举　肥　越　烘
(壮　文) Yied gyawj feiz yied hoengh.
(直　译) 越　近　火　越　旺
(意　译) 越近越易烧。

Henghva【guh fwen】
杏花【唱】
(土俗字) 吱　壮　凳　壮屎
(壮　文) Dei congh daengq conghhaex,
(直　译) 点　洞　像　肛门
(意　译) 小墙洞若无,

(土俗字) 鱼　存　礼
(壮　文) Nyawz ngonz ndaej,
(直　译) 怎　看　得
(意　译) 怎看书,

(土俗字) 夭　老师　鱼　讲
(壮　文) Eu lauxsae nyawz gyangj;
(直　译) 叫　老师　怎　讲
(意　译) 老师怎解读;

(土俗字) 格　墙　凳　他亡
(壮　文) Gek ciengz daengq damangj,
(直　译) 隔　墙　像　眼睛
(意　译) 隔墙难过目,

（土俗字）幼　吟昂
（壮　文）Yawq ngaemxngangh，
（直　译）在　哑静
（意　译）黑暗处，

（土俗字）鱼　教　往　读书
（壮　文）Nyawz gyauq nuengx doegsaw.
（直　译）怎　教　妹　读书
（意　译）怎教妹认读。

Hoengz Cung【gyangj】
洪忠【白】
（土俗字）浪　盟　约　参　字　袖　除　字写幼　忐　纸
（壮　文）Langh mwngz yaek cam cih，couh dawz cih sij yawq gwnz ceij，
（直　译）若　你　要　问　字　就　把　字写在　上　纸
（意　译）若你要问字，就将把写在纸上，

（土俗字）献　挂　壮墙　批　哼　老师　存　袖　鲁
（壮　文）yienq gvaq conghciengz bei，haengj lauxsae ngonz，couh rox
（直　译）伸　过　墙洞　去　给　老师　看　就　懂
（意　译）递过洞去，给老师看，就懂

（土俗字）示　字尔　辽　为计尔　一定　腾　兰书　斗　参
（壮　文）seih cih rawz liux，vih gaejrawz itdingh daengz ranzsaw daeuj cam?
（直　译）是　字啥　了　为什么　一定　到　书房　来　问
（意　译）是什么字了，为何一定要到书房来问呢？

Henghva【gyangj】
杏花【白】
（土俗字）盟　开壮　细来连　伆逢　总　献　佂
（壮　文）Mwngz hai congh saeq lai，lienz lwgfwngz cungj yienq ndi
（直　译）你　开洞　小多连　手指　都　伸　不
（意　译）你开的洞太小，连手指头都伸不

（土俗字）挂批　夭勾
（壮　文）gvaqbei，eu gou……
（直　译）过去　叫我
（意　译）过去，叫我……

Hoengz Cung【guh fwen】
洪忠【唱】
（土俗字）盟　痕　讲　结结
（壮　文）Mwngz haenz gyangj nyetmyet，
（直　译）你　还　讲　咕唧
（意　译）你还讲唧唧，

（土俗字）勾　气铁
（壮　文）Gou heiqndet，
（直　译）我　气涨
（意　译）我来气，

（土俗字）扮　决列　批　时
（壮　文）Banq getlet bei seiz；
（直　译）打　够呛　去　时
（意　译）打你够够去；

（土俗字）赖谋　盟　出奇
（壮　文）Laihnaeuz mwngz citgeiz，
（直　译）以为　你　出奇
（意　译）以为你出奇，

（土俗字）变　狐狸
（壮　文）Bienq huzleiz，
（直　译）变　狐狸
（意　译）变狐狸，

（土俗字）男　女　齐　估队
（壮　文）Namz nawx caez guhdoih.
（直　译）男　女　在　一起
（意　译）男女在一起。

【Gyangj】
【白】
（土俗字）盟　痕　侄　条
（壮　文）Mwngz haenz ndi deuz?
（直　译）你　还　不　走
（意　译）你还不走？

【Henghva okma.】
【杏花走出。】

Hoengz Cung【gyangj】
洪忠【白】
(土俗字)盟 父 伝 内 布 贤 布 孝 欧 勾 操心
(壮 文)Mwngz boux vunz neix mbouj yienz mbouj hauq, aeu gou causim.
(直 译)你 个 人 这 不 贤 不 孝 要 我 操心
(意 译)你这个人不贤不孝，要我操心。

(土俗字)同内 笼批 欧 变 鸡洞 昨内
(壮 文)Doengzneix roengzbei aeu bienq gaeqdoengh cogneix.
(直 译)这样 下去 要 变 野鸡 将来
(意 译)这样下去，将来要变野鸡。

(土俗字)先生 勾 � 想 办 学堂 了
(壮 文)Sienseng, gou ndi siengj banh hagdangz liux.
(直 译)先生 我 不 想 办 学堂 了
(意 译)先生，我想不办学堂了。

Dauz Daihhingq【gyangj】
陶大庆【白】
(土俗字)侄 办 了 盟 亲笔 写 书聘 定期 教 一 卑
(壮 文)Ndi banh liux? Mwngz cinbit sij sawbinq, dinghgeiz gyauq it bi.
(直 译)不 办 了 你 亲笔 写 聘书 定期 教 一 年
(意 译)不办了？你亲笔写聘书，定期教一年。

(土俗字)岩 派 几 渗 盟 袖 半路 册桥
(壮 文)Ngamq byaij gij yamq, mwngz couh buenqloh cekgiuz?
(直 译)刚 走 几 步 你 就 半路 拆桥
(意 译)刚走几步，你就半路拆桥？

Hoengz Cung【gyangj】
洪忠【白】
(土俗字)侄 用 教 一 卑 啦 勾 照 哼 一 卑 钱 哼 盟
(壮 文)Ndi yungh gyau it bi la, gou ciuq haengj it bi cienz haengj mwngz.
(直 译)不 用 教 一 年 了 我 照 给 一 年 钱 给 你
(意 译)不必教一年了，我照给一年工钱给你。

【Geq cienz gyau haengj Dauz Daihhingq，gyangj】
【数钱交陶大庆，白】
（土俗字）浪　嫌　小　痕　礼　添
（壮　文）Langh yiem siuj，haenz ndaej demgya.
（直　译）若　嫌　少　还　可　增加
（意　译）若嫌少，还可以增加。

【guh fwen】
【唱】
（土俗字）三十　两　银　送　先生
（壮　文）Samcib liengx nyaenz soengq sienseng，
（直　译）三十　两　银　送　先生
（意　译）送银先生三十两，

（土俗字）浪　盟　嫌　小　可以　添
（壮　文）Langh mwngz yiem siuj hojhix dem；
（直　译）若　你　嫌　少　可以　增
（意　译）若你嫌少可添上；

（土俗字）眉　钱　可　柱　客　离　去
（壮　文）Meiz cienz hoj cawx hek liz hawq，
（直　译）有　钱　可　买　客　离　去
（意　译）有钱买得离家客，

（土俗字）强　挂　教书　招　祸殃
（壮　文）Giengz gvaq gyauqsaw ciu huxyieng.
（直　译）胜　过　教书　招　祸殃
（意　译）胜过教书招祸殃。

Dauz Daihhingq【gyangj】
陶大庆【白】
（土俗字）欺　伝　太　甚
（壮　文）Hei vunz daiq simh！
（直　译）欺　人　太　甚
（意　译）欺人太甚！
【Gvengq cienz，haeuj ndaw bei.】
【扔钱，入内。】

Hoengz Cung【bien yaeb cienz bien nam gvaibanj】
洪忠【边拾钱边念快板】
(土俗字)嘛村　　吨　　忐　　楂　途　侄 嗄　　粥馊
(壮　文)Ma'byom naenz gwnz cah，Duz ndi ngah cuksaeu；
(直　译)瘦狗　　睡　　上面　木柴 它　不　吃　　馊粥
(意　译)瘦狗睡木柴，不吃粥由它；

(土俗字)哼　　钱　盟　　侄 欧　横　　凳　　蚨　很　岭
(壮　文)Haengj cienz mwngz ndi aeu，Vang daengq baeu hwnj lingq；
(直　译)给　　钱　你　　不 要　横　　像　　蟹　上　坡
(意　译)给钱你不要，如蟹坡上爬；

(土俗字)存　　途名　　　家境　　　级　瓦　总　　侄　眉
(壮　文)Ngonz duzmwngz gyagingq，Gip vax cungj ndi meiz；
(直　译)看　　你的　　　家境　　　片　瓦　都　　没　有
(意　译)看你这个家，没有一片瓦；

(土俗字)眉　麻　衣　凋皮　　套怖　　移　凳　　浆
(壮　文)Meiz maz ndei diuqbeiz，Dauqbuh heiz daengq ciengq；
(直　译)有　啥　好　调皮　　衣服　　脏　如　　酱
(意　译)有啥好调皮，衣脏如酱洒；

(土俗字)假作　　估　装相　　　丑化　　将　估　欢
(壮　文)Gyajcak guh cangsiengq，Caeujvaq ceng guh fwen；
(直　译)假装　　做　装相　　　乞丐　　争　唱　山歌
(意　译)假装作神气，乞丐争歌霸；

(土俗字)盟　　无职　无官　　想　　斗　　伴　　伪　勾
(壮　文)Mwngz fouzcik fouzguen，Siengj daeuj buenx lwg gou；
(直　译)你　　无职　无官　　想　　来　　配　　儿　我
(意　译)你无官无职，想配我杏花；

(土俗字)尺刻　　阵　　屋都　银　　侄　欧　更　意
(壮　文)Cikgaek caenh okdou，Nyaenz ndi aeu engq eiq.
(直　译)立刻　　赶　　出门　银　　不　要　更　高兴
(意　译)立刻赶出门，不要钱也罢。

Dauz Daihhingq【ruj baufug，fwngz gaem cei henghva，gyangj】
陶大庆【提包袱，手持杏花枝出来，白】
（土俗字）告辞
（壮　文）Gauqceiz！
（直　译）告辞
（意　译）告辞！
【Roengzbei.】
【下。】

Hoengz Cung【gyangj】
洪忠【白】
（土俗字）穷　　凳　　淋　　往　　　哏　　眉　　心机　装相
（壮　文）Gungz daengq raemx ruengx，haenx meiz simgei cangsiengq.
（直　译）穷　　如　　水　　洗　　　还　　有　　心机　装样
（意　译）穷如水洗，还有心机装神气。
【Haeuj ndaw.】
【入内。】

（土俗字）场　大四　杏花　面试　装　伝促
（壮　文）Ciengz Daihseiq Henghva Mienhseiq Cang Vunzhuk
（直　译）场　第四　杏花　面试　装　傻子
（意　译）第四场　杏花面试装傻子

【Yawq baihnaj daihnyih fan muq.】
【二道幕前。】
Hoengz Cung【hwnj，gyangj】
洪忠【上，白】
（土俗字）阵条　陶　大庆　勾　另　批　拉　父　老先生　斗　教
（壮　文）Caenhdeuz Dauz Daihhingq，gou lingh bei ra boux lauxsienseng daeuj gyauq，
（直　译）赶走　陶　大庆　我　再　去　找　个　老先生　来　教
（意　译）赶走陶大庆，我再去找一个老教师来教，

（土俗字）勾　只　放心　啦
（壮　文）gou cix cuengqsim la.
（直　译）我　就　放心　了
（意　译）我就放心了。

【Guh fwen】
【唱】
（土俗字）年荟　老师　勾　侄　意
（壮　文）Nienzoiq lauxsae gou ndi eiq，
（直　译）年青　老师　我　不　高兴
（意　译）青年老师我不理，

（土俗字）引　狼　口　库　斗　啃　鸡
（壮　文）Yinx langz haeuj hoq daeuj gwn gaeq；
（直　译）引　狼　入　室　来　吃　鸡
（意　译）引狼入室来吃鸡；

（土俗字）老师　年纪　六　七　十
（壮　文）Lauxsae nienzgeij roek caet cib，
（直　译）老师　年纪　六　七　十
（意　译）老师年纪六七十，

（土俗字）忠诚　老实　取　文　器
（壮　文）Cungsingz lauxsid coj baenz heiq.
（直　译）忠诚　老实　才　成　器
（意　译）忠诚老实才成器。

Louz Sinz【hwnj，gyangj】
刘仁【上，白】
（土俗字）老爷　真　眉　福气　老弟　勾　带　消息　衣　斗　哼　盟　啦
（壮　文）Lauxi cin meiz fukheiq，lauxdaex gou daiq siusik ndei daeuj haengj mwngz la.
（直　译）老爷　真　有　福气　老弟　我　带　消息　衣　来　给　你　了
（意　译）老爷真有福气，老弟我带好消息来给你了。

Hoengz Cung【gyangj】
洪忠【白】
（土俗字）计尔　消息　讲　傍吱　示　布　示　亲仕　文　了
（壮　文）Gaejrawz siusik? Gyangj byuengdei，seix mbouj seix cinseih baenz liux?
（直　译）什么　消息　讲　快点　是　不　是　亲事　成　了
（意　译）什么消息？快讲吧，莫非亲事成了？

Louz Sinz【gyangj】
刘仁【白】
（土俗字）袖示　袖示　勾　除　计　才貌　妲细　盟
（壮　文）Couhseix，couhseix，gou dawz gaej caizmauh dahnyaeq mwngz
（直　译）就是　就是　我　把　些　才貌　小女　你
（意　译）就是，就是，我把令媛的才貌

（土俗字）论　孟　老大人　爹　很　昂
（壮　文）laenh Mungh lauxdaihsinz，di haenj angq，
（直　译）告诉　孟　老大人　他　很　高兴
（意　译）告诉了孟老大人，他非常高兴，

（土俗字）摆　勾　斗　考考　妲细　浪古　合　孟　大人
（壮　文）baij gou daeuj haujhauj dahnyaeq. Langhgoj hab Mungh daihsinz
（直　译）大人　派　我　来　考考　小女　倘若　合　孟
（意　译）大人派我前来对令爱进行考试。若合乎孟老

（土俗字）心意　袖　幼　最举　拜堂　文亲
（壮　文）sim'eiq，couh yawq cuiqgyawj baiqdangz baenzcin.
（直　译）心意　就　在　最近　拜堂　成亲
（意　译）心意之话，就在最近拜堂成亲。

(土俗字)老爷 盟 心仕 鱼样
(壮 文)Lauxi mwngz simseih nyawzyiengh?
(直 译)老爷 你 心事 如何
(意 译)老爷你意下如何?

Hoengz Cung【guh fwen】
洪忠【唱】
(土俗字)勾 良 议 陷 想
(壮 文)Gou ngoenz ngeix haemh siengj,
(直 译)我 日 思 夜 想
(意 译)我日思夜想,

(土俗字)欠 礼 响
(壮 文)Hemq ndaej yiengj,
(直 译)叫 得 响
(意 译)大声讲,

(土俗字)袖 马上 迎亲
(壮 文)Couh maxsiengh nyingzcin;
(直 译)就 马上 迎亲
(意 译)迎亲就马上;

(土俗字)兰 孟 老大人
(壮 文)Ranz Mungh lauxdaihsinz,
(直 译)家 孟 老大人
(意 译)孟家大老丈,

(土俗字)大 官臣
(壮 文)Daih guencinz,
(直 译)大 官臣
(意 译)大官宦,

(土俗字)勾 哏良 总 望
(壮 文)Gou hwnzngoenz cungj muengh.
(直 译)我 日夜 总 盼望
(意 译)我日夜盼望。

Louz Sinz【guh fwen】
刘仁【唱】
（土俗字）奏 爹 合 亲家
（壮 文）Caeuq di gap cin'gya，
（直 译）同 他 合 亲家
（意 译）同他家合亲，

（土俗字）示 同虾
（壮 文）Seix doengzha，
（直 译）是 相称
（意 译）极相称，

（土俗字）连 途嘛 总 昂
（壮 文）Lienz duzma cungj angq；
（直 译）连 狗仔 都 高兴
（意 译）连狗都高兴；

（土俗字）门 亲 内 妥当
（壮 文）Muenz cin neix dojdang，
（直 译）门 亲 这 妥当
（意 译）这门亲称心，

（土俗字）那利 广
（壮 文）Nazreih gvangq，
（直 译）田地 多
（意 译）田地多，

（土俗字）衣 家当 文 坡
（壮 文）Ndei gyadangq baenz byoz.
（直 译）好 家当 成 堆
（意 译）家当数不尽。

Hoengz Cung【gyangj】
洪忠【白】
（土俗字）刘 朋友 偻 麻兰 会会 讲 吧
（壮 文）Louz baengzyoux，raeuz maranz hoihhoih gyangj ba.
（直 译）刘 朋友 我们 回家 慢慢 说 吧
（意 译）刘朋友，我们回家慢慢谈吧。

Louz Sinz【gyangj】
刘仁【白】
(土俗字) 衣
(壮　文) Ndei!
(直　译) 好
(意　译) 好!

Hoengz Cung【gyangj】
洪忠【白】
(土俗字) 请
(壮　文) Cingj!
(直　译) 请
(意　译) 请!
【Song vunz caez roengz. Fan muq daihnyih hai.】
【俩人同下。二道幕开。】

Henghva【fwngz gaem sienq, Mienh fwen mienh hwnj. Guh fwen】
杏花【手持扇，边歌边上。唱】
(土俗字) 逢　岑　巴 扇　内　勾 各 议　于　心
(壮　文) Fwngz gaem baj sienq neix, Gou gag ngeix ndaw sim;
(直　译) 手　拿　把 扇　这　我 自 思　里心
(意　译) 扇子拿手上，我心里自想;

(土俗字) 存　计　贵 凳　金 岑　德　总　布　放
(壮　文) Ngonz gaeq gviq daengq gim, Gaem dawz cungj mbouj cuengq.
(直　译) 看　它　贵 如　金 拿　着　都　不　放
(意　译) 看它贵如金，拿着不舍放。

【Gyangj】
【白】
(土俗字) 真 料 布　腾　眉 约 难 会　听　仆 勾 讲
(壮　文) Cin liuh mbouj daengz, meiz iek nanz hoih. Dingq boh gou gyangj,
(直　译) 真 想 不　到　有 约 难 会　听　爸 我 讲
(意　译) 真想不到，有约难会，听我爸讲，

(土俗字) 老师　示 公老　丑怪　刁　正　相反
(壮　文) lauxsae seix goenglaux coujgvaiq ndeu. Cingq siengfanj,
(直　译) 老师　是 老头　丑怪　一　刚好 相反
(意　译) 老师是个丑怪的老头。刚好相反，

(土俗字) 父 老师 内 示 父 伝衣 勾 意 爹 教
(壮 文) boux lauxsae neix seix boux vunzndei, gou eiq di gyauq.
(直 译) 个 老师 这 是 个 好人 我 爱 他 教
(意 译) 这位老师是个好人，我喜欢让他教。
【Yaek haeuj ranzsaw bei.】
【要进书房。】

Muizyieng【dawz haeuxromh hwnjdaeuj, gyangj】
梅香【捧早饭上，白】
(土俗字) 小姐 盟 痕曾 啃 厚早 盟 袖 口 兰书 嘛
(壮 文) Siujcej, mwngz haenzcaengz gwn haeuxromh, mwngz couh haeuj ranzsaw ma?
(直 译) 小姐 你 还未 吃 早餐 你 就 进 书房 吗
(意 译) 小姐，你还没吃早餐，就要上书房呀?

Henghva【gyangj】
杏花【白】
(土俗字) 勾 心昂 啃 也 礼 布 啃 也 礼
(壮 文) Gou sim'angq, gwn hix ndaej, mbouj gwn hix ndaej.
(直 译) 我 高兴 吃 也 得 不 吃 也 得
(意 译) 我心情愉快，吃也可，不吃也可。

Muizyieng【gyangj】
梅香【白】
(土俗字) 小姐 艮内 厚早 盟 定 欧 啃饮 批 取 礼
(壮 文) Siujcej, ngoenzneix haeuxromh mwngz dingh aeu gwnyimq bei coj ndaej.
(直 译) 小姐 今天 早餐 你 定 要 吃饱 去 才 得
(意 译) 小姐，今天早餐你一定吃饱才好。
【Cuengq vanjhaeux roengzdaeuj.】
【放下饭碗。】

Henghva【cuengq sienq gwnz daiz, gyangj】
杏花【放扇台上，白】
(土俗字) 为 计尔
(壮 文) Vih gaejrawz?
(直 译) 为 什么
(意 译) 为什么?

Muizyieng【gyangj】
梅香【白】

(土俗字)阵 添 老爷 夭 盟 批 忐 楼 考 盟
(壮 文)Caenh dem, lauxi eu mwngz bei gwnz laeuz hauj mwngz.
(直 译)一会 还 老爷 叫 你 到 上 楼 考 你
(意 译)一会儿，老爷要你到楼上考你。

Henghva【gyangj】
杏花【白】
(土俗字)考 勾 任 爹 鱼 考 总 礼 包 爹 满意
(壮 文)Hauj gou? Nyimh di nyawz hauj cungj ndaej, bau di muenxeiq.
(直 译)考 我 任 他 怎 考 都 行 包 他 满意
(意 译)考我？任他考什么，我都能让他满意。

Muizyieng【gyangj】
梅香【白】
(土俗字)爹 满意 了 袖 布 衣 啦
(壮 文)Di muenxeiq liux couh mbouj ndei la.
(直 译)他 满意 了 就 不 好 了
(意 译)他满意了，就不好办了。

Henghva【gyangj】
杏花【白】
(土俗字)为 计尔
(壮 文)Vih gaejrawz?
(直 译)为 什么
(意 译)为什么？

Muizyieng【gyangj】
梅香【白】
(土俗字)孟 老大人 壳 宏 势 宏 夭 刘 仁 斗
(壮 文)Mungh lauxdaihsinz hak hung seiq hung, eu Louz Sinz daeuj
(直 译)孟 老大人 官 大 势 大 叫 刘 仁 来
(意 译)孟老大人官高势大，叫刘仁来

(土俗字)估媒 约 欧 盟 批 估 婢 夭 刘 仁 斗 考 盟
(壮 文)guhmuiz, yaek aeu mwngz bei guh bawx. Eu Louz Sinz daeuj hauj mwngz,
(直 译)做媒 想 要 你 去 做 儿媳 叫 刘 仁 来 考 你
(意 译)做媒，欲娶你为儿媳。叫刘仁来考你，

（土俗字）存　盟　才学　鱼样
（壮　文）ngonz mwngz caizhag nyawzyiengh.
（直　译）看　你　才学　如何
（意　译）看你才学如何。

（土俗字）浪　刘　仁　满意　盟　袖　示　婢　兰　孟　啦
（壮　文）Langh Louz Sinz muenxeiq，mwngz couh seix bawx ranz Mungh la.
（直　译）若　刘　仁　满意　你　就　是　媳妇　家　孟　了
（意　译）刘仁满意，你就是孟府媳妇了。

Henghva【gyangj】
杏花【白】
（土俗字）盟　乱讲　诱　勾
（壮　文）Mwngz luenhgyangj yaeuh gou.
（直　译）你　胡说　骗　我
（意　译）你胡说骗我。

Muizyieng【gyangj】
梅香【白】
（土俗字）照内　爹队　幼　鹿厅　讲　计　婚仕　盟
（壮　文）Ciuqneix didoih yawq rogding gyangj gaej voenseih mwngz，
（直　译）刚才　他们　在　厅堂　谈　那　婚事　你
（意　译）刚才他们在厅堂谈你的婚事，

（土俗字）勾　贼　听　礼　一清　二楚　老爷　为了　便桑　显贵
（壮　文）gou caeg dingq ndaej itcing nyihcoj. Lauxi vihliux benzsang yienjgviq，
（直　译）我　偷　听　得　一清　二楚　老爷　为了　高攀　显贵
（意　译）我偷听得一清二楚。老爷为了高攀显贵，

（土俗字）除　盟　配　哼　特仂　孟　老大人　孟　威　佑　夏
（壮　文）dawz mwngz boiq haengj daeglwg Mungh lauxdaihsinz——Mungh Vi guh yah.
（直　译）把　你　配　给　儿子　孟　老大人　孟　威　做　妻子
（意　译）把你许配孟老大人的儿子——孟威为妻。

Henghva【doeksaet，gyangj】
杏花【震惊，白】
（土俗字）奔　哈　奔　眉　布测　林沸　伝　眉　吃陷
（壮　文）Mbwn ha！Mbwn meiz mboujcaek rumzfwj，vunz meiz haethaemh
（直　译）天　啊　天　有　不测　风云　人　有　旦夕
（意　译）天呀！天有不测风云，人有旦夕

（土俗字）祸复 孟 威示父 四 好 眉 齐
（壮 文）huxfuk. Mungh Vi seix boux “seiq hauq” meiz caez,
（直 译）祸福 孟 威是 个 四 嗜好 有 全
（意 译）祸福。孟威是“四好”俱全之徒，

（土俗字）勾 布 批 勾 侄 嫁
（壮 文）gou mbouj bei, gou ndi haq.
（直 译）我 不 去 我 不 嫁
（意 译）我不去，我不嫁。

【Guh fwen】
【唱】
（土俗字）勾 古路 侄 批
（壮 文）Gou gojloh ndi bei,
（直 译）我 一定 不 去
（意 译）我肯定不去，

（土俗字）安 腾 时
（壮 文）An daengz seiz,
（直 译）即使 到 时候
（意 译）到那时，

（土俗字）徐 分尸 总 礼
（壮 文）Dawz faensei cungj ndaej;
（直 译）拿 分尸 都 行
（意 译）分尸都可以；

（土俗字）孟 威勾 布 意
（壮 文）Mungh Vi gou mbouj eiq,
（直 译）孟 威我 不 爱
（意 译）孟威我不理，

（土俗字）浪荡 子
（壮 文）Langqdangh ceij,
（直 译）浪荡 子
（意 译）浪荡子，

(土俗字) 勾 布 批 嫁 爹
(壮 文) Gou mbouj bei haq di.
(直 译) 我 不 去 嫁 他
(意 译) 我不嫁决意。

【Gyangj】
【白】
(土俗字) 孟 威 示 父 吹 嫖 饮 赌 总 犯 刁
(壮 文) Mungh Vi seix boux ci biuz yimj doj cungj famh ndeu.
(直 译) 孟 威 是 个 吸(鸦片) 嫖 淫 赌 都 犯 一
(意 译) 孟威是个吸嫖淫赌无一不犯的人。

(土俗字) 勾 反对 勾 侄 批
(壮 文) Gou fanjdoiq, gou ndi bei!
(直 译) 我 反对 我 不 去
(意 译) 我反对,我不去!

Muizyieng【gyangj】
梅香【白】
(土俗字) 幼 兰 从 父 批嫁 从 夫 老爷 之 命
(壮 文) Yawq ranz coengz foux, beihaq coengz fou. Lauxi cei mingh,
(直 译) 在 家 从 父 出嫁 从 夫 老爷 之 命
(意 译) 在家从父,出嫁从夫。老爷之命,

(土俗字) 盟 礼 顶 吗
(壮 文) mwngz ndaej dingj ma?
(直 译) 你 能 抗拒 吗
(意 译) 你能违抗吗?

Henghva【guh fwen】
杏花【唱】
(土俗字) 浪 压迫 勾 批
(壮 文) Langh atbek gou bei,
(直 译) 若 压迫 我 去
(意 译) 若硬迫我去,

(土俗字) 即 啃 机
(壮 文) Cik gwn gei,
(直 译) 就 吃 断肠草
(意 译) 吃毒草,

(土俗字)口　阴司　自了
(壮　文)Haeuj yimsei cixliux;
(直　译)进　阴司　算了
(意　译)进入阴司地;

(土俗字)免礼　受　干扰
(壮　文)Mienxndaej souh gansiux,
(直　译)免得　受　干扰
(意　译)免得受干预,

(土俗字)鸳鸯　鸟
(壮　文)Yuenyieng niux,
(直　译)鸳鸯　鸟
(意　译)鸳鸯鸟,

(土俗字)布　批 绕　勘怀
(壮　文)Mbouj bei yeux homqvaiz.
(直　译)不　去 恋　牛坑
(意　译)不恋牛坑里。

Muizyieng【gyangj】
梅香【白】
(土俗字)小姐　浪　盟　佢 愿　也 佢 欧 胎 斗
(壮　文)Siujcej, langh mwngz ndi yuenh, yex ndi aeu dai daeuj
(直　译)小姐　若　你　不 愿意　也 不 要 死 来
(意　译)小姐,若你不愿意,也不能用死来

(土俗字)对待　哈 应该　想　办法　斗　对付
(壮　文)doiqdaih ha, inggai siengj banhfap daeuj doiqfouq.
(直　译)对待　呀 应该　想　办法　来　对付
(意　译)对待问题呀,应该想办法来对付。

Henghva【gyangj】
杏花【白】
(土俗字)眉　计尔　办法　哈 勾 想　佢 通
(壮　文)Meiz gaejrawz banhfap ha, gou siengj ndi doeng.
(直　译)有　什么　办法　呀 我 想　不 通
(意　译)有什么办法呀,我想不通。

Muizyieng【ngeix，gyangj】
梅香【思考，白】
(土俗字) 喔 同内 爹斗 考 盟 时 盟 袖
(壮 文) O，doengzneix，di daeuj hauj mwngz seiz，mwngz couh
(直 译) 噢 这样 他来 考 你 时 你 就
(意 译) 噢，这样，他来考你时，你就

(土俗字) 装 弄 装 促 装 丑 哼 伊 侄 满意 批
(壮 文) cang lungh cang huk cang couj，haengj ae ndi muenxeiq bei.
(直 译) 装 疯 装 愚 装 丑 让 他 不 满意 去
(意 译) 装疯装傻装丑，让他不满意。

(土俗字) 同内 兰 孟 袖 侄 欧 盟 啦
(壮 文) Doengzneix ranz Mungh couh ndi aeu mwngz la.
(直 译) 这样 家 孟 就 不 娶 你 了
(意 译) 这样孟家就不来娶你了。

(土俗字) 浪 侄 样内 估 兰 孟 势 宏 老爷 固执
(壮 文) Langh ndi yienghneix guh，ranz Mungh seiq hung，lauxi gujcip，
(直 译) 若 不 这样 做 孟 家 势 大 老爷 固执
(意 译) 若不这样做，孟家势大，老爷固执，

(土俗字) 腾 时 轿 腾 剥都 盟 侄 批 也 争 扛 批
(壮 文) daengz seiz giuh daengz bakdou，mwngz ndi bei yex deng gang bei，
(直 译) 到 时候 轿 到 门口 你 不 去 也 挨 扛 去
(意 译) 到时候花轿临门，你不去也挨扛去，

(土俗字) 胎 总 侄 眉 时间 胎 乎
(壮 文) dai cungj ndi meiz seizgyan dai hu.
(直 译) 死 都 没 有 时间 死 乎
(意 译) 死都没时间死了。

Henghva【gyangj】
杏花【白】
(土俗字) 真 衣 真 妙
(壮 文) Cin ndei，cin miux.
(直 译) 真 好 真 妙
(意 译) 真好，真妙。

【Guh fwen】
【唱】
(土俗字)梅香 眉 主意 巧妙 计 真 依
(壮 文)Muizyieng meiz cawjeiq，Gyaujmiux gaeq cin ndei；
(直 译)梅香 有 主意 巧妙 计 真 好
(意 译)梅香有主意，施出巧妙计；

(土俗字)偻 颠倒 示非 只 徐 伊 斗 诱
(壮 文)Raeuz diendauj seixfei，Cix dawz ae daeuj yaeuh.
(直 译)我们 颠倒 是非 便 把 他 来 骗
(意 译)我颠倒是非，哄骗把他戏。

Muizyieng【guh fwen】
梅香【唱】
(土俗字)伝乖 装 伝促 夭 爹 缩 倒愣
(壮 文)Vunzgvai cang vunzhuk，Eu ae suk dauqlaeng；
(直 译)乖人 装 笨人 叫 他 缩 回去
(意 译)乖人装蠢愚，叫他缩回去；

(土俗字)途蛤 跳 口 缯 袖 转愣 途到
(壮 文)Duzgaep diuq haeuj saeng，Couh cuenqlaeng doxdauq.
(直 译)青蛙 跳 进 罾 就 转后 返回
(意 译)青蛙跳进罾，就转身回避。

Henghva【gyangj】
杏花【白】
(土俗字)袖 样内 估 盟 批 存 爹队 啃 完
(壮 文)Couh yienghneix guh，mwngz bei ngonz didoih gwn yuenz
(直 译)就 这样 做 你 去 看 他们 吃 完
(意 译)就是这样做，你去看他们喝完了

(土俗字)佫曾 勾 批 化妆 贯
(壮 文)ndicaengz，gou bei vaqcang gonq.
(直 译)没有 我 去 化妆 先
(意 译)没有，我先回去化装。

【Song vunz caez roengzbei. Hoengz Cung、Louz Sinz hwnjdaeuj.】
【两人同下。洪忠、刘仁上。】

Hoengz Cung【gyangj】
洪忠【白】
(土俗字) 内 示 吞 楼花 杏花 难礼 朋友 衣 斗 指教
(壮 文) Neix seix ndaen laeuzva Henghva, nanzndaej baengzyoux ndei daeuj ceijgyau.
(直 译) 这 是 座 花楼 杏花 难得 朋友 好 来 指教
(意 译) 这是杏花的花楼，难得良友莅临指教。

Louz Sinz【cazngonz, gyangj】
刘仁【观察，白】
(土俗字) 楼针花 装 礼 咣品品 设计 极 衣
(壮 文) Laeuzcaemva cang ndaej ndongqmyummyum, siepgaeq gig ndei.
(直 译) 绣花楼 装 得 豪华 设计 极 好
(意 译) 绣花楼房装饰豪华，设计非常好。

(土俗字) 姐细 杏花 哏艮 在 内 读书 针花
(壮 文) Dahnyaeq Henghva hwnzngoenz yawq neix doegsaw caemva,
(直 译) 小女 杏花 日夜 在 此 读书 绣花
(意 译) 杏花姑娘日夜在此读书绣花，

(土俗字) 计 才志 妲 一定 满意 眉 余
(壮 文) gaej caizceiq dah itdingh muenxeiq meiz yawz.
(直 译) 些 才志 她 一定 满意 有 余
(意 译) 她的才志一定满意有余。

Hoengz Cung【gyangj】
洪忠【白】
(土俗字) 杏花 屋斗 仂 乖 勾 傍吱 屋斗 吧
(壮 文) Henghva okdaeuj, lwg gvai gou byuengdei okdaeuj ba.
(直 译) 杏花 出来 女儿 乖 我 快点 出来 吧
(意 译) 杏花出来，我的好女儿快出来吧。

Henghva【yawq ndaw han】
杏花【内应】
(土俗字) 吃 七受 八受 盟 斗 估 计尔
(壮 文) Haet caetcaeux betcaeux, mwngz daeuj guh gaejrawz?
(直 译) 早晨 七早 八早 你 来 做 什么
(意 译) 七早八早的，你来干什么？

(土俗字) 勾 哏曾 很床 呢
(壮 文) Gou haenxcaengz hwnqcongz ne.
(直 译) 我 尚未 起床 呢
(意 译) 我还没起床呢。

Hoengz Cung【gyangj】
洪忠【白】
(土俗字) 江艮 很 几 廖扫 噜 哏 曾 很床
(壮 文) Daengngoenz hwnj gij liuqsaux lu, haenx caengz hwnqcongz?
(直 译) 太阳 升 几 竹竿 噜 还 未 起床
(意 译) 太阳升到半空啦，还没起床？

Louz Sinz【yawq haenz gyangj】
刘【旁白】
(土俗字) 杏花 劳 示 仂逼 击 吧
(壮 文) Henghva lau seix lwgmbwk gik ba?
(直 译) 杏花 恐怕 是 女孩 懒 吧
(意 译) 杏花可能是个懒姑娘吧？

Hoengz Cung【gyangj】
洪忠【白】
(土俗字) 大概 陷鸾 读书 针花 哏 来 了
(壮 文) Daihgaiq haemhluenz doegsaw caemva hwnz lai liux,
(直 译) 大概 昨晚 读书 绣花 夜深 多 了
(意 译) 大概昨夜读书绣花过更了，

(土俗字) 鲁谋 屋病 了 吃内 侄记 很床
(壮 文) roxnaeuz okbingh liux, haetneix ndigeiq hwnqcongz.
(直 译) 或者 出病 了 今早 忘记 起床
(意 译) 或是生病了，今早不能起床。

Louz Sinz【gyangj】
刘仁【白】
(土俗字) 哦 老爷 读书 针花 劳 示 发痧 吧 欧 碗
(壮 文) O, lauxi, doegsaw caemva lau seix fatsa ba, aeu vanj
(直 译) 哦 老爷 读书 绣花 恐怕 是 发痧 吧 要 碗
(意 译) 哦，老爷，读书绣花可能是发痧了吧，要碗

（土俗字）淋净 放 糖积 奏 兴 煮
（壮 文）raemxcingh cuengq dangzcik caeuq hing cawj，
（直 译）清水 放 黄糖 和 姜 煮
（意 译）清水放黄糖和姜煮，

（土俗字）哼 妲 啃 马上 袖 衣 了
（壮 文）haengj dah gwn，maxsiengh couh ndei liux.
（直 译）给 她 吃 马上 就 好 了
（意 译）给她吃，马上就好了。

Hoengz Cung【gyangj】
洪忠【白】
（土俗字）杏花 盟 文病 了 吗 勾 欧 芾 斗 哼
（壮 文）Henghva，mwngz baenzbingh liux ma，gou aeu yw daeuj haengj
（直 译）杏花 你 生病 了 吗 我 拿 药 来 给
（意 译）杏花，你发病了吗，我拿药给

（土俗字）盟 啃 吧
（壮 文）mwngz gwn ba.
（直 译）你 吃 吧
（意 译）你吃吧。

Henghva【cang ngawh，hwnjdaiz，gyangj】
杏花【装傻，上，白】
（土俗字）哎呀 哎哟
（壮 文）Aiya，aiyo!
（直 译）哎呀 哎哟
（意 译）哎呀，哎哟!

【Guh fwen】
【唱】
（土俗字）噜 防恨 曾 麻
（壮 文）Loq fangzhwnz caengz ma，
（直 译）梦 夜鬼 未 回
（意 译）夜梦今犹在，

（土俗字）选 喳喳
（壮 文）Suenj caca，
（直 译）喊 喳喳
（意 译）喊喳喳，

(土俗字) 凳　　六鸦　拉　伪
(壮　文) Daengq roega ra lwg;
(直　译) 像　　乌鸦　找　仔
(意　译) 像乌鸦找仔;

(土俗字) 害　勾　吨　　布　　得
(壮　文) Haih gou naenz mbouj ndaek,
(直　译) 害　我　睡　　不　　着
(意　译) 睡不着你害,

(土俗字) 实在　刻
(壮　文) Sidcaih nyaek,
(直　译) 实在　恨
(意　译) 真狠毒,

(土俗字) 生选　　刻　凳　　肥
(壮　文) Sengsuenj gaek daengq feiz.
(直　译) 喊叫　　紧　像　　火烧
(意　译) 急如火烧来。
【Louz Sinz baez ngonz, goemq naj doiqlaeng daengz comciengz.】
【刘仁一看,掩面倒退到墙角。】

Hoengz Cung【gyangj】
洪忠【白】
(土俗字) 示　毫 刘　斗　咯
(壮　文) Seix au Louz daeuj go.
(直　译) 是　叔 刘　来　咯
(意　译) 是刘叔来了。

Henghva【gyangj】
杏花【白】
(土俗字) 毫　刘　万复
(壮　文) Au Louz fanhfuk!
(直　译) 叔　刘　万福
(意　译) 刘叔万福!
【Ngaekngaek gyaeuj, bwn'gyaeuj fid deng naj Louz Sinz.】
【点点头,头发甩到刘仁脸上。】

Louz Sinz【uet da，gyangj】
刘仁【擦眼，白】
（土俗字）哎哟　丁灵　奔狗　拂　争　仂他　勾　斗
（壮　文）Aiyo，dingjlingz bwn'gyaeuj faet deng lwgda gou daeuj.
（直　译）哎哟　凑巧　头发　拂　到　眼睛　我　来
（意　译）哎哟，凑巧头发甩到我眼睛来了。

Henghva【rag fwngz Louz Sinz，gyangj】
杏花【拉刘仁的手，白】
（土俗字）毫　刘　请能
（壮　文）Au Louz cingjnaengh!
（直　译）叔　刘　请坐
（意　译）刘叔请坐！
【Louz Sinz faetfwngz dauqlaeng.】
【刘仁甩开手后退。】

Hoengz Cung【rag Henghva daengz lingh giz，gyangj】
洪忠【拉杏花到另一边，白】
（土俗字）盟　鱼　估　计　样子　内
（壮　文）Mwngz nyawz guh gaej yienghceij neix?
（直　译）你　怎　做　这　样子　这
（意　译）你怎么做这种样子？

Henghva【gyangj】
杏花【白】
（土俗字）鱼　样子
（壮　文）Nyawz yienghceij?
（直　译）怎　样子
（意　译）什么样子？

Hoengz Cung【gyangj】
洪忠【白】
（土俗字）艮内　示　艮　决定　命运　盟
（壮　文）Ngoenzneix seix ngoenz gietdingh minghvunh mwngz，
（直　译）今天　是　日子　决定　命运　你
（意　译）今天是决定你命运的日子，

（土俗字）盟 应该 昂 取 衣 傍吱 批麻 擂狗 装躺
（壮 文）mwngz inggai angq coj ndei. Byuengdei beima roigyaeuj cangndang.
（直 译）你 应该 高兴 才 好 快点 回去 梳头 打扮
（意 译）你应该高兴才对。快回去梳洗打扮。

Henghva【ngauz ndang，gyangj】
杏花【摇身，白】
（土俗字）嘿 嘿
（壮 文）Hei hei.
（直 译）嘿 嘿
（意 译）嘿嘿。

Louz Sinz【gyangj】
刘仁【白】
（土俗字）伝 衣 布 在 装躺
（壮 文）Vunz ndei mbouj caix cangndang.
（直 译）人 美 不 在乎 打扮
（意 译）人美不在于打扮。

Hoengz Cung【gyangj】
洪忠【白】
（土俗字）仂 勾 奔生 衣存 为麻 艮内 同内 恶存
（壮 文）Lwg gou mbwnseng ndeingonz，vihmaz ngoenzneix doengzneix yakngonz?
（直 译）儿 我 天生 好看 为何 今天 如此 难看
（意 译）我女儿天生美丽，为何今天如此难看？

（土俗字）勾 愿 胎 布 伦 路 噜
（壮 文）Gou yuenh dai mbouj rin loh lo.
（直 译）我 愿 死 不 见 路 噜
（意 译）我愿死却找不到路了。

Louz Sinz【gyangj】
刘仁【白】
（土俗字）老爷 礼 开 考 噜吧
（壮 文）Lauxi，ndaej hai hauj luba?
（直 译）老爷 可 开 考 了吧
（意 译）老爷，可以开始考试了吧？

Hoengz Cung【yiengq Henghva，gyangj】
洪忠【向杏花，白】
（土俗字）毫 刘 伦 来 鲁 来 艮内 特定 斗 考 盟
（壮 文）Au Louz rin lai rox lai，ngoenzneix daegdingh daeuj hauj mwngz，
（直 译）叔 刘 见 多 知 多 今天 特定 来 考 你
（意 译）刘叔见多识广，今天特来考你，

（土俗字）存 盟 段内 读书 示 布 示 眉 进步
（壮 文）ngonz mwngz duenhneix doegsaw seix mbouj seix meiz cinqbouh，
（直 译）看 你 近来 读书 是 不 是 有 进步
（意 译）看你近来读书是否有进步，

（土俗字）盟 欧 认真 对待
（壮 文）mwngz aeu nyinhcin doiqdaih.
（直 译）你 要 认真 对待
（意 译）你要认真对待。

Henghva【gyangj】
杏花【白】
（土俗字）考 袖 考 劳 计尔
（壮 文）Hauj couh hauj，lau gaejrawz?
（直 译）考 就 考 怕 什么
（意 译）考就考，怕什么?

Hoengz Cung【yiengq Louz Sinz gyangj】
洪忠【向刘仁白】
（土俗字）衣 朋友 请
（壮 文）Ndei baengzyoux cingj!
（直 译）好 朋友 请
（意 译）良友请!

Louz Sinz【gyangj】
刘仁【白】
（土俗字）同内 勾 袖 屋 题 杏花 勾 参 盟
（壮 文）Doengzneix gou couh ok daez. Henghva gou cam mwngz，
（直 译）这样 我 就 出 题 杏花 我 问 你
（意 译）那我就出题。杏花我问你，

（土俗字）教　仂逼　眉　计尔　来
（壮　文）gyauq lwgmbwk meiz gaejrawz lai?
（直　译）教　女孩　有　什么　多
（意　译）训教闺女有些什么？

Henghva【gyangj】
杏花【白】
（土俗字）爸　教　仂逼　眉　计尔　来
（壮　文）Baj，gyauq lwgmbwk meiz gaejrawz lai?
（直　译）爸　教　女孩　有　什么　多
（意　译）爸，教训闺女有什么那么多？

Hoengz Cung【gyangj】
洪忠【白】
（土俗字）爹 示　参　盟　侄 示　参　勾　哈
（壮　文）Di seix cam mwngz，ndi seix cam gou ha.
（直　译）他 是　问　你　不 是　问　我　呀
（意　译）他是问你，不是问我呀。

Henghva【gyangj】
杏花【白】
（土俗字）示　勾　参　盟　呀
（壮　文）Seix gou cam mwngz ya!
（直　译）是　我　问　你　呀
（意　译）是我问你呀！

Hoengz Cung【rag Henghva daengz lingh giz，gyangj】
洪忠【拉杏花到另一边，白】
（土俗字）吱呀　一 示　心 布　礼　乱　想　二　示　他 布　礼
（壮　文）Aeya，it seix sim mbouj ndaej luenh siengj，nyih seix da mbouj ndaej
（直　译）哎呀　一 是　心 不　得　乱　想　二　是　眼 不　得
（意　译）唉呀，一是心不得乱想，二是眼不得

（土俗字）乱　存　三　示　嘹 布　献　哓　四　示　派
（壮　文）luenh ngonz，sam seix riu mbouj yenq heuj，seiq seix byaij
（直　译）乱　看　三　是　笑 不　露　牙　四　是　走
（意　译）乱看，三是笑不露齿，四是行

(土俗字) 布 献 丁
(壮 文) mbouj yenq din.
(直 译) 不 露 脚
(意 译) 不露足。

Henghva【gyangj】
杏花【白】
(土俗字) 哦 勾 鲁 啦
(壮 文) O, gou rox la.
(直 译) 哦 我 知道 了
(意 译) 哦，我知道了。

【Doiq Louz Sinz gyangj】
【对刘仁白】
(土俗字) 一 心 不 乱 存 二 他 布 乱 想
(壮 文) It sim mbouj luenh ngonz, nyih da mbouj luenh siengj,
(直 译) 一 心 不 乱 看 二 眼 不 乱 想
(意 译) 一心不乱看，二眼不乱想，

(土俗字) 三 嘹 布 献 丁 四 派 布 献 哓
(壮 文) sam riu mbouj yenq din, seiq byaij mbouj yenq heuj.
(直 译) 三 笑 不 露 脚 四 走 不 露 牙
(意 译) 三笑不露足，四行不露齿。

Louz Sinz【gyangj】
刘仁【白】
(土俗字) 计尔 心 布 乱 存 他 布 乱 想
(壮 文) Gaejrawz sim mbouj luenh ngonz, da mbouj luenh siengj.
(直 译) 什么 心 不 乱 看 眼 不 乱 想
(意 译) 什么心不旁观，目不乱想。

(土俗字) 哎 六 啦
(壮 文) Ai, loek la.
(直 译) 哎 错 了
(意 译) 唉，错了。

Hoengz Cung【gyangj】
洪忠【白】

(土俗字) 衣 朋友 杏花 因为 腓小 神劳 答 六 啦
(壮 文) Ndei baengzyoux, Henghva invih mbeisiuj saenzlau, dap loek la,
(直 译) 好 朋友 杏花 因为 胆小 害怕 答 错 了
(意 译) 良友，杏花因为胆小怯场，答错了，

(土俗字) 请 原谅
(壮 文) cingj nyuenzliengh.
(直 译) 请 原谅
(意 译) 请原谅。

Louz Sinz【gyangj】
刘仁【白】
(土俗字) 神劳 示 免 否 礼 杏花 计 用 神 勾
(壮 文) Saenzlau seix mienx mbouj ndaej, Henghva gaej yungh saenz gou.
(直 译) 害怕 是 免 不 得 杏花 不 用 怕 我
(意 译) 害怕是难免的，杏花不用怕我。

(土俗字) 再 参 盟 计尔 夭 估 三从 四德
(壮 文) Caiq cam mwngz, gaejrawz eu guh "samcoengz" "seiqdaek"?
(直 译) 再 问 你 什么 叫 做 三从 四德
(意 译) 再问你，什么叫作"三从""四德"？

Henghva【gyangj】
杏花【白】
(土俗字) 考壳 伝宏 三从 示 幼 兰 从 仆
(壮 文) Haujhak vunzhung, "samcoengz" seix yawq ranz coengz foux,
(直 译) 考官 大人 三从 是 在 家 从 父
(意 译) 考官大人，"三从"是在家从父，

(土俗字) 批嫁 从 勾 夫 胎 同 胎
(壮 文) beihaq coengz gou, fou dai doengz dai.
(直 译) 出嫁 从 我 夫 死 同 死
(意 译) 出嫁从我，夫死同死。

【Louz Sinz ngauzgyaeuj, Hoengz Cung nyaenqnyat.】
【刘仁摇头，洪忠尴尬。】
Louz Sinz【gyangj】
刘仁【白】

(土俗字) 计尔　示　四德
(壮　文) Gaejrawz seix “seiqdaek”?
(直　译) 什么　是　四德
(意　译) 什么是“四德”?

Henghva【gyangj】
杏花【白】
(土俗字) 得　欧　钱　得　啃　娄　得　当　壳　得　享乐
(壮　文) Daek aeu cienz, daek gwn laeuj, daek dang hak, daek yiengjlag.
(直　译) 得　要　钱　得　喝　酒　得　当　官　得　享乐
(意　译) 得要钱，得喝酒，得当官，得享乐。

Louz Sinz【gyangj】
刘仁【白】
(土俗字) 示　汝　教　盟　哈
(壮　文) Seix bawz gyauq mwngz ha?
(直　译) 是　谁　教　你　呀
(意　译) 是谁教你呀?

Hoengz Cung【gyangj】
洪忠【白】
(土俗字) 汝　教　盟　样内　答
(壮　文) Bawz gyauq mwngz yienghneix dap?
(直　译) 谁　教　你　这样　答
(意　译) 谁教你这样答?

Henghva【yinx gyaeuj cihgeij, gyangj】
杏花【指自己的头，白】
(土俗字) 示　恩　内　教　勾　哈哈
(壮　文) Seix aen neix gyauq gou, haha……
(直　译) 是　个　这　教　我　哈哈
(意　译) 是这个教我，哈哈……

Louz Sinz【gyangj】
刘仁【白】
(土俗字) 老爷　暂　考　腾　内　杏花　挂愣　欧　认真
(壮　文) Lauxi, camh hauj daengz neix. Henghva gvaqlaeng aeu nyinhcin
(直　译) 老爷　暂　考　到　这里　杏花　以后　要　认真
(意　译) 老爷，暂考到此。杏花今后要认真

(土俗字) 读书　　考试　　完　　了
(壮　文) doegsaw. Haujseiq yuenz liux.
(直　译) 读书　　考试　　完　　了
(意　译) 读书。考试结束。

Henghva【gyangj】
杏花【白】
(土俗字) 壳考　　伝宏　　　勾　考　礼　　几来 分
(壮　文) Hakhauj vunzhung, gou hauj ndaej gijlai faen?
(直　译) 考官　　大人　　　我　考　得　　几多 分
(意　译) 考官大人，我考得多少分?

Louz Sinz【gyangj】
刘仁【白】
(土俗字) 礼　　10 分　　扣　　90 分
(壮　文) Ndaej 10 faen, gaeu 90 faen.
(直　译) 得　　10 分　　扣　　90 分
(意　译) 得 10 分，扣 90 分。

Henghva【gyangj】
杏花【白】
(土俗字) 为　计尔　　扣　　90 分
(壮　文) Vih gaejrawz gaeu 90 faen?
(直　译) 为　什么　　扣　　90 分
(意　译) 为什么扣 90 分?

Louz Sinz【gyangj】
刘仁【白】
(土俗字) 尽　答　争　十　分　　之　一　反答　　十　分　　之　九
(壮　文) Cinx dap deng cib faenh cei it, fanjdap cib faenh cei gyuj.
(直　译) 只　答　对　十　分　　之　一　反答　　十　分　　之　九
(意　译) 只答对十分之一，答错十分之九。

(土俗字) 所以　扣　　90 分
(壮　文) Sojhix gaeu 90 faen.
(直　译) 所以　扣　　90 分
(意　译) 所以扣 90 分。

Henghva【gyangj】
杏花【白】
（土俗字）同内　考试　今本　80 分　勾　麻　兰书
（壮　文）Doengzneix haujseiq gaembonj 80 faen，gou ma ranzsaw
（直　译）这样　考试　亏本　80 分　我　回　书房
（意　译）这样考试亏本 80 分，我去书房

（土俗字）读书　补赔
（壮　文）doegsaw boujboiz.
（直　译）读书　补上
（意　译）读书弥补。
【Dawz saw roengzbei.】
【拿书下。】

Louz Sinz【gyangj】
刘仁【白】
（土俗字）大　失望　大　失望
（壮　文）Daih saetmuengh，daih saetmuengh.
（直　译）大　失望　大　失望
（意　译）大失所望，大失所望。

【Guh fwen】
【唱】
（土俗字）皮　内　估　考试
（壮　文）Baez neix guh haujseiq，
（直　译）次　这　做　考试
（意　译）这次来考试，

（土俗字）坏　神气
（壮　文）Vaih sinzheiq，
（直　译）坏　神气
（意　译）坏精力，

（土俗字）布　满意　则吱
（壮　文）Mbouj muenxeiq caekdei；
（直　译）不　满意　一点
（意　译）一点不满意；

(土俗字) 凳　教　怀　很　梨
(壮　文) Daengq gyauq vaiz hwnj lei,
(直　译) 像　教　牛　上　梯
(意　译) 像教牛爬梯，

(土俗字) 费　心机
(壮　文) Feiq simgei,
(直　译) 费　心机
(意　译) 费心机，

(土俗字) 嘛　乐枝　布　礼
(壮　文) Ma ragcei mbouj ndaej.
(直　译) 狗　拉犁　不　得
(意　译) 狗无法拉犁。

Hoengz Cung【gyangj】
洪忠【白】
(土俗字) 望　衣　朋友　幼　剥那　孟　大人　来来
(壮　文) Muengh ndei baengzyoux yawq baknaj Mungh daihsinz lailai
(直　译) 望　好　朋友　在　面前　孟　大人　多多
(意　译) 望良友在孟大人面前多多

(土俗字) 包涵　来 讲　吱 话衣
(壮　文) bauhamz, lai gyangj dei vahndei.
(直　译) 包涵　多 讲　些 好话
(意　译) 包涵，多多美言。

Louz Sinz【guh fwen】
刘仁【唱】
(土俗字) 装　蛤　争　公修
(壮　文) Cang gaep deng goengqsou,
(直　译) 装　青蛙 着　癞蛤蟆
(意　译) 装蛙得蛤蟆，

(土俗字) 盟　夭 勾
(壮　文) Mwngz eu gou,
(直　译) 你　叫 我
(意　译) 你叫我，

（土俗字）样尔　　　抽　礼　吕
（壮　文）Yienghrawz caeu ndaej lawx;
（直　译）怎样　　　藏　得　固
（意　译）怎样瞒人家；

（土俗字）途盟　　　妲　　子女
（壮　文）Duzmwngz dah　ceijnawx,
（直　译）你的　　　女(个) 子女
（意　译）你女儿太差，

（土俗字）计　言语
（壮　文）Gaej nyienznyawx,
（直　译）其　言语
（意　译）其言语，

（土俗字）存　　嫁娶　　难　文
（壮　文）Ngonz gyaqsawx nanz baenz.
（直　译）看　　嫁娶　　难　成
（意　译）难办成娶嫁。

Hoengz Cung【guh fwen】
洪忠【唱】
（土俗字）估媒　　欧　剥流
（壮　文）Guhmuiz aeu bakraeuz,
（直　译）做媒　　要　嘴滑
（意　译）做媒嘴要滑，

（土俗字）照　勾　谋
（壮　文）Ciuq gou naeuz,
（直　译）照　我　说
（意　译）照我话，

（土俗字）衣恶　　由　盟　　讲
（壮　文）Ndeiyak youz mwngz gyangj;
（直　译）好坏　　由　你　　说
（意　译）由你说好差；

（土俗字）估媒　眉　麻　赚
（壮　文）Guhmuiz meiz maz canh，
（直　译）做媒　有　何　赚
（意　译）做媒有赚吗，

（土俗字）时　浪当
（壮　文）Seiz langhdangh，
（直　译）时　徒劳
（意　译）白费话

（土俗字）啃　争　慢顶奔
（壮　文）Gwn deng manhdingjmbwn.
（直　译）吃　着　指天椒
（意　译）吃椒不怕辣。

Hoengz Cung【gyangj】
洪忠【白】
（土俗字）刘　仁　勾　求求　盟　门　亲仕　内　文　鲁
（壮　文）Louz Sinz，gou gyuzgyuz mwngz，muenz cinseih neix baenz rox
（直　译）刘　仁　我　求求　你　门　亲事　这　成　或
（意　译）刘仁，我求求你，这门亲事成与

（土俗字）侄　文　关键　幼　盟　浪古　文　之　话
（壮　文）ndi baenz，gvangienh yawq mwngz. Langhgoj baenz cei vah，
（直　译）不　成　关键　在　你　倘若　成　之　话
（意　译）不成，关键在于你。若成功的话，

（土俗字）勾　布　亏　盟　勾　哼　盟　三　百　两
（壮　文）gou mbouj vi mwngz. Gou haengj mwngz sam bek liengx
（直　译）我　不　亏　你　我　给　你　三　百　两
（意　译）我不会亏待你的。我给你三百两

（土俗字）酬金　时内　先　哼　盟　一　百　两
（壮　文）saeuzgim. Seizneix sien haengj mwngz it bek liengx.
（直　译）酬金　现在　先　给　你　一　百　两
（意　译）酬金。现在先给你一百两。

Hoengz Cung【yienq saeuzgim haengj Louz Sinz，ciep gyangj】
洪忠【把酬金献给刘仁，接白】

(土俗字) 仕　文　挂后　再　哼　双　百　两
(壮　文) Seih baenz gvaqhaeuh，caiq haengj song bek liengx.
(直　译) 事　成　以后　再　给　二　百　两
(意　译) 事成之后，再给两百两。

Louz Sinz【gyangj】
刘仁【白】
(土俗字) 银　示　小仕　责任　勾　示　大仕　单劳
(壮　文) Nyaenz seix siujseih，ceknyimh gou seix daihseih. Danlau ……
(直　译) 钱　是　小事　责任　我　是　大事　只怕
(意　译) 钱是小事，我的责任是大事。只怕……

Hoengz Cung【gyangj】
洪忠【白】
(土俗字) 单劳　计尔　除　批
(壮　文) Danlau gaejrawz，dawz bei.
(直　译) 只怕　什么　拿　去
(意　译) 担忧什么，拿去。
【Caet nyaenz haeuj ndawfwngz Louz Sinz.】
【把银子放在刘仁手上。】

Louz Sinz【guh fwen】
刘仁【唱】
(土俗字) 眉　心　哼　尺　欧
(壮　文) Meiz sim haengj cik aeu，
(直　译) 有　心　给　就　要
(意　译) 有心给就领，

(土俗字) 空艾　勾
(壮　文) Hoengngaih gou，
(直　译) 但是　我
(意　译) 但我惊，

(土俗字) 心　又　忧令令
(壮　文) Sim youh youringring；
(直　译) 心　又　忧心忡忡
(意　译) 是十分忧心；

(土俗字) 欧 钱 侄 欧 命
(壮 文) Aeu cienz ndi aeu mingh,
(直 译) 要 钱 不 要 命
(意 译) 要钱不要命,

(土俗字) 胎 布 定
(壮 文) Dai mbouj dingh,
(直 译) 死 不 一定
(意 译) 死不定,

(土俗字) 银 反正 暂 抽
(壮 文) Nyaenz fanjcingq camh caeu.
(直 译) 钱 反正 暂 收藏
(意 译) 暂藏钱打听。

【gyangj】
【白】
(土俗字) 鱼 讲 总 礼 勾 狠行 估仕 收 文 亲家
(壮 文) Nyawz gyangj cungj ndaej, gou haenqrengz guhseih. Sou baenz cin'gya,
(直 译) 怎 讲 都 行 我 尽力 做事 你们 成 亲家
(意 译) 总而言之,我尽力做事。你们成亲家,

(土俗字) 示 途收 福气 侄 文 也 侄 坚 勾 仕
(壮 文) seix duzsou fukheiq, ndi baenz yex ndi gven gou seih.
(直 译) 是 你们的 福气 不 成 也 不 关 我 事
(意 译) 是你们福气,不成也不关我的事。

Hoengz Cung【gyangj】
洪忠【白】
(土俗字) 一切 总 凭 盟 朋友 费心 噜
(壮 文) Itciet cungj baengh mwngz baengzyoux feiqsim lo.
(直 译) 一切 都 靠 你 朋友 费心 啦
(意 译) 一切都劳良友你费心啦。

Louz Sinz【gyangj】
刘仁【白】
(土俗字) 应该 应该 批麻 啦
(壮 文) Inggai, inggai, beima la!
(直 译) 应该 应该 回去 啦
(意 译) 应该,应该,告辞啦!

Hoengz Cung【gyangj】
洪忠【白】
(土俗字) 衣 批
(壮 文) Ndei bei!
(直 译) 好 走
(意 译) 好走!
【Louz Sinz roengzbei, Henghva hwnjdaeuj.】
【刘仁下，杏花上。】

Henghva【gyangj】
杏花【白】
(土俗字) 爸 陶 先生 批 渠 了
(壮 文) Baj, Dauz sienseng bei gyawz liux?
(直 译) 爸 陶 先生 去 哪 了
(意 译) 爸，陶先生哪里去了?

Hoengz Cung【gyangj】
洪忠【白】
(土俗字) 盟 拉 伊 估 计尔
(壮 文) Mwngz ra ae guh gaejrawz?
(直 译) 你 找 他 干 什么
(意 译) 你找他干什么?

Henghva【gyangj】
杏花【白】
(土俗字) 勾 夭 伊 教 书 哈
(壮 文) Gou eu ae gyauq saw ha!
(直 译) 我 叫 他 教 书 呀
(意 译) 我叫他教书呀!

Hoengz Cung【gyangj】
洪忠【白】
(土俗字) 盟 夭 伊 教书 伊 侄 教 盟 了
(壮 文) Mwngz eu ae gyauqsaw? Ae ndi gyauq mwngz liux.
(直 译) 你 叫 他 教书 他 不 教 你 了
(意 译) 你叫他教书? 他不教你了。

Henghva【gyangj】
杏花【白】

(土俗字) 为 计尔
(壮 文) Vih gaejrawz?
(直 译) 为 什么
(意 译) 为什么?

Hoengz Cung【gyangj】
洪忠【白】
(土俗字) 陷鸾 盟 乱 批 兰书 伊 勾 谋 伊 几 句
(壮 文) Haemhluenz mwngz luenh bei ranzsaw ae, gou naeuz ae gij caenz,
(直 译) 昨晚 你 乱 进 书房 他 我 说 他 几 句
(意 译) 昨晚你乱到他书房去,我说他几句,

(土俗字) 伊 那丑 来 各 劫 填 连哏 条 了
(壮 文) ae najcouj lai, gag geb denz lienzhwnz deuz liux.
(直 译) 他 丑脸 多 自 卷 被子 连夜 走 了
(意 译) 他惭愧得无地自容,连夜卷行李走了。

Henghva【gyangj】
杏花【白】
(土俗字) 爸 勾 约 读书 再 请 伊 斗 教 勾
(壮 文) Baj, gou yaek doegsaw, caiq cingj ae daeuj gyauq gou.
(直 译) 爸 我 要 读书 再 请 他 来 教 我
(意 译) 爸,我要读书,再请他来教我。

Hoengz Cung【gyangj】
洪忠【白】
(土俗字) 衣 衣 勾 另 请 父 老师 更 衣 斗 教 盟
(壮 文) Ndei, ndei, gou lingh cingj boux lauxsae gengq ndei daeuj gyauq mwngz.
(直 译) 好 好 我 另 请 个 老师 更 好 来 教 你
(意 译) 好,好,我另请一位更好的老师来教你。
【Hoengz Cung roengzbei.】
【洪忠下。】

Henghva【gyangj】
杏花【白】
(土俗字) 佢 佢 勾 欧 陶 先生 勾 欧 陶 老师
(壮 文) Ndi ndi, gou aeu Dauz sienseng, gou aeu Dauz lauxsae!
(直 译) 不 不 我 要 陶 先生 我 要 陶 老师
(意 译) 不不,我要陶先生,我要陶老师!

【Hai sienq daeuj ngonz.】
【开扇来看。】

【Guh fwen】
【唱】
（土俗字）勾　今　巴扇　幼　于　逢
（壮　文）Gou gaem bajsienq yawq ndaw fwngz,
（直　译）我　拿　扇子　在　中　手
（意　译）我拿扇子在手中，

（土俗字）想　腾　相公　心　尽　容
（壮　文）Siengj daengz siengqgoeng sim cinx yungz;
（直　译）想　到　相公　心　全　溶
（意　译）想到相公心都溶；

（土俗字）几时　再　礼　途　伦那
（壮　文）Gijseiz caiq ndaej dox rinnaj,
（直　译）几时　再　得　相　见面
（意　译）几时再得来相见，

（土俗字）花桃　几时　又　到　红
（壮　文）Vadauz gijseiz youh dauq hoengz.
（直　译）桃花　几时　又　再　红
（意　译）桃花几时又再红。

【Ciep fwen】
【接唱】
（土俗字）难　了　难　难　了　难
（壮　文）Nanz liux nanz nanz liux nanz,
（直　译）难　了　难　难　了　难
（意　译）难了难难了难，

（土俗字）狗因　意乱　心　又　烦
（壮　文）Gyaeujin eiqluenh sim youh fanz;
（直　译）头痛　意乱　心　又　烦
（意　译）头疼意乱心又烦；

（土俗字）伝生　　眉　昂　也　眉　苦
（壮　文）Vunzseng meiz angq yex meiz hoj,
（直　译）人生　　有　乐　也　有　苦
（意　译）人生有乐也有苦，

（土俗字）父尔　　鲁　勾　暗　伤寒
（壮　文）Bouxrawz rox gou amq sienghanz;
（直　译）哪个　　知　我　暗　伤寒
（意　译）哪个知我暗伤寒；

（土俗字）途伦　也　难　驳　也　难
（壮　文）Doxrin yex nanz byuek yex nanz,
（直　译）相见　也　难　别　也　难
（意　译）相见也难别也难，

（土俗字）林东　　无　力　百　花　残
（壮　文）Rumzdoeng fouz lig bek va canz;
（直　译）东风　　无　力　百　花　残
（意　译）东风无力百花残；

（土俗字）暖蚕　腾　胎　丝　取　勒
（壮　文）Noncanz daengz dai sei coj raeg,
（直　译）春蚕　到　死　丝　方　尽
（意　译）春蚕到死丝方尽，

（土俗字）蜡烛　文　豆　林他　干
（壮　文）Labcuk baenz daeuh raemxda gan.
（直　译）蜡烛　成　灰　眼泪　干
（意　译）蜡烛成灰泪始干。
【Siengsim dwk roengzbei.】
【伤心地下。】

【Roengzmuq.】
【幕下。】

（土俗字）场　大五　秀才　苄病　争　认屋
（壮　文）Ciengz Daihhaj Souqcaiz Ywbingh Deng Nyinh'ok
（直　译）场　第五　秀才　治病　被　识破
（意　译）第五场　秀才治病被识破

【Yawq baknaj daihnyih fan muq，Dauz Daihhingq fwngz gaem vamoq，aemq ndaen daehsaw ndeu，hwnjdaeuj.】

【二道幕前，陶大庆手持鲜花，背一只书袋，上。】

Dauz Daihhingq【guh fwen】

陶大庆【唱】

（土俗字）东家　无情　逼　勾　辞
（壮　文）Doenggya fouzcingz bik gou swz，
（直　译）东家　无情　逼　我　辞
（意　译）东家无情逼我辞，

（土俗字）该　字　代写　变　生计
（壮　文）Gai cih daixsij maeuz senggeiq；
（直　译）卖　字　代写　谋　生计
（意　译）代写卖文谋生计；

（土俗字）隔离　情伝　眉　三　日
（壮　文）Gekliz cingzvunz meiz sam sid，
（直　译）隔离　情人　有　三　日
（意　译）离别情人有三日，

（土俗字）逢　今　花慕　心　苦悲
（壮　文）Fwngz gaem vamoq sim hojbei；
（直　译）手　拿　鲜花　心　苦悲
（意　译）手捧鲜花心悲戚；

（土俗字）温　血　林　车 花 督　南
（壮　文）Vun rued rumz ci va doek namh，
（直　译）雨　打　风　吹 花 落　地
（意　译）风吹雨打花落地，

(土俗字) 杏花　督　勒　尽　劳　杞
(壮　文) Henghva doek raeg cinx lauq ngeiq;
(直　译) 杏花　落　尽　空　剩　枝
(意　译) 杏花落尽空留枝;

(土俗字) 藕棍　丝幸　情　痕　幼
(壮　文) Ngaeuxgoenq seirengh cingz haenz yawq,
(直　译) 藕断　丝连　情　还　在
(意　译) 藕断丝连情还在,

(土俗字) 查例　难　轧　淋　分离
(壮　文) Caxraeh nanz cab raemx faenliz;
(直　译) 利刀　难　切　水　分离
(意　译) 利刀难切水分离;

(土俗字) 打　勾　争　离　吞　洪府
(壮　文) Daj gou deng liz ndaen Hoengzfouj,
(直　译) 从　我　被　离　个　洪府
(意　译) 我自离开那洪府,

(土俗字) 啃　布　鲁　味　盹　布　衣
(壮　文) Gwn mbouj rox meih naenz mbouj ndei.
(直　译) 吃　不　知　味　睡　不　好
(意　译) 不吃不睡苦不已。

【Ciep guh fwen】
【接唱】
(土俗字) 伸　能　布　稳　心　尽　烦
(壮　文) Ndin naengh mbouj onj sim cin fanz,
(直　译) 立　坐　不　安　心　真　烦
(意　译) 坐立不安心很烦,

(土俗字) 凳文　六伪　离　青山
(壮　文) Daengqbaenz roeglwg liz cingsan;
(直　译) 好比　小鸟　离　青山
(意　译) 好比鸟儿离青山;

(土俗字) 淋　浮 笼　滩　眉　情意
(壮　文) Raemx lu roengz dan meiz cingzeiq,
(直　译) 水　流 下　滩　有　情意
(意　译) 流水下滩有情意,

(土俗字) 途认　容易　途伦　难
(壮　文) Doxnyinh yungzheih doxrin nanz.
(直　译) 相识　容易　相见　难
(意　译) 相识容易相见难。

【Muengh mbwn, gyangj】
【望天,白】
(土俗字) 时间　布　受　啦 很街　该 字 喽
(壮　文) Seizgyan mbouj caeux la, hwnjgyai gai cih lu.
(直　译) 时间　不　早　了 上街　卖 字 了
(意　译) 时间不早了,上街去卖文了。
【Byaij gij yamq, caeuq Muizyieng doxbungq.】
【走几步,与梅香相遇。】

Muizyieng【gyangj】
梅香【白】
(土俗字) 相公　盟　批 渠
(壮　文) Siengqgoeng mwngz bei gyawz?
(直　译) 相公　你　去 哪
(意　译) 相公往哪去?

Dauz Daihhingq【gyangj】
陶大庆【白】
(土俗字) 哦 梅香　勾 批圩 该 字
(壮　文) O, Muizyieng, gou beihaw gai cih.
(直　译) 哦 梅香　我 上街 卖 字
(意　译) 哦,梅香,我上街卖文。

Muizyieng【gyangj】
梅香【白】
(土俗字) 该 计尔　字 呀
(壮　文) Gai gaejrawz cih ya?
(直　译) 卖 什么　字 呀
(意　译) 卖什么文的?

Dauz Daihhingq【gyangj】
陶大庆【白】
(土俗字) 颂 伝 写对 写函龛 写信 梅香 盟 批渠
(壮 文) Coengh vunz sij doiq，sij hamzham，sij sinq. Muizyieng mwngz bei gyawz?
(直 译) 帮 人 写对联 写龛堂 写信 梅香 你 去哪
(意 译) 帮人写对联，写龛堂，写书信。梅香你去哪里？

(土俗字) 小姐 几良 内 躺 衣 吗
(壮 文) Siujcej gij ngoenz neix ndang ndei ma?
(直 译) 小姐 几天 这 身体 好 吗
(意 译) 小姐这几天身体好吗？

Muizyieng【gyangj】
梅香【白】
(土俗字) 嗨 小姐 妲文 病侧 啦 哏良 生藏 凳 嘛弄
(壮 文) Hai，siujcej dah baenz binghnaek la. Hwnzngoenz sengcangz，Daengq marungx.
(直 译) 嗨 小姐 她生 重病 了 日夜 呻吟 像 哺乳期狗仔
(意 译) 嗨，小姐她病重了，日夜呻吟，像狗仔乱叫。

【Gvaiqbanj】
【快板】
(土俗字) 啃 芇 几来 总 布 衣
(壮 文) Gwn yw gijlai cungj mbouj ndei，
(直 译) 吃 药 几多 都 不 好
(意 译) 吃药几多都不好，

(土俗字) 胴因 狗确 选 布 停
(壮 文) Dungxin gyaeujdot suenj mbouj dingz;
(直 译) 肚痛 头疼 喊 不 停
(意 译) 肚痛头疼不停闹；

(土俗字) 话 也 布 讲 厚 布 啃
(壮 文) Vah yex mbouj gyangj haeux mbouj gwn，
(直 译) 话 也 不 讲 饭 不 吃
(意 译) 话也不讲饭不吃，

(土俗字) 时内 叟 文 途 喵 病
(壮 文) Seizneix byom baenz duz meuz bingh;
(直 译) 现在 瘦 成 只 猫 病
(意 译) 如今瘦成只病猫；

(土俗字)一 泣 仂他 袖 露 伦
(壮 文)It laep lwgda couh loq rin,
(直 译)一 闭 眼睛 就 梦 见
(意 译)闭上眼睛就梦见,

(土俗字)对 鸡 估队 齐众 宾
(壮 文)Doiq gaeq guhdoih caezcungq mbin;
(直 译)双 鸡 做伴 一起 飞
(意 译)金鸡做伴齐飞高;

(土俗字)连 讲话 总 布 正经
(壮 文)Lienz gyangjvah cungj mbouj cingqging,
(直 译)连 讲话 都 不 正经(正常)
(意 译)讲话已经不正常,

(土俗字)病侧 倡 胎 眉 几 程
(壮 文)Binghnaek cang dai meiz gij cingz;
(直 译)病重 将 死 有 几 成
(意 译)病重将死末期到;

(土俗字)度内 批 请 老医生
(壮 文)Dohneix bei cingj lauxeiseng,
(直 译)现在 去 请 老医生
(意 译)现在去请老医生,

(土俗字)样尔 啃苇 总 布 灵
(壮 文)Yienghrawz gwnyw cungj mbouj lingz!
(直 译)怎样 吃药 都 不 灵
(意 译)怎样吃药都不好!

(土俗字)总 布 灵
(壮 文)Cungj mouj lingz!
(直 译)都 不 灵
(意 译)都不好!

Dauz Daihhingq【gyangj】
陶大庆【白】
(土俗字)等贯 小姐 躺壮 活泼 为麻 文病 样内 侧
(壮 文)Daengjgonq siujcej ndangcangq huetbuet, vihmaz baenzbingh yienghneix naek?
(直 译)以前 小姐 身壮 活泼 为何 生病 这样 重
(意 译)以前小姐健康活泼,为何发病这样严重?

Muizyieng【gyangj】
梅香【白】
(土俗字) 盟 侄 鲁 喽 打 盟 条屋 兰 洪 列 小姐
(壮 文) Mwngz ndi rox lu, daj mwngz deuzok ranz Hoengz le, siujcej
(直 译) 你 不 懂 喽 从 你 离开 家 洪 咧 小姐
(意 译) 你不知道喽，自从你离开洪家后，小姐

(土俗字) 袖 艮 布 啨 陷 布 盹 再加 老爷 打算
(壮 文) couh ngoenz mbouj gwn, haemh mbouj naenz. Caiqgya lauxi dajsuenq
(直 译) 就 日 不 吃 夜 不 眠 加上 老爷 打算
(意 译) 就日不吃，夜不眠。加上老爷打算

(土俗字) 除 妲 嫁 哼 孟 威 估 娅 小姐 气嚓 约 胎
(壮 文) dawz dah haq haengj Mungh Vi guh yah, siujcej heiqndat yaek dai.
(直 译) 把 她 嫁 给 孟 威 做 老婆 小姐 气愤 要 死
(意 译) 算将她许配给孟威为妻，小姐气愤得要死。

(土俗字) 老爷 痕 话恶 伤 妲 嚓气 加 怄气
(壮 文) Lauxi haenz vah'ak sieng dah. Ndatheiq caeuq aeuqheiq,
(直 译) 老爷 还 恶语 伤 她 怒气 加 怄气
(意 译) 老爷还恶语中伤她。恼恨交叉，

(土俗字) 袖 病 了 时内 约 胎 喽
(壮 文) couh bingh liux, seizneix yaek dai lo.
(直 译) 就 病 了 现在 将 死 了
(意 译) 就一病不起，危在旦夕。

Dauz Daihhingq【gyangj】
陶大庆【白】
(土俗字) 啊 约 胎 啦 梅香 梅香 鱼 救 小姐 呀
(壮 文) A! Yaek dai la? Muizyieng, Muizyieng, nyawz gyuq siujcej ya?
(直 译) 啊 要 死 啦 梅香 梅香 怎么 救 小姐 呀
(意 译) 啊！危在旦夕？梅香，梅香，怎样解救小姐呀？

Muizyieng【gyangj】
梅香【白】
(土俗字) 相公 小姐 哏艮 想 盟 想 伦
(壮 文) Siengqgoeng, siujcej hwnzngoenz siengj mwngz, siengj rin
(直 译) 相公 小姐 日夜 想 你 想 见
(意 译) 相公，小姐日夜想念你，想见

（土俗字）盟　发　那　刁　请　盟　跟　勾　到麻　兰　洪
（壮　文）mwngz mbat naj ndeu. Cingj mwngz gaen gou dauqma ranz Hoengz,
（直　译）你　次　面　一　请　你　跟　我　重返　家　洪
（意　译）你一面。请你随我重返洪府，

（土俗字）奏　小姐　途噌　同内　取　礼　救　妲
（壮　文）caeuq siujcej doxnyaeng, doengzneix coj ndaej gyuq dah.
（直　译）和　小姐　商量　这样　才　能　救　她
（意　译）与小姐商量，这样才能解救她。

Dauz Daihhingq【gyangj】
陶大庆【白】
（土俗字）兰　洪　剥都　极　严　勾　岩　争　阵　屋斗
（壮　文）Ranz Hoengz bakdou gig yiemz, gou ngamq deng caenh okdaeuj.
（直　译）家　洪　门户　很　森严　我　刚　被　赶　出来
（意　译）洪家门户森严，我刚被赶出门。

（土俗字）勾　鱼　口批
（壮　文）Gou nyawz haeujbei?
（直　译）我　怎　进去
（意　译）我怎么进去？

Muizyieng【gyangj】
梅香【白】
（土俗字）布　劳　勾　眉　办法　老爷　夭　勾　批　请　医生
（壮　文）Mbouj lau, gou meiz banhfap. Lauxi eu gou bei cingj eiseng,
（直　译）不　怕　我　有　办法　老爷　叫　我　去　请　医生
（意　译）不怕，我有办法。老爷叫我请医生，

（土俗字）盟　袖　装文　医生　跟　勾　口批
（壮　文）mwngz couh cangbaenz eiseng, gaen gou haeujbei.
（直　译）你　就　扮成　医生　跟　我　进去
（意　译）你就化装成大夫，跟我进去。

Dauz Daihhingq【gyangj】
陶大庆【白】
（土俗字）哎呀　同内　估　劳　屋仕　呼　老爷　皮气　侄
（壮　文）Aiya, doengzneix guh lau okseih hu! Lauxi beizheiq ndi
（直　译）哎呀　这样　做　怕　出事　呀　老爷　脾气　不
（意　译）哎呀，这样做怕出事呀！老爷脾气不

(土俗字)同　伝　单劳
(壮　文)doengz vunz, danlau ……
(直　译)同　人　只怕
(意　译)同别人，恐怕……

Muizyieng【gyangj】
梅香【白】
(土俗字)单劳　计尔
(壮　文)Danlau gaejrawz?
(直　译)只怕　什么
(意　译)恐怕什么?

Dauz Daihhingq【guh fwen】
陶大庆【唱】
(土俗字)化装　文　大夫
(壮　文)Vaqcang baenz daihfou,
(直　译)化装　成　大夫
(意　译)化装成医生，

(土俗字)心　又　忧
(壮　文)Sim youh you,
(直　译)心　又　忧
(意　译)又忧心，

(土俗字)凳　途怒　斗　喵
(壮　文)Daengq duznou daeuq meuz;
(直　译)像　老鼠　斗　猫
(意　译)像鼠斗猫群；

(土俗字)老爷　气　厚标
(壮　文)Lauxi heiq haeuxbeu,
(直　译)老爷　气　泡饭
(意　译)老爷心性狠，

(土俗字)各　难臬
(壮　文)Gag nanhneuh,
(直　译)自　思议
(意　译)自思寻，

（土俗字）怒　斗　喵　危险
（壮　文）Nou daeuq meuz ngvizyiemj.
（直　译）鼠　斗　猫　危险
（意　译）鼠斗猫被吞。

Muizyieng【guh fwen】
梅香【唱】
（土俗字）父哉　大丈夫
（壮　文）Bouxsai daihciengxfou，
（直　译）男人　大丈夫
（意　译）男人抬起头，

（土俗字）盟　计　忧
（壮　文）Mwngz gaej you，
（直　译）你　莫　愁
（意　译）你莫愁，

（土俗字）古　眉　勾　帮助
（壮　文）Goj meiz gou bangcouh；
（直　译）可　有　我　帮助
（意　译）有我帮出谋；

（土俗字）计　劳　前　劳　后
（壮　文）Gaej lau cienz lau haeuh，
（直　译）莫　怕　前　怕　后
（意　译）莫怕前怕后，

（土俗字）胆志　够
（壮　文）Damjceiq gaeuq，
（直　译）胆量　够
（意　译）胆量够，

（土俗字）怒　硬　奏　喵　斗
（壮　文）Nou nyengh caeuq meuz daeuq.
（直　译）鼠　硬　同　猫　斗
（意　译）鼠敢同猫斗。

Dauz Daihhingq【guh fwen】
陶大庆【唱】

(土俗字) 勾 细 议 细 难
(壮 文) Gou saeq ngeix saeq nanz,
(直 译) 我 细 想 细 难
(意 译) 我越想越难,

(土俗字) 批 腾 兰
(壮 文) Bei daengz ranz,
(直 译) 去 到 家
(意 译) 到家堂,

(土俗字) 关 行蛮 鱼办
(壮 文) Gvan hengzmanz nyawzbanh?
(直 译) 公 横蛮 怎么办
(意 译) 公横蛮啥办?

(土俗字) 尽唠 眉 后患
(壮 文) Cinxlau meiz haeuhvanh,
(直 译) 只怕 有 后患
(意 译) 只怕有后患,

(土俗字) 欧 鸡蛋,
(壮 文) Aeu gaeqdanh,
(直 译) 用 鸡蛋
(意 译) 用鸡蛋,

(土俗字) 难 碰 烂 石头
(壮 文) Nanz bungq lanh sigdaeuz.
(直 译) 难 碰 烂 石头
(意 译) 被石头砸烂。

Muizyieng【guh fwen】
梅香【唱】
(土俗字) 相公 盟 计 劳
(壮 文) Siengqgoeng mwngz gaej lau,
(直 译) 相公 你 莫 怕
(意 译) 相公莫恐惧,

（土俗字）节意　高
（壮　文）Cieteiq gau，
（直　译）主意　高
（意　译）有主意，

（土俗字）勾　硬　　包　无　仕
（壮　文）Gou nyengh bau fouz seih；
（直　译）我　硬　　包　无　事
（意　译）我全包事宜；

（土俗字）保证　　礼　　顺利
（壮　文）Baujcingq ndaej sinhleih，
（直　译）保证　　得　　顺利
（意　译）保证得顺利，

（土俗字）眉　　情义
（壮　文）Meiz cingzngeih，
（直　译）有　　情义
（意　译）有情义，

（土俗字）计　批　忌　认　来
（壮　文）Gaej bei geih nyinx lai.
（直　译）别　去　忌讳 那么　多
（意　译）什么都别忌。

Dauz Daihhingq【gyangj】
陶大庆【白】
（土俗字）衣　　为了　救　小姐　很　堆查　　笼　　肥海
（壮　文）Ndei，vihliux gyuq siujcej，hwnj ndoicax，roengz feizhaij，
（直　译）好　　为了　救　小姐　上　刀山　　下　　火海
（意　译）好，为了解救小姐，上刀山，下火海，

（土俗字）勾　也　敢　创　　偻　批麻　吧
（壮　文）gou yex gamj cuengj. Raeuz beima ba.
（直　译）我　也　敢　闯　　我们　回去　吧
（意　译）我也敢闯。我们回去吧。

Muizyieng【gyangj】
梅香【白】
（土俗字）相公　盟　鲁　苪　咧
（壮　文）Siengqgoeng，mwngz rox yw le?
（直　译）相公　你　会　医　吗
（意　译）相公，你懂医药吗？

Dauz Daihhingq【gyangj】
陶大庆【白】
（土俗字）岩　鲁　七刁　侻　鲁　布　鲁
（壮　文）Ngamq rox nyaetndeu，mbangj rox mbouj rox.
（直　译）刚　懂　一点儿　半　懂　不　懂
（意　译）略知一二，一知半解。

Muizyieng【gyangj】
梅香【白】
（土俗字）侻　鲁　布　鲁　眉　用　多　喽　偻　批麻　吧
（壮　文）Mbangj rox mbouj rox meiz yungh lai lo. Raeuz beima ba.
（直　译）半　懂　不　懂　有　用　多　喽　我们　回去　吧
（意　译）一知半解大有用处。我们回去吧。
【Song vunz roengzbei. Fan muq hai.】
【两人下。幕开。】

Hoengz Cung【okdaeuj muenghmuengh，gyangj】
洪忠【出来观望，白】
（土俗字）梅香　批　请　医生　曾　伦　麻
（壮　文）Muizyieng bei cingj eiseng，caengz rin ma.
（直　译）梅香　去　请　医生　未　见　回
（意　译）梅香去请医生，尚未见回来。

【Guh fwen】
【唱】
（土俗字）勾　妲　女儿　实在　衣呀　礼漏
（壮　文）Gou dah nawxngeiz，Sidcaih ndeigyaez ndaejraeuh;
（直　译）我　这　女儿　实在　可爱　得很
（意　译）我这女孩，实在非常可爱；

（土俗字）年华　正茂　凳　朵　花藕　岩开
（壮　文）Nienzvaz cingqmaeuh，Daengq duj va'ngaeux ngamqhai；
（直　译）年华　正茂　像　朵　莲花　刚开
（意　译）青春时代，好像莲花盛开；

（土俗字）细　袅　细　乖　勾　已　安排　婚仕
（壮　文）Saeq neuh saeq gvai，Gou hix anbaiz voenseih；
（直　译）越　看　越　乖　我　已　安排　婚事
（意　译）越看越乖，婚事我已安排；

（土俗字）日子　初四　男女　同意　迎亲
（壮　文）Sidceij coseiq，Namznawx doengzeiq nyingzcin；
（直　译）日子　初四　男女　同意　迎亲
（意　译）初四到来，男女迎亲结拜；

（土俗字）仕　不　由　人　妲　病　艮　盹　布　很
（壮　文）Seih bwt youz sinz，Dah bingh ngoenz naenz mbouj hwnq；
（直　译）事　不　由　人　她　病　日　睡　不　起
（意　译）事不等待，她病还起不来；

（土俗字）病情　要紧　婚期　逼近　斗腾
（壮　文）Binghcingz yiuqginj，Voengeiz bikginx daeujdaengz.
（直　译）病情　要紧　婚期　逼近　来到
（意　译）病重侵害，婚期逼近就来。

【muengh，gyangj】
【望，白】
（土俗字）梅香　哈　奔　约　陷　喽　麻　傍吱　喽　真　示
（壮　文）Muizyieng ha，mbwn yaek haemh lu，ma byuengdei lu. Cin seix：
（直　译）梅香　呀　天　将　夜　喽　回　快点　喽　真　是
（意　译）梅香呀，天将黑喽，快点回来喽。真是：

（土俗字）胴荫　侄　鲁　父　胴约　躺行　侄　鲁　父　躺弱
（壮　文）Dungxyimq ndi rox boux dungxyiek，ndangrengz ndi rox boux ndangnyieg.
（直　译）肚饱　不　知　人　肚饿　身壮　不　知　人　身弱
（意　译）肚饱不知肚饿人，身壮不知体弱人。

(土俗字) 勾 批麻 存 妲仂 来 衣 则吱 曾
(壮 文) Gou beima ngonz dahlwg lai ndei caekdei caengz.
(直 译) 我 回去 看 女儿 多 好 一些 未
(意 译) 我回去看女儿有否好转。
【Lauxi roengzbei. Muizyieng daiq Dauz Daihhingq hwnjdaeuj.】
【老爷下。梅香引陶大庆上。】

Muizyieng【gyangj】
梅香【白】
(土俗字) 老爷 勾 请 大夫 斗 啦
(壮 文) Lauxi, gou cingj daihfou daeuj la!
(直 译) 老爷 我 请 大夫 来 了
(意 译) 老爷，我请大夫来了！
【Hoengz Cung okdaeuj.】
【洪忠出。】

Dauz Daihhingq【yawq rog bakdou, mbeimboek dwk guh fwen】
陶大庆【在门外，惊悸地唱】
(土俗字) 勘 斗腾 北都
(壮 文) Yamq daeujdaengz bakdou,
(直 译) 走 来到 门口
(意 译) 走来到家门，

(土俗字) 度内 勾
(壮 文) Dohneix gou,
(直 译) 现在 我
(意 译) 现我真，

(土俗字) 凳 途怒 劳 喵
(壮 文) Daengq duznou lau meuz;
(直 译) 像 老鼠 怕 猫
(意 译) 像鼠怕猫啃；

(土俗字) 难 挂 菲乇 桥
(壮 文) Nanz gvaq faexdog giuz,
(直 译) 难 过 独木 桥
(意 译) 独木桥难奔，

（土俗字）实在　毛
（壮　文）Sidcaih meu，
（直　译）实在　发毛
（意　译）实惊魂，

（土俗字）一　刁动　　　袖　翻
（壮　文）It ndeudoengh couh fan.
（直　译）一　动摇　　　就　翻
（意　译）一动就翻沉。

【Sinj guh fwen】
【接唱】
（土俗字）时内　斗腾　　　兰
（壮　文）Seizneix daeujdaengz ranz，
（直　译）现在　来到　　　家
（意　译）如今到家堂，

（土俗字）他　豪残
（壮　文）Da haucanz，
（直　译）眼　白色
（意　译）白眼翻，

（土俗字）古　争　弹　争　削
（壮　文）Goj deng danz deng fak；
（直　译）可　挨　打　挨　揍
（意　译）要挨揍挨关；

（土俗字）关　皮气　又　恶
（壮　文）Gvan beizheiq youh yak，
（直　译）公　脾气　又　凶
（意　译）他脾气横蛮，

（土俗字）凳　巴　剥
（壮　文）Daengq byaj bag，
（直　译）像　雷　劈
（意　译）如雷砍，

（土俗字）毒　凳　壳四尔
（壮　文）Doeg daengq hakseiqrwz.
（直　译）毒　像　四耳官（大官）
（意　译）毒像大官宦。

【Gyangj】
【白】
（土俗字）分明　瞌　局　袖　侄　劳　局　合
（壮　文）Faenmingz gwih guk，couh ndi lau guk haeb.
（直　译）分明　骑　虎　就　不　怕　虎　咬
（意　译）骑上老虎，就不怕虎咬。

【Guh fwen】
【唱】
（土俗字）巴零　对　他　尊
（壮　文）Byalingz doiq da caen，
（直　译）鲮鱼　对　眼　串
（意　译）对眼串鲮鱼，

（土俗字）因　只　因
（壮　文）In cix in，
（直　译）痛　就　痛
（意　译）痛至极，

（土俗字）也　争　伸　能胴
（壮　文）Yex deng saen naengdungx；
（直　译）也　挨　拉紧　肚皮
（意　译）也要顶肚皮；

（土俗字）口　兰　欧　甚重
（壮　文）Haeuj ranz aeu simhcungx，
（直　译）进　家　要　甚重
（意　译）进家要注意，

（土俗字）存　行动
（壮　文）Ngonz hengzdoengh，
（直　译）看　行动
（意　译）观举止，

(土俗字) 欧 眉 勇 眉 谋
(壮 文) Aeu meiz yungx meiz maeuz.
(直 译) 要 有 勇 有 谋
(意 译) 有谋有勇气。
【Haeuj ranz，Hoengz Cung hwnjdaeuj，Muizyieng gaenlaeng hwnjdaeuj.】
【进家，洪忠上，梅香随后上。】

Hoengz Cung【gyangj】
洪忠【白】
(土俗字) 大夫 斗 啦 勾 差 耐 了卢
(壮 文) Daihfou daeuj la，gou caj naih liuxlu.
(直 译) 大夫 来 了 我 等 久 了啦
(意 译) 大夫来了，我等好久了。

Dauz Daihhingq【gyangj】
陶大庆【白】
(土俗字) 东家 请
(壮 文) Doenggya cingj……
(直 译) 东家 请
(意 译) 东家请……

Hoengz Cung【gyangj】
洪忠【白】
(土俗字) 大夫 请
(壮 文) Daihfou cingj ……
(直 译) 大夫 请
(意 译) 大夫请 ……

Dauz Daihhingq【gyangj】
陶大庆【白】
(土俗字) 东家 请 批 西家 求医 应衣衣
(壮 文) Doenggya cingj bei，saegya gyuzei，nyaengqnyae'nyae.
(直 译) 东家 请 去 西家 求医 忙碌碌
(意 译) 东家请去，西家求医，忙得很呀。

(土俗字) 盟 胴因 勾 狗结 父爹 又 示 卡 跬决
(壮 文) Mwngz dungxin，gou gyaeujget，bouxdi youh seix ga gvezret.
(直 译) 你 肚痛 我 头疼 那个 又 是 脚 歪扭
(意 译) 你肚痛，我头疼，那个又是脚歪肿。

（土俗字）估 医生 总 佂 礼空 故此 斗 迟 了
（壮 文）Guh eiseng cungj ndi ndaejhoengq，guqseiq daeuj ceiz liux.
（直 译）做 医生 都 不 得空 故此 来 迟 了
（意 译）做医生都没空闲，故此来迟了。

Hoengz Cung【gyangj】
洪忠【白】
（土俗字）示 示 估 医生 救胎 帮伤 佂 奇怪
（壮 文）Seix，seix，guh eiseng gyuqdai bangsieng，ndi geizgvaiq.
（直 译）是 是 当 医生 救死 扶伤 不 奇怪
（意 译）是，是，当医生救死扶伤，不见怪。

【Naemjnaemj，aw liux. Yiengq baengxret gyangj】
【略思，愣了。旁白】
（土俗字）父 伝 内 讲话 凳 陶 大庆 一样
（壮 文）Boux vunz neix gyangjvah daengq Dauz Daihhingq ityiengh.
（直 译）个 人 这 讲话 像 陶 大庆 一样
（意 译）这个人的声音和陶大庆的很相像。

【Cuenqnaj doiq Dauz Daihhingq，gyangj】
【转脸对陶大庆，白】
（土俗字）请参 大夫 贵姓
（壮 文）Cingjcam daihfou gviqsingq?
（直 译）请问 大夫 贵姓
（意 译）请问大夫贵姓？

Dauz Daihhingq【gyangj】
陶大庆【白】
（土俗字）本伝 姓 想 名 欧杏 示温 顶林 斗 医 伝
（壮 文）Bonjvunz singq Siengj mingz Aeuhengh，seixvun dingjrumz daeuj ei vunz.
（直 译）本人 姓 想 名 欧杏 冒雨 顶风 来 医 人
（意 译）本人姓想，名欧杏，冒雨顶风来出诊。

Hoengz Cung【gyangj】
洪忠【白】
（土俗字）哦 想 欧杏 大夫 盟 恩 精神 内
（壮 文）O! Siengj Aeuhengh daihfou，mwngz ndaen cingsinz neix，
（直 译）哦 想 欧杏 大夫 你 个 精神 这
（意 译）哦！想欧杏大夫，你这种精神

(土俗字) 真 衣 佩服 佩服 请参 兰 幼 其尔
(壮 文) cin ndei, boiqfug boiqfug. Cingjcam ranz yawq gizrawz?
(直 译) 真 好 佩服 佩服 请问 家 在 何方
(意 译) 真好，佩服佩服，请问贵处？

Dauz Daihhingq【gyangj】
陶大庆【白】
(土俗字) 避处 幼 西吉 一 万 侄 劳 劳 万一
(壮 文) Baexcawq yawq Saegit, it fanh ndi lau lau fanh'it.
(直 译) 避处 在 西吉 一 万 不 怕 怕 万一
(意 译) 避处是西吉，一万不怕怕万一。

Hoengz Cung【gyangj】
洪忠【白】
(土俗字) 示 噜 估 医生 最 劳 屋 医六 仕故
(壮 文) Seix lu, guh eiseng cuiq lau ok eiloek seihguq,
(直 译) 是 了 做 医生 最 怕 出 医错 事故
(意 译) 是的，做医生最怕出医疗事故，

(土俗字) 一 万 至 劳 劳 万一
(壮 文) it fanh ndi lau lau fanh'it.
(直 译) 一 万 不 怕 怕 万一
(意 译) 一万不怕怕万一。

Muizyieng【gyangj】
梅香【白】
(土俗字) 老爷 大夫 斗腾 侄 容易 傍吱 夭 小姐 斗
(壮 文) Lauxi, daihfou daeujdaengz ndi yungzheih, byuengdei eu siujcej daeuj
(直 译) 老爷 大夫 来到 不 容易 快点 叫 小姐 来
(意 译) 老爷，大夫来之不易，快叫小姐来

(土俗字) 哼 伊 存病 吧
(壮 文) haengj ae ngonzbingh ba.
(直 译) 给 他 看病 吧
(意 译) 让大夫看病吧。

Hoengz Cung【gyangj】
洪忠【白】

（土俗字）想 大夫 请能 勾 夭 妲仂 屋斗
（壮 文）Siengj daihfou cingjnaengh，gou eu dahlwg okdaeuj
（直 译）想 大夫 请坐 我 叫 小女 出来
（意 译）想大夫请坐，我叫女儿出来

（土俗字）哼 盟 号脉 梅香 倒茶 哼 大夫
（壮 文）haengj mwngz hauhmeg. Muizyieng daujcaz haengj daihfou.
（直 译）给 你 把脉 梅香 倒茶 给 大夫
（意 译）让你诊断。梅香给大夫倒茶。

Muizyieng【gyangj】
梅香【白】
（土俗字）示
（壮 文）Seix!
（直 译）是
（意 译）是!

Muizyieng【Dauj caz haengj Dauz Daihhingq，gyangj】
梅香【给陶大庆倒茶，白】
（土俗字）相公 盟 险吱 献 丁马 喽盟 欧 暂暂 小心
（壮 文）Siengqgoeng mwngz yiemjdei yenq dinmax lu，mwngz aeu yamqyamq siujsim.
（直 译）相公 你 险些 露 马脚 喽你 要 步步 小心
（意 译）相公，你险些露马脚喽，你要步步小心。

Dauz Daihhingq【gyangj】
陶大庆【白】
（土俗字）盟 劳 计尔 计 神 随机 应变
（壮 文）Mwngz lau gaejrawz，gaej saenz，cuizgei ingqbienq.
（直 译）你 怕 什么 不要 惊 随机 应变
（意 译）你怕什么，别怕，随时应变。

【Guh fwen】
【唱】
（土俗字）卦 礼 第一 关
（壮 文）Gvaq ndaej daih'it gvan，
（直 译）过 得 第一 关
（意 译）闯过第一关，

（土俗字）欠　礼　罕
（壮　文）Yemq ndaej han，
（直　译）叫　得　应
（意　译）叫得响，

（土俗字）又　再　攀　二　步
（壮　文）Youh caiq ban nyih bouh；
（直　译）又　再　攀　二　步
（意　译）二步又攀上；

（土俗字）眉　梅香　帮助
（壮　文）Meiz Muizyieng bangcouh，
（直　译）有　梅香　帮助
（意　译）有梅香来帮，

（土俗字）衣　礼漏
（壮　文）Ndei ndaejraeuh，
（直　译）好　得很
（意　译）好顺当，

（土俗字）布　哼　漏　脚其
（壮　文）Mbouj haengj laeuh giekgei.
（直　译）不　给　漏　根基
（意　译）根底没破绽。

【Hoengz Cung daiq Henghva okdaeuj，Henghva daedsienz nyeng ndang yaek laemx，Muizyieng hwnjbei fuz.】

【洪忠带杏花出来，杏花突然身歪要倒，梅香上前扶着。】

Hoengz Cung【gyangj】

洪忠【白】

（土俗字）妲细　会　斗　盟　鲁认　吱渠　侄　舒服
（壮　文）Dahnyaeq hoih daeuj，mwngz roxnyinh deigyawz ndi sawfug?
（直　译）小女　慢　来　你　感觉　哪儿　不　舒服
（意　译）女儿慢慢来，你感觉哪里不舒服？

【Henghva ngauzgyaeuj.】

【杏花摇头。】

Hoengz Cung【ciep gyangj】
洪忠【接白】
(土俗字)幼　吱内　能　大夫　盟　斗　存　吧
(壮　文)Yawq deineix naengh，daihfou mwngz daeuj ngonz ba.
(直　译)在　这里　坐　大夫　你　来　看　吧
(意　译)坐在这里，大夫你来看吧。
【Henghva naengh roengzdaeuj. Dauz Daihhingq aeu fwngz mo najbyak Henghva.】
【杏花坐下，陶大庆用手摸杏花额头。】

Hoengz Cung【gyangj】
洪忠【白】
(土俗字)曾罢　父哉　林　咪逼　布　礼
(壮　文)Caengzbah，bouxsai lumh mehmbwk mbouj ndaej.
(直　译)慢着　男人　摸　女人　不　得
(意　译)慢着，男人摸女人不行。

【Yiengq Dauz Daihhingq，gyangj】
【对陶大庆，白】
(土俗字)示　计尔　病
(壮　文)Seix gaejrawz bingh?
(直　译)是　什么　病
(意　译)是什么病?

Dauz Daihhingq【gyangj】
陶大庆【白】
(土俗字)妲　奴嚓　狗确　那剥　汗　标耍耍　布　想　讲话
(壮　文)Dah nohndat gyaeujdot，najbyak hanh biusasa，mbouj siengj gyangjvah.
(直　译)她　发烧　头疼　额前　汗　飘沙沙　不　想　讲话
(意　译)她发高烧头疼，额头汗出不止，不想说话。
【Youh siengj aeu fwngz mbeq bak Henghva，Hoengz Cung lanz dwk.】
【欲用手打开杏花嘴巴，洪忠用手拦住。】

Dauz Daihhingq【gyangj】
陶大庆【白】
(土俗字)勾　想　蔗　引　存
(壮　文)Gou siengj mbeq linx ngonz.
(直　译)我　想　掀　舌　看
(意　译)我想打开看她的舌头看。

Hoengz Cung【gyangj】
洪忠【白】
（土俗字）夭 妲 乙 引 屋斗 只 礼 喽 吗
（壮 文）Eu dah iet linx okdaeuj cix ndaej lu ma.
（直 译）叫 她 伸 舌 出来 就 得 鲁 吗
（意 译）叫她伸舌出来就得了。

（土俗字）杏花 乙 引 屋斗 哼 大夫 存
（壮 文）Henghva iet linx okdaeuj haengj daihfou ngonz.
（直 译）杏花 伸 舌头 出来 给 大夫 看
（意 译）杏花把舌伸出来让大夫看看。

【Henghva ndi han. Hoengz Cung song fwngz mbiqhai bak Henghva，gyangj】
【杏花不应，洪忠双手打开杏花嘴，白】
（土俗字）大夫 存 傍吱
（壮 文）Daihfou ngonz byuengdei.
（直 译）大夫 看 快点
（意 译）大夫快看。

Dauz Daihhingq【saeq ngonz，guh fwen】
陶大庆【细看，唱】
（土俗字）明显 剥苏 袖示 热 多 寒 少
（壮 文）Mingzyienj bakro，Couhseix nyied do hanz siuj；
（直 译）明显 口枯 就是 热 多 寒 少
（意 译）明显口干，就是热多少寒；

（土俗字）那色 外表 全部 肺 腰 总 红
（壮 文）Najsaek vaihbiuj，Cuenzbouh feiq yiu cungj hoengz；
（直 译）面色 外表 全部 肺 腰 都 红
（意 译）从面表看，肺肾全部红斑；

（土俗字）存 妲 双 逢 初 凳 须蒙 样子
（壮 文）Ngonz dah song fwngz，Roz daengq mbawmungz yienghceij；
（直 译）看 她 双 手 枯 像 芋叶 一样
（意 译）双手枯干，好像芋叶枯完；

（土俗字）计曲 病 内 医侄 及时 袖 胎
（壮 文）Gaejhoek bingh neix，Ei ndi gibseiz couh dai.
（直 译）样子 疾病 这 医不 及时 就 死
（意 译）这种疾患，医不及时死亡。

Hoengz Cung【gyangj】
洪忠【白】
（土俗字）大夫 鱼 衣 哈
（壮 文）Daihfou nyawz ndei ha?
（直 译）大夫 怎么好 呀
（意 译）大夫怎样做才好呀？

Dauz Daihhingq【gyangj】
陶大庆【白】
（土俗字）小姐 病 极 侧 装 胎 啦
（壮 文）Siujcej bingh gig naek，cang dai la.
（直 译）小姐 病 极 重 将 死 了
（意 译）小姐病情严重，死亡临近。

Hoengz Cung【doeksaenz，gyangj】
洪忠【惊，白】
（土俗字）约 胎 啦 勾 尽 姐 伪 乇 请 大夫 尽心 芇 衣
（壮 文）Yaek dai la? Gou cinx dah lwg dog，cingj daihfou cinxsim yw ndei.
（直 译）将 死 了 我 只 个 女儿 独 请 大夫 尽心 医 好
（意 译）死之将近？我只一个独女，请大夫尽心治好。

【Daej，guh fwen】
【哭，唱】
（土俗字）伪 咳 伪 伪 咳 伪
（壮 文）Lwg hai lwg lwg hai lwg，
（直 译）儿 呀 儿 儿 呀 儿
（意 译）儿呀儿儿呀儿，

（土俗字）几 艮 等贯 跳食食
（壮 文）Gij ngoenz daengjgonq diuqswgswg；
（直 译）几 天 以前 跳蹦蹦
（意 译）几天以前蹦蹦跳；

（土俗字）病　鱼　督勒　礼　认　快
（壮　文）Bingh nyawz doeklaeg ndaej nyinx gvaiq，
（直　译）病　怎么　深入　得　恁　快
（意　译）病重怎样这么快，

（土俗字）双　他　侄　开　盹　浸嘞
（壮　文）Song da ndi hai naenz caemrwg.
（直　译）两　眼　不　开　睡　沉静
（意　译）闭目睡着静悄悄。

Muizyieng【gyangj】
梅香【白】
（土俗字）老爷　布　用　紧　计　用　啼　大夫　逢衣　芇衣
（壮　文）Lauxi mbouj yungh ginj，gaej yungh daej，daihfou fwngzndei yw'ndei，
（直　译）老爷　不　用　急　不　用　哭　大夫　妙手　良方
（意　译）老爷不要着急，不要哭，大夫妙手良方，

（土俗字）一定　礼　医　衣
（壮　文）itdingh ndaej ei ndei.
（直　译）一定　得　治　好
（意　译）一定能治好的。

DauzDaihhingq【gyangj】
陶大庆【白】
（土俗字）斗　先　号脉　再　笼芇
（壮　文）Daeuj，sien hauhmeg caiq roengzyw.
（直　译）来　先　把脉　再　下药
（意　译）来，先把脉后下药。
【Hoengz Cung coengh Henghva dawz fwngz cuengq hwnj gwnz daiz bei，Dauz Daihhingq yaek hauhmeg.】
【洪忠帮杏花把手放在台上，陶大庆欲按脉。】

Hoengz Cung【gyangj】
洪忠【白】
（土俗字）曾罢　梅香　盟　斗
（壮　文）Caengzbah，Muizyieng mwngz daeuj.
（直　译）慢着　梅香　你　来
（意　译）慢着，梅香你来。

【Hoengz Cung dawz mbaw soujbaq cw yawq gwnz fwngz Henghva，gyangj】
【洪忠取一块手绢盖在杏花手上，白】
(土俗字) 大夫 号脉 吧
(壮 文) Daihfou hauhmeg ba.
(直 译) 大夫 把脉 吧
(意 译) 大夫号脉吧。

Muizyieng【gyangj】
梅香【白】
(土俗字) 号脉 医病 要紧 欧 则内 斗 估 计尔
(壮 文) Hauqmeg eibingh yiuqginj，aeu ndaekneix daeuj guh gaejrawz?
(直 译) 把脉 医病 要紧 要 这个 来 做 什么
(意 译) 把脉治病要紧，要这个来干什么?

Hoengz Cung【gyangj】
洪忠【白】
(土俗字) 盟 鲁 计尔 计 讲 来 大夫 傍吱
(壮 文) Mwngz rox gaejrawz，gaej gyangj lai，daihfou byuengdei.
(直 译) 你 懂 什么 别 讲 多 大夫 快点
(意 译) 你懂什么，不要多说，大夫快把脉。

Dauz Daihhingq【gyangj】
陶大庆【白】
(土俗字) 衣 衣
(壮 文) Ndei，ndei!
(直 译) 好 好
(意 译) 好，好!

【Hauhmeg，gyangj】
【按脉，白】
(土俗字) 姐细 示 突然 文病 吗
(壮 文) Dahnyaeq seix daedsienz baenzbingh ma?
(直 译) 小女 是 突然 发病 吗
(意 译) 令爱是突然发病的吗?

Hoengz Cung【gyangj】
洪忠【白】

（土俗字）示　示　示　姐　鱼样　哈
（壮　文）Seix，seix，seix，dah nyawzyiengh ha？
（直　译）是　是　是　她　怎么样　啊
（意　译）是，是，是，她怎么样了？

Dauz Daihhingq【guh fwen】
陶大庆【唱】
（土俗字）邪火　攻心　恩躺　阴覃　干瘦
（壮　文）Cezhuj goengsim，Ndaenndang yimcimz gansaeuq；
（直　译）邪火　攻心　身体　阴沉　干瘦
（意　译）邪火攻心，身体干瘦沉静：

（土俗字）刻气　讴怒　火气　逐步　上升
（壮　文）Nyaekheiq aeuqnaeuh，Hujheiq cugbouh sienghswng；
（直　译）气愤　怄怒　火气　逐步　上升
（意　译）气愤恼怒，火气冲上头顶；

（土俗字）五脏　损伤　血脉　经常　破裂
（壮　文）Nguxcangh sonjsieng，Yuetmeg gingsiengz buqlied；
（直　译）五脏　损伤　血脉　经常　破裂
（意　译）五脏损伤，血脉破裂频频；

（土俗字）气管　炎热　呼吸　特别　困难
（壮　文）Heiqguenj yiemznyied，Hugiep daegbied gunnanz；
（直　译）气管　炎热　呼吸　特别　困难
（意　译）气管炎热，呼吸特别吃紧；

（土俗字）肺热　肝寒　苦脑　心烦　过度
（壮　文）Feiqndat daephanz，Hojnaux simfanz guqdoh；
（直　译）肺热　肝寒　苦恼　心烦　过度
（意　译）肺热肝寒，过度苦恼烦心；

（土俗字）病源　来路　可能　伊仆　造文
（壮　文）Binghnyuenz laizloh，Hojnaengz aeboh cauxbaenz.
（直　译）病源　来路　可能　父亲　造成
（意　译）病源来路，可能出自父亲。

Hoengz Cung【ngaekgyaeuj gyangj】
洪忠【点头，白】
(土俗字) 哦 哦 大夫 脉理 精通 断病 凳 防
(壮　文) O o，daihfou megleix cingdoeng，duenqbingh daengq fangz.
(直　译) 哦 哦 大夫 脉理 精通 断病 如 神
(意　译) 哦哦，大夫精通脉理，断病如神。

Dauz Daihhingq【gyangj】
陶大庆【白】
(土俗字) 老爷 盟 为 计尔 哼 妲仂 文病 哈
(壮　文) Lauxi，mwngz vih gaejmaz haengj dahlwg baenzbingh ha?
(直　译) 老爷 你 为 什么 给 女儿 生病 呀
(意　译) 老爷，你为何要让女儿生病啊?

Hoengz Cung【gyangj】
洪忠【白】
(土俗字) 咳 俗话 讲 告 宏 当 欧 俏 宏 当 嫁
(壮　文) Hei，sugvah gyangj：Mbauq hung dang aeu，sau hung dang haq.
(直　译) 咳 俗话 讲 男 大 当 娶 女 大 当 嫁
(意　译) 咳俗话讲：男大当婚，女大当嫁。

(土俗字) 总 怪 勾 请 教师 斗 家 教书
(壮　文) Cungj gvaiq gou cingj lauxsae daeuj ranz gyauqsaw，
(直　译) 都 怪 我 请 老师 来 家 教书
(意　译) 都怪我请来家庭教师，

(土俗字) 引 狼 口 库 爹 双 伝 苟苟 搭搭 勾 劳
(壮　文) yinx langz haeuj hoq. Di song vunz gaeugaeu dapdap. Gou lau
(直　译) 引 狼 入 室 他们 两 人 勾勾 搭搭 我 怕
(意　译) 引狼入室。他们两人勾勾搭搭。我担心

(土俗字) 吃陷 耶 任 挂 所以 勾 除 妲 配 哼
(壮　文) haethaemh re ndi gvaq. Sojhix，gou dawz dah boiq haengj
(直　译) 早晚 防 不 过来 所以 我 将 她 配 给
(意　译) 早晚防不胜防。所以，我将她配给

(土俗字) 父 公子 孟 大人 孟 威 估 婢
(壮 文) boux goengceij Mungh daihsinz——Mungh Vi guh yah.
(直 译) 个 公子 孟 大人 孟 威 做 妻子
(意 译) 孟老大人的公子孟威做妻子。

(土俗字) 姐 侄 从 勾 骂 姐 几 句 姐 袖 呕气
(壮 文) Dah ndi coengz, gou ndaq dah gij gawq, dah couh aeuqheiq,
(直 译) 她 不 听从 我 骂 她 几 句 她 就 怄气
(意 译) 她不愿意，我骂她几句，她就怄气，

(土俗字) 文病 种 布 衣 了
(壮 文) baenzbingh cungj mbouj ndei liux.
(直 译) 生病 总 不 好 了
(意 译) 一病不起了。

Henghva【Daemxdanz ndin hwnjdaeuj, yinx Dauz Daihhingq, gyangj】
杏花【突然站起，手指陶大庆，白】
(土俗字) 盟 示 汝 示 汝
(壮 文) Mwngz seix bawz? Seix bawz?
(直 译) 你 是 谁 是 谁
(意 译) 你是谁？是谁？

Dauz Daihhingq【vueng, gyangj】
陶大庆【慌，白】
(土俗字) 勾 勾 示 大夫 大夫
(壮 文) Gou…… gou seix daihfou…… daihfou.
(直 译) 我 我 是 大夫 大夫
(意 译) 我……我是大夫……大夫。

Henghva【gyangj】
杏花【白】
(土俗字) 计尔 某
(壮 文) Gaejrawz mou?
(直 译) 什么 猪
(意 译) 什么猪？

Muizyieng【gyangj】
梅香【白】

（土俗字）示　大夫
（壮　文）Seix daihfou!
（直　译）是　大夫
（意　译）是大夫！

Henghva【nam gvaiqbanj】
杏花【念快板】
（土俗字）修　双　伝　乱　讲　勾
（壮　文）Sou song vunz luenh gyangj gou，
（直　译）你们 两　人　乱　讲　我
（意　译）你们两人乱讲我，

（土俗字）布管　大夫　鲁　小夫
（壮　文）Mboujguenj daihfou rox siujfou；
（直　译）不管　大夫　或　小夫
（意　译）不管大夫或小夫；

（土俗字）尺刻　审　盟　屋 剥都
（壮　文）Cikgaek rumj mwngz ok bakdou，
（直　译）立即　赶　你　出 门口
（意　译）马上赶你出门去，

（土俗字）布呢　罚 盟　胎 凳　某
（壮　文）Mboujnex fad mwngz dai daengq mou.
（直　译）不然　打 你　死 像　猪
（意　译）不然打你像死猪。

Hoengz Cung【gyangj】
洪忠【白】
（土俗字）杏花　布　礼　同内　讲话　侄 眉　礼貌
（壮　文）Henghva mbouj ndaej doengzneix gyangjvah，ndi meiz laexmauh.
（直　译）杏花　不　得　这样　讲话　没 有　礼貌
（意　译）杏花不能这样讲话，没有礼貌。

Muizyieng【rag Henghva naengh，gyangj】
梅香【拉杏花坐，白】
（土俗字）小姐　能　笼斗
（壮　文）Siujcej naengh roengzdaeuj.
（直　译）小姐　坐　下来
（意　译）小姐坐下来。

Hoengz Cung【gyangj】
洪忠【白】
(土俗字) 想 大夫 杏花 文病 神经 失常 请计 用 怪
(壮 文) Siengj daihfou，Henghva baenzbingh，sinzging saetsiengz，cingj gaejyungh gvaiq.
(直 译) 想 大夫 杏花 生病 神经 失常 请 不要 怪
(意 译) 想大夫，杏花患病，精神失常，请勿见怪。

Dauz Daihhingq【gyangj】
陶大庆【白】
(土俗字) 伝病 神志 侄 清 常时 伦 眉
(壮 文) Vunzbingh sinzceiq ndi cing，siengzseiz rin meiz.
(直 译) 病人 神志 不 清 常常 见 有
(意 译) 病人神志不清，是常见的。

(土俗字) 则内 示 发 高烧 邪火 攻心 生命 用险 哈
(壮 文) Ndaekneix seix fat gauciu，cezhuj goengsim，sengmingh yungyiemj ha!
(直 译) 这个 是 发 高烧 邪火 攻心 生命 危险 啊
(意 译) 这是发高烧，邪火攻心，生命危险啊！

Hoengz Cung【simgip，gyangj】
洪忠【着急，白】
(土俗字) 鱼 办 哈 大夫
(壮 文) Nyawz banh ha，daihfou……
(直 译) 怎么 办 呀 大夫
(意 译) 怎么办呀，大夫……

Dauz Daihhingq【gyangj】
陶大庆【白】
(土俗字) 侄 要紧 眉 病 袖 眉 芇
(壮 文) Ndi yiuqginj，meiz bingh couh meiz yw.
(直 译) 不 要紧 有 病 就 有 药
(意 译) 不要紧，有病就有药。

【Daj ndaw daeh mbon bau yw ndeu okaeuj，gyau haengj Hoengz Cung，gyangj】
【从口袋里取出一包药，交给洪忠，白】
(土俗字) 盟 除 包 芇 内 批 煲 煲 耐 吱
(壮 文) Mwngz dawz bau yw neix bei bau，bau naih dei，
(直 译) 你 把 包 药 这 去 煎 煎 久 一点
(意 译) 你把这包药拿回去煎，煎久一点，

(土俗字) 哼　　她 啃　笼批　　　袖　衣　辽
(壮　文) haengj di gwn roengzbei couh ndei liux.
(直　译) 给　　她 吃　下去　　　就　好　了
(意　译) 让她吃下去就好了。

Hoengz Cung【ciep yw, gyangj】
洪忠【接药，白】
(土俗字) 勾　亲自　批 煲　苄　梅香　　盟　　斗　　打理　杏花
(壮　文) Gou cincih bei bau yw, Muizyieng mwngz daeuj dajleix Henghva.
(直　译) 我　亲自　去 煎　药　梅香　　你　　来　　护理　杏花
(意　译) 我亲自去煎药，梅香你来护理杏花。
【Hoengz Cung roengzbei.】
【洪忠下。】

Muizyieng【rag Dauz Daihhingq ok vaengh bei, gyangj】
梅香【拉陶大庆过另一边，白】
(土俗字) 相公　　　照内　示　假　存病　　　度内　欧 真 存病　　　啦
(壮　文) Siengqgoeng, ciuqneix seix gyaj ngonzbingh, dohneix aeu cin ngonzbingh la.
(直　译) 相公　　　刚才　是　假　看病　　　现在　要 真 看病　　　了
(意　译) 相公，刚才是假看病，现在要真看病了。

【Guh fwen】
【唱】
(土俗字) 照内　　假　存病
(壮　文) Ciuqneix gyaj ngonzbingh,
(直　译) 刚才　　假　看病
(意　译) 刚才假诊病，

(土俗字) 忧令令
(壮　文) Youringring,
(直　译) 忧忡忡
(意　译) 心惊惊，

(土俗字) 布　　安定　　则吱
(壮　文) Mbouj andingh caekdei;
(直　译) 不　　安定　　一点
(意　译) 一点不安定；

（土俗字）差吱　漏　　根基
（壮　文）Cadei laeuh gaengei，
（直　译）差点　露　　根基
（意　译）差点露实情，

（土俗字）盟　　　险吱
（壮　文）Mwngz yiemjdei，
（直　译）你　　　险点
（意　译）你险境，

（土俗字）啃　　争　　脾　　仂慢
（壮　文）Gwn deng mbei lwgmanh.
（直　译）吃　　着　　胆　　辣椒
（意　译）吃辣椒苦心。

Dauz Daihhingq【guh fwen】
陶大庆【唱】
（土俗字）眉　　胆　　又　　眉　　谋
（壮　文）Meiz damj youh meiz maeuz，
（直　译）有　　胆　　又　　有　　谋
（意　译）有胆又有谋，

（土俗字）布　　　用　　　忧
（壮　文）Mbouj yungh you，
（直　译）不　　　用　　　忧
（意　译）不用愁，

（土俗字）欧　　滑头　　　大一
（壮　文）Aeu vaddaeuz daih'it；
（直　译）要　　滑头　　　第一
（意　译）第一要滑头；

（土俗字）偻　　　万事　　　大吉
（壮　文）Raeuz fanhseih daihgit，
（直　译）我们　万事　　　大吉
（意　译）我万事顺手，

(土俗字) 蛆　装　蛤
(壮　文) Gvej　cang gaep,
(直　译) 小青蛙 装　大青蛙
(意　译) 装扮后,

(土俗字) 关　硬　不 鲁 吱
(壮　文) Gvan nyengh bwt rox dei.
(直　译) 公　硬　不 知 点
(意　译) 他就看不透。

Muizyieng【gyangj】
梅香【白】
(土俗字) 叭　内　示　万幸　了　度内　盟　应该　批
(壮　文) Mbat neix seix fanhhengh liux, dohneix mwngz inggai bei
(直　译) 回　这　是　万幸　了　现在　你　应该　去
(意　译) 这是万幸了,现在你该去

(土俗字) 奏　小姐　讲古　啦
(壮　文) caeuq siujcej gyangjgoj la.
(直　译) 和　小姐　谈心　了
(意　译) 和小姐谈心了。

Dauz Daihhingq【gyangj】
陶大庆【白】
(土俗字) 单劳　老爷 送　芇 斗　仰　鱼　估
(壮　文) Danlau lauxi soengq yw daeuj nyangz, nyawz guh?
(直　译) 只怕　老爷 送　药 来　碰见　怎么　办
(意　译) 只怕老爷送药来碰见,怎么办?

Muizyieng【gyangj】
梅香【白】
(土俗字) 侄　劳　勾　颂　盟　放哨　盟　大胆　批
(壮　文) Ndi lau, gou coengh mwngz cuengqsauq, mwngz daihdamj bei,
(直　译) 不　怕　我　帮　你　放哨　你　大胆　去
(意　译) 不怕我帮你站岗放哨,你大胆去,

(土俗字) 批 傍吱
(壮　文) bei byuengdei.
(直　译) 去 快点
(意　译) 快点去。
【Rag Dauz Daihhingq bei gyawj siujcej, Muizyieng roengzbei.】
【拉陶大庆接近小姐，梅香下。】

Dauz Daihhingq【gyangj】
陶大庆【白】
(土俗字) 小姐 醒 很斗 啦 傍吱 醒 很斗 啦
(壮　文) Siujcej singj hwnjdaeuj la, byuengdei singj hwnjdaeuj la!
(直　译) 小姐 醒 起来 啦 快点 醒 起来 啦
(意　译) 小姐醒来吧，快醒来吧!

Henghva【gyangj】
杏花【白】
(土俗字) 大夫 勾 侄 眉 病 盟 批麻 吧
(壮　文) Daihfou gou ndi meiz bingh, mwngz beima ba.
(直　译) 大夫 我 没 有 病 你 回去 吧
(意　译) 大夫我没有病，你回去吧。

Dauz Daihhingq【gyangj】
陶大庆【白】
(土俗字) 勾 侄 示 大夫 勾 示 陶 大庆
(壮　文) Gou ndi seix daihfou, gou seix Dauz Daihhingq.
(直　译) 我 不 是 大夫 我 是 陶 大庆
(意　译) 我不是大夫，我是陶大庆。

Henghva【gyangj】
杏花【白】
(土俗字) 盟 示 陶 大庆 难道 勾 侄 鲁那 大庆
(直　译) Mwngz seix Dauz Daihhingq? Nanzdauh gou ndi roxnaj Daihhingq?
(壮　文) 你 是 陶 大庆 难道 我 不 认识 大庆
(意　译) 你是陶大庆? 难道我不认识大庆?

(土俗字) 盟 冒名 大庆 斗 存 勾
(壮 文) Mwngz mauhmingz Daihhingq daeuj ngonz gou.
(直 译) 你 冒名 大庆 来 看 我
(意 译) 你是冒大庆之名来看我的。

(土俗字) 盟 条 条 傍吱 布呢 对 盟 布 客气
(壮 文) Mwngz deuz，deuz byuengdei，mboujnex doiq mwngz mbouj hekheiq.
(直 译) 你 走 走 快点 不然 对 你 不 客气
(意 译) 你走，快点走，不然对你不客气。

Dauz Daihhingq【Duet mumhgyaj roengzdaeuj，gyangj】
陶大庆【脱下假胡须，白】
(土俗字) 小姐
(壮 文) Siujcej!
(直 译) 小姐
(意 译) 小姐!

Henghva【Doeksaenz youh geizheih dwk，gyangj】
杏花【惊奇，白】
(土俗字) 盟 盟 示 大庆
(壮 文) Mwngz…… mwngz seix Daihhingq?
(直 译) 你 你 是 大庆
(意 译) 你……你是大庆?

【Song vunz doxgot.】
【两人拥抱。】

Henghva【gyangj】
杏花【白】
(土俗字) 相公
(壮 文) Sienggoeng!
(直 译) 相公
(意 译) 相公!

【Guh fwen】
【唱】
(土俗字) 三 艮 侄 伦那 耐 凳 五 卑 来
(壮 文) Sam ngoenz ndi rinnaj，Naih daengq haj bi lai，
(直 译) 三 天 不 见面 久 像 五 年 多
(意 译) 三天不见面，像隔三五年;

(土俗字) 勾 怄气 险 胎 鲁 几来 痛苦
(壮 文) Gou aeuqheiq yiemj dai, Rox gijlai doengqhoj.
(直 译) 我 怄气 险 死 不知 几多 痛苦
(意 译) 我怄气将死，不知多可怜。

Dauz Daihhingq【guh fwen】
陶大庆【唱】
(土俗字) 讲 吝 盟 清楚 勾 痛苦 更 来
(壮 文) Gyangj laenh mwngz cingcoj, Gou doengqhoj gengq lai;
(直 译) 讲 告诉 你 清楚 我 痛苦 更 多
(意 译) 告诉你清楚，我更加痛楚；

(土俗字) 艮 腾 那 布 开 凳 伝 胎 仂乇
(壮 文) Ngoenz daengz naj mbouj hai, Daengq vunz dai lwgdog.
(直 译) 日 来 脸 不 开 像 人 死 独子
(意 译) 整天不开心，独子死般苦。

Henghva【guh fwen】
杏花【唱】
(土俗字) 望 盟 他 屋 洫 无 人活 心机
(壮 文) Muengh mwngz da ok lwed, Fouz sinzhued simgei;
(直 译) 望 你 眼 出 血 无 活人 心机
(意 译) 望你眼血滴，没活人心机；

(土俗字) 三 艮 侄 啃 吱 布 鲁 饥 鲁 约
(壮 文) Sam ngoenz ndi gwn dei, Mbouj rox gei rox iek.
(直 译) 三 天 不 吃 点 不 知 饥 知 饿
(意 译) 三天不进食，也不知肚饥。

Dauz Daihhingq【guh fwen】
陶大庆【唱】
(土俗字) 盟 苦 勾 更 苦 凳 鸡秃 拉奔
(壮 文) Mwngz hoj gou gengq hoj, Daengq gaeqndoq lajmbwn;
(直 译) 你 苦 我 更 苦 像 秃鸡 天下
(意 译) 你苦我更苦，像世上鸡秃；

（土俗字）记 盟 心 又 因 凳 眉 针 斩 使
（壮 文）Geiq mwngz sim you in，Daengq meiz cim camx saej.
（直 译）记到 你 心 又 疼 像 有 针 扎 肠
（意 译）想你心又疼，像针扎肠肚。

Henghva【gyangj】
杏花【白】
（土俗字）相公 盟 离开 兰书 为 计尔 佺 吝
（壮 文）Siengqgoeng，mwngz lizhai ranzsaw，vih gaejrawz ndi laenh
（直 译）相公 你 离开 书房 为 什么 不 告诉
（意 译）相公，你离开书房，为什么不告诉

（土俗字）勾 则 声 啊
（壮 文）gou caek sing ha!
（直 译）我 一 声 啊
（意 译）我一声啊！

【Guh fwen】
【唱】
（土俗字）盟 条屋 批麻
（壮 文）Mwngz deuzok beima，
（直 译）你 逃出 回去
（意 译）你逃出回家，

（土俗字）为 计麻
（壮 文）Vih gaejmaz，
（直 译）为 什么
（意 译）为的啥，

（土俗字）总 布 查 腾 勾
（壮 文）Cungj mbouj caz daengz gou；
（直 译）都 不 查 到 我
（意 译）都不给我话；

（土俗字）盟 凳 淋达 流
（壮 文）Mwngz daengq raemxdah louz，
（直 译）你 像 河水 流
（意 译）像河水流下，

（土俗字）批　由由
（壮　文）Bei youyou，
（直　译）去　悠悠
（意　译）去哗哗，

（土俗字）布　绕狗　到愣
（壮　文）Mbouj nyeuxgyaeuj dauqlaeng.
（直　译）不　回头　转后
（意　译）头也不回啦。

【Sinj guh fwen】
【接唱】
（土俗字）盟　也　太　无情　勾　存　盟　心仕
（壮　文）Mwngz yex daiq fouzcingz，Gou ngonz mwngz simseih；
（直　译）你　也　太　无情　我　看　你　心事
（意　译）你也太无情，我看你心境；

（土俗字）花抡　可　眉　意　劳　淋浮　无情
（壮　文）Valaenq goj meiz eiq，Lau raemxlu fouzcingz.
（直　译）花落　可　有　意　怕　流水　无情
（意　译）落花可有意，怕流水无情。

Dauz Daihhingq【guh fwen】
陶大庆【唱】
（土俗字）淋浮　示　无意
（壮　文）Raemxlu seix fouzeiq，
（直　译）流水　是　无意
（意　译）流水是无意，

（土俗字）心　丁　记
（壮　文）Sim dingh geiq，
（直　译）心　定　记
（意　译）心牢记，

（土俗字）勾　最　气　花残
（壮　文）Gou cuiq heiq vacanz；
（直　译）我　最　愁　花残
（意　译）我愁花残去；

（土俗字）离开　批麻　兰
（壮　文）Lizhai beima ranz,
（直　译）离开　回去　家
（意　译）离开回家里，

（土俗字）心　尽　烦
（壮　文）Sim cinx fanz,
（直　译）心　全　烦
（意　译）心烦急，

（土俗字）实在　难　伦那
（壮　文）Sidcaih nanz rinnaj.
（直　译）实在　难　见面
（意　译）实在相见你。

Henghva【gyangj】
杏花【白】
（土俗字）相公　勾　侄　讲　盟　侄　鲁
（壮　文）Siengqgoeng, gou ndi gyangj mwngz ndi rox.
（直　译）相公　我　不　讲　你　不　知
（意　译）相公，我不说你不知道。

Dauz Daihhingq【gyangj】
陶大庆【白】
（土俗字）计尔　仕　哈
（壮　文）Gaeqrawz seih ha?
（直　译）什么　事　呀
（意　译）什么事呀？

Henghva【guh fwen】
杏花【唱】
（土俗字）花杏　开　古　闷
（壮　文）Vahengh hai goj mwn,
（直　译）杏花　开　可　茂
（意　译）杏花开可鲜，

（土俗字）幼　于阴
（壮　文）Yawq ndawyim，
（直　译）在　阴处
（意　译）在荫间，

（土俗字）眉　棵芯　斗　占
（壮　文）Meiz gonim daeuj ciemq；
（直　译）有　稔树　来　占
（意　译）被稔树占先；

（土俗字）花开　到　古　艳
（壮　文）Vahai dauq goj yiemh，
（直　译）花开　却　可　艳
（意　译）花开可红艳，

（土俗字）盟　试　睑
（壮　文）Mwngz sawq demq，
（直　译）你　试　看
（意　译）你看见，

（土俗字）花　逐渐　争　暖
（壮　文）Va cugciemh deng non.
（直　译）花　逐渐　挨　虫
（意　译）花被害虫卷。

Dauz Daihhingq【gyangj】
陶大庆【白】
（土俗字）小姐　听讲　老爷 除　盟　配　哼　孟　威 示　嘛
（壮　文）Siujcej，dingqgyangj lauxi dawz mwngz boiq haengj Mungh Vi，seix ma?
（直　译）小姐　听说　老爷 把　你　配　给　孟　威 是　嘛
（意　译）小姐，听讲老爷将你许配给孟威，是吗？

Henghva【gyangj】
杏花【白】
（土俗字）嘿　勾 正　为 件　仕　内　心烦　意乱　侄 愿　估伝
（壮　文）Hei，gou cingq vih gienh seih neix，simfanz eiqluenh，ndi nyuenh guhvunz.
（直　译）嘿　我 正　为 件　事　这　心烦　意乱　不 愿　做人
（意　译）嘿，我正为这事心烦意乱，不愿做人。

(土俗字)婚期　迪　二　月　初四
(壮　文)Voengeiz dwg nyih nyued coseiq.
(直　译)婚期　是　二　月　初四
(意　译)婚期是二月初四。

Dauz Daihhingq【gyangj】
陶大庆【白】
(土俗字)二　月　初四　日子　举　啦　小姐　鱼　估　哈
(壮　文)Nyih nyued coseiq, ciedceij gyawj la, siujcej nyawz guh ha?
(直　译)二　月　初四　日子　逼近　了　小姐　怎么　做　呀
(意　译)二月初四,日子逼近了,小姐怎么办呀?

Henghva【gyangj】
杏花【白】
(土俗字)奔　桑　喃　哪　眉　勿　难　宾
(壮　文)Mbwn sang namh na, meiz fwed nanz mbin.
(直　译)天　高　地　厚　有　翅　难　飞
(意　译)天高地厚,插翅难飞。

【Guh fwen】
【唱】
(土俗字)二　月　初四　眉　勿　难　礼　很宾
(壮　文)Nyih nyued coseiq, Meiz fwed nanz ndaej hwnjmbin;
(直　译)二　月　初四　有　翅　难　得　起飞
(意　译)二月初四,即使有翅难飞;

(土俗字)狗确　心因　厚　布　想　啃　时内
(壮　文)Gyaeujdot sim'in, Haeux mbouj siengj gwn seizneix;
(直　译)头疼　心痛　饭　不　想　吃　现时
(意　译)头疼心痛,今觉饭菜无味;

(土俗字)自己　各　议　勾　示　胎里　布　批
(壮　文)Cihgeij gag ngeix, Gou seix daileix mbouj bei;
(直　译)自己　自　思　我　是　死活　不　去
(意　译)自己沉思,死活不去结对;

（土俗字）布　鲁　鱼　衣　从愿　胎　批　袖　算
（壮　文）Mbouj rox nyawz ndei，Coengznyuenh dai bei couh suenq；
（直　译）不　知　怎么　好　宁愿　死　去　就　算
（意　译）不知啥办，愿死了结是非；

（土俗字）先　伦　盟　贯　布　用　埋怨　孟家
（壮　文）Sien laenh mwngz gonq，Mbouj yungh maizyuenq Munghgya
（直　译）先　告诉　你　先　不　用　埋怨　孟家
（意　译）先向你说，不怨孟家来催；

（土俗字）浪　吖　杏花　除　尸　比麻　埋葬
（壮　文）Langh gyaez Henghva，Dawz sei beima maizcangq.
（直　译）若　爱　杏花　拿　尸体　回去　埋葬
（意　译）若爱杏花，把我尸体带回。

Dauz Daihhingq【gyangj】
陶大庆【白】
（土俗字）小姐　盟　同内　想　侄　争　父伝　生命
（壮　文）Siujcej，mwngz doengzneix siengj ndi deng. Bouxvunz sengmingh
（直　译）小姐　你　这样　想　不　对　人生　生命
（意　译）小姐，这想法是不对的。人生生命

（土俗字）最　宝贵　幼　计　情况　鱼　恶
（壮　文）cuiq baujgviq. Yawq gaej cingzguengq nyawz ak，
（直　译）最　宝贵　在　些　情况　任何　恶劣
（意　译）最宝贵。在任何恶劣的情况下，

（土俗字）总　侄　礼　欧　胎　斗　对待
（壮　文）cungj ndi ndaej aeu dai daeuj doiqdaih.
（直　译）都　不　能　要　死　来　对待
（意　译）都不能用死来对待。

Henghva【gyangj】
杏花【白】
（土俗字）很　奔　无　路　笼　喃　无　门　眉　计尔　办法
（壮　文）Hwnj mbwn fouz loh，roengz namh fouz muenz. Meiz gaejrawz banhfap?
（直　译）上　天　无　路　入　地　无　门　有　什么　办法
（意　译）上天无路，入地无门。有什么办法？

Dauz Daihhingq【gyangj】
陶大庆【白】
(土俗字) 同内　　衣　布　衣
(壮　文) Doengzneix ndei mbouj ndei?
(直　译) 这样　　好　不　好
(意　译) 这样好不好?

Henghva【gyangj】
杏花【白】
(土俗字) 同　鱼样
(壮　文) Doengz nyawzyiengh?
(直　译) 同　怎么样
(意　译) 怎么样?

Dauz Daihhingq【guh fwen】
陶大庆【唱】
(土俗字) 双　伝　条　屋批
(壮　文) Song vunz deuz okbei,
(直　译) 两　人　逃　出去
(意　译) 两人一起逃,

(土俗字) 衣　布　衣
(壮　文) Ndei mbouj ndei,
(直　译) 好　不　好
(意　译) 好不好,

(土俗字) 拉　估　吱　生意
(壮　文) Ra guh dei seng'eiq;
(直　译) 找　做　些　生意
(意　译) 去把生意找;

(土俗字) 免礼　批　斗气
(壮　文) Mienxndaej bei daeuqheiq;
(直　译) 免得　去　斗气
(意　译) 免斗气烦躁;

(土俗字) 弄　妙计
(壮　文) Lungh miuxgaeq,
(直　译) 弄　妙计
(意　译) 妙计巧,

（土俗字）估　一　世　夫妻
（壮　文）Guh it seiq foucae.
（直　译）做　一　世　夫妻
（意　译）结夫妻到老。

Henghva【gyangj】
杏花【白】
（土俗字）条　屋鹿　批　眉　计尔　生意　衣　估　侱　胎约　嘛
（壮　文）Deuz okrog bei，meiz gaejrawz seng'eiq ndei guh，ndi daiyiek ma?
（直　译）逃　出外　去　有　什么　生意　好　做　不　饿死　吗
（意　译）逃走外出，有什么生意好做，不饿死吗？

Dauz Daihhingq【gyangj】
陶大庆【白】
（土俗字）败鹿　天　桑　卓　广　劳　侱　眉　啃　批　嘛
（壮　文）Baihrog mbwn sang dueg gvangq，lau ndi meiz gwn bei ma?
（直　译）外面　天　高　地　广　怕　没　有　吃　去　吗
（意　译）外面天高地广，怕没有吃吗？

（土俗字）浪　本钱　小　袖　估　小　生意　贩　仂蔓
（壮　文）Langh bonjcienz siuj，couh guh siuj seng'eiq. Fanq lwgmanh、
（直　译）若　本钱　少　就　做　小　生意　贩　辣椒
（意　译）若本钱少，就做小生意。贩辣椒、

（土俗字）仂世　金吉　奏　豆四　总　够　养　偻　啦
（壮　文）lwgndiq、gimgit caeuq duhseiq，cungj gaeuq ciengx raeuz la，
（直　译）苦瓜　西红柿　和　四季豆　都　够　养活　我们　了
（意　译）苦瓜、西红柿和四季豆，都够养活我俩了，

（土俗字）盟　存　鱼样
（壮　文）mwngz ngonz nyawzyiengh?
（直　译）你　看　怎样
（意　译）你看怎样？

Henghva【naemj，gyangj】
杏花【思考，白】
（土俗字）单劳
（壮　文）Danlau……
（直　译）只怕
（意　译）只怕……

Dauz Daihhingq【gyangj】
陶大庆【白】
(土俗字)劳 计尔
(壮 文)Lau gaejrawz?
(直 译)怕 什么
(意 译)怕什么?

Henghva【guh fwen】
杏花【唱】
(土俗字)双 伝 条 屋批
(壮 文)Song vunz deuz okbei,
(直 译)两 人 逃 出去
(意 译)两人一起逃,

(土俗字)盟 各 议
(壮 文)Mwngz gag ngeix,
(直 译)你 自 思量
(意 译)你思考,

(土俗字)示布 衣 办法
(壮 文)Seixmbouj ndei banhfap?
(直 译)是否 好 办法
(意 译)办法是否好?

(土俗字)兰 孟 批 告发
(壮 文)Ranz Mungh bei gauqfat,
(直 译)家孟 去 告发
(意 译)孟家去状告,

(土俗字)盟 难 押
(壮 文)Mwngz nanz rap,
(直 译)你 难 承担
(意 译)你难保,

(土俗字)除 勾 搭 口批
(壮 文)Dawz gou dap haeujbei.
(直 译)把 我 搭 进去
(意 译)我也没法跑。

【Gyangj】
【白】
（土俗字）腾　度爹，盟　争　增　十　卑　八　卑，鱼　估
（壮　文）Daengz dohdi，mwngz deng gyaeng cib bi bet bi，nyawz guh?
（直　译）到　那时　你　被　关　十　年　八　年　怎么　做
（意　译）到那时候，你被关十年八年，怎么办？

Dauz Daih hingq【guh fwen】
陶大庆【唱】
（土俗字）听　盟　讲谋　内
（壮　文）Dingq mwngz gyangjnaeuz neix，
（直　译）听　你　说道　这样
（意　译）听你这样讲，

（土俗字）写细　议
（壮　文）Sijsaeq ngeix，
（直　译）仔细　想
（意　译）仔细想，

（土俗字）眉　道理　礼　来
（壮　文）Meiz dauhleix ndaej lai；
（直　译）有　道理　得　多
（意　译）道理似应当；

（土俗字）浪　胎　只　齐　胎
（壮　文）Langh dai cix caez dai，
（直　译）若　死　就　同　死
（意　译）若死就同葬，

（土俗字）布　分开
（壮　文）Mbouj faenhai，
（直　译）不　分开
（意　译）不分散，

（土俗字）凳　英台　山伯
（壮　文）Daengq Ingdaiz Sanbek.
（直　译）像　英台　山伯
（意　译）像梁祝那样。

Henghva【guh fwen】
杏花【唱】
（土俗字）难 了 难 难 了 难
（壮 文）Nanz liux nanz nanz liux nanz,
（直 译）难 了 难 难 了 难
（意 译）难了难难了难，

（土俗字）越 议 越 想 心 越 烦
（壮 文）Yid ngeix yid siengj sim yid fanz;
（直 译）越 思 越 想 心 越 烦
（意 译）越思越想心越烦；

（土俗字）马 装 双 安 曾 伦 挂
（壮 文）Max cang song an caengz rin gvaq,
（直 译）马 装 双 鞍 未 见 过
（意 译）马装双鞍未见过，

（土俗字）一 女 难 嫁 双 伊 关
（壮 文）It nawx nanz haq song ae gvan.
（直 译）一 女 难 嫁 双 个 夫
（意 译）一女难嫁两个男。

Dauz Daihhingq【guh fwen】
陶大庆【唱】
（土俗字）垂 也 难 夸 也 难
（壮 文）Swix yex nanz gvaz yex nanz,
（直 译）左 也 难 右 也 难
（意 译）左也难右也难，

（土俗字）渠 眉 双 局 侵 一 山
（壮 文）Gyawz meiz song guk caemh it san;
（直 译）哪 有 两 虎 共 一 山
（意 译）哪有两虎共一山；

（土俗字）双 局 侵 堆 堆 欧 动
（壮 文）Song guk caemh ndoi ndoi aeu doengh,
（直 译）两 虎 共 山 山 要 震动
（意 译）两虎共山山震动，

（土俗字）双　龙　侵　海　海　也　干
（壮　文）Song lungz caemh haij haij yex gan.
（直　译）双　龙　共　海　海　也　干
（意　译）双龙共海海也干。

Muizyieng【gip hwnjdaeuj，gyangj】
梅香【急上，白】
（土俗字）老爷　斗　啦
（壮　文）Lauxi daeuj la!
（直　译）老爷　来　了
（意　译）老爷来了！

【Dauz Daihhingq、Henghva doeksaenz vueng vaqcang，Henghva coengh Dauz Daihhingq haeuj lwggaet.】

【陶大庆、杏花惊慌化妆，杏花帮陶大庆扣扣子。】

Hoengz Cung【daj ndaw suenj】
洪忠【从内喊】
（土俗字）梅香　除　芇　批　哼　小姐　啃
（壮　文）Muizyieng，dawz yw bei haengj siujcej gwn.
（直　译）梅香　拿　药　去　给　小姐　吃
（意　译）梅香，拿药给小姐吃。

Muizyieng【han】
梅香【应】
（土俗字）示
（壮　文）Seix!
（直　译）是
（意　译）是！

【Muizyieng roengz，Hoengz Cung hwnjdaeuj.】

【梅香下，洪忠上。】

Hoengz Cung【maenj gyangj】
洪【厉声白】
（土俗字）盟　盟　示　陶　大庆
（壮　文）Mwngz……Mwngz seix Dauz Daihhingq?
（直　译）你　你　是　陶　大庆
（意　译）你……你是陶大庆？

Henghva【hen Dauz Daihhingq，gyangj】
杏花【护陶大庆，白】
（土俗字）爸
（壮　文）Baj!
（直　译）爸
（意　译）爸!

Hoengz Cung【guh fwen】
洪忠【唱】
（土俗字）盟　　冒充　　大夫
（壮　文）Mwngz mauhcung daihfou，
（直　译）你　　冒充　　大夫
（意　译）你冒充大夫，

（土俗字）斗　兰　勾
（壮　文）Daeuj ranz gou，
（直　译）来　家　我
（意　译）来我屋，

（土俗字）想　估　怒　贼　涝
（壮　文）Siengj guh nou caeg lauz；
（直　译）想　做　鼠　偷　油
（意　译）做偷油老鼠；

（土俗字）盟　东拷　西拷
（壮　文）Mwngz doenggauj saegauj，
（直　译）你　东搞　西搞
（意　译）你东搞西捂，

（土俗字）拉　作　桃
（壮　文）Ra cag dauz，
（直　译）找　绳　绑
（意　译）绳绑住，

（土俗字）送　批　交　志　县
（壮　文）Soengq bei gyau gwnz yuenh.
（直　译）送　去　交　上　县
（意　译）押送交县府。

Dauz Daihhingq【gyangj】
陶大庆【白】
(土俗字) 小生 失礼 请 老爷 原谅
(壮 文) Siujseng saetlaex! Cingj lauxi nyuenzliengh!
(直 译) 小生 失礼 请 老爷 原谅
(意 译) 小生失礼！请老爷原谅！

Hoengz Cung【gyangj】
洪忠【白】
(土俗字) 原谅 勾 侄 木 盟 助 怪
(壮 文) Nyuenzliengh? Gou ndi maeb mwngz coj gvaiq.
(直 译) 原谅 我 不 打 你 才 怪
(意 译) 原谅？我不打你才怪。
【Dawz faex ra maeb Dauz Daihhingq，Henghva lanz dwk.】
【拿棍追打陶大庆，杏花拦住。】

Hoengz Cung【gyangj】
洪忠【白】
(土俗字) 盟 条 勾 捅 爹 胎 批
(壮 文) Mwngz deuz，gou mboengj di dai bei.
(直 译) 你 走开 我 打 他 死 去
(意 译) 你走开，我打死他。

【Dawz daengq hwnjdaeuj，yaek dub Dauz Daihhingq dauqfanj dub deng ndaeng cihgeij，fwngz goemq ndaeng，suenj】
【拿板凳，要打陶大庆反而砸到自己的鼻子，手捂鼻，喊】
(土俗字) 哎哟 斗 哈
(壮 文) Aiyo! Daeuj ha!
(直 译) 哎哟 来 啊
(意 译) 哎哟！来人啊！
【Muizyieng caeuq gyading hwnj.】
【梅香和家丁上。】

Muizyieng【gyangj】
梅香【白】
(土俗字) 计尔 仕 呀
(壮 文) Gaejrawz seih ya?
(直 译) 什么 事 呀
(意 译) 什么事呀？

Hoengz Cung【guh fwen】
洪忠【唱】
（土俗字）洫能　　　督　吻吻
（壮　文）Lwedndaeng doek laedlaed，
（直　译）鼻血　　　掉　滴滴
（意　译）鼻血滴出来，

（土俗字）收　批　七
（壮　文）Sou bei mbaet，
（直　译）你们 去 摘
（意　译）快去采，

（土俗字）欧　三七　麻　崩
（壮　文）Aeu samcaet ma baeng；
（直　译）要　三七　来　敷
（意　译）要三七敷盖；

（土俗字）弄　　武　什　争　能
（壮　文）Loengh foux dub deng ndaeng，
（直　译）弄　　武　打　对　鼻
（意　译）弄武打鼻歪，

（土俗字）布　　防　　腾
（壮　文）Mbouj fuengz daengz，
（直　译）不　　防　　到
（意　译）防不快，

（土俗字）什　争　能　　屋洫
（壮　文）Dub deng ndaeng oklwed.
（直　译）打　对　鼻　　出血
（意　译）打鼻血出来。

Muizyieng【gyangj】
梅香【白】
（土俗字）勾　批 于　萓　欧　三七　麻　崩
（壮　文）Gou bei ndaw suen aeu samcaet ma baeng.
（直　译）我　去 里　园　要　三七　回来 敷
（意　译）我去花园取三七回来敷。

【Muizyieng roengzbei.】
【梅香下。】

Gyading【gyangj】
家丁【白】
（土俗字）老爷 练武 鱼 欧 凳 什 争 能 自己 批
（壮 文）Lauxi lienhfoux，nyawz aeu daengq dub deng ndaeng cihgeij bei?
（直 译）老爷 练武 怎么 要 凳 打 对 鼻子 自己 去
（意 译）老爷练武，怎么将板凳打到自己鼻子去？

Hoengz Cung【gyangj】
洪忠【白】
（土俗字）吱渠 示 练武 为 仂 奴才 内 冒充 大夫
（壮 文）Deigyawz seix lienhfoux，vih lwg nozcaiz neix mauhcung daihfou，
（直 译）哪里 是 练武 为 个 奴才 这 冒充 大夫
（意 译）哪里是练武，是为这个奴才冒充大夫，

（土俗字）斗 于 府 贼玉 贼荘 盟 哼 勾 逐 爹
（壮 文）daeuj ndaw fouj caegnyawh caegyieng. Mwngz haengj gou cug di
（直 译）来 里 府 窃玉 偷香 你 给 我 绑 他
（意 译）来府里窃玉偷香。你给我把他

（土俗字）很斗 连陷 介批 衙门
（壮 文）hwnjdaeuj，lienzhaemh gyaiqbei nyaxmonz.
（直 译）起来 连夜 解往 衙门
（意 译）绑起来，连夜解往衙门。

Henghva【gyangj】
杏花【白】
（土俗字）相公 傍吱 跋 条
（壮 文）Siengqgoeng byuengdei buet deuz!
（直 译）相公 快点 跑 走
（意 译）相公快跑！
【Dauz Daihhingq buet ok bakdou roengzbei.】
【陶大庆跑出门下。】

Gyading【gyaep，suenj】
家丁【追赶，喊】

（土俗字）计　跋
（壮　文）Gaej buet!
（直　译）别　跑
（意　译）站住!

Hoengz Cung【gyangj】
洪忠【白】
（土俗字）傍吱　　猎　除　爹麻
（壮　文）Byuengdei lieb，dawz di ma!
（直　译）快点　　追　抓　他回
（意　译）快追，把他抓回!
【Gip lieb roengzbei，daemj deng daengq，laemx.】
【急追去，碰到板凳，跌倒。】

Henghva【fuz di hwnj，gyangj】
杏花【扶他起，白】
（土俗字）爸
（壮　文）Baj!
（直　译）爸
（意　译）爸!

Hoengz Cung【gyangj】
洪忠【白】
（土俗字）猎　哈
（壮　文）Lieb ha!
（直　译）追　呀
（意　译）追呀!

Henghva【gyangj】
杏花【白】
（土俗字）跋　傍吱
（壮　文）Buet byuengdei!
（直　译）跑　快点
（意　译）快跑!

Hoengz Cung【gyangj】
洪忠【白】

（土俗字）趿　　哈
（壮　文）Gyaep ha ……
（直　译）追　　啊
（意　译）追啊 ……

【Byaengqda ngonz Henghva，gyangj】
【瞪眼看杏花，白】
（土俗字）盟
（壮　文）Mwngz ……
（直　译）你
（意　译）你 ……

【Roengzmuq. 】
【幕下。】

（土俗字）场 大六 壳县 巧 判 催 姻缘
（壮 文）Ciengz Daihroek Hakyuenh Giuj Buenq Coi Nyiennyuenz
（直 译）场 第六 县官 巧 判 促 姻缘
（意 译）第六场 县官巧判促姻缘

【Yuenhnyax goengdangz，baihlaeng muq，moeb gyong yiengj sam sing，vunzcai hwnjdaeuj.】

【县衙公堂，幕后，堂鼓响三声，差役上。】

Vunzcai【gyangj】
差役【白】
（土俗字）江哏 三更 汝 痕 斗 擼 堂江
（壮 文）Gyanghwnz samgeng bawz haenz daeuj roq dangzgyong，
（直 译）半夜 三更 谁 还 来 击 堂鼓
（意 译）三更半夜谁还来击堂鼓，

（土俗字）告 计尔 案
（壮 文）gauq gaejrawz anq?
（直 译）告 什么 案
（意 译）告什么案？

Hoengz Cung【daj ndaw suenj】
洪忠【内喊】
（土俗字）老夫 洪 忠 擼 江 告 大 冤案
（壮 文）Lauxfou Hoengz Cung roq gyong gauq daih yuenanq!
（直 译）老夫 洪 忠 击 鼓 告 大 冤案
（意 译）老夫洪忠击鼓告天大的冤案！

Vunzcai【gyangj】
差役【白】
（土俗字）差 贯
（壮 文）Caj gonq.
（直 译）等 先
（意 译）等候。

【Yiengq baihndaw suenj】
【向内喊】
（土俗字）禀　老爷　眉　伝　撸　江　告状
（壮　文）Bingj lauxi，meiz vunz roq gyong gauqsangh.
（直　译）禀　老爷　有　人　击　鼓　告状
（意　译）禀报老爷，有人击鼓告状。
【Hak yuenh hwnjdaeuj，vunzcai gaenlaeng.】
【县官上，差役随后。】

Hakyuenh【gvaiqbanj】
县官【快板】
（土俗字）吨得　露　甜　批　渺渺
（壮　文）Naenzndaek loq diemz bei miumiu，
（直　译）睡着　梦　甜　去　忙忙
（意　译）睡着甜梦乐陶陶，

（土俗字）三更　撸　江　争　勾　哓
（壮　文）Samgeng roq gyong deng gou ndiu；
（直　译）三更　击　鼓　挨　我　醒
（意　译）三更击鼓把我搅；

（土俗字）江哏　三更　撸　堂江
（壮　文）Gyanghwnz samgeng roq dangzgyong，
（直　译）半夜　三更　击　堂鼓
（意　译）三更半夜击堂鼓，

（土俗字）浪　无　来路　布　容饶
（壮　文）Langh fouz laizloh mbouj yungznyiuz.
（直　译）若　无　来路　不　容饶
（意　译）若无来由不容饶。

【Gyangj】
【白】
（土俗字）左右　父　撸　江　告　计尔　案
（壮　文）Caqyouh，boux roq gyong gauq gaejrawz anq?
（直　译）左右　人　击　鼓　告　什么　案
（意　译）左右，敲鼓人告的是什么案？

Vunzcai【gyangj】
差役【白】
(土俗字)禀　老爷　父　撸　江　告　案　大罪
(壮　文)Bingj lauxi，boux roq gyong gauq anq daihcoih.
(直　译)禀　老爷　人　击　鼓　告　案　大罪
(意　译)禀告大老爷，敲鼓人告的是大罪案。

Hakyuenh【gyangj】
县官【白】
(土俗字)案　大罪　吗　升堂
(壮　文)Anq daihcoih ma? Swngdangz!
(直　译)案　大罪　吗　升堂
(意　译)天大罪案吗？升堂！

Vunzcai【suenj】
差役【呼】
(土俗字)升堂
(壮　文)Swngdangz!
(直　译)升堂
(意　译)升堂！

Gyoengq vunzcai【okdaeuj ndin song mbuengj，suenj】
众差役【出站两旁，喊】
(土俗字)呼
(壮　文)Huj ……
(直　译)呼
(意　译)呼 ……
【Boux dajgauq Hoengz Cung ndaeng duk sabouq，hwnjdaeuj.】
【告状人洪忠鼻包纱布，上。】

Hoengz Cung【gyangj】
洪忠【白】
(土俗字)拜伦　大老爷
(壮　文)Baiqrin daihlauxi!
(直　译)拜见　大老爷
(意　译)拜见大老爷！

Hakyuenh【gyangj】
县官【白】
(土俗字) 盟 示 姓 麻 名 麻 斗 告 计尔 状
(壮 文) Mwngz seix singq maz mingz maz, daeuj gauq gaejrawz sangh?
(直 译) 你 是 姓 啥 名 啥 来 告 什么 状
(意 译) 你是何姓何名，来告何状?

Hoengz Cung【gyangj】
洪忠【白】
(土俗字) 草民 姓 洪 名 忠 告 计 仕 男女
(壮 文) Caujminz singq Hoengz mingz Cung, gauq gaej seih namznawx
(直 译) 草民 姓 洪 名 忠 告 些 事 男女
(意 译) 小人姓洪名忠，告男女

(土俗字) 行为 侄 正
(壮 文) hengzveiz ndi cingq.
(直 译) 行为 不 正
(意 译) 行为不正之事。

Hakyuenh【gyangj】
县官【白】
(土俗字) 男女 行为 侄 正 示 案 大罪 吗
(壮 文) Namznawx hengzveiz ndi cingq seix anq daihcoih ma?
(直 译) 男女 行为 不 正 是 案 大罪 吗
(意 译) 男女行为不正是大罪案吗?

(土俗字) 吱 小仕 内 也 斗 惊动 衙门 仕细 啵宏
(壮 文) Dei siujseih neix yex daeuj gingdoengh nyaxmonz, seihnyaeq boqhung.
(直 译) 点 小事 这 也 来 惊动 衙门 小事 夸大
(意 译) 这等小事，也来惊动衙门，小事夸大。

(土俗字) 先 哼 伊 尝尝 本官 一 吱 味道 左右
(壮 文) Sien haengj ae siengzsiengz bonjguen it dei meihdauh. Caqyouh!
(直 译) 先 给 他 尝尝 本官 一 点 味道 左右
(意 译) 先让他尝尝本官的厉害。左右!

Vunzcai【han】
差役【应】

(土俗字) 呼喂
(壮 文) Hujvei!
(直 译) 呼喂
(意 译) 呼喂!

Hakyuenh【gyangj】
县官【白】
(土俗字) 先 捅 十 大板 除 伊 阵屋 衙门
(壮 文) Sien mboengj cib daihbanj, dawz ae caenh'ok nyaxmonz.
(直 译) 先 打 十 大板 把 他 赶出 衙门
(意 译) 先打十大板，把他赶出衙门
【Song boux vunzcai mboengj Hoengz Cung cib daihbanj.】
【两差役把洪忠打十大板。】

Hoengz Cung【lumh caekhaex, gyangj】
洪忠【摸自己屁股，白】
(土俗字) 大人 勾 讲 曾 了 呢
(壮 文) Daihsinz, gou gyangj caengz liux ne!
(直 译) 大人 我 讲 没 完 呢
(意 译) 大人，我还没说完呢!

Hakyuenh【gyangj】
县官【白】
(土俗字) 计尔 捅 曾 完 哈 再 捅
(壮 文) Gaejrawz? Mboengj, caengz yuenz ha? Caiq mboengj ……
(直 译) 什么 打 没 完 吗 再 打
(意 译) 什么? 打，还未完吗? 再打……

Hoengz Cung【gyangj】
洪忠【白】
(土俗字) 侄 侄 侄 迪 则 能 勾
(壮 文) Ndi, ndi, ndi, dwg, ndaek ndaeng gou ……
(直 译) 不 不 不 是 个 鼻子 我
(意 译) 不，不，不是，我的鼻子 ……

Hakyuenh【gyangj】
县官【白】

（土俗字）能　　盟　　估　计尔　　示　争　喵　哈　鲁谋
（壮　文）Ndaeng mwngz guh gaejrawz? Seix deng meuz haeb roxnaeuz
（直　译）鼻子　你　　做　什么　　是　被　猫　咬　或是
（意　译）你的鼻子是什么？是被猫咬还是

（土俗字）争　怒　咭
（壮　文）deng nou gaet?
（直　译）被　老鼠 咬
（意　译）被老鼠咬？

Hoengz Cung【gyangj】
洪忠【白】
（土俗字）侄　示　侄　示
（壮　文）Ndi seix，ndi seix!
（直　译）不　是　不　是
（意　译）不是，不是！

Hak【gyangj】
官【白】
（土俗字）侄　示　示　计尔　　示　文娘　　鲁谋　　争　暖　哈
（壮　文）Ndi seix seix gaejrawz? Seix baenznengz roxnaeuz deng non haeb?
（直　译）不　是　是　什么　　是　生疮　　或是　　被　虫　咬
（意　译）不是是什么？是生疮还是虫咬？

Hoengz Cung【gyangj】
洪忠【白】
（土俗字）也　侄　示
（壮　文）Yex ndi seix.
（直　译）也　不　是
（意　译）也不是。

Hakyuenh【gyangj】
县官【白】
（土俗字）侄　示　示　计尔　　讲　　傍吱
（壮　文）Ndi seix seix gaejrawz，gyangj byuengdei!
（直　译）不　是　是　什么　　讲　　快点
（意　译）不是是什么，快说！

Hoengz Cung【guh fwen】
洪忠【唱】
(土俗字) 为 陶 大庆 行为 佤 正 之 流
(壮 文) Vih Dauz Daihhingq, Hengzveiz ndi cingq cei louz;
(直 译) 为 陶 大庆 行为 不 正 之 流
(意 译) 为陶大庆，行为太不端正；

(土俗字) 假装 大夫 串 斗 兰 勾 弄仕
(壮 文) Gyajcang daihfou, Ndonj daeuj ranz gou loenghseih;
(直 译) 假装 大夫 窜 来 家 我 闹事
(意 译) 假扮医生，到家闹事蛮横；

(土俗字) 目 无 法纪 调戏 女子 难 容
(壮 文) Moeg fouz fapgeij, Diuzheiq nawxceij nanz yungz;
(直 译) 目 无 法纪 调戏 女子 难 容
(意 译) 目无法纪，调戏女子难忍；

(土俗字) 伊 想 行凶 华 凳 袖 中 口斗
(壮 文) Ae siengj hengzyung, Vax daengq couh cung haeujdaeuj;
(直 译) 他 想 行凶 抓 凳 就 冲 进来
(意 译) 他想行凶，冲进手抓板凳；

(土俗字) 八 争 能 勾 时内 连 狗 总 因
(壮 文) Bat deng ndaeng gou, Seizneix lienz gyaeuj cungj in;
(直 译) 打 着 鼻 我 现在 连 头 都 疼
(意 译) 打着我鼻，现在连头都疼；

(土俗字) 厚 佤 想 啃 请 盟 大人 严办
(壮 文) Haeux ndi siengj gwn, Cingj mwngz daihsinz nyiemzbanh.
(直 译) 饭 不 想 吃 请 你 大人 严惩
(意 译) 饭不想吃，请大人你严惩。

Hakyuenh【gyangj】
县官【白】
(土俗字) 哦 原来 同内 传 陶 大庆 很堂
(壮 文) O! Nyuenzlaiz doengzneix. Cuenz Dauz Daihhingq hwnjdangz!
(直 译) 哦 原来 如此 传 陶 大庆 上堂
(意 译) 哦！原来如此。传陶大庆上堂！

【Vunzcai ap Dauz Daihhingq hwnj dangz.】
【差役押陶大庆上堂。】

Dauz Daihhingq【gyangj】
陶大庆【白】
(土俗字)拜见　大人
(壮　文)Baiqgienq daihsinz!
(直　译)拜见　大人
(意　译)拜见大人!

Hakyuenh【gyangj】
县官【白】
(土俗字)勾　参　盟　盟　假装　大夫　批　洪府
(壮　文)Gou cam mwngz, mwngz gyajcang daihfou bei Hoengzfouj,
(直　译)我　问　你　你　假装　大夫　去　洪府
(意　译)我问你，你假冒大夫进洪府，

(土俗字)眉　仕实　吗
(壮　文)meiz seihsid ma?
(直　译)有　事实　吗
(意　译)是事实吗?

Dauz Daihhingq【gyangj】
陶大庆【白】
(土俗字)仕实
(壮　文)Seihsid.
(直　译)事实
(意　译)事实。

Hakyuenh【gyangj】
县官【白】
(土俗字)腓宏　陶　大庆　盟　躺　示　秀才
(壮　文)Mbeihung! Dauz Daihhingq mwngz ndang seix souqcaiz,
(直　译)大胆　陶　大庆　你　身　为　秀才
(意　译)大胆!陶大庆你身为秀才，

(土俗字)竟敢　估屋　同内　下流　仕　稳　口　洪府
(壮　文)gingqgamj guh'ok doengzneix yaxlouz seih? Ndonj haeuj Hoengzfouj,
(直　译)竟敢　做出　此等　下流　事　窜　进　洪府
(意　译)竟敢做出这等下流事?串进洪府，

(土俗字) 贼玉 贼茳 行凶 捅 伝
(壮 文) caegnyawh caegrang, hengzyung mboengj vunz.
(直 译) 窃玉 偷香 行凶 打 人
(意 译) 窃玉偷香，行凶打人。

Dauz Daihhingq【gyangj】
陶大庆【白】
(土俗字) 小生 侄 示 贼玉 贼茳 行凶 捅 伝
(壮 文) Siujseng ndi seix caegnyawh caegrang, hengzyung mboengj vunz.
(直 译) 小生 不 是 窃玉 偷香 行凶 打 人
(意 译) 小生非窃玉偷香，行凶打人。

(土俗字) 勾 示 奏 兰 洪 小姐 私定 姻缘
(壮 文) Gou seix caeuq ranz Hoengz siujcej seidingh nyiennyuenz.
(直 译) 我 是 与 家 洪 小姐 私订 姻缘
(意 译) 我是与洪家小姐私订姻缘。

Hakyuenh【gyangj】
县官【白】
(土俗字) 私定 姻缘 为麻 又 捅 能 伝 伤 批
(壮 文) Seidingh nyiennyuenz, vihmaz youh mboengj ndaeng vunz sieng bei?
(直 译) 私订 姻缘 为何 又 打 鼻 别人 伤 去
(意 译) 私订姻缘，为何又打伤他人鼻子？

Dauz Daihhingq【gyangj】
陶大庆【白】
(土俗字) 侄 示 勾 捅 伊 示 伊 各 捅 争
(壮 文) Ndi seix gou mboengj ae, seix ae gag mboengj deng.
(直 译) 不 是 我 打 他 是 他 自己 打 中
(意 译) 不是我打他，是他自己打自己的。

Hoengz Cung【gyangj】
洪忠【白】
(土俗字) 废话 汝 各 木 能 侄 劳 因 嘛 盟 各 木
(壮 文) Feiqvah, bawz gag moeb ndaeng, ndi lau in ha? Mwngz gag moeb
(直 译) 废话 谁 自 打 鼻 不 怕 疼 吗 你 自 打
(意 译) 废话，谁敢打自己鼻子，不怕痛吗？你打自己的

（土俗字）能　　盟　　哼　　勾　存存
（壮　文）ndaeng mwngz haengj gou ngonzngonz.
（直　译）鼻　　你　　给　　我　看看
（意　译）鼻子给我看看。

Hakyuenh【gyangj】
县官【白】
（土俗字）洪　　忠　　我　侄　示　参　你　　你　　计　讲
（壮　文）Hoengz Cung，gou ndi seix cam mwngz，mwngz gaej gyangj!
（直　译）洪　　忠　　我　不　是　问　你　　你　　别　讲
（意　译）洪忠，我没问你，休说!

（土俗字）陶　大庆　　盟　　读　挂　书　圣贤　　明仕　　鲁理
（壮　文）Dauz Daihhingq，mwngz doeg gvaq saw singqyienz，mingzseih roxleix，
（直　译）陶　大庆　　你　　读　过　书　圣贤　　明仕　　知理
（意　译）陶大庆，你读过圣贤书，明事识理，

（土俗字）维护　法纪　讲　　欧　正道　　礼　欧　正统
（壮　文）veizhoh fapgeij，gyangj aeu cingqdauh，laex aeu cingqdoengj，
（直　译）维护　法纪　讲　　要　正道　　礼　要　正统
（意　译）维护法纪，讲则正道，礼则正统，

（土俗字）行　欧　堪正　　能　　欧　躺正　　估　父　君子　忠诚
（壮　文）hengz aeu yamqcingq，naengh aeu ndangcingq，guh boux gunceij cungsingz
（直　译）行　要　正步　　坐　　要　身正　　做　个　君子　忠诚
（意　译）行则正步，坐则正身，做个忠诚

（土俗字）老实　　假装　　大夫　也　示　行为　　侄　正
（壮　文）lauxsid. Gyajcang daihfou yex seix hengzveiz ndi cingq.
（直　译）老实　　冒充　　大夫　也　是　行为　　不　正
（意　译）老实的君子。冒充大夫，也是属于行为不正。

Dauz Daihhingq【gyangj】
陶大庆【白】
（土俗字）小生　　眉失　　检点　　　请　　大人　　宽罪
（壮　文）Siujseng meizsaet giemjdiemj，cingj daihsinz vuencoih.
（直　译）小生　　有失　　检点　　　请　　大人　　恕罪
（意　译）小生失检点，请大人恕罪。

Hakyuenh【gyangj】

县官【白】

（土俗字）大庆 呀 大庆 幼 志 公堂 内
（壮 文）Daihhingq ya Daihhingq，yawq gwnz goengdangz neix，
（直 译）大庆 呀 大庆 在 上 公堂 这
（意 译）大官呀大庆，在这公堂上，

（土俗字）计 怪 本官 无情 了 左右 除 爹 捅
（壮 文）gaej gvaiq bonjguen fouzcingz liux. Caqyouh，dawz di mboengj
（直 译）莫 怪 本官 无情 了 左右 拿 他 打
（意 译）莫怪本官无情了。左右，将他打

（土俗字）四十 板 阵屋 剥都 批
（壮 文）seiqcib banj，caenh'ok bakdou bei.
（直 译）四十 板 赶出 门口 去
（意 译）四十板，赶出门去。

Hoengz Cung【gyangj】

洪忠【白】

（土俗字）大人 呀 陶 大庆 罪则 应 打 四十 大板
（壮 文）Daihsinz ya，Dauz Daihhingq coihnaek，ing daj seiqcib daihbanj.
（直 译）大人 呀 陶 大庆 罪重 应 打 四十 大板
（意 译）大人呀，陶大庆罪重，应打四十大板。

Hakyuenh【gyangj】

县官【白】

（土俗字）盟 侄 服 哈
（壮 文）Mwngz ndi fug ha?
（直 译）你 不 服 吗
（意 译）你不服吗？

Hoengz Cung【gyangj】

洪忠【白】

（土俗字）大庆 违礼 抗法 触犯 纲纪 非同 小可
（壮 文）Daihhingq vizlaex gangqfap，cukfamh ganggeij，feidoengz siujhoj.
（直 译）大庆 违礼 抗法 触犯 纲纪 非同 小可
（意 译）大庆违礼抗法，触犯纲纪，非同小可。

(土俗字) 大人　示　一 县　之 父　理应　维礼　护法
(壮　文) Daihsinz seix it yuenh cei foux, leixing vizlaex hohfap,
(直　译) 大人　是　一 县　之 父　理应　维礼　护法
(意　译) 大人是一县之父，理应维礼护法，

(土俗字) 严惩　严治　大庆
(壮　文) nyiemzcing nyiemzcih Daihhingq.
(直　译) 严惩　严治　大庆
(意　译) 严惩严治大庆。

【Henghva daj ndaw suenj】
【杏花内喊】
(土俗字) 冤枉　啊
(壮　文) Yuenuengj ha!
(直　译) 冤枉　啊
(意　译) 冤枉啊!

Vunzcai【gyangj】
差役【白】
(土俗字) 禀　老爷　眉　伝　欠冤
(壮　文) Bingj lauxi, meiz vunz hemqyuen.
(直　译) 禀　老爷　有　人　喊冤
(意　译) 启禀老爷，有人喊冤。

Hakyuenh【gyangj】
县官【白】
(土俗字) 传　很斗
(壮　文) Cuenz hwnjdaeuj!
(直　译) 传　上来
(意　译) 传上来!

Vunzcai【gyangj】
差役【白】
(土俗字) 传　伝　欠冤　很堂
(壮　文) Cuenz vunz hemqyuen hwnjdangz!
(直　译) 传　人　喊冤　上堂
(意　译) 传喊冤人上堂!
【Henghva hwnjdangz, Hoengz Cung aw.】
【杏花上堂，洪忠愣。】

Hoengz Cung【gyangj】
洪忠【白】
(土俗字) 盟 斗 公堂 估 计尔 批麻
(壮 文) Mwngz daeuj goengdangz guh gaejrawz? Beima!
(直 译) 你 来 公堂 做 什么 回去
(意 译) 你来公堂干什么?回去!

Hakyuenh【gyangj】
县官【白】
(土俗字) 传 妲 很堂
(壮 文) Cuenz dah hwnjdangz!
(直 译) 传 她 上堂
(意 译) 传她上堂!
【Henghva hwnjdangz.】
【杏花上堂。】

Hakyuenh【doiq Hoengz Cung, gyangj】
县官【对洪忠,白】
(土俗字) 盟 欠 妲 批麻 估 计尔
(壮 文) Mwngz hemq dah beima guh gaejrawz?
(直 译) 你 叫 她 回去 干 什么
(意 译) 你为何叫她回去?

Hoengz Cung【gyangj】
洪忠【白】
(土俗字) 勾 侄 示 欠 妲 批麻 勾 欠 妲 跪 笼斗
(壮 文) Gou ndi seix hemq dah beima, gou hemq dah gvih roengzdaeuj.
(直 译) 我 不 是 叫 她 回去 我 叫 她 跪 下来
(意 译) 我不是叫她回去,我叫她跪下来。

【Doiq Henghva, gyangj】
【对杏花,白】
(土俗字) 盟 痕 侄 跪 笼斗
(壮 文) Mwngz haenz ndi gvih roengzdaeuj.
(直 译) 你 还 不 跪 下来
(意 译) 你还不跪下。
【Henghva roengzgvih.】
【杏花跪下。】

Hakyuenh【gyangj】
县官【白】
（土俗字）笼跪 计 仂逼 姓 麻 名 麻
（壮 文）Roengzgvih gaej lwgmbwk singq maz mingz maz?
（直 译）下跪 的 女子 姓 啥 名 啥
（意 译）跪下的女子何姓何名？

Henghva【gyangj】
杏花【白】
（土俗字）小女 姓 洪 名 杏花
（壮 文）Siujnawx singq Hoengz mingz Henghva.
（直 译）小女 姓 洪 名 杏花
（意 译）小女姓洪名杏花。

Hakyuenh【gyangj】
县官【白】
（土俗字）洪 杏花 父 内 示 伊爸 盟 吗
（壮 文）Hoengz Henghva，boux neix seix aebaj mwngz ma?
（直 译）洪 杏花 个 这 是 父亲 你 吗
（意 译）洪杏花，这个是你的父亲吗？

Henghva【gyangj】
杏花【白】
（土俗字）示
（壮 文）Seix!
（直 译）是
（意 译）是！

Hak【gyangj】
官【白】
（土俗字）盟 斗 正合
（壮 文）Mwngz daeuj cingqhab ……
（直 译）你 来 正好
（意 译）你来正好……

Hoengz Cung【gyangj】
洪忠【白】

（土俗字）禀 大人 姐仂 勾 争 引诱 情 眉 可 原
（壮 文）Bingj daihsinz，dahlwg gou deng yinxyaeuq，cingz meiz hoj nyuenz，
（直 译）禀 大人 女儿 我 被 引诱 情 有 可 原
（意 译）禀大人，我女儿被引诱，情有可原，

（土俗字）请 大人 放 姐 批麻
（壮 文）cingj daihsinz cuengq dah beima.
（直 译）请 大人 放 她 回去
（意 译）请大人放回去。

Hakyuenh【gyangj】
县官【白】
（土俗字）本官 正 欧 姐 齐审 痕 哼 姐 批麻
（壮 文）Bonjguen cingq aeu dah caezsaemj，haenz haengj dah beima?
（直 译）本官 正 需 她 同审 还 放 她 回去
（意 译）本官正需要她同审，还放她回去？

Hoengz Cung【yawq raet gyangj】
洪忠【旁白】
（土俗字）哎呀 而仂 侄 鲁那 局嘌 盟 鱼 促 认 来
（壮 文）Aeya，cwzlwg ndi roxnaj gukbeuq，mwngz nyawz huk nyinx lai.
（直 译）哎呀 小牛 不 认知 花豹 你 怎 笨 这么 多
（意 译）哎呀，小牛不认识花豹，你怎么这么笨。

（土俗字）盟 真 侄 鲁那 胎 噜 批麻 批麻
（壮 文）Mwngz cin ndi roxnaj dai lu，beima，beima.
（直 译）你 真 不 知道 死 了 回去 回去
（意 译）你真不知死活了，回去，回去。

Hakyuenh【gyangj】
县官【白】
（土俗字）陶 大庆 为麻 假装 大夫 批 洪府
（壮 文）Dauz Daihhingq，vihmaz gyajcang daihfou bei Hoengzfouj?
（直 译）陶 大庆 为何 冒充 大夫 去 洪府
（意 译）陶大庆，为何假冒大夫进洪府？

（土俗字）从 实 招 斗
（壮 文）Coengz sid ciu daeuj!
（直 译）从 实 招 来
（意 译）从实招来！

Dauz Daihhingq【gyangj】
陶大庆【白】
(土俗字) 勾 奏 杏花 心 途印 双 伝 情 途幸
(壮 文) Gou caeuq Henghva sim doxyinq, song vunz cingz doxrengh.
(直 译) 我 和 杏花 心 相印 两 人 情 相连
(意 译) 我与杏花心相印，两人情相连。

(土俗字) 听讲 小姐 病则 难 医 只眉 勾 才
(壮 文) Dingqgyangj siujcej binghnaek nanz ei, cixmeiz gou caiz
(直 译) 听说 小姐 病重 难 医 只有 我 才
(意 译) 听说小姐病重难治，只有我才

(土俗字) 救 礼 妲 所以
(壮 文) gyuq ndaej dah, sojhix……
(直 译) 救 得 她 所以
(意 译) 能救她，所以……

Hakyuenh【gyangj】
县官【白】
(土俗字) 哈哈 真 奇 盟 假装 大夫 能 医 礼
(壮 文) Haha, cin geiz! Mwngz gyajcang daihfou naengz ei ndaej
(直 译) 哈哈 真 奇 你 冒充 大夫 能 医 得
(意 译) 哈哈，真奇！你冒充大夫，能治好

(土俗字) 途妲 计 病 杏花 盟 文 计尔 病
(壮 文) duzdah gaej bingh? Henghva mwngz baenz gaejrawz bingh?
(直 译) 她 的 病 杏花 你 患 什么 病
(意 译) 她的病？杏花你患什么病？

Henghva【gyangj】
杏花【白】
(土俗字) 病 气怒
(壮 文) Bingh heiqnaeuq.
(直 译) 病 气愤
(意 译) 气愤病。

Hakyuenh【gyangj】
县官【白】

(土俗字) 气怒 父尔 哈
(壮 文) Heiqnaeuq bouxrawz ha?
(直 译) 气愤 哪个 呀
(意 译) 气愤谁呀?

Henghva【gyangj】
杏花【白】
(土俗字) 气怒 陶 大庆 相公
(壮 文) Heiqnaeuq Dauz Daihhingq siengqgoeng.
(直 译) 气愤 陶 大庆 相公
(意 译) 气愤陶大庆相公。

Hakyuenh【gyangj】
县官【白】
(土俗字) 怒 陶 相公
(壮 文) Naeuq Dauz siengqgoeng?
(直 译) 恨 陶 相公
(意 译) 恨陶相公?

Hoengz Cung【gyangj】
洪忠【白】
(土俗字) 大人 袖 示 为 陶 大庆 害 妲 文病
(壮 文) Daihsinz, couh seix vih Dauz Daihhingq haih dah baenzbingh.
(直 译) 大人 就 是 因为 陶 大庆 害 她 生病
(意 译) 大人,就是因为陶大庆害她生病。

Hakyuenh【gyangj】
县官【白】
(土俗字) 盟 计 用 插话 盟 为 计尔 色 相公
(壮 文) Mwngz gaej yungh capvah. Mwngz vih gaejrawz nyaek siengqgoeng?
(直 译) 你 不 用 插话 你 为 什么 恨 相公
(意 译) 你不要插话。你为何恨相公?

(土俗字) 打 谷 讲 斗
(壮 文) Daj goek gyangj daeuj.
(直 译) 从 头 讲 来
(意 译) 从头说来。

Henghva【gyangj】
杏花【白】
(土俗字) 禀 大人 相公 示 途勾 老师 为了 参 字
(壮 文) Bingj daihsinz, siengqgoeng seix duzgou lauxsae. Vihliux cam cih,
(直 译) 禀 大人 相公 是 我的 老师 为了 问 字
(意 译) 启禀大人，相公是我的老师。为了问字，

(土俗字) 勾 批 兰书 老师 伊爸 勾 斗 伦 了
(壮 文) gou bei ranzsaw lauxsae. Aebaj gou daeuj rin liux,
(直 译) 我 去 书房 老师 父亲 我 来 见 了
(意 译) 我进老师书房。我父亲来见了，

(土俗字) 袖 谋 都 行为 侄 正 连陷 阵 相公 条
(壮 文) couh naeuz dou hengzveiz ndi cingq, lienzhaemh caenh siengqgoeng deuz.
(直 译) 就 说 我们 行为 不 正 连夜 赶 相公 走
(意 译) 就讲我们行为不正，连夜赶走相公。

(土俗字) 督愣 相公 袖 侄 愿 教 勾 了
(壮 文) Doeklaeng siengqgoeng couh ndi nyuenh gyauq gou liux.
(直 译) 后来 相公 就 不 愿 教 我 了
(意 译) 后来相公就不愿教我了。

(土俗字) 勾 认为 花抡 眉意 淋浮 无情
(壮 文) Gou nyinhvix valaenq meizeiq, raemxlu fouzcingz.
(直 译) 我 认为 落花 有意 流水 无情
(意 译) 我认为落花有意，流水无情。

(土俗字) 所以 勾 袖 气怒 爹 啦
(壮 文) Sojhix gou couh heiqnaeuq di la.
(直 译) 所以 我 就 气恨 他 啦
(意 译) 所以我就气愤他啦。

Hakyuenh【gyangj】
县官【白】
(土俗字) 哦 收 双 伝 受 袖 眉 意 啦 陶 大庆
(壮 文) O, sou song vunz caeux couh meiz eiq la. Dauz Daihhingq,
(直 译) 哦 你们 两 人 早 就 有 意 了 陶 大庆
(意 译) 哦，你们早就有意了。陶大庆，

(土俗字) 计 病 杏花 途盟 医 衣 了 吗
(壮 文) gaej bingh Henghva duzmwngz ei ndei liux ma?
(直 译) 那 病 杏花 你的 医 好 了 吗
(意 译) 杏花的病你医好了吗?

Henghva【gyangj】
杏花【白】
(土俗字) 医 衣 啦
(壮 文) Ei ndei la.
(直 译) 医 好 了
(意 译) 医好了。

Hoengz Cung【gyangj】
洪忠【白】
(土俗字) 计 病 杏花 佱 示 陶 大庆 医 衣
(壮 文) Gaej bingh Henghva ndi seix Dauz Daihhingq ei ndei!
(直 译) 那 病 杏花 不 是 陶 大庆 医 好
(意 译) 杏花的病不是陶大庆治好的!

(土俗字) 伊 哼 包 芾 刁 哏层 啃 完
(壮 文) Ae haengj bau yw ndeu, haenxcaengz gwn yuenz,
(直 译) 他 给 服 药 一 尚未 吃 完
(意 译) 他给一服药,尚未吃完,

(土俗字) 渠 示 爹 医 衣 咧
(壮 文) gyawz seix di ei ndei le.
(直 译) 哪里 是 他 治 好 咧
(意 译) 哪里是他治好的。

Hakyuenh【gyangj】
县官【白】
(土俗字) 妲 示 文 心病 佱 示 欧 芾 医
(壮 文) Dah seix baenz simbingh, ndi seix aeu yw ei,
(直 译) 她 是 患 心病 不 是 用 药 医
(意 译) 她是患心病,不是用药物医治的,

(土俗字) 示 欧 心 斗 医 衣
(壮 文) seix aeu sim daeuj ei ndei.
(直 译) 是 要 心 来 医 好
(意 译) 是要心来医好的。

Hoengz Cung【lumh ndaeng，gyangj】
洪【摸鼻子，白】
（土俗字）哎哟 因 来 哈
（壮 文）Aeyo，in lai ha!
（直 译）哎哟 疼 多 啊
（意 译）哎哟，好痛啊！

Hakyuenh【gyangj】
县官【白】
（土俗字）陶 大庆 勾 再 参 盟 盟 批 洪府
（壮 文）Dauz Daihhingq，gou caiq cam mwngz，mwngz bei Hoengzfouj
（直 译）陶 大庆 我 再 问 你 你 去 洪府
（意 译）陶大庆，我再问你，你进洪府

（土俗字）奏 杏花 各定 婚姻
（壮 文）caeuq Henghva gagdingh voennyien，
（直 译）和 杏花 私定 婚姻
（意 译）与杏花私定婚姻，

（土俗字）为嘛 又 木 能 婆老 伤 批
（壮 文）vihmaz youh maeb ndaeng bouxlaux sieng bei?
（直 译）为何 又 打 鼻 老人 伤 去
（意 译）为何打伤老人的鼻子？

Dauz Daihhingq【gyangj】
陶大庆【白】
（土俗字）禀 大人 侄 示 勾 木 伤 示 关 各 木 争
（壮 文）Bingj daihsinz，ndi seix gou moeb sieng，seix gvan gag moeb deng.
（直 译）禀 大人 不 是 我 打 伤 是 大 自 打 着
（意 译）禀告大人，不是我打伤的，是他自己打伤的。

Hoengz Cung【gyangj】
洪忠【白】
（土俗字）示 岁 木 侄 示 勾 各 木 争
（壮 文）Seix nduiq moeb，ndi seix gou gag moeb deng……
（直 译）是 他 打 不 是 我 自 打 着
（意 译）是他打，不是我自己打着的……

Hakyuenh【bekdaiz, gyangj】
县官【拍桌子，白】
(土俗字) 收 斗 公堂 告状 鲁谋 斗 途争
(壮 文) Sou daeuj goengdangz gauqsangh roxnaeuz daeuj doxceng?
(直 译) 你们 来 公堂 告状 或者 来 吵架
(意 译) 你们是来公堂告状的还是来吵架的?

Henghva【gyangj】
杏花【白】
(土俗字) 幼 忐 公堂 欧 讲 实话
(壮 文) Yawq gwnz goengdangz aeu gyangj sidvah.
(直 译) 在 上 公堂 要 讲 实话
(意 译) 在公堂之上要讲实话。

Hakyuenh【gyangj】
县官【白】
(土俗字) 汝 侄 讲 实话 袖 打 五十 大板
(壮 文) Bawz ndi gyangj sidvah, couh daj hajcib daihbanj.
(直 译) 谁 不 讲 实话 就 打 五十 大板
(意 译) 谁不讲实话，就挨打五十大板。

(土俗字) 杏花 示 父尔 木 伤 能 爸 盟 批 盟 讲
(壮 文) Henghva, seix bouxrawz moeb sieng ndaeng baj mwngz bei, mwngz gyangj.
(直 译) 杏花 是 哪个 打 伤 鼻 爸 你 去 你 讲
(意 译) 杏花，是谁打伤你父亲的鼻子，你说。

Henghva【gvaiqbanj】
杏花【快板】
(土俗字) 夭 勾 讲
(壮 文) Eu gou gyangj,
(直 译) 叫 我 讲
(意 译) 叫我叙，

(土俗字) 示 容易
(壮 文) Seix yungzheih,
(直 译) 是 容易
(意 译) 是容易，

(土俗字) 勾 存 问题 示 小仕
(壮 文) Gou ngonz faenhdaez seix siujseih;
(直 译) 我 看 问题 是 小事
(意 译) 我看是个小问题;

(土俗字) 正 想 讲
(壮 文) Cingq siengj gyangj,
(直 译) 正 想 讲
(意 译) 正想提,

(土俗字) 又 劳气,
(壮 文) Youh lauheiq
(直 译) 又 恐怕,
(意 译) 又忧虑,

(土俗字) 得 了 哥 情 失 嫂 意
(壮 文) Daek liux go cingz saet sauj eiq.
(直 译) 得 了 哥 情 失 嫂 意
(意 译) 得了哥情失嫂意。

Hakyuenh【gyangj】
县官【白】
(土俗字) 杏花 侹 劳 讲 傍吱
(壮 文) Henghva ndi lau, gyangj byuengdei.
(直 译) 杏花 不 怕 讲 快点
(意 译) 杏花不要怕,快点讲。

Henghva【yawq nyet fwen】
杏花【旁唱】
(土俗字) 翻逄 以 示 能 堪逄 哏 示 奴
(壮 文) Fanfwngz hix seix naeng, Haemjfwngz haenx seix noh;
(直 译) 翻手 也 是 皮 覆手 还 是 肉
(意 译) 翻手也是皮,覆手还是肉;

(土俗字) 情人 依 伊仆 鲁 保护 父尔
(壮 文) Cingzvunz ndij aeboh, Rox baujhoh bouxrawz.
(直 译) 情人 和 父亲 (不)知 保护 谁
(意 译) 情人和父亲,保护谁犯愁。

Hakyuenh【gyangj】
县官【白】
（土俗字）杏花 计 用 议三 议四 啦 照 实情 讲 吧
（壮 文）Henghva gaej yungh ngeixsam ngeixseiq la，ciuq sidcingz gyangj ba!
（直 译）杏花 不 要 三思 四想 了 照 实情 讲 吧
（意 译）杏花不要三思四想了，按照实情说吧！

Henghva【gyangj】
杏花【白】
（土俗字）讲 袖 讲
（壮 文）Gyangj couh gyangj.
（直 译）讲 就 讲
（意 译）讲就讲。

【Guh fwen】
【唱】
（土俗字）大庆 斗 兰 勾
（壮 文）Daihhingq daeuj ranz gou，
（直 译）大庆 来 家 我
（意 译）大庆来我家，

（土俗字）关 生忧
（壮 文）Gvan seng'you，
（直 译）公 担忧
（意 译）父忧啦，

（土俗字）赖谋 都 拘答
（壮 文）Laihnaeuz dou gaeudap；
（直 译）以为 我们 勾搭
（意 译）以为俺勾搭；

（土俗字）气很 腾 那剥
（壮 文）Heiqhwnj daengz najbyak，
（直 译）气愤 上 额头
（意 译）就怒气冲发，

（土俗字）哗 凳 托
（壮 文）Vax daengq ngak，
（直 译）抓 凳 打
（意 译）抓凳打，

（土俗字）倒反　　刮　争　能
（壮　文）Dauqfanj gvat deng ndaeng.
（直　译）反而　　刮　对　鼻
（意　译）反把鼻子刮。

Hoengz Cung【yawq raet，fwen】
洪忠【旁唱】
（土俗字）而　侄　鲁那　局
（壮　文）Cwz ndi roxnaj guk，
（直　译）牛　不　认识　虎
（意　译）牛不识老虎，

（土俗字）妲　仂逼
（壮　文）Dah lwgmbwk，
（直　译）个　女儿
（意　译）女儿乎，

（土俗字）鱼　　又　促　认　　来
（壮　文）Nyawz youh huk nyinx lai；
（直　译）怎么　又　笨　这么　多
（意　译）怎这么愚鲁；

（土俗字）勾　认真　　筑　歪
（壮　文）Gou nyinhcin cuk vai，
（直　译）我　认真　　筑　坝
（意　译）我把水坝筑，

（土俗字）胎　布　　胎
（壮　文）Dai mbouj dai，
（直　译）死　不　　死
（意　译）气死不，

（土俗字）妲　斗　　开　淋达
（壮　文）Dah daeuj hai raemxdah.
（直　译）她　来　　开　河水
（意　译）她来开水路。

Hakyuenh【gyangj】
县官【白】
(土俗字) 洪 忠 盟 为 计麻 侄 讲 实话
(壮 文) Hoengz Cung, mwngz vih gaejmaz ndi gyangj sidvah,
(直 译) 洪 忠 你 为 什么 不 讲 实话
(意 译) 洪忠，你为何不讲实话，

(土俗字) 嫁胡 哼 伝 左右 打 爹 五十 大板
(壮 文) gyaqhux haengj vunz? Caqyouh, daj di hajcib daihbanj!
(直 译) 嫁祸 给 人 左右 打 他 五十 大板
(意 译) 嫁祸于人？左右，打他五十大板！

Vunzcai【han】
差役【应】
(土俗字) 呼喂
(壮 文) Huvei ……
(直 译) 呼喂
(意 译) 呼喂 ……

Hoengz Cung【roengzgvih, gyangj】
洪忠【下跪，白】
(土俗字) 大人 饶命 则屎 勾 嗖 来 打 五十 板
(壮 文) Daihsinz nyiuzmingh! Caekhaex gou byom lai, daj hajcib banj,
(直 译) 大人 饶命 屁股 我 瘦 多 打 五十 板
(意 译) 大人饶命！我屁股瘦瘦的，打五十板，

(土俗字) 勾 古 胎 喽
(壮 文) gou goj dai lu.
(直 译) 我 可 死 喽
(意 译) 我可就死了。

Henghva【gyangj】
杏花【白】
(土俗字) 求 大人 开恩 伊爸 勾 年老 躺乃
(壮 文) Gyuz daihsinz haiaen! Aebaj gou nienzlaux ndangnaiq,
(直 译) 求 大人 开恩 爸爸 我 年老 体弱
(意 译) 求大人开恩！我爸年老体弱，

（土俗字）顶 侄 礼 五十 大板 请 大人 开恩
（壮 文）dingj ndi ndaej hajcib daihbanj，cingj daihsinz haiaen.
（直 译）顶 不 得 五十 大板 请 大人 开恩
（意 译）受不了五十大板，请大人开恩。

Dauz Daihhingq【gyangj】
陶大庆【白】
（土俗字）禀 大人 件 仕 内 请求 大人 从 宽 处理
（壮 文）Bingj daihsinz，gienh seih neix cingjgyuz daihsinz coengz vuen cawqleix.
（直 译）禀 大人 件 事 这 请求 大人 从 宽 处理
（意 译）启禀大人，这件事，请求大人从宽处理。

Hakyuenh【gyangj】
县官【白】
（土俗字）衣 既然 收 同内 讲 袖 听 本 官 判决
（壮 文）Ndei，geiqsienz sou doengzneix gyangj，couh dingq bonj guen buenqgiet.
（直 译）好 既然 你们 这样 讲 就 听 本 官 判决
（意 译）好，既然你们这样讲，就听从本官判决。

（土俗字）洪 忠 陶 大庆 杏花 听命
（壮 文）Hoengz Cung、Dauz Daihhingq、Henghva dingqmingh：
（直 译）洪 忠 陶 大庆 杏花 听命
（意 译）洪忠、陶大庆、杏花听命：

（土俗字）三 伝 很斗 伸 挂 傍边 听 衣
（壮 文）Sam vunz hwnjdaeuj，ndin gvaq bangxbien，dingq ndei ——
（直 译）三 人 起来 站 过 旁边 听 好
（意 译）三人起来，站在旁边，听好 ——

【Guh fwen】
【唱】
（土俗字）判决 此 案 布 礼 册散 鸳鸯
（壮 文）Buenqgiet seiq anq，Mbouj ndaej ceksanq yuenyieng；
（直 译）判决 此 案 不 得 拆散 鸳鸯
（意 译）判决此案，鸳鸯不能拆散；

（土俗字）花 开 芳香 尚 防 雪霜 残害
（壮 文）Va hai fuengyieng，Saengx fuengz sietsieng canzhaih；
（直 译）花 开 芳香 尚 防 雪霜 残害
（意 译）花开芳香，尚防冷雪冻霜；

（土俗字）相亲　　相爱　　准　收　结拜　夫妻
（壮　文）Siengcin sieng'aiq，Cinj sou gietbaiq foucae.
（直　译）相亲　　相爱　　准予 你们 结拜　夫妻
（意　译）相爱双方，准予结亲拜堂！

【Gyangj】
【白】
（土俗字）本官　　估媒　　批麻　操办　婚礼
（壮　文）Bonjguen guhmuiz，beima caubanh voenlaex，
（直　译）本官　　为媒　　回去　操办　婚礼
（意　译）本官为媒，回去操办婚礼，

（土俗字）哼　　大庆　　奏　　杏花　　文亲
（壮　文）haengj Daihhingq caeuq Henghva baenzcin！
（直　译）给　　大庆　　和　　杏花　　成亲
（意　译）让大庆和杏花成亲！

Henghva【guh fwen】
杏花【唱】
（土俗字）多谢　大人　　衣　心肠
（壮　文）Docih daihsinz ndei simciengz，
（直　译）感谢　大人　　好　心肠
（意　译）感谢大人好心肠，

（土俗字）明镜　　　高照　　咣　　满堂
（壮　文）Mingzgingq gauciuq rongh muenxdangz；
（直　译）明镜　　　高照　　亮　　满堂
（意　译）明镜高照亮满堂；

（土俗字）判案　　清明　　民　爱戴
（壮　文）Buenqanq cingmingz minz aiqdaiq，
（直　译）判案　　清明　　民　爱戴
（意　译）判案清明民爱戴，

（土俗字）哼　　都　恩爱　百年　长
（壮　文）Haengj dou aenaiq beknienz ciengz.
（直　译）给　　我们 恩爱　百年　长
（意　译）夫妻恩爱百年长。

Dauz Daihhingq【guh fwen】
陶大庆【唱】
（土俗字）同心 同德 结 夫妻
（壮 文）Doengzsim doengzdaek giet foucae,
（直 译）同心 同德 结 夫妻
（意 译）同心同德结夫妻，

（土俗字）咙川 也 团 花 也 衣
（壮 文）Ronghndwen yex duenz va yex ndei;
（直 译）月亮 也 圆 花 也 好
（意 译）花好月圆心甜蜜；

（土俗字）化文 对 六 齐众 宾
（壮 文）Vaqbaenz doiq roeg caezcungq mbin,
（直 译）化作 双 鸟 一起 飞
（意 译）我俩愿作双飞鸟，

（土俗字）齐 向 岽枇 宾 口批
（壮 文）Caez yiengq ndoengfaex mbin haeujbei.
（直 译）同 向 山林 飞 进去
（意 译）同向山林一起栖。

Hakyuenh【riu】
县官【笑】
（土俗字）哈 哈
（壮 文）Ha ha ……
（直 译）哈 哈
（意 译）哈哈 ……

【Guh fwen】
【唱】
（土俗字）棵着 幼 于 岽
（壮 文）Gocieg yawq ndaw ndoeng,
（直 译）野芭蕉 在 中 山林
（意 译）野蕉在山冈，

（土俗字）须 最 宏
（壮 文）Mbaw cuiq hung,
（直 译）叶 最 大
（意 译）叶宽长，

（土俗字）存　　也　同　　棵最
（壮　文）Ngonz yex doengz go'gyoij；
（直　译）看　　也　同　　芭蕉
（意　译）看似芭蕉样；

（土俗字）修　双　伝　文对
（壮　文）Sou song vunz baenzdoiq，
（直　译）你们 两　人　成对
（意　译）你俩合得当，

（土俗字）齐　结配
（壮　文）Caez gietboiq，
（直　译）同　结配
（意　译）结配上，

（土俗字）凳　　文　对　鸳鸯
（壮　文）Daengq baenz doiq yuenyieng.
（直　译）好像　成　对　鸳鸯
（意　译）好像对鸳鸯。

Hoengz Cung【gyangj】
洪忠【白】
（土俗字）嗨　想　布　通　议　各　弄
（壮　文）Hai！Siengj mbouj doeng，ngeix gag loeng，
（直　译）嗨　想　不　通　思　自　错
（意　译）嗨！想不通，思不解，

（土俗字）途凤　宾　条　楼　各　空
（壮　文）duzfungh mbin deuz laeuz gag hoengq.
（直　译）凤凰　飞　走　楼　自　空
（意　译）凤凰飞走楼自空。

Hakyuenh【gyangj】
县官【白】
（土俗字）关婆老　大庆　奏　杏花　文亲　盟　佂 意　吗
（壮　文）Gvanbuzlaux，Daihhingq caeuq Henghva baenzcin，mwngz ndi eiq　ma?
（直　译）老人家　大庆　和　杏花　成亲　你　不　喜欢 吗
（意　译）老人家，大庆和杏花成亲，你不欢喜吗？

Hoengz Cung【gyangj】
洪忠【白】
（土俗字）意 意 伊佐 胴审 途收 存戏
（壮 文）Eiq eiq. Aevunz dungxsaemj, duzsou ngonzheiq!
（直 译）爱 爱 人家 心酸 你们 唱戏
（意 译）欢喜，欢喜。人家心酸，你们看戏！

Hakyuenh【guh fwen】
县官【唱】
（土俗字）大庆 奏 杏花
（壮 文）Daihhingq caeuq Henghva,
（直 译）大庆 和 杏花
（意 译）杏花大庆成，

（土俗字）最 同虾
（壮 文）Cuiq doengzha,
（直 译）最 相称
（意 译）最相称，

（土俗字）盟 什 纳 准备
（壮 文）Mwngz nyib nda cinjbeih;
（直 译）你 缝 背带 准备
（意 译）你缝背带等；

（土俗字）文 关他 也 易
（壮 文）Baenz gvanda yex heih,
（直 译）成 外公 也 容易
（意 译）外公易当成，

（土俗字）布 用 气
（壮 文）Mbouj yungh heiq,
（直 译）不 用 忧愁
（意 译）莫忧闷，

（土俗字）昨 古 礼 文 衣
（壮 文）Cog goj ndaej baenz ndei.
（直 译）将来 可 得 成 好
（意 译）将来有福分。

【Gyangj】
【白】
（土俗字）关婆老 浪 盟 佲 哼 杏花 屋都
（壮 文）Gvanbuzlaux，langh mwngz ndi haengj Henghva okdou，
（直 译）老人家 若 你 不 给 杏花 出门
（意 译）老人家，若你不让杏花出门，

（土俗字）夭 大庆 斗 很都 也 衣 哈
（壮 文）eu Daihhingq daeuj hwnjdou yex ndei ha!
（直 译）叫 大庆 来 上门 也 好 啊
（意 译）叫大庆来上门也好啊！

Hoengz Cung【nam gyangj】
洪忠【念白】
（土俗字）衣 衣 衣
（壮 文）Ndei ndei ndei，
（直 译）好 好 好
（意 译）好好好，

（土俗字）勾 佲 眉 心机
（壮 文）Gou ndi meiz simgei；
（直 译）我 没 有 心机
（意 译）我没好心怀；

（土俗字）今狗 幼 时时 当 霞池 忐 去
（壮 文）Ngaemgyaeuj yawq saezsaez，Daengq haxceiz gwnz hawq；
（直 译）低头 在 静静 像 鹭鸶 上 陆地(岸边)
（意 译）低头正沉思，像鹭鸶岸呆；

（土俗字）自己 各 考虑 对 布 佲 豪生
（壮 文）Cihgeij gag haujlawh，Doiq mbouj cawh hauxseng；
（直 译）自己 自 考虑 对 不 住 后生
（意 译）自己在考虑，愧对后生仔；

（土俗字）自己 行 布 争 各 悲伤 督乃
（壮 文）Cihgeij hengz mbouj deng，Gag beisieng doeknaiq；
（直 译）自己 行 不 对 自 悲伤 灰心
（意 译）自己做不对，伤心又悲哀；

(土俗字) 壳 判 衣 太浰 哼 勾 再 文伝
(壮 文) Hak buenq ndei daixraix, Haengj gou caiq baenzvunz;
(直 译) 官 判 好 得很 给 我 再 成人
(意 译) 官判得很好，让我改过来；

(土俗字) 同意 爹 双 伝 齐 结亲 挂 召
(壮 文) Doengzeiq di song vunz, Caez gietcin gvaq ciuh.
(直 译) 同意 他们 两 人 同 结亲 过 一世
(意 译) 同意他们俩，结亲过一代。

Hakyuenh【gyangj】
县官【白】
(土俗字) 案件 完满 退堂
(壮 文) Anqgienh yuenzmuenx, doiqdangz!
(直 译) 案件 完满 退堂
(意 译) 此案完满，退堂!

Henghva、Dauz Daihhingq【caenciet dwk caez gyangj】
杏花、陶大庆【亲切地同白】
(土俗字) 爸爸 偻 批麻 噜
(壮 文) Aebaj, raeuz beima lu!
(直 译) 爸爸 我们 回去 噜
(意 译) 爸爸，我们回家吧!

【Gyoengqvunz caez roengzbei.】
【众下。】

【Heiqsat】
【剧终】

图书在版编目(CIP)数据

中国壮剧传统剧作集成. 上林卷. 中册：壮文/政协上林县委员会主编. 一南宁：广西民族出版社，2015.8

ISBN 978-7-5363-6971-9

Ⅰ.①中… Ⅱ.①政… Ⅲ.①壮剧—地方戏剧本—作品集—中国—汉语、壮语 Ⅳ.①I236.67

中国版本图书馆 CIP 数据核字（2015）第 233811 号

Aen Hanghmoeg Cienmonz Bued Cienz Okbanj Gij Sawcih Minzcuz

民族文字出版专项资金资助项目

Aen Cangsaw Gvangjsih Saujsu Minzcuz Feihvuzciz Vwnzva Yizcanj

广西少数民族非物质文化遗产书库

SAWHEIQCUENGH CIENZDOENGJ CUNGGUEK GYOEBBAENZ · GIENJ SANGLINZ

中国壮剧传统剧作集成 · 上林卷

Cek Gyang

中册

Cawjbien：Cwnghez Sanglinz Yen Veijyenzvei

主编：政协上林县委员会

出版策划：韦林利
责任编辑：韦林利
特邀审读：李秀玲
特邀校对：杨兰桂
美术编辑：何世春
装帧设计：何世春
责任印制：蓝　锋
出版发行：广西民族出版社
地址：广西南宁市青秀区桂春路 3 号　邮编：530028
电话：0771—5523216　传真：0771—5523225
制版印刷：广西地质印刷厂
规　　格：787 毫米×1092 毫米　1/16
印　　张：38.5
字　　数：880 千字
版　　次：2015 年 8 月第 1 版
印　　次：2015 年 8 月第 1 次印刷
书　　号：ISBN 978-7-5363-6971-9/I·1505
定　　价：120.00 元